Melanie Metzenthin
Die Stimmlosen

Das Buch

Hamburg, 1945: Der Krieg ist zu Ende und die Naziherrschaft endlich vorbei. Doch in der Familie von Richard und Paula Hellmer kommt an diesem ersten Weihnachtsfest im Frieden keine rechte Freude auf. Zu beengt sind die Wohnverhältnisse, zu groß der Mangel an Lebensmitteln und warmer Kleidung. Vor allem Richard macht sich Sorgen – nicht nur um seine Familie. Er, der im Dritten Reich als Psychiater immer wieder sein Leben aufs Spiel gesetzt hat, um Menschen zu retten, muss feststellen, dass die alten Seilschaften sich nahtlos in die neuen Machtverhältnisse eingegliedert haben. Überzeugt, das Richtige zu tun, sagt er in einem Prozess gegen seinen Erzfeind Chefarzt Krüger aus und muss sich zu seinem Entsetzen plötzlich für sein eigenes Tun rechtfertigen. Unterdessen stellen seine Frau Paula und sein bester Freund Fritz eine medizinische Versorgung ganz eigener Art auf die Beine – gefährlich und nicht immer legal ...

Die Autorin

Melanie Metzenthin lebt in Hamburg, wo sie als Fachärztin für Psychiatrie und Psychotherapie arbeitet. Während ihrer Laufbahn hat sie unter anderem mehrere Jahre lang in der psychiatrischen Klinik gearbeitet, in der auch »Im Lautlosen« spielt, und sich von Anfang an sehr für die Geschichte der damaligen Heil- und Pflegeanstalt interessiert. Sie hat bereits zahlreiche Romane veröffentlicht, in denen psychische Erkrankungen oft eine wichtige Rolle spielen.

Beim Schreiben greift die Autorin gern auf ihre berufliche Erfahrung zurück, um aus ihren fiktiven Charakteren glaubhafte Figuren vor einem realistischen Hintergrund zu machen.

Melanie Metzenthin

Die Stimmlosen

Roman

Deutsche Erstveröffentlichung bei
Tinte & Feder, Amazon Media E.U. Sàrl
5 Rue Plaetis, L-2338, Luxembourg
Juli 2018
Copyright © der deutschsprachigen Ausgabe 2018
by Melanie Metzenthin
All rights reserved.

Umschlaggestaltung: bürosüd⁰ München, www.buerosued.de
Umschlagmotiv: © Melanie Metzenthin Privatarchiv; © BrAt82 /
Shutterstock; © artem evdokimov / Shutterstock;
© Janniwet / Shutterstock; © Cheetao / Shutterstock
1. Lektorat: Marketa Görgen
2. Lektorat: Rotkel Textwerkstatt
Gedruckt durch:
Amazon Distribution GmbH, Amazonstraße 1, 04347 Leipzig /
Canon Deutschland Business Services GmbH, Ferdinand-Jühlke-Str. 7,
99095 Erfurt /
CPI Books GmbH, Birkstraße 10, 25917 Leck

ISBN: 978-2-919-80134-3

www.tinte-feder.de

1. Kapitel

Hamburg, Weihnachten 1945

Wie oft hatte Paula sich in den letzten Jahren das erste Weihnachtsfest nach dem Ende des Krieges ausgemalt. Endlich ein Weihnachtsfest ohne die ständige Furcht vor Tod und Bomben. Ein strahlendes Fest, in dem die Rückkehr zur Normalität gefeiert werden sollte. Sie hatte es in ihren Träumen herbeigesehnt, ohne einen Gedanken daran zu verschwenden, wie traurig die Wirklichkeit nach Kriegsende tatsächlich aussehen würde. Hamburg lag in Trümmern und sie konnten dankbar sein, dass die Sechszimmerwohnung ihres Vaters die Bombennächte unbeschadet überstanden hatte. Als Kind hatte sie hier nur mit ihren Eltern gewohnt und zwei der Zimmer waren für die Arztpraxis und das Wartezimmer reserviert gewesen. Inzwischen lebten sie hier zu zehnt – und das, obwohl der Praxisbetrieb ungeachtet der Enge weiterlief.

Am Morgen des Heiligabends behandelten Paula und ihr Mann Richard noch die letzten Patienten. Obwohl sie beide von Haus aus Psychiater waren, führten sie die Praxis seit Januar 1945 als normale Hausarztpraxis, denn der Bedarf an allgemeinärztlicher Versorgung war groß. Viele Praxen waren zerstört und ihre ehemaligen Inhaber tot oder evakuiert.

An diesem Vormittag saßen fast ausschließlich Frauen mit Kindern im Wartezimmer. So gut wie alle Kinder waren stark unterernährt, litten unter Durchfällen und Eiterbeulen, nässenden Ekzemen und Fieber. Und dann gab es da noch die elfjährige Diabetikerin Anneliese, die regelmäßig mit ihrer Mutter kam, um das Rezept für ihr Insulin abzuholen. In den letzten Wochen war es immer schwieriger geworden, neue Spritzen und ausreichend Insulin zu bekommen. An diesem Morgen war Anneliese kaum ansprechbar gewesen und Paula hatte zu ihrem großen Schrecken festgestellt, dass man der Familie in der Apotheke verdünntes Insulin ausgehändigt hatte. Zum Glück hatten sie einen geringen Vorrat an Notfallmedikamenten in der Praxis, aber es war fraglich, ob das Insulin über die Feiertage reichen würde. Paula schrieb Annelieses Mutter schnell ein neues Rezept aus und riet ihr, eine andere Apotheke aufzusuchen, da nicht mehr festzustellen war, weshalb das Insulin gepanscht gewesen war.

Sobald der Praxisbetrieb für den Tag beendet war, wischten Richards Mutter und die ehemalige Haushälterin Frau Koch den Fußboden und die Möbel im Wartezimmer und Sprechzimmer sorgfältig mit Karbolwasser ab, um sämtliche Krankheitskeime abzutöten – schließlich wurden die Räumlichkeiten abends als Schlafzimmer für die Hausgemeinschaft benötigt. Bislang hatten sich diese Maßnahmen gut bewährt und sie waren von Ansteckungen verschont geblieben, aber Paula fürchtete die Zeit, wenn ihr letzter Vorrat an Karbolsäure aufgebraucht wäre. Seit Kriegsende war es schwierig, an Desinfektionsmittel zu kommen, selbst in Krankenhäusern. Richards bester Freund, der Chirurg Fritz Ellerweg, der zusammen mit seinem achtjährigen Sohn Harri bei ihnen lebte, erzählte regelmäßig neue Schauergeschichten von den Mangelzuständen, mit denen er tagtäglich im Krankenhaus zu kämpfen hatte. Selbst das

Nahtmaterial für die Wundversorgung war knapp geworden. Andererseits ließ Fritz den Mut nicht sinken und überflügelte Richard mit seinem Optimismus und seiner Lebensfreude, obwohl er doch so viel mehr verloren hatte. Richards Stimmung hatte sich hingegen seit November immer mehr verschlechtert, ohne dass Paula den Grund kannte. Natürlich litten sie Not, aber es ging ihnen nicht schlechter als im Sommer, als auch Richard noch voller Zuversicht gewesen war. Und gar so trüb sah das Weihnachtsfest nicht aus. Sie hatten sogar einen echten Weihnachtsbaum – eine kleine Tanne, die Richards Vater Hans-Kurt im Schrebergarten der Familie ausgegraben und samt Wurzelballen in einen alten Waschzuber verpflanzt hatte.

»Wenn die Welt untergeht«, hatte er gesagt, »wollte Martin Luther noch ein Apfelbäumchen pflanzen. Ich für meinen Teil rette eine junge Tanne davor, als Brennholz zu enden. Die wird erst an dem Tag ausgesetzt, an dem wir uns wieder richtig satt essen können.«

»Und so lange willst du sie im Waschzuber als Blumentopfersatz in der Wohnung behalten?«, hatte Richard gefragt.

»Ja«, bestätigte sein Vater. »Wer weiß, wie viele düstere Weihnachtsfeste es in dieser Zeit noch geben wird. Da will ich wenigstens einen echten Baum haben und keinen armseligen Besenstiel, der mit Tannenzweigen ausstaffiert wird.«

»Wer weiß, ob der Baum bis dahin nicht zu groß ist, um noch durch die Tür zu passen«, hatte Richard geantwortet. Zunächst hatte Paula es für einen Scherz gehalten, aber seine ernste Miene hatte sie erschreckt. Richards Vater ignorierte die düstere Feststellung seines Sohnes und holte stattdessen lieber mit Paulas Vater Wilhelm den alten Weihnachtsschmuck vom Dachboden, der dem Fest bereits in Paulas Kindheit Glanz verliehen hatte. Abgesehen davon, dass sie in diesem Jahr keine süßen Kringel im Baum verstecken konnten und nur drei

Christbaumkerzen besaßen, vermittelte die kleine Tanne fast den Eindruck von Normalität, während sich ihr Duft mit dem Geruch des Karbols mischte.

Dennoch kam bei Richard keine Weihnachtsstimmung auf. Er wirkte geistesabwesend und schien über viele Dinge nachzugrübeln. Aber wenn Paula ihn fragte, was los sei, entgegnete er immer nur, es sei alles in Ordnung. Dabei hätte sie so gern gewusst, was ihn bedrückte. Schließlich machte sie sich selbst Sorgen, wie sie weiterhin die Ernährung der Familie gewährleisten konnten. Früher hatte es zu Weihnachten immer einen Braten mit Rotkohl und Kartoffeln gegeben. Selbst im Krieg war die Versorgung sichergestellt gewesen. Dieses Jahr mussten sie sich mit einem dünnen Erbseneintopf begnügen. Ihre Schwiegermutter und Frau Koch hatten stundenlang vergeblich Schlange gestanden, um die fünf Gramm Fleisch zu bekommen, die pro Person aufgerufen, dann aber doch nicht geliefert worden waren. Ohne den Schwarzmarkthandel, bei dem sie ihre Zigarettenzuteilungen gegen Grundnahrungsmittel eintauschten, wären sie nicht über die Runden gekommen. Paula, Richard und Fritz bekamen als Ärzte zwar Lebensmittelkarten der zweithöchsten Kategorie, Paulas Vater, Frau Koch und Richards Eltern erhielten als Rentner jedoch nur die niedrigste Kartenkategorie – die im Volksmund auch »Friedhofskarte« genannt wurde, weil sie das Verhungern nur hinauszögerte. Und die Karten der drei Kinder waren ebenfalls zu knapp bemessen. Wenn Paula Richard und Fritz ansah, konnte sie sofort erkennen, wie sehr die beiden Männer ihre eigenen Bedürfnisse zurückstellten, damit wenigstens die Kinder genug zu essen hatten. Als Fritz Ende Juli aus britischer Kriegsgefangenschaft entlassen worden war, hatte er seine Uniform in einen zivilen Anzug umschneidern lassen. Damals hatte die Jacke perfekt gesessen, inzwischen schlotterte sie um die Schultern. Auch Richard hatte deutlich an Gewicht verloren, und der attraktive

Mann mit der ehemals athletischen Figur, an der Paula sich niemals hatte sattsehen können, war so hager geworden, dass sie jeden Knochen unter der Haut erahnen konnte. Auch sie selbst hatte ihre Kleider enger nähen lassen müssen und brachte bei einer Größe von einem Meter sechzig nur noch fünfundvierzig Kilo auf die Waage, gut zehn Kilo weniger als in früheren Zeiten. Immerhin bewegten sich die Kinder nur an der Grenze zur Unterernährung. Das mochte auf den ersten Blick beruhigend sein, hatte aber einen entscheidenden Nachteil. Die Schulspeisung, die unabhängig von den Lebensmittelkarten gewährt wurde, stand ausschließlich unterernährten Kindern zu. So hatten weder der kleine Harri noch die dreizehnjährigen Zwillinge Georg und Emilia Anspruch auf eine zusätzliche Mahlzeit.

Doch all diese trüben Gedanken schob Paula jetzt von sich, als sie nach dem Essen die drei Kerzen auf dem kleinen Weihnachtsbaum entzündete, da die Bescherung bevorstand.

Fritz hatte sich kurz nach dem Essen verabschiedet, weil er Harris Geschenk noch holen musste. Dabei hatte er sich sehr bedeckt gehalten. Richard hatte seinem Freund mit einem skeptischen Blick nachgesehen und Paula ahnte, was er befürchtete. Seit Fritz seinen tot geglaubten Sohn wiedergefunden hatte, verwöhnte er ihn, wo er nur konnte, und es gab keinen Wunsch, den er Harri bislang abgeschlagen hatte. Paula hoffte nur, dass Fritz vernünftig genug wäre, Harris größten Wunsch erst dann zu erfüllen, wenn die Zeiten wieder besser waren.

Es dauerte, bis Fritz endlich zurückkam, und die Kinder warteten bereits ungeduldig darauf, die Päckchen, die mangels Geschenkpapier in alte Zeitungen eingewickelt waren, zu öffnen. Paula war neugierig, ob ihnen die Bücher, die sie in einem Antiquariat erstanden hatte, und die warmen Wollsocken, die Richards Mutter aus einem alten, aufgeribbelten Pullover gestrickt hatte, wohl gefallen würden. Aber vor allem fragte sie sich, welche Überraschung Fritz für Harri hatte.

Endlich kehrte Fritz zurück – und Paula erstarrte. Nein, Fritz hatte nicht gewartet. Es gab tatsächlich keinen Wunsch, den er seinem Sohn versagt hätte, denn auf dem Arm trug er einen Dackel!

»Frohe Weihnachten, Harri«, sagte er und gab Harri den Hund auf den Arm. »Das ist Mimi, sie ist drei Jahre alt und stammt von den gleichen Stammeltern ab wie Rudi. Sie ist sozusagen seine Urgroßnichte.«

»Ein Dackel!«, rief Harri. »Der sieht aus wie Rudi! Danke, Papa!« Er schmiegte seine Wange an den warmen Körper des Hundes und sah unbeschreiblich glücklich aus.

»Du wolltest wieder einen Hund, also bekommst du auch einen«, sagte sein Vater lächelnd und strich Harri liebevoll über den Kopf.

Georg und Emilia verloren sämtliches Interesse an ihren eigenen Geschenken und streichelten Mimi, während Harri die Dackeldame noch immer an sich drückte.

»Das ist großartig, Onkel Fritz!«, rief Emilia. »Wir wollten auch immer einen Hund haben, aber Papa hat uns ja nie einen geschenkt.«

Paula warf Richard einen Blick zu und erschrak über seine zornige Miene.

»Sag mal, Fritz, bist du noch ganz bei Trost?«, brüllte er. »Womit willst du das Tier füttern? Wir wissen doch jetzt schon weder ein noch aus.«

»Ach, nun übertreib mal nicht. So viel frisst ein Dackel ja auch nicht.«

»Egal wie wenig er frisst, es ist immer noch zu viel, wenn man zu wenig hat, um selbst zu überleben!«

»Noch leben wir ja«, gab Fritz gelassen zurück. »Ich kümmere mich schon darum, dass der Hund genug zu fressen bekommt.«

»Ach, tatsächlich? Und wie, wenn wir nicht mal selbst satt werden?«

»Bitte beruhig dich doch, Richard.« Paula legte ihm sanft eine Hand auf den Unterarm. »Es ist immerhin Heiligabend.«

Richard atmete einmal tief durch, dann sagte er deutlich ruhiger, aber immer noch mit vor Zorn bebender Stimme: »Wir können uns keinen Hund leisten, Fritz. Du musst ihn dorthin zurückbringen, wo du ihn herhast.«

»Das ist nicht möglich«, erwiderte Fritz. »Mimi ist die letzte Überlebende der alten Zuchtlinie, aus der Rudi stammte. Ich war letzte Woche beim Züchter – er musste die Zucht aufgeben, weil er die Tiere nicht mehr ernähren konnte. Vor Weihnachten hat er noch einige der Hunde verkauft, aber Mimi ist wohl die Einzige, die nicht als Weihnachtsbraten geendet ist.«

Emilia schrie angewidert auf. Ihr gehörloser Bruder Georg warf ihr einen fragenden Blick zu und sie übersetzte ihm Fritz' Worte in die Gebärdensprache.

»Mimi darf nicht gegessen werden!«, rief Harri. »Man darf keine Hunde essen!«

»Sehr richtig«, bestätigte Fritz. »Und deshalb bleibt sie jetzt bei uns.« Sein Blick wanderte erneut zu Richard. »Mach dir keine Sorgen, du wirst nichts damit zu tun haben, ich kümmere mich um Mimis Futter. Du hast mein Wort darauf.«

»Wirst du dir das dann auch noch vom Munde absparen?«, fragte Richard zornig. »Du hast in den letzten vier Monaten doch mindestens zwanzig Pfund an Gewicht verloren. Wie soll das noch weitergehen?«

»Ich habe da schon ein paar Ideen. Wie gesagt, zerbrich dir nicht meinen Kopf.«

»Nein!«, sagte Richard energisch. »Wir können uns keinen Hund leisten. Das ist eine einfache Tatsache.«

»Nun lass es ihn doch wenigstens versuchen«, mischte sich Richards Vater ein. »Immerhin macht der Hund die Kinder glücklich und die haben in den letzten Jahren viel zu wenig glückliche Momente gehabt.«

»Ganz genau«, bestätigte Fritz, erfreut über den Beistand von unerwarteter Seite.

»Und was sagt der Rest?«, fragte Richard gereizt. Jeder konnte ihm ansehen, wie sehr es ihn verletzte, dass ihm ausgerechnet sein eigener Vater in den Rücken fiel.

»Lass uns den Hund behalten, Papa!«, forderte Emilia und Georg nickte zustimmend.

»Was schadet es, wenn wir es versuchen?«, sagte nun auch sein Schwiegervater und erntete dafür zustimmende Blicke von Richards Mutter und Frau Koch. Paula sah, wie ihr Mann sich immer mehr in die Enge getrieben fühlte und ihr einen hilflosen Blick zuwarf.

»Richard, ich verstehe dich«, sagte sie mit sanfter Stimme, »aber ich verstehe auch Fritz und alle anderen. Die Kinder haben ein bisschen Glück und Freude verdient. Wir haben so viel überstanden, da werden wir auch noch einen kleinen Hund durchbringen können.«

»Ach, können wir das?« Richard ließ seine Blicke von einem zum anderen wandern. »Können wir das wirklich? Kann mir einer von euch erklären, wie das funktionieren soll, wenn wir dieses Jahr nicht mal zu Weihnachten ein Stückchen Speck für die Erbsensuppe auftreiben konnten, weil die aufgerufenen Bezugsmengen nicht geliefert wurden? Und wird es die Kinder auch glücklich machen, wenn sie zusehen müssen, wie der Hund verhungert?«

»Das wird er nicht«, sagte Harri. »Ich teile mein Essen mit ihm.«

»Bitte, Richard, es ist doch Heiligabend«, versuchte Paula es noch einmal, doch mit ihren Worten schien sie geradezu Öl ins Feuer zu gießen.

»Ja, dann feiert schön, ich werde eine Weile rausgehen, um euch mit meiner bitteren Realität nicht länger in eurer heilen Traumwelt beim Weihnachtsfest zu belästigen!« Richard stürzte aus der Stube. Kurz darauf hörten sie die Wohnungstür zufallen.

»Ich werde ihm nachgehen und das klären«, sagte Fritz. Kurz darauf fiel die Wohnungstür ein zweites Mal ins Schloss.

»Was für ein Fest«, seufzte Richards Vater, während er dem Hund über den Kopf streichelte. »Weißt du, was mit Richard los ist, Paula? Das passt doch überhaupt nicht zu ihm. Früher wäre er doch der Erste gewesen, der Pläne gemacht hätte, wie wir es schaffen.«

Sie schüttelte traurig den Kopf. »Ich versuche seit Wochen herauszubekommen, was ihn bedrückt. Er weicht mir immer aus, und das beunruhigt mich. Früher hatte er nie Geheimnisse vor mir.«

Richard eilte ziellos durch die Dunkelheit, so als könnte er vor all der Verzweiflung davonlaufen, die in den letzten Wochen mehr und mehr von ihm Besitz ergriffen hatte. Im Sommer, nachdem er Harri wiedergefunden hatte und Fritz endlich zurückgekehrt war, hatte er wieder Hoffnung geschöpft, obwohl der Anblick seiner zerstörten Heimatstadt ihn niederdrückte. Er hatte versucht, die unterwürfigen Bettler zu vergessen, die sich nach den Zigarettenkippen der britischen Besatzer bückten und sie unter deren Gelächter aufhoben. Er hatte versucht, die alltäglichen Demütigungen, den Hunger und das durch die Besatzung verursachte Leid zu ertragen, denn er hoffte noch immer darauf, dass irgendwann wieder Gerechtigkeit einkehren würde, dass die Täter bestraft würden – vor allem, nachdem nach und nach ans Licht gekommen war, welch weiterer unfassbarer Verbrechen sich die Nazis schuldig gemacht hatten. Die Entlassung seines ehemaligen Chefarztes Doktor Krüger und dessen ärztliches Berufsverbot waren ein erster Schritt in die richtige Richtung gewesen. Aber es war so, wie Richards britischer Freund Arthur Grifford es prophezeit hatte. Es wäre noch ein langer, beschwerlicher Weg, denn über die Verbrechen deutscher Ärzte an deutschen Staatsbürgern würden deutsche Richter urteilen. Richter, die im Nationalsozialismus groß geworden waren und die ihre Aufgabe weniger im Rechtsprechen sahen als darin, deutsche Volksgenossen vor der Willkür der Besatzer zu bewahren. Und dann war da dieser Vorfall im November gewesen ... Richard atmete tief durch. Der Zorn über Fritz' Unbedachtheit, Harri einen Hund zu schenken, war verraucht und schützte ihn nicht länger vor den düsteren Gedanken, die ihn in letzter Zeit immer häufiger überkamen. Kraftlos ließ er sich auf einem Mauervorsprung nieder, der aus den Trümmern ragte. Er hatte mit niemandem darüber gesprochen, nicht einmal mit Paula. Lange hatte er nicht gewusst, warum er es für sich behalten hatte, schließlich hatte er nie Geheimnisse vor seiner Frau gehabt. Er hatte sie immer an seinem Leben teilhaben lassen und sie hatte ihn immer unterstützt, ihm niemals aus Sorge abgeraten. Nicht, als er im Auftrag des Widerstands gefälschte Atteste verfasst hatte, nicht, als er die Meldebögen, die über Leben und Tod seiner Patienten entscheiden sollten, falsch ausgefüllt hatte, um so viele wie möglich zu retten, und auch nicht, als er die Konsequenzen dafür zu tragen hatte, nachdem er aufgeflogen war. Die Zeiten waren gefährlich gewesen, aber es hatte ihn nie geschert, dass er sich außerhalb des Gesetzes stellte, denn die Gesetze waren unmenschlich gewesen. Damals hatte er noch die Kraft besessen, seine eigene Moral und seinen eigenen Humanismus über alles andere zu stellen, um das zu tun, was er für richtig hielt, auch wenn es verboten und gefährlich war. Letztlich hatte es ihn die Karriere gekostet und an die Front verschlagen. Schon damals hatte er gewusst, dass er in jedem Fall als Verlierer aus dem Krieg hervorgehen würde. Hätte Deutschland den Endsieg davongetragen, wäre er mit seinen regierungskritischen Ansichten seines Lebens nicht mehr sicher gewesen und sein Sohn Georg wäre aufgrund seiner Taubheit über kurz oder lang zwangssterilisiert worden. Vielleicht hätte dieses Schicksal sogar Georgs Zwillingsschwester getroffen, obwohl Emilia gesund war. Doch Deutschland hatte verloren und die Besatzungsmächte machten das gesamte deutsche Volk für die Gräueltaten der Nazis verantwortlich. Das Bitterste war jedoch in Richards Augen, dass viele ehemals stramme Nazis behaupteten, im Widerstand gewesen zu sein, sodass er seine eigene Geschichte niemandem mehr erzählen konnte, ohne mit diesen Lügnern in einen Topf geworfen zu werden. Er hatte es bereits am eigenen Leib erfahren. Und wenn er nicht zufällig Arthur Grifford wiedergetroffen hätte, dann hätte ihm niemand aufseiten der Besatzer geglaubt. Arthur war immerhin ein Lichtblick. Sie hatten sich unter abenteuerlichen Umständen mitten im Krieg in Ägypten kennengelernt und er hatte Arthur bereits damals, als Deutschland noch siegreich gewesen war, die Wahrheit über die Morde an den Kranken erzählt. In Arthur hatte er einen wertvollen Verbündeten im Kampf gegen die verbliebenen Naziärzte gefunden, aber die meisten Briten interessierten sich nicht für Verbrechen, die von Deutschen an anderen Deutschen verübt worden waren. Im Blickpunkt der Welt standen die großen, grauenvollen Völkermorde in KZs wie Auschwitz. Als Richard zum ersten Mal davon gehört hatte, hatte er es zunächst nicht glauben können, es war zu unfassbar. Andererseits hatte er selbst bereits 1940 erfahren, wozu die Nazis fähig waren – damals, als er erfuhr, dass Geisteskranke und Behinderte in Tötungsanstalten vergast wurden. So hatte es angefangen und eigentlich hätte er sich über den nächsten Schritt nicht zu wundern brauchen. Er hatte gesehen, wie Paulas bester Freundin Leonie bereits Anfang der Dreißigerjahre immer mehr die Existenzgrundlage entzogen worden war, nur weil sie Jüdin war. Leonie war rechtzeitig mit ihrem Vater 1936 in die Schweiz emigriert. Ihr war das Grauen erspart geblieben. Die ganze Welt war in den letzten zwölf Jahren aus den Fugen geraten, aber er hatte immer gehofft, dass es nach dem Untergang des Nationalsozialismus wieder aufwärtsgehen würde. Doch stattdessen litten die kleinen Leute und jene, die sich bereits zu Hitlers Lebzeiten gegen das Regime gestellt hatten. Einige hohe Tiere waren verhaftet worden, aber viele ehemalige Nazis waren nach wie vor in Behörden, Ämtern und Gerichten tätig. Nachdem das Regime in den letzten zwölf Jahren fleißig alle nicht genehmen Kräfte systematisch aus der Verwaltung entfernt hatte, war schlichtweg kaum noch jemand übrig, der den Apparat am Laufen halten konnte und nicht in irgendeiner Form mit dem NS-Regime verstrickt gewesen war. Richard verabscheute diese Leute, die erst Hitler zugejubelt hatten und sich anschließend demütig vor den Besatzern verbeugten und behaupteten, nie etwas damit zu tun gehabt zu haben, nur um weiterhin Vorzüge zu genießen. Einstmals hatten sie Nationalstolz gepredigt, aber niemals begriffen, was das wirklich bedeutete. Sie waren würdeloser als die Bettler, die die Zigarettenkippen der Besatzer aufsammelten. Und sie trugen die Schuld daran, dass es als vernichtender Makel galt, die deutsche Staatsangehörigkeit zu besitzen.

»Richard, wir müssen reden.«

Er fuhr herum. Fritz stand vor ihm.

»Ich habe alles gesagt, was es dazu zu sagen gibt«, entgegnete Richard kalt. Fritz ließ sich davon nicht beirren, sondern setzte sich zu ihm auf den Mauervorsprung.

»Gut, dann wirst du mir vielleicht trotzdem eine Frage gestatten.«

Richard nickte.

»Was ist mit dir los, Richard? Ich frage mich jetzt schon seit Wochen, wo mein bester Freund geblieben ist. Wohin ist der Mann verschwunden, der sich 1939 nicht scheute, mit mir Schwarzmarktgeschäfte zu machen, um an Benzinbezugsscheine zu kommen, obwohl unser Leben nicht davon abhing? Wo ist der Mann hin, der falsche Gutachten erstellte, um Menschen zu retten, obwohl es gefährlich war? Wo ist der Mann hin, der mich aus lauter Abenteuerlust dazu verleitete, in El-Alamein unsere Linien zu verlassen, um ein unentdecktes ägyptisches Grab zu suchen? Wo ist der Mann hin, der nie den Mut verloren hat, der nie um eine Idee verlegen war und der sich sagte, wenn die Gesetze derzeit ungerecht sind, dann müssen wir sie auch nicht befolgen, sondern das tun, was wir für richtig halten? Richard, wir könnten es viel leichter haben, wenn du mich nur machen ließest. Ich habe gute Kontakte zum Schwarzmarkt und zu einigen interessanten Leuten, die uns gegen ein paar kleine Gefälligkeiten alles besorgen könnten, was wir brauchen. Und nun komm mir bitte nicht mehr mit der Ausrede, dass du Angst davor hättest, ich könnte im Zuchthaus landen. Das ist mehr als unwahrscheinlich. Das, was du während des Krieges getan hast, war viel gefährlicher.«

»Ich weiß«, sagte Richard leise.

»Was ist es dann, Richard? Was bedrückt dich? Was wiegt so schwer, dass du es weder Paula noch mir anvertrauen magst?«

Richard atmete tief durch.

»Es ist kompliziert«, sagte er schließlich.

»Ich glaube, ich bin intelligent genug, es zu verstehen, wenn du dir die Mühe machst, es mir zu erklären.«

Richard nickte schwach. »Weißt du noch, wie Arthur uns im November erzählte, dass Krüger einen Antrag gestellt hat, um wieder als Arzt praktizieren zu dürfen?«

»Ja. Der Antrag wurde abgelehnt. Er darf weiterhin Trümmer räumen, bis sein Gerichtsverfahren abgeschlossen ist.« Fritz grinste. »Geschieht ihm doch ganz recht.«

»Er hat sich einen Anwalt genommen und der hat mich im November kontaktiert. Ein ziemlich unangenehmer Bursche.« Richard atmete erneut tief durch. »Er hat mich davor gewarnt, als Zeuge gegen Krüger auszusagen. Nein, gewarnt ist eigentlich das falsche Wort. Er hat mir vielmehr gedroht.«

»Womit soll er dir schon drohen?«, sagte Fritz leichthin. »Krüger hat zweiundzwanzig Kinder ermordet und er war daran beteiligt, Kranke auszusondern und in die Tötungsanstalten zu bringen. Dafür gibt es Beweise.«

»Für die Kindermorde, aber nicht dafür, dass er wusste, was mit den Kranken passiert. Dafür gibt es nur meine Zeugenaussage.«

»Na und? Jeder weiß, dass du nie in der Partei warst. Arthur hat doch sogar deine Gestapoakte ausgegraben, um nachzuweisen, dass man dich von Anfang an wegen deiner kritischen Haltung der Regierung gegenüber auf dem Kieker hatte und du fristlos entlassen wurdest, weil du Menschen gerettet hast.«

»Ja, und deshalb bin ich als Zeuge auf der einen Seite gefährlich für Krüger. Aber auf der anderen Seite hat mir dieser Anwalt angedroht, mich zu demontieren und mich in Verruf zu bringen, wenn ich tatsächlich aussagen sollte. Er hat mir zu verstehen gegeben, dass es genügend anständige Deutsche gibt, die einen Nestbeschmutzer wie mich beobachten und alles zutage fördern werden, was dazu geeignet ist, meine Glaubwürdigkeit auf irgendeine Weise infrage zu stellen. Und da wären Schwarzmarktgeschäfte, die über das Handeln mit Zigaretten hinausgehen, doch ein gefundenes Fressen. Wir stehen unter Beobachtung, Fritz. Das ist eine Tatsache. Und man wird alles, was wir außerhalb der derzeitigen Gesetze tun, gegen uns verwenden.«

»Das behauptet Krügers Anwalt. Ob wirklich etwas hinter dieser Drohung steckt, weißt du nicht.«

»Aber ich kann es mir gut vorstellen. Verstehst du nicht, Fritz? Ich wäre der Erste, der dich unter normalen Umständen unterstützen würde, um uns das Leben einfacher zu machen. Ich habe kein Problem damit, mit Schwarzhändlern zusammenzuarbeiten. Aber ich kann nicht. Das Risiko, dass es herauskommt, ist zu groß. Man will alles tun, damit ich als Zeuge diskreditiert werde, wenn Krügers Prozess im Februar beginnt. Es hat sich überhaupt nichts geändert, Fritz. Die alten Naziseilschaften halten weiterhin zusammen.«

»Und wenn du mit Arthur sprichst?«

»Bist du verrückt? Arthur ist unser Freund, aber er ist auch britischer Offizier. Was soll ich ihm sagen? ›Hör mal, Arthur, Fritz und ich würden gern ein paar lukrative Schwarzmarktgeschäfte machen, damit wir ausreichend zu essen haben, aber leider werden wir gerade von Denunzianten beobachtet, die uns was ans Zeug flicken wollen, damit ich als Zeuge gegen Krüger unglaubwürdig werde.‹ Was, glaubst du, wird Arthur dazu sagen?«

»Ach, ich glaube, er hätte für uns Verständnis. Der hält sich ja auch nicht immer an alle Regeln. Wenn es so wäre, würde ich vermutlich noch immer in diesem Kriegsgefangenenlager hocken.«

»Ich möchte Arthur da nicht mit hineinziehen. Er ist und bleibt britischer Offizier und wir würden ihn nur in unnötige Gewissenskonflikte bringen. Er tut schon jetzt mehr, als für sein Ansehen unter seinen Landsleuten gut ist.«

»Er tut das, was er für richtig hält«, widersprach Fritz. »Du glaubst, du müsstest für alles und jeden die Verantwortung übernehmen. Aber das musst du nicht, Richard. Lass dir helfen.«

»Hast du einen konkreten Vorschlag?«

Fritz antwortete nicht sofort. Sein Blick war auf ein kleines Mädchen gefallen, kaum älter als Harri. Sie schleppte einen

Sack voller dürrer Zweige und trug keine Schuhe, ihre Füße waren lediglich in alte Lumpen gehüllt. Obwohl es ein verhältnismäßig milder Dezember mit Temperaturen über dem Gefrierpunkt war, waren ihre Beine blau gefroren.

Fritz stand auf und ging dem Mädchen entgegen.

»Hast du keine Schuhe?«, fragte er es sanft. Das Mädchen schüttelte den Kopf.

»Du musst in der Schule nach einem Bezugsschein fragen.«

»Wir haben einen Bezugsschein, aber Mama hat kein Geld«, sagte sie leise. »Sie kriegt nur fünfzig Pfennig in der Stunde fürs Trümmerräumen und ich habe noch vier kleine Geschwister.«

Fritz zog sein Portemonnaie aus der Hosentasche und gab ihr einen Zehnmarkschein.

»Weil heute Weihnachten ist. Sag deiner Mama, sie soll damit die Schuhe bezahlen.«

Sie starrte ihn mit großen Augen an, brauchte einen Moment, bis sie es wirklich glauben konnte. Dann bedankte sie sich schüchtern, aber in ihren Augen breitete sich ein Strahlen aus. Fritz sah ihr nach, bis sie in der Dunkelheit verschwunden war.

»Wusstest du, dass manche Menschen zu arm sind, um das zu bezahlen, was ihnen an Bezugsmengen zusteht?«, fragte er Richard dann. »Was das angeht, sind wir doch geradezu privilegiert, nicht wahr? Ich möchte nicht wissen, in was für einer kalten, zugigen Bleibe diese arme Familie untergekommen ist, wenn sie es nötig hat, ein kleines Mädchen an Heiligabend ohne Schuhe zum Holzsammeln durch die Stadt zu schicken.«

Richard sagte nichts.

»Sag mir eines, Richard. Wollen wir so weitermachen wie bisher und uns aufs Abwarten beschränken oder wollen wir das tun, was richtig ist? Ganz unabhängig davon, ob dir ein widerwärtiger Nazianwalt gedroht hat?«

Es fing an, leicht zu nieseln.

»Ich warte auf deine Vorschläge«, sagte Richard leise.

»Es ist recht einfach«, erwiderte Fritz. »Wir bieten das an, was wir können, und bekommen dafür Naturalien. Du hast doch schon länger geplant, im Keller ein zweites Sprechzimmer einzurichten, um dem Ansturm gerecht zu werden. Es wird kaum auffallen, wenn wir dort auch Menschen behandeln, die sich normalerweise nicht in ein Krankenhaus wagen.«

Richard sah Fritz skeptisch an. »Was soll das heißen? Willst du dir heimlich was als Abtreibungsarzt dazuverdienen?«

Fritz schüttelte den Kopf. »Nein. Mir schwebt etwas ganz anderes vor.«

»Ich höre.«

»Waren nach Hamburg zu schmuggeln ist gefährlich. Es kommt häufig zu Verletzungen, die unbequeme Fragen aufwerfen. Manchmal auch zu Schusswunden.«

Richard starrte Fritz an. »Du willst, dass wir verletzte Kriminelle behandeln, die man normalerweise der Polizei melden müsste?«

»Kriminalität ist ein relativer Begriff, Richard. Wenn es danach geht, warst du jahrelang ein Krimineller, weil du falsche Gutachten erstellt hast.«

»Wenn wir so etwas machen, sind wir erpressbar. Und wenn wir auffliegen, geht es unseren Kindern noch schlechter als diesem kleinen Mädchen da. Nein, Fritz, das Risiko ist zu groß.«

»Wer sollte uns erpressen? Und wie sollte man uns überhaupt etwas nachweisen können? Diejenigen, die wir behandeln, werden den Mund halten, weil sie sonst selbst im Knast landen. Und wenn wir wirklich direkt auf frischer Tat ertappt werden sollten, könnten wir immer noch sagen, dass ein Verletzter um Hilfe nachgesucht hat und wir ihm als Ärzte erst einmal helfen mussten. Da unser Telefon nach wie vor tot ist und wir auf absehbare Zeit auch keinen neuen Anschluss kriegen werden, kann uns niemand vorwerfen, dass wir nicht sofort die Polizei informiert haben.«

»Das ist mir zu riskant, Fritz.«

»Wie wäre es, wenn wir Paula entscheiden lassen? Wenn sie deiner Meinung ist, werde ich das Thema nie wieder ansprechen. Aber wenn sie meiner Meinung ist, versuchen wir es.«

»Lass Paula da raus.«

»Warum? Bist du dir nicht sicher, wie sie sich entscheiden würde? Richard, wir würden nichts anderes tun, als unsere ärztliche Pflicht zu erfüllen. Wir würden Kranke und Verletzte behandeln. Wir fragen nur nicht nach, wo und wie sie verletzt wurden. Im Übrigen sind viele von ihnen noch minderjährig. Kannst du es einem Fünfzehnjährigen vorwerfen, wenn er Lebensmittel schmuggelt, um seine Familie zu ernähren? Und wenn er dabei verletzt wird, soll er dann verbluten oder ins Gefängnis gehen? Richard, keiner dieser Menschen würde sich mit illegalen Geschäften durchschlagen, wenn wir genug zu essen hätten. Wollen wir uns als hungernde Moralapostel aufspielen oder wollen wir überleben? Willst du all das Elend weiterhin tatenlos mit ansehen? Zusehen, wie kleine Mädchen wie dieses frieren und hungern, während die alten Nazis nach wie vor von ihren Seilschaften profitieren und wie die Made im Speck leben, weil sie derartige Skrupel nicht haben?«

»Wenn wir jetzt nicht anfangen, die Gesetze zu respektieren, wie sollen wir dann überhaupt jemals wieder zu Recht und Ordnung zurückfinden?«

»Welche Gesetze, Richard? Wir stehen unter Besatzungsrecht, es geht nicht darum, dass es uns gut geht, sondern dass die Militärverwaltung möglichst wenig Arbeit hat. Wir leben in einer Zeit des Chaos, in der mit zweierlei Maß gemessen wird. Wenn eine Frau von einem Besatzer vergewaltigt wird, schert sich kein Mensch darum. Gut, hier mag es nicht so an der Tagesordnung sein wie in der SBZ, wo die Russen über jedes weibliche Wesen hergefallen sind, aber es passiert, glaub mir, ich habe einige dieser Opfer in der Klinik kennengelernt. Sie schämen sich dafür, und selbst wenn sie die Tat zur Anzeige bringen wollten – niemand nimmt sie ernst, es wird alles unter den Teppich gekehrt. Wir haben kein gültiges Recht, auf das man sich berufen kann und das für jeden Menschen gleichermaßen gilt. Wir können uns nur selbst helfen.«

»Na schön, frag Paula. Aber ich glaube nicht, dass sie deiner Meinung ist.«

Der Nieselregen wurde stärker. Fritz erhob sich. »Wollen wir zurückkehren?«

Richard nickte und stand ebenfalls auf. Während des Heimwegs gingen ihm unzählige Gedanken durch den Kopf. In gewisser Weise gab er Fritz recht, aber zugleich erschreckte ihn die Art, wie Fritz die Zusammenarbeit mit kriminellen Schiebern mit seinem Widerstand gegen die Nazis gleichsetzte. Und dann war da noch die Furcht vor dem, was geschehen würde, wenn sie erwischt würden. War es das Risiko wert? Er wusste nicht mehr, was richtig und was falsch war. In einem hatte Fritz ganz sicher recht. Es gab derzeit kein Gesetz und keine Justiz, die für alle Menschen unabhängig von der Person galt. Aber was war die Konsequenz daraus? Sollte man das Recht in die eigene Hand nehmen oder abwarten? Und wenn ja, worauf sollte man warten? Er hatte die letzten zwölf Jahre nur damit zugebracht, auf bessere Zeiten zu warten.

2. Kapitel

Paula war erleichtert, als Richard und Fritz in gewohnter Eintracht zurückkehrten und ihren Streit anscheinend beigelegt hatten. Umso erstaunter war sie, als die beiden sie kurz darauf um ein Gespräch unter sechs Augen baten.

»Wir möchten gern deine Meinung hören«, sagte Richard, als sie zu dritt in ihrem Schlafzimmer waren. »Sozusagen als letzte Instanz der Entscheidungsfindung.«

»Meine Meinung kennst du doch. Ich bin dafür, dass wir Mimi behalten.«

»Darum geht es längst nicht mehr«, sagte Fritz. »Darüber sind wir uns schon einig. Es geht um viel tief greifendere Entscheidungen.«

Und so erfuhr Paula von Richards Sorgen und Fritz' Vorschlägen für ein leichteres Leben.

»Ich halte es für zu gefährlich«, sagte Richard abschließend. »Ich stehe unter Beobachtung, und wenn wir erwischt werden, verlieren wir alles.«

»Mir fallen dazu zwei Dinge ein«, sagte Paula nach kurzem Überlegen. »Krügers Prozess beginnt im Februar. Bis dahin könnten wir die Füße stillhalten. Aber das ist nicht das Wesentliche. Ich möchte vielmehr wissen, mit was für Leuten wir uns einlassen würden, Fritz. Handelt es sich um ein paar harmlose Schieber oder sind es straff organisierte Banden?«

»Ich schätze, die Übergänge sind fließend«, gab Fritz zu.

»Hast du einen Ansprechpartner?«, fragte Paula weiter.

Fritz nickte.

»Gut. Ich möchte ihn kennenlernen und die Verhandlungen führen.«

»Du möchtest was?«, rief Fritz. »Paula, wie kommst du darauf, dass du mit diesen Leuten besser verhandeln könntest als ich?«

»Es geht nicht darum, dass ich es besser könnte, Fritz. Ich will mir ein Bild davon machen, mit wem wir es zu tun haben. Und ich möchte die Bedingungen festlegen, unter denen ich mir eine Zusammenarbeit vorstellen kann. Nicht mehr und nicht weniger.«

»Du wärst tatsächlich dazu bereit, mit Kriminellen zu verhandeln?«, fragte Richard erstaunt.

»Richard, ich würde sogar mit dem Teufel persönlich verhandeln, wenn es zum Nutzen unserer Kinder wäre«, erwiderte sie. »Allerdings würde ich ihm niemals meine Seele verkaufen. Hast du eine Ahnung, mit wem ich alles verhandelt habe, um Patienten zu retten, während du an der Front warst? Ich habe Pastoren kennengelernt, die mir die Tür vor der Nase zuschlugen, aber es gab auch Mitglieder der NSDAP, die ein Herz hatten und mir halfen. Glaub mir, ich habe genügend Menschenkenntnis, um mir ein Bild zu machen. Wenn das Risiko in einem vertretbaren Verhältnis zum Nutzen steht und ich nichts tun muss, das meinen eigenen Moralvorstellungen widerspricht, bin ich bereit, sehr viel zu wagen. Haben wir das nicht immer getan? Wir alle?«

»Und wenn wir auffliegen?«, fragte Richard.

»Wir werden nicht alle gemeinsam auffliegen«, sagte Paula. »Wir werden es nicht in unserer Praxis tun, sondern an einem neutralen

Ort. Das ist meine Bedingung. Hier werden die Kriminellen unter gar keinen Umständen ein und aus gehen. Allerdings kann uns niemand einen Strick daraus drehen, wenn wir Hausbesuche machen. Du hast schließlich seit zwei Monaten einen Passierschein, um auch während der Ausgangssperre Hausbesuche machen zu können, Richard. Wenn wir das zweite Sprechzimmer im Keller eröffnen, lassen wir Fritz als Chirurg auf Honorarbasis eintragen, damit er auch einen Passierschein bekommt. Nach außen hin dürfte das keine Schwierigkeiten bereiten, die Krankenhäuser sind doch froh, wenn sie entlastet werden und nicht mehr mit jedem eingewachsenen Zehennagel belästigt werden. Dann könnt ihr beide problemlos zu jeder Zeit überallhin, wo eure Hilfe gebraucht wird. Und sollte euch die Polizei auflauern, könnt ihr immer noch behaupten, ihr hättet nicht gewusst, was euch dort erwartet, ihr wäret nur als Ärzte eurer Pflicht nachgekommen.«

»Ich weiß nicht, ob diese Leute sich darauf einlassen werden«, gab Fritz zu. »Die wollten gern eine direkte Anlaufstelle haben und eure Praxis erschien ihnen ideal.«

»Entweder so oder gar nicht«, sagte Paula bestimmt. »Und glaub mir, das werde ich deinem Kontaktmann schon mit Nachdruck klarmachen. Das dürfte auch nicht schwieriger sein, als einem Patienten mit Größenwahn ein Beruhigungsmittel aufzuschwatzen. Und darin war ich immer sehr erfolgreich.«

Fritz räusperte sich, während Richard zum ersten Mal seit langer Zeit wieder aus vollem Herzen lachte.

»Gut«, sagte Fritz. »Ich werde zusehen, dass ich dich nach den Feiertagen mit ihm zusammenbringen kann. Aber ich werde dich begleiten.«

»Das erwarte ich auch von dir, Fritz«, sagte Paula. »Ich mag zwar einiges Geschick im Verhandeln haben, aber ganz allein würde ich mich nur äußerst ungern in die Höhle des Löwen wagen.«

Richard sagte nichts. Paula sah ihn fragend an. »Du hast keine Einwände?«

»Ich bin immer wieder erstaunt, was schwierige Zeiten in den Menschen zutage fördern«, erwiderte er. »Die einen verzweifeln und die anderen wachsen daran. Zum Glück gehören du und Fritz zu denen, die wachsen.«

»So wie du auch.« Paula strich ihm sanft über die Schulter. »Du hast in den letzten Jahren so viel geleistet, jetzt ist es an der Zeit, dass du nicht mehr alle Verantwortung allein trägst, Richard. Du kannst dich auf uns verlassen.«

Er nahm sie in die Arme und hauchte ihr einen Kuss auf die Stirn. »Ich weiß, Paula. Das konnte ich schon immer und ohne euch beide hätte ich den Krieg nicht überlebt.«

»Und ich nicht ohne dich«, sagte Fritz. »Egal was kommt, wir werden immer zusammenhalten, auch wenn wir nicht immer einer Meinung sind.« Er gab Richard einen leichten Klaps auf die Schulter und auf einmal fühlte Paula sich ungemein erleichtert. Die Zeiten mochten schlecht sein, aber sie hatten noch immer Ideen und Pläne, wie es weitergehen konnte.

Am ersten Weihnachtstag bekamen sie am Nachmittag Besuch von Richards Neffen Karl und seiner Frau Julie. Die beiden hatten ihre acht Monate alte Tochter Marie mitgebracht.

»Die anderen wären auch gern gekommen«, sagte Karl entschuldigend, »aber mein Vater hat sich eine üble Bronchitis zugezogen und ist zurzeit noch schlechter auf den Beinen als für gewöhnlich. Und da sind meine Mutter und meine Geschwister lieber bei ihm geblieben. Aber sie meinten, Julie und ich könnten ein bisschen Abwechslung gebrauchen.«

»Soll ich mal nach Holger sehen?«, fragte Richard. Normalerweise war sein Schwager ein Mann, der sich durch nichts umwerfen ließ. »Eine Bronchitis kann in diesen Tagen schnell zu einer ausgewachsenen Lungenentzündung werden.«

»Nein, keine Sorge, so schlimm ist es nicht«, wehrte Karl ab. »Aber lange Fußwege waren ja noch nie seine Sache.«

Richard nickte. Holger hatte im Ersten Weltkrieg den rechten Unterschenkel verloren und trug seither eine Prothese.

Julies Blick fiel auf Mimi, die sich ihr vorsichtig näherte, um an ihren Füßen zu schnüffeln.

»Ihr habt einen Hund?«, fragte sie und beugte sich hinunter, um den Dackel zu streicheln. »Der ist ja niedlich.«

»Fritz hielt es für eine gute Idee, seinem Sohn zu Weihnachten einen Dackel zu schenken«, bemerkte Richard spitz.

»Jedes Kind braucht einen Hund«, bestätigte Fritz. »Meine Tochter Henriette hat unseren ersten Dackel Rudi bereits als Säugling heiß und innig geliebt und ihn gern als Kopfkissen benutzt. Und für Harri war Rudi von Anfang an der wichtigste Kamerad.« Fritz seufzte wehmütig.

»Wo ist deine Tochter jetzt?«, fragte Julie arglos, denn sie war mit Karl erst Ende 1944 aus Frankreich nach Hamburg gekommen.

»Sie starb zusammen mit ihrer Mutter bei der Bombardierung Hamburgs am 25. Juli 1943«, sagte Fritz leise. »Zwei Jahre lang dachte ich, Harri wäre auch tot, aber er hat überlebt, weil der ängstliche Rudi sich losriss und Harri ihm einfach nachlief, anstatt in den Luftschutzkeller zu gehen. Allerdings hat er Rudi nie wiedergefunden, sondern wurde von den fliehenden Menschen mitgerissen und überlebte dadurch den Feuersturm. Und dann war er zwei Jahre lang ganz allein in einem Waisenhaus. Harri hat lang genug gelitten und jetzt, wo ich wieder da bin, wird er alles bekommen, was er braucht, um diesen Verlust zu überwinden.«

Eine Weile herrschte Schweigen, bis Richards Vater fragte: »Wollt ihr hier festwachsen? Ihr habt unseren Weihnachtsbaum noch gar nicht gesehen. Also los, hinein in die gute Stube!«

»Hier ist er also abgeblieben!« Karl lachte, als er die kleine Tanne in dem Waschzuber sah. »Hier macht er sich auch viel besser als hinter der Schreberbude.«

»Er ist wunderschön.« Julie verfiel vor Begeisterung wieder in ihren französischen Akzent, der sonst kaum herauszuhören war.

»Singst du uns ›Stille Nacht‹ auf Französisch?«, fragte Emilia. »Bitte, Julie.«

»Wenn ihr es gern möchtet.« Eine zarte Röte legte sich über Julies Gesicht.

»Natürlich möchten wir es«, sagte Karl und nahm ihr das Kind ab. »Niemand von uns hat so eine schöne Stimme wie du.«

Julie wollte gerade ansetzen, als es an der Tür klingelte.

»Erwartet ihr noch weitere Gäste?«, fragte Karl.

»Nein«, erwiderte Richard.

»Vielleicht ist es Annelieses Mutter«, meinte Paula. »Ich hatte dir doch von dem gepanschten Insulin erzählt. Ich werde eben nachsehen. Ihr müsst nicht auf mich warten.« Sie ging zur Tür, während Julie »Douce nuit, sainte nuit« anstimmte.

Als Paula die Tür öffnete, war sie überrascht und erleichtert zugleich. Es war weder Annelieses Mutter noch irgendein anderer Patient. Vor ihr stand Arthur Grifford.

»Frohe Weihnachten«, sagte er und für einen Augenblick konnte Paula sich des Eindrucks nicht erwehren, einen verschüchterten großen Jungen vor sich stehen zu haben anstelle eines britischen Besatzungsoffiziers, der eigentlich von Haus aus ebenfalls Arzt war.

»Frohe Weihnachten, Arthur. Das ist ja eine Überraschung.«

»Ich dachte, ich bringe eine Kleinigkeit für die Kinder vorbei. Bei uns gibt es die Geschenke ja immer am ersten Weihnachtstag.« Er hielt Paula ein kleines Päckchen entgegen.

»Vielen Dank«, sagte Paula. »Aber das musst du den Kindern schon selbst geben.« Sie lächelte ihn an. »Komm doch bitte rein.«

»Ich ... ähm.«

»Ich verstehe, du willst bestimmt gleich zurück zu deiner Frau, um mit ihr zu feiern.«

»Nein«, sagte er erstaunlich schnell. »Ich komme gern rein.«

Aus dem Wohnzimmer erklang Julies heller Gesang. Arthur hielt einen Moment lang erstaunt inne.

»Das ist Julie, die Frau von Richards Neffen Karl«, sagte Paula. »Sie hat eine wundervolle Stimme, nicht wahr?«

»Sie singt auf Französisch?«

»Ja, sie ist Französin. Karl hat sie in Paris kennengelernt, als er dort stationiert war.«

Als sie das Wohnzimmer betraten, sang Julie bereits die letzte Strophe. Die Stube wurde lediglich durch die drei Christbaumkerzen erhellt. Paula und Arthur hielten sich im Hintergrund, bis Julie das Lied beendet hatte und der Applaus verklungen war. Karl küsste seine Frau auf die Wange und reichte ihr die kleine Marie. Erst jetzt bemerkte Richard, wer der Neuankömmling war.

»Arthur, das ist ja eine Überraschung!«, rief er und reichte dem Briten die Hand.

»Frohe Weihnachten«, sagte Arthur. »Ich wollte nur eine Kleinigkeit für die Kinder vorbeibringen.« Er überreichte Emilia das Päckchen. »Ladys first«, sagte er. »Aber es ist für alle drei.«

»Vielen Dank«, entgegnete Emilia. Dann gab sie das Päckchen Harri. »Pack du es aus. Pakete sollte immer der Jüngste auspacken.«

Im selben Augenblick zuckte Arthur zusammen. »Da war was an meinem Bein.« Er sah nach unten und erkannte im Halbschatten Mimi, die sich still und heimlich genähert hatte, um ihn ausgiebig zu beschnüffeln. »Seit wann habt ihr einen Hund?«

»Seit Fritz den Verstand verloren hat«, sagte Richard.

»Richards diagnostische Fähigkeiten als Psychiater sind auch nicht mehr das, was sie mal waren«, gab Fritz trocken zurück, während er Arthur die Hand schüttelte. »Schön, dass du den Weg zu uns nicht gescheut hast.«

Harri hatte inzwischen das Päckchen ausgepackt. Es enthielt drei Tafeln Schokolade und eine Blechdose mit Keksen.

»Vielen Dank!«, rief er, während er sich eine der Tafeln nahm, sie sofort öffnete und sich genussvoll ein Stückchen in den Mund schob. »Mimi ist mein Hund«, fügte er dann noch hinzu. »Papa hat sie mir zu Weihnachten geschenkt!«

»Und du sollst nicht mit vollem Mund sprechen«, tadelte ihn sein Vater.

»Und ehe ich auch noch meine Manieren vergesse«, sagte Richard, »stelle ich dir lieber meinen Neffen Karl Matthiesen mit seiner zauberhaften Frau Julie und ihrer Tochter Marie vor. Karl, Julie, das ist Arthur Grifford.«

Sie reichten sich die Hände.

»Sie haben eine wunderbare Stimme«, sagte Arthur. »Ich hätte nicht gedacht, hier auf eine Französin zu treffen.«

»Und was wollen Sie mir damit jetzt sagen?« Eine schmale Falte bildete sich zwischen Julies Brauen. »Dass ich mich im Krieg mit dem Feind eingelassen habe?«

»Nein, ganz und gar nicht«, beschwichtigte Arthur sofort. »Ich war nur überrascht. Im Übrigen bin ich nicht besser. Wissen Sie, ich war ein Fraternisierungsverbotsbrecher.«

Sofort hellte sich Julies Miene auf.

»Sie beherrschen die Finessen der deutschen Sprache, die zu endlos langen Wortverbindungen neigt, ausgezeichnet«, sagte sie lächelnd.

»Und jetzt seid ihr alle bei den Nestbeschmutzern zu Besuch«, sagte Fritz und grinste.

»Nestbeschmutzer?«, fragte Arthur. »Das Wort sagt mir nichts.«

»So bezeichnet man Deutsche, die gegen andere Deutsche aussagen, die während der NS-Zeit Verbrechen begangen haben«, erklärte Richard und jeder konnte die Bitterkeit in seiner Stimme hören.

»Er hat sogar schon Drohungen bekommen«, fügte Fritz hinzu und erntete dafür einen Rippenstoß von Richard, was ihn allerdings nicht am Weitersprechen hinderte. »Natürlich ist Richard viel zu stolz, um darüber zu reden.«

»Wer hat dir gedroht?«, fragte Arthur mit ernster Miene.

»Niemand von Bedeutung«, wehrte Richard ab. »Es ist nicht wichtig.«

»Ich sehe das anders«, widersprach Fritz. »Und ich denke, dass du mit Arthur darüber reden solltest.«

Richard funkelte Fritz zornig an und setzte bereits zu einer heftigen Gegenrede an, die gewiss nicht freundlich ausgefallen wäre, wenn Arthur ihm nicht eine Hand auf die Schulter gelegt und gefragt hätte: »Du vertraust mir also nicht?«

»Das hat doch damit nichts zu tun«, gab Richard zurück.

»Onkel Richard«, fragte Karl nun, »wer droht dir denn?«

»Na großartig. Vielen Dank, Fritz, jetzt wollen es alle wissen.«

»Ja, und ich bin auch der Meinung, dass es alle wissen sollten, weil es deine miese Laune erklärt, unter der wir seit sechs Wochen leiden«, erwiderte Fritz. »Du solltest damit aufhören, alles mit dir selbst auszumachen. Lass dir endlich helfen.«

Richard holte tief Luft und warf Paula einen fragenden Blick zu. Sie nickte kaum merklich.

»Also schön«, sagte er. »Krügers Anwalt hat mir im November angedroht, dass er alles dransetzen wird, meine Glaubwürdigkeit anzuzweifeln und meine Ehre in den Schmutz zu ziehen, falls ich tatsächlich als Zeuge der Anklage auftrete. Er behauptete, ich stünde unter Beobachtung und es gebe noch genügend anständige Deutsche, die ihm jede Information, die man gegen mich verwenden kann, zutragen würden.«

»Aber man kann dir doch gar nichts anhängen«, sagte sein Vater. »Du hast einen tadellosen Ruf und es ist erwiesen, dass keiner von uns jemals in der Partei war.«

»Wenn man sucht, wird man immer was finden«, sagte Richard und jeder im Raum wusste, dass er damit die Tauschgeschäfte auf dem Schwarzmarkt meinte.

»Wie heißt Krügers Anwalt, Richard?«, fragte Arthur.

»Günther Melk.«

Arthur zog sein Notizbuch hervor und notierte den Namen.

»Ich werde ihn mir mal anschauen. Weißt du, was das Gute an euch Deutschen ist? Ihr habt über alles Akten. Ich bin mir sicher, dass es irgendwo auch eine Akte über diesen Melk gibt.«

»Und da kommst du so einfach ran?«

»Genauso einfach und legal, wie Zigaretten auf dem Schwarzmarkt zu tauschen.« Arthur grinste.

»Dann lass es bitte. Ich möchte nicht, dass du Ärger bekommst.«

»Das ehrt dich, Richard, aber das ist mir gerade ein persönliches Anliegen. Ich habe etwas gegen Leute, die Freunde von mir bedrohen.«

»Unterschätz die alten Seilschaften nicht«, warnte Richard.

»Unterschätz meine Verbindungen nicht. Du wirst von mir hören.« Arthur verabschiedete sich von den Anwesenden und schickte sich zum Gehen an. Richard begleitete ihn zur Tür.

»Feierst du noch mit deiner Frau?«, fragte er ihn zum Abschied, um das Gespräch in harmlosere Bahnen zu lenken.

Arthur zögerte kurz, dann schüttelte er den Kopf. »Nein. Sie ist in London.«

»Besucht sie über die Feiertage ihre Familie?«

Der Brite seufzte. »Wer weiß das schon.«

Richard musterte seinen Freund aufmerksam und bemerkte das unsichere Flattern seiner Augenlider.

»Sie hat dich verlassen?«, fragte er erschüttert.

Arthur nickte stumm.

»Das tut mir so leid, Arthur.«

Arthur holte tief Luft. »Weißt du«, sagte er, »eigentlich bin ich erleichtert. Ich meine, vor einer Woche, da war ich noch am Boden zerstört, als all die Lügen herauskamen. Als der Krieg zu Ende war, wollte ich nach London zurück und wieder ein ganz normales Leben führen. Einfach da weitermachen, wo ich nach der Ausbombung aufgehört hatte. Wieder als Internist im Krankenhaus arbeiten. Aber Lisa hat mir zugeredet, mich länger zu verpflichten, sie meinte, in London hätten wir doch nichts mehr und bei den Besatzungstruppen sei das Leben einfacher, ich könnte einen Offiziersrang bekleiden und genügend Geld zusammensparen, damit wir später in London wieder neu anfangen könnten. In Wirklichkeit hat sie dabei nie an uns gedacht. Sie hatte nämlich längst eine Affäre mit einem Offizier, den sie im Lazarett kennengelernt hatte, und der war gegen Kriegsende nach Hamburg versetzt worden. Ich war also nur Mittel zum Zweck. Und jetzt ist sie mit ihm zurück nach London, um sich ein neues Leben aufzubauen, und ich sitze hier. Ich könnte es ihr natürlich bei der Scheidung schwer machen, immerhin hat sie mich böswillig verlassen, aber lohnt es sich, um eine solche Frau zu kämpfen, die mich zwei Jahre lang betrogen und belogen hat?« Er atmete abermals tief durch. »Weißt du, wie glücklich du dich schätzen kannst, Richard? Du hast eine Familie und du hast Freunde, auf die du zählen kannst. Du ahnst nicht, wie sehr ich dich darum beneide.«

»Du gehörst auch zu diesen Freunden, Arthur.«

»Ja, und deshalb werde ich mir mal diesen Melk vornehmen. Das bin ich dir nicht nur als Freund schuldig, sondern es ist auch eine gute Ablenkung von gewissen trübsinnigen Gedanken.« Er klopfte Richard noch einmal auf die Schulter, dann ging er.

3. Kapitel

Der 6. Januar 1946 war ein Sonntag und es war der Tag, an dem Paula zum ersten Mal in ihrem Leben mit der organisierten Kriminalität in Berührung kam. Fritz hatte zunächst versucht, ein Treffen mit seinem Kontaktmann zu arrangieren, doch aus unerfindlichen Gründen hatten er und Paula gleich eine Einladung von Oskar Strehlau erhalten. Paula konnte mit diesem Namen nichts anfangen, doch Fritz war Oskar Strehlau seit Ende 1939 ein Begriff, seit jener Zeit, da er jeden Samstagnachmittag als Gefängnisarzt in der Haftanstalt Fuhlsbüttel tätig gewesen war. Oskar Strehlau, der große Patriarch, war niemals mit dem Gesetz in Konflikt geraten, aber sein Name war allgegenwärtig gewesen.

»Ich weiß nicht, ob das ein gutes oder ein schlechtes Zeichen ist«, gestand Fritz, als er Paula von der Einladung erzählte.

»Nun, in zwei Stunden sind wir schlauer«, sagte Paula leichthin, doch innerlich war ihr mulmig zumute, als sie mit Fritz die Straßenbahn bestieg.

Oskar Strehlau lebte in einer von Bomben unversehrten Wohnung im vornehmen Stadtteil Harvestehude.

Ein Dienstmädchen, das tatsächlich ein adrettes schwarzes Kleid mit weißer Schürze und Spitzenhaube trug, öffnete ihnen die Tür. Das Erste, was Paula auffiel, war die Wärme, die ihnen aus der Wohnung entgegenschlug. Der Winter war bislang nicht übermäßig hart – die Temperaturen bewegten sich meist um den Gefrierpunkt –, aber bei Oskar Strehlau war so gut geheizt, als gelte es, eine Eiszeit zu bekämpfen. Das Mädchen nahm ihnen Hut und Mantel ab und hängte sie an die Garderobe. Paula trug ihr bestes Kostüm aus dunkelblauem Stoff, ihre goldenen Ohrringe und die dreireihige Perlenkette, die sie von ihrer Mutter geerbt hatte. Sie wollte diesem Mann gleich zeigen, dass er es mit einer Dame zu tun hatte, die sich ihres Wertes bewusst war und auf Augenhöhe verhandeln würde. Als das Mädchen sie in den Salon führte, roch sie den Duft von frischem Bohnenkaffee und Zigarrenrauch. Sie warf Fritz einen kurzen Blick zu und er nickte kaum merklich. Oskar Strehlau wollte anscheinend ebenfalls Eindruck schinden. Er saß in einem mächtigen Ledersessel direkt vor dem Kamin. Ein riesiger, rot gemusterter Perserteppich, der vor dem Krieg gut und gern tausend Mark gekostet haben mochte, zierte den Boden. Auf dem Esstisch stand ein Kaffeeservice aus Meißner Porzellan. Es war für drei Personen gedeckt, in der Mitte thronte die dampfende Kaffeekanne, deren Duft Erinnerungen an längst vergangene Tage weckte. Bei ihrem Eintreten erhob sich Strehlau und kam ihnen entgegen. Paula schätzte ihn auf Mitte fünfzig und wunderte sich bei alldem, was hier aufgetragen wurde, nicht über den kleinen Wohlstandsbauch, der sich unter dem Maßanzug abzeichnete.

»Frau Doktor Hellmer, Herr Doktor Ellerweg, ich freue mich, dass Sie den Weg zu mir gefunden haben.« Er reichte zuerst Paula, dann Fritz die Hand. »Bitte nehmen Sie doch Platz.« Er wies auf den gedeckten Tisch. Sobald sie saßen, schenkte das Dienstmädchen ihnen den duftenden Kaffee ein.

»Milch?«, fragte Strehlau und wies auf das kleine Kännchen. »Es ist frische Milch, kein aufgelöstes Milchpulver.«

»Vielen Dank.« Paula nahm einen Schuss Milch in ihren Kaffee. Fritz folgte ihrem Beispiel. Falls er beeindruckt war, zeigte er es nicht. Sie hoffte, dass sie ebenso gleichmütig und professionell wirkte.

»Es heißt, Männer wissen den Geist des Weines zu schätzen, während eine Frau von Welt die Qualität des Kaffees zu bewerten weiß.« Strehlau lächelte, doch seine Augen blieben kalt. »Ich für meinen Teil kann Ihnen anhand des Geschmacks alles über einen guten Wein verraten. Was können Sie mir über diesen Kaffee sagen, Frau Doktor Hellmer?«

Was war das für ein seltsames Spiel? Wollte er sie bloßstellen? Ihr deutlich machen, dass sie schon seit Jahren keinen echten Bohnenkaffee mehr getrunken hatte? Falls er Spielchen spielen wollte, war er bei ihr an der falschen Adresse, sie würde sich gewiss nicht einschüchtern lassen. Sie nahm einen Schluck, dann sah sie Oskar Strehlau direkt in die Augen.

»Dem Geschmack nach wurden die Kaffeekirschen auf einer Plantage in Mittelamerika geerntet«, sagte sie. Dann nahm sie noch einen Schluck. »Guatemala, um genau zu sein. Von einer ... warten Sie ...«, sie tat so, als würde sie einen dritten Schluck nehmen, »... von einer dreiundzwanzigjährigen Indiofrau, die unter Liebeskummer litt, denn die würzige Note des Kaffees spricht dafür, dass sie den Boden mit jenen Tränen düngte, die sie aus Herzensleid vergoss.«

»Von einer dreiundzwanzigjährigen Indiofrau, die an Liebeskummer litt«, wiederholte Strehlau und brach im gleichen Augenblick in schallendes Gelächter aus. »Sie sind einmalig, Frau Doktor Hellmer. Ich schätze Frauen mit Humor.«

»Und ich schätze Männer, die diesen Humor verstehen.« Paula schenkte Strehlau ein feines Lächeln.

»Herr Doktor Ellerweg ließ mir mitteilen, dass Sie sich selbst ein Bild davon machen wollen, mit wem Sie es zu tun hätten. Hier bin ich also. Wie Sie sehen, gehöre ich zu den einflussreichsten Männern der Stadt. Es gibt nichts, was ich nicht beschaffen kann. Und Sie könnten daran teilhaben. Ich erwarte dafür nur ein paar kleine Gefälligkeiten.«

»Ich weiß, und ich bin da, um die Rahmenbedingungen festzulegen, unter denen wir diese kleinen Gefälligkeiten leisten können.« Paula machte eine kurze Pause – lang genug, um ihren folgenden Worten Wirkung zu verleihen, aber so kurz, dass Strehlau nicht sofort ansetzen konnte. »Ich sehe, dass Sie sehr großen Einfluss haben, Herr Strehlau. Wäre er groß genug, um uns bei der britischen Militärverwaltung die Erlaubnis für den Neuanschluss unseres Telefons zu beschaffen?«

Nun war es an Strehlau, eine kleine Kunstpause zu machen. Er lehnte sich auf seinem Stuhl zurück und trank einen Schluck Kaffee.

»Möglicherweise«, sagte er. »Wozu brauchen Sie in diesen Tagen einen Telefonanschluss? Es gibt doch kaum jemanden, der noch ein funktionierendes Telefon hat, und Ferngespräche sind ohnehin nicht möglich.«

»Sie haben ein Telefon, Herr Strehlau.« Paula wies auf den glänzend schwarzen Apparat, der auf der Anrichte stand. »Und ich bin mir sicher, dass einige Ihrer Geschäftsfreunde ebenfalls über ein funktionierendes Telefon verfügen. Herr Doktor Ellerweg sagte mir, dass Sie gern unsere Praxis als Anlaufstelle hätten, aber das ist zu gefährlich. Ich gehe davon aus, dass Sie Erkundigungen über uns eingezogen haben. Dann wissen Sie, dass mein Mann im nächsten Monat als Zeuge im Ärzteprozess aussagen wird.«

Strehlau nickte.

»Mein Mann hat sich dadurch einige Feinde gemacht, die alles dafür tun würden, ihn zu Fall zu bringen. Man hat ihm mitgeteilt, dass er unter Beobachtung stehe, und ihm gedroht. Es kann nicht in Ihrem Sinne sein, dass unsere gegenseitigen Gefälligkeiten publik werden. Aber das Risiko bestünde, wenn wir in unserer eigenen Praxis regelmäßig Patienten behandeln würden, deren Verletzungen wir eigentlich der Polizei melden müssten. Mein Mann hat einen Passierschein, er kann auch während der Ausgangssperre Hausbesuche machen. Herr Doktor Ellerweg wird in Kürze ebenfalls einen Passierschein bekommen – wir haben den Antrag gleich nach Neujahr gestellt und es spricht alles dafür, dass er bewilligt wird. Wir haben einen guten Leumund und gelten als politisch unbelastet. Es ist ganz einfach, Herr Strehlau. Sie möchten, dass wir Ihre treuen Mitarbeiter ohne viel Aufheben ärztlich behandeln. Wir sind dazu bereit, aber das Risiko, es in unserer Praxis zu tun, ist zu groß. Sie müssten sich schon mit einem Hausbesuch begnügen. Ein Anruf würde genügen. Aber dafür brauchen wir einen funktionierenden Telefonanschluss.«

»Sie verlangen recht viel. Andere Ärzte wären da nicht so wählerisch.«

»Dann sollten Sie mit diesen anderen Ärzten ins Geschäft kommen, Herr Strehlau. Allerdings wissen Sie selbst, dass Herr Doktor Ellerweg einer der besten Chirurgen der Stadt, wenn nicht gar des Landes ist. Und der gute Ruf meines Mannes, der dafür bekannt ist, dass er sich von Anfang an gegen die Nazis stellte, ist ein idealer Deckmantel, um über jeden Verdacht, illegale Absprachen zu treffen, erhaben zu sein, nicht wahr? Sie wissen, warum Sie uns wollen und nicht irgendwelche kleinen, verängstigten Hausärzte. Es liegt bei Ihnen. Wir sind bereit, mit Ihnen zusammenzuarbeiten, aber nur zu diesen Bedingungen. Und wenn Sie ehrlich sind, ist das auch in Ihrem Sinne, oder? Wir wollen sichergehen, dass wir nicht erwischt werden, und das wollen Sie doch auch, damit Ihre Geschäfte nicht geschädigt werden.«

Eine Weile herrschte Schweigen.

»Und was sagen Sie dazu, Herr Doktor Ellerweg?« Strehlau sah Fritz an.

»Ich teile Frau Doktor Hellmers Meinung in jeder Beziehung. Wir kommen gern mit Ihnen ins Geschäft, aber nur zu den genannten Bedingungen.«

»Also gut.« Strehlau nickte. »Dann bleibt nur noch die Frage nach der Bezahlung. Was erwarten Sie für einen Einsatz?«

»Darüber habe ich mir bereits Gedanken gemacht«, sagte Paula. »Für ein paar Zigaretten pro Einsatz lohnt es sich nicht. Ich würde ein Punktesystem bevorzugen.«

Strehlau horchte auf. »Ein Punktesystem? Was meinen Sie damit?«

»Herr Doktor Ellerweg wird mit Ihnen über den Aufwand für jede einzelne Dienstleistung sprechen. Eine ausgerenkte Schulter ist selbstverständlich weniger teuer als eine Schussverletzung. Sie müssen uns nicht sofort bezahlen, wir bekommen für jeden Auftrag Punkte und die wiederum tauschen wir bei Ihnen gegen die Waren ein, die wir brauchen. Als Schlüsselwert würde ich amerikanische Zigaretten festlegen. Ein Punkt ist eine amerikanische Zigarette. Und dann überlegen wir, was wir brauchen und was Sie an lukrativen Waren für uns haben, die wir für unsere Punkte eintauschen können. Wir wollen nicht für jede Kleinigkeit zum Schwarzmarkt laufen. Es ist viel lohnender, gleich ein ganzes Paket mit entsprechenden Waren mitzunehmen, nicht wahr?«

»Das heißt, Sie wären bereit, umsonst in Vorleistung zu treten, um Ihre Punkte anzusparen?«

»So ist es«, bestätigte Paula.

»Haben Sie keine Angst, dass ich Sie übervorteilen könnte?«

»Nein, Herr Strehlau. Dieses Arrangement ist zu Ihrem Nutzen und ich glaube nicht, dass ein Mann, der den Humor einer intelligenten Frau zu schätzen weiß, seine Geschäftspartner übervorteilt, wenn er von einer langjährigen Zusammenarbeit viel mehr Vorteile hat. Ich vertraue Ihnen.«

»Also abgemacht«, sagte Strehlau. »Stellen Sie einen Antrag auf den Neuanschluss Ihres Telefons und lassen Sie mir eine Abschrift zukommen. Ich werde dafür sorgen, dass Ihr Antrag bevorzugt bearbeitet wird.«

Er erhob sich und reichte Paula die Hand. »Ich freue mich, mit Ihnen Geschäfte zu machen, Frau Doktor Hellmer.«

Paula erhob sich ebenfalls und ergriff seine Hand. »Vielen Dank, Herr Strehlau.«

Dann reichte Strehlau auch Fritz die Hand. »Herr Doktor Ellerweg, ich bin froh, von nun an auf den besten Chirurgen Hamburgs zählen zu können.«

»Geschäft ist Geschäft«, sagte Fritz. »Einen kleinen Gefallen müssten Sie uns allerdings noch gewähren.«

»Noch einen Gefallen?« Strehlau runzelte die Stirn.

»Wir brauchen ein Fahrrad, damit wir während der Ausgangssperre schnell genug vor Ort sind, wenn keine Straßenbahnen mehr fahren. Lässt sich das einrichten?«

Strehlau nickte. »Solange Sie kein Auto verlangen. Das würde selbst mich derzeit vor einige Schwierigkeiten stellen.« Er lachte leise.

Nachdem sie Strehlaus Wohnung verlassen hatten und auf die Straßenbahn warteten, meinte Fritz: »Ich werde nie wieder einen Kaffee trinken können, ohne an die dreiundzwanzigjährige Indiofrau mit Liebeskummer denken zu müssen, deren Tränen den Boden gedüngt haben.«

4. Kapitel

Es war ein seltsames Gefühl für Richard, nach all der Zeit, in der er sich allein für die Hausgemeinschaft verantwortlich gefühlt hatte, nur noch in der zweiten Reihe zu stehen, während Paula und Fritz neue Wege beschritten. Er war sich nach wie vor nicht sicher, ob es richtig war, aber er war pragmatisch genug, die Vorteile zu erkennen. Gleich am Montag nach dem Treffen mit Strehlau hatten sie einen Antrag auf einen Telefonanschluss gestellt und bereits zehn Tage später funktionierte der Apparat wieder. Nachdem der Anschluss freigeschaltet war, rief Richard Arthur in dessen Büro an.

»Hallo?«, meldete der Engländer sich. Die deutsche Angewohnheit, sich mit Namen zu melden, hatte er noch nicht verinnerlicht.

»Hier ist Richard. Ich wollte dir nur sagen, dass wir seit heute wieder einen Telefonanschluss haben, und dir meine Nummer geben.«

»Ihr habt wieder Telefon?« Arthur klang aufrichtig erstaunt. »Ich habe schon vor drei Monaten einen Antrag auf einen privaten Anschluss gestellt, aber bislang keinerlei Aussicht, einen zu bekommen.«

»Es ist ja auch kein privater Anschluss, sondern ein Praxisanschluss. Möglicherweise hat unsere Begründung, dass wir im Notfall schnell ein Krankenhaus erreichen müssen, die Entscheidungsträger überzeugt. Du solltest auch eine Praxis in deiner Wohnung eröffnen. Das hilft bestimmt.«

»Very funny«, murmelte Arthur.

Richard lachte. Dann diktierte er dem Briten seine Telefonnummer.

»Ich habe übrigens etwas über diesen Günther Melk herausgefunden«, sagte Arthur, nachdem er die Nummer notiert hatte. »Er ist 1937 NSDAP-Mitglied geworden. Gleicher Ortsverein wie Krüger. Vermutlich haben sie sich damals schon kennengelernt. Er behauptete, er sei nur Mitglied der Partei geworden, um seine Mandanten glaubhafter vor Gericht vertreten zu können.«

»Weißt du auch, was seine Mandanten ausgefressen hatten?«

»Überwiegend waren es Eigentumsdelikte. Diebstähle, Einbrüche, Raubüberfälle. Der interessanteste Fall ist ein Notzuchtsdelikt, da hat er für den Täter einen Freispruch erwirkt, indem er das Opfer in der Verhandlung als loses Frauenzimmer darstellte, das den Täter nur aus verschmähter Liebe der Vergewaltigung bezichtigt habe. Ich habe mir die Gerichtsakten besorgt, er hat mit ziemlich schmutzigen Tricks gearbeitet, um das Opfer bloßzustellen. Er hat sogar Zeugenaussagen von Nachbarn als Beweismittel angeführt, nach denen die Frau wechselnde Männerbesuche gehabt habe, und ihr unterstellt, sie sei eine Professionelle.«

»Das klingt, als hätte er Erfahrung im Umgang mit Denunzianten. Hast du auch etwas über sein persönliches Umfeld herausgefunden?«

»Er ist zweiundvierzig Jahre alt, ledig, lebte bis zum Tod seiner Mutter im Jahr 1941 mit ihr zusammen und war wegen seiner schweren Kurzsichtigkeit wehruntauglich, weshalb er nie eingezogen wurde.«

»Und die Mutter war Kriegerwitwe und er ihr einziges Kind«, sagte Richard.

»Stimmt. Woher weißt du das?«

»Für einen Psychiater ist das die klassische Schlussfolgerung. Ein bösartiges Muttersöhnchen, das seine latenten Aggressionen auf gesellschaftlich anerkannte Weise als Anwalt auslebt, um somit Macht über andere zu gewinnen.«

»Und was fängst du mit diesen Informationen jetzt an, Richard?«

»Ich bereite mich innerlich auf das Schlimmste vor, damit er sich die Zähne an mir ausbeißt. Ich danke dir, Arthur.«

Fritz kam an diesem Abend erst nach Beginn der Ausgangssperre nach Hause. Die Familie hatte bereits zu Abend gegessen und Fritz war froh, dass er vor wenigen Tagen seinen Passierschein bekommen hatte, denn die Strafen für eine Verletzung der Ausgangssperre waren empfindlich – hundert Mark oder wahlweise vierzehn Tage Gefängnis. Da viele Familien mit weniger als hundert Mark im Monat auskommen mussten und es eine Katastrophe war, wenn der Ernährer zwei Wochen lang ausfiel, wurde die Ausgangssperre von den meisten Hamburgern sehr genau eingehalten.

Frau Koch wärmte den Topf mit der Steckrübensuppe noch einmal kurz auf dem Gasherd an, aber nicht zu lang, damit sie ihre Gaszuteilung nicht überschritten, sodass Fritz immerhin noch eine lauwarme Mahlzeit bekam.

Richard leistete seinem Freund in der Küche beim Essen Gesellschaft, während die übrigen Familienmitglieder sich in ihre Zimmer zurückgezogen hatten. Aus dem Kinderzimmer hörte man Mimis Bellen und lautes Lachen.

»Du siehst verärgert aus«, sagte Richard. »Liegt es an den aufgewärmten Steckrüben oder gibt es ernstere Schwierigkeiten?«

»Aufgewärmte Steckrüben sind zwar nicht sonderlich geeignet, meine Laune zu heben, aber nichts, was mir dieselbige verhageln würde.«

»Was ist es dann?«

Fritz holte tief Luft. »Es ist eine Sie. Frau Doktor Julia Kampner, einzige weibliche Chirurgin, Besserwisserin und Männerfeindin in einer Person.«

»Oh!«

»Ich bin nun wirklich der Letzte, der etwas gegen Ärztinnen im Allgemeinen oder Chirurginnen im Speziellen hätte. Aber diese Frau ist einfach unerträglich.«

»Was hat sie dir getan?«

»Sie hat die Abwesenheit eines Großteils der männlichen Ärzte genutzt, um sich unentbehrlich zu machen. Und jetzt nimmt sie es mir übel, dass ich aus dem Krieg zurückgekommen bin und wieder meine alte Position als Stellvertreter von Professor Wehmeyer eingenommen habe. Ganz gleich, was ich sage oder tue, sie wirft mir vor, es sei ein persönlicher Angriff gegen sie als Frau und ich wolle sie aus der Klinik ekeln. Dabei ist das nun wirklich das Allerletzte, was mir einfallen würde. Ich bin verdammt froh, wenn wir genügend Chirurgen haben, die Arbeit ist jetzt schon kaum zu bewältigen und ich komme langsam in ein Alter, in dem ich Nachtdienste hasse. Heute kam wieder so eine Spitze. Sie hat Nachtdienst und ich bin länger geblieben, um mit ihr gemeinsam eine schwierige Operation abzuschließen, anstatt sie damit alleinzulassen. Sie warf mir daraufhin vor, dass ich wohl etwas gegen Frauen im OP habe und sie kontrollieren wolle. Ich sagte ganz freundlich, dass ich Frauen im OP seit jeher schätze, weil wir den OP ohne Schwestern dichtmachen könnten. Da hat sie mich wie eine Furie angeschrien, dass eine Frau ein ebenso guter Chirurg wie ein Mann sein könne und ich ihr nicht immer in ihre Operationsmethoden reinreden solle. Als wenn ich das je getan hätte. Ich habe ihr nur ein paarmal hilfreiche Ratschläge gegeben, die meiner Berufserfahrung geschuldet sind, nicht meinem Geschlecht. So ähnlich wie damals bei dir, als wir in Tripolis zusammen operiert haben. Hast du dich von mir jemals bevormundet gefühlt, Richard? Oder das Gefühl gehabt, ich wolle dich aus dem OP drängen?«

»Nein. Allerdings habe ich auch nicht deine Kompetenz angezweifelt, weil ich weiß, dass ich dir niemals das Wasser reichen könnte. Was hast du auf diese Anschuldigung denn geantwortet?«

»Ich habe sie gefragt, seit wie vielen Jahren sie bereits als Chirurgin arbeite und wann Professor Wehmeyer ihr die Facharztreife zuerkannt habe. Sie fauchte mich an, dass ich das doch genau wisse und mein Verhalten ihr gegenüber überheblich und herablassend sei. Daraufhin bin ich auch wütend geworden und habe ihr gesagt, dass ich bereits Oberarzt in der Chirurgie war, als sie ihr Medizinstudium gerade begonnen hatte. Ja, ich kenne ihre biografischen Daten. Sie ist 1912 geboren, hat ihr Studium 1932 begonnen und es 1938 abgeschlossen. Danach hat sie zwei Jahre lang keine Anstellung gefunden, weil sie eine verheiratete Frau war. Im Grunde so eine ähnliche Geschichte wie die von Paula. Ich finde das selbst ungerecht und kann verstehen, dass sie das alles verbittert hat, aber ich kann nichts dafür und wir hatten es in den letzten Jahren alle nicht leicht. 1941 hat Professor Wehmeyer sie eingestellt, weil nach meinem Ausscheiden eine Stelle frei war. Professor Wehmeyer meinte, sie habe sich sehr schnell und sehr gut eingearbeitet, und legte sie mir als fähige Kollegin ans Herz, als ich wieder in meine alte Position zurückkehrte. Er sagte, sie habe einen ähnlichen Verlust wie ich erlitten, ihr Mann sei 1943 gefallen. 1944 hat Professor Wehmeyer ihr die Facharztreife bestätigt. Aber natürlich fehlt ihr die langjährige Berufserfahrung. Sie leistet in der Tat gute Arbeit, aber sie braucht deutlich länger als ich. Deshalb übernehme ich die schwierigen Operationen, weil ich schneller und effizienter arbeite. Und seitdem behauptet sie, ich wolle sie verdrängen, anstatt mir dankbar zu sein, dass ich sie entlaste. Blöde Ziege!«

Richard lachte leise.

»Du lachst darüber?«, fragte Fritz mit einem Anflug von Verärgerung.

»Na ja«, sagte Richard, »wie würdest du dich fühlen, wenn du jahrelang gute Arbeit geleistet hast und dann kommt jemand zurück, der als Kapazität bekannt ist, und nimmt dir alle interessanten Operationen ab?«

»Ich wäre zu der bekannten Kapazität höflich und würde mich bemühen, von ihr zu lernen.«

»Gibst du ihr denn die Möglichkeit, von dir zu lernen?«

»Natürlich. Was meinst du denn, warum ich heute erst so spät heimgekommen bin? Ich wollte sie ja nicht damit alleinlassen.«

»Die Dame scheint in der Tat schwierig zu sein«, gab Richard zu. »Andererseits gebe ich dir jetzt mal einen guten Rat als Freund und Psychiater. Du kannst sie nicht ändern. Du kannst allenfalls dein Verhalten ihr gegenüber verändern, sodass sie gezwungen ist, ihr eigenes Verhalten anzupassen.«

»Und wie soll ich das machen?«

»Wie wäre es, wenn du mit ihr redest? Ihr genau das erklärst, was du mir hier erklärt hast? Warum du dich so und nicht anders verhältst?«

»Ich soll mich vor ihr auch noch rechtfertigen, obwohl ich ihr Vorgesetzter bin und sie es an Höflichkeit mangeln lässt? Wer bin ich denn?«

»Ein guter Vorgesetzter, der Verständnis für die Ängste seiner Untergebenen hat«, erwiderte Richard. »Versuch es doch einfach mal. Weißt du noch, wie du 1926 Professor Wehmeyer davon überzeugt hast, dich als Doktoranden aufzunehmen? Du hast die Fähigkeit, Menschen zu gewinnen und zu überzeugen. Versuch es einfach mal bei ihr. Mehr als schiefgehen kann es nicht.«

»Und im Zweifelsfall mache ich mich lächerlich.«

»Du bist eine so anerkannte Kapazität, Fritz, du kannst dich nicht lächerlich machen, egal was du tust. Bestell sie in dein Büro und dann redet ihr in Ruhe.«

Bevor Fritz etwas erwidern konnte, kam Paula in die Küche. Sie sah sehr blass aus.

»Ist alles in Ordnung?«, fragte Richard besorgt, als er sah, wie sie leicht schwankend an die Spüle trat, um sich ein Glas Wasser zu holen.

»Ich ... ich weiß nicht, mir ist etwas schwindelig«, sagte sie. Sie trank einen Schluck Wasser, stellte das Glas dann ab und lehnte sich schwer atmend an die Spüle.

»Komm, setz dich lieber«, sagte Richard und stand auf, um ihr einen Stuhl zurechtzurücken. Im selben Moment brach Paula zusammen – Richard konnte sie gerade noch auffangen, um zu verhindern, dass sie zu Boden fiel. Fritz sprang ebenfalls auf, um Richard zu Hilfe zu kommen.

»Es ist schon gut«, flüsterte Paula. »Mir war nur kurz schwarz vor Augen. Du kannst mich loslassen.«

»Nein, du wirst dich jetzt hinlegen«, sagte Richard und hob sie hoch. »Ich bring dich ins Schlafzimmer und dann messe ich erst mal deinen Blutdruck.« Dann warf er seinem Freund einen Blick zu. »Fritz, du setzt dich bitte wieder hin und isst in Ruhe zu Ende, ich glaube nicht, dass Paula jetzt sofort eine Notoperation braucht.«

»Witzbold«, murmelte Fritz, folgte Richards Aufforderung aber.

Nachdem Richard Paula aufs Bett gehoben und ihr zwei Kissen unter die Beine gelegt hatte, holte er das Blutdruckmessgerät aus dem Sprechzimmer. Die Quecksilbersäulen zeigten einen Wert von neunzig zu fünfzig an, der beim zweiten Messen einige Minuten später immerhin schon wieder auf hundert zu sechzig anstieg.

»Ich habe wohl etwas wenig getrunken«, sagte Paula und lächelte schwach. »Gleich geht es mir wieder besser.«

Richard schwieg. Paula hatte immer einen niedrigen Blutdruck gehabt, aber niemals lagen die systolischen Werte unter hundert. Er machte sich ernsthafte Sorgen. Zahlreiche Erklärungen schossen ihm durch den Kopf. Sie konnte tatsächlich zu wenig getrunken haben und der chronische Nahrungsmangel war ebenfalls eine mögliche Erklärung. Aber ebenso gut konnte eine Herzerkrankung die Ursache sein. Noch während er darüber nachsann, richtete Paula sich auf und konnte gerade noch ihren Kopf über das Bett halten, ehe sie sich schwallartig auf den Fußboden übergab. Immer wieder überkam sie der Würgereflex, bis sie nur noch Galle spuckte.

Richard hörte kaum das Klopfen an der Zimmertür, die danach sacht geöffnet wurde. Es war Fritz.

»Kann ich helfen? Oh ... Ich hol schnell einen Eimer und einen Lappen.« Er schloss die Tür wieder und ging.

Noch bevor er zurückkam, hatte Paula die Übelkeit überwunden. »Es tut mir so leid, dass ich euch so viel Arbeit mache«, sagte sie leise. Richard nahm sie in die Arme. Kurz darauf kam Fritz zurück, allerdings nicht allein. Frau Koch hatte bemerkt, wie er den Eimer aus dem Abstellraum geholt hatte, und bestand darauf, den Boden selbst zu wischen, schließlich sei das keine Aufgabe für einen Doktor.

»So wird man als Mann entmündigt«, sagte Fritz mit einem schiefen Lächeln. Dann wurden seine Züge wieder ernst.

»Habt ihr eine Verdachtsdiagnose?«

Richard schüttelte den Kopf, während Paula den Blick senkte und stumm zusah, wie Frau Koch den Boden mit geübten Bewegungen schnell und sorgfältig wischte. Nachdem sie das Zimmer verlassen hatte, hob Paula den Blick und sah Richard an.

»Ich fürchte, ich kenne die Ursache«, sagte sie. »Meine Monatsblutung ist seit einigen Wochen überfällig. Ich habe mir anfangs nichts dabei gedacht, weil sie in den letzten Monaten ohnehin sehr unregelmäßig war. Aber es hatte wohl doch Folgen.«

Richard atmete tief durch. Er wusste sofort, worauf Paula anspielte. Sie hatten immer Wert auf Empfängnisverhütung gelegt, insbesondere in diesen schlechten Zeiten. Aber die Kondome, die man noch unter der Ladentheke in den Apotheken bekommen konnte, waren von schlechter Qualität, stammten oft aus jahrealten Wehrmachtsbeständen. Ende November war eines geplatzt, aber sie hatten beide gehofft, dass nichts passiert war.

»Und was machen wir jetzt?«, fragte Richard. »Du wirst einundvierzig, bist geschwächt und unterernährt, es ist unklar, ob du diese Schwangerschaft überhaupt bis zum Ende durchstehen kannst. Und selbst wenn, dann ist es dennoch unwahrscheinlich, dass du genug Milch für das Kind haben wirst.«

»Ich weiß«, sagte Paula und eine Träne rollte ihr über die Wange.

»Ich könnte das regeln«, sagte Fritz. »Du bekommst eine Injektion Evipan, schläfst ein, und wenn du aufwachst, ist es vorbei und niemand wird etwas erfahren.«

Paula sagte kein Wort. Stattdessen rollte ihr eine weitere Träne über die Wange.

»Was ist dein Wunsch, Paula?«, fragte Richard mit sanfter Stimme, während er sie weiterhin im Arm hielt.

»Mein Wunsch?«, wiederholte Paula. »Mein Wunsch wäre, niemals vor diese Wahl gestellt worden zu sein. Ich weiß, dass ihr recht habt, dass mein Körper dieses Kind vermutlich ohnehin abstoßen wird, aber ich kann jetzt noch keine Entscheidung treffen. Nicht heute. Wir haben alle so viel verloren, so viele Menschen, die uns etwas bedeutet haben, sind gestorben. Ist es da die richtige Entscheidung, einem neuen Leben nicht einmal die Möglichkeit zum Wachsen zu geben, anstatt die Entscheidung der Natur zu überlassen?«

»Ich verstehe dich«, sagte Fritz. »Ich würde mir vermutlich genau die gleichen Gedanken machen. Aber ich hätte nicht die Kraft, noch einmal ein Kind sterben zu sehen. Doch genau damit musst du dich auseinandersetzen, falls es wirklich geboren wird. Es könnte sterben, elendig an Hunger und Mangelerkrankungen zugrunde gehen. Die Entbindung könnte in deinem jetzigen Zustand lebensgefährlich werden. Es ist aber wahrscheinlicher, dass dein Körper die Leibesfrucht abstößt, wenn du weiterhin so wenig isst, und du wärest allen Risiken einer Fehlgeburt ausgesetzt. Wenn wir in den nächsten Tagen eine geplante und sterile Abtreibung machen, wirst du hingegen alles unbeschadet überstehen, Paula. Das gilt es abzuwägen.«

Paula brach in hemmungsloses Schluchzen aus und Richard spürte, wie ihre Tränen in seinem Hemd versickerten.

»Ihr wisst, dass ich für euch da bin, egal welche Entscheidung ihr trefft«, sagte Fritz. Dann ließ er sie allein.

5. Kapitel

Frau Doktor Kampner sah müde aus, als sie am folgenden Morgen in der Frühbesprechung ihre Übergabe machte. Zwar waren unvorhergesehene Notfälle seit dem Bestehen der Ausgangssperre seltener geworden, aber sie hatte sich noch um einen zuvor frisch operierten Patienten kümmern müssen, bei dem es mitten in der Nacht zu schweren Nachblutungen gekommen war, die ihre ganze ärztliche Kunst in einer Notoperation erfordert hatten. Nachdem die Frühbesprechung vorüber war, fragte Fritz: »Hätten Sie einen Augenblick Zeit, Frau Kollegin? Ich würde gern mit Ihnen sprechen.«

Sie sah ihn mit skeptisch hochgezogenen Augenbrauen an. »Hier?«

»In meinem Büro«, erwiderte Fritz.

Sie nickte und erneut fielen ihm die tiefen Augenringe auf, die ihr schmales Gesicht verschatteten, sowie die erschöpfte Körperhaltung. Zugleich bemerkte er, wie sie sofort die Schultern durchdrückte, als ihr bewusst wurde, dass er sie musterte. Unwillkürlich musste er daran denken, wie er selbst auf diese Weise in den Jahren an der Front versucht hatte, seine Müdigkeit vor anderen zu verbergen, wenn er bereits zehn Stunden operiert hatte und sich sicher sein konnte, dass er noch mindestens vier weitere Stunden gebraucht wurde, während sich um ihn herum der Lärm der Geschützfeuer mit dem Schreien der Verwundeten mischte. Damals hätte er viel darum gegeben, wenn ihm irgendjemand die Verantwortung abgenommen hätte – einfach gesagt hätte, es reicht für heute, ruh dich aus, ich übernehme für dich. Doch niemand hatte ihn ersetzen können, und so hatte er sich diese Gedanken nur allzu selten eingestanden.

Frau Doktor Kampner war heute noch für zwei Operationen eingeplant und käme vermutlich erst in den frühen Abendstunden nach Hause. Natürlich war der Bereitschaftsdienst nicht mit dem Einsatz an der Front vergleichbar, aber die alten Erinnerungen und das Gefühl, sich nur nach Ruhe und Frieden zu sehnen, waren auf einmal so präsent in Fritz' Erleben, dass er in sich den Reflex verspürte, die Kollegin zu entlasten und zu schützen, selbst wenn er sich in letzter Zeit wiederholt über sie geärgert hatte.

»Also, was möchten Sie mit mir besprechen?«, fragte Frau Doktor Kampner, nachdem sie sein Büro betreten und sich auf den Stuhl gesetzt hatte, der seinem Schreibtisch gegenüberstand.

»Ich ... wollte gern mit Ihnen über unsere Zusammenarbeit sprechen.«

Sie verschränkte ihre Arme vor der Brust, sagte aber nichts.

»Ich habe den Eindruck, es gab da einige Missverständnisse zwischen uns«, fuhr Fritz fort.

»Missverständnisse?« Eine Falte bildete sich zwischen ihren Brauen. »Was verstehen Sie denn unter Missverständnissen, Herr Doktor Ellerweg?«

Richard hat gut reden, dachte Fritz bei sich. Der kannte diese Frau ja nicht, der es mit nur einem einzigen Satz gelang, ihm das Gefühl zu vermitteln, er müsste sich rechtfertigen. Er atmete einmal tief durch und dachte an das, was Richard ihm geraten hatte. Ihr einfach ehrlich zu sagen, was in ihm vorging.

»Sie sagten wiederholt, Sie hätten den Eindruck, ich wolle Sie kontrollieren und traue Ihnen nichts zu. Das stimmt nicht, ich halte Sie für eine gute Chirurgin.«

»Ach, tatsächlich?« Der Zweifel in ihrer Stimme war unüberhörbar.

Fritz merkte, wie ihr Verhalten ihn ärgerlich machte. Er kam ihr doch entgegen. Warum um alles in der Welt konnte sie dann nicht einfach sagen: »Vielen Dank, Herr Doktor Ellerweg, ich bin so froh, dass Sie das endlich eingesehen haben.« Dann wäre die Sache vom Tisch und alle könnten wieder ihrer Arbeit nachgehen. Andererseits wusste Fritz von sich selbst, dass er, wenn er übermüdet war, zum Zynismus neigte. Möglicherweise war das bei ihr ja genauso und er sollte sie nicht vorverurteilen.

»Gut, vielleicht ist das nicht der richtige Zeitpunkt, um darüber zu reden«, sagte er daher und bemühte sich um einen versöhnlichen Tonfall. »Sie hatten eine harte Nacht. Was halten Sie von folgendem Vorschlag? Sie gehen einfach jetzt schon nach Hause, schlafen sich aus und ich werde die beiden Operationen, für die Sie eingetragen waren, in meinem Tagesablauf dazwischenschieben. Für mich ist das kein Problem, ich habe inzwischen einen Passierschein für die Ausgangssperre, falls es länger dauert. Und morgen reden wir dann in Ruhe über alle Missverständnisse.«

»Wie bitte?« Die Falte zwischen ihren Brauen vertiefte sich. »Sagen Sie, Herr Doktor Ellerweg, hätten Sie diesen Vorschlag auch Doktor Theißen gemacht?«

»Was spielt denn das für eine Rolle?«, fragte Fritz. Der unüberhörbare Ärger in ihrer Stimme irritierte ihn.

»Weichen Sie mir bitte nicht aus. Hätten Sie oder hätten Sie nicht?«

Diese Frau hätte lieber Staatsanwältin statt Chirurgin werden sollen, dachte Fritz bei sich, während er mühsam seinen aufflammenden Ärger hinunterschluckte und so freundlich wie möglich antwortete: »Wenn er so müde aussehen würde wie Sie, ganz bestimmt.«

Im selben Moment sprang sie auf.

»Das muss ich mir nicht bieten lassen!«, schrie sie. »Ich bin genauso leistungsfähig wie jeder Mann hier. Ich brauche keine zartfühlende Sonderbehandlung. Und ich denke nicht im Traum daran, in Ihre Falle zu tappen, damit Sie hinterher überall erzählen können, ich sei nicht in der Lage, meine Arbeit zu machen. Ich durchschaue solche Männer wie Sie, Herr Doktor Ellerweg. Sie haben Angst vor starken Frauen und können deshalb keine Chirurginnen ertragen, sondern wollen sie allenfalls als OP-Schwestern sehen. Aber bei mir sind Sie da an der falschen Adresse.«

Im selben Moment verlor Fritz seine mühsam bewahrte Selbstbeherrschung. »Ach, ich habe Angst vor starken Frauen?«, brüllte er. »Von wegen, ich schätze starke Frauen. Aber Sie, Sie sind keine starke Frau, sondern voller Angst und Unsicherheit, sodass Sie nicht mal mehr merken, wenn Ihnen ein Mann freundlich und fürsorglich entgegentritt.«

»Freundlich und fürsorglich? Das sind die Worte reaktionärer alter Männer, die es nicht ertragen können, wenn die Frauen sich ihrer Fesseln entledigen und selbst das Heft in die Hand nehmen! Ich brauche Ihre Freundlichkeit und Fürsorge nicht, wenn Sie mir stattdessen Ihren Respekt für meine Arbeit verweigern!«

»Sie sind ja verrückt!«, schrie Fritz. »Ich habe Ihnen doch gerade gesagt, dass ich Ihre Arbeit als Chirurgin schätze. Ich frage mich nur, ob Sie wohl ein Problem mit den Ohren haben oder an Verfolgungswahn leiden. Aber für beides gibt es Behandlungsmöglichkeiten!«

»Vielen Dank für diesen Ratschlag. Und jetzt verabschiede ich mich, Herr Doktor Ellerweg, denn ich werde im OP gebraucht!« Sie rauschte aus seinem Büro und knallte die Tür zu.

Was für eine blöde Ziege, dachte Fritz. Es klopfte an der Tür und seine Sekretärin Frau Maasbach steckte schüchtern den Kopf in sein Büro.

»Herr Doktor Ellerweg, es war eben sehr laut bei Ihnen. Ist alles in Ordnung?«

»Ja, alles bestens.« Fritz seufzte. »Sonst noch was, Frau Maasbach?«

Die Sekretärin schluckte kurz, ganz so, als müsste sie erst den Mut fassen, noch etwas zu sagen.

»Sagen Sie schon, was Sie denken«, forderte Fritz sie auf.

»Ich hatte immer den Eindruck, dass Frau Doktor Kampner eine sehr gute Chirurgin ist. Die Patienten mögen sie und … nun ja, seien Sie doch bitte nicht so hart zu ihr.«

»Ich und hart?« Fritz starrte seine Sekretärin fassungslos an.

»Ja, ich … ähm … Entschuldigen Sie, dass ich überhaupt etwas dazu gesagt habe.« Und schon zog sie sich zurück und schloss die Tür leise von außen.

Fritz verstand die Welt nicht mehr. Er war nett und fürsorglich, wurde dafür im Gegenzug aufs Übelste beschimpft und musste sich dann auch noch von seiner Sekretärin anhören, er solle nicht so hart sein. Waren denn alle verrückt geworden?

6. Kapitel

Nachdem Fritz wie jeden Morgen um sechs Uhr früh ins Krankenhaus St. Georg aufgebrochen war, öffnete Richard die Praxis wie üblich um acht Uhr. Paula hatte mit ihm gemeinsam aufstehen wollen, doch sie wurde nach wie vor von derart starker Übelkeit gequält, dass sie nichts im Magen behalten konnte. Ihr Blutdruck war so niedrig, dass sie kaum aufrecht stehen konnte, ohne massiven Schwindel zu verspüren. Richard hatte ihr deshalb geraten, im Bett zu bleiben. Er hatte mit Widerspruch gerechnet, damit, dass sie ihren Zustand bagatellisieren würde, aber sie hatte nur genickt und sich seinem Wunsch widerspruchslos gefügt. Sofort fraßen sich die Sorgen in seine Eingeweide. Es ging ihr schlechter, als er befürchtet hatte. Die Schwangerschaft raubte ihr die Kraft, zehrte ihren Körper aus. Über die Möglichkeit einer Abtreibung hatte Paula am Abend nicht mehr sprechen wollen. Richard fürchtete ernsthaft um ihr Leben, wenn sie dieses Kind austragen wollte – aber obwohl er wusste, dass Fritz recht hatte und eine Abtreibung die sicherste Lösung in Paulas derzeitigem geschwächten Zustand wäre, hütete er sich, seine Frau zu bedrängen. Ganz gleich, wofür sie sich entscheiden mochte, er würde immer zu ihr stehen.

Um die Mittagszeit klingelte das Telefon. Es war Arthur. Zunächst rechnete Richard mit neuen Informationen über Krüger und dessen widerwärtigen Anwalt, doch stattdessen wollte Arthur ihn, Paula und Fritz am kommenden Sonntag zu einem Besuch in seine Wohnung einladen.

Richard war verblüfft. Er wusste genau, dass Arthur sich damit bei seinen eigenen Landsleuten unbeliebt machte, andererseits hatte Arthur oft genug klargestellt, dass er seine Entscheidungen unabhängig davon traf, was andere über ihn dachten.

»Vielen Dank. Das freut mich wirklich«, antwortete Richard. »Und normalerweise würde ich sofort annehmen, aber Paula ist erkrankt und ich befürchte, es wird ihr bis Sonntag nicht besser gehen.«

»Oh, ich hoffe, es ist nichts Ernstes?«

Richard räusperte sich. »Ich ... ähm ... ich ... nein, ich denke nicht.« Alles in ihm sträubte sich, seine schlimmsten Befürchtungen in Worte zu fassen, zudem ging Paulas Zustand niemanden etwas an, solange sie noch keine Entscheidung getroffen hatte.

Er räusperte sich erneut. »Bitte entschuldige mich jetzt, ich habe das Wartezimmer voller Patienten.«

»Richard, ist alles in Ordnung?«, hörte er Arthur fragen. »Brauchst du Hilfe?«

»Ja, also ... ähm ... nein danke, das regeln wir schon selbst. Wir sind hier ja genug Ärzte, nicht wahr?« Er zwang sich zu einem aufgesetzten Lachen. »Wir telefonieren ein anderes Mal, ja? Ich habe jetzt wirklich keine Zeit mehr. Auf Wiederhören, Arthur.« Dann legte er auf, ohne dem Briten die Gelegenheit zu einer weiteren Frage zu geben, und atmete mehrfach tief durch. Kurz darauf klingelte sein Telefon erneut, doch er ging nicht ran. In den nächsten Stunden klingelte das Telefon noch vier

Mal, aber Richard zwang sich dazu, den Hörer unberührt liegen zu lassen.

Im Laufe des Tages ging es Paula nicht besser. Sie musste sich ständig übergeben, obwohl ihr Magen leer war und sie nur noch Galle spuckte. Nach außen hin bemühte sie sich, ihren Zustand vor dem Rest der Familie als harmlose Magen-Darm-Grippe darzustellen, um niemanden zu beunruhigen, und Richard spielte die Scharade notgedrungen mit, auch wenn ihm die Sorge um seine Frau selbst den Magen zuschnürte.

Als Fritz am Abend heimkam und Richard am Küchentisch von seinem gescheiterten Versuch einer Aussprache mit Frau Doktor Kampner berichtete, lenkte ihn das ein wenig von seinen Sorgen ab, denn er genoss die Augenblicke, die er mit Fritz allein in der Küche verbringen konnte. Im Kinderzimmer rief Emilia Harri und die aufgeregt bellende Dackeldame Mimi zur Ruhe, da sie ihre Schularbeiten machen wollte. Kurz darauf fiel die Wohnungstür zu und Harri ging mit dem Dackel nach draußen. Aus dem Wohnzimmer, das in der Nacht Richards Eltern als Schlafzimmer diente, hörte er, wie sein Vater mit seinem Schwiegervater über irgendetwas Amüsantes redete, denn kurz darauf lachten die beiden Männer und auch Richards Mutter stimmte mit ein.

»Kannst du mir erklären, warum diese Frau so kompliziert ist?«, fragte Fritz. »Und dann auch noch meine Sekretärin. Frau Maasbach kennt mich seit zehn Jahren. Wie kann sie behaupten, ich wäre hart? Ausgerechnet ich?«

»Na ja, du hast wirklich kein Fettnäpfchen ausgelassen, Fritz.«

»Wieso? Ich war nett und fürsorglich zu dieser blöden Ziege. Was kann ich dafür, wenn sie das alles in den falschen Hals kriegt? Die hat ein Problem mit Männern, das ist alles!«

»Sie hat Angst um ihre Stellung.«

»Ich habe ihr doch gesagt, dass ich sie für eine gute Chirurgin halte. Was will sie denn mehr?«

Noch bevor Richard antworten konnte, klingelte es an der Tür.

»Da ist Harri aber schnell wieder zurück«, meinte Fritz. »Wahrscheinlich war es Mimi zu kalt draußen.«

Richard hörte, wie Frau Koch an die Tür ging.

Kurz darauf kam sie in Begleitung von Arthur in die Küche.

»Lieutenant Grifford wollte unbedingt mit Ihnen sprechen, Doktor Hellmer.«

»Ja, Doktor Hellmers Telefon scheint nicht mehr zu funktionieren«, sagte Arthur. »Jedenfalls habe ich, nachdem er unser erstes Gespräch so rasch beenden musste, mehrfach versucht anzurufen.«

»Die Telefonleitung ist tot?«, fragte Fritz in Richards Richtung und fügte dann mit einem schiefen Seitenblick auf Arthur hinzu: »Seit die Briten hier das Sagen haben, funktioniert auch gar nichts mehr.«

Frau Koch hüstelte und verließ die Küche, während Arthur sich zu ihnen an den Tisch setzte.

»Warum bist du nicht rangegangen, Richard? Ich habe mir Sorgen gemacht.«

»Das ist unnötig«, sagte Richard.

»Ich habe dich noch nie so um Worte ringen gehört. Wie schlimm steht es um Paula?«

Richard schwieg.

»Arthur, das ehrt dich, wirklich«, kam Fritz Richard zu Hilfe. »Aber wir kommen immer irgendwie zurecht. Du musst dir wirklich keine Sorgen um uns machen.«

Arthur sagte nichts, sondern musterte Richard schweigend. Der hielt seinem Blick wortlos stand.

Es klingelte erneut an der Tür.

»Das wird Harri sein«, sagte Fritz. »Dann schweigt euch ruhig noch eine Weile an, ich kümmere mich solange um meinen Sohn.« Er stand auf und verließ die Küche, um die Wohnungstür zu öffnen.

Nachdem Fritz gegangen war, räusperte Richard sich erneut. Er wusste Arthurs Sorge und Freundschaft zu schätzen, doch zugleich war es ihm unangenehm, dass der Brite ihm jede Rückzugsmöglichkeit nahm.

Arthur schien seine Gedanken zu lesen.

»Richard, ich will mich weder aufdrängen noch dich irgendwie bedrängen. Aber ich weiß, dass du viel zu stolz bist, um mich um irgendetwas zu bitten. Ich weiß nicht, was mit Paula ist, aber wenn du irgendetwas brauchst, Medikamente, die normalerweise nicht für Deutsche zu bekommen sind, frag mich einfach.«

»Ich weiß«, sagte Richard leise.

Im nächsten Moment wurde die Küchentür geöffnet. Es war Paula.

»Oh, ich wusste nicht, dass Besuch da ist. Guten Abend, Arthur.« Sie zog ihren Morgenmantel fester zusammen. »Ich wollte mir nur schnell ein Glas Wasser holen.«

Richard sprang sofort auf. »Du sollst doch im Bett bleiben. Komm, setz dich, ich hole dir ein Glas Wasser.« Er zog ihr einen Stuhl heran. »Du hättest mich rufen sollen, ich hätte dir doch alles ans Bett gebracht.«

Paula nickte nur, während sie sich auf dem Stuhl niederließ und dabei fahrig über ihr Haar strich. Es war ihr sichtlich unangenehm, dass Arthur sie in diesem Zustand sah. Doch Arthur achtete nicht auf ihr ungekämmtes Haar. Richard sah, dass er sie mit dem geschulten Blick des Internisten betrachtete, und fragte sich, welche Schlüsse der Brite wohl zog.

»Ich wollte nicht aufdringlich sein«, sagte Arthur. »Aber als Richard heute Morgen meine Einladung mit der Begründung ablehnte, du seist krank, und mir sehr besorgt erschien, wollte ich sehen, ob ich helfen kann.«

»So schlimm ist es gar nicht«, sagte Paula und nahm das Wasserglas, das Richard ihr reichte, um vorsichtig einige Schlucke zu trinken.

»Das hängt wohl davon ab, was die Ursache deiner Anämie und der Kreislaufprobleme ist«, erwiderte Arthur.

»Da spricht der Internist.« Paula zwang sich zu einem Lächeln.

»Ich war in meiner ehemaligen Londoner Klinik vor der Ausbombung auf Kardiologie spezialisiert«, erwiderte er. »Würdest du mir erlauben, dich zu untersuchen?«

»Ach, das ist wirklich nicht nötig, Arthur«, wehrte sie ab. »Mir geht es schon wieder besser.« Zur Bestätigung ihrer Worte stellte sie das Glas auf den Tisch und erhob sich schwungvoll, woraufhin sie erneut ein starker Schwindel überkam. Sie schwankte und Richard konnte sie gerade noch auffangen.

»Paula, du musst niemandem etwas beweisen«, flüsterte er ihr zu, während er ihr half, sich wieder zu setzen. Dann sah er Arthur an. »Meinst du, es könnte das Herz sein?«

»Richard, du weißt, was die Ursache ist«, widersprach Paula ihm.

»Nein, das weiß ich nicht«, entgegnete er. »Ich weiß nur, dass diese Symptome neu sind. Sie können alle möglichen Ursachen haben.«

»Richard ...«

»Vielleicht solltest du Arthur doch erlauben, dich zu untersuchen«, schlug Richard vor und flüsterte ihr dann zu: »Bei der Entscheidung, die du zu treffen hast, ist es wichtig, alle Unwägbarkeiten zu kennen.«

Paula zögerte kurz, dann sah sie Arthur an und nickte stumm.

»Wollen wir in euer Sprechzimmer gehen?«, fragte Arthur Richard.

»Nein, das ist ab sieben Frau Kochs Schlafzimmer, wir gehen in unser Zimmer. Brauchst du noch etwas außer Stethoskop und Blutdruckmessgerät?«

Arthur schüttelte den Kopf.

»Gut, dann hol ich das eben. Du kannst Paula ja schon mal in unser Schlafzimmer begleiten.«

Als Richard kurz darauf mit Stethoskop und Blutdruckmessgerät nachkam, erklärte Paula Arthur gerade die Funktion der Schrankbetten.

»Das ist eine geniale Idee«, bemerkte Arthur. »Ich habe mich schon gefragt, wie ihr mit so vielen Leuten in dieser Wohnung lebt, ohne dass es wie in einem Durchgangslager aussieht.«

»Mein Vater hat die Idee der Schrankbetten 1943 nach der Ausbombung entwickelt«, erklärte Richard. »Als Erstes musste der Wohnzimmerschrank meines Schwiegervaters dran glauben. Tagsüber ist alles ordentlich hochgeklappt und sieht wie ein ganz gewöhnliches Wohnzimmer aus. Nachts dient es meinen Eltern als Schlafzimmer. Im Sprechzimmer hat Frau Koch ihr Schrankbett und für Fritz haben wir nach seiner Heimkehr eines im Wartezimmer eingebaut, das tagsüber wie ein gewöhnlicher Wandschrank aussieht. Paulas Vater hat sein eigenes Zimmer mit einem ganz normalen Bett und im Kinderzimmer stehen ein Etagenbett und ein einzelnes Bett.«

Er reichte Arthur das Stethoskop.

»Es genügt, wenn du die obersten Knöpfe des Nachthemds öffnest«, sagte Arthur zu Paula, ehe er sich daranmachte, ihr Herz abzuhorchen. Er ließ sich sehr lange Zeit, setzte das Stethoskop mehrfach an unterschiedlichen Auskultationspunkten an, bis er es schließlich mit einer ernsten Miene absetzte, um im Anschluss Paulas Blutdruck zu messen.

»Hundert zu siebzig, das ist besser, als ich erwartet hatte. Ich habe bei der Auskultation ein Systolikum gehört, das sowohl auf eine Aortenstenose als auch auf eine Mitralklappeninsuffizienz hindeuten könnte. Ich bin mir noch nicht ganz sicher, was es ist. Zum niedrigen Blutdruck würde die Aortenstenose passen, aber in der Auskultation klingt es mehr nach einem Mitralvitium. Der niedrige Blutdruck könnte aber auch durch die Unterernährung verursacht sein, zumal du auch alle Symptome einer Anämie aufweist.«

Paula schloss die Knöpfe ihres Nachthemdes wieder. Richard sah, wie sie schwer schluckte, ganz so, als würde sie innerlich mit sich ringen.

»Kann ich mit diesem Befund gefahrlos ein Kind austragen?«, fragte sie schließlich.

Richard biss sich auf die Lippen, während Arthur sie wie vom Donner gerührt anstarrte.

»Du bist schwanger?«

Paula nickte nur.

»Wenn es wirklich eine Aortenstenose ist, könnte es unter Berücksichtigung deines Allgemeinzustandes lebensgefährlich werden. Spätestens während der Geburt, aber vermutlich schon lange vorher wird das Herz immer mehr belastet, um das Blut durch die verengte Klappe in den Kreislauf zu pumpen. Selbst wenn du die Geburt überstehst, riskierst du eine dauerhafte Schädigung des Herzens als Folge der Belastung.«

»Und wenn es nur eine leichte Mitralklappeninsuffizienz ist?«

Arthur schüttelte hilflos den Kopf. »Ich weiß es nicht, aber ich bezweifle, dass du das Kind in deinem derzeitigen Zustand bis zum Ende austragen kannst. Es ist und bleibt ein großes Risiko.«

Paula schluckte abermals schwer. »Danke«, sagte sie. »Damit hast du mir eine schwere Entscheidung abgenommen.« Sie sah

Richard an. »Bitte sag Fritz, dass ich sein Angebot annehme.« Kaum hatte sie diese Worte ausgesprochen, brach sie in Tränen aus. Richard nahm sie in die Arme, drückte sie stumm an sich.

»Es tut mir leid«, sagte Arthur leise.

»Mir auch«, erwiderte Richard mit tonloser Stimme, ohne die weinende Paula loszulassen. »Macht es dir etwas aus, wenn du dich von Fritz nach draußen begleiten lässt?«

Die stumme Verzweiflung in Richards Blick war genauso schwer zu ertragen wie Paulas Tränen. Vielleicht sogar noch schwerer, denn Arthur spürte, wie sehr Richard seine Gefühle zu unterdrücken versuchte, nur um für Paula stark zu sein.

»Nein, natürlich nicht«, sagte er und verließ das Schlafzimmer. Er fand Fritz in der Küche.

»Deinem Gesichtsausdruck nach zu urteilen weißt du Bescheid«, sagte Fritz.

Arthur nickte. »Sie wird auf dein Angebot eingehen.«

»Ich schätze, dann werde ich morgen wohl etwas Evipan aus dem Klinikbestand mitgehen lassen.« Fritz atmete tief durch. »An solchen Tagen hasse ich es, dass derzeit nirgendwo Bier zu bekommen ist. Ich könnte jetzt eines vertragen. Die beiden sind wunderbare Eltern und unter anderen Umständen … das haben sie einfach nicht verdient. Na ja, wer kriegt schon das, was er verdient.«

»Du hast doch inzwischen einen Passierschein, oder?«

»Ja. Warum fragst du?«

»Ich habe noch ein paar Bier in meiner Wohnung. Hast du Lust, eines mit mir zu trinken?«

»Da sage ich nicht Nein. Warte, ich hole eben meinen Mantel.«

7. Kapitel

Arthurs klappriger offener Jeep parkte als einziges Auto vor der Tür. Die Sitze waren eiskalt.

»Eine ziemlich blöde Idee, im Winter mit einem offenen Fahrzeug unterwegs zu sein«, meinte Fritz, während er auf dem Beifahrersitz Platz nahm und seinen Mantelkragen hochschlug.

»Die Auswahl an Luxuslimousinen ist leider begrenzt«, erwiderte Arthur. »Ich bin froh, dass ich dieses Auto regelmäßig nutzen kann.«

»Ich hatte früher einen Opel 10/40«, sagte Fritz. »Das war ein richtig schönes Auto. Ich habe ihn 1929 als Neuwagen gekauft.«

»Mitten in der Weltwirtschaftskrise?«

»Wir waren gebrannte Kinder der Hyperinflation von 1923. Also habe ich mein ganzes Geld für das Auto ausgegeben, als sich die dunklen Wolken am Horizont abzeichneten. Als ich meinen Einberufungsbefehl 1941 bekam, habe ich es verkauft. Was für einen Wagen hattest du vor dem Krieg?«

»Keinen. Ich musste erst mein Studium finanzieren und später meine Wohnungseinrichtung. Da blieb für ein Auto nichts übrig.«

Sie schwiegen eine Weile, während Arthur den Jeep durch die von Trümmerbergen gesäumten Straßen lenkte.

Plötzlich zuckte Fritz zusammen. »Warte, kannst du hier kurz anhalten?«

Arthur bremste. »Warum?«

»Hast du eine Taschenlampe?«

Arthur nickte. »Im Handschuhfach. Aber ich verstehe nicht ...«

»Warte bitte kurz, ich muss etwas nachsehen.«

Fritz zog die Taschenlampe aus dem Handschuhfach und stieg aus. Arthur sah, wie er zwischen den Trümmerbergen verschwand. Was zum Teufel wollte Fritz in der Dunkelheit zwischen all den Trümmern? Hier war weit und breit kein Stein auf dem anderen geblieben, aber der Schein der Taschenlampe verriet, dass Fritz zielstrebig auf einen Ort zwischen den Trümmern zuging. Arthur stieg ebenfalls aus und folgte ihm.

Irgendwo zwischen dem Schutt aus Ziegeln, verrosteten Metallstreben, zersplitterten Dachschindeln und alten Fliesen sah er den Lichtschein ein letztes Mal aufblitzen, dann verschwand er. Arthur tastete sich mühsam über alte Mauerreste, bis er den Ort erreicht hatte, wo das Licht zum letzten Mal aufgeblinkt hatte. Er sah einen dunklen Schacht, in dem einige Treppenstufen nach unten führten.

»Fritz?«, rief er. »Bist du hier? Was willst du da?«

Statt einer Antwort blinkte ihm das Licht der Taschenlampe von unten entgegen. War das eine Aufforderung, ihm zu folgen? Arthur war sich unsicher, aber er kletterte dennoch hinunter. Es war ein altes, leeres Kellergewölbe. Ein paar verkohlte Holzreste lagen in der Ecke – vielleicht waren es einmal Stockbetten gewesen –, doch alles, was jemals brauchbar gewesen war, war bereits entfernt worden. Fritz stand in der Nähe der alten Holzreste und hielt etwas in der Hand. Trotz des schwachen Lichts der Taschenlampe konnte Arthur erkennen, dass die Miene seines Freundes wie versteinert war.

»Was hast du da?«, fragte er.

Fritz zeigte es ihm. Es war ein Puppenkopf aus Porzellan, dessen Gesicht halb zerschmolzen war.

»Ich habe mich seit meiner Rückkehr davor gedrückt hierherzukommen«, sagte Fritz leise. »Ich hatte Angst vor dem, was ich möglicherweise vorfinden würde. Aber als wir eben an dieser Straße vorbeikamen, konnte ich nicht anders.«

Arthur starrte Fritz an. »Ich verstehe nicht ...«

»Hier habe ich früher gewohnt«, sagte Fritz leise. »Diese Puppe habe ich meiner Tochter 1938 zu Weihnachten geschenkt. Henriette nahm sie bei Fliegeralarm immer mit in den Luftschutzkeller. Ich habe mich all die Jahre gefragt, ob ihre Leichen wohl geborgen wurden oder ob sie hier immer noch liegen. Gott sei Dank, sind sie nicht mehr da. Aber wenigstens weiß ich jetzt, warum alle glaubten, dass Harri auch tot war.« Er leuchtete auf die schwarzen Flecken an den Wänden und auf dem Boden. »Kannst du dir vorstellen, wie die Toten wohl ausgesehen haben mögen, wenn selbst eine Porzellanpuppe zerschmilzt? Professor Wehmeyer hat in seiner Sammlung Fotos von verkohlten Leichen, die nur noch ein Drittel ihrer Größe haben. Die konnte niemand mehr identifizieren. Ich hoffe nur, dass es damals schnell gegangen ist.« Er steckte den Puppenkopf in seine Manteltasche. »Lass uns gehen«, sagte er dann zu Arthur.

Während sie zu Arthurs Wohnung fuhren, schwiegen sie. Fritz zog immer wieder den Puppenkopf aus seiner Tasche, strich über die zerschmolzenen Züge des Porzellangesichts, steckte ihn wieder ein, nur um ihn wenig später erneut hervorzuziehen und das Ritual zu wiederholen. Arthur fragte sich, was in Fritz vorging. Zu gut erinnerte er sich an seinen eigenen Hass, den er nach seiner Ausbombung auf alle Deutschen verspürt hatte. Dabei hatte er nur materielle Güter eingebüßt, nichts im Vergleich zu dem, was Fritz verloren hatte.

»Was würdest du tun, wenn du den Piloten, der die Bombe geworfen hat, finden könntest?«, fragte Arthur und ärgerte sich im gleichen Moment über diese unbedachte Frage.

»Gar nichts«, sagte Fritz. »Über die Zeiten, da ich jedem Royal-Air-Force-Piloten am liebsten bei lebendigem Leib die Haut abgezogen hätte, bin ich längst hinweg.«

»Wie bist du darüber hinweggekommen?«

»Weil Hass und Rachegedanken nichts ändern. Dieser Krieg hat Millionen von anständigen Männern auf allen Seiten dazu gezwungen, andere Menschen zu töten. Es hat sich verselbstständigt – wer nicht tötet, wird selbst getötet. Ich habe erst in Cherbourg begriffen, dass es ein großes Privileg war, diesen Krieg an der Front zu überstehen, ohne jemanden töten zu müssen.«

»Das ist der Vorteil im Sanitätsdienst.«

»Nein«, widersprach Fritz mit resigniertem Kopfschütteln. »In Cherbourg zählte das nicht mehr. Da hat keiner mehr Rücksicht auf Lazarette genommen. An unserem letzten Tag dort wurde Richard schwer verwundet, als eine Granate das Lazarett traf. Ich kniete neben ihm, um ihn zu verbinden, als ein junger Amerikaner hereinstürmte, ohne zu zögern eine Krankenschwester erschoss und dann auf mich anlegte. Ich hob sofort die Hände und brüllte ihm entgegen, dass wir uns ergeben, aber er zielte auf meinen Kopf und lud seine Waffe durch. Richard erzählte mir später, dass er den Wahnsinn in den Augen des Jungen gesehen hätte. Dieser junge Amerikaner war vom Krieg völlig verrückt geworden. Ich habe das nicht verstanden, ich dachte, wenn ich mich ergebe, ist alles in Ordnung. Aber Richard kannte diesen verstörten Blick, wenn die Menschen nur noch in ihrer eigenen Welt leben, fernab jeder Realität. Und obwohl er mit einem halben Dutzend Granatsplittern im Leib am Boden lag und sich kaum noch rühren konnte, begriff er sofort, dass Worte nicht mehr halfen. Er hat den Jungen erschossen, bevor der mir in den Kopf schießen konnte. Sein Gesicht ist regelrecht explodiert. Er fiel nach hinten, drückte aber noch ab und seine Kugel riss mir die Mütze vom Kopf. Hätte Richard nur eine Sekunde gezögert, wäre ich tot gewesen. An dem Tag ist mir der ganze Irrsinn dieses Krieges noch einmal bewusst geworden. Ausgerechnet Richard, der sich für seine Patienten wie kein anderer einsetzte, war dazu gezwungen, einen jungen Mann zu erschießen, der durch den verdammten Krieg verrückt geworden war. Einen jungen Burschen, dem er unter anderen Umständen geholfen hätte. Und da war mir klar, das ist wie eine Naturkatastrophe. Genauso wenig, wie es dir etwas bringt, die Flutwelle zu hassen, die deine Familie ertränkt, oder den Vulkan, dessen Lava sie unter sich begräbt, genauso wenig nützt es etwas, den einzelnen Piloten zu hassen, der die Bomben geworfen hat.«

Sie erreichten das Viertel um die Rothenbaumchaussee, wo die Briten zahlreiche Wohnungen beschlagnahmt hatten. Arthurs Wohnung befand sich in einer Nebenstraße.

»Sie ist nicht groß«, sagte er zu Fritz, »aber dafür hatten Lisa und ich sie für uns allein – der Vorteil, als Ehepaar im Sanitätsdienst zu sein. Die großen Wohnungen teilen sich mehrere Offiziere ohne Anhang.«

»Hast du von deiner Frau in letzter Zeit etwas gehört?«

»Nein«, sagte Arthur knapp.

Sie stiegen aus und gingen ins Treppenhaus. Arthurs Wohnung lag im ersten Stock.

»Nicht groß?«, fragte Fritz. »Das ist doch eine ganz normale Dreizimmerwohnung. So ähnlich sah meine Wohnung auch aus. Ein Wohnzimmer, ein Schlafzimmer und ein Kinderzimmer.«

»Ich dachte, ihr hättet alle sechs Zimmer gehabt.«

»Nein, das hatten nur Reiche, die ihr Personal unterbringen mussten, oder Ärzte mit einer Praxis in der Wohnung. In den zerbombten Arbeitervierteln hatten viele Wohnungen nur ein Zimmer ohne Bad und mit einer Toilette für jede Etage im Treppenhaus.«

Sie hängten ihre Mäntel an die Garderobe, dann gingen sie in die Küche. Arthur stellte zwei Gläser auf den Tisch und holte zwei Flaschen Bier aus der Speisekammer.

»Worauf wollen wir trinken?«, fragte Fritz, nachdem sie sich eingeschenkt hatten.

»Auf den Frieden«, schlug Arthur vor.

»Auf den Frieden«, erwiderte Fritz.

Sie stießen an.

»Weshalb sprichst du eigentlich so gut Deutsch, Arthur?«, fragte Fritz dann. »Warst du vor dem Krieg schon mal in Deutschland?«

»Nein. Ich habe es als Kind gelernt«, erwiderte Arthur und betrachtete dabei das Bierglas in seiner Hand.

»Als Kind?«

Arthur nickte. »Ich bin jemand, der seine Schicht gewechselt hat und nicht brav auf dem Platz verblieb, den ihm die Gesellschaft zugewiesen hatte.« Er lachte leise.

»Das verstehe ich nicht«, gestand Fritz.

»Meine Mutter war Zimmermädchen und mein Vater Hausdiener bei einem Lord, der mit einer deutschen Gräfin verheiratet war. Sie legte viel Wert auf die deutsche Kultur und hat mit ihren Kindern ausschließlich Deutsch gesprochen. Ihre Kinder waren im gleichen Alter wie ich und sie fand ein Vergnügen daran, auch mich mit den Vorzügen der deutschen Kultur vertraut zu machen. Ich bin somit fast zweisprachig aufgewachsen. Mein Vater wollte immer, dass aus mir mal etwas Besseres würde, und schätzte es, dass ich schon mit vier Jahren meine erste Fremdsprache lernte. Meine Eltern haben ihr ganzes Geld gespart, damit ich später auf ein Internat gehen und anschließend ein Studium beginnen konnte. Sie haben sich nichts gegönnt, sondern alles in meine Zukunft investiert. Mein Vater starb, kurz nachdem ich mein Studium begonnen hatte, meine Mutter erlebte immerhin noch meinen Abschluss. Es war nicht leicht, das Geld hat nie gereicht, ich habe nebenher alles Mögliche gemacht, um mein Studium finanzieren zu können. Und als ich schließlich fertig war und eine gute Anstellung in einer renommierten Londoner Klinik gefunden hatte, konnte ich mir endlich eine elegante Wohnung mit einem eigenen Klavier leisten. Das war immer mein Traum gewesen. Dann fand ich in Lisa noch die perfekte Frau und mein Leben war so, wie es sich meine Eltern immer für mich erträumt hatten. Ich hatte zu dem Zeitpunkt gerade begonnen, für ein Auto zu sparen. Tja, und dann kamen der Krieg und die deutschen Bomber – und ich stand wieder vor dem Nichts.«

»Das tut mir leid«, sagte Fritz.

Arthur atmete schwer. »Weißt du«, erwiderte er, »das Schlimmste war gar nicht der materielle Verlust. Das Schlimmste war, dass es mir einen Teil meiner Seele raubte und mir zeigte, wie sehr ich hassen kann. Und dabei habe ich nicht einmal ansatzweise das verloren, was du verloren hast.«

Fritz drehte das Bierglas in seiner Hand. »Ich habe die britische Luftwaffe schon gehasst, ehe ich meine Familie verlor«, sagte er dann. »Weil ich keinerlei Verständnis dafür hatte, dass sie zivile Ziele bombardierten. Im Juli 1940 hatte ich zwei kleine Kinder auf dem OP-Tisch, die Opfer einer feigen Terrorattacke geworden waren. Ein britischer Bomber stieß am helllichten Tag zwischen den Wolken hervor und hat an der Steilshooper Straße gezielt eine Bombe auf eine Gruppe spielender Kinder geworfen. Elf Kinder starben. Ein kleines Mädchen ist mir unter den Händen auf dem OP-Tisch verblutet, einen Jungen konnte ich retten, aber er hatte beide Beine verloren.«

»Ich lebte im Stadtteil Hackney«, erwiderte Arthur. »Der wurde im Dezember 1940 von deutschen Bombern vollständig in Schutt und Asche gelegt. Ich war im Krankenhaus, als die ersten Opfer kamen. Es waren so viele, dass die Chirurgen die Operationssäle gar nicht mehr verließen, während wir Internisten die Erstversorgung übernahmen und entschieden, wer sofort operiert werden musste. Ich wusste zu dem Zeitpunkt noch nicht, dass auch meine eigene Wohnung zerstört war.« Arthur trank einen Schluck Bier, um die unangenehme Trockenheit in seinem Mund wegzuspülen. »Ich habe es erst begriffen, als ich die kleine Emma Dölling vor mir sah. Sie lebte mit ihren Pflegeeltern in der Etage über uns und war mit einem dieser Kindertransporte für jüdische Kinder nach England gekommen. Sie tat mir immer leid, wenn ich sie im Treppenhaus traf. Ihr Pflegevater war ein ziemlich unangenehmer Mensch und erweckte nicht den Eindruck, dass es ihm wirklich um die Kinder ging. Der hatte keinerlei Verständnis dafür, wenn die Kleine deutsch sprach. Als ich sie einmal im Treppenhaus auf Deutsch ansprach, strahlte sie über das ganze Gesicht und all die Schwermut, die sonst über ihr hing, war für einen Moment verschwunden.« Arthur trank noch einen Schluck und schenkte sich dann aus der Flasche nach. »Ich habe sogar kurz mit dem Gedanken gespielt, ihm anzubieten, die Kleine bei uns aufzunehmen – immerhin konnte ich mit ihr in ihrer Muttersprache sprechen –, aber meine Frau riet mir ab. Wir waren ja beide im Schichtdienst, da hatten wir nicht die Zeit, uns um ein Kind zu kümmern.« Arthur seufzte. »Vielleicht hätte ich nicht auf Lisa hören sollen, im Nachhinein bekommt vieles, was sie sagte, einen bitteren Beigeschmack. Aber ich schweife ab.«

»Du hättest der kleinen Emma bestimmt ein liebevolles Zuhause geboten«, sagte Fritz.

»Mag sein«, sagte Arthur knapp, denn er wollte sich nicht erneut den alten Selbstzweifeln stellen. Vielleicht hätte er Lisas abweisendes Verhalten diesem kleinen Mädchen gegenüber bereits damals als Warnsignal erkennen müssen. Lisa hatte immer rationale Gründe gefunden, die gegen eine Familiengründung sprachen, aber inzwischen war Arthur sich sicher, dass es lediglich Ausflüchte gewesen waren.

»Na ja, und dann lag Emma an diesem grauenvollen Tag im Dezember vor mir auf einer der Untersuchungsliegen. Ein Eisenträger hatte sich in ihren Unterleib gebohrt. Einer der Ärzte, der die Verletzten vor Ort geborgen hatte, hatte sie persönlich in die Klinik gebracht. Ich habe nie viel von Doktor Cook gehalten, der hatte keinen besonders guten Ruf, aber an diesem Tag war ich dankbar, dass er seine Praxis verlassen hatte, um direkt vor Ort zu helfen. Während ich die Blutung der Kleinen stillte, füllte er die Papiere aus. In dem Moment rührte Emma sich und rief auf Deutsch nach Mama und Papa. Das hat mir das Herz zugeschnürt. Ich habe sie auf Deutsch beruhigt, und als ich wieder aufsah, war Cook verschwunden, noch ehe ich ihm für seinen Einsatz danken konnte.«

»Hat Emma überlebt?«, fragte Fritz und Arthur war ihm für die echte Anteilnahme dankbar, während er im Geiste einige der schlimmsten Augenblicke seines Lebens erneut durchlebte.

»Ja, sie hatte Glück, dass der Eisenträger keine lebenswichtigen Organe oder größeren Blutgefäße getroffen hatte. Allerdings hatte er ihren Uterus zerstört und ihr somit für alle Ewigkeiten die Möglichkeit genommen, selbst Kinder zu bekommen.«

»Immerhin hat sie überlebt«, sagte Fritz. »Das ist mehr, als vielen anderen Kindern vergönnt war.«

Arthur nickte schweigend. Was sollte er auch zu einem Mann sagen, der seine eigene Tochter an den Feuersturm verloren hatte?

»Weißt du, was aus ihr geworden ist?«, fragte Fritz weiter.

»Nein. Am Abend dieses grässlichen Tages, an dem so viele Menschen gestorben waren, standen meine Frau und ich vor den Trümmern unserer Existenz und ich sah nur noch all das Leid, all die Toten, die unschuldigen Kinder, die viel zu früh aus dem Leben gerissen oder verstümmelt worden waren. Da wollte ich nichts als Rache, und so schlug ich Lisa vor, dass wir uns freiwillig melden, um es diesen Mördern heimzuzahlen. Weil mich nur noch der Gedanke an Vergeltung auf den Beinen hielt. Kannst du das verstehen?«

Fritz nickte. »Sehr gut sogar. Ohne die britischen und amerikanischen Terrorangriffe auf Hamburg und zahlreiche andere deutsche Städte wäre der Krieg möglicherweise viel früher beendet worden, weil die Menschen hier schon lange kriegsmüde waren. Aber das, was im Sommer 1943 in Hamburg geschah und vierzigtausend Menschen das Leben kostete, das schürte den Hass und den Durchhaltewillen. Es machte alle, selbst die unpolitischsten Kriegsgegner, für die Parolen der Nazis empfänglich. Weil der Schmerz nur so auszuhalten war, genauso, wie du es sagst. Wer meint, dass er die Bevölkerung demoralisieren könne, wenn er Unschuldige tötet, ist ein Narr. Es mobilisiert nur Kräfte, die vorher nicht da waren. Nichts schweißt mehr zusammen als ein gemeinsames Feindbild. Und nichts eint mehr als ein gesichtsloser Feind, in dem sich nichts Menschliches mehr spiegelt und der uns vergessen lässt, dass auf der anderen Seite genau die gleichen Menschen mit genau den gleichen Träumen und Hoffnungen leben.«

»Ja«, sagte Arthur. »Und ich kann nicht umhin zu bewundern, dass du trotz all deiner Verluste nicht vom Hass zerfressen wurdest. Ich glaube nicht, dass ich es den Deutschen jemals verziehen hätte, wenn bei jenem Angriff meine Angehörigen ums Leben gekommen wären.«

»Ich glaube, da unterschätzt du dich, Arthur. Du hattest deinen Hass doch längst überwunden, als wir uns in Ägypten kennenlernten. Sonst wärst du für Richards Worte nicht empfänglich gewesen. Uns ist gemeinsam, dass wir die einzelnen Menschen als Individuen sehen und sie nicht aufgrund ihrer Herkunft verurteilen.« Fritz trank den letzten Rest seines

Biers. »Kennst du Schillers ›Lied von der Glocke‹? *Da werden Weiber zu Hyänen ...* Eine Abrechnung mit der Französischen Revolution, wenn Menschen jedes Maß verlieren. In den letzten sieben Jahren wurde zu oft von allen Seiten jedes Maß verloren. Es liegt an uns, im Kleinen dafür zu sorgen, dass die Wunden wieder heilen können und so etwas niemals wieder geschieht.«

Arthur nickte und betrachtete Fritz' leeres Bierglas. »Möchtest du noch ein Bier?«

»Ich will dir nicht deine ganzen Vorräte wegtrinken.«

»Das schaffst du heute nicht«, erwiderte Arthur mit einem Lächeln. »Also, ich brauche jetzt noch ein Bier und ich bring dir gern eines mit.«

»Wenn du mich so nett bittest, kann ich einfach nicht Nein sagen.«

Sie lachten und Arthur ging erneut in die Speisekammer.

»Ich habe übrigens auch noch einen schottischen Whisky. Was hältst du davon?«

»In Hamburg haben wir die Sitte Lütt un Lütt, das ist ein kleines Bier mit einem kleinen Korn. Dann lass uns mal probieren, ob das auch mit Whisky geht.«

»Wir machen dann Lütt an Little draus«, schlug Arthur vor, während er die Whiskyflasche öffnete. »Ich glaube, heute müssen wir uns einige Dinge schön trinken.«

8. Kapitel

Als Fritz am folgenden Morgen aufwachte, brauchte er eine Weile, bis er realisierte, dass er auf Arthurs Sofa lag. Auf dem Tisch standen sechs leere Bierflaschen, daneben lag die ebenso leere Whiskyflasche. Mühsam rappelte er sich auf. Er konnte sich nicht mehr daran erinnern, ob er sich bewusst dazu entschieden hatte, bei Arthur zu übernachten, oder einfach eingeschlafen war. In seinem Kopf gaben Zwerge ein Trommelkonzert. Er atmete tief durch. Früher hatte er mehr vertragen. Dann warf er einen Blick auf seine Armbanduhr. Es war halb acht.

»Verdammter Mist!« Eigentlich sollte er seit einer halben Stunde im OP stehen. Zusammen mit Frau Doktor Kampner. Ausgerechnet …

»Was ist denn los?« Arthur kam aus dem Bad, das Gesicht voller Rasierschaum.

»Es ist halb acht!«, rief Fritz. »Warum hast du mich nicht geweckt? Ich hätte um halb sieben in der Klinik sein müssen.«

»Und deshalb schreist du so rum? Das ist doch kein Grund. Jeder kann mal verschlafen.«

Fritz griff nach seiner Hose und seinem Oberhemd, die er in der Nacht irgendwann ausgezogen und immerhin noch ordentlich auf dem Sessel zusammengelegt hatte.

»Ich bin der leitende Oberarzt! Mir darf so etwas nicht passieren! Ich habe eine Vorbildfunktion!«

»Ach, du meinst diese deutsche Pünktlichkeit?« Arthur lachte und erntete dafür einen bitterbösen Blick von Fritz, der hastig in seine Hose stieg.

»Nun reg dich nicht auf«, versuchte Arthur, ihn zu beschwichtigen. »Ich kümmere mich darum.«

»Du? Wie willst du dich denn darum kümmern?«

»Du hast doch eine Sekretärin, oder?«

Fritz nickte.

»Hat sie schon wieder einen eigenen Telefonanschluss?«

»Ja.«

»Dann schreib mir ihre Nummer auf, während ich mich weiter rasiere. Ich regle das für dich, keine Sorge.«

»Ich dachte, du hättest noch kein privates Telefon.«

»Nein, aber mein Nachbar Colin.« Arthur schickte sich an, ins Bad zurückzukehren, als er noch einmal kurz innehielt. »Sag mal, kannst du eigentlich Eier braten?«

»Hältst du mich für einen Idioten? Natürlich kann ich Eier braten.«

»Sehr gut.« Arthur grinste. »Dann hau doch schon mal die vier Eier in der Küche in die Pfanne, damit wir frühstücken können. Aber vergiss nicht, mir vorher die Telefonnummer deiner Sekretärin aufzuschreiben.«

Fritz seufzte, aber da er ohnehin viel zu spät dran war, konnte er Arthurs Einladung zum Frühstück genauso gut annehmen, zumal er damit seine eigenen Lebensmittelmarken sparte.

»Willst du Rührei oder Spiegelei?«

»Rührei. Und nimm ordentlich Bacon dazu.«

Fritz zog die Brauen hoch. »Speck? So was hast du im Haus?«

»Ja, irgendeinen Vorteil muss so ein gewonnener Krieg doch mit sich bringen«, erwiderte Arthur mit einem Augenzwinkern, bevor er ins Bad zurückging.

Fritz seufzte erneut. Als Erstes schrieb er die Telefonnummer seiner Sekretärin auf und machte sich anschließend daran, die Eier in eine Schüssel zu schlagen, während er den Speck anbriet. Die britische Verpflegungslage ließ wirklich keine Wünsche offen. Ob Arthur sich auch nur ansatzweise vorstellen konnte, dass allein dieses Frühstück die Kalorienzahl überschritt, mit der ein deutscher Rentner den ganzen Tag über auskommen musste?

Er hörte, wie Arthur die Wohnung verließ, um bei seinem Nachbarn zu telefonieren, und kurz darauf zurückkam.

»Oh, das riecht gut«, sagte der Brite, während er sich zu Fritz an den Herd gesellte. »Ich habe deine Sekretärin angerufen. Ich hoffe, sie hat verstanden, dass du erst im Laufe des Vormittags kommst. Sie versteht nicht gut Englisch.«

Fritz nahm die Pfanne vom Herd und füllte das Rührei zusammen mit dem Speck in eine Schüssel. »Warum hast du nicht deutsch mit ihr geredet?«

»Auf Englisch macht das viel mehr Eindruck.« Arthur nahm zwei Teller aus dem Küchenschrank und legte Besteck dazu, während Fritz das Rührei auf den Tisch stellte. »Also, Kaffee habe ich leider nicht. Nicht mal diesen Ersatzkaffee. Soll ich einen Tee aufbrühen oder nimmst du Wasser?«

»Wasser«, sagte Fritz. »Was hast du meiner Sekretärin erzählt?«

Arthur antwortete nicht sofort, sondern stellte erst zwei Wassergläser auf den Tisch, holte dann einen Laib Brot aus dem Schrank und schnitt vier Scheiben ab, die er auf beiden Tellern verteilte.

»Dass du eine Vorladung bei der britischen Militärverwaltung hast und deshalb erst später kommst.«

Fritz starrte ihn fassungslos an. »Sag mal, bist du verrückt geworden?«

»Wieso? Eine bessere Ausrede gibt es doch nicht. Obwohl ich mich etwas gewundert habe, wie erschrocken sie war. Was ist an einer Vorladung denn so schlimm?«

»Vorladungen bedeuten für uns nie etwas Gutes«, erwiderte Fritz. »Frau Maasbach wird es jetzt jedem, der nach mir fragt, erzählen. Und auch denen, die nicht nach mir gefragt haben. In spätestens einer Stunde weiß die ganze Klinik, dass Doktor Ellerweg von den Briten vorgeladen wurde. Und dann überlegen alle, ob ich wohl in irgendwelche dubiosen Machenschaften verwickelt bin. Ganz großartig, Arthur. Wenn man Freunde wie dich hat, braucht man wirklich keine Feinde mehr.«

»Ach komm, Fritz, sei nicht so humorlos. Du kannst ja sagen, wir hätten dich vorgeladen, um von deinem profunden Wissen zu profitieren, wie man Eier brät.« Er hielt ihm die Schüssel mit dem Rührei entgegen.

»Witzbold«, sagte Fritz, während er sich eine ordentliche Portion auf die beiden Brotscheiben auf seinem Teller legte.

»Du bist wirklich verärgert?«, fragte Arthur nun deutlich ernster.

»Du lebst nun mal in einer völlig anderen Welt als ich«, sagte Fritz kopfschüttelnd. »Aber ich weiß zu schätzen, dass du es gut gemeint hast.«

Als er eine Stunde später im Krankenhaus ankam und in sein Büro gehen wollte, schien Frau Maasbach ihn schon ungeduldig zu erwarten.

»Gott sei Dank, Sie sind da«, sagte sie. »Ich habe mir große Sorgen gemacht, als dieser Brite hier anrief. Hat man Sie die ganze Nacht dortbehalten?«

Unwillkürlich strich sich Fritz über die Bartstoppeln an seinem Kinn. Vielleicht hätte er Arthur doch bitten sollen, ihm seinen Rasierhobel zu leihen. Stattdessen entschied er sich für die Wahrheit.

»Es gibt keinen Grund zur Sorge. Lieutenant Arthur Grifford hat sich nur einen Scherz erlaubt. Wir haben letzte Nacht zu viel getrunken und ich habe heute Morgen verschlafen. Er hat darauf bestanden, dass ich noch mit ihm frühstücke, und fand es amüsant, Ihnen mit dieser Ausrede zu kommen.«

Eine tiefe Falte grub sich zwischen Frau Maasbachs Brauen. »Herr Doktor Ellerweg, wenn Sie nicht darüber sprechen wollen, habe ich volles Verständnis dafür. Sie müssen mir keine Märchen erzählen.« Dann wandte sie sich demonstrativ ihrer Schreibmaschine zu.

»Frau Maasbach«, setzte Fritz an, doch sie unterbrach ihn sofort. »Ich habe verstanden, Herr Doktor. Sie werden von mir keine Fragen mehr hören.«

Fritz seufzte und ging in sein Büro. Warum war er in letzter Zeit nur von so vielen komplizierten Frauen umgeben? Warum konnten nicht alle so sein wie Paula? Oder wie seine geliebte Doro? Bei dem Gedanken an seine verstorbene Frau griff er unwillkürlich in seine Manteltasche, zog den halb zerschmolzenen Puppenkopf hervor und stellte ihn auf seinen Schreibtisch – an die Stelle, wo vor dem Krieg das Foto seiner Familie gestanden hatte.

9. Kapitel

Obwohl Paula wusste, dass sie die richtige Entscheidung getroffen hatte, haderte sie dennoch mehr mit dem Schicksal, als sie erwartet hätte. Zwei Tage nachdem Arthur sie untersucht hatte, hatte Fritz die Abtreibung vorgenommen. Sie hatte nichts gespürt – er hatte ihr Evipan gespritzt, sie war einfach in ihrem Schlafzimmer eingeschlafen, und als sie wieder aufwachte, war alles vorbei gewesen. Niemand außer Richard, Fritz und Arthur hatte von ihrer Schwangerschaft erfahren. In der Woche nach dem Abbruch erholte sie sich zusehends und alle anderen glaubten, sie hätte die schwere Magen-Darm-Grippe nun endlich überstanden. Paula bemühte sich, selbst an die Geschichte von der Magen-Darm-Grippe zu glauben, um gegen das Gefühl anzukämpfen, etwas Unwiederbringliches verloren zu haben. Sobald sie wieder auf den Beinen war, stürzte sie sich mit neuem Elan in ihre Arbeit und versuchte, nicht mehr an das zu denken, was gewesen war. Die Zeiten waren hart, es war die einzig richtige Entscheidung gewesen. Immer wieder sagte sie sich das und sie war Richard dankbar, dass er feinfühlig genug war, sie nicht darauf anzusprechen.

Richards Vater hatte das Sprechzimmer im Keller zusammen mit Karl mittlerweile so weit ausgebaut, dass Richard dort seine Patienten behandeln konnte, während er Paula das wärmere Sprechzimmer in der Wohnung für die Frauen mit Kindern überließ.

Es war inzwischen Februar geworden und der Termin von Krügers Verhandlung stand unmittelbar bevor.
Am Tag vor dem Gerichtstermin bekamen sie Besuch von Arthur.
»Ich habe mir morgen den Vormittag frei gehalten«, sagte der Brite, während er gemeinsam mit Richard, Paula und Fritz am Küchentisch saß. Richards Eltern hatten angeboten, ihnen das Wohnzimmer zu überlassen, doch da Arthur wusste, dass ihnen das Wohnzimmer auch als Schlafzimmer diente, hatte er dankend abgelehnt – mit der Begründung, dass er sich in der Küche sehr wohlfühle.
»Das will ich mir um keinen Preis entgehen lassen. Ich möchte nicht in Krügers Haut stecken, wenn du deine Aussage machst, Richard.«
Richard sagte nichts, die skeptische Falte zwischen seinen Brauen war Antwort genug.
»Krüger hat allen Grund, vor deiner Aussage zu zittern. Sonst hätte sein Anwalt doch nicht versucht, dich einzuschüchtern.« Arthur warf Richard einen aufmunternden Blick zu, doch dessen Gesichtsausdruck blieb zweifelnd.
»Arthur hat recht«, bestätigte Paula und griff nach Richards Hand. »Ich werde ebenfalls dabei sein«, sagte sie dann in Richtung des Briten. »Mein Vater vertritt uns solange in der Praxis.«
»Tja, nur ich stehe in der Zeit im OP.« Fritz seufzte. »Nicht, dass ich das nicht gern täte, aber Krügers Verurteilung hätte ich mir ebenfalls mit dem größten Vergnügen angesehen.«
»Du könntest ja Frau Doktor Kampner den Vortritt lassen«, meinte Richard. Dabei strich er Paula zärtlich mit dem Zeigefinger über den Handrücken, während sie noch immer

seine Hand hielt. Paula bemerkte, wie Arthur diese unauffällige Liebkosung mit einem wehmütigen Blick beobachtete.

»Das wäre in diesem Fall sogar eine Überlegung wert, aber sie steht um die Zeit im zweiten OP. Ich habe dafür gesorgt, dass wir regelmäßig parallel operieren, damit ich sie möglichst selten sehe.« Fritz seufzte noch tiefer. »Ich habe dir noch gar nicht von den neuesten Auswüchsen erzählt, Richard. Und daran trägt Arthur die Schuld.«

»Ich?«, fragte Arthur überrascht. »Ich kenne diese Frau doch gar nicht.«

»Nein, aber du hast meiner Sekretärin ein Märchen aufgetischt, das mir noch immer nachhängt.«

»Und was ist daran so schlimm?«, fragte Paula.

»Letzten Dienstag kam ich nichts ahnend aus dem OP, als ich meine Sekretärin mit Frau Doktor Kampner beim Tratschen in meinem Vorzimmer erwischte. Ich habe noch gehört, wie Frau Maasbach behauptete, die Briten hätten mir arg zugesetzt und ich hätte an jenem Tag richtig schlecht ausgesehen.«

»Vermutlich hätten wir nicht noch den Whisky auf das Bier trinken sollen«, bemerkte Arthur. »Du sahst an dem Tag wirklich etwas verkatert aus.«

Paula sah, wie Richard sich angesichts von Fritz' empörter Miene bemühte, ernst zu bleiben, konnte aber selbst kaum das Lachen unterdrücken.

»Wie gesagt, wer Freunde wie dich hat, braucht keine Feinde mehr«, murmelte Fritz.

Arthur grinste. »Ach komm, erzähl lieber deine Geschichte weiter, wenn ich schon die Schuld daran trage.«

»Na schön. Also, als die beiden mich sahen, erstarrten sie, denn wer wird schon gern beim Klatsch über den Chef vom selbigen ertappt. Frau Maasbach fing sofort an, wild auf ihrer Schreibmaschine zu tippen, während Frau Doktor Kampner mich ungeniert fragte, ob alles in Ordnung sei.«

»War das alles?«, fragte Paula.

»Natürlich nicht«, erwiderte Fritz. »Ich antwortete auf ihre Frage mit Ja, aber sie hatte einfach nicht den Anstand, es damit bewenden zu lassen, sondern fühlte sich bemüßigt, mir ein weiteres Gespräch aufzudrängen.«

»Jetzt wird es interessant.« Arthur lehnte sich in gespannter Erwartungshaltung vor. »Was hat sie gesagt?«

»Sie wollte wissen, ob die Vorladungen bei der britischen Militärverwaltung genauso schlimm seien wie die bei der Gestapo. Ihr Mann sei mal bei der Gestapo vorgeladen gewesen und sie habe sich große Sorgen um ihn gemacht, aber zum Glück habe man nur Informationen über einen untergetauchten Kollegen von ihm haben wollen. Ihr Mann war Cellist und spielte in einem Orchester, in dem auch Juden spielten. Wenn ich sie nicht unterbrochen hätte, hätte ich vermutlich gleich ihre ganze Lebensgeschichte zu hören bekommen. Also sagte ich ihr, dass ich niemals von der Gestapo vorgeladen worden sei und deshalb keine Vergleiche ziehen könne und außerdem keine Zeit hätte, mich länger privatem Geplauder hinzugeben. Da ist sie dann endlich abgezogen.«

Paula und Richard seufzten fast gleichzeitig auf. Arthur grinste.

»Was habt ihr denn?«, fragte Fritz.

»Na ja«, meinte Richard, »du hast ein Gesprächsangebot zur Versöhnung ausgeschlagen und stattdessen die Eiszeit zementiert.«

Paula nickte zustimmend.

Fritz atmete tief durch. »Das Austauschen tragischer Familiengeschichten ist für mich kein Versöhnungsangebot, sondern einfach nur deprimierend.«

Eine Weile sagte niemand etwas. Schließlich fragte Arthur, ob er Richard und Paula am nächsten Morgen mit seinem Jeep abholen und zum Gericht fahren solle.

»Nein, besser nicht«, wehrte Richard ab. »Du bekommst irgendwann noch Ärger.«

»Genau«, bestätigte Fritz. »Du solltest dich nicht zu viel mit den Eingeborenen abgeben, das wurde im britischen Kolonialreich noch nie gern gesehen. Außerdem denken unsere Nachbarn nachher noch, wir hätten einen britischen Chauffeur.«

Bei dieser Bemerkung brach Paula in herzhaftes Gelächter aus, in das die anderen einstimmten.

»Glaubt ihr, es interessiert mich, was eure Nachbarn denken?«

»Nein«, erwiderte Richard. »Aber deine Landsleute könnten es dir übel nehmen.«

»Das lass getrost meine Sorge sein.« Arthur machte eine wegwerfende Handbewegung. »Mich kümmert grundsätzlich nur, was meine Freunde von mir denken. Die echten Freunde, die ich in der Truppe hatte, sind inzwischen alle wieder in England. Und da wäre ich auch längst, wenn Lisa mich nicht dazu überredet hätte, mich zu den Besatzungstruppen zu melden.«

»Wo wir gerade bei Freunden in England sind. Hast du mal wieder was von Maxwell gehört?«, fragte Fritz.

Dankbar nahm Arthur das Thema auf. »Ja, er hat mir letzte Woche zum ersten Mal, seit ich in Hamburg bin, geschrieben. Er arbeitet wieder in seiner alten Klinik und seine Tochter Sarah hat sich verlobt. Sie will im Mai heiraten. Er sieht sich schon als künftigen Großvater.«

»Das freut mich für ihn«, sagte Fritz. »Grüß ihn von uns, wenn du ihm das nächste Mal schreibst.«

»Das werde ich tun«, sagte Arthur. Dann sah er auf die Uhr. »Ich schätze, es ist an der Zeit zu gehen.« Er sah Richard an. »Die Verhandlung beginnt um zehn. Soll ich morgen um neun da sein, um euch abzuholen?«

Paula und Richard tauschten einen kurzen Blick aus, dann nickte Richard. »Es ist ja nicht so, dass wir den Luxus nicht zu schätzen wüssten«, sagte er. »Aber wir ...«

»Jaja, ihr wollt nicht, dass ich Schwierigkeiten bekomme. Keine Sorge, du bist jemand, der gegen einen Naziarzt vor Gericht als Zeuge aussagt und dafür Nestbeschmutzer genannt wird. Ich befinde mich also in bester Gesellschaft. Ich bin um neun Uhr da.«

Nachdem Arthur gegangen war, sagte eine Weile niemand etwas.

»Worüber denkt ihr nach?«, fragte Paula schließlich.

»Über Arthur«, sagte Richard. »Mir ist heute zum ersten Mal bewusst geworden, warum er wirklich so oft bei uns ist.«

Paula sah ihn verwundert an. »Wir sind befreundet«, meinte sie. »Das ist doch nichts Neues.«

»Das waren wir, seit er in Hamburg ist«, entgegnete Richard. »Aber zum regelmäßigen Gast wurde er erst, nachdem seine Frau ihn verlassen hatte.«

»Weil er sonst niemanden mehr hat«, bestätigte Fritz. »Das weiß ich, seit ich mit ihm bis spät in die Nacht getrunken habe. Im Grunde ist er ärmer dran als wir. Ich meine, er hat natürlich viel bessere Verpflegung, Bier und Whisky, eine schöne Wohnung und ein klappriges Auto, aber er ist mitten im zertrümmerten Feindesland gestrandet, auf einem Posten, den er nur seiner Frau zuliebe angenommen hat, die ihn zum Dank dafür verlassen hat. Das ist echt bitter.«

»Bitterer als das, was dir widerfahren ist?«, fragte Richard.

Fritz drehte gedankenverloren den Ehering an seinem Finger, den er trotz Dorotheas Tod nach wie vor trug.

»Das kann man nicht vergleichen«, meinte er. »Es macht mich traurig, dass Doro und Henriette nicht mehr da sind, aber ich habe sie an den Krieg verloren. Sie haben mich weder hintergangen noch böswillig verlassen. Sie sind tot, aber wenn ich an sie denke, gibt es so viele schöne Erinnerungen, die mir niemand nehmen kann. Ein Mensch, der böswillig verlassen wird, hat keine angenehmen Erinnerungen mehr, denn alles, was jemals gut und schön war, wird durch das Wissen um den späteren Verrat vergiftet.« Er atmete tief durch. »Ja, Richard, es ist in meinem Empfinden bitterer, von einem Menschen, den man liebt, verraten und verlassen zu werden, als um unschuldige Tote zu trauern, von denen du weißt, dass sie dich genauso geliebt haben wie du sie. Möglicherweise tuscheln Arthurs Kameraden ja auch hinter seinem Rücken, ob seine Frau ihn wohl verlassen hat, weil er sich zu viel mit Deutschen abgegeben hat.«

»Das ist ziemlich böse«, bemerkte Paula. »Er hat doch gute Kontakte zu seinen Kameraden, sonst hätte er dich im letzten Sommer nicht aus diesem Kriegsgefangenenlager nach Hause holen können.«

»Da hatte seine Frau ihn ja auch noch nicht verlassen. Sag mal, hat einer von euch Arthurs Frau jemals kennengelernt?«

Paula und Richard schüttelten die Köpfe.

»Na seht ihr. Ich auch nicht. Das spricht doch Bände. Sie wollte nichts mit uns zu tun haben. Im Übrigen sind gute Kontakte und Leute, die einem Gefälligkeiten schulden, etwas anderes als Freunde. Oskar Strehlau ist auch ein guter Kontakt, aber ich würde ihn nie als Freund bezeichnen.« Fritz atmete tief durch. »Wenn die Sache morgen durchgestanden ist, können wir endlich mit unserer Arbeit für Strehlau beginnen. Dann geht es wieder bergauf.«

10. Kapitel

Als Arthur am nächsten Morgen pünktlich um neun Uhr erschien, wurde er von etlichen neugierigen Blicken aus dem Wartezimmer heraus gemustert.

»An Patienten habt ihr jedenfalls keinen Mangel«, stellte er fest, während Richard Paula in den Mantel half, bevor er seinen eigenen anzog und dann nach seinem Hut griff.

»Nein, ganz im Gegenteil«, bestätigte Richard. »An manchen Tagen können wir den Ansturm kaum bewältigen. Mein Schwiegervater ist am Überlegen, ob er sich wieder dauerhaft an der Patientenversorgung beteiligt, auch wenn er schon zweiundsiebzig ist. Immerhin hätte er dann Anspruch auf eine bessere Lebensmittelkarte. Allerdings fehlt uns ein drittes Sprechzimmer. Mein Vater meint, wir könnten den Keller vielleicht noch weiter ausbauen, aber dazu bräuchten wir Holz.«

»Und das ist knapp im Winter«, bemerkte Arthur.

»Eigentlich nicht«, erwiderte Richard. »Unserer Familie gehört ein riesiges forstwirtschaftlich genutztes Grundstück. Aber es ist vor den Toren Hamburgs und wir dürfen unser eigenes Holz derzeit nicht nach Hamburg einführen. Mein Schwager und mein Neffe stehen in Verhandlungen mit der Militärverwaltung für Sondergenehmigungen, aber das zieht sich hin. Ganz abgesehen davon, dass unsere Fahrzeuge allesamt im Krieg zerstört wurden.«

Arthur sagte nichts. Sein Wagen parkte direkt vor der Tür. Es hatte zwischenzeitlich leicht geschneit und eine weiße Schneedecke bedeckte die Autositze.

»Ein Verdeck gehört wohl nicht zur Serienausstattung?«, fragte Richard, während er versuchte, den Schnee mit der Hand von der Rückbank zu wischen.

»Nein, das Verdeck ist schon lang abhandengekommen. Wir müssen uns hiermit begnügen.« Arthur zog einen Handfeger unter dem Fahrersitz hervor, kehrte einmal über die Sitzfläche und reichte ihn dann Richard. »Ich bin froh, dass ich überhaupt ein Auto habe. Das ist keine Selbstverständlichkeit und hat mich einiges an Überredungskunst gekostet.«

»Und wie ist die Benzinrationierung?«, fragte Richard. »Kommst du aus oder musst du da auch auf Überredungskunst zurückgreifen?«

»In diesen Zeiten improvisiert doch jeder, oder etwa nicht?« Arthur grinste.

»Ich wusste nicht, dass das auch für Briten gilt.« Richard gab Arthur den Handfeger zurück.

»Ob du es glaubst oder nicht, in Großbritannien wurden wieder Lebensmittelrationierungen eingeführt, damit ihr in Deutschland nicht verhungert.«

Sie stiegen ein und der Jeep startete etwas holprig.

»Das erinnert mich an unsere erste gemeinsame Fahrt im Laubfrosch«, sagte Paula und lehnte sich an Richard.

»Laubfrosch?«, fragte Arthur.

»Der erste Lieferwagen, den mein Vater in den Zwanzigerjahren angeschafft hatte«, erklärte Richard. »Das Modell wurde immer nur in Grün ausgeliefert und deshalb Laubfrosch genannt. Als ich Paula zum allerersten Mal abgeholt habe, habe ich ihn mir von meinem Vater geliehen, um ein bisschen Eindruck zu schinden.«

»Was auch hervorragend funktioniert hat«, bestätigte Paula lächelnd. »Sowohl bei meinem Vater als auch bei mir.«

Die prächtigen Justizgebäude am Sievekingplatz waren im Vergleich zu vielen anderen Gebäuden der Stadt erstaunlich unbeschadet durch den Krieg gekommen. Arthur parkte direkt vor dem Hauptgebäude, dann betraten sie den Prunkbau aus dem neunzehnten Jahrhundert. Unzählige hohe dunkle Holztüren führten zu den zahlreichen Gerichtssälen. Richard meldete sich als Zeuge in der Geschäftsstelle, da er den Gerichtssaal erst zu seiner Zeugenaussage betreten durfte. Arthur und Paula wollten dem Verfahren von den Zuschauerbänken aus von Anfang an beiwohnen und suchten den Saal gemeinsam auf.

Sie waren etwas zu früh dran und die Tür zum Verhandlungssaal war noch geschlossen. Vor dem Saal standen mehrere massive dunkle Holzbänke. Auf einer davon saß Doktor Krüger und neben ihm ein Mann im schwarzen Anwaltstalar – Günther Melk, wie Paula vermutete. Er war etwas kleiner als Krüger, hatte schütteres Haar und eine Brille, die sie an Heinrich Himmler erinnerte. Die beiden Männer waren in die Gerichtsakten vertieft, doch als sie Schritte hörten, blickten sie kurz auf und musterten Paula und den englischen Offizier an ihrer Seite, um sich dann grußlos wieder ihren Unterlagen zuzuwenden.

»Verachtung kann sich durchaus beiderseitig zeigen«, raunte Arthur Paula zu, während sie sich auf der Bank niederließen, die am weitesten von Krüger und Melk entfernt stand. »Den Blick kenne ich zur Genüge. Entweder du siehst Unterwürfigkeit, Verachtung oder vor allem bei Kindern Neugier. Aber so gut wie nie wird man in dieser Uniform wie ein normaler Mensch angesehen.«

»Wundert dich das wirklich?« Paula zog ihre Handschuhe aus und steckte sie in ihre Manteltasche. »Uniformen verwandeln normale Menschen in Soldaten. Unabhängig davon hätte ich von Krüger ohnehin nichts anderes als Verachtung erwartet.« Sie atmete tief durch. »Ich hoffe so sehr, dass er heute das bekommt, was er verdient.«

»Heute geht es nur um die Beteiligung an der Verlegung der Kranken in die Tötungsanstalten«, sagte Arthur. »Der Prozess um die ermordeten Kinder, deren Akten Richard mir zugespielt hat, ist davon unabhängig und wird separat verhandelt.«

»Ich weiß.« Paula seufzte. »Und ich weiß auch, dass es letztlich nur auf Richards Aussage ankommt, weil Krüger sich hinter seinem angeblichen Nichtwissen versteckt.«

Kurz darauf wurde die Tür zum Gerichtssaal geöffnet. Paula und Arthur waren die Einzigen, die auf den Zuschauerbänken Platz nahmen. Das Interesse an dieser Verhandlung schien nicht besonders groß zu sein und die meisten Menschen mussten um diese Zeit ohnehin arbeiten. Allerdings fragte Paula sich, warum niemand von Krügers Angehörigen anwesend war. Oder hatte er keine? Wieder einmal wurde ihr bewusst, dass Krüger selbst zwar stets Wert darauf gelegt hatte, alles über die Menschen in seinem Umfeld zu erfahren, sein eigenes Privatleben aber streng geheim gehalten hatte. Sie wusste nicht einmal, ob er verheiratet war oder Kinder hatte.

Zunächst wurde die Anklage verlesen. Krüger wurde vorgeworfen, an der Verlegung von mehr als zweihundert Patienten in die Tötungsanstalten in Brandenburg beteiligt gewesen zu sein. Mehr als zweihundert … Bei der Nennung dieser Zahl hatte Paula einen Moment lang das Gefühl, ihr bliebe die Luft weg. Sie beobachtete Krüger, der neben seinem Anwalt saß und völlig unbeeindruckt wirkte.

Danach bekam Krüger die Gelegenheit, etwas dazu zu sagen. Er zog es vor zu schweigen und überließ seinem Anwalt das Wort.

Günther Melk führte zunächst aus, welch hervorragender Arzt Doktor Krüger sei, wie sehr er sich stets für das Wohl seiner Patienten eingesetzt und zugleich den Ausbau der Kinderabteilung in Langenhorn vorangetrieben habe. Es folgte eine Aufzählung der schwierigen Bedingungen nach der Bombardierung des Kinderkrankenhauses Rothenburgsort, als Doktor Krüger sich der evakuierten Kinder in Langenhorn angenommen hatte. Paula fühlte, wie sie immer mehr einen dicken Hals bekam. Arthur legte ihr beruhigend eine Hand auf den Unterarm.

»Georg war mit Diphtherie im Kinderkrankenhaus, als es bombardiert wurde«, flüsterte sie ihm zu. »Krüger hat alles dafür getan, Georgs Taubheit nachzuweisen, um sowohl Georgs als auch Emilias Sterilisation zu betreiben.«

»Ich weiß«, flüsterte Arthur zurück. »Richard hat es mir erzählt.«

»Und jetzt wird dieser Mann als wahrer Edelmensch dargestellt. Ich fasse es nicht.«

Während sie ihrer Empörung im Geflüster mit Arthur Luft gemacht hatte, war Melk endlich zum Abschluss seiner Rede gekommen und die Zeugenaussagen begannen. Als erste Zeugin wurde Doktor Krügers ehemalige persönliche Sekretärin Frau Handeloh aufgerufen.

Paula erinnerte sich noch gut an die forsche Frau, die ihrem Chef stets den Rücken freigehalten hatte. Inzwischen wirkte sie wie ein Schatten ihrer selbst und Paula fragte sich, ob Frau Handeloh wohl ebenfalls entlassen worden war.

Die Sekretärin nahm an dem kleinen Tisch Platz, der unmittelbar vor dem Richterpult in der Mitte des Raumes stand. Dabei schaute sie unsicher in Krügers Richtung, senkte den Blick dann aber schnell wieder – ganz so, als fühlte sie sich bei einer unzulässigen Kontaktaufnahme ertappt.

Der Richter stellte ihr die üblichen Fragen zum Alter und zu ihrer Person, die sie eingeschüchtert beantwortete. Anschließend klärte er sie über ihre Pflicht als Zeugin auf, stets die Wahrheit zu sagen. Dann fragte er, was sie über die Verlegungen der Kranken in den Jahren 1940 bis 1942 gewusst habe.

»Sie erfolgten aus planwirtschaftlichen Erwägungen«, antwortete die Sekretärin mit leiser Stimme.

»Können Sie uns erzählen, wie das vonstattenging?«, fragte der Richter. »Wie wurden die zu verlegenden Patienten ausgewählt?«

»Es gab Fragebögen, in denen die ärztlichen Gutachter Angaben zum Krankheitsbild und zur Leistungsfähigkeit machen mussten«, erklärte die Sekretärin. »Jene Patienten, die keine Arbeit von wirtschaftlichem Wert erzielen konnten, wurden nach Brandenburg verlegt.«

»Wussten Sie, warum diese Verlegungen erfolgten?«

»Wir gingen davon aus, dass die Kranken während des Krieges in den auswärtigen Landesheilanstalten besser zu versorgen seien als in einer Großstadt wie Hamburg.«

»Wann haben Sie zum ersten Mal erfahren, dass die Menschen in Brandenburg gezielt getötet wurden?«

Frau Handeloh schreckte zusammen. »Getötet?«, wiederholte sie. »Davon weiß ich nichts. Ich war nur dafür zuständig, die von den Gutachtern ausgefüllten Fragebögen nach Berlin zu schicken.«

»Als persönliche Sekretärin von Doktor Krüger haben Sie auch seine Korrespondenz geführt?«, fragte der Richter weiter.

»Ja.«

»Haben Sie auch mit den zuständigen Stellen in Berlin korrespondiert?«

»Sie meinen, über die einfache Weiterleitung der Fragebögen hinaus? Nein, da gab es keine Korrespondenz. Allerdings gab es im Februar 1941 einen unangekündigten Besuch der Aufsichtskommission in der Heilanstalt. Zwei Ärzte aus der Berliner Tiergartenstraße wurden im Auftrag des Reichsministeriums des Inneren vorstellig, um die Akten der Patienten zu überprüfen.«

»Warum sollte diese Überprüfung erfolgen?«

»Weil ...« Frau Handeloh zögerte kurz, ehe sie weitersprach. »Weil ihnen aufgefallen war, dass in den neun Monaten zuvor sämtliche Patienten der Heil- und Pflegeanstalt Langenhorn als ebenso leistungsfähig wie Gesunde angegeben worden waren. Da das sehr unwahrscheinlich war, erfolgte die Überprüfung der Akten.«

»Und was ergab die Überprüfung?«

»Dass der zuständige Gutachter fälschlicherweise alle als arbeitsfähig eingestuft hatte. Tatsächlich erfüllten nur zwanzig Prozent der Patienten die notwendigen Voraussetzungen.«

»Wissen Sie, wer der Gutachter war?«

»Natürlich weiß ich das. Herr Doktor Richard Hellmer, der damalige Oberarzt des gesicherten Hauses. Er wurde noch am selben Tag fristlos entlassen.«

»Wissen Sie, was Doktor Hellmer zu seiner Entlastung vorzubringen hatte?«

Frau Handeloh schüttelte den Kopf. »Ich war nicht dabei, als er mit Herrn Doktor Krüger und der Aufsichtskommission sprach. Ich erfuhr erst später von Doktor Krüger, was er getan hatte. Er ...« Sie stockte.

»Bitte sprechen Sie doch weiter, Frau Handeloh.«

Die Sekretärin schluckte. »Doktor Krüger war sehr wütend und hätte Doktor Hellmer am liebsten wegen Insubordination vor Gericht stellen lassen, aber die Ärzte der Aufsichtskommission rieten davon ab, um Aufsehen zu vermeiden, das dem Ansehen der Heilanstalt womöglich geschadet hätte. Eine Entlassung des Schuldigen und seine Versetzung an die Front wurden als ausreichend erachtet.«

»Ich habe keine weiteren Fragen«, sagte der Richter und überließ die Zeugin dem Staatsanwalt.

»Frau Handeloh, kann es sein, dass Doktor Hellmer die Meldebögen absichtlich falsch ausfüllte, weil er wusste, was mit den ausgesonderten Patienten in Brandenburg passierte?«

»Das weiß ich nicht. Ich hatte mit der inhaltlichen Arbeit der Gutachter nichts zu tun.«

»Hat Herr Doktor Hellmer vielleicht im inoffiziellen Gespräch einmal etwas zu seinen Gründen verlauten lassen?«

»Ich hatte mit ihm nur den notwendigsten Kontakt. Ich war ja Herrn Doktor Krüger als persönliche Sekretärin direkt unterstellt, und es war kein Geheimnis, dass die beiden keine Freunde waren. Sehen Sie, Doktor Hellmer war ja bereits lange vor Doktor Krüger Oberarzt, aber dann wurde Doktor Krüger leitender Oberarzt. Ich glaube, das hat Doktor Hellmer nicht verwunden und er wollte ihm das irgendwie heimzahlen.«

Paula atmete tief durch. »Dieses Miststück«, zischte sie. Wieder legte Arthur ihr beruhigend eine Hand auf den Unterarm.

Der Staatsanwalt blätterte in seinen Unterlagen. »Soweit aus den Akten hervorgeht, wurde Herr Doktor Krüger 1937 Mitglied der NSDAP, während Doktor Hellmer niemals Parteimitglied war. Meinen Sie, die Parteimitgliedschaft spielte eine Rolle bei der Besetzung der Position des leitenden Oberarztes?«

»Herr Staatsanwalt, ich bin nur eine einfache Sekretärin. Über die Gründe für die Besetzung von Oberarztpositionen weiß ich nichts.«

Der Staatsanwalt nickte und nun durfte Krügers Anwalt der Zeugin Fragen stellen, doch er verzichtete darauf. Frau

Handeloh wurde entlassen. Der Richter stellte ihr frei, dem weiteren Verlauf der Verhandlung von der Zuschauerbank aus zu folgen, doch sie lehnte mit leiser Stimme ab. Jeder konnte ihr die Erleichterung ansehen, als sie den Saal verließ.

Als nächster Zeuge wurde Richard aufgerufen und er nahm dort Platz, wo zuvor Frau Handeloh gesessen hatte.

»Sie sind Doktor Richard Hellmer, geboren am 23. Juli 1901 in Hamburg?«, fragte der Richter.

Richard nickte. »Ja.«

»Sie sind als Zeuge geladen und haben auf alle Fragen wahrheitsgemäß zu antworten«, fuhr der Richter mit denselben Worten fort, die er schon Frau Handeloh gegenüber verwendet hatte. »Eine Falschaussage ist ungeachtet einer Vereidigung eine Straftat, die entsprechend geahndet wird.«

»Das ist mir bekannt«, erwiderte Richard mit fester Stimme. Er vermied es, in Krügers Richtung zu blicken, sondern hielt seinen Blick auf den Richter und die beiden Beisitzer gerichtet.

»Sie sind Facharzt für Psychiatrie und haben von 1929 bis 1941 als Arzt in der Heil- und Pflegeanstalt Langenhorn gearbeitet?«

»Ja, ich fing dort im April 1929 als Assistenzarzt an und wurde 1932 Oberarzt.«

»Ab wann waren Sie für die Beurteilung der Leistungsfähigkeit der Geisteskranken und Schwachsinnigen zuständig?«

»Ab Freitag, dem 1. September 1939. Herr Doktor Krüger teilte mir mit, dass die Patienten aufgrund planwirtschaftlicher Erfassung hinsichtlich ihrer Leistungsfähigkeit zu begutachten seien. Das genaue Datum ist mir deswegen so gut in Erinnerung, weil Frau Handeloh inmitten des Gesprächs entgegen ihrer sonstigen Zurückhaltung in Doktor Krügers Büro gestürmt kam und ihn bat, das Radio einzuschalten. An dem Tag verkündete Hitler den Beginn des Krieges.«

Paula fiel auf, wie der Richter leicht zusammenzuckte, als Richard einfach nur »Hitler« sagte und nicht »Führer« oder »Reichskanzler«. Ob es Richard ebenfalls aufgefallen war, vermochte sie nicht zu sagen, denn der fuhr ungerührt fort: »Damals dachte ich noch, diese Begutachtungen dienten der Einteilung der Lebensmittelkarten, die am Montag zuvor erstmals ausgeteilt worden waren und zum 1. September gültig wurden. Sie erinnern sich bestimmt noch daran.«

Der Richter überging diese letzte Bemerkung.

»Wann hat sich Ihre Annahme geändert?«, fragte er stattdessen.

»Das war im April 1940.«

»Was war der Grund?«

»Im März 1940 wurden unerwartet etliche Patienten, für die ich als Oberarzt des gesicherten Hauses seit Jahren zuständig war, nach Brandenburg verlegt. Man hatte mir nichts davon gesagt. Der Oberpfleger erklärte mir, Doktor Krüger sei am Abend zuvor, nachdem ich bereits Feierabend gemacht hatte, noch einmal gekommen, um die Verlegung der Patienten anzukündigen. Als ich am frühen Morgen in der Klinik ankam, stand ein großer Bus auf dem Parkplatz vor dem gesicherten Haus, der meine Patienten nach Brandenburg bringen sollte. Ich war zwar überrascht, dass man mich nicht vorher informiert hatte, ging aber davon aus, dass man sie dort besser versorgen könne als in einer Großstadt wie Hamburg. Es handelte sich um Kranke, die höchstens die fünfzigprozentige Leistungsfähigkeit eines Gesunden aufwiesen. Vier Wochen später, im April 1940, bekam ich einen Anruf aus Brandenburg. Ein ehemaliger ärztlicher Kollege, der früher in Langenhorn gearbeitet hatte, war nach Brandenburg gewechselt und erzählte mir, dass unsere Patienten dort wenige Tage nach ihrer Ankunft in luftdicht verschlossene Lkws verfrachtet worden seien. Man sei dann mit ihnen in den Wald gefahren und habe so lange Kohlenmonoxid in die Lkws geleitet, bis alle erstickt seien. Der Kollege berichtete weiter, dass man die Ärzte dazu aufgefordert habe, falsche Todesdaten und plausible Todesursachen zu erfinden und in die Totenscheine einzutragen, damit niemandem auffiel, dass sämtliche Hamburger Patienten am selben Tag verstorben seien.« Richard atmete tief durch. »Ich habe das zuerst nicht glauben wollen. Das war so absurd, aber der Kollege hatte die Todesursache eines Patienten, den wir beide über zehn Jahre gekannt hatten, als Hinweis für mich und die Angehörigen verwendet. Er hatte einen Blinddarmdurchbruch angegeben, obwohl der keinen Blinddarm mehr hatte. Der Kollege selbst wollte sich nicht länger an diesen Verbrechen beteiligen, aber da die ganze Aktion hoch geheim war und er als Mitwisser galt, blieb ihm nichts anderes übrig, als sich freiwillig an die Front versetzen zu lassen, da er sonst keine Möglichkeit gehabt hätte, sich den Tötungen zu entziehen.«

»Und was haben Sie daraufhin getan?«

»Von dem Tag an habe ich sämtlichen Patienten die volle Leistungsfähigkeit attestiert.«

»Haben Sie Herrn Doktor Krüger darauf hingewiesen?«

»Nein.«

»Warum nicht?«

»Weil ich kein Interesse daran hatte, im KZ zu landen«, sagte Richard. »Herr Doktor Krüger hatte mich bereits im September 1937 bei der Gestapo denunziert, was mir eine Vorladung bescherte.«

»Worum ging es damals?«

»Ich war mit Alfred Schär befreundet, einem Taubstummenlehrer, der als Mitglied des verbotenen Internationalen Sozialistischen Kampfbundes im Februar 1937 von der Gestapo festgenommen wurde und in der Haft unter ungeklärten Umständen ums Leben kam. Doktor Krüger wollte immer nachweisen, dass mein Sohn gehörlos ist, weshalb er unter das

Gesetz zur Verhütung erbkranken Nachwuchses falle und der Zwangssterilisation zuzuführen sei. Ich wurde von der Gestapo sowohl nach meinem Kontakt zu Alfred Schär als auch nach dem Gesundheitszustand meines Sohnes befragt. Außerdem war der Gestapo bekannt, dass ich mich geweigert hatte, der NSDAP beizutreten, und meine Patienten nicht mit ›Heil Hitler‹ grüßen ließ.«

»Diese Befragung scheint für Sie allerdings keine weiteren Konsequenzen gehabt zu haben, oder?«

»Es gelang mir, den Beamten, der mich befragte, davon zu überzeugen, dass ich ein harmloser, politisch uninteressierter und dem Führer treu ergebener Volksgenosse wäre.«

»Vor der Machtergreifung waren Sie Doktor Krügers Vorgesetzter?«

»Ja«, bestätigte Richard.

»Hat es Sie getroffen, dass er später zu Ihrem Vorgesetzten wurde?«

»Nur insofern, dass er ein überzeugter Nazi war, dessen Wertvorstellungen sich nicht mit meinem humanistischen Weltbild über die Versorgung kranker Menschen in Einklang bringen ließen. Ich bin nicht Arzt geworden, um Karriere zu machen, sondern um meinen Patienten zu helfen.«

»Danke, das genügt mir.« Der Richter gab das Wort weiter an den Staatsanwalt, der jedoch keine Fragen hatte. Nun war die Reihe an Krügers Anwalt.

»Erzählen Sie uns von dem Tag, als die Aufsichtskommission aus Berlin herausfand, dass Sie falsche Angaben über die Leistungsfähigkeit der Kranken gemacht hatten.«

»Ich wurde von Frau Handeloh in Doktor Krügers Büro zitiert, wo die beiden Ärzte der Aufsichtskommission bereits warteten und Einsicht in die Akten genommen hatten. Man konfrontierte mich damit, dass in der Stichprobe von elf Fällen neun Patienten von mir als vollständig leistungsfähig eingruppiert worden waren, obwohl sie laut Aktenlage die Voraussetzungen nicht erfüllten. Ich wusste, dass ich mit einem Fuß im Gefängnis stand, und versuchte, mich damit herauszureden, dass ich so viele Akten begutachtet hätte, dass Fehler durchaus vorkommen könnten.«

»Sie geben also zu, dass es Ihnen bewusst war, eine Straftat zu begehen, indem Sie falsche Gutachten erstellten?«

»Ob das eine Straftat war oder nicht, ist eine juristische Frage. Aus menschlicher und moralischer Sicht war es eine zwingende Notwendigkeit, um Leben zu retten.«

»Es geht hier vor allem um die Frage, ob Doktor Krüger wusste, was mit den Patienten im Falle einer Verlegung nach Brandenburg geschah. Herr Doktor Krüger sagt, er habe es nicht gewusst, und Sie haben selbst zu Protokoll gegeben, dass Sie ihn nicht darüber informiert haben, als Sie erstmals im April 1940 vom Schicksal der Kranken erfuhren. Wie kommen Sie also darauf, dass Doktor Krüger etwas davon gewusst haben könnte, wenn Sie doch selbst völlig überrascht waren? Zudem haben Sie angegeben, dass der Kollege, der Sie darüber informierte, angab, es sei eine hoch geheime Angelegenheit, weshalb er als einzigen Ausweg die freiwillige Meldung zur Front sah. Ich frage Sie also, Herr Doktor Hellmer, können Sie mit Gewissheit den Zeitpunkt benennen, ab dem Doktor Krüger von den Tötungen gewusst haben soll?«

Paula sah, wie Richard schluckte.

»Ich gehe davon aus, dass er es bereits vor mir wusste, weil er mit den offiziellen Stellen stets in Kontakt stand.«

»Es interessiert uns nicht, wovon Sie ausgehen, sondern ob Sie mit Sicherheit bestätigen können, dass er davon wusste. Zumal Sie ihn ja nicht ins Vertrauen gezogen haben, als Sie erstmals von den Tötungen erfuhren.«

»Wenn ich das getan hätte, hätte er vermutlich sofort Maßnahmen gegen mich ergriffen«, erwiderte Richard. »Wie ich schon sagte, er schreckte weder davor zurück, mich bei der Gestapo zu denunzieren, noch 1942 meinen damals neunjährigen Sohn, der mit Diphtherie im Krankenhaus lag, zu drangsalieren, um ihm eine erbliche Taubheit nachzuweisen und der Zwangssterilisation zuzuführen. Und dann sind da noch die Kinder, die ...«

»Herr Doktor Hellmer«, unterbrach Melk ihn energisch, »ich möchte Sie bitten, hier keine langen Leidensgeschichten aufzutischen, um meinen Mandanten in ein schlechtes Licht zu rücken, sondern sich auf Tatsachen zu beschränken, die Sie mit Gewissheit bestätigen können. Ab wann soll Herr Doktor Krüger von den Tötungen gewusst haben?«

»Wenn er es nicht von Anfang an wusste, dann mit Sicherheit ab Februar 1941«, antwortete Richard. »Als die Aufsichtskommission vor Ort war. Da habe ich gesagt, warum ich die Meldebögen falsch ausgefüllt habe.«

»Nicht nur das«, betonte Melk. »Sie haben dreist gelogen, um Ihren Hals zu retten. Sie haben behauptet, Herr Doktor Krüger hätte Ihnen den Auftrag gegeben, die Formulare falsch auszufüllen, nachdem Sie erfahren hatten, dass die Kranken vergast worden waren.«

Richard schwieg.

»Haben Sie das behauptet oder nicht?«

»Ja«, gab Richard zu. »Doktor Krüger wollte mich wegen Insubordination vor Gericht stellen lassen. Ich wusste, was das bedeutete. Ich wäre ins KZ gekommen, und das wollte ich unbedingt verhindern, schließlich hatte ich eine Familie zu versorgen und musste meinen Sohn schützen, den Doktor Krüger von jeher wegen seiner Gehörlosigkeit auf dem Kieker hatte.«

»Sie geben also zu, dass Ihr Sohn taub ist, obwohl Sie jahrelang behaupteten, er wäre nur schwerhörig?«

»Ja«, zischte Richard. »Inzwischen herrschen andere Gesetze und niemand kommt mehr auf die Idee, unschuldige

Kinder der Zwangssterilisation zuzuführen! Wollen Sie es mir vorwerfen, dass ich meinen Sohn geschützt habe? Und nicht nur ihn, Doktor Krüger wollte sogar meiner gesunden Tochter eine Erbkrankheit unterstellen!«

»Sie sind also nicht gut auf Doktor Krüger zu sprechen?«

»Meine persönlichen Angelegenheiten sollten hier kein Thema sein.«

»Das ist richtig. Aber Sie machen sie ja ständig zum Thema.«

»Das ist eine Unterstellung!«

Melk lächelte überlegen. »Nun gut, zurück zum Thema. Sie haben also gelogen und behauptet, Doktor Krüger hätte Sie angewiesen, die Meldebögen falsch auszufüllen, weil Sie ihn lieber mit ins Verderben reißen wollten, anstatt die Verantwortung für Ihre Verbrechen selbst zu übernehmen?«

»Ich habe keine Verbrechen begangen!«

»Nun gut, sagen wir Straftaten. Denn das vorsätzlich falsche Ausfüllen von ärztlichen Gutachten ist nicht nur eine Straftat, sondern sollte auch standesrechtlich geahndet werden. Aber man hat Ihnen damals viel Milde entgegengebracht. Anstatt Sie vor Gericht zu stellen und Ihnen die Approbation zu entziehen, wurden Sie Mitglied eines Sanitätsbataillons des Afrikakorps und erhielten sogar den Rang eines Assistenzarztes, der einem Leutnant gleichzusetzen ist.«

»Das habe ich ganz gewiss nicht Doktor Krüger zu verdanken, falls Sie jetzt darauf hinauswollen, sondern einem der damals zuständigen Stabsärzte des Bataillons.«

»Richtig, der bekannte Chirurg Doktor Fritz Ellerweg. Er ist ein guter Freund von Ihnen, nicht wahr? Soweit ich weiß, haben Sie dieselbe Meldeadresse?«

»Wohnraum ist derzeit knapp«, gab Richard bissig zurück. »Ich weiß allerdings nicht, was das mit dem Fall zu tun hat.«

»Nun, ich habe mich ein wenig umgehört«, sagte Melk. »Sie sind damals zum Sanitätsbataillon gekommen, da Sie sowohl von Doktor Ellerweg als auch von Professor Wehmeyer, dem damaligen wie heutigen Chefarzt von Doktor Ellerweg, Zeugnisse bekommen hatten, die Ihnen neben Ihren Fähigkeiten als Psychiater auch chirurgische Fähigkeiten nahe der Facharztreife bescheinigten. Sie wurden von zwei anerkannten chirurgischen Koryphäen als kriegswichtiger Arzt für das Afrikakorps bestätigt. Die Alternative wäre eine Position als Hilfsarzt in einem Strafbataillon an der Ostfront gewesen, nicht wahr?«

»Und was wollen Sie mir damit sagen?«, fragte Richard.

»Nun, ich möchte dem Gericht einfach darlegen, was für ein Mensch Sie sind. Sie sind jemand, der es – wenn es um den eigenen Vorteil geht – mit der Wahrheit nicht zu genau nimmt. Sie haben über Ihren Sohn gelogen und falsche Atteste über eine angebliche Schwerhörigkeit besorgt, obwohl Ihr Sohn taub ist. Sie haben vorsätzlich falsche Gutachten erstellt. Sie haben Ihren Vorgesetzten nicht über wesentliche Informationen in Kenntnis gesetzt, sondern eigenständig gehandelt. Hätten Sie Herrn Doktor Krüger bereits im April 1940 von den Tötungen erzählt, hätte er Sie unterstützen können, um die Patienten zu retten. Aber Sie haben eigenmächtig gehandelt, und als Ihnen die Aufsichtskommission auf die Schliche kam, haben Sie Ihren unbescholtenen Vorgesetzten der Beihilfe bezichtigt, um sich selbst davon Vorteile zu verschaffen und eine Gerichtsverhandlung und Verurteilung zu verhindern. Anschließend haben Sie auch noch hinsichtlich Ihrer chirurgischen Fähigkeiten gelogen und sich falsche Papiere von Freunden ausstellen lassen, um eine Position als Assistenzarzt im Afrikakorps zu bekommen, die Ihnen nicht zustand. Doktor Krüger aber, der unwissend war, was mit den Patienten in Brandenburg geschehen war, blieb zurück und hatte nun keine Möglichkeit mehr, seine Patienten zu retten, da sämtliche von Ihnen begutachteten Patienten nach Ihrer Entlassung auf Ersuchen der Aufsichtskommission erneut begutachtet werden mussten und der Vernichtung zugeführt wurden. Letztlich tragen Sie allein die Schuld daran, was aus den Kranken geworden ist. Weil Sie davon wussten, aber aus reiner Abneigung Ihrem Vorgesetzten gegenüber, und weil Sie ihm seine Position neideten, einen Alleingang wagten, der letztlich zum Schaden aller war – mal abgesehen von Ihrer Person, denn ein begnadeter Lügner wie Sie findet immer einen Weg, sich durchzumogeln.«

»Das ist eine gehässige Unterstellung«, sagte Richard mit vor Zorn bebender Stimme.

»Danke, ich habe keine Fragen mehr«, erwiderte Melk mit einem süffisanten Lächeln.

Der Richter entließ Richard aus dem Zeugenstand und hielt fest, dass der Zeuge unvereidigt blieb. Er stellte auch Richard frei, dem weiteren Prozess von der Zuschauerbank aus zu folgen. Richard sagte kein Wort, aber im Gegensatz zu Frau Handeloh verließ er den Gerichtssaal nicht, sondern nahm mit finsterer Miene neben Paula Platz.

Es wurden noch drei weitere Zeugen aufgerufen, allesamt ehemalige Pfleger und Krankenschwestern, die von der Verteidigung als Leumundszeugen angeführt worden waren und selbstverständlich nur das Beste über Krüger zu sagen hatten. Paula sah, wie Richard der weiteren Verhandlung mit versteinertem Blick folgte, und griff sanft nach seiner Hand.

Das Plädoyer des Staatsanwaltes fiel erstaunlich schwach aus, Melks Demontage von Richards Ruf hatte Eindruck gemacht.

Als der Richter verkündete, dass Krüger vom Vorwurf der Mittäterschaft am Mord an den Kranken freizusprechen sei, da er zunächst nichts gewusst hätte und später unter der Federführung der Aufsichtskommission sämtliche von Richard schon begutachtete Patienten neu zu begutachten hatte, erhob Richard sich, noch ehe die Urteilsbegründung komplett verlesen war, und verließ den Gerichtssaal. Paula und Arthur folgten ihm.

»Jetzt bin ich also schuld«, zischte er vor dem Saal. »Und Krüger ist mein armes, unschuldiges Opfer!«

»Richard, du hast alles richtig gemacht«, versuchte Paula, ihn zu beruhigen. »Wir wussten schon vorher, dass Melk alles tun würde, um dich zu demontieren.«

»Ja, darin war er wirklich großartig«, stieß Richard verbittert hervor.

Arthur legte ihm eine Hand auf die Schulter. »Ich weiß, dass dich im Moment nichts trösten kann«, sagte er, »aber ich wollte dir eins sagen, nachdem ich alle Aussagen gehört habe und auch das, was du in jenen Jahren getan und geleistet hast: Ich bin stolz darauf, dass du mein Freund bist. Ich weiß nicht, ob ich so mutig gewesen wäre wie du. Und es ist noch nicht vorbei. Die Morde an den zweiundzwanzig Kindern sind unbestreitbar. Damit wird er nicht durchkommen, dafür haben wir Akten, und die wird sein Anwalt nicht anfechten können. Krüger wird seine Strafe bekommen, glaub es mir.«

»Danke, Arthur«, sagte Richard leise. »Ich weiß deine Worte sehr zu schätzen, aber im Augenblick habe ich den Eindruck, dass ich immer den Kürzeren ziehe, ganz gleich, was ich tue. Und Leute, die egoistisch nur an sich selbst denken, immer gewinnen. So war es schon immer, und so wird es wohl auch immer sein.«

»Nein, Richard. Nur dann, wenn Leute wie du aufgeben. Eine verlorene Schlacht sagt nichts über den Krieg. Heute mag Krüger sich fühlen wie Hitler, als er Paris eroberte. Aber wir wissen, wie die Geschichte ausging.«

»Ja, Hitler brachte sich an dem Tag um, als meine Großnichte Marie geboren wurde.« Richard zwang sich zu einem Lächeln. »Gut, schau'n wir mal, ob sich unser Familienmotto weiterhin bewährt – die Hellmers sind aus Mahagoni geschnitzt, und das ist edler, beständiger und härter als jede deutsche Eiche.«

11. Kapitel

Nach der Verhandlung war Richard noch etliche Tage missgelaunt und selbst Fritz gelang es kaum, seinen Freund aufzumuntern. Allerdings führte Krügers Freispruch im ersten Verfahren auch dazu, dass Richard seine vorsichtige Zurückhaltung bezüglich der Zusammenarbeit mit Oskar Strehlau komplett abstreifte. Er hatte eingesehen, dass Fritz recht hatte. Wer überleben wollte, war auf sich allein gestellt. Überall wurde mit zweierlei Maß gemessen und insofern hatte sich seit Kriegsende kaum etwas geändert, allenfalls die Tatsache, dass sie Georgs Taubheit nicht mehr geheim halten mussten.

Zunächst hielten sich die Aufträge für Strehlau in Grenzen, sie hatten nur zweimal kurze Einsätze, die sich mit Bagatellverletzungen befassten.

Doch in der Nacht zum Montag, dem 18. März 1946, klingelte kurz nach Mitternacht das Telefon. Frau Koch, die das Sprechzimmer als Schlafzimmer nutzte, holte Fritz, der im Wartezimmer nebenan schlief, an den Apparat.

Fritz hörte eine Weile schweigend zu, ehe er sagte: »Ich mache mich sofort auf den Weg, es wird wohl zwanzig Minuten dauern, bis ich da bin.« Dann legte er auf.

»Ist es was Ernstes?«, fragte Frau Koch.

Noch bevor Fritz antworten konnte, klopfte es an der Tür. Es war Richard. Sein Morgenmantel stand etwas offen, ganz so, als hätte er ihn hastig übergeworfen, um sofort zur Stelle zu sein.

»Ein Anruf von Strehlaus Leuten?«

Fritz nickte. »Ein Bauchschuss. Aber der Raubzug scheint lukrativ gewesen zu sein. Sie haben ein britisches Vorratslager geplündert, dabei wurden sie entdeckt. Unschöne Sache ... ich hoffe, das kriege ich hin.«

»Brauchst du Hilfe?«

»Soll ich dich etwa auf dem Gepäckträger bis in die Hoheluftchaussee mitnehmen?« Fritz grinste schief. »Keine Sorge, ich komme allein klar.« Er klopfte Richard einmal kurz auf die Schulter, dann griff er nach der Tasche mit den Instrumenten, die neben dem Schreibtisch stand, und öffnete sie. »Gott sei Dank, wir haben noch zwei Ampullen Evipan und etwas Äther. Ich muss dringend für Nachschub sorgen.« Er ließ die Schließe der Arzttasche wieder einrasten.

»Pass gut auf dich auf«, sagte Richard.

»Tu ich doch immer. Keine Angst, ich habe auf dem Weg von Frankreich nach Deutschland schon unter schlimmeren Bedingungen operiert. Und von diesem Kriegsgefangenenlager in der Lüneburger Heide wollen wir lieber gar nicht reden.« Er ging zurück zu seinem Schrank im Wartezimmer, zog sich an und überprüfte vor dem Gehen noch einmal seine Papiere. Ja, sein Ausweis und der Passierschein steckten in der Brieftasche. Er atmete tief durch, dann ging er in den Keller, wo das Fahrrad eingeschlossen war.

Draußen war es stockdunkel, die Straßenbeleuchtung war fast vollständig ausgefallen, aber weit nach Mitternacht traf man ohnehin niemanden mehr außerhalb der Häuser an, nicht einmal britische Patrouillen. Zum Glück funktionierte die Lampe an seinem Fahrrad und er war froh, dass er an seine

Handschuhe gedacht hatte, denn obwohl in den vergangenen Tagen bereits ein Hauch von Frühling in der Luft gelegen hatte, herrschte noch immer empfindlicher Nachtfrost.

Als er sich der Hoheluftchaussee näherte, sah er die Lichter mehrerer britischer Militärfahrzeuge. Ob sie nach den Tätern suchten? Fritz trennte den Dynamo vom Reifen und schob das Fahrrad den letzten Rest des Weges im Schatten der halb zerstörten Häuser, um möglichst nicht aufzufallen. Obwohl er einen gültigen Passierschein besaß, legte er doch keinen Wert auf unangenehme Fragen. Zum Beispiel, wer ihn informiert hatte. Telefone waren nach wie vor ein seltener Luxus und es gab nur wenige Wohnungen, die über einen funktionierenden Anschluss verfügten.

Noch während er versuchte, die Hausnummern zu erkennen, huschte ein Schatten aus einem Torweg, der in einen der wenigen erhaltenen Hinterhöfe führte.

»Sie sind der Doktor?« Es war ein Junge von höchstens zwölf Jahren.

Fritz nickte. »Wo ist der Patient?«

»Ich bring Sie hin.« Der Junge führte ihn zu einer Kellertreppe. »Hier ist es.« Er ging vor. Fritz folgte ihm und trug vorsichtig sein Fahrrad die dunklen Stufen hinunter. Die Zeiten, da man ein Fahrrad unbeaufsichtigt stehen lassen konnte, waren seit dem Zusammenbruch der Zivilisation endgültig vorüber. Gleichzeitig fragte er sich, wie viele Kinder sich wohl damit ihren Lebensunterhalt verdienten, dass sie nachts Schmiere standen.

Der Keller war bis auf einen letzten Rest Kohle, der höchstens noch für eine Woche reichte, leer.

»Sie können das Fahrrad hier stehen lassen«, sagte der Junge. »Ich pass drauf auf. Der Albert liegt da hinten.« Er zeigte auf eine scheinbar massive Holzwand.

»Und wo ist die Tür?«

»Sie müssen einfach nur gegen die Bretter drücken«, erklärte der Junge und machte es sogleich vor. Im nächsten Augenblick schwang ein Teil der Wand wie eine Tür zurück.

»Interessantes Versteck«, bemerkte Fritz.

Der Verwundete lag auf einem einfachen Lager aus alten Decken, neben ihm kniete ein junger Mann von höchstens zwanzig Jahren, der ihm einen blutigen Lappen auf den Bauch presste. Eine funzelige Petroleumlampe, die auf einer Holzkiste stand, war die einzige Lichtquelle.

»Können Sie meinem Bruder helfen?«, fragte der junge Mann verzweifelt.

Fritz sah dem stöhnenden Verwundeten ins Gesicht. Ein jugendliches, fast kindliches Gesicht, das noch völlig frei von jedem Bartflaum war.

»Wie alt ist Albert?«, fragte Fritz.

»Fünfzehn.«

Fünfzehn … Fritz atmete tief durch. Eigentlich hätte er es wissen müssen. Die meisten erwachsenen Männer waren in Kriegsgefangenschaft oder verschollen. Nur wenige von ihnen hatten sich dem letzten Volkssturm entziehen können oder sich so wie Richards Neffe Karl rechtzeitig Entlassungspapiere organisiert. In was für einer Welt lebte er bloß, wenn Jugendliche, die dem Kindesalter kaum entwachsen waren, zum Stehlen gezwungen wurden, nur um überleben zu können? Und auf die geschossen wurde, als wären sie gefährliche Verbrecher?

»Ich brauche mehr Licht. Und Wasser, wenn das möglich ist.«

»Lutz, hol noch eine Petroleumlampe und eine Schüssel Wasser!«, rief der junge Mann.

»Ist das auch ein Bruder von Ihnen?«

»Nein, das ist der Lutz, der wohnt hier. Seiner Oma gehört die Wohnung zu diesem Keller und sie hat auch ein Telefon.

Aber heute wurde die Beute in ein anderes Versteck gebracht, damit ich Albert herbringen konnte. Die Tommys verfolgen die anderen, die haben uns nicht mehr im Blick.«

»Dann sind wir hier sicher?«

»Ich denk schon, sonst wären die Tommys doch längst da. Und wenn sie wirklich in den Keller leuchten, finden sie uns ja nicht hinter der doppelten Wand.«

»Wie heißen Sie eigentlich?«

»Hans Petzold.«

Kurz darauf kam Lutz mit der zweiten Lampe und einer Schüssel mit Wasser zurück.

»Ist aber nur kaltes Wasser.«

»Macht nichts«, sagte Fritz. Er zog einen kleinen Flakon hervor, der vor Urzeiten mal teures Parfum beinhaltet hatte, jetzt aber Karbolsäure enthielt, und schüttete den größten Teil des Inhalts in die Schüssel. Mit dem Rest rieb er seine Hände zum Desinfizieren ein. Dann reinigte er die Wunde.

»Ein glatter Einschuss«, stellte er fest. Der Verwundete stöhnte.

»Ich werde dir jetzt etwas spritzen«, sagte Fritz. »Dann schläfst du ein und hast keine Schmerzen mehr. Wenn du wieder aufwachst, ist alles überstanden.«

Albert nickte mit zusammengebissenen Zähnen. Trotz der frostigen Kälte, die zwischen den Kellerwänden hing, standen Schweißperlen auf seiner Stirn.

Fritz zog die Spritze auf, setzte sie in Alberts Ellenbeuge und drückte den Kolben langsam herunter. Kurz darauf war der Junge in einer Welt jenseits der Schmerzen und sein gepresster Atem wurde deutlich ruhiger.

Fritz holte ein sauberes Tuch aus der Tasche, träufelte Äther darauf und legte es dem Verwundeten über das Gesicht.

»Nur zur Sicherheit«, erklärte er dessen Bruder, »damit er nicht vorzeitig aufwacht, falls die Wirkung des Evipans nachlässt. Aber ich hoffe, dass ich schon vorher fertig bin.«

Dann machte er sich an die Untersuchung der Wunde, öffnete den Wundkanal vorsichtig mit dem Skalpell und setzte einen Haken an.

»Halten Sie den mal, damit die Wunde offen bleibt.«

Hans Petzold gehorchte, aber Fritz konnte trotz des schlechten Lichts erkennen, wie blass er dabei wurde.

»Wenn Sie es nicht ertragen können, wenden Sie den Blick ab und schauen Sie woandershin. Aber lassen Sie den Haken auf keinen Fall los.«

»Werde ich nicht.«

»Gut.«

Die Kugel hatte bis auf den Dünndarm keine lebenswichtigen Organe und keine größeren Blutgefäße getroffen. Es gelang Fritz recht schnell, sie zu finden und auch die Verletzungen des Darms zu versorgen. Nach einer Dreiviertelstunde war alles erledigt und die letzte Naht geschlossen.

»Jetzt hängt es davon ab, dass er keine Infektion bekommt«, sagte Fritz. »Ich habe mein Bestes gegeben und die Karbolsäure desinfiziert im Allgemeinen gut, aber bei einer Darmverletzung kann alles Mögliche passieren. Holen Sie sich morgen Vormittag bei meinem Kollegen Herrn Doktor Hellmer ein Rezept für Sulfonamide in der Praxis. Wenn Ihr Bruder Fieber bekommen sollte, bringen Sie ihn auf keinen Fall in ein Krankenhaus. Dort müssen wir Schussverletzungen melden. Melden Sie sich direkt bei mir oder meinem Kollegen, wir kommen dann noch mal.«

»Wir wohnen in einer Schrebergartenkolonie beim Rauhen Haus«, sagte Hans Petzold. »Wann kann ich meinen Bruder dorthin bringen?«

»Falls Sie irgendein Fahrzeug auftreiben, können Sie ihn sofort transportieren, ansonsten braucht er vermutlich drei Tage, bis er weit genug gehen kann, um die Straßenbahn zu nutzen. Immer vorausgesetzt, dass er keine schwerwiegende Infektion bekommt. Deshalb holen Sie morgen Vormittag das Rezept ab. Aber nicht auf seinen Krankenschein. Schauen Sie, dass Sie eine unverdächtige Person finden, für die die Antibiotika offiziell sind. Vielleicht die alte Dame, der der Keller gehört?«

Der junge Mann nickte.

Fritz spülte seine Instrumente in der Schüssel mit dem Karbolwasser aus und verstaute sie dann in seiner Tasche.

»Ach ja, noch eine Kleinigkeit. Ich habe zwar einen Passierschein als Arzt, aber wenn ich unterwegs einer britischen Patrouille in die Arme laufen sollte, könnte es sein, dass die mich nach dem Patienten fragen, bei dem ich war. Wie heißt Lutz' Großmutter?«

»Hilde Mertins.«

»Dann werde ich sagen, ich sei bei Hilde Mertins gewesen, die einen Herzanfall hatte. Sagen Sie das bitte auch Frau Mertins, falls sie unerwartet britischen Besuch bekommen sollte.«

Hans Petzold nickte und Fritz erhob sich.

»Alles Gute für Sie und Ihren Bruder. Ich hoffe, der Raubzug war es wert.«

»Auf jeden Fall.« Zum ersten Mal huschte ein breites Grinsen über Petzolds Gesicht. »Die Tommys werden das empfindlich merken und ein paar von unseren Leuten werden endlich wieder satt.«

Als Fritz den Keller verließ und sich auf dem Rad auf den Heimweg machte, waren die Straßen wieder leer. Keine britischen Fahrzeuge, keine Patrouillen. Allerdings hatte er sich zu früh gefreut, denn nur wenige Straßen von der Praxis entfernt kam ihm ein Auto entgegen und hielt an, als es ihn auf seinem Rad bemerkte.

Zwei britische Soldaten saßen in dem Wagen.

»Es ist Sperrstunde«, sagte der Beifahrer auf Englisch und stieg dabei aus. »Haben Sie einen Passierschein?«

Fritz nickte und zog seine Brieftasche hervor. »Ich bin Arzt und hatte einen Hausbesuch«, erwiderte er ebenfalls auf Englisch. Er reichte dem Briten seine Papiere, der sie eingehend betrachtete. Fritz spürte, wie sein Herz bis zum Hals klopfte. Würden sie ihn fragen, wo er gewesen war? Würden sie die alte Frau Mertins aufsuchen, um seine Geschichte zu überprüfen?

»Ihre Papiere sind in Ordnung«, sagte der Engländer und gab sie ihm zurück. »Dann noch eine ruhige Nacht, Doc.«

Fritz sah dem Mann verblüfft nach, während der wieder ins Auto stieg und sein Kollege anfuhr. Keine weiteren Fragen, gar nichts. So einfach hatte er es sich nicht vorgestellt.

Richard und Paula waren bis zu seiner Rückkehr wach geblieben und ungemein erleichtert, dass alles gut gegangen war. Um zwei Uhr morgens waren alle Neuigkeiten ausgetauscht und Fritz ging mit dem guten Gefühl ins Bett, das Richtige getan zu haben. Außerdem würde ihnen dieser Einsatz einen ordentlichen Bonus bei Oskar Strehlau eintragen.

Das gute Gefühl hielt auch am folgenden Morgen an, als Fritz' Wecker um halb sechs klingelte und er sich beschwingt auf den Weg in die Klinik machte. Nach der Morgenrunde, in der die Neuaufnahmen und Vorkommnisse der Nacht besprochen worden waren, hatte er bis zu seiner ersten Operation noch zwei Stunden Zeit und wollte sie nutzen, einige Arztbriefe gegenzulesen und zu unterzeichnen. Doch als er das Vorzimmer zu seinem Büro betrat, hielt er verdutzt inne.

Arthur saß auf dem Stuhl, der dem Schreibtisch seiner Sekretärin gegenüberstand, und Frau Maasbach schaute ihn verunsichert an.

»Herr Doktor Ellerweg, Lieutenant Grifford möchte dringend mit Ihnen sprechen«, sagte sie leise.

»It's very important, Doctor Ellerweg«, sagte Arthur.

»You're very British today?«, stellte Fritz mit einem Lächeln fest, doch Arthur erwiderte es nicht, sondern entgegnete mit ernster Miene: »I'm very official today.«

Fritz nickte nur und lud ihn mit einer Handbewegung in sein Büro ein. Als sie drinnen waren, schloss er umgehend die Tür.

»Du bist heute also in offizieller Mission hier. Was gibt es denn?«

»Ich bin hier, um die chirurgischen Neuaufnahmen der letzten Nacht zu überprüfen«, erwiderte Arthur auf Englisch. Die Tatsache, dass er nicht mal unter vier Augen deutsch mit ihm sprach, zeigte Fritz, wie ernst es Arthur war. Ob er etwas ahnte? Verdächtigte er ihn, den flüchtigen Täter operiert zu haben? Andererseits wäre er kaum damit beauftragt worden, die Krankenhäuser zu überprüfen, wenn die Briten einen fassbaren Verdacht hätten, und so beschloss Fritz, sich dumm zu stellen. Arthur mochte sein Freund sein, aber manche Dinge waren selbst für diese Freundschaft zu brisant.

»Warum denn?«

»Letzte Nacht wurde in eines unserer Vorratslager eingebrochen und es entstand ein erheblicher Schaden. Von der Diebesbeute ganz zu schweigen.«

»Wird der Bacon jetzt knapp? Oder der Whisky?« Fritz grinste.

Arthur ging nicht darauf ein, sondern blieb ernst. »Einer der Täter wurde angeschossen. Den Blutspuren nach handelt es sich um eine ernste Verletzung, die auf jeden Fall chirurgisch versorgt werden muss. Da wir nirgendwo eine Leiche gefunden haben, gehen wir davon aus, dass er Hilfe hatte und sich womöglich in ärztliche Behandlung begeben hat.«

»Ich komme eben aus der Morgenrunde, wo täglich die besonderen Ereignisse der Nacht vom diensthabenden Arzt übergeben werden. Es wurde letzte Nacht niemand mit einer Schussverletzung aufgenommen oder ambulant behandelt. Andernfalls wäre das selbstverständlich umgehend gemeldet worden.«

»Bist du dir sicher? Es ist bekannt, dass Kriminelle großen Rückhalt in der Bevölkerung genießen, wenn es darum geht, die Besatzungstruppen zu bestehlen.«

»Wenn die Bevölkerung Hunger leidet und sieht, dass die Besatzungstruppen im Überfluss leben, ist das in meinen Augen eine normale Reaktion«, entgegnete Fritz mit einem Schulterzucken. »Das ändert aber nichts daran, dass in dieser Klinik in der vergangenen Nacht niemand mit einer Schussverletzung aufgenommen wurde. Es ist ein Unterschied, ob man sympathisiert oder selbst Gesetze bricht.«

»Ich möchte mich auf den Stationen gern selbst umsehen und mir die Krankenakten anschauen.«

»Du wirst den Einbrecher hier nicht finden. Ich kann für jeden unserer Ärzte die Hand ins Feuer legen.«

»Auch für dich selbst?« Arthurs Miene blieb ernst und Fritz war sich unsicher, ob diese Bemerkung als Scherz gemeint sein könnte.

»Unterstellst du mir etwa, ich würde hier nachts Kriminelle behandeln? Ich war letzte Nacht nicht im Dienst.«

»Das mag sein, aber du wurdest gegen halb zwei Uhr morgens von einer unserer Patrouillen kontrolliert, als du angeblich von einem Hausbesuch zurückgekommen bist. Ich habe natürlich als Erstes überprüfen lassen, ob irgendwelche Ärzte während der Ausgangssperre nach dem Einbruch auf den Straßen angetroffen wurden. Du warst der Einzige, Fritz.«

Also kein Scherz! Arthur meinte es bitterernst. Einen Moment lang blieb Fritz die Luft weg, doch er fand rasch seine Fassung wieder.

»Ja, ich war bei einem Hausbesuch. Es war eine alte Dame namens Hilde Mertins, die in der Hoheluftchaussee 23 lebt. Sie hatte einen Herzanfall, der sich zum Glück als harmlos erwies. Die alte Frau Mertins gehört zu den wenigen Menschen, die noch ein funktionierendes Telefon haben, deshalb hat ihr Enkel gegen Mitternacht bei uns angerufen.«

»Und warum bist du dort gewesen und nicht Richard? Er ist doch der offizielle Praxisinhaber.« Arthurs Stimme war kalt und schneidend geworden.

Fritz' Herz raste. Was sollte das? Warum konnte Arthur sich nicht damit begnügen, die Station zu inspizieren, wenn er ihm schon nicht glaubte?

»Weil ich als Erster am Telefon war. So einfach ist das. Du kannst die alte Frau Mertins gern besuchen und fragen, ob ich letzte Nacht bei ihr war. Und wenn du schon da bist, könntest du ihr und ihrem Enkel Lutz vielleicht auch als Internist versichern, dass ihr Herz kerngesund ist und dieser Anfall nur Ausdruck ihrer Ängste ist, weil sie wieder von den Bombennächten geträumt hat. Insofern wäre Richard vielleicht doch der richtige Arzt für diesen Fall gewesen.«

Arthur sagte kein Wort. Glaubte er ihm nun oder nicht?

Fritz runzelte die Stirn. »Also schön, sieh dich auf den Stationen um, wir Krauts lügen ja sowieso alle, nicht wahr? Und falls dir die Räumlichkeiten etwas heruntergekommen erscheinen sollten, lass dir gesagt sein, dass das mal eine der modernsten Kliniken Europas war, ehe britische Bomber diese Stadt in Schutt und Asche legten!« Wie von selbst strichen Fritz' Finger über den halb zerschmolzenen Puppenkopf, der seit jener Nacht, da er ihn wiedergefunden hatte, auf seinem Schreibtisch stand.

Die kurze Bewegung war Arthur nicht entgangen. »Das geht nicht gegen dich persönlich, Fritz«, sagte er jetzt auf Deutsch. Die schneidende Kälte war aus seiner Stimme verschwunden. »Ich habe meine Befehle.«

Hastig zog Fritz seine Finger von dem Puppenkopf zurück. Nein, er wollte kein Mitleid. Nicht nachdem Arthur ihn kurz zuvor durch seinen Verhörstil vollständig an die Wand gedrückt hatte. So trat man einem Verbrecher entgegen, den man zu überführen suchte, aber keinem Freund. Die unterschwellige Sorge und die Angst, was wohl passieren würde, wenn Arthur ihm auf die Schliche käme, verwandelten sich in Wut.

»Dann bleib lieber bei der offiziellen Sprache«, gab er bissig auf Englisch zurück. »Mir ist es gleich, ob du mit mir nun auf Deutsch oder Englisch redest. Wie du weißt, spreche ich fließend Englisch. Bei mir taugt es nicht als Waffe.«

»Als Waffe?« Arthur starrte ihn irritiert an.

»Ach, hör schon auf, du willst die Stationen besichtigen, dann komm.« Er erhob sich, öffnete die Tür und geleitete Arthur mit einer Handbewegung hinaus. Im Vorzimmer sagte er kurz zu Frau Maasbach: »Falls jemand nach mir fragt, ich begleite Lieutenant Grifford auf eine kleine Privatvisite, da er den Auftrag hat, nach einem angeschossenen Einbrecher zu suchen, und mir nicht glaubt, dass wir niemanden mit einer Schussverletzung aufgenommen haben. Schließlich sind wir Krauts ja dafür bekannt, dass wir alle lügen!«

Frau Maasbach machte große Augen und nickte schweigend.

»Das habe ich nicht gesagt«, gab Arthur auf Englisch zurück.

»Aber gedacht«, sagte Fritz. »Sonst würdest du dir diese Farce sparen. Du weißt ganz genau, dass du den Gesuchten hier nicht finden wirst.«

»Ich habe meine Befehle, da kann ich mich nicht einfach auf dein Wort verlassen.«

»Genau«, sagte Fritz. »Weil wir Krauts ja alle lügen.«

Arthur atmete tief durch.

»Du willst das nicht verstehen, oder?«

»Oh, ich verstehe dich sehr gut, Lieutenant Grifford.«

»Ja, ich weiß, du sprichst ja fließend und nahezu akzentfrei Englisch. Wenn du dir ein bisschen mehr Mühe geben würdest, könntest du tatsächlich als Engländer durchgehen.«

»Soll ich mich jetzt geschmeichelt fühlen? Was ich sage, ist zwar inhaltlich wertlos, aber wenigstens gefällt dir meine Aussprache? Vielen Dank!«

»Du bist ein harter Brocken, wenn du verärgert bist.«

Fritz sagte nichts dazu, sondern führte Arthur auf die Aufnahmestation, wo er ihm wortlos die Krankenblätter reichte.

Nachdem sie schweigend durch die Stationen gegangen waren, begegneten sie zuletzt dem Chefarzt Professor Wehmeyer auf der Privatstation.

»Herr Professor Wehmeyer, das ist Lieutenant Arthur Grifford«, stellte Fritz den Briten vor. »Er hat den Auftrag, sich in unserem Krankenhaus umzusehen, da es in der letzten Nacht einen Einbruch in ein britisches Vorratslager gegeben hat und einer der Einbrecher angeschossen wurde.«

»Haben Sie dem Lieutenant nicht gesagt, dass wir jede Schussverletzung melden müssen und uns an diese Vorschriften halten?«

»Doch, aber er wollte sich selbst ein Bild machen. Meine Aussagen sind anscheinend nicht vertrauenswürdig genug.«

Professor Wehmeyer wandte sich Arthur zu und sagte in fließendem Englisch: »Lieutenant Grifford, sehen Sie sich bitte in aller Ruhe um, wenn das Ihrem Auftrag dienlich ist. Ich kann Ihnen aber versichern, dass Sie hier nichts finden werden, was den Vorschriften widerspricht.«

Arthur nickte und bedankte sich knapp. Fritz fiel auf, dass er nur sehr oberflächlich in die Akten schaute. Anscheinend war ihm sein Auftritt mittlerweile selbst unangenehm.

Nachdem er auch auf der Privatstation keinerlei Auffälligkeiten gefunden hatte, blieb Arthur vor einer undurchsichtigen Glastür stehen.

»Was ist hinter dieser Tür?«

»Die Frauenstation. Sieh sie dir ruhig an, es könnte ja sein, dass wir dort heimlich Männer verstecken.«

Einen Moment lang glaubte Fritz, Arthur wollte irgendetwas Versöhnliches sagen, doch stattdessen nickte der Brite nur. »Wenn ich schon hier bin, mache ich meine Arbeit auch gründlich.«

Als sie den Bettensaal betraten, wurde Arthur in seiner Uniform von zahlreichen neugierigen Blicken verfolgt. Fritz bemerkte, dass Frau Doktor Kampner zusammen mit der Stationsschwester im Dienstzimmer saß und Krankenblätter durchging. Als die beiden Frauen ihn in Begleitung eines britischen Offiziers sahen, hoben sie überrascht die Köpfe.

»Guten Morgen«, grüßte Fritz. »Lieutenant Grifford, das ist Frau Doktor Kampner, die die Frauenstation leitet«, stellte er seine Kollegin auf Englisch vor, um dann auf Deutsch fortzufahren: »Frau Kollegin, das ist Lieutenant Arthur Grifford, der es sich zur Aufgabe gemacht hat, hier nach einem angeschossenen Einbrecher zu suchen. Ich habe ihm zwar gesagt, dass dies die Frauenstation ist, aber er wollte seine Arbeit gründlich machen. Könnten Sie ihn bitte davon überzeugen, dass wir hier keine Männer verstecken?«

»Wenn der Lieutenant des Deutschen mächtig ist, werde ich ihm das sehr gern erklären.«

»Soweit ich weiß, sprechen Sie Englisch«, sagte Fritz.

»Ja, aber wir sind hier in Deutschland, und wenn irgendein Engländer etwas von mir will, soll er Deutsch mit mir reden. Es reicht schon, wenn alte Frauen in offiziellen Angelegenheiten dazu genötigt werden, in einer Sprache vorzusprechen, die sie nie gelernt haben.«

»Sie haben völlig recht«, bestätigte Fritz. »Ich sehe das ganz genauso. Aber hier trifft es den Falschen. Lieutenant Grifford ist ein netter Kerl und er kann sehr gut Deutsch. Aber wenn er offiziell unterwegs ist, ist es ihm untersagt, Deutsch zu sprechen, da die meisten Briten unfähig sind, eine komplexe Sprache wie das Deutsche zu erlernen. Um diesen Makel zu tarnen, verbieten sie es auch ihren Deutsch sprechenden Landsleuten.«

»Was redest du da eigentlich für einen Blödsinn?«, fuhr Arthur auf Deutsch dazwischen.

»Oh, Sie dürfen in offizieller Mission Deutsch mit uns reden, Lieutenant Grifford? Ich bin angenehm überrascht«, sagte Fritz. Frau Doktor Kampner schmunzelte.

»Wir haben auf dieser Station keine männlichen Patienten«, sagte sie dann auf Deutsch zu Arthur. »Sie können sich gern selbst ein Bild machen, allerdings kann ich nicht für meine Patientinnen garantieren, wenn so ein fesches Mannsbild wie Sie in Uniform über die Station schreitet.«

Die Krankenschwester kicherte, während Fritz sagte: »Keine Sorge, Lieutenant Grifford, ich verbürge mich dafür, dass Sie hier nicht unziemlich belästigt werden.«

»Gab es letzte Nacht irgendwelche Neuaufnahmen?«, fragte Arthur auf Deutsch, ohne auf das Geplänkel einzugehen.

»Nein«, sagte Frau Doktor Kampner.

»Vielen Dank, das genügt mir. Ich wünsche Ihnen noch einen angenehmen Tag.« Er tippte einmal kurz an seine Mütze, bevor er sich an Fritz wandte: »Herr Doktor Ellerweg, ich weiß, dass Sie ein viel beschäftigter Mann sind. Sie brauchen mich nicht zu begleiten, ich finde den Weg nach draußen auch selbst.«

»Ich wünsche Ihnen noch viel Erfolg bei Ihren weiteren Ermittlungen, Lieutenant Grifford.«

»Sie zeigen wirklich keine falsche Demut vor den Besatzern«, stellte Frau Doktor Kampner mit einem Lächeln fest, nachdem Arthur verschwunden war. »Das gefällt mir.«

»Keine falschen Vorschusslorbeeren«, erwiderte Fritz. »Lieutenant Arthur Grifford ist ein guter Freund von mir. Aber heute musste er unbedingt den offiziellen Briten rauskehren, und in dem Fall kriegt er auch die offizielle Behandlung.«

»Haben Sie keine Angst, dass er Ihnen das übel nimmt?«

»Nein. Er ist zwar von Haus aus Internist – und die sind ja immer so sensibel –, aber er kennt und schätzt meine Art von Humor.«

»Haben Sie ihn auf einem der Londoner Kongresse vor dem Krieg kennengelernt?«

Fritz fiel auf, dass er zum ersten Mal ein offenes Gespräch mit Frau Doktor Kampner führte, und es fühlte sich erstaunlich gut an.

»Nein, wir haben uns in El-Alamein kennengelernt. Das war eine sehr lustige Geschichte, aber die würde jetzt den Rahmen sprengen.«

»Ich verstehe.« Die Stimme der Ärztin klang sofort deutlich reservierter.

»Wann machen Sie heute Mittagspause?«, fragte Fritz.

»Nach der Appendektomie, die um elf auf dem OP-Plan steht.«

»Das passt, dann bin ich vermutlich mit dem Billroth fertig und wir könnten uns im Casino treffen, wenn Sie mögen. Dann kann ich Ihnen auch erzählen, wie ich Arthur Grifford kennengelernt habe.«

Huschte da tatsächlich ein Lächeln über ihr Gesicht?

»Gern«, sagte sie. »Ich freue mich darauf.«

12. Kapitel

An diesem Tag stellte Fritz fest, dass Frau Doktor Kampner gar nicht das männerhassende Biest war, für das er sie bislang gehalten hatte. Als sie sich um die Mittagszeit im Casino trafen, um dort gemeinsam ihre mitgebrachten Brote zu verzehren, da sie beide keine kostbaren Marken ihrer Lebensmittelkarten für das karge Speiseangebot ausgeben wollten, bemerkte Fritz sehr schnell, dass Frau Doktor Kampner ihm in vielerlei Hinsicht ähnlich war. Sie teilte nicht nur seine Art des Humors, sondern ließ sich auch von niemandem einschüchtern – seien es nun leitende Oberärzte oder britische Besatzungsoffiziere. Er erzählte ihr die versprochene Anekdote, wie er Arthur Grifford 1942 in Ägypten kennengelernt und wie Arthur ihn im vergangenen Juli aus dem Kriegsgefangenenlager geholt hatte. Im Gegenzug erfuhr er die Geschichte von Frau Doktor Kampners Ehemann, der für seinen Beruf als Cellist gelebt hatte und aus ganzer Seele Künstler gewesen war. Bereits als er eingezogen wurde, hatte sie befürchtet, dass sie ihn nie wiedersehen würde. Im Januar 1943 war er an der Ostfront gefallen. Einer seiner Kameraden hatte ein Foto des Grabkreuzes gemacht und es ihr geschickt.

»Manchmal habe ich mich gefragt, ob ich ihn wohl hätte retten können«, sagte sie. »Ich weiß bis heute nicht, an welcher Verwundung er gestorben ist.« Sie zwang sich zu einem bitteren

Lächeln. »Ein alberner Gedanke, nicht wahr? Wenn man sich selbst vorstellt, irgendjemandem das Leben retten zu können, an dem die erfahrensten Militärärzte gescheitert sind. Eindeutig ein Fall von Größenwahn.«

»Es gab da solche und solche«, bemerkte Fritz. »Ich weiß nicht, wie es an der Ostfront war – ich war froh, an der Westfront zu sein, aber selbst da war es schwierig. Ich habe mir angewöhnt, möglichst schnell und effizient zu arbeiten, aber allzu oft musste ich doch entscheiden, wem ich einfach nur eine ordentliche Dosis Morphium gab, damit er nicht mehr merkte, wie das Leben aus ihm heraussickerte, weil es keine Hilfe mehr gab.«

»Also deshalb nähen Sie immer so schnell. Ich dachte schon, Sie wollen fertig werden, ehe Ihnen der Faden ausgeht.«

Fritz lachte leise. »Auf die Idee bin ich noch gar nicht gekommen. Aber es stimmt schon, ich habe in den letzten Jahren verlernt, mir Zeit zu lassen. Es stand zu viel auf dem Spiel. Deshalb werde ich wohl so schnell ungeduldig.«

»Manchmal hatte ich das Gefühl, Sie hätten mir am liebsten das Skalpell aus der Hand gerissen, weil es Ihnen nicht schnell genug ging«, bestätigte Frau Doktor Kampner.

»Ob Sie es glauben oder nicht, genau das habe ich an der Front bei anderen Ärzten oft genug getan. Die haben es mir allerdings nicht übel genommen, weil sie froh waren, wenn ich ihnen schwere Entscheidungen im Operationsverlauf abnahm.«

»Dann muss ich mich wohl geschmeichelt fühlen, dass Sie sich bei mir zurückgehalten haben?«

»Ich bin eben höflich im Umgang mit Frauen.« Er grinste und Frau Doktor Kampner lachte.

»Das erklärt wohl einige unserer Missverständnisse«, sagte sie.

»Ja, ich habe auch den Eindruck, dass wir viel aneinander vorbeigeredet haben, obwohl wir eigentlich in vielem einer

Meinung sein könnten«, gab Fritz zu. »Sie haben mir damals meine Bemerkung über Frauen im OP übel genommen, als ich sagte, ohne OP-Schwestern könnten wir dichtmachen. Dabei habe ich eigentlich nur an meine verstorbene Frau gedacht, die mit Leib und Seele OP-Schwester war und von der so mancher Assistenzarzt noch etwas hätte lernen können. Wir haben uns sogar in unseren Feldpostbriefen über neue Operationsmethoden ausgetauscht. Es war großartig, mit einer Frau verheiratet zu sein, die die gleichen Interessen hatte.« Er drehte gedankenverloren an seinem Ehering.

»Sie tragen Ihren Ehering noch immer?«

Fritz nickte. »Ich bin da altmodisch. Wenn ich ihren Ehering als letztes Relikt erhalten hätte, würde ich ihn der Tradition gemäß als zweiten Ring über meinem eigenen tragen. Aber von Doro ist nichts geblieben, nur verkohlte Überreste, die vermutlich in einem der Massengräber für die Bombenopfer zusammen mit den Gebeinen meiner Tochter verscharrt wurden.«

Er warf einen Blick auf ihre rechte Hand.

»Sie tragen keinen Ehering mehr.«

»Nein«, gestand sie. »Ich habe ihn im letzten Dezember auf dem Schwarzmarkt eingetauscht, als meine Tochter neue Schuhe brauchte. Henrieke ist sechs.«

»Henrieke«, wiederholte Fritz. »Ein schöner Name. Er klingt so ähnlich wie der meiner Tochter – Henriette. Sie war neun, als sie starb. So alt, wie mein Sohn jetzt ist.«

Eine Weile schwiegen sie.

»Wie hat Ihr Sohn überlebt?«, fragte Frau Kampner dann.

»Dank unseres Dackels«, sagte er mit einem wehmütigen Lächeln und erzählte ihr die Geschichte von Harris Überleben.

»Dieser verdammte Krieg hat uns allen viel zu viel genommen«, sagte Frau Doktor Kampner leise, nachdem er geendet hatte.

»So wie jeder Krieg«, bestätigte Fritz ebenso leise. »Der Erste Weltkrieg hat mir meine Mutter genommen, der Zweite nahm mir meinen Vater, meine Frau und meine Tochter. Ich hoffe, einen Dritten werde ich nicht mehr erleben.«

»Das ist wohl das einzig Gute an der jetzigen Lage – wir sind so am Boden zerstört und besetzt, da wird keiner mehr einen neuen Krieg mit uns anfangen.« Frau Doktor Kampner atmete tief durch. »Sie haben Ihre Mutter im Ersten Weltkrieg verloren? Ich habe meinen Vater verloren. Da war ich vier. Er starb 1916 an den Folgen einer Bauchfellentzündung.«

»Meine Geschichte ist etwas komplizierter.« Fritz zwang sich zu einem Lächeln, obwohl die Erinnerungen schmerzhaft waren und er seit Jahrzehnten nicht mehr darüber gesprochen hatte.

»Mögen Sie es mir erzählen?«

Er sah auf die Uhr. Es war noch etwas Zeit bis zu seiner nächsten OP.

»Wenn Sie es hören wollen.« Er atmete einmal tief durch.

»Mein Vater studierte an der Charité in Berlin Medizin. Meine Mutter stammte aus London und unternahm 1898 mit ihrer Familie eine Reise durch Europa, und Berlin war damals natürlich ein Muss. Während dieser Reise erlitt meine spätere Großmutter einen Herzanfall und kam in die Charité. Mein Vater gehörte zu den bevorzugten Studenten des damaligen Chefarztes und begleitete ihn regelmäßig auf Visiten auf der Privatstation. Dabei lernte er meine Mutter kennen, die sorgenvoll am Bett ihrer Mutter wachte. Der vermeintliche Herzanfall stellte sich als harmlos heraus und meine Großmutter konnte nach wenigen Tagen entlassen werden, aber Amors Pfeil hatte dafür zwei andere Herzen getroffen. Nachdem meine Mutter zurück in London war, blieb sie mit meinem Vater brieflich in Kontakt. Nach dem Abschluss seines Studiums und der Eröffnung seiner Praxis in Hamburg im Jahr 1900, als alle von der Schwelle zu einer neuen Zeit träumten, war meine Mutter gerade einundzwanzig und somit volljährig. Ihre Eltern waren dagegen, dass sie nach Deutschland zog und hier heiratete – sie hatten sich für sie ein anderes Leben gewünscht –, aber meine Mutter war dickköpfig und floh bei Nacht und Nebel aus ihrem Elternhaus, um die Fähre nach Hamburg zu nehmen und meinen Vater zu heiraten. Danach herrschte erst einmal Eiszeit mit ihrer Familie. 1902 wurde ich geboren und meine Mutter versuchte, wieder Kontakt zu ihren Eltern aufzunehmen, um ihnen ihren Enkel vorzustellen. Nach ein paar eisigen Briefwechseln wurde der Kontakt wieder herzlicher, und als ich vier Jahre alt war, reisten wir das erste Mal nach London, um die Familie meiner Mutter zu besuchen. Mit der Sprache hatte ich nie ein Problem, ich bin von Anfang an zweisprachig aufgewachsen.«

Fritz lachte leise. »Es ist schon lustig, dass Arthur heute meinte, ich würde fast akzentfrei Englisch sprechen und könnte, wenn ich mir etwas mehr Mühe gebe, für einen Briten durchgehen. Tatsächlich ist mir das als Kind wiederholt gelungen. Ich war von 1906 bis 1913 regelmäßig in den Schulferien in London. Im Jahr 1914 war die Situation im Sommer ungewiss, der Krieg lag bereits in der Luft und wir beschlossen, in dem Jahr auf den Besuch zu verzichten. Da erreichte meine Mutter die Nachricht, dass meine Großmutter schwer erkrankt sei. Meine Mutter entschied sich, allein nach London zu reisen. Im August 1914 kam es dann zur Kriegserklärung zwischen unseren beiden Nationen und meine Mutter war in England von uns abgeschnitten. Wir hofften darauf, dass der Krieg nicht allzu lange dauern würde und sie dann zu uns zurückkäme, doch dann erfuhren wir über viele Umwege, dass sie 1915 an der Grippe verstorben war.«

»Manchmal geht das Leben seltsame Wege«, sagte Frau Doktor Kampner. »Was wäre wohl aus Ihnen geworden, wenn Sie Ihre Mutter damals begleitet hätten? Hätten Sie dann in diesem Krieg auf britischer Seite gekämpft?«

»Nein, ich wäre nach dem Krieg zu meinem Vater zurückgekehrt. Auch wenn ich gern in London war, so hat mein Herz immer für Deutschland und meine Heimatstadt Hamburg geschlagen. So war es, und so wird es immer sein, auch wenn von Hamburg nicht mehr viel übrig ist. Ich bin Deutscher und das werde ich immer bleiben.«

»Weiß Ihr britischer Freund, dass Ihre Mutter Engländerin war?«

»Nein. Das weiß nicht mal mein bester Freund Richard. Ich habe lange nicht mehr über meine Mutter gesprochen – das letzte Mal, als ich mit meiner Frau zum ersten Mal in London war und das Grab meiner Mutter besuchen wollte. Doch ich fand es nicht. Ihre Eltern waren verstorben und es gab niemanden mehr, der mir Auskunft geben konnte, wo sie begraben worden waren. Es war, als wäre dieser Zweig meiner Familie komplett vom Erdboden verschwunden, so als hätte es sie niemals gegeben. Und damit auch meine englischen Wurzeln.«

13. Kapitel

Eigentlich machte Paula gern Hausbesuche, aber es war deprimierend, Familien in den halb zerstörten, feuchten und kalten Wohnungen zu besuchen und dabei das gesamte Elend, das der Bombenkrieg hinterlassen hatte, vor Augen zu haben. Wohnungen, in denen halb verbrannte Teppiche vor die Fenster genagelt waren, weil das Holz lieber zum Heizen verwendet wurde, anstatt die zersplitterten Scheiben zu ersetzen. Wohnungen, in denen ganze Außenwände fehlten, die aber trotzdem bewohnt wurden, weil die einzige Alternative das Hausen unter freiem Himmel gewesen wäre. An solchen Tagen war sie dankbar, dass die Wohnung ihres Vaters verschont geblieben war, selbst wenn sie dort zu zehnt lebten. Aber immerhin gab es noch fließendes Wasser, Strom und einen ausreichenden Kohlevorrat zum Heizen. Und wenn Paula sich ganz ihrer Vorstellungskraft hingab, konnte sie sich in dem Zimmer, das ihr und Richard jetzt als Schlafzimmer diente, in ihre Jugendzeit zurückversetzen. In die Zeit, da es ihr Mädchenzimmer gewesen war. Damals, als die Welt noch schön und friedlich gewesen war und alle ihre Träume von der Zukunft wie rosarote Wolken über ihnen schwebten. Gern erinnerte sie sich an die Tage in den Jahren 1926 und 1927, als sie und Richard dort gemeinsam für ihr Studium gelernt und nach dem Lernen heimlich

Zärtlichkeiten ausgetauscht hatten. Wenn sie damals aus dem Fenster geschaut hatte, hatte sie Linden und uralte Kastanien gesehen, die den Weg zur Straßenbahn beschirmten. Jetzt waren die Bäume fort, bei Nacht und Nebel gefällt, um den Dieben als Heizmaterial zu dienen. Verglichen mit dem Chaos, das um sie herum herrschte, war die Wohnung ihres Vaters mit ihrer integrierten Praxis ein Ort, an dem man sich zumindest zeitweilig der Illusion hingeben konnte, die Welt wäre nicht vollständig untergegangen und es gäbe noch so etwas wie Beständigkeit im Leben.

Doch den meisten Hamburgern fehlte selbst das Allernötigste. Paula hatte Wohnungen betreten, in denen sich zwölf Menschen ein Zimmer teilten und die Betten abwechselnd zum Schlafen nutzten. Am schlimmsten waren die hastig aufgestellten Nissenhütten aus Wellblech, die ursprünglich dafür gedacht waren, zwei Familien zu beherbergen, aber nun oft mit dreißig und mehr Menschen belegt waren, Schlafstelle an Schlafstelle, allenfalls getrennt durch eine aufgehängte Wolldecke, um wenigstens die Illusion von Privatsphäre in einer vollständig zerstörten Welt zu bewahren.

Auch heute war sie zum Hausbesuch in einer Nissenhütte, die überwiegend Flüchtlinge aus dem Osten beherbergte. Ein junges Mädchen, höchstens sechzehn Jahre alt, hatte in der Nacht entbunden. Es ging ihr sehr schlecht, einige der älteren Frauen hatten ihr während der Geburt beigestanden, aber niemand hatte sich darum gekümmert, sie in ein Krankenhaus zu bringen, obwohl die junge Mutter hohes Fieber bekommen hatte. Der Säugling, ein kleines Mädchen, war stark untergewichtig und lag lieblos in ein altes Handtuch gewickelt in der Ecke. Paula war entsetzt und nahm das Kind hoch. Die Nabelschnur war einfach nur durchtrennt worden, ohne den Nabel zu verbinden.

»Lassen's ruhig liegen, Frau Doktor«, sagte eine der älteren Frauen. »Das stirbt sowieso, und das ist auch besser so. Wer will so was schon haben? Kümmern Sie sich lieber um die Hannelore.«

Paula sah die alte Frau verständnislos an. »Ich werde mich um Mutter und Kind kümmern. Das ist meine ärztliche Aufgabe!«

Die alte Frau zuckte mit den Schultern.

»Das ist doch bloß ein Russenbalg. Glauben Sie, die Hannelore hätte sich das gewünscht, als die wilden Horden über sie hergefallen sind?«

Paula schluckte. »Nichtsdestotrotz ist das hier ein lebendes, atmendes Kind, das nichts für seinen Vater kann. Und es ist Hannelores Tochter. Also halten Sie das arme Würmchen, während ich mich um Hannelore kümmere. Und wenn Sie sich nützlich machen wollen, verbinden Sie den Nabel.« Sie öffnete ihre Arzttasche und reichte der Alten eine saubere Rolle Verbandsmaterial.

Der Zustand des Mädchens war schlimmer, als Paula befürchtet hatte. Neben dem hohen Fieber hatte sie auch viel Blut verloren und blutete noch immer.

»Wir müssen sie in ein Krankenhaus bringen«, stellte Paula fest. »Hier kann ich nichts für sie tun.«

Die alte Frau war noch damit beschäftigt, den Nabel des Säuglings zu verbinden, ging dabei aber nicht gerade behutsam vor. Vielmehr schien sie das Kind durch ihre Grobheit für seinen Vater bestrafen zu wollen. Paula nahm ihr den Säugling ab und verband ihn selbst.

»Wir brauchen ein Fahrzeug, um Hannelore und das Kind ins Krankenhaus zu bringen«, sagte sie dabei. »Die Wäscherei Muntz zwei Straßen weiter hat noch einen Pferdewagen.« Niemand reagierte auf ihre Worte.

Paula atmete tief durch. In ihr mischten sich der Ärger über die Gleichgültigkeit der Frauen und das Bedauern darüber, dass die Zeiten, in denen sie einfach telefonisch einen Krankenwagen beordert hätte, längst vorbei waren. »Wäre jemand so freundlich, dorthin zu gehen und sie um den Wagen zu bitten?«, fragte sie nachdrücklich.

Ein junges Mädchen erklärte sich bereit und verschwand in Richtung der Wäscherei.

Auf einmal begann Hannelore, heftig zu krampfen. Ihr ganzer Körper krümmte sich, Schaum trat vor ihren Mund, ihre Augen verdrehten sich, dann ein letztes Aufstöhnen und sie fiel schlaff auf ihre Lagerstatt zurück.

Hastig drückte Paula der Alten den Säugling in die Arme und überprüfte dann sofort die Lebenszeichen des Mädchens, doch sie spürte keinen Puls mehr, keinen Atem, nichts. Sie blies dem Mädchen ihren eigenen Atem in den Mund und rief sich zeitgleich die Beschreibung zur indirekten Herzmassage ins Gedächtnis. »Das Zwerchfell wird beeinflusst, ebenso das Herz, wenn man mit beiden Handflächen die Eingeweide in die Höhe schiebt und nach links aufwärts drückt, dann plötzlich loslässt«, hieß es in Anna Fischer-Dückelmanns Buch »Die Frau als Hausärztin«. »Dadurch wird das Herz hinauf- und hinuntergeschoben, durch die Erhebung des Zwerchfelles aber die Brusthöhle zuerst verengt, und wenn es plötzlich wieder herabsinkt, erweitert. Ist noch ein Funken Leben vorhanden, so sind solche Anregungen wohl imstande, Atmung und Herzschlag wieder in Gang zu bringen.«

Verzweifelt versuchte Paula auf diese Weise, das Mädchen wiederzubeleben, doch als der Fahrer der Wäscherei Muntz in die Hütte kam, war es bereits zu spät.

»Das ist dann wohl eher was für den Leichenkarren«, sagte der alte Mann und nahm seinen Hut ab. »Tut mir aufrichtig leid.«

»Mir auch«, erwiderte Paula und kämpfte erfolgreich gegen ihre aufsteigenden Tränen an. Tränen der Trauer um das junge Mädchen, aber auch Tränen der Wut über die Gleichgültigkeit all der Frauen ringsum. Keine von ihnen schien den Tod der jungen Frau zu bedauern. Keine von ihnen äußerte ihr Beileid, so wie es der Fahrer getan hatte. Mit einer letzten Handbewegung schloss Paula dem Mädchen die Augen und zog die Decke über ihr Gesicht.

»Was ist mit dem Säugling?«, fragte die alte Frau, die das kleine Mädchen noch immer auf dem Arm hielt. »Bringen wir's ins Waisenhaus oder warten wir hier, bis die Natur sich holt, was ihr zusteht? Das schmale Ding wird's ja auch nicht mehr lang machen und der Leichenkarren kommt ja sowieso. Dann bleiben Mutter und Kind immerhin im Tod vereint.«

Paula fuhr energisch herum.

»Ob dieses Kind stirbt oder lebt, ist völlig offen. Und ich werde alles dafür tun, dass es am Leben bleibt!« Sie nahm der alten Frau den Säugling ab. »Ich werde mich um das Kind kümmern. Und wenn ich es nur zum Sterben mitnehme – ich werde nicht zulassen, dass ein unschuldiger Säugling wie Abfall in die Ecke geworfen wird, nur weil sein Erzeuger ein Verbrecher war!«

»Sie müssen's ja wissen, Frau Doktor.« Die alte Frau zuckte mit den Schultern. »Aber aus einem Balg, das unter solchen Umständen gezeugt wurde und seiner Mutter auch noch das Leben nahm, kann nix Gescheites werden. Das ist verdorbenes Blut.«

Paula ignorierte die bösartige Bemerkung.

»Ist das Kind eigentlich schon standesamtlich angemeldet worden?«, fragte sie stattdessen.

»Wie denn? Das Balg hat ja noch nicht mal einen Namen. Wir hatten hier andere Dinge zu tun.«

Paula atmete tief durch.

»Ich brauche den vollen Namen von Hannelore. Zum einen für den Totenschein, zum anderen, um das Kind anmelden zu können.«

»Irgendwo hier sind ihre Papiere.« Die Alte wühlte in den wenigen Habseligkeiten des Mädchens. Paula nahm eines der Hemden und wickelte das Kind darin ein, dann umhüllte sie es noch mit einer Wolldecke.

Inzwischen hatte die alte Frau Hannelores Flüchtlingsausweis gefunden. Hannelore Weiss, geboren am 27. März 1930. Paula spürte erneut das unangenehme Brennen aufsteigender Tränen, die sie mühsam unterdrückte. Hannelore wäre erst in neun Tagen sechzehn geworden ...

14. Kapitel

Als Paula mit dem Säugling nach Hause kam, war es bereits sehr spät. Sie hatte noch bei der Toten abgewartet, bis die Leichenstarre eingetreten war, um den Totenschein auszufüllen und die Formalitäten mit dem Fahrer des Leichenkarrens zu klären.

Richard hatte die Praxis bereits geschlossen und Fritz war ebenfalls schon zu Hause. Die beiden Männer hatten anscheinend gute Laune, denn Paula hörte sie in der Küche laut lachen. Ob sie wohl einen guten Bonus von Strehlau feierten, nachdem Fritz in dieser Nacht so erfolgreich gewesen war?

Als sie mit dem Kind im Arm in die Küche kam, starrten die beiden sie verblüfft an.

»Wir brauchen dringend Milch für das Kind«, sagte sie als Erstes. »Ich konnte sie bislang noch nicht füttern. Wir haben doch noch Milchpulver, oder?«

Richard nickte, stand von seinem Stuhl auf, holte eine Dose aus dem Küchenschrank und öffnete sie. »Sie ist fast leer, aber für eine Mahlzeit wird es wohl reichen«, meinte er. »Wer sind die Eltern dieses Kindes?«

Paula schluckte, dann erzählte sie von ihrem Tag. Die gute Stimmung, die bis dahin in der Küche geherrscht hatte, erstarb und machte einer tiefen Betroffenheit Platz.

»Vermutlich wird sie ohnehin in den nächsten Tagen sterben«, sagte Paula mit einem traurigen Blick auf das Kind. »Sie hat noch nicht einmal einen Namen. Aber ich wollte nicht, dass sie bei diesen kaltherzigen Menschen bleibt oder in einem Waisenhaus für sich allein in einer Ecke stirbt. Dann soll sie lieber bei uns in Ruhe einschlafen.«

Richard nickte kaum merklich, während er den Gasherd einschaltete, um Wasser für das Milchpulver im Teekessel anzuwärmen, doch Fritz sprang sofort auf.

»Nein!«, rief er so energisch, dass Paula zusammenzuckte. »Sprich nicht so, als hättest du sie schon aufgegeben. Ich habe mit meinem ersten Sohn erlebt, wie es ist, wenn man nur noch auf den Tod eines Kindes wartet. Das ist grauenvoll! Bei Gottlieb hatten wir keine Wahl, er war nicht lebensfähig. Aber hier haben wir eine Wahl! Und anstatt jetzt von Nestwärme beim Sterben zu sprechen, sollten wir lieber um das Leben dieses Kindes kämpfen!«

»Das ist meine Absicht«, sagte Paula. »Aber ich mache mir keine Illusionen. Sieh sie dir doch an, Fritz. Sie ist so schwach, sie hat Fieber, vermutlich hat sie sich bei der Geburt mit der Infektion ihrer Mutter angesteckt. Und ich weiß nicht einmal, woran ihre arme Mutter gestorben ist.«

»Hast du ihr schon Silbernitrat zur Credé-Prophylaxe in die Augen geträufelt?«, fragte Richard. Paula schüttelte den Kopf.

»Dann sollten wir das als Erstes tun. Die Wahrscheinlichkeit, dass dieser Russe ihre Mutter mit Gonorrhoe infiziert hat und das Kind dann an einer Gonokokken-Konjunktivitis erblindet, ist groß. Passt du auf den Teekessel auf, Paula? Dann gehe ich eben Silbernitratlösung aus meinem Sprechzimmer holen.«

Paula nickte und stellte sich mit dem Kind im Arm neben den Herd.

»Außerdem brauchen wir dringend neues Milchpulver«, sagte Fritz. »Ich werde Arthur anrufen und ihn fragen, ob er uns ausnahmsweise welches überlassen kann.«

Inzwischen hatten die anderen Bewohner des Haushalts mitbekommen, dass Paula zurück war, und kamen in die Küche, um zu sehen, was zu Fritz' lautstarker Rede geführt hatte.

»Das arme Würmchen«, rief Richards Mutter und Emilia fragte: »Darf ich sie mal halten, Mama?«

Paula zögerte kurz, doch dann legte sie ihrer Tochter den schwächlichen Säugling behutsam in die Arme.

»Du musst ganz vorsichtig sein«, sagte sie dabei. »Sie ist nicht so stark wie die kleine Marie und hat starkes Untergewicht.«

Emilia nickte, wiegte das Kind sanft in den Armen und betrachtete es mit dem liebevollen Blick einer großen Schwester.

»Mama, können wir sie behalten? Wir haben doch noch Platz im Kinderzimmer.«

Die Worte ihrer Tochter rührten Paula zutiefst, zumal Emilia sich in letzter Zeit häufig über den Lärm beklagt hatte, den Harri mit Mimi veranstaltete, wenn sie lernen wollte. Doch zugleich spürte sie einen Stich im Herzen, denn sofort war die Erinnerung an das Kind, das sie verloren hatte, wieder da. Sie atmete tief durch und schob den traurigen Gedanken fort, ehe sie ihrer Tochter antwortete.

»Zunächst einmal muss sie die nächsten Tage überleben.«

Die Zeiten, in denen sie ihre Kinder vor der grausamen Wahrheit des Todes beschützt hatte, waren längst vorbei. Mit ihren dreizehn Jahren waren Emilia und Georg keine Kinder mehr und selbst der neunjährige Harri wusste durch seine schrecklichen Verluste um das Sterben. Einerseits hätte Paula sich für die Kinder etwas anderes gewünscht, andererseits war es eine große Entlastung, dass die drei keine gnädigen Märchen mehr brauchten und sie offen mit ihnen sprechen konnte.

Fritz telefonierte noch immer im Sprechzimmer in der Wohnung, als Richard aus seinem Sprechzimmer im Keller mit der Silbernitratlösung zurückkam. Paula nahm Emilia den Säugling ab und hielt die Kleine im Arm, während Richard ihr behutsam die Tropfen in die Augen träufelte. Die Kleine wimmerte zwar kläglich, aber Paula wurde auf einmal bewusst, dass das Kind bislang noch kein einziges Mal richtig geschrien hatte, so schwach war es. Erneut dachte sie an jenes Kind, das sie abgetrieben hatte. Trotz aller Zweifel – es war die einzig vernünftige Entscheidung gewesen, sie hatte an ihr eigenes Leben denken müssen, ihre Familie brauchte sie. Vermutlich wäre es ihr genauso ergangen wie der armen Hannelore, wenn sie sich gegen die Abtreibung entschieden hätte, und ob ihr eigenes Kind überlebt hätte, war genauso fraglich wie jetzt bei diesem kleinen Menschenwesen. Aber sie würde alles dafür tun, dass dieses Kind überlebte. Ob es Schicksal war? Hätte sie sich gegen eine Abtreibung entschieden, wäre sie bis zur Geburt bettlägerig gewesen. Sie hätte keine Hausbesuche machen können und vielleicht wäre niemand rechtzeitig gekommen, um Hannelores Kind zu retten. So gesehen hatte vielleicht doch alles im Leben seinen Sinn und in jedem Leid lag der Keim für neue Hoffnung. Daran wollte Paula ganz fest glauben, auch wenn ein Blick aus dem Fenster über die zerstörte Stadt es schwer machte, in all dem Elend noch einen Funken Hoffnung für die Zukunft zu schöpfen.

Als der Teekessel pfiff, schob Frau Koch Paula und das Kind behutsam zur Seite und begann, das Milchpulver zuzubereiten.

»Und wir werden jetzt schauen, wie wir ein Bettchen für die Kleine machen können«, sagte Richards Mutter zu Emilia und Georg. »Kommt ihr mit auf den Dachboden, damit wir schauen können, was wir dort finden? Vielleicht ist der alte Koffer als Übergangslösung geeignet.«

»Ein Koffer?«, fragte Emilia kichernd. »Sollen wir dann den Deckel zumachen, wenn sie schreit?«

»Nun sei nicht so albern, wir werden in den nächsten Tagen noch ein richtiges Bettchen zimmern, aber irgendwo muss sie schlafen, und wenn wir den großen Koffer mit Kissen und Decken auspolstern, kann sie nicht rausrollen. Kommt ihr mit?« Die beiden nickten und folgten ihrer Großmutter. Richard versuchte indes, aus dem Gummibalg einer Pipette einen Sauger herzustellen. Kurz darauf kehrte Fritz in die Küche zurück.

»Arthur war zum Glück noch in seinem Büro. Ich habe ihn gebeten, uns Milchpulver zu besorgen, und ihn gefragt, ob er vielleicht die Möglichkeit hat, an ein Säuglingsfläschchen zu kommen. Er hat versprochen, es zu versuchen und nachher vorbeizukommen.«

»Dann nimmt er dir deinen Auftritt heute also nicht übel?«, fragte Richard.

»Nein, ganz im Gegenteil. Es war mir schon beinahe peinlich«, sagte Fritz. »Er hat sich nämlich bei mir entschuldigt, weil er noch bei der alten Frau Mertins war, um meine Aussage zu überprüfen. Und er meinte, die wäre ja so verstört und panisch – kein Wunder, dass sie sich ständig Herzattacken einbilden würde. Er hätte versucht, sie zu beruhigen, und sich vorgenommen, künftig nur noch Deutsch mit Deutschen zu sprechen, weil ihm Frau Doktor Kampners Worte sehr zu denken gegeben hätten. Er sagte, es täte ihm leid, dass er mir nicht geglaubt hätte. Oh, Mann, du ahnst nicht, wie unangenehm es mir ist, dass er sich jetzt auch noch bei mir entschuldigt, obwohl ich ihn dreist belogen habe.«

»Du hast nicht unseren Freund Arthur belogen, sondern lediglich den britischen Besatzungsoffizier Lieutenant Grifford.« Richard klopfte seinem Freund aufmunternd auf die Schulter. »Er hat dich in seiner offiziellen Funktion als Vertreter der Besatzer besucht und durfte in dir nicht den Freund sehen, dem er vertrauen kann. Du hast ihn daraufhin so behandelt, wie du jeden Besatzungsoffizier behandelt hättest. Das ist Selbstschutz auf beiden Seiten. Die Wahrheit sollte er besser nie erfahren. Zumindest nicht, solange er noch diese Uniform trägt.«

Arthur traf eine Stunde später ein. Er hatte nicht nur Milchpulver und ein Fläschchen dabei, sondern sogar fünf Stoffwindeln.

»Vielen Dank! Du bist eine große Hilfe!«, rief Paula begeistert.

»Woher hast du denn die Windeln?«, fragte Fritz.

»Von meinem Nachbarn Colin, dem mit dem Telefon«, erklärte Arthur. »Seine Frau hat im letzten Monat entbunden. Aufgrund ihrer Schwangerschaft hat er auch Ende letzten Jahres den privaten Telefonanschluss bevorzugt bekommen. Ich habe ihn gefragt, ob er für einen Notfall etwas übrig hat.«

»Und dann hat er dich einfach so großzügig versorgt?«

»Ich habe ihm zwei Flaschen Whisky dafür gegeben.«

Arthur betrachtete das kleine Mädchen. Paula versuchte noch immer, ihr etwas Milch einzuflößen, doch die Kleine trank kaum und ihr fehlten die runden Fettpölsterchen, mit denen gesunde Säuglinge auf die Welt kamen. Sie wirkte viel kleiner und zerknitterter, ihre Augen waren, seit Richard ihr das Silbernitrat hineingeträufelt hatte, zusammengekniffen und auf dem kleinen Köpfchen fand sich nur ein diskreter blonder Flaum. Ihre Wangen waren unnatürlich gerötet und der kleine Körper glühte fiebrig.

»Sie sieht schlecht aus«, meinte Arthur. »Das ist eine heftige Infektion.«

»Und was empfiehlt der Internist?«, fragte Richard.

»Im letzten ›New England Journal of Medicine‹ war ein Bericht über die Behandlung von Säuglingen mit Penicillin. Aber daran komme nicht mal ich so ohne Weiteres heran.«

»Dann probieren wir es mit Sulfonamiden«, erwiderte Richard. »Das ist besser als gar nichts.«

Eine Weile sagte niemand etwas. Alle betrachteten das schwächliche Neugeborene, das so kurz nach seinem Eintritt in eine völlig zerstörte Welt schon wieder nahe davor war, sie zu verlassen.

Schließlich brach Fritz das Schweigen. »Auch wenn noch nicht sicher ist, ob sie überlebt, müssen wir an ihre Zukunft denken. Wir müssen sie morgen beim Standesamt anmelden und vorher eine wichtige Entscheidung treffen.« Er atmete tief durch. »Ich habe mir etwas überlegt.«

Paula hob den Kopf und musterte Fritz. »Was hast du dir überlegt?«

»Sie hat keine Angehörigen mehr. Niemand wollte sie haben. Ihr Vater war ein verdammter Russe, der ihre Mutter, die selbst fast noch ein Kind war, vergewaltigt hat. Kein Kind sollte mit einer solchen Hypothek aufwachsen müssen. Wenn sie überlebt, darf sie das nie erfahren. Aber wenn wir angeben, dass ihr Vater unbekannt ist, wird es immer Fragen geben und sie wird zeit ihres Lebens über ihn spekulieren. Die Ungewissheit wird ihr ganzes Leben vergiften. Ich werde sie deshalb morgen registrieren lassen und gleichzeitig die Vaterschaft anerkennen.«

»Du willst was?«, rief Richard. »Aber ...« Sein Blick wanderte zu Paula. »Sie könnte auch bei uns aufwachsen. Du weißt, weshalb.« Als Paula Richards Blick auffing, wurde ihr ganz warm ums Herz. Auch er trauerte noch dem Kind nach, gegen das sie sich hatten entscheiden müssen. Dieses Kind hätte ebenso gut ihr eigenes sein können ...

Fritz nickte. »Dem steht ja auch nichts im Weg. Aber Paula kann sie nicht als ihr eigenes Kind ausgeben, dafür wissen zu viele Menschen Bescheid. Und du als verheirateter Familienvater solltest ebenfalls keine außereheliche Vaterschaft anerkennen. Ich hingegen war zum Zeitpunkt der Zeugung dieses Kindes bereits seit zwei Jahren verwitwet. Ich habe kein Problem damit. Und falls wirklich jemand fragen sollte, warum ich ihre Mutter nicht geheiratet habe, habe ich eine hervorragende Ausrede. Ich geriet in britische Kriegsgefangenschaft, ehe ich von der Schwangerschaft erfuhr, und verlor sie aus den Augen. Als ich sie wiederfand, war sie bereits tot – nur unser Kind überlebte. Und es hat noch mehr Vorteile. Wenn sie niemandem von uns ähnlich sieht, ist das nicht schlimm. Sie sieht dann einfach ihrer verstorbenen Mutter ähnlich. Wir sollten ihr mehr als nur ein Heim geben. Wir sollten ihr eine Geschichte geben, die nicht wie ein Albtraum über ihrem Leben hängt und ihre Seele vergiftet. Denn das hat kein Kind verdient. Du hast uns doch erzählt, was diese widerlichen Weiber in der Nissenhütte dachten, Paula. Verdorbenes Blut, ein Russenbalg, das seine eigene Mutter getötet hat. All diesem dummen Geschwätz könnten wir so für alle Ewigkeiten den Boden entziehen.«

»Und dann?«, fragte Paula. »Du hast keine Frau an deiner Seite, die dir beim Aufziehen des Kindes helfen kann.«

»Ich hatte nicht die Absicht, hier auszuziehen. Ganz abgesehen von der Tatsache, dass ich mangels Wohnraum auch gar nicht die Möglichkeit dazu hätte. Zunächst braucht sie vernünftige Papiere und muss überleben. Alles Weitere ergibt sich dann. Wenn ihr wollt, könnt ihr sie später adoptieren. Das können wir ihr dann so erklären, dass es besser für sie war, weil ich alleinstehend war und sie eine Mutter haben sollte. Aber das sind Zukunftsmärchen. Jetzt muss sie erst einmal am Leben bleiben.«

»Und sie braucht einen Namen«, meinte Paula.

»Leni«, sagte Fritz spontan.

»Wie Leni Riefenstahl?« Richard schmunzelte. »Hältst du das für passend?«

»Ich dachte eigentlich an meine Mutter Helen, die Leni genannt wurde«, sagte er. »Ich habe heute zum ersten Mal seit sehr langer Zeit wieder an sie gedacht.«

Arthur horchte auf. »Helen? Das ist ein englischer Vorname.«

»Ja, deshalb nannte mein Vater sie ja auch immer Leni. Das klang deutscher.«

Arthur sah Fritz forschend an, doch der verlor kein Wort mehr über seine Mutter.

»Also Leni«, sagte Richard. »Herzlichen Glückwunsch zur Vaterschaft, Fritz. So kommt also der unbescholtene Witwer wie die berühmte Jungfrau zum Kinde.«

»Ich habe noch freie Kapazitäten für Kinder«, gab Fritz mit einem zynischen Lächeln zurück. »Und ich werde alles dafür tun, dass Leni nicht Gottliebs oder Henriettes Schicksal teilt.«

15. Kapitel

Lenis Zustand blieb lange Zeit kritisch. Die schwere Infektion des Säuglings ließ sich durch die Sulfonamide nicht ausreichend bekämpfen, und so organisierte Arthur doch noch Penicillin. Als Richard ihn fragte, wie er an das Penicillin gekommen sei, meinte der Brite trocken: »Ich habe es geklaut.«

»Wenn sie dich erwischen, kommst du in Teufels Küche«, erwiderte Richard, nahm das Glasfläschchen mit dem Pulver aber dennoch entgegen.

»Ich weiß«, bestätigte Arthur. »Aber hier geht es um das Leben eines Kindes. Und da werde ich in Mut und Risikobereitschaft nicht hinter dir zurückstehen.«

»Wir riskieren nichts für Leni«, sagte Richard.

»Ich sprach nicht von Leni«, entgegnete Arthur. »Ich dachte eher an Leute wie Krüger, gegen die du dich jahrelang gestellt hast. Da hat es dich auch nicht interessiert, ob du in Teufels Küche geraten könntest, wenn du Menschen rettest. Und du hattest mehr zu befürchten als ich, falls man mir den Diebstahl wirklich nachweisen sollte – was allerdings mehr als unwahrscheinlich ist.«

Arthur wollte sich gerade mit Richard an den Küchentisch setzen, als die Wohnungstür aufgeschlossen wurde und Frau Koch – noch ehe sie ihren Mantel abgelegt hatte – mit einer schweren Einkaufstasche in die Küche hastete. Als sie Arthur sah, zuckte sie kurz zusammen.

»Oh, guten Abend, Lieutenant Grifford«, rief sie mit aufgesetzter Munterkeit. Dabei krallten sich die Finger ihrer rechten Hand fest um den Griff der Tasche und verhinderten jeden Blick ins Innere des Beutels. Vermutlich kam sie geradewegs vom Schwarzmarkt. Allerdings fragte Arthur sich, warum sie ihn so erschrocken musterte, schließlich wusste er, dass sie Zigaretten gegen Grundnahrungsmittel eintauschte, und er wäre ganz gewiss der Letzte gewesen, der das angezeigt hätte.

»Guten Abend, Frau Koch«, erwiderte er ihren Gruß betont beiläufig, als würde er sie kaum wahrnehmen.

Sie schob sich an ihm vorbei und öffnete die Tür zur Speisekammer gerade so weit, dass sie die Tasche durch den Spalt schieben, aber niemand hineinschauen konnte.

»Ich mache mich dann mal wieder an meine Arbeit«, sagte sie und ging. Richard nickte geistesabwesend, denn er war bereits damit beschäftigt, die Beschreibung für die Zubereitung des Penicillins zu studieren.

»Hier steht nichts über die Menge für Kinder«, sagte er zu Arthur. Der setzte sich neben Richard an den Küchentisch und warf ebenfalls einen Blick auf die Instruktionen.

»Nein, aber hier steht, wie viel Milligramm auf wie viel Kilogramm Körpergewicht verwendet werden sollen.« Arthur zeigte auf die entsprechende Stelle.

»Ah ja, da. Danke. Ich muss das Gewicht schätzen, so eine feine Apothekerwaage habe ich nicht.«

Arthur nickte. »Wo ist Leni eigentlich?«

»Meine Mutter hat im Wohnzimmer ein Auge auf sie. Paula ist gerade los zu einem Hausbesuch.«

»Ich weiß, sie kam mir bei meiner Ankunft im Treppenhaus entgegen.«

Richard nahm eine Messerspitze Penicillin und gab sie in eine Glasphiole mit destilliertem Wasser. Anschließend schüttelte er das Ganze vorsichtig.

»Ist Fritz auch noch unterwegs?«, fragte Arthur, während er Richards Handbewegungen zusah.

»Ja, er hat vorhin angerufen, sie hatten einen Notfall, er kommt heute erst spät nach Hause.«

»Notfall?«

»Keine Schussverletzung, falls du das meinst.«

Arthur räusperte sich. »Seither geht er mir aus dem Weg«, meinte er. »Dabei habe ich ja nur meine Pflicht getan. Ich ...«

»Hör auf, dich zu rechtfertigen, Arthur. Wenn du den Eindruck hast, du müsstest etwas mit Fritz klären, sprich ihn direkt an. Er kann ziemlich spitz sein, wenn er sich auf die Zehen getreten fühlt.«

»Ach, das meinte ich gar nicht. Für seine Verhältnisse im Umgang mit britischen Offizieren in offizieller Mission war er recht freundlich. Du hättest mal hören sollen, was er dem Kommandanten des Kriegsgefangenenlagers an den Kopf geworfen hat. Angesichts seiner Wortwahl wäre selbst einem Liverpooler Hafenarbeiter die Schamesröte ins Gesicht gestiegen.«

»Mir hat er erzählt, er hätte gesagt, er würde lieber mit seinen Kameraden im Dreck krepieren, als irgendetwas für die britische Militärverwaltung zu tun.«

»Ja, das ist die höfliche deutsche Übersetzung. Er hat es in einem sehr abfälligen englischen Gassenjargon zum Besten gegeben.« Arthur lachte leise. »Ich mag es ja, dass er geradeheraus sagt, was er denkt. Aber ich würde gern wissen, warum er mir wirklich aus dem Weg geht.«

»Vielleicht ist ihm sein Auftritt im Nachhinein doch etwas unangenehm«, erwiderte Richard. »Außerdem geht ihm die Sache mit Leni an die Nieren. Das wühlt alte Erinnerungen an seinen ersten Sohn Gottlieb auf, der vier Tage nach der Geburt verstorben ist.«

»Woran ist Gottlieb verstorben?«

»Er war ein Anencephalus. Kennst du diese Fehlbildung?«

»Ich habe davon gehört. Kinder, die ohne Großhirn geboren werden und nicht lebensfähig sind. Aber ich habe nie so ein Kind gesehen.«

»Tja, und genau das war das Problem.« Richard seufzte. »Als wenn es nicht schon schwer genug gewesen wäre, ein Kind gleich nach der Geburt wieder zu verlieren, wurde Fritz auch noch bedrängt, seinen Sohn der anatomischen Sammlung der Klinik zu überlassen. Eben weil das so eine seltene Missbildung ist. Er hat das abgelehnt und seinen Sohn regulär auf dem Friedhof Ohlsdorf beisetzen lassen. Du hättest mal die Anfeindungen hören sollen, denen er danach ausgesetzt war. Er habe die Wissenschaft um ein wichtiges Präparat betrogen, indem er es lieber der Erde zum Verrotten überlasse. Das war 1929. Schon damals war die deutsche Ärzteschaft zweigeteilt. Es gab Ärzte, die für ihre Patienten da waren – zu denen zählten Fritz und ich uns –, und es gab solche, die sich einer pervertierten Form der Wissenschaft verpflichtet sahen, bei der der Mensch nur noch Mittel zum Zweck ist. Als die Nazis an die Macht kamen, konnte niemand mehr diese Ärzte zügeln, ganz im Gegenteil, sie wurden massiv gefördert. Wenn Menschen nur noch nach ihrem rassenbiologischen Wert betrachtet werden, darf man mit denen, die die deutschen Rasse- und Erbgesundheitskriterien nicht erfüllen, machen, was man will. Aber weißt du, was das Allerschlimmste ist? Dass immer noch genügend Chefärzte in Amt und Würden sind, die unter den Nazis die Möglichkeiten der freien Forschung an den Hilflosesten der Hilflosen dankbar nutzten und sich bis heute keiner Schuld bewusst sind. Aber Ärzte, die heimlich gegen die pervertierte Medizin vorgegangen sind, um ihre Patienten zu schützen, weil offener Widerstand völlig sinnlos war, die sind auch heute noch die Verlierer. Paula und ich sind natürlich fein raus. Dank unserer Praxis sind wir unsere eigenen Herren. Aber ich weiß von Kollegen, die noch in den Kliniken arbeiten und lieber den Mund halten, anstatt von den Gräueltaten zu berichten, gegen die sie selbst heimlich vorgingen. Einfach, weil es keinen Sinn hat. Du hast es ja bei mir gesehen – die Täter nehmen sich geschickte Anwälte, und Leuten wie mir wird vorgeworfen, ich hätte gegen das ärztliche Ethos verstoßen, weil ich falsche Gutachten und Atteste erstellt habe. Warum ich es tat, findet dabei keine Berücksichtigung. Damals herrschten eben diese Gesetze, und wer sich nicht an Gesetze hält, ist ein Verbrecher. Chefärzte wollen Loyalität, und Leute wie ich waren illoyal. So einfach ist das. Weißt du, das ist der Fluch der deutschen Regeltreue. Wir halten uns immer an die Regeln, egal ob sie richtig oder falsch sind. Und es ist unverzeihlicher, eine unmenschliche Regel zu brechen, als im Namen der herrschenden Gesetzgebung zu töten, ganz gleich, wie unmoralisch das ist!« Richard spie die letzten Worte regelrecht heraus.

»Das war nur die erste Verhandlung«, versuchte Arthur, ihn zu beruhigen. »Das Verfahren zu den Kindermorden läuft doch noch. Es zieht sich nur etwas hin, weil noch andere Ärzte der Kinderkliniken in die Euthanasie verstrickt waren.«

»Ja, aber die Richter, die darüber urteilen werden, sind auch noch von diesem Ungeist durchdrungen. Ich meine, es ist ja schön und gut, wenn die britische Besatzungsmacht sagt, dass die Straftaten, die Deutsche an Deutschen begangen haben, vor deutschen Gerichten abgeurteilt werden sollen. Aber in diesem speziellen Sonderfall hätte ich es vorgezogen, wenn es so wie in der amerikanischen Besatzungszone abgelaufen wäre – dort wird das vor amerikanischen Richtern verhandelt und das ist in diesen Fällen vermutlich geeigneter, um die Naziseilschaften auszuschalten. Die Kriegsverbrecherprozesse in Nürnberg laufen schließlich auch vor internationalen Gerichten.«

Eine Weile schwiegen sie. Richard schüttelte weiterhin das erst zur Hälfte gelöste Penicillin in der kleinen Glasphiole mit dem destillierten Wasser.

»Sag mal«, fragte Arthur, während seine Augen Richards Handbewegungen folgten, »weißt du, wie das bei Fritz ist? In seiner Klinik?«

Richard runzelte die Stirn. »Was genau meinst du?«

»Die alten Naziseilschaften. Er war ja auch nie in der Partei, ist aber trotzdem leitender Oberarzt.«

»Fritz ist Chirurg. In der Fachrichtung war es einfacher, unpolitisch zu sein. Wenn ein Patient trotz einer Operation bleibende Schäden behielt, wurde er in eine Heil- und Pflegeanstalt verlegt. Alles, was dann geschah, lag in der Verantwortung der Psychiater. Am unmittelbarsten waren Psychiater und Kinderärzte mit der Euthanasie konfrontiert. Insofern ist Krüger schon ein Ausbund an Bösartigkeit, sich gleich in beiden Fachgebieten von seiner schlechtesten Seite zu zeigen.«

Richard hörte mit dem Schütteln auf und betrachtete die milchige Flüssigkeit. »Ich glaube, jetzt ist es ausreichend gelöst.« Er griff nach der Spritze und zog sie für Leni auf.

»Zu dumm, dass es keine Seilschaften von anständigen Leuten gibt«, sagte er dabei.

»Gibt es die nicht?«, fragte Arthur und wies auf die Spritze in Richards Hand. »Was machen wir denn gerade hier?«

»Sind wir anständig, wenn wir gegen die geltenden Gesetze verstoßen?«, fragte Richard zurück. »Ich habe falsche Gutachten erstellt, was gegen die ärztliche Standesehre ist, und du klaust Penicillin aus britischen Militärbeständen, um es an Deutsche weiterzugeben, was ja auch ein Verbrechen ist, oder?«

»Ich sehe nicht ein, warum das Penicillin nur britischen Soldaten, aber nicht kranken Säuglingen zur Verfügung gestellt werden sollte. Und ja, wir sind anständig, denn wir brechen die Gesetze nur, um unschuldigen Menschen das Leben zu retten. Wir beide wissen immerhin, dass man Regeln nicht nur deshalb befolgt, weil sie da sind, sondern dass jeder die Pflicht hat, sie zu hinterfragen.«

»Na, dann hoffe ich mal, dass deine Gesetzesbrüche von mehr Erfolg gekrönt sein werden als meine. Ich werde Leni eben die Spritze geben.« Richard erhob sich und verließ die Küche.

Arthur blieb zurück und ließ seinen Blick durch die große Wohnküche schweifen. Aus dem Wohnzimmer hörte er die Stimmen von Richard und seinen Eltern. Irgendwo bellte Dackel Mimi und er hörte, wie Emilia Harri auftrug, mit dem Hund nach draußen zu gehen. All das hatte Arthur schon so oft gehört, wenn er bei Richard und Fritz war, allerdings hatte er dabei noch nie allein in der Küche gesessen. Irgendwie kam es ihm seltsam vor, bei all der Enge, die in diesem Haushalt herrschte, einen Raum ganz für sich allein zu besetzen, selbst wenn nicht alle Bewohner zu Hause waren.

Sein Blick fiel auf die Tür zur Speisekammer. Unwillkürlich musste er wieder an Frau Kochs geheimnistuerisches Verhalten denken.

Das waren so die Momente, in denen ihm jedes Mal aufs Neue bewusst wurde, dass es trotz allem eine unsichtbare Mauer zwischen ihm und seinen deutschen Freunden gab. So wie er ihnen nichts über seine eigentlichen Aufgaben innerhalb der britischen Militärverwaltung erzählen durfte, würden sie ihm niemals vollständig Einblick in ihre Geschäfte gewähren. Er vermutete bereits seit einiger Zeit, dass es da noch mehr gab als den einfachen Tausch von Zigaretten gegen Grundnahrungsmittel. Eigentlich ging es ihn nichts an, aber seine Neugier siegte, und so stand er auf und öffnete die Tür zur Speisekammer.

Tatsächlich, auf den Regalen standen drei Flaschen Whisky und zahlreiche Konservenbüchsen mit Fleisch, Gemüse und

Dauerbrot, die eindeutig aus britischen Beständen stammten. Genau solche Lebensmittel, die bei dem Einbruch am 18. März gestohlen worden waren. Waren die Preise auf dem Schwarzmarkt gefallen oder hatten seine Freunde doch ihre Hände im Spiel? Dann warf er einen Blick in die Einkaufstasche, die Frau Koch in die Kammer gestellt hatte. Sie enthielt drei Laibe Brot sowie mehrere Dosen Milchpulver und Kondensmilch. Er schloss die Tür zur Speisekammer und setzte sich wieder auf seinen Platz.

Ob Fritz ihm aus dem Weg ging, weil er den verletzten Einbrecher doch irgendwo in der Nacht behandelt und sich dafür dann mit Naturalien hatte bezahlen lassen? Zuzutrauen wäre es ihm. Wahrheit war für Fritz ein dehnbarer Begriff, wenn er der Meinung war, das Richtige zu tun. Das wusste Arthur nicht erst, seit Fritz Lenis Vaterschaft anerkannt hatte. Aber zugleich war das auch etwas, wofür er Fritz bewunderte. Er selbst hätte nicht den Mut aufgebracht, die Verantwortung für ein fremdes Kind zu übernehmen. Vielleicht lag es auch nur daran, dass er selbst keine Kinder hatte, während Fritz bereits zwei verloren hatte. Sein Blick fiel auf die angebrochene Glasflasche mit dem Penicillin. Er hatte sich genauso verstricken lassen, hatte ohne jeden Skrupel gestohlen, um Lenis Leben zu retten. Ganz gleich, was er in der Speisekammer gesehen hatte und wie seine Freunde an diese Waren gekommen waren, er hatte nicht das Recht, irgendjemandem einen Vorwurf zu machen.

Möglicherweise musste sich die Seilschaft der Anständigen auch dubioser Mittel bedienen, um diese Zeiten zu überstehen und aus den Trümmern einer alten Welt etwas Besseres entstehen zu lassen. Und für einen Moment hatte Arthur das Gefühl, dass die unsichtbare Mauer, die zwischen ihm und seinen deutschen Freunden trotz allem bestand, gefallen war.

16. Kapitel

Als es Mai wurde, war Leni längst über den Berg und entwickelte sich prächtig. Je länger die Tage wurden und je häufiger man zwischen all den Trümmerbergen das ein oder andere Grün aufleuchten sah, desto mehr besserte sich Richards Stimmung. Zwar war es nach wie vor nicht absehbar, dass das Leben jemals wieder seinen normalen Gang gehen würde, aber dank ihrer Aufträge für Oskar Strehlau kamen sie zurecht. Fritz hatte dabei sogar noch ein ganz besonderes Geschäft abgeschlossen: Da von dem Penicillin für Leni noch etwas übrig geblieben war, hatte Fritz die verbliebene Menge an Oskar Strehlau verkauft, zusammen mit der Information, dass es in Aachen eine deutsche Firma gab, die sehr daran interessiert sei, einen eigenen Penicillinstamm zu bekommen, um dieses Medikament auch in Deutschland herstellen zu können.

Wie genau die Geschäfte zwischen Strehlau und Fritz nun abgelaufen waren, erschloss sich Richard nicht vollständig, er wusste nur, dass Fritz' Cousin im Forschungsbereich jener Aachener Firma arbeitete und Fritz den Kontakt zu Strehlau vermittelt hatte. Anfang Mai brachte Fritz ein kleines Vermögen mit nach Hause.

»Ich möchte es nicht an die große Glocke hängen«, sagte er zu Richard. »Du darfst nur Paula einweihen, niemanden sonst.

Es muss unser Geheimnis und unser Notgroschen bleiben.« Mit diesen Worten zog er einhundert amerikanische Dollar aus der Tasche und legte sie vor Richard auf den Tisch in seinem Sprechzimmer im Keller, wo sie um diese Zeit ungestört waren.

Richard starrte auf die Geldscheine.

»Sind die wirklich echt?«, fragte er ungläubig und nahm einen Zehndollarschein in die Hand.

»Ja, die sind echt. Und es war auch sehr schwer, diese Summe auszuhandeln. Aber für einen Penicillinstamm war die Firma bereit, einiges hinzulegen. Ich schätze, für die eigentlichen Drahtzieher des Handels sind hohe vierstellige Summen geflossen. Mich wollten sie für meine Vermittlung mit fünfzig Dollar abspeisen, aber ich habe hart verhandelt, um einhundert Dollar zu bekommen. Ein Notgroschen in einer stabilen Währung kann nichts schaden, nicht wahr? Schließ es gut weg, damit es niemand zufällig findet.«

»Du bist in der Halbwelt ja schon sehr zu Hause.«

»In einer Zeit, in der alles zerschlagen ist und unsere Fabriken demontiert werden, ist mir jedes Mittel recht, um dafür zu sorgen, dass zumindest unsere Medizin nicht komplett auf Steinzeitniveau hinabgestürzt wird.«

Wenige Tage nachdem Fritz die einhundert Dollar verdient hatte, sprach Frau Doktor Kampner ihn unmittelbar nach der Morgenrunde an. Seit er am Tag von Arthurs Besuch in der Klinik zum ersten Mal mit ihr in der Kantine gewesen war, hatte sich ihr Verhältnis deutlich entspannt und mittlerweile schätzte er den kollegialen Austausch mit ihr sehr. Professor Wehmeyer hatte mit einem Schmunzeln angemerkt, dass ihm von vornherein klar gewesen sei, dass die beiden fachlich gut harmonieren würden.

»Fachlich, ganz genau«, hatte Fritz daraufhin klargestellt. »Rein fachlich.« Mehr als eine kollegiale Freundschaft lag jenseits seines Vorstellungsvermögens. Allerdings wunderte er sich über sich selbst, warum er Hemmungen hatte, ihr von Leni zu erzählen, obwohl er sich sonst sehr offen mit ihr austauschte, vor allem über die Kinder.

Als Frau Doktor Kampner ihn an diesem Morgen ansprach, fühlte er sich auf unangenehme Weise ertappt, denn sie hielt ihm einen kleinen Zettel entgegen, den er am Tag zuvor auf dem Tauschbrett der Klinik angebracht hatte.

»Sie suchen einen Kinderwagen und bieten dafür Kinderschuhe in Größe 31? Ich bin einigermaßen erstaunt.«

»Mein Sohn ist aus seinen Schuhen herausgewachsen und ich habe ihm schon neue besorgt«, sagte Fritz gleichmütig.

»Dass Sie Kinderschuhe tauschen wollen, wundert mich nicht. Nur dass Sie einen Kinderwagen haben möchten.«

»Haben Sie denn einen?«

»Zufälligerweise ja.«

»Und brauchen Sie Schuhe in Größe 31?«

»Meine Tochter hat derzeit Größe 28, aber das würde sich durch dicke Socken oder Zeitungspapier regeln lassen. Ich wundere mich nur, weshalb Sie einen Kinderwagen brauchen.«

Fritz räusperte sich. »Für meine Tochter.«

Frau Doktor Kampner runzelte die Stirn. »Für welche Tochter?«

»Sie ist am 18. März geboren«, sagte Fritz. »Es war lange Zeit nicht sicher, ob sie überlebt, weshalb ich mich erst jetzt um einen Kinderwagen kümmere.«

Das Stirnrunzeln wurde tiefer. »Und was ist mit der Mutter des Kindes?«

»Sie ist bei der Geburt gestorben.«

»Oh, das tut mir leid. Aber ich dachte …«

»Was dachten Sie?«

»Es ist sehr überraschend, dass Sie bislang nichts von Ihrer Tochter oder Ihrem erneuten Verlust erzählt haben. Vor allem, wenn ich bedenke, dass wir uns ausgerechnet am 18. März zum ersten Mal so offen unterhalten haben. An dem Tag, als Sie Vater wurden und zugleich die Mutter Ihres Kindes verloren.«

Fritz räusperte sich erneut. »Ich wusste gar nicht, dass Sie über unser erstes Treffen so genau Buch geführt haben. Wollen Sie die Schuhe nun haben und mir dafür den Kinderwagen geben?«

»Ja, aber ich möchte zusätzlich die Wahrheit hören.«

»Die Wahrheit?« Fritz fühlte sich unbehaglich. »Was meinen Sie damit? Dass ich mit der Mutter meiner Tochter nicht verheiratet war? Wir Männer sind nicht immer Heilige, wissen Sie?«

»Und wir Frauen sind nicht immer zu dumm zum Rechnen«, entgegnete Frau Doktor Kampner schnippisch. »Sie haben mir erzählt, dass Sie von Anfang April bis Ende Juli 1945 in britischer Kriegsgefangenschaft waren. Dann müssten Sie die Mutter Ihrer Tochter ja genau dort kennengelernt haben, wenn das Kind am 18. März geboren wurde, oder? Finden Sie das nicht auch seltsam?«

Fritz räusperte sich zum dritten Mal. »Wollen Sie jetzt Detektiv spielen? Glauben Sie wirklich, ich wäre so dumm, mir ein Kind unterschieben zu lassen, das nicht von mir ist?« Noch während er das sagte, ärgerte er sich, dass er dieses Gespräch überhaupt führte. Es ging Frau Doktor Kampner rein gar nichts an. Warum verdammt noch mal war diese Frau so neugierig? Und warum fühlte er sich auch noch verpflichtet, ihr Rede und Antwort zu stehen? Es war doch völlig egal, was sie von ihm dachte.

»Nein, das glaube ich nicht«, sagte sie und ihre Stimme war auf einmal sehr viel sanfter. »Ich glaube aber, dass Sie ein sehr großes Herz haben, und darüber wollte ich Gewissheit haben.«

Sie lächelte ihn an und Fritz spürte einen Kloß im Hals.

»Stellen Sie meine Vaterschaft bitte niemals wieder infrage«, sagte er leise. »Ich hatte einen sehr guten Grund dafür. Leni ist meine Tochter und sie wird es für alle Zeiten sein. Aber vielen Dank für den Hinweis, ich werde dann später, wenn das Mädchen rechnen kann, die Daten meiner Kriegsgefangenschaft ihrem Geburtsdatum anpassen.«

»Keine Sorge, Ihr Geheimnis ist bei mir sicher. Wollen Sie mich heute nach Feierabend nach Hause begleiten, um den Kinderwagen abzuholen?« Frau Doktor Kampner lächelte ihn erneut an und es lag so viel Wärme in diesem Lächeln, dass Fritz ein seltsam vertrautes Kribbeln verspürte, von dem er bislang geglaubt hatte, dass es nach Dorotheas Tod für alle Ewigkeiten in ihm abgestorben sei.

»Das würde ich sehr gern«, sagte er.

17. Kapitel

Frau Doktor Kampner wohnte nur zehn Minuten vom Allgemeinen Krankenhaus St. Georg entfernt.

Kurz nach sieben erreichten sie das Mietshaus. Der prächtige vierstöckige Gründerzeitbau hatte die Bombennächte als einziges Gebäude der Straße nahezu unbeschadet überstanden und ragte wie ein mahnender Finger aus den Trümmern.

»Erinnern Sie sich noch daran, wie diese Straße vor dem Krieg aussah?«, fragte Frau Doktor Kampner und hielt einen Moment lang vor dem Haus inne, während sie ihren Blick über die zerstörte Straße schweifen ließ.

»Ja.« Fritz nickte. »Dort drüben war ein großer Buchladen, in dem ich bereits als Student viele Stunden verbracht habe. Die Auswahl war sehr gut, und was er nicht vorrätig hatte, bestellte er umgehend. Direkt gegenüber war eine Eisdiele, die von uralten Kastanien beschirmt wurde. Da habe ich kurz vor Kriegsbeginn noch mit meiner Tochter ein Eis gegessen.« Er seufzte.

»Meine Mutter wohnte im Haus neben der Eisdiele.« Frau Doktor Kampner zeigte auf den großen Trümmerberg. »In der ersten Nacht des großen Feuersturms hatte ich Nachtdienst. An solchen Tagen schlief meine Tochter immer bei meiner Mutter, aber an diesem Tag bat sie die Oma, diesmal bei uns in der Wohnung zu übernachten. Fast so, als hätte es ihr ein Schutzengel eingegeben.« Ein wehmütiges Lächeln huschte über das Gesicht der Ärztin. »Meine Mutter hatte bereits das Gästebett bezogen, aber Henrieke bat so eindringlich, dass die Oma nachgab. Das Haus meiner Mutter wurde gleich in der ersten Nacht zerstört, alle Bewohner im Luftschutzkeller starben. Hätte Henrieke bei ihr geschlafen, wären sie beide tot gewesen. Meine Tochter glaubt seither, ihr Papa hätte als Engel eine schützende Hand über uns alle gehalten.«

Fritz spürte, wie ihm eine Gänsehaut über den Rücken lief. Jeder Überlebende hatte seine eigene Geschichte und jede war auf einzigartige Art und Weise ein ganz persönliches Wunder.

»Glauben Sie an das Schicksal, Herr Doktor Ellerweg?«, fragte Frau Doktor Kampner – ganz so, als hätte sie Fritz' Gedanken gelesen. »Daran, dass ein höherer Sinn dahintersteckt, wenn man durch einen glücklichen Zufall überlebt hat?«

»Ich weiß schon lange nicht mehr, was ich glauben soll. Meine verstorbene Frau hätte diese Frage wohl bejaht. Ich hingegen frage mich, warum so etwas« – er wies auf die Trümmerberge ringsum – »überhaupt erst passieren musste. Kann überhaupt ein Sinn dahinterstecken, wenn sich Menschen gegenseitig ausrotten? Und vor allem, wie soll das noch einmal enden? Das war der zweite große Krieg in diesem Jahrhundert und wir haben erst 1946. Kennen Sie die Berichte aus Japan über die Atombombenabwürfe in Hiroshima und Nagasaki? Ich habe im letzten Jahr einen Artikel gelesen, der über die radioaktive Verseuchung berichtete. Diese Bomben töten durch ihre Strahlung sogar noch die Menschen, die den eigentlichen Abwurf überlebt haben. Die Perversität des Menschen kennt keine Grenzen, was das Ausrotten seiner Artgenossen angeht.«

»Vielleicht war das der Sinn dieser ganzen Katastrophe«, meinte Frau Doktor Kampner nachdenklich. »Der Krieg hat seine Funktion als ›bloße Fortsetzung der Politik mit anderen

Mitteln‹, wie es Carl von Clausewitz formuliert hat, verloren. Er ist nicht länger ein blutiges Schachspiel der Mächtigen, zu dem man sich auf Schlachtfeldern trifft, oder etwas, vor dem man sich mit Schützengräben und Mauern schützen kann, um die Feinde von der Heimat fernzuhalten. Seit der Mensch die Luft beherrscht, gibt es keine Grenzen mehr, keinen Schutz und keine Sicherheit. Die Waffen werden immer effizienter und grausamer. Sie machen vor niemandem mehr halt. Wenn wir diese Lehre daraus ziehen und sagen, es gibt niemals eine Rechtfertigung für Krieg, unter gar keinen Umständen, dann könnte dieser letzte große Krieg als grausamer Warnschuss vielleicht die künftige Auslöschung der Menschheit verhindern.«

»Das klingt sehr pathetisch.«

»Irgendetwas Gutes muss ich diesem Elend abgewinnen.« Frau Doktor Kampner seufzte. »Sonst wäre unser Überleben völlig sinnlos.«

»Und welche Aufgabe haben wir Überlebenden vom Schicksal zugedacht bekommen?«, fragte Fritz.

»Eine bessere Welt aufzubauen. Eine Welt, in der alle Menschen gleichberechtigt sind, in der niemand verfolgt oder gezwungen wird, andere Menschen als Soldat zu töten. In der jeder seine Meinung frei äußern darf, ohne befürchten zu müssen, dafür ins Gefängnis zu kommen.«

»Da haben Sie sich ja eine Menge vorgenommen.«

»Wäre das nicht auch eine Aufgabe für jemanden wie Sie?«

»Dazu bin ich zu sehr Zyniker. Meinen Idealismus habe ich schon lange verloren.«

»Ein Zyniker mit einem großen Herzen.« Sie lächelte ihn an. »Sonst bräuchten Sie ja keinen Kinderwagen.« Dann öffnete sie die Tür zum Treppenhaus. »Er steht auf dem Dachboden.«

Sie stiegen gemeinsam bis nach ganz oben. Frau Doktor Kampner schloss die Tür zu ihrem Verschlag auf und Fritz war erstaunt. Hier stand nicht nur der Kinderwagen, sondern er sah auch einen Kleiderschrank, dem eine Tür fehlte, eine Tischplatte, neben der noch drei Tischbeine lehnten, sowie mehrere gepolsterte Stühle, die in den Zwanzigern modern gewesen waren, aber deren Bezüge mittlerweile durchgesessen, abgeschabt und an einigen Stellen zerrissen waren.

»Haben Sie jemals daran gedacht, diese Möbel gegen irgendetwas Brauchbares einzutauschen?«, fragte er.

»Wer würde mir schon etwas für dieses Gerümpel geben? Man müsste sie professionell aufarbeiten, um sie lohnend zu verkaufen. Aber das kann ich nicht, also stehen sie noch hier. Für den Fall, dass wir im nächsten Winter Feuerholz brauchen.«

»Kennen Sie die Tischlerei Hellmer?«

Frau Doktor Kampner schüttelte den Kopf.

»Die waren vor dem Krieg in Rothenburgsort gut im Geschäft«, fuhr Fritz fort, »und der alte Meister, Hans-Kurt Hellmer, ist der Vater meines Freundes Richard. Er hat das, was von der Tischlerei noch übrig ist, inzwischen an seinen Schwiegersohn und dessen Söhne übergeben, aber er ist trotz seiner dreiundsiebzig Jahre noch sehr rüstig. Ich denke, der würde sich das gern mal ansehen und überprüfen, ob man daraus noch etwas machen kann. Der Mann kann mit allem etwas anfangen, er hat aus Schränken Betten gezimmert, die man nur zum Schlafen ausklappt und die tagsüber weiterhin wie Schränke aussehen. Nur so können wir in der ganzen Enge halbwegs zivilisiert leben.«

»Und Sie meinen wirklich, dafür könnte ich noch etwas bekommen?«

»Wenn das richtig aufgearbeitet wird, gibt es in diesen Tagen mit Sicherheit solvente Interessenten. Brauchbare Möbel sind schließlich Mangelware. Soll ich Richards Vater mal fragen?«

»Sehr gern.«

»Gut, ich werde ihm Bescheid sagen, wenn ich heute nach Hause komme.« Dann wandte er sich dem Kinderwagen zu.

»Ein schönes Modell«, stellte er fest, während er das Verdeck und anschließend die Räder überprüfte. »Der war bestimmt nicht billig.«

»Wir mussten bei Henriekes Geburt nicht aufs Geld achten, auch wenn ich als Frau zu der Zeit keine Aussicht auf eine Anstellung als Ärztin hatte. Mein Mann war ein sehr gefragter Cellist.«

»Warum wurde er dann eingezogen? Genossen Künstler nicht einen Sonderstatus und wurden bei der Einberufung zurückgestellt, weil die Volksunterhaltung vorging?«

»Ich habe Ihnen doch erzählt, dass er mal von der Gestapo vorgeladen wurde, als man nach untergetauchten jüdischen Musikern des Orchesters suchte. Er hat die falschen Antworten gegeben und galt seither als politisch unzuverlässig. Ein paar Wochen später wurde er eingezogen.«

Fritz senkte den Blick. »Das tut mir sehr leid.«

»Nun ja, so war das eben, wenn man seinen eigenen Idealen treu blieb und sich weigerte, die Augen zu verschließen.« Sie atmete tief durch. »Nachdem ich weiß, was den jüdischen Kollegen, die nicht rechtzeitig fliehen konnten, Schreckliches angetan wurde, bin ich froh, dass er so gehandelt hat, anstatt sein eigenes Leben mit dem Blut Unschuldiger zu erkaufen.«

Eine Weile herrschte Schweigen. Die Erinnerungen an das Grauen, das sich in den vergangenen dreizehn Jahren schleichend in ihr Leben gedrängt hatte, waren unerträglich, und Fritz fragte sich wie schon so oft, ob er selbst wohl mehr hätte tun können. Richard und Paula hatten etwas gegen das Unrecht getan, er selbst hatte sich damit begnügt, Richard moralisch zu unterstützen und seine Versetzung in ein Strafbataillon zu verhindern. Aber das war alles, er war kein Widerständler gewesen, er hatte sich nie wirklich um die Politik gekümmert, sein Leben gehörte der Medizin und seiner Familie. Er hatte nie darüber nachgedacht, wohin das alles führen würde, und hatte einfach sein Leben weitergelebt, so wie Millionen anderer Deutscher auch.

»Ich bringe die Schuhe morgen früh mit«, sagte er.

Frau Doktor Kampner nickte kaum merklich, machte aber keine Anstalten, den Dachboden zu verlassen. Auch Fritz verspürte das Bedürfnis, das Gespräch fortzuführen, aber er wusste nicht, wie er es in Gang halten sollte. Und so vergingen einige Augenblicke, in denen sie einfach nur schweigend zwischen den alten Möbeln im Halbdunkel des Speichers standen.

Schließlich fragte Fritz: »Hätten Sie Lust, die junge Dame, für die dieser Kinderwagen ist, demnächst selbst einmal in Augenschein zu nehmen?«

»Das würde ich sehr gern tun.«

»Ich gehe mit meinem Sohn und unserem Hund sonntags gern an die Alster und werde Leni nächstes Mal im Kinderwagen mitnehmen. Mögen Sie sich uns diesen Sonntag mit Henrieke anschließen?«

»Wenn Ihr Sohn sich nicht daran stört, seinen Vater mit so vielen Mädchen teilen zu müssen?«

»Harri hat damit keine Probleme, der freut sich, wenn er seinen Dackel vorführen kann.«

»Dann sind wir dabei. Henrieke liebt Hunde. Wenn nicht der Krieg dazwischengekommen wäre, hätten wir bestimmt auch einen Dackel gehabt.«

Erneut huschte ein Lächeln über ihr Gesicht und zum ersten Mal gestand Fritz sich ein, wie attraktiv er sie fand – mit ihrem dunkelbraunen Haar, das sie stets als Knoten im Nacken trug und von dem er gern gewusst hätte, wie lang es wohl tatsächlich war, ihren leicht mandelförmigen blauen Augen, den hohen Wangenknochen und den vollen Lippen, die ihr trotz ihrer kühlen Eleganz und Reife einen kindlich-unschuldigen Zug verliehen.

»Bevor ich gehe, wollte ich Ihnen noch etwas sagen.« Er räusperte sich einmal kurz. »Sie sind nicht nur eine ausgezeichnete Chirurgin und gute Kollegin, Frau Doktor Kampner. Sie sind auch eine sehr attraktive Frau.«

Eine leichte Röte zog sich über ihr Gesicht und sie senkte kurz den Blick. »Vielen Dank.«

»Ich geh dann jetzt.« Er räusperte sich erneut und wollte nach dem Kinderwagen greifen, als Frau Doktor Kampner rief: »Fritz, warte noch!«

Er zuckte zusammen, als er seinen Vornamen aus ihrem Mund hörte, doch ehe er reagieren konnte, hatte sie bereits ihre Arme um seinen Hals geschlungen und küsste ihn. Für den Bruchteil einer Sekunde erstarrte er, ehe er sie seinerseits in die Arme schloss und ihren Kuss ebenso leidenschaftlich erwiderte. Und zum ersten Mal seit Dorotheas und Henriettes Tod fühlte er sich wieder vollständig, hatte das Gefühl, die schwelende Wunde, die ihr Tod hinterlassen hatte, hätte sich endlich geschlossen. Er war noch am Leben und endlich fühlte er sich auch wieder mit jeder einzelnen Faser seines Körpers lebendig und zugleich ausgehungert nach Liebe und Leidenschaft. Frau Doktor Kampner – Julia – schien es ebenso zu gehen, denn noch während sie ihn küsste, wanderten ihre Hände bereits unter seine Jacke zu den Knöpfen seines Hemdes und öffneten sie. Er ließ sich nur zu gern mitreißen, streifte ihr seinerseits die Bluse von den Schultern und dann gab es kein Denken mehr, kein Grübeln, keine Gedanken, sondern nur noch den Augenblick und die von beiden so lang vermisste Leidenschaft.

18. Kapitel

Gegen neun Uhr abends kam Fritz mit dem Kinderwagen nach Hause. Er fühlte sich wie ein frisch verliebter Pennäler, der sich heimlich die ersehnte Zweisamkeit mit der ersten Liebe gestohlen hatte. Als sie sich getrennt hatten, wussten sie, dass sie weitaus mehr als bloße Freunde und Kollegen waren. Sie hatten dasselbe Feuer gespürt und sich zugleich im Verlust des jeweils anderen wiedererkannt. Beide hatten sie das Bedürfnis, das Band zu festigen, das in der so plötzlich aufgebrandeten Leidenschaft geknüpft worden war.

»Ich will dich nie mehr loslassen«, hatte Julia zu ihm gesagt und er hatte dasselbe gefühlt, weil er in ihr sein weibliches Gegenstück gefunden hatte – eine Frau, die ihn in jeder Hinsicht verstand, die seine Leidenschaft zur Medizin teilte und die wie er ihren geliebten Ehepartner im Krieg verloren hatte. Sie mussten einander nichts erklären, sie wussten, wie es sich anfühlte – sowohl die Leidenschaft als auch der Schmerz.

Doch zugleich waren sie sich darüber einig, dass sie in der Klinik weiterhin Frau Doktor Kampner und Herr Doktor Ellerweg füreinander bleiben mussten. Dummes Gerede über die Affäre des leitenden Oberarztes mit der einzigen Chirurgin konnten sie beide nicht gebrauchen.

Als Fritz den Flur betrat, kam ihm Frau Koch entgegen.

»Wundern Sie sich nicht, wenn Sie in die Küche kommen«, sagte sie. »Lieutenant Grifford sitzt da schon den ganzen Abend niedergeschlagen mit Paula und Herrn Doktor Hellmer. Dem ist irgendeine Laus über die Leber gelaufen.« Sie atmete tief durch. »Der arme Kerl scheint bei seinen Landsleuten überhaupt keinen Rückhalt zu haben.«

»Was ist denn passiert? Hat er Ärger bekommen, weil er uns hilft?«

»Nein, ich glaube, es ist was Privates. Aber ich wollte da auch nicht ständig neugierig reinlaufen. Ich sag's Ihnen nur, damit Sie sich nicht wundern, warum ich Ihnen Ihr Essen nicht sofort warm machen kann.«

»Das ist kein Problem, ich weiß, wie man einen Gasherd bedient, und ich habe keine Hemmungen, das in Arthurs Gegenwart zu tun. Wie gefällt Ihnen der Kinderwagen?«

»Der ist wunderschön. Woher haben Sie ihn?«

»Von einer ganz entzückenden Kollegin, zum Tausch gegen Harris alte Schuhe für ihre Tochter.«

»Jungenschuhe für ein Mädchen.« Frau Koch seufzte. »Was für Zeiten ... Nun ja, besser, als barfuß zu laufen, ist es allemal.«

»Eben. Und da ihre Mutter sich sehr gut in einer männlichen Domäne schlägt, sind Jungenschuhe wohl eher ein Symbol für die Schritte in eine Welt, in der die Unterschiede zwischen den Geschlechtern immer mehr verwischen.«

»Um Gottes willen, Herr Doktor Ellerweg, ich hoffe doch nicht! Oder muss ich Sie dann demnächst auch im Kleid ertragen?«

Fritz lachte. »Die alten Griechen und Römer waren damit äußerst erfolgreich, aber als Nachfahre der Germanen geht nichts über eine anständige Hose, die ja auch bei den Frauen immer beliebter wird. Vor allem im Winter und beim Radfahren.«

»Sie sind heute ja sehr gut gelaunt.«

»Ja, weil ich so einen schönen Kinderwagen für Leni bekommen habe. Das war ein wahrer Glückstag. Mögen Sie den Kinderwagen irgendwohin stellen, wo er nicht im Weg steht? Ich geh dann mal in die Küche, um mir das Essen aufzuwärmen und zu schauen, ob unsere Psychiater den armen Lieutenant Grifford schon aufgemuntert haben.«

Die Stimmung in der Küche wirkte tatsächlich sehr ernst.

»Du solltest dich da auf keinen Fall moralisch verpflichtet fühlen«, hörte Fritz Paula sagen. »Genau auf diesen Zug deiner Persönlichkeit hat sie es doch abgesehen.«

»Guten Abend«, grüßte er beim Eintreten. »Frau Koch hat mich schon vorgewarnt, dass hier Trübsal geblasen wird. Kann ich irgendwie behilflich sein?«

»Ich wüsste nicht, wie«, sagte Arthur.

»Ist die Trübsal derart ernst, dass es mir auf den Magen schlagen könnte?«

Arthur sah Fritz irritiert an. »Was meinst du damit?«

»Na ja, ich wollte mir mein Essen warm machen.« Fritz wies auf den kleinen Topf auf dem Herd. »Aber wenn du mir jetzt gleich so gruselige Neuigkeiten erzählst, dass mir davon schlecht wird, lass ich es lieber, denn das wäre ja Verschwendung von Lebensmitteln.«

»Ich glaube, du kannst unbesorgt essen«, sagte Arthur. »Du wirst mich höchstens auslachen.«

»Ich lache niemanden aus, der Probleme hat. Wenn die Probleme so lächerlich sind, sollten wir sie lieber lösen, anstatt darüber zu lachen. Ich habe übrigens einen wunderschönen Kinderwagen für Leni mitgebracht, deshalb bin ich so spät dran.«

»Und deshalb bist du so unverschämt gut gelaunt?«, fragte Richard.

»Ja.«

»Und hast dein Hemd verkehrt zugeknöpft?«

Unwillkürlich tastete Fritz nach der Knopfleiste. »Oh.« Hastig schloss er die Knöpfe in der richtigen Reihenfolge.

Paula kicherte. »Die Geschichte, wie du zu dem Kinderwagen gekommen bist, scheint ja sehr interessant zu sein.«

»Musstest du dein letztes Hemd dafür geben?«, fragte Richard grinsend.

»Nein, wie du siehst, habe ich es noch an.« Dann wandte er sich an Arthur. »Also, was bedrückt dich?«

»Eine moralische Entscheidung. Am liebsten würde ich ihr das um die Ohren hauen, aber dann frage ich mich, ob sie nicht doch recht hat.«

»Kannst du vielleicht etwas deutlicher werden?«

Arthur reichte Fritz einen Brief, der auf Englisch verfasst war.

»Von deiner Frau?«, fragte Fritz verblüfft. »Die ist doch vor Weihnachten mit diesem Offizier nach London durchgebrannt. Was will sie denn jetzt?«

»Lies es einfach«, sagte Arthur.

»Ich mach dir inzwischen dein Essen warm«, bot Paula an und ging an den Herd.

Fritz nahm den Brief und begann zu lesen.

> Mein lieber Arthur,
> es fällt mir unendlich schwer, Dir diese Zeilen zu schreiben, aber in meiner Not weiß ich keinen anderen Ausweg und lege mein Schicksal und das Schicksal einer unschuldigen Seele in Deine Hände. Ich weiß, dass ich Dich furchtbar verletzt habe, indem ich Dich verließ, aber mir blieb keine Wahl, ich musste Dir endlich die Wahrheit sagen. Als ich Deine Frau wurde, war ich noch sehr jung. Ich habe Dich stets

für all das bewundert, was Du erreicht hast, wie Du Dich entgegen aller Konventionen aus der Schicht, in die Du hineingeboren wurdest, durch Dein Medizinstudium gekämpft hast und ein erfolgreicher Arzt geworden bist. Aber dann kam der Krieg und ich merkte, wie sehr er Dich entwurzelte. Als Du nach der Ausbombung vorgeschlagen hast, dass wir uns freiwillig melden, habe ich Dir zugestimmt. Nicht, weil ich wirklich davon überzeugt war, sondern weil eine liebende Frau ihrem Mann folgt und weil ich keine bessere Alternative wusste, wie wir mit dem Verlust unseres Heims und all unserer Habe hätten umgehen sollen.

Aber ich habe gemerkt, dass mir das nicht reicht. Ich habe mich bei Dir nicht mehr geborgen gefühlt, Du hast mich seither an einen heimatlosen, rastlosen Wanderer erinnert, der irgendwo gestrandet ist, ohne neue Pläne zu machen. Du hast Dich einfach nur treiben lassen und mir nicht länger den Halt geboten, den ich mir gewünscht hätte. Du hattest Angst vor allen Entscheidungen und hast es stets auf den Krieg geschoben. Cedric ist das genaue Gegenteil von Dir. Er hatte von Anfang an Pläne und Ideen, er hat in mir die Frau gesehen, für die Du schon lange keine Augen mehr hattest. Du hast seit unserer Ausbombung nicht mehr in der Gegenwart gelebt, sondern Dich aufs Abwarten versteift. Es war so leicht, Dich davon zu überzeugen, Dich zu den Besatzungstruppen versetzen zu lassen, anstatt nach London zurückzukehren, weil Du nicht einmal mehr den Mut hattest, dort neu anzufangen. Du weißt, dass ich die Wahrheit schreibe. In all dieser Zeit war Cedric für mich da, hat mir Kraft gegeben und mich wieder in der Gegenwart leben lassen. Mein Fehler war, dass ich Dich so lange belogen habe, und das tut mir aufrichtig leid. Aber ich hatte erst den Mut, es Dir zu sagen, als klar war, dass Cedric nach London zurückkehren und mich mitnehmen würde.

Du kennst das britische Scheidungsrecht. Wir müssen drei Jahre voneinander getrennt leben, ehe wir geschieden werden können. Die einzige Ausnahme wären Ehebruch oder Misshandlungen, die es unzumutbar machen würden, diese Ehe länger aufrechtzuerhalten. Ich habe mich erkundigt – wenn ich die Schuld auf mich nehme und schuldig von Dir geschieden werde, wäre dies ein Ehehindernis für Cedric und mich, weil ich Dich mit ihm betrogen habe. Aber es ist notwendig, dass ich ihn möglichst bald heirate, denn ich erwarte ein Kind von ihm, das voraussichtlich im Dezember geboren wird. Deshalb bitte ich Dich von ganzem Herzen und weil ich weiß, dass Du ein guter Mensch bist, im Namen dieses armen, ungeborenen Kindes, Dich als schuldigen Part zu bekennen und einen Ehebruch zu gestehen. Dann können wir uns schnell scheiden lassen, ich kann Cedric heiraten und unser Kind kann eine Familie haben. Ich gebe mich mit diesem Brief voll und ganz in Deine Hände, denn nun hast du auch etwas in der Hand, das meinen Ehebruch beweist, und Du kannst mir den Dolch in den Rücken stoßen, wenn Du mich für das, was ich Dir angetan habe, bestrafen willst. Ich hätte es verdient, aber mein Kind ist unschuldig. Sieh meine Verzweiflung, die mich zu solchen Schritten zwingt. Ich bitte Dich, ja, ich flehe Dich an, schick mir ein Schuldbekenntnis, dass Du Ehebruch begangen hast und ich keine andere Wahl hatte, als Dich zu verlassen, damit wir diese unselige Ehe baldmöglichst beenden können.

Deine Lisa

Fritz legte den Brief auf den Tisch.

»Das machst du doch nicht, oder?«

»Ich weiß es nicht.« Arthur atmete tief durch. »Wenn sie schuldig geschieden wird, weil ihr Ehebruch durch das Kind eines anderen bewiesen ist, ist sie eine Ausgestoßene. Und sie wird den Vater ihres Kindes nicht heiraten können.«

»Sie muss ja nicht sagen, dass das Kind von diesem Cedric ist«, meinte Fritz. »Sie kann ja auch sagen, sie hat dich mit mehreren Männern betrogen und weiß jetzt nicht, wer der Vater dieses Kindes ist. Diesen komischen Cedric erwähnt sie einfach nicht und der kann sie dann ja großmütig trotz ihrer sogenannten Schande heiraten und ihren Bastard adoptieren. Dann ist alles in Ordnung und du bist auch fein raus.«

»Darauf wird sie sich nicht einlassen.«

»Tja, dann hat sie Pech gehabt, indem sie sich dir mit diesem Brief komplett auslieferte. Sag mal, Arthur, bist du wirklich so ein gutmütiger Kerl, dass du dir das gefallen lassen willst? Erst bricht sie dir das Herz, indem sie dich betrügt und nicht klar und deutlich sagt, was ihr missfällt. Dann schnackt sie dir vor, dich zu den Hamburger Besatzungstruppen versetzen zu lassen, damit sie mit ihrem Liebsten zusammen sein kann, und lässt dich anschließend ganz allein hier sitzen. Na ja, ganz allein nicht, du kennst ja immerhin noch so ein paar zwielichtige Einheimische wie uns.« Bei Fritz' letzter Bemerkung musste Arthur trotz allem grinsen. »Und zu guter Letzt«, fuhr Fritz fort, »sollst du auch noch einen Ehebruch bekennen, den du nie begangen hast? Die hat wohl nicht mehr alle Tassen im Schrank!«

»Das versuchen wir Arthur auch schon seit einer Stunde klarzumachen«, sagte Paula. »Aber er will den britischen Gentleman spielen und ihre Fehltritte auf sich nehmen.«

»Weil ich aus eigener Erfahrung weiß, wie schwer es in der britischen Klassengesellschaft ist, wenn man zu den Ausgestoßenen gehört oder einfach zur falschen Schicht. Das hat dieses Kind nicht verdient.«

»Ich habe dir gerade einen Weg aufgezeigt, wie sie das für das Kind verhindern kann, ohne dass du dafür deinen Ruf beschmutzen musst«, sagte Fritz energisch.

»Ja, aber …«

»Kein ›Ja, aber‹«, fuhr Fritz ihm über den Mund. Er nahm einen Notizzettel und einen Bleistift aus der Küchenschublade und schrieb auf Englisch:

> Meine liebe Lisa,
> ich habe Deinen Brief mit einiger Bestürzung gelesen. Du hast mir das Herz gebrochen, mich betrogen und verlassen, anstatt mit mir zu einer Zeit offen zu reden, als noch Zeit zum Reden gewesen wäre. Lieber hast Du Dich in die Arme eines anderen gestürzt und all das, was uns einst verbunden hat, wie Abfall entsorgt.
>
> Nun glaubst Du, nachdem mein Herz gebrochen ist, käme es bei mir, dem »Dienstbotenkind« – das sich einfach nur hochgearbeitet und sonst nichts erreicht hat und das Du einen »rastlosen Wanderer« nennst –, nicht mehr auf den Ruf an, und erwartest von mir, dass ich das Letzte, was mir

geblieben ist – meine moralische Reputation –, wegwerfe, um Dich gleichsam für Deinen Betrug auch noch zu belohnen? Nein, Lisa, so geht es nicht. Ich werde Deinen Brief nicht als Waffe verwenden, aber ich werde ihn aufheben, falls Du mir einen schmutzigen Scheidungskrieg bescheren willst. Mein Vorschlag, der Dir zupasskommen dürfte: Bekenne Dich als schuldig, aber lass Cedric raus. Gib an, dass Du mich mit verschiedenen Männern betrogen hast und deshalb nicht weißt, wer der Vater dieses Kindes ist. Dann wirst Du zwar schuldig geschieden, aber Cedric kann Dich als edelmütiger britischer Gentleman dennoch heiraten und Deinen sogenannten Bastard adoptieren. Damit hat Dein Kind eine Familie, unsere Ehe ist beendet und Du lebst mit Deinem Liebsten zusammen, ohne mir das letzte bisschen Würde zu nehmen, das mir noch geblieben ist.

Im Übrigen – und das müsste Dir auch klar sein – kannst Du ohnehin niemandem verraten, dass Cedric der Vater ist, selbst wenn ich einen Ehebruch, den ich niemals begangen habe, Dir zuliebe bekennen würde. Schließlich wurde Dein ungeborenes Kind erst gezeugt, nachdem Du mich längst verlassen hattest. Deine Schwangerschaft ist für sich allein bereits der Beweis Deiner Untreue, ganz gleich, was ich tue.

Dein Arthur

Fritz legte den Bleistift hin und reichte Arthur den Brief.

»Wenn er dir gefällt, schreib ihn in deiner Handschrift ab und schick ihn Lisa. Und jetzt möchte ich was essen.«

Während Paula Fritz einen Teller mit Erbsensuppe, in der sogar ordentlich Speck war, hinstellte, las Arthur den Brief und ein Lächeln huschte über sein Gesicht.

»Das ist wunderbar formuliert. So einfach aus dem Stand, und dann auch noch auf Englisch, ich bin beeindruckt.«

»Und, schickst du ihn ab?«, fragte Fritz.

»Ja, auf jeden Fall. Du hast mir sehr geholfen.«

»Mehr als unsere psychiatrischen Kollegen?«

»Nein, die haben in der letzten Stunde den Weg bereitet, damit ich für deinen chirurgischen Schnitt bereit war.« Er sah von einem zum anderen. »Vielen Dank! Ich wüsste nicht, was ich getan hätte, wenn ich euch nicht hätte.«

»Dafür sind Freunde da«, sagte Richard. »Und nun sieh zu, dass du diese elende Angelegenheit bald vom Tisch kriegst.«

Arthur erhob sich, doch bevor er sich verabschiedete, warf er Fritz noch einen Blick zu und fragte: »Würdest du mir noch eine Frage beantworten, Fritz?«

Der hielt beim Essen kurz inne.

»Natürlich.«

»Du hast neulich verraten, dass deine Mutter Helen hieß, und es macht dir überhaupt nichts aus, einen englischen Brief ebenso schnell wie einen deutschen in perfekter Rechtschreibung abzuliefern. Außerdem sprichst du fast akzentfrei Englisch und das, was man noch hört, ist eher dem hamburgischen Zungenschlag geschuldet. Deine Mutter war Engländerin und du bist zweisprachig aufgewachsen, habe ich recht?«

»Ja«, sagte Fritz knapp.

»Warum hast du mir das nie erzählt?«

»Tröste dich«, sagte Richard, »das hat er nicht mal mir erzählt.«

»Weil es völlig unwichtig ist, woher meine Mutter stammte«, erwiderte Fritz. »Außerdem starb sie, als ich dreizehn war. Das ist lange her.«

»Du könntest versuchen, deine englischen Wurzeln bei der britischen Militärverwaltung zu deinem Vorteil einzusetzen«, schlug Arthur vor. »Ich könnte dich dabei unterstützen, zumal du nie in der NSDAP warst und auch sonst als politisch unbelastet giltst.«

»Nein«, widersprach Fritz energisch. »Das würde mir nicht im Traum einfallen. Ich bin Deutscher, das war ich immer und das werde ich auch immer sein. Ich würde niemals versuchen, meine Nationalität wegen irgendwelcher vermeintlichen Vorteile zu wechseln, zumal das in meinem Fall ohnehin ausgeschlossen ist. Meine Mutter starb bereits 1915 und seither war ich nur noch zu Kongressen in London.«

»Natürlich ist es völlig ausgeschlossen, dass du die britische Staatsbürgerschaft beantragen könntest, davon rede ich auch gar nicht. Aber deine Mutter war Britin«, versuchte Arthur es noch einmal. »Und das spricht für eine gewisse Verbundenheit zu Großbritannien, die man geschickt nutzen könnte.«

»Hör doch auf damit. Genau das ist der Grund, warum ich dir das nie erzählt habe. Im Übrigen befinde ich mich in bester Gesellschaft. Sogar die Mutter von Kaiser Wilhelm war Engländerin, und der war trotzdem deutscher Kaiser und führte gegen seinen Cousin, den englischen König, Krieg. Weißt du, wenn das englische Königshaus nach dem Ersten Weltkrieg beschloss, sich nicht länger Sachsen-Coburg zu nennen, sondern Windsor, weil sie ihre deutschen Wurzeln nicht länger ertragen haben, warum sollte ich mich dann auf irgendwelche englischen Wurzeln berufen, wo es doch britische Bomber waren, die meine Frau und meine Tochter getötet haben? Das würden nur rückgratlose Opportunisten tun, und so einer bin ich nicht.«

»Ich verstehe«, sagte Arthur leise. »Auf jeden Fall noch mal vielen Dank für deine Hilfe.« Dann verabschiedete er sich endgültig und ging.

19. Kapitel

Der Sommer war schon immer Paulas liebste Jahreszeit gewesen. Selbst in diesen schweren Zeiten gelang es dem Zauber des Sommers, den Menschen einen Teil ihrer Lebensfreude zurückzugeben, wenngleich jeder Tag ein Kampf ums Überleben blieb. Es fehlte weiterhin an allen Ecken und Enden am Nötigsten und stundenlanges Anstehen für die ausgerufenen kargen Lebensmittelrationen gehörte zum Alltag.

Dennoch war es tröstlich, dem Lärmen der Kinder zu lauschen, das die Luft erfüllte, während sie die Trümmerlandschaft als gefährlichen Abenteuerspielplatz für sich eroberten, in dem es sogar noch Schätze zu entdecken gab. Zwar hatte Paula Emilia und Georg verboten, zwischen den Trümmern nach Verwertbarem zu suchen, denn sie fürchtete schwere Unfälle, aber zugleich wusste sie, dass die beiden sich nicht an ihr Gebot halten würden. Die Versuchung, sich an der Schatzsuche zu beteiligen, war einfach zu groß, und so fragte Paula nicht weiter nach, wenn die beiden Dinge mit nach Hause brachten, die sie nur aus den Trümmern geborgen haben konnten. Diese Schätze waren durchaus beachtlich. So brachten die Kinder eines Tages ein altes Grammofon mit, das noch mit Federwerk aufgezogen wurde und die Bombardierung funktionsfähig überstanden hatte. Paulas Vater war begeistert. Endlich konnten sie wieder seine Schallplattensammlung abspielen, denn sein elektrisches Grammofon verstaubte seit der Stromrationierung nutzlos in der Ecke.

Um das neue Grammofon zu testen, legte Paulas Vater als Erstes »Ich weiß, es wird einmal ein Wunder geschehen« von Zarah Leander auf. Die Zwillinge waren sehr stolz darauf, dem Opa diese Freude gemacht zu haben, doch Paula wurde zum ersten Mal seit längerer Zeit wieder bewusst, dass Georg durch seine Taubheit von vielen Dingen im Leben ausgeschlossen war. Allerdings schien es den Jungen nicht zu stören, denn er legte vorsichtig seine Hand auf das Grammofon, während die Platte sich drehte, um die Schwingungen, die die Musik erzeugte, zu spüren, und strahlte dabei über das ganze Gesicht.

Im Juni 1946 war das Verbot, Pakete aus dem Ausland zu bekommen, endlich aufgehoben worden, und Deutschlands hungernde Bevölkerung profitierte von Carepaketen aus den USA und Schweden.

Da Paula und ihre Familie zu den Bessergestellten gehörten und nicht als bedürftig galten, bekamen sie keine Carepakete. Dafür kam an einem Samstag Anfang Juli ein großes Paket von Paulas Freundin Leonie aus der Schweiz, in dem neben zahlreichen Konserven und zwei Tafeln Schokolade sogar ein kleines Päckchen echter Bohnenkaffee lag.

Leonie hatte einen langen, warmherzigen Brief beigefügt und meinte, den Bohnenkaffee solle Paula für Richards fünfundvierzigsten Geburtstag am 23. Juli aufheben. Während Paula den Brief las, hatte sie Leonies schalkhaftes Lächeln und ihren koketten Blick vor Augen. Über zehn Jahre waren vergangen, seit sie sich das letzte Mal gesehen hatten – damals, an jenem regennassen Morgen im März 1936, als Leonie und ihr Vater die Konsequenzen aus den Rassengesetzen der Nazis gezogen und das Land verlassen hatten. Paula hatte noch versucht, Leonie zum Bleiben zu überreden, da sie sich beim besten Willen nicht vorstellen konnte, dass die Repressionen gegen die jüdische Bevölkerung ein noch größeres Ausmaß erreichen könnten. Im Nachhinein war sie froh und dankbar, dass Leonie nicht auf sie gehört hatte. All das, was im Verlauf der Kriegsverbrecherprozesse – die seit Februar 1946 in Nürnberg stattfanden – bekannt geworden war, war so unfassbar, dass Paula sich jedes Mal wie vor den Kopf geschlagen fühlte. Wie hatte so etwas passieren können? Warum hatte niemand rechtzeitig die Notbremse gezogen? Und vor allem: Hätte sie selbst mehr tun können? Doch sosehr sie sich auch hinterfragte, ihr fiel keine Lösung ein. Sie hatte sich bemüht, die ihr anvertrauten Geisteskranken und Behinderten vor dem Abtransport in die Tötungsanstalten zu bewahren. Die großen Hauptverantwortlichen mochte man in Nürnberg vor Gericht stellen, aber es gab nach wie vor viele Ärzte, die von einem »Gnadentod« sprachen, wenn sie den Mord an Kranken und Behinderten meinten, und sich keiner Schuld bewusst waren.

Und doch war das alles nur die Spitze des Eisbergs gewesen. Das wahre Ausmaß der Grausamkeiten hatte sie selbst erst erfasst, als sie in den Wochenschauen die Bilder aus den Todeslagern gesehen hatte. Im ersten Moment hatte ihr Verstand sich schlichtweg geweigert zu glauben, was sie da sah. Zu ungeheuerlich und unfassbar waren die Bilder von Leichenbergen – nackte, nur noch mit Haut überzogene, kahlköpfige Skelette, die einmal gesunde, lebensfrohe Menschen gewesen waren, ehe man ihnen so etwas angetan hatte. Sie hatte gewusst, dass Kranke und Behinderte getötet wurden. Sie hatte gewusst, dass Juden enteignet und in den Osten deportiert wurden. Aber niemals hätte sie sich vorstellen können, dass es in Polen riesige Vernichtungsanstalten für Menschen gab, die einfach nur deshalb ermordet wurden, weil sie nicht den Rassevorstellungen der Nationalsozialisten entsprachen. Sie erinnerte sich an eine Begebenheit aus dem Krieg, die ihr Emilia erzählt hatte: Emilia und ihr Bruder Georg hatten Richard im August 1944 auf einer Zugreise nach Hamburg begleitet. In Hannover war ihnen ein Viehwaggon auf einem Nebengleis aufgefallen, aus dem Menschen gewinkt und nach Wasser geschrien hatten. Emilia hatte ihren Vater gefragt, was das für Leute seien. Richard hatte daraufhin die Schaffnerin gefragt, die wiederum nur gleichgültig geantwortet habe, der Zug fahre nach Polen. Erst jetzt wussten sie, was sie damals wirklich gesehen hatten: Menschen auf dem Weg in ihre eigene Vernichtung ...

Wehmütig betrachtete Paula das Foto, das Leonie ihrem Brief beigefügt hatte.

Es zeigte Leonie mit ihrer Adoptivtochter Arlette, deren Eltern in einem Lager in Frankreich an Typhus gestorben waren, noch während sie auf ihre Deportation nach Polen gewartet hatten. Die damals dreijährige Arlette war von Mitgliedern der Résistance gerettet und in die Schweiz gebracht worden, wo Leonie sich des traumatisierten Kindes angenommen hatte. Auf dem Foto lächelte die mittlerweile Sechsjährige fröhlich, ganz so, als hätte es all das Leid, das ihre früheste Kindheit überschattet und ihr die Eltern genommen hatte, niemals gegeben. Leonie selbst hatte sich kaum verändert, das Leuchten ihrer Augen war dasselbe geblieben und sie strahlte trotz all des Grauens, das die Welt in den vergangenen dreizehn Jahren heimgesucht hatte, einen unerschütterlichen Optimismus aus.

Nachdem Paula Leonies Brief gelesen hatte, machte sie sich sofort daran, ihr in einem langen Antwortbrief für das Paket zu danken. Noch während sie den Brief schrieb, bemerkte sie, dass sie viele der Dinge, die sie bewegten, dem Papier nicht anvertrauen mochte. Sie war sich sicher, dass Briefe ins Ausland nach wie vor kontrolliert wurden. Selbstverständlich schrieb sie Leonie nichts von den illegalen Geschäften, mit denen sie sich über Wasser hielten, aber sie mochte ihr nicht einmal zwanglos harmlose Begebenheiten aus dem Privatleben mitteilen, aus Furcht, all diese Dinge würden durch fremde Blicke entweiht werden. Seufzend fragte sie sich, ob irgendwann einmal wieder eine Zeit anbrechen würde, da das Postgeheimnis unverletzlich wäre und die Gedanken frei in Worte gefasst werden könnten.

Richards fünfundvierzigster Geburtstag fiel auf einen Dienstag. Es war ein schwarzer Dienstag für die deutsche Bevölkerung, denn mit der 91. Zuteilungsperiode wurden die Fleisch- und Fettzuteilungen drastisch gekürzt. Dank Leonies Paket und den Geschäften mit Oskar Strehlau hatten sie jedoch genügend Vorräte, um den Geburtstag am darauffolgenden Sonntag gemeinsam bei Richards Schwester Margit und deren Familie im Schrebergarten in Moorfleet zu feiern und sogar zwei Kuchen zu backen.

Richard hatte selbstverständlich auch Arthur eingeladen, der die Einladung gern annahm und Richard im Vorfeld Mehl und Fett aus seinem eigenen Bestand für den Kuchen zukommen ließ – als vorzeitiges Geburtstagsgeschenk, wie er es augenzwinkernd nannte.

Trotz des Hochsommers war das Wetter durchwachsen, der Himmel bewölkt und ab und zu fielen einige vereinzelte Regentropfen. Ungeachtet dessen bediente Emilia das Grammofon, das sie mitgebracht und auf der Geburtstagstafel unter freiem Himmel aufgestellt hatten, und legte regelmäßig neue Schallplatten auf. Für alle Fälle hatten sie den alten schwarzen Regenschirm von Paulas Vater schützend über dem Grammofon aufgespannt. Georg und Harri wechselten sich auf dem Weg vor der Parzelle darin ab, Mimi ein Stöckchen apportieren zu lassen.

»Du warst dieses Jahr anscheinend nicht artig, Richard. Deshalb ist das Wetter schlecht«, witzelte Fritz, der zwischen Richard und Arthur stand und ein Stück Kuchen aß.

»Wenn ich schon nicht artig gewesen sein soll und das die Konsequenz ist, sollten wir dringend herausfinden, wann Krüger Geburtstag hat«, erwiderte Richard. »An dem Tag wird dann wohl die Sintflut über uns hereinbrechen.«

Fritz und Arthur lachten. Arthur schob sich den letzten Bissen seines Kuchenstücks in den Mund. »Der Kuchen ist besser, als ich angesichts der Versorgungslage erwartet hätte«, lobte er.

»Du hättest mal die probieren sollen, die sie hier 1927 zu Richards und Paulas Verlobung aufgetischt hatten«, sagte Fritz. »Es gab unter anderem eine riesige Sahnetorte, eine Erdbeertorte, einen Bienenstich, einen Apfelkuchen und eine Unmenge von leckeren Keksen, mit denen sich Richards Mutter und Schwester sowie Frau Koch in ihren Backkünsten gegenseitig zu übertrumpfen suchten.« Bei der Erinnerung daran seufzte er sehnsuchtsvoll.

Richard ließ indes seinen Blick über die Gesellschaft der Feiernden schweifen. Paula hielt die kleine Leni im Arm, während sie sich angeregt mit Karls Frau Julie unterhielt, die ihrerseits die einjährige Marie auf dem Arm hatte. Nach all den Schrecken der letzten Jahre hatte dieses Bild etwas Hoffnungsvolles. Hier im Schrebergarten war nichts von den Zerstörungen des Krieges zu erkennen – fast hätte man glauben können, die Zeit wäre einfach stehen geblieben und man befände sich wieder in einer unzerstörten und lebendigen Stadt ohne Hunger und ohne Leid.

»Schmeckt der Kuchen, Onkel Richard?« Richards Nichte Lottchen, die eigentlich Charlotte hieß, gesellte sich zu den drei Männern.

»Ja, er ist ausgezeichnet«, lobte Richard. »Hast du ihn gebacken?«

»Nein, meine Mutter.« Die junge Frau lachte. »Sie meint, ich solle lieber die Finger davon lassen, sonst würde ich nur die

Zutaten verderben, nachdem ich durch meine Berufswahl endgültig für die hausfraulichen Pflichten verloren bin.«

»Wie kommt Ihre Mutter denn darauf, Fräulein Matthiesen?«, fragte Arthur. »Das ist ja nicht gerade ein Kompliment, das eine Mutter ihrer Tochter machen sollte.«

»Meine Schwester Margit hat ein sehr gespaltenes Verhältnis zu Akademikern, und jetzt läuft auch noch ihre eigene Tochter zum Feind über«, sprang Richard seiner Nichte bei.

Lottchen und Fritz lachten, während Arthur verwirrt in die Runde sah.

»Ich studiere seit der Wiedereröffnung der Universitäten Medizin«, klärte Lottchen ihn mit einem Augenzwinkern auf. »In dieser Familie sind alle Männer Tischler und alle Frauen mit einem Tischler verheiratet. Onkel Richard war der Erste, der mit der Tradition gebrochen hat.«

»Das stimmt nicht ganz«, widersprach Richard. »Ich habe vor Antritt meines Studiums ebenfalls eine Tischlerlehre abgeschlossen und besitze einen Gesellenbrief.«

»Du bist sozusagen das fehlende Bindeglied.« Fritz grinste.

»Ich bin beeindruckt, Richard«, sagte Arthur. »Obwohl Mechaniker vermutlich besser zu dir gepasst hätte als Tischler.«

»Weshalb?«, fragte Richard.

»Um die lockeren Schrauben bei deinen Patienten festzudrehen.«

Lottchen und Fritz brachen in schallendes Gelächter aus.

»Mir scheint, Fritz' schräger Humor ist eine ansteckende Krankheit.« Richard schüttelte den Kopf. »Immer auf Kosten der Psychiater.«

»Na ja«, warf Fritz ein, »wir haben auch oft genug Witze auf Kosten unseres Internisten hier gemacht, nicht wahr?« Dabei klopfte er Arthur auf die Schulter. »Aber damit müsst ihr beide leben. Alle richtigen Ärzte sind Chirurgen.«

»Von wegen«, rief Richard. »Ihr Chirurgen seid nichts als eine Bande von Aufschneidern.«

Lottchen kicherte, als Fritz mit gespielter Empörung antwortete: »He, der Internist da war fies zu dir, mich musst du nicht beleidigen.«

»Wieso hat er dich beleidigt?«, fragte Arthur irritiert. »Chirurgen schneiden doch wirklich auf.«

Lottchen konnte sich vor Lachen kaum noch halten, während Fritz erkannte, dass Arthur keinen weiteren Witz gemacht, sondern einfach das deutsche Wortspiel nicht verstanden hatte.

»Aufschneider bedeutet Angeber«, klärte er ihn deshalb auf. »Wenn du sagst, jemand schneidet auf, kannst du das wörtlich oder im übertragenen Sinne verstehen.«

»Und in deinem Fall ist beides zutreffend. Ich verstehe.« Arthur grinste. »Ihr Deutschen seid gar nicht humorlos, aber um eure Witze zu begreifen, muss man sämtliche Feinheiten der Sprache kennen. Und ich bildete mir bislang ein, ich könnte sehr gut Deutsch.«

»Immerhin reicht es schon für einen Großteil unserer Scherze«, tröstete Fritz ihn. »Den Rest bringen wir dir auch noch bei.«

In diesem Moment gesellte sich Paula zu der Gruppe. Sie hielt noch immer die kleine Leni im Arm.

»Hier scheint es ja lustig zuzugehen«, sagte sie.

»Ja, wir haben über das Wesen der Chirurgie diskutiert«, sagte Fritz und nahm Paula im gleichen Moment den Säugling ab. »Komm zu Papa, meine Kleine«, sagte er dabei.

Richard fiel auf, wie sich eine winzige Falte zwischen Paulas Brauen grub, als Fritz das Kind liebevoll in den Armen wiegte. Richard beobachtete es schon eine ganze Weile. Was zunächst als elegante Lösung erschienen war, um Leni eine glaubwürdige Geschichte und unbelastete Herkunft zu verschaffen, war für Fritz viel mehr geworden. Die Zusicherung, dass es ihm nichts ausmachte, wenn Paula und Richard das Kind adoptierten, hatte Fritz in den letzten Wochen nicht mehr erneuert. Stattdessen kümmerte er sich selbst liebevoll um die kleine Leni und nahm sie oft im Kinderwagen mit, wenn er mit Harri und Dackel Mimi Ausflüge unternahm.

Arthur, der die unterschwelligen Spannungen in der Familie nicht bemerkt hatte, fragte deshalb ganz unbedarft: »Habt ihr die Kleine jetzt eigentlich schon adoptiert?«

»Nein, sie hat noch den Status eines Pflegekindes«, erwiderte Paula knapp. Richard hoffte, dass Arthur den Tonfall richtig interpretierte und nicht weiterfragte, doch das Gegenteil war der Fall.

»Gibt es irgendwelche formalen Schwierigkeiten?«, wollte er wissen.

Paula biss sich auf die Lippen und Richard wandte den Blick ab, während Fritz tief durchatmete.

»Das ist ein schwieriges Thema«, sagte Fritz schließlich. »Das gehört nicht hierher.«

»Warum nicht? Vielleicht kann ich helfen?«

»Nein, das kannst du in diesem Fall ganz bestimmt nicht«, widersprach Paula und nahm Fritz das Kind energisch ab.

»Es ist nicht so einfach«, erklärte Fritz. »Ich habe Lenis Vaterschaft anerkannt, aber vor dem Gesetz gelte ich trotzdem als nicht mit ihr verwandt, weil ich mit ihrer Mutter nicht verheiratet war. Ich habe allerdings die Möglichkeit, sie zu adoptieren, um sie dadurch zu legitimieren.«

»Also müsstest du sie erst adoptieren und dann der Adoption durch Paula und Richard zustimmen?«

»Nein. Entweder adoptiere ich sie oder Paula und Richard.«

»Und wo ist dann das Problem?«, fragte Arthur weiter. Eine Mauer des Schweigens schlug ihm entgegen, und erst jetzt begriff Arthur, in welches Wespennest er gestochen hatte.

»Du willst sie behalten? Aber du hast doch selbst gesagt, dass ein Kind besser mit Mutter und Vater aufwächst.«

»Das war ...«, Fritz räusperte sich, »das war, bevor ich ...«, noch ein Räuspern, dann ein tiefes Luftholen. »Bevor ich in Erwägung zog, irgendwann noch einmal zu heiraten.« Er stieß den Atem aus. »So, jetzt ist es raus.«

Richard starrte seinen Freund beinahe fassungslos an. »Seit wann trägst du dich denn mit Hochzeitsgedanken? Und warum hast du mir nichts davon erzählt?«

»Weil ...« Fritz holte erneut tief Luft. »Es ist kompliziert. Wenn die Zeiten besser wären und es genügend Wohnraum gäbe, hätte ich sie längst gefragt, aber so ... Im Moment können wir keine tragfähigen Zukunftspläne machen. Aber sie findet Leni bezaubernd und eines Tages könnten wir dem Kind eine richtige Familie bieten. Außerdem müsste ich mir niemals die Vorwürfe dieses kleinen Würmchens anhören, warum ich sie weggegeben habe.«

Paula schluckte und wiegte die Kleine dabei in ihren Armen. Richard sah, dass sie um Fassung rang. Mochte sie nach außen hin auch stark und unbeugsam erscheinen – er wusste besser als jeder andere, wie sehr sie unter der Abtreibung gelitten hatte. Sie hatte den Schmerz erst überwunden, als Leni in ihr Leben getreten war und sie sich so aufopferungsvoll um die Kleine kümmerte, als wäre es ihr eigenes verlorenes Kind. Und nun machte ihr ausgerechnet Fritz dieses Kind streitig. Das Schlimmste daran war, dass Richard Fritz sogar verstehen konnte. Fritz hatte so viel mehr verloren als sie. Er war ein guter Vater und er kümmerte sich ebenso liebevoll um Leni wie um seinen Sohn Harri.

Arthur war der Erste, der die Stille nicht länger aushielt.

»Wer ist denn die Glückliche, die dein Herz erobert hat? Kennen wir sie?«

»Du schon«, murmelte Fritz unwirsch.

»Nun lass dir doch nicht alles aus der Nase ziehen«, forderte Richard ihn auf. »Wer ist es?«

Fritz räusperte sich verlegen. »Frau Doktor Julia Kampner.«
»Wie bitte?«, fragte Richard. »Ausgerechnet Frau Doktor Kampner? Sag mal, Fritz, sind dir die Ätherdämpfe im OP nicht bekommen?«

»Ich habe sie völlig falsch eingeschätzt«, sagte Fritz. »Seit ich den Kinderwagen von ihr bekommen habe, treffen wir uns regelmäßig mit den Kindern zu Sonntagsausflügen. Harri mag sie sehr gern und er versteht sich auch gut mit ihrer Tochter Henrieke, die im Übrigen ein ganz zauberhaftes Kind ist.« Er räusperte sich. »Wir haben alle so viel verloren, aber wenn wir zusammen sind, fühlt es sich an, als wären wir wieder eine vollständige Familie.«

»Hat sie denn eine Wohnung, in der ihr gemeinsam als Familie leben könntet?«, fragte Paula. Richard sah ihr deutlich an, wie sie sich innerlich darauf einstellte, um Leni zu kämpfen.

»Nein, das ist das Problem«, gab Fritz zu. »Sie lebt mit ihrer kleinen Tochter in ebenso beengten Verhältnissen wie wir.«

»Und wir wissen nicht, wann sich das ändern wird«, sagte Paula. »Wie willst du da einer Familie ein Heim bieten, das dazu geeignet ist, ein kleines Mädchen aufzuziehen?«

Fritz schwieg.

»Weiß Frau Doktor Kampner überhaupt schon, in welche Richtung deine Gedanken gehen? Immerhin hast du vorhin angedeutet, dass du sie längst gefragt hättest, wenn die Zeiten besser wären. Daraus schließe ich, dass sie noch gar nichts von deinen weitreichenden Plänen weiß«, sagte Richard.

»Langsam reicht es mir, hier so ausgefragt zu werden!«, fuhr Fritz Richard an. »Das geht euch letztlich alles gar nichts an!«

»Wenn es um Leni geht, geht es uns sehr wohl etwas an!«, gab Paula verärgert zurück.

Fritz sah Paula an.

»Eigentlich geht es um etwas ganz anderes, nicht wahr?« Seine Stimme klang auf einmal nicht mehr gereizt, sondern auf eine unbestimmte Weise traurig.

Paula wich seinem Blick aus und Richard verstand sofort, was in ihr vorging, denn er fühlte ebenso. Mit Fritz' Humor und seinem Kampfgeist, ja, selbst mit seinen kleinen zynischen Bissigkeiten, die er ab und zu vom Stapel ließ, ohne damit jedoch ernsthaft jemanden verletzen zu wollen, konnten sie beide gut umgehen. Aber die tiefe Trauer um all das, was er verloren hatte, die er meist so gekonnt dahinter versteckte, die war nur schwer auszuhalten und ließ jedes Wortgefecht, ja, selbst jedes humorvolle Wortspiel sofort ersterben.

»Kann ich dich einen Moment unter vier Augen sprechen?«, fragte Fritz Paula dann. Richard sah besorgt, wie Paula sich auf die Lippen biss, dann aber nickte und ihm Leni auf den Arm gab. Anschließend folgte sie Fritz hinter die Schrebergartenbude.

»Ich hätte wohl lieber rechtzeitig meinen Mund halten sollen«, sagte Arthur mit einem bedauernden Unterton. »Aber ich wusste ja nicht, dass …«

»Bitte hör auf«, sagte Richard, während er Leni leicht in den Armen wiegte. »Ich will keine weiteren Rechtfertigungen hören. Es ist längst überfällig, dass Paula und Fritz das endgültig klären.«

»Und du willst bei der Klärung nicht dabei sein?«, fragte Arthur. »Immerhin betrifft es dich doch auch.«

»Nicht so wie die beiden. Ich kann sie beide verstehen und werde mich danach richten, wofür sie sich entscheiden.«

»Ich verstehe den Streit nicht ganz«, sagte Lottchen nun. »Wenn Fritz ihr Vater ist, ist es doch verständlich, dass er sie nicht weggeben möchte.«

»Ja, das ist verständlich«, entgegnete Richard und warf Arthur einen strengen Blick zu, ehe der sich verplappern konnte. Je weniger Menschen Lenis wahre Geschichte kannten, umso besser war es für das Kind – und das galt selbst für Familienangehörige.

20. Kapitel

»Ich verstehe, was Leni dir bedeutet«, sagte Fritz zu Paula, als sie außer Hörweite waren. Sie hatten die Schrebergartenparzelle verlassen und waren zu dem kleinen, namenlosen Elbzufluss geschlendert, der am Rande der Schrebergartenkolonie floss und auf dem die Kinder früher so gern mit dem Kanu gefahren waren. »Vielleicht besser als alle anderen.«

»Warum stimmst du dann nicht endlich der Adoption zu?«, fragte Paula und sah ihm direkt in die Augen.

»Weil es hier nicht um uns beide geht, Paula, sondern um Leni«, sagte er leise. »Wir haben beide so viel verloren und ich weiß genau, welche Lücke sie in deinem Herzen ausfüllt.«

Als sie Fritz' Blick sah, das aufrichtige Mitgefühl und Verständnis, konnte Paula ihre so lange unterdrückten Tränen nicht länger zurückhalten. Fritz nahm sie behutsam in die Arme und sagte kein Wort, während sie um ihr verlorenes Kind weinte. Erst als all die bis dahin ungeweinten Tränen ihren Weg an die Oberfläche gefunden hatten, gestand er: »Natürlich füllt sie auch eine Lücke in meinem Herzen aus. Alles andere wäre eine Lüge. Wenn ich sie so sehe, wie sie mit ungeschickten Bewegungen versucht, Mimi zu streicheln, muss ich immer wieder an Henriette denken. Weißt du noch, wie sie im Mai 1934 in Travemünde Rudi als Kopfkissen benutzt hat?«

Auf einmal war die Erinnerung an die glücklichen Tage in der Vergangenheit so lebendig, schmerzvoll und zugleich so wunderschön, dass Paula trotz all der Düsternis in ihrem Herzen wehmütig lächelte. Sie erinnerte sich daran, wie Richard und Fritz sich auf der Fahrt an die Ostsee immer wieder übermütig mit ihren Autos überholt hatten, bis sie Richard gebeten hatte, nicht mehr so zu fahren, als wollte er Fritz neue Patienten bescheren. Ihre damals knapp zweijährigen Zwillinge hatten brav auf dem Rücksitz gesessen und staunend aus dem Fenster auf die an ihnen vorbeirasende Welt da draußen gestarrt. Und als sie in Travemünde angekommen waren, hatte Dorothea Dackel Rudi in einem Korb an den Strand geschmuggelt, da Hunde dort verboten waren.

»Ja, ich erinnere mich daran, als wäre es gestern«, gab sie zu und musste bei dem Gedanken, dass all dies auf ewig verloren war, erneut gegen aufsteigende Tränen ankämpfen. Nein, sie wollte nicht daran denken, was in den Jahren danach geschehen war. Sie wollte in der Erinnerung an wunderbare Tage verweilen, sie in ihrem Gedächtnis bewahren wie einen hellen, leuchtenden Schein, der alles überstrahlte. Sie wollte nicht, dass sie von all dem Leid, das danach über jede schöne Erinnerung einen schmutzigen Schatten geworfen hatte, zerstört wurden. Die kleine Henriette, die damals Fritz' und Doros ganzer Stolz gewesen war, die Doros Seele nach Gottliebs Verlust endlich hatte heilen lassen.

»Es war eine wunderbare Zeit, nicht wahr?«, meinte Fritz mit einem ebenso wehmütigen Lächeln.

Paula nickte.

»Weißt du«, fuhr Fritz dann fort, »ich habe es mir anfangs alles leichter vorgestellt. Ich dachte, ich gebe Leni eine Geschichte und damit wäre der Weg für ihre Zukunft gebahnt. Ihr könntet sie adoptieren, sie hätte dann eine richtige Familie und würde niemals erfahren, wie sie wirklich gezeugt wurde.«

»Aber daran hat sich doch nichts geändert.«
»Doch, Paula. Es hat sich alles geändert.« Er holte tief Luft. »Siehst du, ich habe diese Vaterschaft anerkannt, damit Leni eine unbeschwerte Kindheit hat, ohne die düsteren Schatten einer grauenvollen Vergangenheit. Aber als ich Lenis Vaterschaft anerkannte, hätte ich nicht im Traum daran gedacht, dass die schwelende Wunde, die Dorotheas und Henriettes Tod in meinem Herzen hinterlassen hat, jemals vernarben könnte. Ich hätte mir beim besten Willen nicht vorstellen können, dass ich nach Dorothea jemals wieder eine Frau so sehr lieben könnte, um eine gemeinsame Zukunft mit ihr aufbauen zu wollen. Und dann ist genau das geschehen – völlig unerwartet und aus heiterem Himmel. Aber damit sind zugleich alle meine Erklärungen, die ich der kleinen Leni später einmal hätte geben können, warum ich sie euch überließ und mich nicht selbst um sie kümmerte, wertlos geworden. Ich könnte ihr jetzt nicht mehr guten Gewissens erklären, warum ich sie fortgegeben habe. Ich habe mir nächtelang den Kopf zermartert, welche glaubwürdige Geschichte ich ihr erzählen könnte, aber mir ist bis heute nichts eingefallen, Paula. Sie würde mich immer fragen, warum Harri bei mir geblieben ist, sie aber nicht. Und dann käme der Zweifel in ihre kleine, unschuldige Seele. Sie würde darüber grübeln, was mit ihr nicht stimmt, warum ich nicht mit ihrer Mutter verheiratet war. Allein das ist ja schon ein Makel, aber den können wir glaubhaft erklären. Allerdings können wir ihn nur dann aus der Welt räumen, wenn ich die Verantwortung vollständig übernehme, indem ich sie adoptiere. Oder fällt dir eine überzeugende Erklärung ein, Paula? Ich bin für alles offen. Ich will dir die Kleine nicht wegnehmen, ganz bestimmt nicht. Ich möchte, dass sie ein unbeschwertes, glückliches Leben hat. Aber damit sie das hat, darf die Geschichte, die wir ihr erzählen, keinen Raum für Zweifel und Spekulationen lassen.«

Paula sagte kein Wort. Alles, was Fritz sagte, klang richtig und vernünftig, und dennoch fühlte es sich an, als würde er ihr das Fleisch aus der Brust reißen, vielleicht gerade deshalb, weil sie ihm nichts entgegnen konnte. Weil sie wusste, dass er recht hatte. Sie liebte die kleine Leni und würde alles für dieses Kind tun, aber wie viel dieser Liebe war wirklich selbstlos? Und wie viel ihrem eigenen verzweifelten Wunsch geschuldet, sich selbst Absolution für die Abtreibung eines Kindes zu erteilen, das sie so gern zur Welt gebracht hätte, selbst auf Kosten ihres eigenen Lebens?

Erneut rollte ihr eine Träne über die Wange.

»Vorerst wird sich doch gar nichts ändern«, sagte Fritz tröstend. »Du weißt selbst, dass es in den nächsten Jahren sehr unwahrscheinlich ist, dass ich eine Wohnung finde, die groß genug für eine Familie ist. Selbst wenn ich Leni jetzt adoptiere, bleibt sie weiterhin dein kleines Mädchen.«

»Aber irgendwann wirst du sie mitnehmen.« Eine weitere Träne rollte über Paulas Wange. »Glaubst du, das wäre gut für sie? Wenn sie sich an uns alle gewöhnt hat und aus unserer Mitte herausgerissen wird? Ist das wirklich das Beste für sie?«

Fritz ging in die Hocke und griff nach einem kleinen Zweig, der im Uferschlamm des Flüsschens lag. »Es gibt für alles eine Lösung«, sagte er. Dann begann er, mit dem Zweig etwas in den Schlamm zu zeichnen.

»Was machst du da?«, fragte Paula. Sie ging ebenfalls in die Hocke, um besser sehen zu können, was er zeichnete.

»Pläne für die Zukunft, Paula. Der einzige Vorteil einer zertrümmerten Welt liegt darin, dass man sie schöner und besser als zuvor wiederaufbauen kann«, antwortete er. »Sieh mal her.« Er zeigte auf die Umrisse, die er gerade gezeichnet hatte. »Wer zwingt uns dazu, weiterhin in einer Wohnung mitten in der Stadt zu leben? Wir könnten irgendwann ein Grundstück in einer hübschen Gegend am Stadtrand erwerben, in der es keine riesigen Trümmerberge, sondern Blumen und Bäume gibt, und dort ein Doppelhaus bauen. Zwei Eingänge, zwei Häuser in einem, aber der Garten ringsum ist durch keinen Zaun getrennt. Die Kinder können im Garten spielen und bei jedem von uns regelmäßig ein und aus gehen. Und hier«, Fritz zeichnete ein weiteres Quadrat in den Schlamm, »wäre die gemeinsame Terrasse, da können Richard und ich im Sommer unser Feierabendbier trinken. Und wir könnten einen gemauerten Kamin auf der Terrasse haben, in dem wir Würstchen oder Karbonaden grillen. Leni bleibt in unser beider Herzen, aber sie muss nicht mit ihrer Vergangenheit hadern, sie wird die Geschichte glauben, die wir ihr erzählen. Weil sie glaubhaft ist. Und weil Lenis unbeschwerte Kindheit das Einzige ist, was wirklich zählt. Wir beide, Paula, wir sind erwachsen und wir haben die Pflicht zu unterscheiden, was wir für uns tun und was für Leni das Beste ist. Leni braucht eine Geschichte, die keine Fragen offenlässt. Sie darf niemals das Gefühl haben, ungewollt gewesen zu sein. Wir Erwachsenen, Paula, wir brauchen nach alldem, was wir schon zusammen durchgestanden haben, auch etwas. Wir brauchen einen Weg, wie wir das enge Band, das durch diese schweren Zeiten zwischen uns gewoben wurde, für immer bewahren können. Und das wäre in meinen Augen ein Doppelhaus mit gemeinsamem Garten. Damit wir eines Tages endlich wieder unsere Privatsphäre haben, aber auf die lieb gewonnene Nähe nicht verzichten müssen.«

Bei diesen Worten stiegen Paula erneut Tränen in die Augen, diesmal allerdings vor Rührung.

Fritz nahm sie in die Arme. »Wäre das ein gangbarer Weg für dich, Paula?«, flüsterte er. »Eine Zukunftsaussicht, mit der du dich zu Lenis Bestem anfreunden könntest?«

Paula atmete einmal tief durch, dann blinzelte sie die Tränen weg und nickte. »Ja, das ist eine wundervolle Vorstellung, auch wenn wir beide nicht wissen, ob und wann wir sie verwirklichen können.«

»Bis dahin bleibt das Leben, wie es ist, Paula. Aber ich bin mir sicher, dass wir dieses Haus eines Tages bewohnen werden. Und wenn wir jeden einzelnen Ziegel dafür selbst aus den Trümmern bergen müssten. Manches mag unwiederbringlich verloren sein, aber ich weigere mich, in der Vergangenheit zu leben. Ich will der Zukunft mindestens ebenso viele schöne Momente abgewinnen wie der Vergangenheit und eines Tages will ich auf diese Zeiten, in denen wir jetzt gerade leben, nur wie auf eine unbedeutende Randnotiz zurückblicken: auf die schlechten Zeiten, die wir durch unsere ureigene Stärke – und weil wir niemals aufgegeben haben – überwunden haben.«

21. Kapitel

Ende August trafen Georg und Emilia zu ihrer großen Freude ihren alten Spielkameraden Horst in der Schrebergartenkolonie wieder. Seit ihrem Umzug nach Göttingen 1942 hatten sie Horst nicht mehr gesehen.

»Wir sind vor drei Wochen nach Hamburg zurückgekommen und leben jetzt bei meiner Oma im Schrebergarten«, erzählte Horst. »1943 wurden wir beim Feuersturm ausgebombt. Das war echt gruselig, der Himmel war in den Nächten ganz hell, weil es überall gebrannt hat.« Horst machte eine kurze Pause, ganz so, als durchlebte er die Feuernächte noch einmal im Geiste.

»Ich war in den Ferien wie immer mit meiner kleinen Schwester bei Oma, deshalb ist uns nichts passiert, und meine Eltern sind zum Glück in die Elbe gesprungen, als unser Stadtteil abgebrannt ist. Wir wurden dann nach Bayern gebracht«, erzählte er weiter. »Da sind wir dann bis zum Ende vom Krieg geblieben.«

»Und gab es da auch Bombenangriffe?«, fragte Emilia.

»Nicht in dem kleinen Kaff. Dafür war den Amis ihre Munition zu schade. Wenn da eine Bombe runtergegangen wäre, hätten wir höchstens einen neuen Badeteich auf dem Feld gehabt. Nö, da war es ganz ruhig. Und als die Amis kamen, haben die sich gewundert, dass wir ihnen gar nichts getan haben.« Horst lachte. »Die Amis waren am Anfang richtig ängstlich. Die hatten sogar vor uns Kindern Angst. Aber als sie gemerkt haben, dass wir ihnen nichts tun, wurden sie ganz zutraulich und haben uns sogar Schokolade geschenkt. Außerdem konnten viele von denen Deutsch, aber die haben die Bayern nicht verstanden. Ich fand das echt komisch, und als ich mitgekriegt habe, wie ein Amerikaner ganz verzweifelt war, weil er die Antwort von unserem Nachbarn nicht verstanden hat, habe ich ihm das übersetzt. Der Ami war ganz dankbar und hat gefragt, wieso ich denn Deutsch kann und die anderen nicht. Ich habe ihm dann erst mal erklärt, dass hier alle Deutsch reden, aber er meinte, das ist kein Deutsch, sondern Bayrisch. Und dann hat er noch mal gefragt, wieso ich denn verständliches Deutsch spreche. Ich habe ihm erzählt, dass ich Hamburger bin. Dann hat er gefragt, weshalb ich jetzt in Bayern bin. Als ich ihm erzählt hab, dass wir dorthin evakuiert wurden, weil sie ja alles in Hamburg kaputt gebombt haben, hat er mir Schokolade geschenkt und mich danach immer als Dolmetscher mitgenommen, wenn er irgendetwas mit den Einheimischen zu besprechen hatte. Das war wirklich interessant, ich bin viel rumgekommen.« Horst grinste.

»Und warum seid ihr nicht in Bayern geblieben?«, fragte Georg, der die Worte wie schon in ihrer Kindheit von Horsts Lippen abgelesen hatte.

»Wer will schon für immer in einem bayrischen Dorf leben?«, fragte Horst zurück. »Hier ist zwar alles kaputt, aber es ist immer noch unser Zuhause. Ich habe nach unserer Rückkehr erst mal die Gegend erkundet und nachgeschaut, was sich in den letzten Jahren verändert hat. Wusstet ihr, dass ein paar Kilometer weiter ganze Armeebestände der Wehrmacht in den Wäldern rumliegen?«

Emilia und Georg schüttelten die Köpfe.

»Ich war gestern da und habe ein paar Zeltplanen mitgebracht. Habt ihr Lust, morgen mitzukommen, wenn ich die anderen Zeltplanen hole? Außerdem sind da haufenweise leere Benzinkanister, die wollte ich auch mitnehmen.«

»Was willst du denn mit leeren Benzinkanistern?«, fragte Emilia.

»Die sind so groß – wenn wir da sechs Stück mit Draht an den Griffen zusammenbinden, haben wir ein stabiles Floß, mit dem wir hier auf dem Fluss fahren können. Außerdem kann man damit Geschäfte machen.«

»Geschäfte?«, fragte Georg.

»Ja, wenn man die Hamsterfahrer direkt hinter dem Kleinbahnhof am Bahndamm abholt und mit dem Floß rüberfährt. Dann müssen sie nicht an den Kontrollposten vorbei. Dafür gibt es immer eine Kleinigkeit und die tausche ich dann auf dem Schwarzmarkt in der Talstraße gegen Schokolade.«

»Du gehst zum Schwarzmarkt?« Emilia machte große Augen. »Unsere Eltern würden durchdrehen, wenn wir uns da rumtreiben.«

»Ja, deshalb wissen meine Eltern das auch nicht«, erklärte Horst. »Es gibt aber auch noch andere Sachen, die man machen kann. Hinterm Kleinbahnhof kann man prima Kohle klauen. Und die tausche ich dann immer bei alten Frauen gegen ihre Zigaretten ein und die Zigaretten tausche ich dann auch gegen Schokolade. Soll ich euch mal zeigen, wie das geht?«

Georg und Emilia warfen sich einen kurzen Blick zu, dann nickten sie. Horsts Erzählungen ließen alte Erinnerungen an wilde Indianerspiele der Kindheit aufleben, nur dass diesmal alles echt war. Ein Abenteuer, das sie sich auf keinen Fall entgehen lassen wollten.

»Aber die Ferien sind vorbei«, warf Emilia ein. »Wir müssen ja in die Schule.«

»Das lässt sich regeln«, sagte Horst leichthin. »Mein Vater hat eine Schreibmaschine und ich habe mir schon eine Entschuldigung geschrieben, die ich irgendwann im Herbst abgeben werde, wenn das Wetter wieder kälter wird. Und so lange gehe ich nicht zur Schule.«

»Und welche Krankheit steht auf der Entschuldigung?«, fragte Emilia interessiert.

»Keine Krankheit, das ist doch durchschaubar, falls mich mal jemand sieht. Nee, ich habe im Namen meines Vaters geschrieben, dass Horst keine Schuhe hat und deshalb nicht in die Schule gehen kann.«

»Und das genügt?«, fragte Emilia zweifelnd. »Du könntest doch auch barfuß zur Schule gehen.«

»Hast du denn wirklich keine Schuhe?«, fragte Georg.

»Natürlich habe ich Schuhe. Aber das weiß der Lehrer ja nicht. Und ich stamme aus einer anständigen Familie, da geht man nicht ohne Schuhe in die Schule. Das ist ein guter Grund für eine Entschuldigung. Soll ich euch auch Entschuldigungen mit der Schreibmaschine von meinem Vater tippen?«

»Ja«, sagte Emilia. »Schreib einfach, Georg und ich haben Windpocken. Und dann machen wir noch einen Stempel von Papas Praxis drauf.«

»Wollt ihr die Unterschrift von eurem Vater selbst machen oder soll ich das machen?«, fragte Horst. »Ich müsste dann aber wissen, wie die aussieht.«

»Das mach ich«, sagte Georg. »Das krieg ich schon hin.«

In den nächsten Tagen zeigte sich, dass die kreative Auslegung von Regeln und Gesetzen in der Familie Hellmer erblich war, sofern es darum ging, schwierige Zeiten möglichst gut zu überstehen. Ebenso bedenkenlos, wie Richard einst falsche Gutachten erstellt hatte, um seine Patienten zu schützen, erstellte sein Sohn Georg mit Horsts Hilfe Entschuldigungen für Emilia und sich selbst, laut denen sie aufgrund der Windpocken zwei Wochen lang dem Schulunterricht fernbleiben mussten. Georg hatte zudem zwei frankierte Briefumschläge aus dem Sprechzimmer seiner Mutter mitgehen lassen, sodass die Entschuldigungen per Post in der Schule einträfen und kein Lehrer auf die Idee käme, hier einem geschickten Fälscher aufgesessen zu sein.

Morgens gingen sie ganz normal mit ihren Schulranzen pünktlich aus der Wohnung, allerdings war ihr Ziel die Schrebergartenkolonie in Moorfleet, wo sie die Ranzen im Schuppen hinter der Schreberbude von Horsts Großmutter versteckten. Sie mussten sich nur davor hüten, jemandem von Tante Margits Familie über den Weg zu laufen, deren Parzelle ganz in der Nähe lag.

Horst hatte nicht zu viel versprochen. Emilia und Georg waren erstaunt, was alles in den Wäldern der Umgebung zu finden war. Da gab es nicht nur alte Kanister oder zusammenknüpfbare Zeltplanen aus alten Wehrmachtsbeständen, von denen Horst erzählt hatte. Nein, viel erschreckender war die Tatsache, dass sie dort ganze Motorräder fanden, denen man ansah, dass sie schon seit mindestens zwei Jahren unbewegt am Platz standen. Die Reifen waren platt und die Metallteile von Rost überzogen. Hinter einem dieser Motorräder entdeckten sie sogar mehrere Handfeuerwaffen und Gewehre.

»Fass das bloß nicht an!«, warnte Horst Emilia, als die eine der Pistolen aufheben wollte. »Nachher sind die noch geladen.«

»Aber wieso haben die das alles hier liegen lassen?«, fragte Georg. Dabei hob er eine alte Uniformjacke der Wehrmacht auf, die ebenfalls achtlos weggeworfen worden war.

»Wahrscheinlich sind sie in den letzten Tagen vom Krieg einfach desertiert«, sagte Emilia. »Und da haben sie lieber alles weggeworfen und versteckt, damit niemand sieht, dass sie deutsche Soldaten sind.«

»Und das hat vor dir noch keiner entdeckt?«, fragte Georg Horst. Der zuckte mit den Schultern. »Keine Ahnung, vielleicht hatten die auch nur Angst, mit den Sachen erwischt zu werden. Kommt, jeder nimmt eine Zeltplane und zwei Kanister und dann kommen wir lieber auch nicht mehr hierher.«

»Findest du nicht, dass wir das melden müssten?«, fragte Emilia unsicher. »Hier liegen doch scharfe Waffen. Nicht dass sich die irgendwelche Verbrecher holen.«

»Oder dumme spielende Kinder«, ergänzte Georg.

»Und wem willst du das melden, ohne dass wir uns selbst verraten?«, fragte Horst.

»Wir könnten einen anonymen Brief an die Polizei schicken«, schlug Emilia vor.

»Hmm, das könnten wir«, murmelte Horst. Dann warf er sich eine zusammengerollte Zeltplane über die Schulter und griff nach den beiden Kanistern. Emilia und Georg folgten seinem Beispiel.

Als sie in der Nähe der Schrebergartenkolonie waren, legten sie die Kanister ab und Horst holte aus dem Schuppen eine Drahtrolle, die er ein paar Tage zuvor irgendwo gefunden hatte. Die sechs großen Kanister ließen sich leicht mit dem Draht an ihren Griffen zusammenbinden und trugen die drei mühelos, während sie durch die kleinen Elbzuflüsse stakten, in denen sie früher Kanu gefahren waren.

Horsts Idee, Hamsterfahrer überzusetzen, erwies sich als lukratives Geschäft. Am Nachmittag warteten sie auf die Hamsterfahrer, die die Brücken meiden mussten, um den Briten nicht in die Arme zu laufen, und sich lieber von den Kindern gegen einen Obolus mit dem Floß übersetzen ließen. Aber es war bei Weitem nicht so einträglich wie das Kohleklauen.

Emilia und Georg hatten immer großen Respekt vor den Männern und großen Jungen gehabt, die sich nicht scheuten, auf fahrende Loren zu springen und dort direkt die Kohle in ihre Säcke zu schaufeln, ehe sie die Säcke hinunterwarfen und dann selbst absprangen. Kohleklauen war zum lebensnotwendigen Volkssport geworden, aber es war auch lebensgefährlich. Horst hatte jedoch einen Weg gefunden, der wesentlich harmloser war. Die großen Fernzüge interessierten ihn nicht, er trieb sich lieber am Kleinbahnhof herum und bediente sich an den Kohleschlacken, die beim Beladen der Loren danebenfielen.

Als er Emilia und Georg das erste Mal mitnahm, liefen sie jedoch geradewegs einem der dortigen Bahnarbeiter in die Arme.

»Was wollt ihr denn hier?«, fragte der Mann mit in die Hüfte gestemmten Händen. »Wollt ihr etwa Kohlen klauen?«

Emilia erschrak heftig und hätte am liebsten sofort Reißaus genommen, aber Horst schien gar keine Angst zu kennen und sagte einfach nur: »Ja, der nächste Winter kommt bestimmt.«

Der Mann brach in donnerndes Gelächter aus und zu Emilias größtem Erstaunen öffnete er ihnen das verschlossene Lager. »Na los, macht eure Säcke schnell voll, aber dann will ich euch diese Woche nicht mehr hier sehen.«

»Und nächste Woche?«, fragte Horst mit einem Blick, der kein Wässerchen trüben konnte. »Der nächste Winter ist bestimmt lang.«

»Du bist mir ja einer«, meinte der Mann kopfschüttelnd, aber immer noch leise lachend. »Nu seht zu, dass ihr schnell macht und dann Land gewinnt.«

Das ließen sich die drei nicht zweimal sagen. Hastig griffen sie mit den Händen in die Kohlen und füllten ihre Säcke. Während Emilia trotz der Eile darauf achtete, ihr Kleid nicht zu beschmutzen, schien es Georg und Horst vollständig egal zu sein, ob sie danach wie die Bergarbeiter aussahen.

»Und wie willst du das Mama erklären?«, fragte Emilia Georg und wies auf sein schwarzes Hemd.

Georg starrte sie erschrocken an.

»Nun jammert nicht«, sagte Horst. »Wir haben drei volle Säcke, normalerweise fällt hier höchstens ein halber ab. Einen Sack bringe ich meiner Oma, einen bringt ihr euren Eltern und den dritten tauschen wir gegen Zigaretten ein.«

»Und was sollen wir unseren Eltern sagen, woher wir den Sack haben?«, fragte Emilia.

»Den hat Georg auf dem Rückweg von der Schule im Gebüsch in der Nähe der Bahnlinie gefunden. Da war niemand in der Nähe und er dachte, den hat da wohl ein Kohledieb hingeworfen, der schnell abhauen musste, weil die Polizei hinter ihm her war.«

»Du bist auch nie um eine Geschichte verlegen«, meinte Emilia kopfschüttelnd.

Horst lächelte, dann machten sie sich auf, ihre Beute in Sicherheit zu bringen.

Der Sack, den sie für den Verkauf bestimmt hatten, brachte ihnen insgesamt sechs Zigaretten, da sie ihn zwischen drei alten Frauen aufteilten, die Horst regelmäßig gegen Zigaretten belieferte.

»Die tauschen wir morgen auf dem Schwarzmarkt gegen Schokolade ein«, sagte Horst dann. »Heute wird das zu spät und ihr müsst euren Eltern ja noch die Geschichte vom Kohlensack erzählen.«

Niemand aus der Familie zweifelte Georgs Geschichte am Abend an, dennoch musste er sich von seiner Mutter einige Vorwürfe anhören.

»Du kannst nicht einfach so einen herrenlosen Sack mitnehmen«, schalt sie ihn in Gebärdensprache. »Was meinst du wohl, hätten die Diebe mit dir gemacht, wenn sie mitbekommen hätten, dass du ihre Beute stiehlst?«

Georg erwiderte nichts, aber ehe Paula sich weiter in ihre sorgenvollen Vorwürfe hineinsteigern konnte, meinte Richard: »Ich nehme mal an, dass er vorher ganz genau geschaut hat, ob da noch jemand in der Nähe war. Ich hätte den Sack an seiner Stelle auch mitgenommen. Kohlen können wir immer gebrauchen.«

Paula seufzte, während Richard seinem Sohn aufmunternd zuzwinkerte.

Am folgenden Tag machten sich Georg und Emilia mit Horst gemeinsam zum Schwarzmarkt auf, um ihre Zigaretten gegen Schokolade einzutauschen.

»Wir müssen vorsichtig sein«, sagte Horst. »Ich geh nie bis in die Talstraße, da sind öfter Razzien und dann verhaften sie alle. Ich spreche immer die Leute an, die auf die Talstraße zugehen.«

»Und wie geht das?«, fragte Emilia.

»Du flüsterst, was du hast und was du willst. Wenn derjenige das hat, was du brauchst, bleibt er stehen und dann tauscht man schnell die Sachen aus.«

»Aber die Leute gucken dabei alle nach unten, keiner sieht einen an«, meinte Georg. »Wie soll ich da verstehen, wer was anbietet?«

»Stimmt«, gab Horst zu. »Gib mir deine Zigaretten, ich tausch sie für dich ein.«

»Warte, du kannst meine auch gleich mitnehmen«, sagte Emilia. »Du kannst das viel besser als wir.«

Horst nickte und nahm die Zigaretten seiner Freunde. Dann mischte er sich unter die Passanten, die scheinbar ziellos herumschlenderten.

»Weißt du, was ich nicht verstehe?«, gebärdete Emilia Georg, während sie auf Horst warteten. »Warum es verboten ist, Sachen einzutauschen. Ich meine, das ist doch unsere eigene

Entscheidung, was wir tauschen. Die Sachen gehören uns und man kann mit seinem Eigentum doch machen, was man will. Was geht das die Polizei oder die Engländer an?«

»Ich habe auch keine Ahnung«, gebärdete Georg zurück. Dann zuckte er zusammen. »Da vorn ist Frau Koch!«

»Ach du meine Güte!«, rief Emilia und deutete aufgeregt auf den Torweg, während sie Georg mit sich zog.

Sie drückten sich zwischen halb eingestürzten Mauerresten und noch stehenden Hauswänden an die alte Backsteinfassade und hofften, dass Frau Koch sie nicht bemerkte. Gleichzeitig war es faszinierend, die alte Haushälterin dabei zu beobachten, wie sie ihre Geschäfte abwickelte. Sie ging ähnlich vor wie Horst, fing ihre Kunden vor dem eigentlichen Schwarzmarkt ab und die beiden konnten beim heimlichen Spähen erkennen, wie ein Brotlaib unter dem Mantel eines Mannes hervorgezogen wurde und in Frau Kochs Beutel verschwand, während sie ihm irgendetwas in die Hand drückte. Dann ging sie schnell in Richtung Straßenbahn, ohne den Blick nach links oder rechts zu wenden. Emilia und Georg atmeten auf, als sie außer Sichtweite war.

Kurz darauf kam Horst zurück. Er hatte drei kleine Tafeln Schokolade für die Zigaretten bekommen, die anscheinend schon wiederholt als Tauschobjekte gedient hatten, denn das Einwickelpapier war abgegriffen und zeigte, dass sie aus amerikanischen Beständen stammten.

Sie wollten die Gegend gerade verlassen, als das Geräusch lauter Trillerpfeifen erschallte.

»Verdammt, das ist eine Razzia!«, rief Horst. »Wir müssen schnell verschwinden.«

Sie liefen los. Georg, der nichts hörte, drehte sich einmal neugierig um, aber Emilia zog ihn hastig mit sich, denn die Menschen hinter ihnen rannten alle in ihre Richtung.

Horst, der sich am besten auskannte, führte sie in einen abgelegenen, unzerstörten Hinterhof, wo sie verschnaufen konnten.

»Lasst uns die Schokolade lieber gleich essen«, schlug er vor. »Nur für alle Fälle. Wenn wir nichts Verdächtiges bei uns haben, kann uns auch nichts passieren.«

Und so saßen sie im Schatten der Hauswände an einem der letzten Tage im August und aßen genüsslich ihre hart erarbeitete Schokolade, während die Sonne von einem strahlend blauen Himmel auf sie herunterstrahlte und von Ferne weiterhin das schrille Geräusch der Trillerpfeifen und harsche Schreie zu ihnen drangen. Einzig Georg bekam nichts von dem Lärm mit und konnte den Augenblick in seiner ganzen Schönheit auskosten. Ein ruhiger Sommertag mit Schokolade ... Emilia seufzte. Manchmal beneidete sie Georg um seine Taubheit.

22. Kapitel

»Ist Frau Maasbach schon weg?«, fragte Julia, als sie an diesem Abend nach der Übergabe an den Nachtdienst in Fritz' Büro kam.

»Ja, ich habe ihr gesagt, dass ich sie nicht mehr brauche und sie getrost Feierabend machen kann. Ich frage mich nur, warum sie dabei so die Stirn gerunzelt hat.«

»Glaubst du, sie ahnt etwas?« Julia sah ihn skeptisch an.

»Wie sollte sie? Wir sind doch sehr diskret.«

»Solange sie nicht mitbekommt, dass du eine Wolldecke in deinem Schrank versteckst«, bemerkte sie mit einem Seitenblick auf das provisorische Liebeslager, das er hinter seinem Schreibtisch bereits vorbereitet hatte.

»Keine Sorge, die hole ich immer erst raus, wenn sie weg ist.«

Er schloss die Tür zu seinem Büro von innen ab und ließ den Schlüssel stecken. Noch ehe er sich umdrehen konnte, spürte er, wie Julia ihre Arme um seinen Oberkörper schlang. Ihre Finger wanderten zu den Knöpfen seines Hemdes und öffneten sie einen nach dem anderen.

»Du kannst es wohl gar nicht mehr abwarten und musst mich schon packen, während ich dir noch wehrlos den Rücken zuwende, du lüsternes Weib?«

»Ja«, flüsterte sie. »Ich werde keine kostbare Zeit verschwenden. Ich habe mich den ganzen Tag nach dir verzehrt und jetzt gehörst du endlich mir.«

Er drehte sich in ihren Armen um, sodass er ihr direkt in die Augen sehen konnte. Sie küsste ihn und streifte ihm dabei das Oberhemd vom Körper. Fritz genoss ihre wilde Leidenschaft, der jegliche Zurückhaltung fehlte und die sich stets nahm, was sie wollte. Anders hätte Julia sich vermutlich auch nicht erfolgreich als Chirurgin in der Männerwelt durchsetzen können.

»Du bist die faszinierendste Frau, die ich kenne«, flüsterte er.

»Und von der du hoffentlich niemals genug kriegen kannst«, gab sie keck zurück. »Willst du mir denn gar nicht beim Ausziehen behilflich sein?«

Das ließ Fritz sich nicht zweimal sagen. Die gestohlenen Augenblicke der Leidenschaft, die sie sich viel zu selten nach dem offiziellen Feierabend in seinem Büro gönnten, waren zu seinem Lebenselixier geworden, ließen ihn all das Ungemach der schlechten Zeiten vergessen und gaben ihm etwas von der so lange vermissten Normalität des Lebens zurück.

Als der wilde Rausch verflogen war und Julia sich eng an ihn schmiegte, war er einfach nur glücklich und all der Schmerz, der hinter ihm lag, war bedeutungslos. Nur der Augenblick zählte, sonst nichts.

»Du trägst deinen Ehering nicht mehr«, hörte er Julia sagen. Für einen Moment bedauerte er, dass ihre Worte die Reinheit des Augenblicks zerstörten, in dem es keine Vergangenheit gab.

»Wann hast du ihn abgelegt?«, fragte sie, während sie seine Hand liebkoste.

Er beobachtete ihre Finger, die über seine glitten, und betrachtete dabei den weißen Streifen an seinem rechten Ringfinger. Seit 1928 hatte die Sonne seine Haut dort nicht mehr berührt. Bis gestern …

»Ich habe gestern nach der letzten Operation vergessen, ihn wieder anzustecken. Ich merkte es erst, als ich schon zu Hause war, und auf einmal wurde mir klar, dass ich ihn nicht mehr brauche, um mich an der Vergangenheit festzuhalten. Dorothea und Henriette werden immer ihren Platz in meinem Herzen behalten, aber ich will nach vorn sehen, eine Zukunft aufbauen.« Er strich durch Julias langes Haar, wickelte spielerisch eine Strähne um seine Finger. »Mit dir.«

Sie schmiegte sich noch enger an ihn, sagte aber kein Wort.

»Ich habe dir nichts zu bieten«, fuhr er fort. »Nur eine alte Wolldecke hinter meinem Schreibtisch. Aber eines Tages werden die Zeiten hoffentlich wieder besser und dann ...« Er zögerte. »Dann würde ich dich gern bitten, meine Frau zu werden.«

Sie schob sich über ihn und sah ihm tief in die Augen.

»Ein Heiratsantrag auf Pump?« Sie lachte. »Das ist originell.«

»Auf Pump? Also ... nein, ich würde dich sofort heiraten, aber das würde ja nichts an unserer gegenwärtigen Situation ändern. Wir könnten nirgendwo zusammenleben. Weder könnten Harri, Leni und ich bei euch einziehen, noch wäre bei uns Platz für dich und Henrieke. Außerdem möchte ich eine große, schöne Hochzeitsfeier, mit einer Musikkapelle und einem anständigen, mehrgängigen Menü und einer riesigen Hochzeitstorte. Ich will eine Feier, auf der alle Gäste satt werden. All das ist im Moment unmöglich.« Er atmete schwer. »Was wünschst du dir? Willst du mich überhaupt heiraten?«

Sie strich zärtlich über seine Brust. »Natürlich will ich. Du bist ein wunderbarer Mann, Fritz. Trotz allem, was du verloren hast, hast du dir stets deine Menschlichkeit und den ansteckenden Funken eines sonnigen Gemüts bewahrt. Und ich kenne niemanden, der so gut mit Kindern umgehen kann wie du. Wie du Henrieke für dich gewonnen hast, ist einfach nur schön. Und was du für die kleine Leni tust, ist das größte Geschenk, das jemand einem Kind machen kann. Von dem Tag an, als ich diese Geschichte erfuhr, konnte ich mir nicht länger einreden, wir wären einfach nur Freunde und Kollegen. Da musste ich mir eingestehen, dass ich dich längst liebte.« Sie küsste ihn sanft auf den Mund. »Und du hast recht«, fuhr sie dann fort. »Niemand zwingt uns, etwas zu überstürzen. Wir müssen keine Familienplanung mehr betreiben, wir haben unsere Familie schon, jetzt müssen wir nur noch die Zeit und die Möglichkeit finden, ihr ein Heim zu schaffen, in dem wir sie vereinen können.«

»Ich habe schon einige Pläne«, sagte Fritz und streichelte weiter durch ihr langes Haar. »Aber sie werden noch einige Zeit in Anspruch nehmen.« Dann erzählte er ihr von seinem Plan mit dem Doppelhaus.

»Das klingt wundervoll«, sagte Julia. »Darauf lohnt es sich zu warten.«

In diesem Moment klopfte es an der Tür zu seinem Büro.

»Herr Kollege, sind Sie noch da?« Es war die Stimme von Professor Wehmeyer.

»Verdammt!« Fritz fuhr hoch und griff hastig nach seiner Kleidung.

»Ja, ähm ... einen Moment, ich komme gleich!«

Er stieg in seine Hose, zog das Hemd an und knöpfte es hastig zu – wobei er achtgab, die Knöpfe in der richtigen Reihenfolge zu schließen –, während Julia sich ebenfalls eilig anzog.

Dann öffnete er die Tür. Professor Wehmeyer stand im Vorzimmer und blätterte in einer alten Ausgabe des »Deutschen Ärzteblatts«, die auf Frau Maasbachs Schreibtisch gelegen hatte.

»Was kann ich für Sie tun, Herr Professor?« Fritz trat ins Vorzimmer und schloss dann schnell die Tür zu seinem Büro hinter sich, um Julia noch etwas mehr Zeit zum Anziehen zu geben.

»Ich wollte Sie fragen, ob ich mir das neueste ›New England Journal of Medicine‹ ausleihen dürfte, das Ihr britischer Freund Ihnen letzte Woche zukommen ließ.«

»Ja, selbstverständlich. Warten Sie, ich hole es Ihnen.« Fritz ging zu dem Schrank im Vorzimmer, wo er seine Fachzeitschriften penibel von Frau Maasbach archivieren ließ. Die Ausgaben des »Deutschen Ärzteblatts« reichten bis ins Jahr 1928 zurück, das »New England Journal of Medicine« hatte er von 1929 bis Kriegsbeginn als Abonnement bezogen. Seit einigen Wochen bekam er es wieder über einige Umwege von seinem Freund Maxwell Cooper, der es an Arthur schickte, damit der es ihm weitergeben konnte.

Während Fritz die neueste Ausgabe aus dem Schrank holte, fiel der Blick des Professors auf Fritz' Füße und ein Schmunzeln huschte über seine Lippen. Im selben Moment wurde Fritz siedend heiß bewusst, dass er in der Eile seine Schuhe und Strümpfe vergessen hatte. Am liebsten wäre er vor Scham im Boden versunken.

»Was ich Sie noch fragen wollte, Herr Kollege …«, sagte der Professor.

Fritz merkte, wie ihm das Blut in die Wangen stieg. Er konnte sich ganz genau vorstellen, was der Professor ihn wohl fragen wollte. Er schluckte.

»Haben Sie jemals darüber nachgedacht, sich zu habilitieren?«

»Wie bitte?« Wie kam Professor Wehmeyer jetzt ausgerechnet auf ein solches Thema?

»Ich fragte, ob Sie schon mal darüber nachgedacht haben, sich zu habilitieren. Bei Ihren Fähigkeiten wäre es doch eine Verschwendung, das nicht zu tun.«

»Ja, hin und wieder«, gestand Fritz. Er begriff gar nichts mehr.

»Sehr gut. Sie sollten das bald in Angriff nehmen, denn Frau Doktor Kampner wird ihren Beruf ganz bestimmt nicht aufgeben, auch nicht im Falle einer möglicherweise bald anstehenden Eheschließung. Aber ich denke, das wissen Sie besser als ich.«

»Ich verstehe gerade nicht ...«

»Nun ja, zwei Doktor Ellerwegs in einer Klinik könnte man leicht verwechseln. Da macht sich ein Professor Ellerweg zur Unterscheidung doch deutlich besser, nicht wahr?«

Fritz schluckte schwer, dann räusperte er sich. »Ich dachte, wir wären diskret gewesen.«

»Ja, das waren Sie auch. Aber in einer Klinik wie dieser reicht selbst die größte Diskretion nicht aus, um ein solches Geheimnis länger als drei Tage zu bewahren. Wobei ich allerdings gestehen muss, dass ich nicht wusste, dass ich heute zum falschen Zeitpunkt an Ihre Tür klopfte. Ich hoffe, Sie verzeihen mir meinen störenden Auftritt.« Er lächelte verschmitzt, dann nahm er die Fachzeitschrift, die Fritz ihm mit hochrotem Kopf reichte.

»Ich wünsche Ihnen noch einen angenehmen Abend, Herr Kollege. Aber denken Sie daran, dass Frau Doktor Kampner keinen Passierschein hat und rechtzeitig nach Hause muss, um keinen Ärger wegen der Ausgangssperre zu bekommen.«

23. Kapitel

Ende September trafen Emilia und Georg eines Nachmittags auf einen missmutigen Horst mit neuen Schuhen an den Füßen in der Schrebergartenkolonie.

»Was ist los?«, fragte Georg ihn. »Drücken die neuen Schuhe etwa?«

»Nein«, sagte Horst. »Die passen wie angegossen.«

»Warum guckst du dann so miesepetrig?«, wollte Emilia wissen. »Ist deine Entschuldigung aufgeflogen?«

»Nein, im Gegenteil. Ich ging letzte Woche barfuß zur Schule und habe die Entschuldigung abgegeben. Der Lehrer hat einmal die Stirn gerunzelt und am nächsten Tag bekam ich einen Bezugsschein für neue Schuhe. Für diese hier.« Er hob seinen rechten Fuß.

Emilia lachte. »Das ist großartig. Du schwänzt die Schule, schreibst dir eine falsche Entschuldigung und bekommst zum Lohn noch einen Bezugsschein für Schuhe. Warum bist du dann so schlecht gelaunt?«

»Ihr kennt doch den Tauschladen hier oben am Bahnhof, oder?«

»Ja.«

»Na ja, da hat jemand eine Dampfmaschine zum Tausch angeboten. So eine richtig schicke mit einem kleinen Schornstein aus Blech, der rot angemalt ist und aussieht wie ein Ziegelschlot. Man kann Feuer machen und dann treibt die Dampfmaschine die Figuren an, die wie Arbeiter aussehen. Oder man kann sie an andere Maschinen anschließen. Ich wollte immer so eine Dampfmaschine haben.« Er seufzte sehnsuchtsvoll.

»Ja und?«

»Der andere wollte Schuhe dafür haben. Ich habe mich wahnsinnig gefreut und bin dann sofort mit meinen neuen Schuhen dahin. Aber die waren zu klein. Ich bin so blöd, ich hätte gleich den Bezugsschein tauschen sollen!«

Emilia und Georg lachten. »Ich fasse es nicht!«, rief Emilia immer noch lachend. »Erst hast du den ganzen Sommer deinen Spaß, dann zweifelt niemand deine Entschuldigung an und außerdem bekommst du sogar noch neue Schuhe dafür. Mal ehrlich, glaubst du wirklich, dass du die Dampfmaschine dafür auch noch verdient hättest?«

»Nein«, gab Horst zu. »Aber es wäre das Tüpfelchen auf dem i in meiner strategischen Planung gewesen. Na ja, kann eben nicht alles klappen.«

»Im Winter freust du dich über die neuen Schuhe«, tröstete Georg ihn.

Obwohl noch ein letzter Hauch von Sommer in der Luft lag, spürten sie bereits die ersten kalten Herbstwinde, die einen strengen Winter ankündigten. Auch zu Hause bereiteten sich ihre Eltern bereits auf den Winter vor. Die Kohlevorräte wurden nach und nach ergänzt und Emilia fragte sich, wo die Lieferungen wohl herkamen, denn niemand sonst, den sie kannte, hatte einen so gut gefüllten Kohlenkeller wie ihre Familie. Und das lag bestimmt nicht an den Zuteilungen für die Arztpraxis. Sie hätte ihren Vater gern gefragt, ob der ähnlich geschickt wie Horst organisierte, nur eben im großen Stil, wie es Erwachsene konnten, aber sie hielt sich lieber zurück. In den Augen ihres Vaters war sie trotz ihrer vierzehn Jahre noch immer sein kleines Mädchen, dem er bestimmt nichts über illegale Geschäfte erzählen würde. Und ihre Mutter musste sie gar nicht erst fragen.

Der letzte Hauch des Sommers verschwand Anfang Oktober und nun brach der Herbst mit aller Kraft über das Land herein. Die Temperaturen blieben zwar noch deutlich über dem Gefrierpunkt, aber der Regen und die Herbststürme machten das lange Anstehen für die schmalen Lebensmittelrationen noch unerträglicher, als es ohnehin schon war. An solchen Tagen war Paula dankbar, dass sie nach wie vor so gut mit Oskar Strehlau im Geschäft waren.

Der junge Albert, dessen Schusswunde Fritz im März operiert hatte, hatte sich vollständig erholt und übernahm weiterhin gefährliche Aufträge für den Schieber. Auch Medikamentenschmuggel gehörte dazu und damit hatte sich ein weiteres lukratives Betätigungsfeld für Paulas Familie eröffnet – sie überprüften die Qualität der Medikamente und leiteten sie über die Praxis weiter. Natürlich war das streng verboten und Paula hatte lange mit sich gerungen, ob sie dieses illegale Geschäft tatsächlich über die Praxis abwickeln sollten, aber als die Lebensmittelrationen erneut drastisch gekürzt wurden, blieb ihnen nichts anderes übrig. Es tat Paula in der Seele weh, mit anzusehen, wie Emilia und Georg, die bislang noch im unteren Bereich des Normalgewichts gewesen waren, durch einen erneuten Wachstumsschub nun auch als untergewichtig galten. Immerhin hatten sie dadurch endlich Anspruch auf die Schulspeisung, was die Ernährungslage etwas entspannte.

Am Sonntag, dem 6. Oktober, erhielten sie nach längerer Zeit wieder einmal Besuch von Arthur. Wie schon in den letzten Tagen regnete es und Arthur verfluchte die Tatsache, dass er kein Verdeck für seinen klapprigen Jeep besaß.

»Arthur, was für eine schöne Überraschung«, begrüßte Paula ihn, als sie ihm die Tür öffnete. Sie nahm ihm den regennassen Mantel ab und hängte ihn an die Garderobe, dann führte sie ihn in die Küche, wo Richard und Fritz wie üblich saßen und den Besucher erfreut willkommen hießen.

»Was hat dich denn bei dem Sauwetter aus dem Haus getrieben?«, fragte Fritz, während er sich erhob und dem Briten die Hand reichte.

»Das hier.« Arthur stellte seine Aktentasche auf den Tisch.

»Irgendetwas Ernstes?«, fragte Richard mit gerunzelter Stirn.

»Nein.« Arthur lachte. »Ich reise morgen für eine Woche nach London. Es gibt einige Dinge bezüglich meiner Scheidung von Lisa zu regeln und außerdem bin ich in einem Gerichtsprozess gegen einen korrupten Arzt als Zeuge vorgeladen.« Er öffnete seine Aktentasche. »Ich hatte noch ein paar frische Lebensmittel in der Speisekammer, die wollte ich euch geben, damit sie bei mir nicht schlecht werden.«

Er holte vier Eier und einen halben Laib Brot aus der Tasche.

»Vielen Dank, das können wir wirklich gut gebrauchen!« Paula nahm die Lebensmittel und legte sie in die Speisekammer.

»Wie hat Lisa denn auf deinen Brief reagiert?«, fragte Richard.

»Sie hat nachgegeben«, erwiderte Arthur. »Aber ich traue dem Frieden erst, wenn ich es hinter mir habe.«

»Ach, das wird sich schon regeln«, sagte Fritz leichthin. »Gegen welchen korrupten Arzt sollst du denn aussagen?«

»Erinnerst du dich an die Geschichte meiner Ausbombung, die ich dir Anfang des Jahres erzählt habe?«

Fritz nickte.

»Es geht um Doktor Cook, der uns während der Bombardierungen bei der Patientenversorgung geholfen hat.

Der ist wegen verschiedener Delikte angeklagt und jetzt suchen sie nach Zeugen, die ihn von damals kennen und aussagen können. Als ob ich irgendetwas wüsste. Wenn ich nicht wegen meiner Scheidung ohnehin nach London müsste, hätte ich mich dienstlich entschuldigen lassen.«

»Was soll er denn gemacht haben?«

»Urkundenfälschung und illegale Abtreibungen.«

»Wenn er gute Gründe dafür hatte, bin ich der Letzte, der ihn dafür verurteilen würde«, meinte Fritz. »Das haben wir auch schon gemacht, um Leben zu retten.«

»Das ist eben der Unterschied«, sagte Arthur. »Er soll es getan haben, um sich persönlich zu bereichern.« Er atmete tief durch. »Wo wir gerade über kriminelle Ärzte sprechen, habt ihr schon die Neuigkeiten über Krüger gehört?«

Richard horchte auf. »Es gibt Neuigkeiten?«

Arthur nickte. »Krügers Anwalt ist ein cleverer Bursche, der zögert die Beweisaufnahme immer weiter hinaus, indem er ständig neue Leumundszeugnisse vorlegt. Das Verfahren wegen der Kindermorde beginnt erst nächstes Jahr. Soweit ich weiß, gibt es zunächst ein Vorermittlungsverfahren, in dessen Rahmen die Staatsanwaltschaft entscheidet, ob sie überhaupt Anklage erhebt. Erst wenn die Staatsanwaltschaft nach Abschluss dieser Vorermittlungen eine Anklageschrift verfasst, kommt es zur Hauptverhandlung. Und wann das tatsächlich sein wird, steht in den Sternen.« Arthur seufzte.

»Wird Richard dann wieder als Zeuge aussagen müssen?«, fragte Paula.

»Nein«, antwortete der Brite. »Richard war ja nicht dabei, als die Kinder getötet wurden. Er war nur an der Beschaffung der Beweisakten beteiligt. Soweit ich erfahren habe, ist es nach deutschem Recht jedoch völlig gleichgültig, auf welche Weise Beweise beschafft wurden. Insofern ist eine Zeugenaussage unnötig.«

»Es ist wirklich bedauerlich, dass diese Fälle in der britischen Besatzungszone vor deutschen Gerichten verhandelt werden«, meinte Fritz. »Wir können ja schon mal Wetten abschließen, mit welcher Begründung Krüger diesmal freigesprochen wird.«

Richard holte tief Luft, sagte aber kein Wort.

»Du meinst, er wird wieder freigesprochen?«, fragte Paula. »Aber die Kindermorde sind aktenkundig. Das ist Mord.«

»Wie ich schon sagte, ich bin gespannt, mit welcher Begründung er freigesprochen wird«, wiederholte Fritz mit einem bitteren Lächeln. »Vielleicht stellen sie das Verfahren ja auch schon im Rahmen der Vorermittlungen ein, weil Krügers Anwalt sie unter Leumundszeugnissen begräbt – von wegen, was für ein edler Mensch er war. Ich habe das Vertrauen in eine gerechte Justiz seit dem letzten Urteil jedenfalls vollständig verloren.« Dann sah er Arthur an und wechselte unvermittelt das Thema. »Besuchst du Maxwell in London?«

»Das wird sich nicht umgehen lassen.« Arthur grinste. »Er hat mich eingeladen, in der Zeit bei ihm zu wohnen.«

»Dann vergiss nicht, ihm schöne Grüße zu bestellen und ihm noch mal dafür zu danken, dass er mir regelmäßig das ›New England Journal of Medicine‹ schickt. Ich habe im letzten Monat endlich angefangen, mich um meine Habilitation zu kümmern, aber ich muss mir noch einen entsprechenden Stamm von Doktoranden aufbauen. Das wird harte Arbeit in diesen Tagen. Frag ihn doch mal, ob er noch Ausgaben aus den Kriegsjahren hat, die sich mit der Operation von Aortenaneurysmen befassen.«

»Du willst tatsächlich Professor werden? Ich bin beeindruckt, aber nicht verwundert. Maxwell lobt deine Fähigkeiten immer in den höchsten Tönen.«

Fritz sagte nichts weiter dazu, aber jeder konnte ihm ansehen, dass er sich über das Kompliment freute.

»Wann kommst du zurück?«, fragte er stattdessen ausweichend.

»Nächsten Sonntag, wenn alles so läuft, wie ich es mir vorstelle.«

»Na dann, Hals- und Beinbruch«, sagte Richard. »Auch wenn es seltsam klingen mag, einem Mann zu wünschen, dass er erfolgreich geschieden zurückkehrt.«

Das allgemeine Lachen wirkte befreiend.

24. Kapitel

Es war ein seltsames Gefühl für Arthur, nach fünf Jahren zum ersten Mal wieder in London zu sein. Auch in der britischen Hauptstadt waren die Kriegsfolgen allgegenwärtig, aber verglichen mit dem vollständig zerstörten Hamburg konnte er sich zumindest in einigen Straßenzügen der Illusion hingeben, es hätte den Krieg niemals gegeben und er wäre zurück im London seiner Kindheit.

Maxwells Haus sah noch genauso aus, wie er es in Erinnerung hatte. Im Erdgeschoss befanden sich die Küche und die gute Stube, oben das Schlafzimmer und die beiden Kinderzimmer, von denen seit der Hochzeit von Maxwells ältester Tochter Sarah eines als Gästezimmer diente.

Maxwells Frau hatte sich selbst übertroffen und trotz der Lebensmittelrationierung, die auch in Großbritannien galt, ein ausgezeichnetes Abendessen gezaubert.

Sie sprachen über vieles – über das bald zu erwartende Enkelkind, die schwierige Wirtschaftslage allgemein und natürlich fragte Maxwell auch nach seinem Freund Fritz. Arthur gab bereitwillig Auskunft und berichtete, dass Fritz an einer Habilitation über die Operation von Aortenaneurysmen arbeitete.

»Er bat mich vor meiner Abreise, dich zu fragen, ob du eventuell noch Ausgaben des ›New England Journal of Medicine‹ aus den Kriegsjahren hast, in denen sich Berichte über derartige Operationen finden.«

»Ich werde in den nächsten Tagen mal meinen Bestand durchsehen. Da hat er sich ja wirklich ein komplexes Thema ausgesucht. Ich kenne nur wenige Ärzte, die sich da rantrauen.« Und dann fing er an, von seinen eigenen Erfahrungen mit Aneurysmen zu erzählen.

Arthur war froh darüber, denn so kam das Gespräch nicht auf seine eigene Situation. Er wollte weder an Lisa denken noch an den bevorstehenden Scheidungstermin. Es hatte ihn sehr erstaunt, dass sie nach seinem letzten Brief vollständig nachgegeben hatte. Er hätte einen tränengetränkten zweiten Brief erwartet, doch stattdessen hatte sie wie vorgeschlagen die Schuld auf sich genommen, ohne ihren Liebhaber offiziell zu benennen. Vielleicht war es noch ein letzter Rest von Schamgefühl, der sie zum Nachgeben gebracht hatte, zum Verzicht darauf, ihm auch noch seine moralische Reputation zu nehmen, wie Fritz es so schön formuliert hatte.

Der Scheidungstermin am folgenden Dienstag verlief unkompliziert, allerdings hatte Lisa auch keine gute Argumentationsbasis – hochschwanger, wie sie war, und das, obwohl sie ihren Mann bereits vor Weihnachten 1945 »böswillig verlassen« hatte, wie es der Richter nannte, und ihn seither nicht mehr getroffen hatte. Der Richter äußerte sein Verständnis für Arthurs Wunsch nach einer schnellen Scheidung. Lisa saß den Termin mit versteinerter Miene ab, die Hände schützend vor den schwangeren Leib gelegt, und sagte nur dann etwas, wenn sie gefragt wurde. Aber selbst dabei vermied sie es, sich allzu ausführlich zu äußern. Arthur fragte sich, was von dem zwischen ihnen wohl echt und was von Anfang an eine Lüge gewesen war. Nachdem der Termin vorüber war, überlegte er kurz, ob er noch einmal mit Lisa sprechen sollte, doch sie floh regelrecht aus dem Gerichtssaal und er sah nur noch, wie sie hastig in ein wartendes Auto einstieg, an dessen Steuer ein britischer Offizier saß – vermutlich ihr Liebhaber Cedric. Im Nachhinein war Arthur froh, dass er keine Gelegenheit gehabt hatte, nochmals mit seiner jetzt geschiedenen Frau zu sprechen. Dieser Abschnitt seines Lebens war vorbei und er wollte sich dem Schmerz und der Enttäuschung nicht noch einmal aussetzen.

Am Abend ging er mit Maxwell in ein Pub, um seine neu gewonnene Freiheit zu feiern, auch wenn ihm das Wort Freiheit schal und fade vorkam. Einsamkeit hätte es wohl eher getroffen, wobei die jedoch nicht neu gewonnen war, sondern ihn verfolgte, seit Lisa ihn verlassen hatte.

»Weißt du, was das Verrückteste ist?«, fragte er Maxwell, nachdem sie schon einige Gläser Bier getrunken hatten.

»Was denn?«

»Dass ich eigentlich gar nicht mehr weiß, wohin ich wirklich gehöre. Ich meine, hier in London war ich nicht mehr, seit wir ausgebombt wurden. Ich hatte erwartet, mich sofort wieder wie zu Hause zu fühlen, wenn ich die bekannten Straßen sehe. Aber Hackney ist nicht mehr wiederzuerkennen und meine alten Freunde sind über die ganze Welt verstreut. Du bist der Einzige, der geblieben ist.«

»Du wirst dich schon wieder einleben.« Maxwell klopfte ihm aufmunternd auf die Schulter. »Wann endet deine Dienstzeit?«

»Ich habe mich auf fünf Jahre verpflichtet.«

Maxwell pfiff durch die Zähne. »Und musst du die ganze Zeit in Deutschland bleiben oder gibt es Möglichkeiten, dich nach London zurückversetzen zu lassen?«

Arthur hob die Schultern. »Ich weiß es nicht.«

»Hast du dich schon erkundigt?«

Er schüttelte den Kopf. »Weißt du, es mag seltsam klingen, aber ich habe angefangen, mich in Hamburg heimisch zu fühlen. In einer völlig zertrümmerten Stadt, die vermutlich in den nächsten fünfzig Jahren nicht wiederaufgebaut werden kann.« Er atmete tief durch und trank noch einen Schluck Bier. »Nach den Bombenangriffen auf London habe ich die Deutschen gehasst. Ich hatte immer die vielen Toten vor Augen, die unschuldigen Kinder, die so brutal und hinterhältig aus dem Leben gerissen wurden. Ich habe jeden unserer Vergeltungsschläge innerlich gefeiert, die Royal Air Force angefeuert und mich gefreut, wenn die Deutschen ihre eigene bittere Pille zu Hause zu schlucken bekamen.« Er hielt einen Moment lang inne, bevor er weitersprach. »Und jetzt sehe ich, was ich wirklich bejubelt habe. Genau die gleichen schrecklichen Verwüstungen, für die ich die Deutschen gehasst habe. Den Tod Tausender Unschuldiger. Ich habe dir nie erzählt, wie mein erstes Wiedersehen mit Richard nach dem Krieg verlief. An dem Tag hatte er gerade Fritz' Sohn Harri wiedergefunden. Der Junge erzählte, wie er seine Mutter und Schwester in der ersten Nacht des Feuersturms verlor. Das hat mich so berührt, dass ich noch am selben Abend angefangen habe, nach Fritz zu suchen, damit Harri seinen Vater zurückbekommt.«

»Das hätte ich auch getan«, sagte Maxwell. »Meine Frau und ich waren tief erschüttert, als wir von Dorotheas und Henriettes Tod erfuhren. Sie waren vor dem Krieg mehrfach bei uns zu Gast und meine Frau war ganz vernarrt in die kleine Henriette. Sie war ein goldiges Kind.«

Arthur nickte und eine Weile schwiegen sie.

»Lisa meinte in einem Brief, den sie mir vor unserer Scheidung schickte, ich sei ein rastloser Wanderer«, sagte er schließlich. »Seit ich wieder in London bin, weiß ich, dass etwas Wahres daran ist. Und deshalb fühle ich mich in der Gegenwart von Fritz und Richard auf eine nur schwer zu erklärende Weise wohl. Wir haben alle viel verloren, aber während meine britischen Kollegen in Hamburg immer noch darauf warten, ihre Belohnung für den gewonnenen Krieg zu bekommen, die vermutlich niemals kommen wird, versuchen meine deutschen Freunde, nach vorn zu sehen – immer einen Tag nach dem anderen anzugehen, denn es ist unmöglich, mit den niedrigen Rationen auszukommen, ohne nebenher etwas zu organisieren. Aber das hindert sie nicht daran, Pläne für die Zukunft zu schmieden. Sie wohnen zu elft in einer Sechszimmerwohnung bei laufendem Praxisbetrieb, aber anstatt zu jammern, sind sie froh, dass sie überhaupt noch eine Wohnung mit funktionierenden Wasserleitungen, Strom und Gas haben. Das bewundere ich. Sie verschwenden keine Kraft damit, anderen die Schuld zu geben, sondern packen lieber selbst an. Fritz sagte mir einmal, dass er die Kriegsfolgen wie eine große Naturkatastrophe sehe, und es habe ja auch keinen Sinn, die Flutwelle zu hassen, die einem die Familie nahm.« Er leerte sein Bierglas.

»Du fühlst dich also unter Menschen wohler, die noch mehr verloren haben als du, weil du dort nicht so sehr mit deinem eigenen Verlust hadern musst?«

»Nein«, widersprach Arthur. »Ich fühle mich dort wohl, weil sie mir etwas von dem abgeben, was sie sich als Einziges bewahren konnten.«

»Und was ist das?«

»Bedingungslose Freundschaft und Zusammenhalt.«

Am folgenden Tag kam Arthur seiner Vorladung bei der Londoner Polizei nach. Er sollte sich bei Chief Inspector Lewis von der City of London Police melden. Lewis erwartete ihn bereits in seinem Büro. Auf dem Tisch stand ein Tonbandgerät.

»Wir werden Ihre Aussage aufzeichnen, damit Sie nicht nochmals aus Hamburg zur Verhandlung kommen müssen«, erklärte Lewis. Dann schaltete er das Tonbandgerät an und stellte ihm etliche Fragen über Doktor Cook. Arthur beantwortete sie nach bestem Wissen und Gewissen, wobei er Wert darauf legte, sich nicht an Spekulationen zu beteiligen, sondern darauf zu beschränken, was er wusste. Der Vorgang dauerte nicht lang, und als Arthur das Gebäude eine Dreiviertelstunde später verließ, blieb er vor der Tür stehen und steckte sich eine Zigarette an. Es hatte etwas Befreiendes, hier unter freiem Himmel zu rauchen, ohne jedes schlechte Gewissen, das ihn sofort überkommen hätte, wenn er sich in Gegenwart seiner deutschen Freunde eine Zigarette angesteckt hätte. Während er einen tiefen Zug nahm, kam hinter ihm eine attraktive Frau in einem dunklen Mantel und bordeauxfarbenen Handschuhen, die genau zu ihrem Hut und ihren Schuhen passten, die Stufen des Polizeireviers hinunter. Er schätzte sie auf Ende zwanzig.

»Entschuldigen Sie«, sprach sie ihn an. »Sie sind Lieutenant Arthur Grifford?«

Er nickte. »Kennen wir uns?«

Sie lächelte. »Nein. Aber ich habe erfahren, dass Sie normalerweise in Hamburg stationiert sind.«

»Das ist richtig. Was kann ich für Sie tun?«

»Mein Name ist Ellinor Mitchell.« Sie reichte ihm die Hand. »Ich bin mit einer der Sekretärinnen hier befreundet und sie wies mich darauf hin, dass heute ein Lieutenant aus Hamburg zu einer Aussage erscheinen würde.« Sie lachte etwas verlegen. »Ich suche jemanden in Hamburg, aber es ist nicht einfach, Informationen aus Deutschland zu bekommen. Ich habe schon alles Mögliche versucht.«

»Und Sie glauben, ich könnte Ihnen behilflich sein?«

Sie nickte. »Ich greife nach jedem Strohhalm, sonst hätte ich Sie niemals angesprochen. Aber als meine Freundin mir erzählte, dass heute ein britischer Offizier aus Hamburg komme, dachte ich, das sei vielleicht meine letzte Chance.«

»Wen vermissen Sie denn?«

»Es ist kompliziert«, erwiderte sie. »Darf ich Sie in die Teestube auf der anderen Straßenseite einladen, Lieutenant Grifford?«

Arthur nickte und begleitete sie.

Während Ellinor Mitchell zwei Tassen Tee bestellte, betrachtete er sie genauer. Sie hatte schulterlanges blondes Haar, das sorgsam nach der neuesten Mode in elegante Wellen gelegt war und von zwei wertvoll aussehenden Kämmen – vermutlich aus Elfenbein – gehalten wurde. Ihr Gesicht war dezent geschminkt, nur die Lippen waren für seinen Geschmack etwas zu rot. Sie sah nicht so aus, als hätte sie während der letzten Jahre Not gelitten, sondern hätte ebenso gut einer Modezeitschrift entsprungen sein können.

»Also«, fragte er. »Wen suchen Sie und weshalb wenden Sie sich nicht an das Rote Kreuz?«

»Das Rote Kreuz konnte mir nicht helfen, da es sich um keine klassische Vermisstenmeldung handelt.« Sie zog ein goldenes Zigarettenetui aus ihrer Handtasche und zündete sich mit solcher Selbstverständlichkeit eine Zigarette an, dass Arthur unwillkürlich überschlug, wie viele Laibe Brot man wohl für den Inhalt dieses Etuis auf dem Schwarzmarkt in Hamburg bekäme. Als er sich dessen bewusst wurde, musste er leise lachen. Die Denkweise seiner deutschen Freunde war mehr auf ihn abgefärbt, als er sich bislang eingestanden hatte.

»Was ist so lustig?«, fragte Ellinor.

»Nichts, ich habe nur an einige Bekannte denken müssen. Erzählen Sie doch weiter. Warum ist der Fall nichts für eine klassische Vermisstenmeldung?«

»Wir haben seit Jahrzehnten nichts von ihm gehört. Ich kenne ihn nicht einmal. Aber meine Mutter hat es sich nun einmal in den Kopf gesetzt.« Sie nahm einen tiefen Zug an ihrer Zigarette.

»Sie sprechen in Rätseln«, sagte Arthur und fragte sich zugleich, ob die Frau womöglich die Frucht eines Fehltritts ihrer Mutter war und nach ihren Wurzeln suchte.

»Mag sein. Ich suche nach einem Verwandten, von dem wir lediglich die letzte Meldeadresse aus dem Jahr 1915 haben.«

»Das ist über dreißig Jahre her. Warum suchen Sie ihn erst jetzt?«

»Das ist eine Privatangelegenheit. Ich habe bereits herausgefunden, dass die Meldeadresse nicht mehr existiert. Der gesamte Straßenzug wurde im Bombenkrieg zerstört.«

»Und was erhoffen Sie sich von mir?«

»Vielleicht könnten Sie vor Ort Nachforschungen anstellen? Sie würden meiner Mutter und mir damit einen sehr großen Gefallen tun. Warten Sie, ich habe den Namen und das Geburtsdatum aufgeschrieben.«

Sie kramte in ihrer Tasche und holte einen kleinen Zettel hervor.

Als Arthur den Namen las, zuckte er zusammen. Fritz Ellerweg, geboren am 27. September 1902. Fritz' Mutter war Engländerin gewesen, aber er hatte das wie ein Geheimnis für sich behalten, ja, es schien ihn sogar regelrecht zu ärgern, wenn man ihn auf seine britischen Wurzeln ansprach. Was hatte diese Frau mit Fritz zu tun? War sie eine entfernte Verwandte? Er sah sie forschend an.

»Sie kennen ihn?«, fragte Ellinor, die seine Regung sofort richtig interpretiert hatte.

Arthur nickte. »Was wollen Sie von dem Mann?«

»Er ist ein Verwandter.«

»Ein enger Verwandter?«

Sie drückte ihre Zigarette im Aschenbecher aus und zündete sich eine zweite an. »Vielleicht«, sagte sie dabei.

»Um den sich Ihre Familie jahrzehntelang nicht gekümmert hat. Warum ausgerechnet jetzt?«

»Das ist eine Privatangelegenheit.« Sie blies einen Rauchkringel in die Luft. »Sie kennen seine Adresse?«

»Nicht nur das. Fritz Ellerweg ist ein guter Freund von mir. Aber ehe ich einer Fremden seine Adresse gebe, will ich erst wissen, was Sie tatsächlich von ihm wollen.«

»Genügt es Ihnen nicht, wenn ich Ihnen sage, dass ich ihn gern kennenlernen würde?«

»Nein«, entgegnete Arthur.

»Wenn er ein so guter Freund von Ihnen ist, Lieutenant Grifford, dann sollten Sie ihn selbst entscheiden lassen, ob er Kontakt zu mir haben möchte oder nicht. Geben Sie mir seine Adresse?«

Arthur musterte sie noch einmal von oben bis unten. Irgendetwas gefiel ihm an dieser Sache nicht.

»Nein, wir machen das anders, Miss Mitchell. Sie geben mir Ihre Adresse und ich werde meinen Freund fragen, ob ihm Ihr Name etwas sagt.«

»Das wird er nicht. Wie gesagt, ich kenne ihn nicht. Meine Mutter bat mich, ihn zu suchen.«

»Und wie war der Mädchenname Ihrer Mutter?«

Statt einer Antwort zog Ellinor erneut an ihrer Zigarette.

»Sie müssen verstehen, Lieutenant Grifford, dass ich hier nicht einem Fremden all unsere Familiengeheimnisse offenbaren werde. Es ist eine komplizierte Geschichte.« Sie sah ihm tief in die Augen, dann fragte sie: »Sind Sie mit ihm befreundet, weil er wie Sie Arzt ist?«

»Woher wissen Sie, dass er Arzt ist?«

Sie lächelte. »Das wusste ich nicht. Ich habe einfach nur geraten. Sein Vater war Arzt, die letzte Meldeadresse, die wir hatten, war die Praxis seines Vaters. Aber der ist im Bombenkrieg verstorben, so viel habe ich schon herausgefunden.«

Sie nahm noch einen tiefen Zug an ihrer Zigarette und hinterließ auf dem Filter den Abdruck ihres Lippenstifts.

»Was befürchten Sie eigentlich, Lieutenant Grifford? Wovor wollen Sie Ihren Freund bewahren, wenn Sie sich weigern, mir seine Adresse zu geben?«

»Was denken Sie denn, Miss Mitchell?«

»Ich habe keine Ahnung, deshalb frage ich Sie ja. Ist es in Zeiten wie diesen nicht verständlich, wenn man nach all den Verlusten nach verlorenen Angehörigen sucht?«

»Geben Sie mir Ihre Adresse, dann werde ich sie wie versprochen an meinen Freund weitergeben und er kann entscheiden, was er damit tut. Wenn Sie mehr wollen, müssen Sie schon offener zu mir sein.«

Sie sah ihn eine Weile schweigend an und Arthur fragte sich, warum die Frau sich so sehr zierte, ihm ihre Anschrift zu geben, damit er sie Fritz weitergeben konnte.

»Ach wissen Sie, Lieutenant Grifford, ich glaube, nachdem ich jetzt weiß, dass er mit Ihnen befreundet und ebenfalls Arzt ist, werde ich ihn auch ohne Ihre Hilfe finden. Vielen Dank!«

Sie drückte ihre Zigarette im Aschenbecher aus, dann erhob sie sich und ging.

25. Kapitel

Die bevorstehende Operation war hoch kompliziert und bereitete Fritz schon seit einigen Tagen Kopfzerbrechen, aber sein Patient hatte ihn darum gebeten, es auf jeden Fall zu versuchen. Es handelte sich um ein Bauchaortenaneurysma, eine krankhafte Aussackung der Bauchschlagader, die jederzeit zerreißen konnte. Die Internisten hatten es nur durch Zufall entdeckt, nachdem sie den Patienten wochenlang vergeblich wegen seiner Unterbauchbeschwerden behandelt hatten. Nachdem die Untersuchungsergebnisse zunächst unauffällig geblieben waren, hatten sie sich letztendlich zu einer Kontrastmittelangiografie entschlossen. Das Kontrastmittel Thorotrast, das sie bereits seit 1929 verwendeten, war teuer und in diesen Tagen schwer zu bekommen, sodass die Indikation sehr sorgsam gestellt werden musste, aber in diesem Fall war es der richtige Weg gewesen. Das Aneurysma hatte ungeheure Ausmaße und die Gefahr einer Ruptur, die dann unweigerlich zu einem inneren Verbluten führte, war groß. Fritz hatte in den vergangenen Tagen verschiedene Behandlungsmethoden der letzten Jahre in den einschlägigen Fachzeitschriften studiert, aber die dort vorgestellten Operationsmethoden taugten alle nicht für sein Problem. Das vorliegende Aneurysma war zu groß. Es gab zwei Möglichkeiten, aber welche davon zum Einsatz kommen musste, konnte er erst intraoperativ entscheiden. Entweder eine direkte Operation des Aneurysmas oder bei einer Inoperabilität eine schützende Umhüllung aus einem Polyamidfasergewebe, das er mit Julias Hilfe aus zahlreichen Polyamidfäden, die sie normalerweise als Nahtmaterial verwendeten, zusammengewebt hatte. An Tagen wie diesen verfluchte er wieder einmal die schlechten Zeiten, denn wenn er es nicht brauchte oder sein Plan nicht funktionierte, hatte er umsonst das Nahtmaterial für mindestens sieben andere Operationen verdorben. Er hoffte, dass Arthur sich heute aus London zurückmeldete, dann würde er ihn fragen, ob er ihm dabei behilflich sein könnte, irgendwie an neues Nahtmaterial zu kommen.

Es klopfte an seiner Tür.

»Herein.«

Frau Maasbach steckte ihren Kopf durch die halb geöffnete Tür.

»Herr Doktor Ellerweg, bei mir ist eine Dame, die Sie gern sprechen würde.«

»Ich muss in einer Viertelstunde in den OP zu Ernst Warholtz. Das Bauchaortenaneurysma.«

»Ja, ich weiß«, bestätigte Frau Maasbach. »Aber die Dame wollte sich nicht abwimmeln lassen.«

»Worum geht es denn?«

»Das wollte sie Ihnen nur persönlich sagen.«

»Dann geben Sie ihr für heute Nachmittag einen Termin. Ich habe im Augenblick wirklich keine Zeit für kapriziöse Frauen, die nicht klar und deutlich artikulieren können, was sie wollen.«

»Sie ist Engländerin.«

Fritz hob den Blick. »In Uniform oder in Zivil?«

»Sehr modisches Zivil.«

»Dann geben Sie ihr einen Termin für Donnerstag. Sie wird sich die Zeit schon zu vertreiben wissen.«

»Aber heute ist doch erst Montag.«

»Na und?«

»Die Dame war sehr höflich und sie kann doch nichts dafür, dass sie Engländerin ist«, erwiderte Frau Maasbach.

»Nein, dafür kann sie nichts, aber als Engländerin ist sie weder eine Angehörige eines meiner Patienten noch selbst eine künftige Patientin. Ich habe im Augenblick mehr als genug zu tun. Für spleenige Engländerinnen habe ich keine Zeit. Sagen Sie ihr, sie kann Donnerstag wiederkommen, dann habe ich meine Sprechstunde.«

»Und wenn es etwas Wichtiges ist?«

»Dann soll sie offen sagen, was sie von mir will. Und wenn sie das nicht möchte, kann es ja auch nicht so wichtig sein.«

Im nächsten Moment wurde der Türspalt weiter aufgedrückt und besagte Engländerin schob sich selbstbewusst an Frau Maasbach vorbei in Fritz' Büro. Sie war blond, Ende zwanzig und in der Tat die bestgekleidete Frau, die er in den letzten beiden Jahren gesehen hatte – mit ihren bordeauxfarbenen Handschuhen, die perfekt auf Hut, Schuhe sowie die kleine Handtasche abgestimmt waren. Ihren Lippenstift fand Fritz allerdings etwas zu aufdringlich.

»Entschuldigen Sie bitte, wenn ich mir jetzt selbst Einlass verschaffe«, sagte die Frau auf Englisch. »Aber es ist wichtig und ich habe nicht die Absicht, mich abweisen zu lassen.«

Fritz erhob sich hinter seinem Schreibtisch und verschränkte die Arme vor der Brust.

»Und worum geht es?«

Die Engländerin warf Frau Maasbach einen Blick zu, die sich daraufhin zurückzog und die Tür von außen schloss.

»Wollen Sie mir keinen Platz anbieten?«, fragte die Britin.

Fritz blieb unbewegt mit verschränkten Armen stehen. »Nein«, sagte er. »Ich möchte wissen, wer Sie überhaupt sind und was Ihnen einfällt, sich an meiner Sekretärin vorbeizudrängeln.«

»Mein Name ist Ellinor Mitchell.« Sie zog ihre Handschuhe betont langsam aus und gab den Blick auf ihre sorgsam manikürten und lackierten Fingernägel frei. Das Rot der Nägel war genauso aufdringlich wie das ihrer Lippen.

Fritz schwieg.

»Normalerweise wäre jetzt eine Floskel wie ›Angenehm, Sie kennenzulernen‹ angebracht, oder?« Sie lächelte ihn an.

»Ganz ehrlich, Miss Mitchell, ich habe keine Zeit für höfliches Geplänkel. Ich werde gleich zu einer komplizierten Operation im OP erwartet, bei der es um Leben und Tod geht. Also nun sagen Sie schon, was Sie wollen.«

»Hart und unverblümt?«, gab sie zurück.

»Hauptsache schnell, damit ich mich an meine Arbeit machen kann.«

»Eigentlich hatte ich mir das ganz anders vorgestellt.« Sie seufzte. »Ich glaube, ich hätte auf Thomas hören sollen. Er war dagegen, dass ich hierherkomme.«

»Es steht Ihnen frei, jetzt gleich auf der Stelle zu diesem Thomas zurückzukehren und so zu tun, als wären Sie niemals hier gewesen.«

»Sind Sie denn gar nicht neugierig, was ich möchte?«

»Ich habe andere Dinge im Kopf. Wenn es Ihnen zu kompliziert ist, mir Ihr Anliegen schnell und einfach darzulegen, kommen Sie am Donnerstag in meine Sprechstunde, dann können wir in Ruhe allen Floskeln der Höflichkeit Genüge tun und angeregt plaudern.«

»Donnerstag?«, rief sie empört. »Was soll ich denn drei Tage in dieser völlig zerstörten Stadt machen? Ganz abgesehen davon, dass ich in London Verpflichtungen habe und nur Glück hatte, dass mein Bruder mich in seinem Flugzeug mitnehmen durfte, sonst wäre ich gar nicht so schnell nach Hamburg gekommen. Und er fliegt schon am Mittwoch zurück nach London.«

»Ihr Bruder ist bei der Royal Air Force?«

»Ja.«

»Dann ist das jetzt also die zweite Angriffswelle. Erst Bomben und danach blonde Furien«, brach es aus Fritz heraus.

»Keine Sorge, Sie werden in dieser Stadt noch genügend heile Lokalitäten finden. Man erkennt sie daran, dass sie allesamt von Briten beschlagnahmt wurden. Sie werden sich also ganz wie zu Hause fühlen. Und wenn Ihnen das nicht ausreichend Erbauung bietet, würde ich einen Besuch in Hagenbecks Tierpark vorschlagen. Der letzte verbliebene Elefant freut sich bestimmt, wenn Sie ihn füttern, und so gut wie Sie genährt sind, schadet es Ihrem Überleben bestimmt nicht, eine Mahlzeit an einen bedürftigen Elefanten abzutreten.«

»Sie sind ein unverschämter Flegel!«, schimpfte sie.

»Nein, ich bin ein viel beschäftigter Chirurg. Den Bomben konnten wir nicht ausweichen, aber den blonden Furien schon. Leben Sie wohl, Miss Mitchell.« Damit ließ er sie stehen und verließ sein Büro, um sich in den OP zu begeben.

Julia wartete bereits auf ihn und er war froh, dass sie ihn bei der bevorstehenden Operation unterstützte.

»Du wirst es hervorragend machen«, sagte sie zu ihm. Seit Professor Wehmeyer verraten hatte, dass ohnehin die gesamte Belegschaft über Fritz' Affäre mit Julia Bescheid wusste, duzten sie sich ganz offen und wunderten sich, wie schnell es zur allgemeinen Normalität geworden war.

Die Operation war noch schwieriger, als Fritz befürchtet hatte. Eine direkte Operation des Aneurysmas war unmöglich. Selbst das Umhüllen mit dem Polyamidgewebe war eine Herausforderung und es war fraglich, ob es das Aneurysma wirklich dauerhaft vor einer Ruptur bewahren und das Gewebe an seinem Platz verbleiben würde.

»Und wenn du es erst umhüllst, damit die notwendige Stabilität für die klassische Operationsmethode vorhanden ist?«, fragte Julia, während sie ihm assistierte.

»Du meinst, ich sollte eine provisorische Anastomose legen, um den Blutfluss aufrechtzuerhalten, während ich die Aorta abklemme, und dann die klassische Operation vornehmen, während das Polyamidgewebe eine zweite Außenhaut bildet und ich es direkt mit einnähe, damit es später komplett mit der Intima verwachsen kann?«

»Ja genau.«

»Das könnte funktionieren.« Er warf einen Blick zu Doktor Theißen, der für die Überwachung der Narkose zuständig war. »Ist er weiterhin stabil? Wenn ich das mache, sind wir noch mindestens zwei Stunden beschäftigt, möglicherweise sogar drei.«

»Keine Sorge, er wird durchhalten«, lautete die Antwort.

In den nächsten Stunden arbeiteten sie angespannt an der neuartigen Operationsmethode. Trotz der Belastungen, die die hoch konzentrierte Arbeit mit sich brachte, genoss Fritz es, mit Julia gemeinsam zu operieren und sich dabei mit ihr auszutauschen. Sie war wirklich eine hervorragende Chirurgin und sie harmonierten in jeder Hinsicht miteinander. Er war glücklich, dass sie sich eine Zukunft an seiner Seite nicht nur vorstellen konnte, sondern sie sich genauso sehr wünschte wie er selbst.

Als sie fertig waren und Ernst Warholtz in den Aufwachraum gebracht wurde, flüsterte Julia ihm zu: »Wollen wir deiner Wolldecke unter dem Schreibtisch heute Abend noch einen Besuch abstatten?«

»Aber erst, wenn ich den OP-Bericht verfasst habe«, erwiderte Fritz. »Ich muss schließlich an meine Habilitation denken, damit wir später nicht zwei Doktor Ellerwegs im Krankenhaus haben, wie Professor Wehmeyer so schön meinte.«

»Meinst du, du bist um sieben fertig?«

»Ich werde mein Bestes tun.« Er hauchte ihr schnell einen Kuss auf die Wange, ehe es jemand bemerken konnte, dann ging er zu seinem Büro.

»Herr Doktor«, sagte Frau Maasbach, als er das Vorzimmer betrat. »Diese Engländerin ist noch da. Sie hat sich geweigert, Ihr Büro zu verlassen, nachdem Sie in den OP gegangen sind.«

Fritz seufzte. »Die Furie ist ganz schön hartnäckig.« All die Euphorie, die ihn eben noch getragen hatte, war verflogen.

Er ging in sein Büro. Ellinor Mitchell saß auf dem Stuhl vor seinem Schreibtisch. In ihrer Hand hielt sie Henriettes halb zerschmolzenen Puppenkopf, der normalerweise auf dem Schreibtisch stand, und betrachtete ihn mit zusammengekniffenen Augen. Eine Welle des Ärgers durchflutete Fritz, als er sie mit diesem letzten Relikt seiner Tochter in der Hand ertappte. Am liebsten hätte er ihr den Kopf aus der Hand gerissen.

»Sind Sie immer noch hier?«, blaffte er sie an.

»Ja«, gab sie unbeeindruckt zurück. »Ich wusste ja, dass die deutsche Kunst eine Schwäche für Morbidität hat. Aber finden Sie nicht, dass das etwas zu weit geht?« Sie stellte den Puppenkopf wieder auf den Schreibtisch.

»Das ist englische Kunst«, verbesserte Fritz sie mit eisiger Stimme. Dann zog er seine Brieftasche hervor und nahm ein Foto von Henriette heraus, das sie mit ebenjener Puppe im Arm zeigte.

»So sah diese Puppe aus, als man sie noch deutsche Kunst nennen durfte. Meine Tochter hat sie immer mit in den Luftschutzkeller genommen. Nachdem Leute wie Ihr Bruder mal wieder über unsere schöne Stadt geflogen sind und ein paar Geschenke abgeworfen haben, blieb das hier übrig.« Er strich über den zerschmolzenen Puppenkopf. »Von dem kleinen Mädchen auf dem Foto blieb hingegen nur Asche.« Er steckte seine Fotografie wieder ein und funkelte Ellinor Mitchell zornig an. »Und nun kommen Sie endlich zur Sache, sagen Sie, was

Sie von mir wollen, und dann verschwinden Sie. Ich habe noch zu tun.«

»Das wollten Sie jetzt als Waffe gegen mich verwenden, nicht wahr? Ein totes Kind. Das ist kein netter Zug von Ihnen.«

»Wer hat denn behauptet, ich wäre nett?«

»Meine Mutter. Ich habe erst vor einigen Monaten erfahren, dass es Sie überhaupt gibt, aber es hat vieles erklärt. Warum mein Bruder Thomas immer das Gefühl hatte, es unserer Mutter nie recht machen zu können, und warum sie stets so etwas Melancholisches umgab.«

»Ich habe mit Ihrer Mutter nichts zu schaffen. Ich war zuletzt 1939 in London.«

»Ihr Mädchenname lautet Helen Mandeville, verheiratet in erster Ehe mit Doktor Ludwig Ellerweg, in zweiter Ehe mit James Mitchell.«

Fritz starrte die Frau vor sich an, als hätte sie den Verstand verloren.

»Das ist Unsinn«, sagte er dann. »Meine Mutter starb 1915 in London an der Grippe. Wir haben eine Abschrift des Totenscheins bekommen.«

»Die war falsch.« Ellinor Mitchell zog ein goldenes Zigarettenetui hervor und zündete sich ungeniert eine Zigarette an, ohne auf die Idee zu kommen, ihm auch eine anzubieten. Ihm war das nur recht, so ersparte sie ihm wenigstens die Peinlichkeit, ihr zu erklären, dass er Nichtraucher sei und Zigaretten lieber auf dem Schwarzmarkt gegen Brot eintauschte. Oder Schokolade für die Kinder.

»Es ist eine ziemlich komplizierte Geschichte«, sagte sie, nachdem sie einen kräftigen Zug genommen hatte. »Wollen Sie sie hören, auch wenn heute noch nicht Donnerstag ist?«

Fritz atmete tief durch. Jede Faser in ihm schrie danach, diese Frau einfach vor die Tür zu setzen, aber die Tatsache, dass sie den Mädchennamen seiner Mutter kannte, veränderte alles.

Auf seinem Schreibtisch stand ein kleiner Holzkalender, auf dem man mit einem passenden Stift den aktuellen Wochentag markieren konnte. Fritz schob den Stift von Montag auf Donnerstag.

»Jetzt ist Donnerstag«, erklärte er.

Ein winziges Lächeln huschte über Ellinors Züge. »Sie haben ja Humor. Das muss wohl Ihre britische Seite sein.«

»Erzählen Sie mir Ihre Geschichte«, sagte Fritz statt einer Antwort. »Dann entscheide ich, ob ich sie glauben kann oder Ihnen einen Aufenthalt in Friedrichsberg empfehle.«

»Friedrichsberg?«

»Dort ist die nächstgelegene psychiatrische Anstalt, die Wahnvorstellungen behandeln kann.«

»Charmant sind Sie wirklich nicht.«

»Ich bin Chirurg und kein Gigolo. Ich muss nicht charmant sein.«

Zu seiner großen Überraschung fing Ellinor an zu lachen.

»Sie haben wirklich Humor.«

»Und Sie haben ein unnachahmliches Talent dafür, um etwas herumzureden, ohne zur Sache zu kommen.«

Sofort wurde Ellinor wieder ernst.

»Normalerweise nicht«, gestand sie. »Aber in diesem Fall ist es ... nun ja, nicht einfach. Wie ich schon sagte, wusste ich bis vor wenigen Monaten nicht einmal, dass meine Mutter vor ihrer Ehe mit meinem Vater bereits verheiratet war und einen Sohn in Deutschland hat. Sie hatte gute Gründe, es zu verschweigen.« Ellinor hielt kurz inne, um zu sehen, wie ihre Worte auf Fritz wirkten, doch der hielt ihrem Blick mit unbewegter Miene stand. »Sie hat dieses Geheimnis jahrzehntelang wie eine schwere Bürde mit sich herumgeschleppt. Nachdem sie nach dem Kriegsausbruch 1914 in London festsaß, versuchte sie zunächst vergeblich, über illegale Wege zu ihrem Mann und Sohn nach Deutschland zurückzukehren. Dabei wurde sie erwischt und festgenommen. Mein Vater James Mitchell war Anwalt und nahm sich ihres Falls an. Es gelang ihm, sie vor einer Verurteilung als Spionin zu bewahren.« Ellinor nahm einen letzten Zug von ihrer Zigarette und sah sich auf seinem Schreibtisch vergeblich nach einem Aschenbecher um.

»Nehmen Sie das hier.« Fritz reichte ihr ein leeres Wasserglas.

Sie drückte die Zigarette aus und ließ den Stummel ins Glas fallen.

»Sie rauchen nicht? Das ist ungewöhnlich«, meinte sie. »Alle Männer, die ich kenne, rauchen.«

»Lenken Sie nicht ab. Ihr Vater hat die Hilflosigkeit meiner Mutter ausgenutzt, habe ich recht?«

»Mein Vater war ein guter Mensch, der niemals jemanden ausgenutzt hätte«, widersprach Ellinor. »Es entwickelte sich eine aufrichtige Liebe zwischen den beiden. Aber Helen war noch immer verheiratet.«

»Allerdings«, bestätigte Fritz bitter. »Mein Vater hat nie wieder geheiratet, weil es für ihn niemals eine andere Frau außer seiner Leni gegeben hat. Er starb erst 1943 an den Folgen eines schweren Herzinfarktes, den er erlitt, als er erfuhr, dass meine Frau und meine Kinder beim Feuersturm verbrannt waren.«

»Das tut mir leid.«

»Sparen Sie sich Ihre wertlosen Floskeln. Lassen Sie mich raten, was weiter geschah. Meine Mutter wurde von Ihrem Vater schwanger und dann überlegten sie sich, einfach ihren Tod vorzutäuschen, damit sie eine glückliche neue Zukunft in Großbritannien planen konnten, nachdem man sich von dem deutschen Ballast elegant befreit hatte.«

Ellinors Zusammenzucken verriet Fritz, dass seine Vermutung stimmte. Dennoch sagte sie: »Ganz so einfach war es nicht.«

»Oh, das kann ich mir denken. Der Familie in Deutschland gegenüber den eigenen Tod vorzutäuschen war das eine, aber sie war trotzdem noch immer Helen Ellerweg. Hat Ihr Vater auch einen Totenschein meines Vaters gefälscht oder wie haben Ihre Eltern die Bigamie vertuscht?«

Ellinor nickte stumm und für einen Augenblick konnte Fritz so etwas wie Schamgefühl in ihrem Gesicht erkennen.

»Und warum kommen Sie jetzt hierher?«, fragte er weiter.

»Warum konnten Sie nicht einfach alles so belassen, wie es war? Warum mussten Sie mir jetzt erklären, dass meine Mutter eine Schlampe war, die sich nicht scheute, mit einem urkundenfälschenden Rechtsverdreher Bigamie zu betreiben?«

»Weil es nicht so war, wie Sie es jetzt darstellen«, erwiderte Ellinor. »Meine Mutter hat mir nach dem Tod meines Vaters alles erzählt. Sie hat ihr ganzes Leben darunter gelitten. Verstehen Sie, sie hätte das nie getan, wenn sie nicht mit Thomas schwanger geworden wäre. Aber sie war in einer schrecklichen Situation. Niemand wusste damals, wie lange der Krieg dauern und wie er ausgehen würde. Und was hätte sie tun sollen, eine mit einem feindlichen Ausländer verheiratete Frau, die nun auch noch des Ehebruchs schuldig war? Und das alles nur, weil sie in ihrer Verzweiflung und Not nach etwas Nähe und Wärme suchte?«

»Sie hätte zu ihrem Fehltritt stehen können«, erwiderte Fritz hart. »Mein Vater hätte es ihr verziehen und sie selbst mit diesem Kind wieder aufgenommen.«

»Das sagt sich so leicht. Glauben Sie wirklich, ein Mann könnte seiner Frau so etwas verzeihen?«

»Ein Mann, der aufrichtig liebt, kann alles. Und mein Vater hat meine Mutter geliebt. Er ist innerlich zerbrochen, als er von ihrem Tod erfuhr.«

»Nun, dann haben Sie von Ihrem Vater wohl eine andere Vorstellung, als meine Mutter sie hatte. Ihre Verzweiflung war so groß, dass sie keinen anderen Ausweg mehr sah. Sie hatte keine Wahl!«

»Man hat immer eine Wahl«, erwiderte Fritz. »Aber sie hat sich für das entschieden, was weniger Konsequenzen für sie hatte. Die Rolle der wieder verheirateten Witwe, die eine neue Familie in ihrem alten Heimatland gründet, war natürlich der leichtere Weg. Hinzu kommt, dass ihre Eltern von vornherein gegen die Ehe mit meinem Vater waren. Die werden ihr gewiss auch noch gut zugeredet haben.« Fritz ballte seine Hände unter dem Schreibtisch zu Fäusten. Er hatte seine Mutter geliebt, ihren Tod betrauert und sie in seiner Vorstellung immer als Idealbild einer liebevollen Mutter im Herzen getragen. Dabei hatte sie nicht nur seinen Vater verraten, sondern auch ihn. Hatte ihren damals dreizehnjährigen Sohn lieber im Glauben gelassen, tot zu sein, als zu ihren eigenen Verfehlungen zu stehen. Deshalb hatte er also niemals ein Grab in London gefunden, keine Spuren seiner englischen Wurzeln. Seine Mutter selbst hatte sie durchtrennt und sich seiner entledigt. Hatte ihn abgeworfen wie lästigen Ballast.

Wie durch eine Wand aus Watte drangen Ellinors weitere Worte an sein Ohr: »Ich habe als kleines Mädchen nie begriffen, warum sie immer so traurig war und warum Thomas ihr niemals etwas recht machen konnte. An allem, was er tat, hatte sie etwas auszusetzen. Ganz so, als würde sie ihn mit dem Idealbild eines Sohnes vergleichen, den es nicht gab. Sie wollte, dass er Fremdsprachen lernte, Deutsch, Französisch und Latein, aber Thomas hatte damit große Schwierigkeiten. Sie wollte, dass er Medizin studierte, aber Thomas konnte mit Medizin nichts anfangen. Seine Leidenschaft gehörte der Technik, insbesondere der Luftfahrt, und er wollte unbedingt Pilot werden, aber das war in den Augen meiner Mutter nichts wert. Thomas hat das nie verwunden. Und als er dann tatsächlich Pilot bei der Royal Air Force wurde und mein Vater ihm zu Ehren eine große Feier gab, blieb meine Mutter dem Fest mit der Begründung fern, sie habe Migräne. Sie hat Thomas nie gelobt und er hat nie begriffen, was er in ihren Augen so furchtbar falsch machte. Er ist einer unserer mutigsten Piloten. Er ist ein Held, der mehrfach ausgezeichnet wurde und unzählige Kampfeinsätze absolvierte. Mein Vater war immer stolz auf ihn, aber meine Mutter hat ihn niemals gelobt.«

»Vielleicht, weil sie tief in ihrem Innersten geahnt hat, dass er der Mörder ihrer Schwiegertochter und ihrer Enkeltochter ist«, gab Fritz bissig zurück. »Das ist der Stoff, aus dem die griechischen Tragödien gemacht sind.« Er lachte bitter auf. »Und warum wollten Sie mich nun unbedingt kennenlernen?«

»Als meine Mutter mir nach dem Tod meines Vaters ihre wahre Geschichte erzählte, habe ich auf einmal begriffen, warum sie Thomas so behandelt hat. Sie ist niemals darüber hinweggekommen, Sie verloren zu haben. Es hat sie ihr ganzes Leben belastet. Aber solange mein Vater noch lebte, hatte sie nicht den Mut, uns die Wahrheit zu sagen. Je älter sie wird, umso mehr belastet es sie, und sie würde Sie gern wiedersehen, um Ihnen alles selbst zu erklären.« Ellinor atmete schwer.

»Sie will also Absolution von mir?«, fragte Fritz. »Nachdem sie sich über dreißig Jahre lang vor mir versteckt hat? Haben Sie eigentlich eine Ahnung, wie lange ich nach ihrem Grab gesucht habe, als ich Anfang der Dreißigerjahre zum ersten Mal seit 1913 wieder in London war? Die ganze Familie hat sich große Mühe gegeben, von der Bildfläche zu verschwinden. Wenn es ihr wirklich wichtig gewesen wäre, hätte sie mich viel früher finden können. Es gab genügend Möglichkeiten in den Jahren zwischen den Kriegen.«

Bevor Ellinor antworten konnte, wurde auf einmal die Tür zu Fritz' Büro aufgerissen.

»Sie können da nicht so einfach rein«, hörte er Frau Maasbach hilflos rufen, doch der Mann in britischer Uniform sagte mit starkem britischen Akzent auf Deutsch: »Halten Sie den Mund! Wir haben dieses verdammte Land besetzt. Wenn ich nur mit dem Finger schnippe, kann ich euch alle hier an die Luft setzen lassen!« Dann trat er in Fritz' Büro.

»Hier bist du also«, sagte er zu Ellinor. »Ich habe mir Sorgen gemacht, weil du so lange weggeblieben bist. Diesem Pack hier kann man doch nicht trauen!« Sein Gesicht war gerötet und verquollen, die Whiskyfahne so stark, dass Fritz das Gefühl hatte, allein von den Ausdünstungen betrunken zu werden.

Ellinor sprang auf. »Thomas! Du hast wieder getrunken!«

»Und mit dem fliegen Sie?«, fragte Fritz. »Sie sind mutiger, als ich dachte.«

Thomas fuhr herum und musterte Fritz von oben bis unten mit seinen geröteten Augen.

»Ich bin Flying Officer Thomas Mitchell. Wer sind Sie schon dagegen?«

»Mein Name und meine Funktion in diesem Krankenhaus stehen draußen an der Tür«, erwiderte Fritz gleichmütig, ohne sich die Mühe zu machen, von seinem Schreibtischstuhl aufzustehen. Erleichtert stellte er fest, dass ihn so gut wie keine äußere Ähnlichkeit mit Thomas Mitchell verband. Der Mann hatte dunkelbraunes Haar, einen Schnurrbart in der Art Errol Flynns und blutunterlaufene braune Augen.

»Ach ja, stellvertretender Chefarzt«, murmelte Thomas. »Warum nur Stellvertreter? Hat es zum Chefarzt nicht gereicht?«

»Thomas, bitte, was soll das?« Ellinor berührte ihren Bruder an der Schulter.

»Und warum sind Sie nur Flying Officer?«, gab Fritz unbeeindruckt zurück. »War der Alkohol schuld daran, dass es nicht zum Flight Lieutenant gereicht hat?«

»Hör mal zu, Bürschchen.« Thomas beugte sich energisch zu Fritz vor und blies ihm seine Alkoholfahne ins Gesicht. »Ich bin britischer Offizier, und wenn du mir nicht den notwendigen Respekt entgegenbringst, werde ich höchstpersönlich dafür sorgen, dass du hier rausfliegst, ist das klar?«

»Vielen Dank für das Angebot, aber ich fliege grundsätzlich nicht mit betrunkenen Piloten.«

»Willst du mich verarschen?«

Fritz erhob sich von seinem Schreibtisch, ging an Thomas vorbei auf Ellinor zu und sagte: »Miss Mitchell, ich glaube, jetzt ist der Zeitpunkt gekommen, an dem wir unsere kurze Bekanntschaft beenden sollten. Sie konnten Ihre Neugier stillen und ich habe festgestellt, dass Sie sich geirrt haben. Meine Mutter starb 1915, alles andere ist eine Verwechslung. Sagen Sie Ihrer Mutter, dass ich lieber alles so belasse, wie es war. Ich möchte nicht in Ihre familiären Probleme hineingezogen werden. Und was Ihren Bruder angeht, empfehle ich Ihnen das Alliance House der Guttempler in London. Das ist die erste Adresse zur Bekämpfung von Alkoholismus.«

»Was fällt dir ein, du Wicht?«, pöbelte Thomas Mitchell Fritz auf Deutsch an und versuchte, ihn am Kragen seines Kittels zu packen. Fritz wich dem Betrunkenen mühelos aus.

»*Wicht* aus Ihrem Mund ist schon bemerkenswert«, sagte er dabei, denn Thomas Mitchell reichte ihm mit dem Scheitel gerade bis zur Nase. »Gehen Sie jetzt freiwillig oder soll meine Sekretärin die britische Militärpolizei anrufen, damit sie einen betrunkenen Flieger, der in einem Krankenhaus randaliert, abholt?«

Einen Moment lang fürchtete Fritz, dass dieser Thomas versuchen würde, ihm einen Faustschlag ins Gesicht zu versetzen, doch Ellinor hatte sich bereits bei ihm untergehakt.

»Komm, Thomas, lass uns gehen, du kannst dir nicht noch einen Verweis erlauben.«

»Was fällt dir ein?«, brüllte Thomas, doch es war nur ein halbherziger Widerstand, denn er ließ sich von seiner Schwester zur Tür hinauskomplimentieren. Bevor sie selbst das Büro verließ, drehte sie sich noch einmal um.

»Es tut mir leid, dass es so enden muss«, sagte sie. »Vielleicht geben Sie unserer gemeinsamen Mutter ja noch einmal eine Chance? Es würde ihr so viel bedeuten. Hier ist ihre Adresse.« Sie reichte ihm eine Karte, die sie anscheinend schon eine ganze Weile in ihrer geschlossenen Hand verborgen hatte, denn das Papier war warm und zerknickt. Fritz steckte die Karte in die Brusttasche seines Kittels.

»Leben Sie wohl, Miss Mitchell.«

26. Kapitel

Richard hätte nicht gedacht, dass der Jahreswechsel von 1946 auf 1947 schlimmer werden könnte als im Jahr zuvor. Doch die Not in Deutschland war noch größer geworden. Die letzten Vorräte waren aufgebraucht, die Ernten im Sommer schlecht gewesen und die ohnehin schon unzureichenden Lebensmittelrationen wurden noch weiter gekürzt. Hatten Richard, Paula und Fritz im Jahr zuvor als praktizierende Ärzte noch auf eine Zuteilung von tausendfünfhundert Kalorien Anspruch gehabt, lag der Bezug inzwischen nur noch bei tausendzweihundert, und selbst die waren nicht immer verfügbar. Viel zu oft stand man vergeblich Schlange, wenn wieder ein Aufruf für wenige Gramm Fleisch oder Fett erfolgte, nur um dann, wenn man sich bei klirrender Kälte bereits stundenlang die Beine in den Bauch gestanden hatte, zu erfahren, dass es nichts mehr gab. Ohne den Schwarzmarkt und die Geschäfte mit Oskar Strehlau wären sie schlichtweg verhungert. Vor allem für Baby Leni hätte es schlecht ausgesehen, denn Milchpulver war Mangelware. Hinzu kam, dass der Winter so kalt war wie seit Jahrzehnten nicht mehr. Schon bald lagen die Temperaturen zwanzig Grad unter dem Gefrierpunkt, und das bei anhaltender Kohleknappheit. Zwar hatte Richard dafür gesorgt, dass sie bereits im Sommer reichlich Kohle für den Winter eingelagert hatten, aber durch die niedrigen Temperaturen hatten sie mehr verbraucht als ursprünglich vorgesehen.

Um nicht zu erfrieren, veranstalteten die Menschen regelrechte Raubzüge auf die Kohleladungen der Züge, die zum Befeuern der Lokomotiven benötigt wurden. Mehr als zwei Drittel des gesamten Kohlebestands der Reichsbahn wurden gestohlen, was dazu führte, dass Züge ausfielen und noch weniger Lebensmittel in die Stadt gebracht werden konnten. Es war ein Teufelskreis, den niemand wirkungsvoll zu durchbrechen wusste.

Fritz berichtete zudem von katastrophalen Zuständen im Krankenhaus, von eiskalten Bettensälen, einem OP, an dessen Wänden Eisblumen wuchsen und in dem er mit steif gefrorenen Fingern operierte, obwohl er bereits jedes Gefühl in den Händen verloren hatte.

Jeden Tag fand man auf den Straßen erfrorene oder verhungerte Menschen. Die Verelendung der zertrümmerten Stadt erreichte einen neuen Höhepunkt und Fritz meinte sarkastisch, er hätte sich mit seinem Habilitationsthema lieber auf die Behandlung von Erfrierungen spezialisieren sollen anstatt auf die Operation von Aortenaneurysmen.

Trotz der schwierigen äußeren Umstände machte er bei seiner Habilitation gute Fortschritte und er hatte nicht nur Arthur dazu bewegen können, ihm bei der Beschaffung von Nahtmaterial behilflich zu sein, sondern auch Richards Nichte Lottchen als Doktorandin in seine Arbeitsgruppe aufgenommen. Lottchen glühte vor Stolz, bereits so früh nach Beginn ihres Studiums mit ihrer Dissertation beginnen zu können, und verbrachte von nun an viel Zeit im Allgemeinen Krankenhaus St. Georg.

In diesen Zeiten fragte Richard sich immer wieder, wie es zusammenpasste, auf ein Steinzeitniveau heruntergebombt worden zu sein, zu hungern und zu frieren und nicht einmal genügend Stoff für Kleidung oder gar Leder für Schuhe zu besitzen, aber trotzdem noch wissenschaftlich zu arbeiten und eine halbwegs moderne Medizin am Laufen zu halten.

In ihrer Praxis bemerkten Paula und er viel zu oft, wie wenig sie gegen das Elend ausrichten konnten. Nach wie vor benutzte Richard den umgebauten Keller als Sprechzimmer, während er Paula den wärmeren Raum in der Wohnung überließ – aber was im Sommer noch eine angenehme Alternative gewesen war, entwickelte sich im Winter zu einem ernsten Problem. Ab dem späten Nachmittag fiel kein Sonnenstrahl mehr durch das Oberlicht und die einzigen Lichtquellen im Keller waren drei Petroleumlampen. Aber das Petroleum war ebenfalls knapp, und so endete Richards Sprechstunde während der dunklen Tage bereits um drei Uhr nachmittags und er nutzte die Zeit anschließend für Hausbesuche. Überwiegend handelte es sich um alte und kranke Menschen, die zu schwach waren, ihre Wohnungen zu verlassen. Die meisten litten unter Mangelernährung und Erfrierungen. Eigentlich hätten sie nur eines warmen Bettes und regelmäßiger Mahlzeiten bedurft, um gesund zu werden, aber das gab es nicht einmal in den Krankenhäusern in ausreichendem Maße. Viel zu oft konnte Richard nichts weiter tun, als Erfrierungen zu behandeln und fiebersenkende Maßnahmen zu verordnen. Die Schmerzmittel behielt er sich für die wirklich schwierigen Fälle vor.

Während er wieder einmal auf diese Weise einen Arbeitstag hinter sich gebracht hatte, fragte er sich, wo die Zeiten geblieben waren, in denen er sich als Psychiater um Menschen mit Geisteskrankheiten gekümmert hatte. Wo waren die Menschen mit seelischen Erkrankungen geblieben? Waren sie alle den Machenschaften von Ärzten wie Krüger zum Opfer gefallen oder waren die Zeiten selbst so verrückt, dass man absonderliches Verhalten gar nicht mehr wahrnahm, weil jeder ein Leben fernab der Normalität führte?

In einer Woche war Weihnachten, aber die Zeiten von Schaufenstern, in denen blinkende Lichter und Tannenzweige auf das Fest der Liebe hinwiesen und die Menschen zum Kauf von Geschenken animieren sollten, waren längst vorbei. Hamburg war im Winter ein kalter, grauer, trauriger Trümmerhaufen, ohne jede Hoffnung, dass die Zeiten jemals besser werden würden. Noch immer strömten täglich Tausende von Flüchtlingen in die Stadt, obwohl die Briten bereits einen Zuzugsstopp ausgesprochen hatten. Nur noch Personen mit Angehörigen in der Stadt oder dringend benötigten Berufen sollten Einlass finden, aber das hinderte die Menschen nicht daran, es trotzdem zu versuchen und sich zwischen kalten Mauerresten einzuquartieren, lediglich mit einer alten Zeltplane über dem Kopf. Gestrandete Flüchtlinge, die einst im Osten wohlsituierte Bürger gewesen waren, ehe man sie vertrieben und ihnen alles genommen hatte. Wie konnten Menschen unter solchen Bedingungen nur überleben? Nun, nicht alle überlebten. Allzu oft fand man morgens die Leichen dieser Menschen unter ihren unzureichenden selbst gebauten Behausungen. Steif gefroren, halb verhungert … Richard hatte Tote gesehen, die laut ihren Papieren noch keine dreißig Jahre alt gewesen waren, aber wie weißhaarige Greise aussahen.

Selbst in den noch halbwegs intakten Wohnungen erfroren die Menschen und jeder, dem es gelang, bei den eisigen Minusgraden seine Bleibe über dem Gefrierpunkt zu halten, galt als glücklich. Für eine Brennhexe, wie man die kleinen Öfen nannte, die in jeder Wohnung ohne Schornstein aufgestellt werden konnten, wurden Unsummen auf dem Schwarzmarkt verlangt. Richard hatte ebenfalls eine Brennhexe in seinem Sprechzimmer im Keller stehen, die nicht nur zum Heizen diente, sondern auf der er auch einen Wasserkessel erhitzen konnte, aber sein Modell war geradezu luxuriös verglichen mit dem, was er als einzige Wärmequelle und Kochgelegenheit in den Behausungen seiner Patienten vorfand. Selbst gebaute Öfen aus alten Blechdosen und Eimern, die oft genug die Wohnstatt gefährlich verräucherten. Doch wenn die einzige Alternative im Erfrieren bestand, nahm man jede weitere Gefahr billigend in Kauf.

Sein letzter Hausbesuch an diesem Tag hatte Richard in die Nähe des Allgemeinen Krankenhauses St. Georg geführt. Normalerweise war dies das Einzugsgebiet eines Arztes, der zwei Straßen weiter seine Praxis hatte, aber in diesem Fall handelte es sich um einen taubstummen Patienten, der nur Gebärdensprache verstand und den Richard bereits lange kannte. Erwin Schmieder war fünf Jahre älter als Georg und hatte die gleiche Schule besucht. Allerdings war Erwin als Sohn ebenfalls taubstummer Eltern recht schnell in das Blickfeld der nationalsozialistischen Gesundheitsfürsorge geraten und mit gerade einmal vierzehn Jahren der Zwangssterilisation zugeführt worden – ebenso wie seine Eltern, die noch in einem Alter gewesen waren, in dem sie weitere Kinder hätten bekommen können. Glücklicherweise hatten alle Familienmitglieder den Eingriff ohne weitere Komplikationen überstanden – Richard hatte auch von Fällen gehört, bei denen die Opfer an den Operationsfolgen verstorben waren –, aber dennoch litt die ganze Familie unter dem, was man ihr angetan hatte. Erwin war jetzt neunzehn Jahre alt und er würde niemals eine eigene Familie gründen können, seine Eltern würden niemals Enkelkinder haben. Aber wenn sie dieses Schicksal beklagten, bekamen sie lediglich zur Antwort, dass sie dankbar sein sollten, noch am Leben zu sein. So viele Menschen seien im Krieg verstorben, was bedeute da schon eine Sterilisation?

Erwin war abgesehen von seiner Gehörlosigkeit ein kräftiger junger Mann, der ordentlich zupacken konnte und für gewöhnlich am Hafen arbeitete, wo er von seinen Kollegen für seinen Fleiß geachtet wurde. Doch seit einigen Tagen litt er unter hohem Fieber und wies alle Symptome einer Lungenentzündung auf. Richard verordnete einige fiebersenkende und schleimlösende Medikamente, außerdem bekam der junge Mann eine Krankschreibung für die nächsten zwei Wochen. Mehr konnte er nicht für ihn tun.

Nachdem er Erwin Schmieder verlassen hatte, fühlte er sich niedergeschlagener als sonst. Neben dem alltäglichen Elend, das er als Arzt ständig sah, hatte der Besuch bei Familie Schmieder alte, bittere Erinnerungen aufgewühlt und er musste erneut an seinen Intimfeind Krüger denken. Er hoffte, dass Krüger im kommenden Jahr seine gerechte Strafe bekommen und man das Verfahren nach den Vorermittlungen nicht einstellen oder ihn gar erneut freisprechen würde. Richard konnte die Ungerechtigkeit nicht länger ertragen. Sein Blick fiel auf das Krankenhaus St. Georg, das er von hier aus zwischen all den Trümmern gut ausmachen konnte.

Fritz würde bald Feierabend machen und er überlegte, ob er seinen Freund abholen sollte, um mit ihm gemeinsam nach Hause zu gehen und sich dabei etwas von seinen trüben Gedanken abzulenken. Mittlerweile sprach Fritz ihm gegenüber recht offenherzig über seine Beziehung zu Julia Kampner. Richard wusste von den amourösen Treffen nach Feierabend in Fritz' Büro, aber heute bestand keine Gefahr, denn Fritz hatte ihm erzählt, dass Julia heute Nachtdienst hatte und damit war jedes Tête-à-Tête tabu.

Fritz war noch im OP, als Richard kam, aber Frau Maasbach bat ihn freundlich ins Vorzimmer und freute sich über seinen Besuch. Bereits in den Jahren vor dem Krieg hatte Richard sie öfter am Telefon gehabt, wenn er eigentlich mit Fritz hatte sprechen wollen, der aber noch im OP gewesen war. Mehr als einmal hatte Frau Maasbach ihn in solchen Situationen in ein

Gespräch verwickelt, das lang genug angedauert hatte, bis Fritz zurück war. Bei der Erinnerung an die alten Zeiten musste Richard lächeln. Es war schon seltsam, wie sehr sich sein eigenes Leben verändert hatte, während man in Fritz' Vorzimmer immer noch denken konnte, die Welt wäre so geblieben, wie sie immer gewesen war, mal abgesehen von der Brennhexe, die inzwischen auch in Fritz' Vorzimmer stand und für ein wenig Wärme sorgte. Es waren diese kleinen Erinnerungsinseln, die Richard in all dem Elend immer wieder daran gemahnten, dass es noch ein anderes Leben geben konnte. Die Wohnung seines Schwiegervaters, der Schrebergarten seiner Eltern oder eben Fritz' Sekretärin Frau Maasbach an ihrer Schreibmaschine mit der ihr eigenen Liebenswürdigkeit. Ob es ihnen irgendwann gelingen würde, diese einzelnen Relikte der Normalität wieder zu einem ganz normalen, zivilisierten Leben zu verbinden?

Frau Maasbach erzählte Richard freudestrahlend, dass sie endlich Nachricht von ihrem Ehemann habe, der vermutlich bald aus britischer Kriegsgefangenschaft entlassen werden würde.

»Womöglich ist Heinrich schon Weihnachten wieder zu Hause«, sagte sie. »Wenn ich doch nur wüsste, was ich zu Weihnachten zu essen machen soll.«

»Haben Sie denn die freie Auswahl zwischen Gänsebraten und Ente?«, fragte Richard mit einem Augenzwinkern.

»In meiner Fantasie schon«, gab sie zurück. »Im wahren Leben wird es wohl auf Steckrüben hinauslaufen. Und mit viel Glück ist etwas Speck dabei.«

In diesem Moment kehrte Fritz aus dem OP zurück. Als er Richard sah, grinste er. »Hausbesuch in der Gegend?«

»Ja, und da dachte ich, ich hol dich ab, damit wir gemeinsam nach Hause gehen können.«

»Tja, die Zeiten, da man noch einen Umweg auf ein Glas Bier machen konnte, sind ja leider vorbei.« Fritz seufzte und hielt seine Hände über die Brennhexe. »Obwohl ich heute wirklich in Versuchung wäre, eine Lebensmittelmarke für ein Bier zu opfern. Ich bin völlig durchgefroren, im OP herrschen arktische Temperaturen, da würden sogar Pinguine erfrieren.«

»Solange deine Patienten nicht an der Schwindsucht sterben«, meinte Richard.

»Ob du es glaubst oder nicht, die Narkose wirkt viel besser, wenn die Raumtemperaturen niedrig sind. Vielleicht sollte ich das als Thema an einen neuen Doktoranden vergeben. Lottchen kann ich damit nicht auch noch behelligen.« Dann wandte er sich wieder Frau Maasbach zu. »Ist Fräulein Matthiesen schon gegangen?«

»Ja, kurz bevor Herr Doktor Hellmer kam. Lieutenant Grifford war vorhin auch hier, aber er wollte nicht warten, bis Sie fertig sind, er hat nur ein Paket hinterlegt.«

»Ein Paket?«

»Ja, das versprochene Nahtmaterial. Und sogar ganz offiziell aus britischen Beständen. Er meinte, wenn Sie sich nicht scheuen, sich einem Haufen Papierkram zu stellen, könnte er uns künftig noch mehr besorgen. Bei dem haben Sie ja echt einen Stein im Brett.«

»Ja, Arthur ist ein sehr guter Freund«, erwiderte Fritz und rieb noch einmal seine Hände über der Brennhexe. »Ich hänge meinen Kittel eben in den Schrank und hol meinen Mantel, dann können wir gehen. Und Sie sollten auch Feierabend machen, Frau Maasbach. Nicht, dass Sie mir hier noch festfrieren.«

»Ach, schlimmer als in meiner Wohnung ist es hier auch nicht. Und ich dachte, heute stört es Sie nicht, wenn ich noch etwas länger bleibe und Sachen aufarbeite, schließlich hat Frau Doktor Kampner Nachtdienst.« Sie zwinkerte ihm zu.

Fritz räusperte sich, dann ging er in sein Büro und kehrte kurz darauf in Hut und Mantel und mit dicken Wollhandschuhen an den Händen zurück.

»Lass uns hinten rausgehen, das ist näher«, sagte er zu Richard, nachdem sie das Büro verlassen hatten. Sie gingen vom Bürotrakt aus durch den Flur, von dem aus die Bettenlager abgingen. Hinter einer Tür hörten sie eine wohlbekannte Stimme mit britischem Akzent: »Wollen wir nicht lieber zu mir gehen? Da ist es viel angenehmer.«

»Aber dann verpasse ich die letzte Kleinbahn in Richtung Moorfleet.«

Richard blieb stehen. Arthur und Lottchen? Er sah Fritz an, der ebenso überrascht wirkte.

»Mach dir darum keine Sorgen«, hörten sie Arthur sagen. »Ich fahre dich selbstverständlich nach Hause.«

Richard klopfte an die Tür. Sofort verstummten die Stimmen. Er öffnete die Tür.

»Onkel Richard!«, rief Lottchen erschrocken und befreite sich hastig aus Arthurs Armen.

»Was macht ihr denn hier?«, fragte Richard verblüfft.

»Gar nichts«, sagte Lottchen. »Jedenfalls nichts, das dich etwas angeht.«

»Ich kann das erklären«, fügte Arthur hastig hinzu.

»Ach, ich glaube, die Erklärung kennen wir schon«, bemerkte Fritz. »Ihr wolltet euch mal das Bettenlager ansehen, habe ich recht?« Er grinste.

»Wie lange geht das denn schon?«, fragte Richard noch immer fassungslos. Arthur und Lottchen – damit hätte er nie im Leben gerechnet. In seinen Augen war Lottchen noch immer ein Kind. Gut, Kind war vielleicht das falsche Wort, immerhin war sie schon zweiundzwanzig, aber trotzdem … Arthur war sechzehn Jahre älter als sie.

»Seit Ende Oktober«, sagte Lottchen erstaunlich selbstbewusst. »Seit Arthur aus London zurück ist und ich regelmäßig wegen meiner Dissertation hierherkomme. Als wir uns im Krankenhaus zum ersten Mal zufällig getroffen haben, hat

Arthur mich abends freundlicherweise nach Hause gefahren und …« – ein leises Lächeln huschte über ihre Züge – »als er mich dann an den folgenden Tagen auch regelmäßig abgeholt und nach Hause gefahren hat, sind wir uns nähergekommen.«

»Und was sagt Margit dazu?«

Lottchen hob die Schultern. »Wir haben es ihr noch nicht gesagt.«

»Warum nicht?«

»Du kennst meine Mutter doch. Die würde mit ihren neugierigen Fragen nur alles kaputt machen.«

»Lottchen, Arthur ist sechzehn Jahre älter als du.«

»Das ist ja wohl unsere Sache«, sagte Lottchen leichthin. Arthur hingegen schluckte. Im Gegensatz zu Lottchen war ihm die Sache ausgesprochen unangenehm.

»Wir meinen es ernst«, sagte er nun. »Ich liebe Lottchen.«

»Das ändert nichts daran, dass du viel zu alt für sie bist«, entgegnete Richard streng. »Du könntest ja ihr Vater sein.«

»Aber nur, wenn er sehr frühreif gewesen wäre«, warf Fritz ein. Dann sah er Arthur an. »Du musst das verstehen, Arthur, Richard hat Angst, dass du seine Nichte heiratest und ihn dann Onkel Richard nennst. Das geht gar nicht.«

Lottchen kicherte, während Richard Fritz einen finsteren Blick zuwarf. »Du weißt genau, was ich meine. So ein großer Altersunterschied bringt einfach Probleme.«

»Julia ist auch zehn Jahre jünger als ich«, sagte Fritz.

»Das ist was anderes.«

»Wieso? Weil sie nicht deine Nichte ist und du deshalb nicht Gefahr läufst, dass ich dich auch Onkel nennen werde?«

»Fritz, du bist blöd.«

Lottchen lachte herzhaft, während Arthurs Miene weiterhin angespannt blieb.

»Na gut, Richard, ich gebe dir recht. Arthur, das geht überhaupt nicht. Nimm Lottchen jetzt mit zu dir nach Hause, wo hoffentlich ordentlich geheizt ist. Ich kann keine erkältete Doktorandin gebrauchen, ist das klar?«

»Und das ist deine größte Sorge?«, fuhr Richard Fritz an. »Eine erkältete Doktorandin?«

»Ich gehe davon aus, dass Arthur Kondome hat«, bemerkte Fritz trocken.

Lottchen blieb das Kichern im Halse stecken.

»So was sagt man doch nicht!«, empörte sie sich.

»Unter Ärzten muss man offene Worte über biologische Vorgänge vertragen«, erwiderte Fritz. »Zumal ich eine schwangere Doktorandin noch weniger gebrauchen kann als eine erkältete. Arthur, ich verlass mich auf dich.«

Arthur hatte auf einmal rote Ohren und nickte schwach.

»Dann wäre ja alles geklärt. Nun komm, Richard, die brauchen jetzt keinen besorgten Onkel mehr, die sind schließlich erwachsen.«

27. Kapitel

Am Freitag, dem 20. Dezember 1946, kam ein großes Paket für Fritz an. Es war von seiner Mutter Helen Mitchell aus London und enthielt zahlreiche Konserven mit Lebensmitteln, zwei Päckchen Zigaretten und eine Flasche Whisky.

Während sich die Hausgemeinschaft über das Paket freute, wirkte Fritz in sich gekehrt und Richard hatte sogar den Eindruck, sein Freund sei verärgert. Fritz hatte ihm von dem unrühmlichen Auftritt seiner Halbgeschwister im Oktober erzählt und seither nichts mehr von ihnen gehört. Er hatte es zudem vermieden, seiner Mutter zu schreiben, zu schwer wog die Enttäuschung über sein zerstörtes Weltbild.

»Sie versucht, es wiedergutzumachen«, sagte Richard, während er gemeinsam mit Fritz den Inhalt des Pakets begutachtete und in der Speisekammer verstaute. Harri half ihnen dabei und war besonders aufgeregt, als er zwischen den Konserven auch mehrere Tafeln Schokolade entdeckte.

»Ist das alles für Weihnachten?«, rief er begeistert. »Warum schickt dir die Frau das alles aus England, Papa?«

Richard sah, wie Fritz mit sich kämpfte, was er seinem Sohn wohl antworten sollte.

»Weil sie ein schlechtes Gewissen hat«, sagte er schließlich.

»Weil Mama und Henriette durch englische Bomben gestorben sind?«, wollte Harri wissen. Fritz strich seinem Sohn liebevoll über den Kopf.

»Vermutlich«, antwortete er. Richard konnte ihm deutlich ansehen, dass er es nicht über sich brachte, seinem Sohn die ganze Geschichte zu erzählen. Die Geschichte über eine tot geglaubte Mutter, die plötzlich wieder lebte. Zu groß war die Sorge, Harri könnte Hoffnung schöpfen, dass auch seine Mutter und Schwester wie durch ein Wunder überlebt hätten und er vergeblich auf ein ähnliches Wunder wartete.

Nachdem sie das Paket vollständig ausgepackt hatten, überließ Fritz Harri eine der Schokoladentafeln und wies ihn an, sie mit Georg und Emilia zu teilen, die im Kinderzimmer ihre Hausaufgaben machten. Er selbst blieb mit Richard allein in der Küche zurück.

»Willst du denn gar nicht den Brief lesen, den sie beigelegt hat?«, fragte Richard.

Fritz schüttelte den Kopf. »Am liebsten hätte ich ihr das ganze Paket ungeöffnet zurückgeschickt, aber wir können uns keinen Stolz leisten, wenn wir überleben wollen.«

»Sie ist trotz allem deine Mutter«, warf Richard ein. »Du kannst sie dafür hassen, dass sie dich verlassen hat, aber du könntest auch versuchen, das Versöhnungsangebot anzunehmen. Du hast so viel verloren, Fritz, vielleicht ist es an der Zeit, auch mal etwas Verlorengeglaubtes zurückzugewinnen?«

»Leider irrst du dich, Richard. Ich habe nichts zu gewinnen, sondern nur zu verlieren. Meine Mutter mag noch am Leben sein, aber sie hat mir damit zugleich alle schönen Erinnerungen an sie gestohlen und wertlos gemacht. Als ich sie brauchte, hat sie mich verlassen. Jetzt, wo ich jahrelang nicht mehr an sie gedacht habe, will sie sich wieder in mein Leben schleichen, weil ihr neuer Mann tot ist und ihr Sohn Thomas ein ekelerregender Säufer. Und ihre Tochter Ellinor ... keine Ahnung, was die ist. Ein bemaltes Modepüppchen, das vermutlich noch nie im Leben richtig gearbeitet hat, denn dabei hätte sie sich ja die manikürten Nägel abbrechen können.«

»Ein hartes Urteil.«

»Das Urteil des ersten Eindrucks. Und der trügt ja bekanntlich nicht. Diese Sippe ist zum Fremdschämen, mit denen will ich nichts zu tun haben.« Er seufzte. »Was hältst du davon, wenn ich Julia mit ihrer Mutter und Tochter an Heiligabend zum Weihnachtsessen einlade? Ich meine, wir haben jetzt genügend Lebensmittel, um noch drei Gäste zu bewirten, und wenn ich schon meinen Stolz hinunterschlucken muss und Almosen von einer Bigamistin annehme, soll es wenigstens einen Vorteil haben.«

»Es sind deine Lebensmittel, du kannst einladen, wen du möchtest, und ich glaube, alle hier würden sich freuen, Frau Doktor Kampner und ihre Familie kennenzulernen.«

»Dann werde ich sie morgen einladen.« Er griff nach dem Briefumschlag, der bislang noch ungeöffnet auf dem Tisch lag, öffnete ihn und begann zu lesen.

»Sie muss ein wirklich schlechtes Gewissen haben«, sagte er zu Richard. »Sie schreibt mir nämlich auf Deutsch. Dabei hat sie mit mir immer Englisch geredet, seit ich ein kleines Kind war. Vielleicht denkt sie ja auch, ich hätte alles vergessen.«

Doch je weiter er den Brief las, umso ernster wurde er.

»Ach, verdammt«, sagte er nur, als er am Ende angelangt war.

»Was ist?«

»Lies selbst.« Er reichte seinem Freund den Brief.

»Bist du dir sicher? Ich meine, das ist ein sehr intimes Dokument.«

»Und du bist mein bester Freund, der mir nähersteht als diese Frau, die ich zuletzt als Zwölfjähriger gesehen habe und die mir ein Jahr später zumutete, ihren Tod ertragen zu müssen. Ich möchte wissen, was du als Psychiater dazu sagst.«

Mein lieber Fritz, las Richard,
ich saß stundenlang vor diesem leeren Blatt Papier und wusste nicht, wie ich all das Unaussprechliche in Worte fassen sollte. Ich sehe Dich noch immer als den hübschen blonden Jungen vor mir, der immer fröhlich war und den nichts einschüchtern konnte. Mutig und intelligent hast Du Deinen Weg gemacht und ich war an jedem Tag meines Lebens stolz auf Dich. Ellinor hat Dich mir beschrieben, wie Du jetzt bist, und ich habe sofort Deinen Vater in Dir wiedererkannt, seinen Humor und seine Direktheit. Kein höfliches Geplänkel, sondern ehrlich und gradlinig. Es tut mir sehr leid, dass Thomas so einen schlechten Eindruck auf Dich gemacht hat, aber er war schon immer ein schwieriges Kind. Vielleicht ist dies den Umständen seiner Zeugung und Geburt geschuldet, vielleicht auch nur meinen eigenen Fehlern, meiner eigenen Feigheit und dem Fehlen all der Eigenschaften, die ich an Deinem Vater so bewundert habe. Wo ich eher scheu und zurückhaltend war, war er mutig und tapfer. Die einzige mutige Tat, die ich in meinem Leben jemals vollbrachte, war, heimlich die Fähre nach Hamburg zu nehmen und zu Deinem Vater durchzubrennen, um ihn zu heiraten. Ich habe das nie bereut, die Jahre zwischen Deiner Geburt und dem Beginn des Weltkriegs waren die glücklichsten in meinem Leben. Alles, was danach kam, war lediglich ein schwacher Abglanz, denn nichts konnte mir das zurückgeben, was ich verloren hatte. Ellinor hat Dir meine Geschichte erzählt, deshalb will ich sie nicht wiederholen

und Dich langweilen. Ich kann Dir nur sagen, dass ein Mensch sich erst in der Not und in der Krise selbst kennenlernt. In Deutschland war ich geborgen, die Stärke Deines Vaters gab mir Sicherheit, die ich auch Dir vermitteln konnte, doch tief in mir war ich ein ängstlicher, unsicherer Mensch und ich bin dies auch heute noch, vielleicht mehr als in all den Jahren zuvor. James Mitchell erschien mir in einer Zeit, da ich mich vollständig verloren hatte, wie ein rettender Anker, der mich davor bewahrte, mich in einem Ozean aus Unglück zu verlieren, und der mir das Leben rettete, denn es gab eine Zeit, da war ich so verzweifelt, dass ich mit dem Gedanken spielte, mein Leben zu beenden. Als ich nach meinem Versuch, nach Deutschland zurückzukehren, unter Spionageverdacht im Gefängnis saß, war alles nur noch düster und hoffnungslos. Würde ich Dich und Deinen Vater jemals wiedersehen? Würde ich Euch Schande machen? James gab mir die Lebensfreude zurück, aber es hatte Folgen, und nun hatte ich Euch wirklich Schande gemacht. Und so kam das zum Tragen, was ich seither so oft als meinen Fluch erlebe: meine Angst, eigene Entscheidungen zu treffen, wenn es niemanden mehr gibt, der mich auffängt. Als ich 1900 nach Hamburg zu Deinem Vater floh, da wusste ich, dass er mich erwartete. Er holte mich von der Fähre ab, alles war vorbereitet – und wir waren einfach nur glücklich. Aber jetzt? Was hatte ich noch? Was war mir geblieben? Und so war ich dankbar, wenngleich auch verzweifelt zugleich, als James mir einen scheinbar einfachen Ausweg aufzeigte. Oh, Fritz, Du ahnst nicht, wie sehr ich dafür gebüßt habe. Es gibt nichts Schlimmeres für eine Mutter, als jahrzehntelang ihr eigenes Kind verleugnen zu müssen. Ich fing ein neues Leben an, ein Leben, in dem meine Vergangenheit für immer verborgen bleiben musste. So tot, wie ich für Euch war, so musstet Ihr es für mich sein, und doch lebtest Du in meinem Herzen, und von Anfang an verglich ich Thomas mit Dir. Doch er hatte nichts mit Dir gemein. Wo Du wissenschaftlich interessiert warst und schon als kleiner Junge verletzte Tiere mit nach Hause gebracht hast, damit Dein Vater sie ebenfalls behandelte, hatte Thomas keinen Blick für seine Umwelt, sondern spielte lieber mit aufziehbaren Autos oder Flugzeugmodellen. Und es tat mir in der Seele weh, dass ich keinen Zugang zu diesem Kind fand, das meinem Leben doch eine so vollkommen andere Richtung gegeben und mich für immer von Dir getrennt hatte. Ellinor war ganz anders, ein intelligentes Mädchen, sie ist Dir auch optisch ähnlicher mit ihrem blonden Haar und ihrer gradlinigen Art. Ellinor war mir immer eine Freude, sie weiß sich durchzusetzen und schreibt Artikel für Zeitschriften. Sie hat es Dir gewiss nicht erzählt, sie spricht nicht gern von ihren Erfolgen, aber sie war sogar als Kriegsberichterstatterin an der Front, auch wenn ihr Vater das nicht gern sah und es ihr am liebsten verboten hätte. Dank Ellinor fand ich auch wieder den Mut, mich der Vergangenheit zu stellen, als ich ihr endlich meine wahre Geschichte anvertrauen konnte. Sie versprach mir, Dich zu finden, und sie hat ihr Wort gehalten.

Mein lieber Fritz, ich würde Dich so gern einmal wiedersehen, wenn die Zeiten besser sind. Ich weiß, dass es Dir nicht möglich ist, nach London zu kommen, und mich selbst plagt im Augenblick der Rheumatismus, aber ich würde Dich gern im Frühling in Hamburg besuchen, auch wenn die Stadt fürchterlich aussehen soll, wie Ellinor mir berichtete. Es tut mir in der Seele weh, was sie mir von Deinem Vater, Deiner Frau und Deinem kleinen Mädchen erzählt hat. Hast Du noch weitere Kinder? Ich weiß nichts von Dir, mein lieber Sohn, und das quält mich unsagbar. Es gibt keine größere Hölle als die, die man sich selbst schafft. Wenn Du irgendetwas brauchst, lass es mich wissen. James hat uns ein kleines Vermögen hinterlassen und wir leben in einem alten Herrenhaus vor den Toren Londons mit einträglichen Ländereien, sodass wir auch in den bitteren Kriegsjahren keine Not zu leiden brauchten. Da Du stellvertretender Chefarzt bist, hoffe ich, dass Du ebenfalls gut gestellt bist, aber wenn Du etwas brauchst, melde Dich, ich werde alles möglich machen.

Deine Dich liebende und leider viel zu lange ferne Mutter

»Was sagst du dazu?«, fragte Fritz, nachdem Richard den Brief gelesen hatte.

»Erkennst du deine Mutter darin wieder?«, fragte Richard statt einer Antwort. »War sie immer so, wie sie es beschreibt?«

»Nicht in meiner Erinnerung, aber ich war damals ja noch ein Kind.« Fritz seufzte. »Ich weiß gar nicht mehr, was ich denken soll. Auf der einen Seite macht mich ihr Selbstmitleid furchtbar wütend und auch die Art, wie sie ihren Sohn Thomas vor mir schlechtmacht. Ich kann ihn zwar nicht ausstehen, aber so etwas verdient kein Sohn. Ellinor hatte mich ja bereits vorgewarnt und deshalb habe ich den Auftritt dieses Trunkenbolds auch nicht ernst genommen. Was denkst du, Richard? Was würdest du an meiner Stelle tun?«

»Nimm sie beim Wort, Fritz. Sie will Vergebung von dir, sie will dir ihre Liebe zeigen. Lass ihren Worten Taten folgen und mach eine Liste, was wir alles gebrauchen könnten.«

»Du willst, dass ich sie anbettele?«, fragte Fritz empört. »Wie tief soll ich denn noch sinken?«

»Nicht um Lebensmittel oder Alltägliches, Fritz. Nein, so einfach machst du es ihr nicht. Aber sie hat Geld, vielleicht auch Einfluss. Was brauchst du für deine Habilitation? Welche Dinge sind in Krankenhäusern schwer zu bekommen? Fang damit an. Wenn sie es wirklich ernst meint, wird sie alles versuchen. Wenn es leere Worte sind, wird sie dich mit Konservenbüchsen und Whisky abspeisen.«

»Du meinst also, ich soll nicht für mich, sondern für meine Patienten und meine Arbeit bitten?«

»Ja, ganz genau. Stell eine Begegnung auf Augenhöhe her, Fritz. Hol dir die Kontrolle zurück. Mach deine Mutter zur Unterstützerin deiner Lebensziele. Damit gibst du ihr die Möglichkeit, dir zu beweisen, dass sie es ernst meint, und du kannst nebenher vielen anderen Menschen helfen.«

»Hmm«, murmelte Fritz. »Das klingt gar nicht so schlecht. Ich werde mir über die Feiertage überlegen, was ich meiner Mutter zurückschreibe. Inklusive einer langen Liste, was ich hier alles brauchen kann.«

28. Kapitel

Die Weihnachtsfeiertage verliefen ausgesprochen harmonisch und dank des Pakets aus England sowie eines weiteren Pakets, das Leonie aus der Schweiz geschickt hatte, wurden sie nach langer Zeit wieder einmal richtig satt. Fritz freute sich besonders, dass Julia mit ihrer Tochter und ihrer Mutter der Einladung gefolgt war. Für den Augenblick konnten sie die Unbilden der schlechten Zeiten vergessen und einen Hauch jener Normalität erleben, in der es üblich war, Freunde zum Essen einzuladen und nicht auf jedes Gramm der Fett- oder Fleischzuteilung achten zu müssen.

Am ersten Weihnachtstag luden sie Margit und ihre Familie ein, die ihrerseits Vorräte zum gemeinsamen Essen beisteuerten, sowie Arthur Grifford, der zwar neben Lottchen an der Tafel Platz nahm, sich aber ansonsten vornehm zurückhielt, auch wenn ihn dann und wann ein fragender Blick von Margit traf, der durchaus auffiel, wie vertraut Lottchen mit ihm umging.

Nachdem die gemeinsame Tafel aufgelöst worden war und sich die Mitglieder des Haushaltes mit ihren Gästen in kleinen Gesprächsgrüppchen über die ganze Wohnung verteilt hatten, sprach Margit Richard direkt auf Lottchen und Arthur an.

»Ist dir das auch aufgefallen?«, fragte sie ihren Bruder. »Wie Lottchen Lieutenant Grifford immer ansieht? Und sie nennt ihn jetzt auch schon Arthur. Muss ich mir Sorgen machen?«

»Was meinst du damit?«, stellte Richard sich dumm. »Arthur ist ein guter Freund.«

»Er ist britischer Offizier.«

»Ja, und?« Richard sah sie verständnislos an. Mit allem hätte er gerechnet, mit der Sorge vor einer Schwangerschaft oder dass der Altersunterschied ein Problem wäre. Aber nicht, dass Margit Arthurs Nationalität und Rang anführte. Nicht seine Schwester, die nie irgendwelche Vorurteile gekannt und ihre französische Schwiegertochter sofort mit offenen Armen aufgenommen hatte.

»Du weißt doch, wie über Frauen geredet wird, die etwas mit einem Besatzungssoldaten haben«, erklärte Margit. »Ich möchte nicht, dass Lottchen ins Gerede kommt.«

»Arthur ist ein Freund der Familie. Du kannst das doch nicht mit diesen halb professionellen Beziehungen vergleichen, auf die du gerade anspielst.«

»Ich vielleicht nicht, aber was sollen die Nachbarn denken? Oder die Professoren an der Universität? Ganz zu schweigen von britischen Soldaten, die Lottchen dann womöglich auch für Freiwild halten. Weißt du, was sie sagen? Um deutsche Soldaten niederzukämpfen, brauchte es sechs Jahre, für deutsche Frauen genügt ein Tag und eine Tafel Schokolade. Veronika Dankeschön nennen sie das.«

»Arthur wird nicht zulassen, dass irgendwer so über Lottchen redet.«

»Wie will er das denn verhindern?«, gab Margit zurück. »Und wenn etwas passiert, dürfte er sie nicht mal ohne Sondergenehmigung heiraten. Ich weiß, was Julie zu erdulden hatte, aber die konnte wenigstens mit Karl zu uns kommen. Was würde Lottchen bleiben? Sie würde alles verlieren, man würde sie der Universität verweisen und die Nachbarn würden mit dem Finger auf sie zeigen. Auf eine gute Partie bräuchte sie dann auch nicht mehr zu hoffen. Willst du, dass deine Nichte als gefallenes Mädchen endet?«

»Das wird schon nicht passieren«, sagte Richard. »Du solltest Arthur vertrauen – in jeder Hinsicht.«

»Das kann ich nicht, wenn es um meine Tochter geht. Und wenn ich mir dein Gesicht ansehe, bin ich mit meinen Befürchtungen wohl schon reichlich spät dran. Nun gut, dann muss ich das selbst in die Hand nehmen und mal ein paar Takte mit Lieutenant Grifford reden, denn bei Lottchen werde ich wohl auf taube Ohren stoßen.«

»Margit, ich bitte dich ...«

»Tut mir leid, Richard, aber ich muss an mein Kind und seine Zukunft denken. Wir haben genug verloren, da muss Lottchen sich nicht auch noch vollständig ruinieren und das letzte bisschen, was ihr an Zukunftsperspektiven geblieben ist, für eine kurze Leidenschaft fortwerfen.«

Richard fühlte sich unbehaglich, schließlich sah er diese Beziehung auch kritisch, allerdings aus völlig anderen Gründen. Für ihn war der Altersunterschied das größte Risiko. Andererseits hatte Margit nicht unrecht. Frauen, die sich mit Besatzern einließen, waren überall schlecht angesehen, davon konnte Karls Frau Julie wahrlich ein Lied singen. Aber riskierte Lottchen wirklich so viel? Wer würde es tatsächlich wagen, mit dem Finger auf sie zu zeigen, wenn sie unter dem Schutz eines britischen Offiziers stand? Und Arthur war niemand, der andere ausnutzte, ganz im Gegenteil. Er hatte gesagt, dass er Lottchen liebe, und Richard hatte keinen Grund, daran zu zweifeln. Ehe er noch einen weiteren seiner Gedanken in Worte fassen konnte, ließ Margit ihn stehen und ging schnurstracks auf Arthur zu, der im Wohnzimmer vor dem kleinen Weihnachtsbaum stand – der das Jahr im Waschzuber auf dem Balkon erstaunlich gut überstanden hatte – und sich mit Lottchen, Karl und Julie unterhielt. Ob sie wohl Erfahrungen über ihre Beziehungen austauschten oder einfach nur das betrieben, was die Engländer »Small Talk« nannten? So zurückhaltend, wie Arthur im Gegensatz zu Lottchen in der Öffentlichkeit war, tippte er auf das Zweite. Richard sah, wie Margit sich zunächst unauffällig neben Arthur stellte und ihm dann leise etwas zuraunte. Der Brite nickte, entschuldigte sich bei seinen Gesprächspartnern und folgte Margit in den Flur. Richard bemühte sich, aus Margits Sichtfeld zu verschwinden, denn bei dieser Aussprache wollte er ganz gewiss nicht dabei sein. Arthur tat ihm jetzt schon leid. Er mischte sich unter die übrigen Gäste und tat so, als wäre nichts weiter geschehen, doch sein Blick wanderte immer wieder zur Tür in Richtung Flur, wo Margit immer noch mit Arthur sprach.

Paula bemerkte, dass er den Gesprächen nur mit halbem Ohr folgte. »Was ist los?«, fragte sie ihn.

Er erzählte es ihr kurz.

Paula seufzte. »Manchmal frage ich mich, warum wir Menschen dazu neigen, alles so kompliziert zu machen. Ich kann Margits Bedenken gut verstehen, aber ich weiß, dass sie bei Arthur überflüssig sind. Er würde niemals zulassen, dass Lottchen seinetwegen in Schwierigkeiten kommt.«

»Wir sind gebrannte Kinder der letzten Jahrzehnte«, sagte Richard.

»Was meinst du damit?«

Er seufzte. »Kannst du dir das nicht denken? Wir hatten in den letzten Jahren mit so vielen Restriktionen zu tun. Uns wurde vorgeschrieben, wen wir als gleichwertig und rasserein betrachten dürfen, wen wir lieben dürfen und wen nicht. Nur dass Lottchen in diesem Fall diejenige ist, die in den Augen der Briten als minderwertig gilt.«

»Das ist doch Unsinn, Richard! Denkst du etwa so von Arthur?«

»Selbstverständlich nicht. Arthur denkt da wie wir. Aber unabhängig davon sind wir von zwei Gesellschaftsformen umringt, die das völlig anders sehen und eine Vermischung ablehnen. Einem britischen Soldaten wird die Liebschaft mit einer Deutschen nachgesehen, die gilt dann eben als eine, die sich aushalten lässt. Aber keinesfalls als heiratswürdige Frau. Und deshalb wird so eine Frau auch von ihren deutschen Landsleuten verachtet. In deren Augen heißt es dann, eine deutsche Frau sollte genügend Stolz und Anstand haben, um sich nicht zur Besatzerhure zu machen.«

»Und findest du das richtig?«, fragte Paula.

»Nein, natürlich nicht.«

»Dann sollten wir Arthur und Lottchen lieber unterstützen, anstatt uns feige vor den Meinungen der Gesellschaft zu verstecken. Es war schlimm genug, was Leonie oder Doktor Stamm erdulden mussten, nur weil sie Juden waren. Damals fing es auch mit der gesellschaftlichen Ausgrenzung an, die dann mit unmenschlichen Gesetzen untermauert wurde. Wir wissen beide, wohin das führte. Niemand sollte sich von der Gesellschaft vorschreiben lassen, wie er zu leben hat.«

»Aber du kannst dich auch nicht vollständig gegen die Gesellschaft stellen. Wir brauchen sie auch, um zu überleben.«

»Ja«, sagte Paula. »Aber man kann die Menschen nur dazu bringen, bestimmte Dinge als normal zu akzeptieren, wenn man sie selbst normal findet. Kennst du irgendjemanden, der etwas gegen Julie hat, weil sie Französin ist?«

»Nein«, gab Richard zu.

»Siehst du? Karl und Julie haben auch etwas geschafft, was als unmöglich angesehen wurde. Sie haben sich in Frankreich über alle Konventionen hinweggesetzt, weil ihre Liebe über allem stand. Sie haben sich das nicht kaputt machen lassen, sondern Opfer gebracht. Aber sie sind glücklich, und das war es wert. Lottchen und Arthur gehen dagegen doch im Grunde überhaupt kein Risiko ein. Wen schert schon das Gerede Ewiggestriger, die uns heute erzählen wollen, was Moral ist, während sie gestern noch Hitler zugejubelt haben?«

In diesem Moment kehrte Arthur in die Stube zurück. Er sah keineswegs wie ein geprügelter Hund aus, was Richard insgeheim befürchtet hatte, sondern seine Lippen umspielte ein kleines Lächeln, als er an Lottchens Seite trat und ihr sanft einen Arm um die Taille legte. Richard war erstaunt, denn das hatte er nicht erwartet. Er drehte sich um und sah Margit an, die ebenfalls in die gute Stube zurückgekehrt war. Er konnte im Geiste ihren Seufzer hören, der zu diesem Blick gehörte, das nachgiebige »Von mir aus, dann macht doch, was ihr wollt«, und er fragte sich, wie Arthur dieses Kunststück wohl vollbracht hatte. Margit fing seinen Blick auf und nickte ihm aufmunternd zu.

»Er hat also deinen Segen?«, fragte Richard. »Wie hat er das angestellt?«

»Indem er geschickt auf der Klaviatur spielte, die mein Mutterherz bewegt«, sagte Margit. »Am Schluss habe ich ihm gesagt, er soll damit aufhören, denn wenn er so weitermacht, würde ich ihn vor lauter Rührung noch selbst adoptieren und dann kann er das mit Lottchen vergessen, weil das dann Inzest wäre.«

Richard und Paula lachten und Richard dachte bei sich, dass er seinen britischen Freund gewaltig unterschätzt hatte, wenn es diesem sogar gelang, Margits Mutterherz für sich zu gewinnen.

29. Kapitel

Der Januar und Februar 1947 waren die kältesten Monate, die Paula jemals erlebt hatte. Es waren düstere Monate, in denen sie das Gefühl hatte, von einem auf den anderen Tag zu leben, immer in der Hoffnung, dass der harte Winter bald vorüber wäre. Die Versorgungslage war noch schlechter geworden. Der Hamburger Hafen war zugefroren und die Zugverbindungen in die mit Flüchtlingen überfüllte, zerstörte Hansestadt konnten kaum noch aufrechterhalten werden. Immer mehr Menschen erfroren, und wenn der Anblick eines ausgemergelten, verhungerten Leichnams zunächst noch eine grauenvolle Ausnahme war, wurde er in diesen Monaten zur Normalität. Es tat Paula in der Seele weh, dass sie die Kinder davor nicht bewahren konnte. In der Schule war es so kalt, dass die Schüler von zu Hause Briketts zum Heizen mitbringen mussten, um die Temperaturen überhaupt noch über dem Gefrierpunkt zu halten. Auch Paula und ihre Familie spürten wieder den Mangel, da selbst Oskar Strehlaus Geschäfte schlechter liefen als im Sommer. Ihre Schwiegereltern und Frau Koch standen stundenlang Schlange, um die aufgerufenen Lebensmittel zu bekommen, aber oft genug kehrten sie mit leeren Händen zurück.

Das Wartezimmer in der Wohnung war Tag für Tag überfüllt, nachdem Richard den Praxisbetrieb im Keller vollständig eingestellt hatte. Trotz der Brennhexe war es nicht möglich, im Keller dauerhaft Temperaturen über dem Gefrierpunkt zu erreichen. Der Ofen stand jetzt im Kinderzimmer und hielt Baby Leni warm. Es war ein rührender Anblick, wenn Dackeldame Mimi neben Leni in der Wiege schlief und sie mit ihrem Körper zusätzlich wärmte. Er erinnerte nicht nur Paula immer wieder an die guten alten Zeiten, als die kleine Henriette eine ähnlich enge Beziehung zu Dackel Rudi gehabt hatte. Fritz hatte Leni inzwischen adoptiert, doch sie war weiterhin Paulas kleines Mädchen, um das sie sich liebevoll kümmerte. Es war so, wie Fritz es ihr im Sommer versprochen hatte. Es ging um Leni und ihre unbeschwerte Zukunft, nicht um die unerfüllten Träume und Wünsche der Erwachsenen. Paula bemühte sich, in diesen düsteren kalten Tagen, so oft es ging, die Gegenwart zu vergessen und von den Bildern der Vergangenheit zu zehren, aus denen sie ihre Träume von einer besseren Zukunft speiste. Irgendwann musste es doch mal wieder aufwärtsgehen, so konnte doch nicht alles enden. Das durfte es einfach nicht!

Als der März kam, hoffte Paula, dass die Temperaturen endlich steigen würden, aber es blieb nach wie vor bitterkalt. Zugleich hatte Paula in diesen Tagen den ersten Fall von Kinderlähmung in ihrer Praxis. Zunächst hatte es mit einfachem Fieber begonnen, aber dann waren Lähmungserscheinungen und schwere Atemnot hinzugekommen. Paula sorgte dafür, dass das Kind möglichst schnell in ein Krankenhaus kam, denn in der zugigen, kalten Flüchtlingsunterkunft, in der die Mutter mit ihrer Tochter und drei weiteren Kindern lebte, würde die Kleine höchstwahrscheinlich sterben.

Nachdem das Mädchen mit seiner Mutter die Praxis verlassen hatte, bat Paula ihre Schwiegermutter und Frau Koch, das Wartezimmer, das Sprechzimmer und auch die Toilette sofort mit Karbolsäure zu reinigen. Es war dringend an der

Zeit, neue Vorräte des Desinfektionsmittels zu besorgen, denn Kinderlähmung war hochansteckend und eine Heilung gab es nicht. Man konnte nur die Symptome lindern und hoffen, dass der Körper stark genug war, die Krankheit zu überstehen. Verkrüppelte Gliedmaßen waren das eine, aber viel gefährlicher war die Lähmung der Atemmuskulatur, die unweigerlich zum Ersticken führte.

Als Paula Fritz am Abend von dem Krankheitsfall erzählte, berichtete der, dass in den Hamburger Krankenhäusern bereits zahlreiche Fälle von Poliomyelitis aufgenommen worden seien.

»Das scheint eine regelrechte Epidemie zu sein«, meinte er bedrückt. »Doktor Dönhardt hat im Allgemeinen Krankenhaus Altona sogar schon eine Eiserne Lunge aus einem alten Torpedorohr herstellen lassen. Angeblich haben sie diese Eiserne Lunge in nur zweiundsiebzig Stunden aus Kriegsschrott anhand einer alten amerikanischen Zeichnung aus dem Jahr 1928 zusammengebaut.«

»Papa, was ist eine Eiserne Lunge?«, fragte Harri, der neben seinem Vater am Küchentisch saß.

»Das ist eine große Röhre, in der ein Mensch bis zum Hals liegt. Nur der Kopf guckt vorn raus«, erklärte Fritz. »Man braucht das für Menschen, deren Atemmuskulatur gelähmt ist. Das ist eine seltene Folge der Kinderlähmung. Diese Röhre schließt am Hals luftdicht mit einer Manschette ab und erzeugt einen Unterdruck. Weißt du, was ein Unterdruck ist?«

»Wenn in der Röhre weniger Luft als draußen ist?«, fragte Harri.

»Genauso ist es«, bestätigte Fritz. »Wenn in der Röhre ein geringerer Luftdruck als im Zimmer herrscht, drückt der Umgebungsdruck Außenluft durch die Nase und den Mund des Patienten in die Lungen und beatmet ihn. Dadurch bleibt der Mensch am Leben und erstickt nicht.«

»Und wie lange muss der Mensch dann in dieser Röhre liegen?«

»So lange, bis die Muskeln sich erholt haben und er wieder allein atmen kann.«

»Und wenn die Muskeln sich nicht erholen?«, fragte Harri weiter.

»Dann muss er ein Leben lang in der Eisernen Lunge bleiben, denn sobald er sie verlässt, stirbt er.«

Harri sah seinen Vater mit großen Augen an. »Und wie geht man auf die Toilette?«

»Es gibt Versorgungsklappen, durch die eine Pfanne geschoben und der Patient auch gewaschen werden kann.«

»Aber er liegt nur noch in dieser Röhre, mit dem Kopf draußen, und kann sonst gar nichts machen? Die Hände sind auch in der Röhre?«

»So ist es«, bestätigte Fritz. »Aber die meisten Menschen erholen sich nach ein paar Wochen und sind dann wieder gesund. Für die ist diese Eiserne Lunge ein Segen, denn sonst wären sie tot.«

»Papa, kann ich auch Kinderlähmung kriegen?«

»Nicht, wenn du dir immer die Hände mit Karbolseife wäschst, wenn du in der Schule auf der Toilette warst.«

»In der Schule haben wir aber keine Seife auf der Toilette.«

»Dann werde ich dir ein Stück einpacken, das du immer benutzt, ja?«

Harri nickte.

»Und wasch dir auch immer die Hände, wenn du mit Kindern zu tun hattest, die dir auf irgendeine Weise krank erscheinen. Das ist ganz wichtig, Harri. Die Karbolseife tötet die Krankheitskeime ab. Nimm niemals ungewaschene Finger in den Mund. Hast du das verstanden?«

»Ja, Papa«, versprach Harri mit ernstem Blick.

»Es ist schon erstaunlich, wie wir Menschen in der Lage sind, auch die schwersten Zeiten zu überstehen«, meinte Paula. »Eine Eiserne Lunge aus einem Torpedorohr zu bauen, auf die Idee muss man erst mal kommen.«

»Genau das ist es, was unsere Medizin immer ausgemacht hat«, erwiderte Fritz. »Unser Erfindergeist. Wir lassen uns nicht kleinkriegen, wir holen immer das Beste aus unseren Möglichkeiten heraus. Auch in den schwierigsten Zeiten.«

»Wo wir gerade bei unseren Möglichkeiten sind …«, bemerkte Paula. »Hast du auf deinen Brief nach England eigentlich jemals eine Antwort bekommen?« Sie vermied es, das Wort *Mutter* zu verwenden, da Harri mit am Tisch saß und Fritz seinem Sohn nach wie vor verschwieg, wer die Frau aus England tatsächlich war.

»Nein. Ich habe allerdings auch nichts anderes erwartet. Uns ein paar Lebensmittelkonserven zu schicken ist eben doch etwas anderes als medizinische Hilfsmittel und Medikamente.«

»Sie hätte dir dennoch antworten können«, meinte Paula.

Fritz nickte. »Ich hätte auf mein Bauchgefühl hören und es einfach auf sich bewenden lassen sollen. Aber tief in meinem Innern habe ich gehofft, dass ich mich täusche und sie es tatsächlich ernst meint.«

»Und wenn der Brief verloren gegangen ist?«, fragte Harri. »Das passiert doch manchmal, Papa. Schreib ihr noch einen Brief. Und dann frag sie auch gleich nach Schokolade.«

Fritz fuhr seinem Sohn lachend mit der Hand durchs Haar. »Du bist mir ja ein Schlingel. Du willst also Schokolade?«

Harri nickte und funkelte ihn dabei übermütig an.

Es waren ausgerechnet Harris lachende Kinderaugen, dieser bittende Blick, den er von früher kannte, als Doro und Henriette noch gelebt hatten, die Fritz am Abend dazu bewogen, einen weiteren Brief an seine Mutter zu schreiben.

Liebe Mutter, schrieb er förmlich, obwohl er sie früher nie Mutter genannt hatte, sondern Mum oder Mama, je nachdem ob sie Englisch oder im Beisein anderer Deutsch miteinander gesprochen hatten.

> Da ich nach meinem Brief, den ich Dir am 27. Dezember 1946 schickte, nichts mehr von Dir gehört habe, wies mich mein Sohn Harri mit der ganzen Ernsthaftigkeit eines Zehnjährigen darauf hin, dass entweder mein eigener Brief oder Deine Antwort womöglich verloren gegangen sein könnten. Vielleicht hat er recht, immerhin ist der Hamburger Hafen seit Monaten zugefroren und auch die Bahnverbindungen sind aufgrund des kalten Winters weitestgehend zusammengebrochen. Eigentlich wollte ich Dir gar nicht mehr schreiben, Harri bat mich jedoch, Dich zu fragen, ob Du ihm Schokolade schicken könntest. Ich habe ihm bislang nicht verraten, dass Du seine Oma bist. Ich wollte verhindern, dass er nach dem Tod seiner Mutter und Schwester ebenfalls auf ein Wunder hofft, wenn er hört, dass meine Mutter nach einunddreißig Jahren von den Toten auferstanden ist. Er glaubt, Du wärest einfach eine Engländerin, der es leidtut, dass er seine Mutter und Schwester durch englische Bomben verloren hat. Es liegt mir fern, jemanden um irgendetwas zu bitten, aber da mein Stolz nicht das Letzte ist, was mir geblieben ist, sondern ich auch noch für mir nahestehende Menschen sorgen muss, habe ich mich dazu entschieden, meinen Stolz zu vergessen und Dir zu schreiben, wie es wirklich um uns bestellt ist. Ich will nichts

beschönigen, wir müssten verhungern, wenn wir keine Schwarzmarktgeschäfte machen würden, und auch so reicht es nur knapp zum Überleben. Wir besorgen uns über dubiose Kanäle Kohle, weil wir sonst längst erfroren wären. Täglich sterben Dutzende von Menschen. Harri ist am 8. Februar zehn Jahre alt geworden und hat in seinem jungen Leben schon mehr Leichen gesehen als so mancher Greis – angefangen bei den Tausenden Toten in jener grauenvollen Nacht des Feuersturms, als er seine Mutter und Schwester verlor. Danach irrte er hilflos durch die Stadt, bis er schließlich aufgegriffen wurde – ein sechsjähriger Junge, der noch nicht eingeschult war und deshalb nicht erkannte, dass sein Nachname falsch geschrieben worden war. Deshalb blieb ich an der Front jahrelang in dem Glauben, er sei ebenfalls tot, und fand ihn erst nach dem Krieg wieder, nachdem er zwei Jahre ganz allein in einem Waisenhaus verbracht hatte. Ich versuche alles, um diese Zeiten wiedergutzumachen und für ihn da zu sein, und soweit ich es kann, erfülle ich seine Wünsche, auch wenn das in diesen Tagen schwer ist.

Aber das Sterben geht immer weiter, es gehört in diesem Winter zum normalen Alltagsbild, erfrorene Menschen auf der Straße zu finden. Die meisten Toten sind nackt, wenn man sie findet. Irgendwer hat ihnen die Kleider genommen, um sich selbst vor dem Erfrieren zu schützen – ganz gleich, ob damit Läuse, Krätze oder Typhus übertragen werden. Man stumpft ab, verliert den Blick für das Leid, interessiert sich nur noch für das eigene Überleben. Du kannst die Bessergestellten wie uns allenfalls dadurch von der großen Masse unterscheiden, dass es uns gelingt, in der Wohnung eine durchschnittliche Temperatur von sieben Grad Celsius zu erreichen. Manchmal, wenn das Wartezimmer voll ist, steigt das Quecksilber sogar auf zehn Grad, aber die Ausdünstungen der Menschen sind so streng, dass man sich überlegen muss, ob man der Wärme oder der frischen Luft den Vorrang gibt. Wenn ich abends nach Hause komme, gebe ich meist der frischen Luft den Vorzug, denn ich habe kein eigenes Zimmer, sondern schlafe nachts im Wartezimmer. Die Enge ist unbeschreiblich, wir leben zu elft in dieser Sechszimmerwohnung, aber damit sind wir immer noch besser dran als die meisten anderen Menschen, die häufig sogar ihre Betten mit anderen teilen müssen. Wir können dankbar sein, dass wir noch eine intakte Wohnung haben, dass wir den Luxus von fließendem Wasser, Strom und Gas genießen können, auch wenn Strom und Gas streng rationiert sind und wir aufpassen müssen, unsere zugeteilte Monatsration nicht bereits in den ersten beiden Wochen eines Monats zu verbrauchen. Außerdem haben wir noch eine geringe Menge an Desinfektionsmittel, das uns dabei hilft, uns selbst vor ansteckenden Krankheiten zu schützen. Unsere Kinder sind zum Glück bislang von Krätze, Läusen und Flöhen verschont geblieben, obwohl sie in der Schule mit schwindsüchtigen Kindern zusammensitzen, die nicht so viel Glück haben und in zugigen Nissenhütten vor sich hin vegetieren müssen.

Und doch jammern wir nicht, sondern versuchen in all dem Elend, wo der Tod beinahe ebenso allgegenwärtig ist wie im Bombenkrieg, das Leben so normal wie möglich aufrechtzuerhalten. Ich versuche, für meine Patienten da zu sein, den Menschen die bestmögliche Medizin zu geben, auch wenn es an allen Ecken und Enden fehlt. Es ist schrecklich zu wissen, dass man viel mehr Menschen retten könnte, wenn man all das hätte, was man braucht. Wenn man nicht gezwungen wäre, ständig zu improvisieren und sich mit Abfällen zufriedenzugeben. Aber wir haben so viel überlebt, wir werden auch das schaffen.

Ich vergebe Dir, dass Du mich als Kind verlassen hast. Du warst in einer schwierigen Situation und nicht in der Lage, auf die Zukunft zu vertrauen. Ich hingegen vertraue trotz all des Elends, das uns umgibt, auf die Zukunft. Ich vertraue meinem Sohn und meinen Freunden, meiner Kreativität, meinem Optimismus und meiner Stärke. Vielleicht ist es besser, wenn Du uns nichts mehr schickst, auch wenn wir jede Hilfe gebrauchen könnten. Aber es ist besser zu wissen, dass man nichts zu erwarten hat, anstatt all sein Sehnen auf Hilfe von außen zu lenken, die niemals kommt. Es ist besser, sich zu sagen, dass man nur für sich selbst verantwortlich ist und alles allein regeln muss, weil einem ohnehin niemand helfen wird. Du musst Dir keine Absolution bei mir erkaufen, Du bekommst sie auch so, ganz gleich, ob ich jemals wieder etwas von Dir hören werde oder nicht.

Trotz meiner eigenen großen Verluste und unserer erbärmlichen Lebensbedingungen bin ich nämlich ein glücklicher Mann. Ich habe eine neue Liebe gefunden, ich habe eine kleine Tochter, die gerade ein Jahr alt geworden ist und der ich aus einer sentimentalen Regung heraus, ehe ich wusste, dass Du noch lebst, den Namen Leni gab. Ich habe Freunde, auf die ich mich in jeder Lebenslage verlassen kann. Ich habe den Beruf, den ich immer wollte, den ich liebe und in dem ich Menschen helfen kann. Ich habe meinen tot geglaubten Sohn wiedergefunden, das größte Geschenk, das mir das Schicksal machen konnte. Wenn ich es so betrachte, habe ich alles, was ich mir jemals gewünscht habe.

Ich wünsche Dir noch ein langes, glückliches Leben mit Ellinor und Thomas. Aber in Deinem Leben ist längst kein Platz mehr für mich, genauso, wie für Dich kein Platz mehr in dem meinen ist. Die mehr als dreißig Jahre der Trennung lassen sich nie mehr aufholen und die Gräben, die durch die beiden Weltkriege zwischen unseren Nationen entstanden sind, sind unüberbrückbar. Wir sind Fremde füreinander. Die Zeiten, da Du meine Mutter warst und ich Dein Sohn, sind seit 1915 vorbei. Fühl Dich uns gegenüber nicht länger verpflichtet – wir haben schon öfter schwierige Zeiten überstanden und sind Meister darin, uns wieder aus der Asche zu erheben.

Er hielt nochmals inne und überlegte, wie er den Brief wohl unterzeichnen sollte, und unterschrieb dann ohne jede Grußformel einfach nur mit *Fritz*.

30. Kapitel

Eine Woche nachdem Fritz den Brief an seine Mutter abgeschickt hatte, wachte er morgens, lange bevor der Wecker klingelte, mit unerträglichen Hals- und Kopfschmerzen, Schüttelfrost und Gliederschmerzen auf. Er versuchte, sich aufrecht im Bett hinzusetzen, merkte jedoch sofort, wie ihm schwindelig wurde. Das letzte Mal, dass er sich so krank gefühlt hatte, lag Jahrzehnte zurück. Seine unverwüstliche Gesundheit war immer sein größtes Kapital gewesen, sein Körper hatte ihn bislang nie im Stich gelassen. Nicht an der Front, wo er oft genug über seine Belastungsgrenzen hinausgegangen war, nicht während der Monate in dem erbärmlichen britischen Kriegsgefangenenlager und erst recht nicht im zerstörten Hamburg. Andererseits wunderte es ihn nicht. Die Stunden im unbeheizten OP, die allgemeine Kälte und die unzureichende Ernährung zwangen irgendwann jeden noch so starken Körper in die Knie. Er hatte bereits am vorigen Abend Halsschmerzen verspürt, sich aber nichts weiter dabei gedacht. Heute waren die Schmerzen so stark, dass er den sich im Mund sammelnden Speichel kaum noch schlucken konnte.

Er hoffte, dass ein oder zwei Tage Bettruhe genügten, aber das war einfacher gedacht als getan. In drei Stunden wäre dieses Wartezimmer bereits wieder voller Patienten, für die nicht einmal genügend Stühle vorhanden waren, und sein Bett musste dann wieder hochgeklappt einen Wandschrank vortäuschen. Unter diesen Bedingungen konnte er es sich nicht erlauben, auch nur einen einzigen Tag im Bett zu verbringen. Er versuchte aufzustehen – seine Beine schmerzten und fühlten sich dabei an, als wären sie aus Gummi. Es hatte keinen Sinn, er musste den Tatsachen ins Auge sehen, er war krank. Richtig krank. Er wollte tief durchatmen, spürte dabei einen heftigen Stich im Brustkorb, der ihn kurz innehalten ließ, dann raffte er sich auf, verließ trotz der Kälte und seines nach wie vor quälenden Schüttelfrosts das Bett und klopfte an die Tür des Sprechzimmers, wo Frau Koch schlief. Es dauerte eine Weile, bis sie wach war und ihm die Tür öffnete.

»Herr Doktor Ellerweg, Sie sehen ja furchtbar aus!«, rief sie.

»Mir geht es auch furchtbar.« Seine Zähne klapperten so sehr, dass ihm das Sprechen schwerfiel. »Ich wollte Sie um das Fieberthermometer bitten.«

Frau Koch nickte und holte es rasch. Fritz ging in sein Bett zurück und schob sich das Thermometer in die Achselhöhle. Als er es wieder hervorzog, zeigte das Quecksilber über vierzig Grad an. Er stöhnte auf. Es war schlimmer, als er befürchtet hatte.

Frau Koch war ihm nachgegangen, dick eingemummelt in ihren Morgenmantel und ihre Strickjacke, an den Füßen zwei Paar Socken und die Hausschuhe. Ihr Atem stieg in kleinen Wölkchen auf und Fritz fragte sich, wie viel von seinem Schüttelfrost dem Fieber und wie viel der niedrigen Raumtemperatur geschuldet war.

»Wie viel haben Sie?«, fragte sie ihn.

»Über vierzig«, erwiderte er immer noch zähneklappernd.

»Ich werde Doktor Hellmer wecken.«

»Lassen Sie ihn noch schlafen«, wollte Fritz sagen, aber Frau Koch war bereits aus dem Zimmer verschwunden.

Wenig später stand Richard an seinem Bett.

»Das ist bestimmt nur eine etwas heftigere Erkältung«, versuchte Fritz abzuwiegeln.

»Zeig mir mal deine Zunge.«

»Bäh!«

Eine tiefe Falte grub sich zwischen Richards Brauen, während er Fritz' Zunge betrachtete.

»Lass mich mal deine Leistenbeuge sehen«, sagte er dann.

»Wozu?«, fragte Fritz unsicher, während er seine Schlafanzughose zur Seite streifte. »Was erwartest du?«

»Genau das hier«, sagte Richard, als er den roten Ausschlag sah. »Es sieht ganz so aus, als hättest du Scharlach. Das wird in den nächsten Tagen vermutlich noch schlimmer werden.«

»Scharlach? Das ist völlig ausgeschlossen!«

»Wieso? Hattest du das schon als Kind?«

»Nein, aber ich hatte keinen Kontakt mit kranken Kindern.«

»Woher willst du das wissen? Es kann überall geschehen sein. In der Straßenbahn, in der Klinik, vielleicht sogar hier im Wartezimmer. Ich hatte in letzter Zeit einige Patienten mit Scharlach.«

»Na wunderbar«, stöhnte Fritz und wurde erneut von Schüttelfrost ergriffen. »Kaum taucht meine Mutter wieder in meinem Leben auf, bekomme ich auch noch Kinderkrankheiten.«

»Wir werden dein Bettzeug aufs Sofa im Wohnzimmer legen. Da hast du tagsüber deine Ruhe«, meinte Richard. »Aber die Kinder sollten sich lieber von dir fernhalten, die hatten alle noch keinen Scharlach.« Er seufzte. »Obwohl das vermutlich eine überflüssige Vorsichtsmaßnahme ist. Du hast es mit Sicherheit schon ein paar Tage ausgebrütet und da könnten sie sich bereits angesteckt haben.«

»Und was ist mit dir? Hattest du schon Scharlach?«

»Ich bin ein guter Arzt, ich habe alle Kinderkrankheiten durch.« Richard zwang sich zu einem Lächeln und verzichtete darauf, seinem Freund zu erzählen, dass er im Alter von fünf Jahren beinahe an einer Scharlachinfektion gestorben wäre.

»Rufst du Frau Maasbach an?«, fragte Fritz. »Damit sie den OP-Plan anpassen können? Ich stehe heute für drei größere Eingriffe auf dem Plan.«

Richard nickte. »Mach dir keine Sorgen, ich werde alles für dich regeln.«

Im Verlauf des Tages ging es Fritz immer schlechter. Die Halsschmerzen waren so stark, dass er kaum noch schlucken konnte. Auch das Trinken fiel ihm schwer, aber er zwang sich dazu, das eiskalte Wasser zu schlucken, weil es die Halsschmerzen etwas linderte. In der Wohnung war es nach wie vor sehr kalt und Fritz' heißer Körper schien regelrecht zu dampfen. Richards Mutter kümmerte sich fürsorglich um ihn, musste mehrfach die Laken wechseln, weil Fritz ständig in kalten Schweiß gebadet war und zugleich von heftigem Schüttelfrost gequält wurde. Das Fieber blieb unverändert hoch, trotz Wadenwickeln und fiebersenkender Mittel. Richard machte sich große Sorgen um seinen Freund, der ab dem späten Nachmittag trotz all ihrer Bemühungen nicht mehr richtig ansprechbar war, sondern fantasierte. Richard fragte sich, ob seine Diagnose richtig war. Er wusste, dass Scharlach schwere Verlaufsformen zeigen und zum Tode führen konnte, aber so etwas hatte er noch nie erlebt. In seiner Verzweiflung rief er Arthur an und bat ihn um seinen Rat als Internist.

»Bist du dir sicher, dass es Scharlach ist?«, fragte sein britischer Freund.

»Als ich die Zunge und den Ausschlag sah, war ich mir sicher«, erwiderte Richard. »Aber wenn ich ihn jetzt so sehe, könnte es auch eine schwere Grippe sein. Ich habe keine

Ahnung, was ich noch tun kann. Ich dachte, du als Internist könntest mir da weiterhelfen.«

»In England wird Scharlach seit einiger Zeit erfolgreich mit Penicillin behandelt«, sagte Arthur. »Bei einer Grippe würde das aber nicht helfen.«

»Kannst du denn an Penicillin kommen?«, fragte Richard hilflos.

»Das wird schwierig«, erklärte Arthur. »Der Alliierte Kontrollrat verbietet die Herstellung durch deutsche Firmen noch immer. Zwar gibt es eine deutsche Firma in Aachen, die irgendwie an einen Penicillinstamm gekommen ist und seither um die Genehmigung nachsucht, es auch für Deutsche in großem Stil verfügbar zu machen, aber die Genehmigungsverfahren ziehen sich hin. Und unsere Bestände sind nur für die eigenen Leute.«

»Arthur, ich habe große Angst, dass Fritz stirbt! Du solltest sehen, wie rasant sich sein Zustand seit heute Morgen verschlechtert hat. Kannst du jemanden bestechen, wenn es sein muss? Wir haben einhundert US-Dollar.«

»Einhundert US-Dollar?«, wiederholte Arthur erstaunt. »Woher habt ihr die denn?«

»Als du damals für Leni das Penicillin besorgt hast, haben wir nicht alles aufgebraucht. Fritz hat einen Cousin, der bei besagter Aachener Firma arbeitet, die den Penicillinstamm auf ungeklärte Weise bekommen hat. Er hat damals ein paar Kontakte vermittelt und dafür einhundert Dollar bekommen, die wir als eiserne Reserve für Notfälle aufbewahren. Das wissen nur Fritz, Paula und ich, sonst niemand, weil es ein sehr heikles Geschäft war.«

Richard hörte, wie Arthur am anderen Ende der Leitung schluckte. »Dann hat Fritz da seine Finger mit im Spiel gehabt?«

»Ja, denn es war schon immer unsere Meinung, dass Medizin jedem Menschen zusteht, ganz gleich, um wen es sich handelt. Du weißt, dass wir stets danach gelebt haben. Und wenn diese hundert Dollar jetzt dabei helfen, Fritz' Leben zu retten, ist das nur gerecht, oder?«

»Ich werde sehen, was ich tun kann«, versprach Arthur.

Als er am Abend vorbeikam, war Fritz gar nicht mehr ansprechbar. Er lag vor sich hindämmernd auf dem Sofa und wurde nach wie vor von heftigem Schüttelfrost gequält.

Arthur holte aus seiner Aktentasche mehrere Ampullen mit Penicillin hervor.

»Was hast du dafür bezahlt?«, wollte Richard als Erstes wissen.

»Gar nichts«, erwiderte Arthur. »Ich habe ganz offiziell angefragt, die Situation geschildert, erzählt, dass es sich um einen ärztlichen Kollegen handelt, der immer ein Gegner der Nazis war und außerdem noch eine britische Mutter hat. Das hat Wirkung gezeigt.« Er atmete tief durch. »Ihr könnt den Notgroschen unangetastet lassen.«

»Danke, Arthur. Du bist ein wahrer Freund. Wir stehen inzwischen so tief in deiner Schuld, das können wir dir niemals vergelten.«

»Hör auf damit«, sagte Arthur. »Wahre Freunde rechnen nichts auf, sondern handeln, wo gehandelt werden muss. Ich hoffe nur, dass deine Diagnose richtig ist. Wenn er eine Grippe hat, wird das alles nichts nützen.« Dann sah er selbst nach Fritz, der nicht einmal mehr bemerkte, wie Arthur ihn vorsichtig untersuchte.

»Und?«, fragte Richard, der danebenstand und zusah.

»Du hast recht, es ist Scharlach«, erklärte der Brite. »Eine sehr schwere Verlaufsform. Wenn er über zehn Tage alle zwölf Stunden eine Ampulle Penicillin bekommt, habe ich allerdings Hoffnung, dass er es ohne Spätfolgen übersteht.«

»Ohne Spätfolgen?«, fragte Richard. »Welche könnte es denn geben?«

»Ich habe 1938 schon einmal einen ähnlichen Fall in London gesehen. Damals hatten wir noch kein Penicillin. Der Patient war ein Baum von einem Kerl, gut genährt und kräftig. Er hat es überlebt, aber er litt seither an schwerer Herzinsuffizienz und war bettlägerig. Zwei Jahre später ist er gestorben.«

Richard schluckte.

»Keine Sorge, das wird Fritz nicht passieren.« Arthur klopfte Richard aufmunternd auf die Schulter. »Sieh lieber zu, dass du ihm jetzt gleich die erste Dosis Penicillin spritzt.«

Die nächsten beiden Tage blieb Fritz' Zustand kritisch. Zwar sank das Fieber am folgenden Morgen auf neununddreißig Grad, stieg dann aber in der Nacht wieder auf Werte über vierzig Grad an. Erst am dritten Tag sank es auf achtunddreißig Grad und Fritz war zum ersten Mal seit Ausbruch der Erkrankung wieder klar im Kopf und hatte auch Appetit. Am vierten Tag wollte er schon aufstehen, aber Richard blieb streng und nötigte ihn zur weiteren Bettruhe. Julia rief vom Krankenhaus aus täglich voller Sorge an, um sich nach seinem Zustand zu erkundigen, und war glücklich, als er am fünften Tag aufstand, um selbst an den Apparat zu kommen und sie zu beruhigen. Am sechsten Tag beendete Fritz die Bettruhe endgültig, aber Richard war dagegen, dass er schon wieder zur Arbeit ging.

»Nicht, bevor die zehn Tage rum sind, an denen ich dir alle zwölf Stunden eine Dosis Penicillin spritzen muss«, sagte er. »Wenn Arthur sich schon beide Beine ausreißt, um dein Leben zu retten, hast du auch gefälligst alles zu tun, was er dir als Freund und Internist vorschreibt.«

Fritz seufzte und setzte eine gottergebene Miene auf, als er Richard zustimmte.

Am letzten Tag der vorgeschriebenen Penicillingabe ging es Fritz schon wieder so gut, dass er nicht wusste, wohin er mit seiner

Energie sollte. Die Temperaturen lagen jetzt – in der zweiten Märzhälfte – immer häufiger über dem Gefrierpunkt, auch wenn noch überall Schnee und Eis lagen und von echtem Tauwetter noch keine Rede sein konnte. Ein Ausflug mit der kleinen Leni im Kinderwagen kam bei den derzeitigen Temperaturen noch nicht infrage. Die Kleine war jetzt zwölf Monate alt und brabbelte schon fleißig vor sich hin. Mit ihrem zarten blonden Haar und den blaugrünen Augen sah sie Fritz sogar erstaunlich ähnlich, was Paula immer wieder zu der spaßhaften Bemerkung »ganz der Papa« verleitete, wenn sie Fritz mit Leni zusammen sah. Fritz war erleichtert, dass es wegen Leni keine Spannungen mehr zwischen ihm und Paula gab, und er war Paula dankbar, dass sie sich weiterhin so gut um die Kleine kümmerte, wenn er in der Klinik war. Aber an diesem letzten Tag seiner Rekonvaleszenz genoss er es, Zeit für Leni zu haben. Während Paula in der Praxis arbeitete, war Richard auf Hausbesuch, die Kinder in der Schule und die anderen Mitglieder des Haushalts versuchten, irgendwo das Lebensnotwendigste zu organisieren. Lediglich Richards Mutter Ida war noch im Haus, um nebenher die Aufgaben einer Sprechstundenhilfe zu übernehmen.

Am späten Vormittag kam sie ins Wohnzimmer, wo Fritz mit Leni und Dackel Mimi spielte, und sagte: »Da ist Besuch für dich, Fritz.«

»Besuch?« Fritz zog die Brauen hoch. »Wer ist es?«

»Ellinor Mitchell. Sie hat ein Paket dabei, aber das wollte sie dir selbst geben. Sie sagte, sie wäre erst in St. Georg gewesen, hätte aber dort erfahren, dass du derzeit krankgeschrieben bist. Sie wartet in der Küche.«

»Na, dann werde ich mal versuchen, diesmal ein besserer Gastgeber zu sein als beim letzten Mal.«

Fritz nahm Leni auf den Arm und ging mit ihr in die Küche, wo Ellinor Mitchell auf einem der Stühle saß, ein großes Paket vor sich auf dem Küchentisch. Er fragte sich, ob sie beim

Transport Hilfe gehabt hatte und ob ihr Bruder Thomas wohl irgendwo betrunken vor der Tür herumlungerte.

Dann begrüßte er sie auf Englisch.

»Was führt Sie hierher?«, fragte er dann.

»Können Sie sich das nicht denken?«, erwiderte sie mit einem Lächeln. Sie erhob sich und ging ihm entgegen. Ihm fiel auf, dass ihr Lippenstift heute eine Nuance dezenter war. »Unsere Mutter konnte den Gedanken nicht ertragen, dass ihre bislang einzigen Enkelkinder in Deutschland hungern und frieren müssen.« Sie blieb vor ihm stehen und betrachtete das Kind auf seinem Arm.

»Ich nehme an, das ist die kleine Leni?«

Fritz nickte.

»Und wo ist Harri?«

»In der Schule.«

Ellinors Blick ruhte weiterhin auf Leni.

»Ich habe den Eindruck, Ihr Familienleben ist ebenso kompliziert wie unseres.«

Fritz war sofort klar, dass sie vor Neugier brannte, wer Lenis Mutter war. Er holte tief Luft. Eine gute Möglichkeit, seine Geschichte zu erproben.

»Ich habe Lenis Mutter anderthalb Jahre nach dem Tod meiner Frau kennengelernt«, sagte er. »In den Wirren der letzten Kriegstage verloren wir uns aus den Augen. Ich geriet in britische Kriegsgefangenschaft und wusste nicht, dass sie schwanger war. Andernfalls hätte ich sie selbstverständlich geheiratet. Sie schlug sich später bis nach Hamburg durch, aber als ich Nachricht von ihr bekam, war es bereits zu spät. Sie war in der Nacht zuvor bei Lenis Geburt gestorben. Ich habe natürlich umgehend die Vaterschaft anerkannt und die Kleine adoptiert, damit sie meinen Namen trägt.«

»Das tut mir sehr leid«, sagte Ellinor. »Und es spricht für Sie und Ihr Verantwortungsgefühl, schließlich könnte ja auch jemand anders der Vater sein.«

Fritz runzelte die Stirn. »Was soll das jetzt heißen?«

»Gar nichts weiter. Nur, dass es bestimmt etliche Männer gegeben hätte, die sich nicht so sicher gewesen wären, ob es tatsächlich ihr eigenes Kind ist. In diesen Zeiten ist viel passiert.«

»Wie ich Ihnen bereits bei unserer ersten Begegnung mitteilte, Miss Mitchell: Ein Mann, der liebt, kann alles. Mein Vater hätte meiner Mutter ihren Fehltritt vergeben und mir persönlich ist es nicht wichtig, die letzte Gewissheit über das rassereine Blut meiner Tochter zu haben. Leni ist mein Kind, weil ich die Vaterschaft anerkannt und sie adoptiert habe, damit sie einem ehelichen Kind gleichgestellt ist. Ich bin niemand, der sich sein Leben von Zweifeln vergiften lässt.«

Ellinor senkte den Blick. »Sie missverstehen mich völlig. Ich wollte damit nur sagen, dass ich diese Haltung bewundernswert finde, Doktor Ellerweg.«

Fritz räusperte sich. »Vielleicht sollten wir dann jetzt mit diesem ganzen formellen Getue aufhören. Ich bin Fritz und werde dich ab sofort Ellinor nennen.«

Ein Lächeln huschte über ihre Züge. »Das ist eine gute Idee, Fritz. Ich hoffe, ich kann Thomas auch dazu bewegen.«

»Und ich hoffe, er ist nicht draußen vor der Tür und kommt hier gleich betrunken hereingestürzt.«

»Nein, keine Sorge. Er ist kein Alkoholiker, er neigt nur dazu, ein bisschen über die Stränge zu schlagen.«

»Dann ist er also in der Nähe?« Fritz runzelte die Stirn.

»Er hat einen Wagen geliehen und wartet unten auf mich. Irgendwie musste ich das Paket doch herschaffen.« Sie zwinkerte ihm zu. »Aber keine Sorge, er hat gesagt, dass ihn keine zehn Pferde dazu bringen, eine deutsche Wohnung zu betreten.«

»Sehr lobenswerte Einstellung. Dann kann ich also darauf verzichten, Mimi auf ihn zu hetzen«, sagte Fritz mit Blick auf die Dackeldame, die soeben in die Küche gelaufen kam.

Ellinor drehte sich um und lachte beim Anblick des Hundes, der sich ihr vorsichtig schnüffelnd näherte.

»Meine Mutter hat mir erzählt, dass du schon immer ein Herz für Tiere hattest.« Sie beugte sich hinunter und streichelte Mimi. »Als Junge hattest du einen Schäferhund. Bobby.«

»Daran erinnert sie sich noch?«

Ellinor nickte. »Natürlich. Als die Wahrheit erst einmal ihren Weg nach draußen gefunden hatte, hat sie sehr viel von dir gesprochen. Und nachdem ich dich das erste Mal getroffen hatte, wollte sie immer mehr wissen und versuchte, es mit ihren eigenen Bildern der Vergangenheit in Einklang zu bringen. Dein letzter Brief hat sie tief bewegt und sie hat Thomas immer wieder dazu gedrängt, seinen Einfluss geltend zu machen, damit er mich noch einmal nach Hamburg fliegt und ich dir selbst dieses Paket bringen kann.«

»Es dürfte ihm nicht besonders gut gefallen haben, von ihr zum Lufttaxi degradiert zu werden. Zumal ich mir denken kann, dass es nicht besonders gern gesehen ist.«

»Nein, das ist es nicht«, gestand Ellinor. »Aber meine ... unsere Mutter hat ganz eigene Wege, das zu erreichen, was sie will. Seit sie mir ihre wahre Geschichte erzählt hat, habe ich immer öfter den Eindruck, ich hätte sie unterschätzt.«

»Seltsam, mir schrieb sie, sie würde sich allein nichts zutrauen und wäre stets auf die Unterstützung durch andere angewiesen. Ich hatte sie als eine Frau in Erinnerung, die sehr genau weiß, was sie will, also als genau die Person, von der du jetzt überrascht wirst. Allerdings sind meine Erinnerungen nicht verlässlich, ich habe sie zuletzt gesehen, als ich zwölf war.«

Ellinor öffnete ihre Handtasche und zog ein Foto hervor.

»So sieht sie jetzt aus.« Sie reichte ihm das Bild.

Fritz nahm es mit der linken Hand, während er Leni mit der Rechten weiterhin an sich drückte, und betrachtete das glänzende Schwarz-Weiß-Bild. Es zeigte eine ältere Dame in einem dunklen Kostüm vor dem schmiedeeisernen Tor eines typisch englischen Landsitzes. Das Gesicht war im Schatten des Hutes kaum zu erkennen und er suchte vergeblich nach vertrauten Zügen. Stattdessen fiel sein Blick auf das Auto im Hintergrund.

»Ist das wirklich ein Rolls-Royce Phantom III?«, fragte er ungläubig.

Ellinor lachte. »Das ist das Erste, was dir einfällt, wenn du nach über dreißig Jahren ein Foto deiner Mutter siehst?«

»Das ist eines der teuersten Autos der Welt!«

»Ja, aber es gehört nicht ihr, falls du das denkst, sondern einem guten Freund der Familie.«

»Und das ist auch das Haus des guten Freundes der Familie?«

»Nein, das ist unser Familiensitz.«

»Na, dann hat sie ja wenigstens die Leiter nach oben geheiratet. Vom kleinen Hausarzt zum Großgrundbesitzer.«

»Jetzt bist du verärgert.«

Fritz schüttelte den Kopf. »Nur enttäuscht. Weil mir langsam bewusst wird, warum sie ihre Spuren verwischte und nicht früher versucht hat, mich wiederzufinden. Als ihr zweiter Mann noch lebte, hatte sie einfach zu viel zu verlieren – Ansehen, einflussreiche Freunde und einen großen Besitz.« Er wollte Ellinor das Foto zurückgeben, doch die wehrte ab.

»Du kannst es behalten.«

Fritz legte es auf den Tisch und wiegte die kleine Leni sanft.

»Ich weiß nicht, ob es dich tröstet«, fuhr Ellinor fort, »aber Thomas ist von unserer Mutter genauso enttäuscht wie du. Vielleicht wäre es besser gewesen, wenn sie nur Töchter gehabt hätte.«

»Aber eine glückliche Ehe hat sie dir auch nicht vorgelebt, oder warum bist du noch nicht verheiratet?«

»Ich war verlobt. Mike ist 1941 gefallen.«

»Das tut mir leid«, erwiderte Fritz aufrichtig betroffen. »Dieser elende Krieg hat uns allen viel zu viel genommen.«

»Ja«, sagte sie leise und die Stärke, die sie bislang stets ausgestrahlt hatte, wich einer tiefen Traurigkeit, die sie anscheinend nur selten zeigte. »Ich war danach so verzweifelt, dass ich zum Ärger meines Vaters gefährliche Aufträge als Kriegsberichterstatterin an der Front annahm. Ich war die einzige Frau unter lauter Männern. Ich habe es geliebt, denn da habe ich mich selbst wieder gespürt. Ich habe mich in meine Arbeit geflüchtet, um den Schmerz ertragen zu können, aber es dauerte, bis ich mein eigenes Leben wieder zu schätzen wusste und es nicht nur als Last sah.« Sie nestelte in ihrer Handtasche, zog das goldene Zigarettenetui hervor und zündete sich eine Zigarette an, an der sie sofort gierig sog, ganz so, als könnte sie die Erinnerungen nur auf diese Weise ertragen. Gerade dieser Moment der Schwäche, gegen den sie mit einer unbändigen Kraft ankämpfte, sorgte dafür, dass Fritz sich ihr verbunden fühlte, ja, sich sogar selbst in ihr wiederfinden konnte. Auch er hatte sich in seine Arbeit geflüchtet, war über seine Belastungsgrenzen hinausgegangen, in jenen schrecklichen Monaten nach dem Tod seiner Familie.

»Ich habe dich bei unserer ersten Begegnung sehr unterschätzt«, sagte er leise.

»Das bin ich als Frau gewohnt.« Sie zwang sich, ihre Traurigkeit wegzulächeln, und für einen Augenblick erinnerte sie ihn von ihrer ganzen Art her an Julia.

Ellinor sah auf ihre Uhr – eine zierliche goldene Armbanduhr, die trotz ihrer Unscheinbarkeit vom Wohlstand der Familie zeugte. Ellinor würde gewiss nie in die Verlegenheit kommen, ihren Schmuck unter Wert für Lebensmittel oder Kinderschuhe fortgeben zu müssen so wie Julia.

»Ich glaube, ich sollte Thomas nicht länger warten lassen, obwohl die Gefahr in dieser Straße gering ist, dass er eine Kneipe findet. Aber bevor ich gehe, wollte ich dich um etwas bitten.«

»Worum?«

»Ich möchte gern eine Geschichte für die Zeitung schreiben. Eine Geschichte über unsere Familie. Darüber, wie es sich anfühlt, einen unbekannten Bruder in Deutschland zu finden, in genau der Stadt, die mein anderer Bruder als Pilot bombardierte. Wie du schon sagtest, dieser verdammte Krieg hat uns allen viel zu viel genommen und er tobt in den verwundeten Seelen der Menschen noch immer weiter. In England ist der Hass groß, da erneut Lebensmittelrationierungen eingeführt wurden, um Nahrungsmittel nach Deutschland zu exportieren. Viele meinen, ihr wärt selbst schuld, und sie sehen es nicht ein, warum sie sich einschränken müssen, um den Feind jetzt wieder aufzupäppeln. Sie sehen nicht das, was ich in diesen Straßen gesehen habe, nicht das, was du unserer Mutter geschrieben hast. Ich möchte gern die Wege von Thomas und dir gegenüberstellen und ich würde gern mehr über deine jetzige Arbeit im Krankenhaus erfahren, über die Art, wie du trotz des Mangels Menschen hilfst und an deiner Habilitation arbeitest. Ich habe mich erkundigt: Vor dem Krieg warst du auf Kongressen in London ein geschätzter Gast und deine Vorträge genossen in britischen Fachkreisen hohes Ansehen.«

»Hast du keine Angst, unsere Mutter als Bigamistin bloßzustellen, wenn du der Öffentlichkeit von mir erzählst?«, fragte Fritz.

»Ich würde sie in meinem Artikel als Witwe darstellen. Es gibt ja einen Totenschein deines Vaters und in Großbritannien weiß niemand, dass er erst 1943 starb. Wenn du es nicht verrätst, wird niemand die Wahrheit erfahren. Kann ich mich auf deine Diskretion verlassen?«

Fritz nickte. »Das kannst du selbstverständlich. Aber was wird Thomas dazu sagen?«

»Er wird grummeln, er wird schimpfen, er wird sich betrinken, und wenn er dann wieder nüchtern ist, wird er nachgeben. So wie immer.«

»Er sollte doch mal zu den Guttemplern gehen.«

Ellinor lachte erneut. »Ich werde es ihm ausrichten. Übermorgen ist Donnerstag, darf ich dich dann in deiner Klinik besuchen, um über den Artikel zu sprechen? Donnerstags ist doch deine Sprechstunde, oder?«

»Ich weiß zwar noch nicht, wie mein Zeitplan aussieht, da ich in den letzten zehn Tagen krank war, aber ich werde es irgendwie möglich machen.«

31. Kapitel

Die Vorermittlungen zu Krügers Prozess wegen der Kindermorde fanden Anfang April 1947 ihren Abschluss. Sie waren unspektakulär, denn Krüger bestritt die Taten nicht einmal, im Gegenteil, er verteidigte sie als ärztlich-ethisches Handeln, das im Einklang mit den damaligen Gesetzen gestanden habe. Sein Anwalt forderte, das Verfahren einzustellen, da kein Straftatbestand vorliege. Krüger habe nach damals herrschenden Gesetzen als Arzt moralisch verantwortlich gehandelt. Zu Richards Erleichterung folgte das Gericht diesem Antrag nicht und die Staatsanwaltschaft erhob Anklage wegen Mordes. Die Hauptverhandlung wurde für August angesetzt – sehr zum Ärger von Krüger, der bis zum Abschluss des Verfahrens weiterhin unter einem ärztlichen Berufsverbot stand und seinen Lebensunterhalt mit Trümmerräumen bestreiten musste.

Als die Tage im April wärmer wurden, konnte Richard das Sprechzimmer im Keller endlich wieder nutzen. An den Nachmittagen machte er weiterhin Hausbesuche und in diesen Stunden arbeitete Paulas Vater wieder als Arzt in der Praxis. Dadurch erhielt er eine bessere Lebensmittelkarte, was das Leben etwas einfacher machte. Auch Margits Familie ging es langsam besser. Sie hatten im Schrebergarten in einem selbst gezimmerten Schuppen ihre Tischlerwerkstatt eingerichtet und Ende 1946 die Genehmigung erhalten, Holz aus ihrer eigenen Forstwirtschaft nach Hamburg einzuführen. Zwar mussten sie zwei Drittel des gesamten Holzbestandes an die britische Besatzungsmacht abtreten, aber letztlich überwogen die Vorteile, zumal sie nur das Holz einbüßten, während der Grund und Boden in Familienbesitz blieb und wieder aufgeforstet werden konnte. Zweimal im Monat fuhr Karl nun mit einem befreundeten Spediteur aus der Stadt hinaus, um die Baumstämme abzuholen und zur weiteren Verarbeitung nach Hamburg einzuführen. Es war jedes Mal ein Abenteuer, denn der Lieferwagen war nicht nur alt und klapprig, sondern aufgrund des Benzinmangels auf den Betrieb mit einem Holzvergaser umgebaut worden. Der große Holzvergaser nahm die Hälfte der Ladefläche ein. Er brachte zwar nicht die Leistung eines Benzinmotors, aber er war jedem Pferdefuhrwerk überlegen. Außerdem nutzte Karl die Gelegenheit, um regelmäßig Lebensmittel in die Stadt zu schmuggeln. Holger sah die heimlichen Geschäfte seines ältesten Sohnes mit großer Sorge. Er befürchtete, sie könnten ihre Sondergenehmigungen verlieren – oder schlimmer noch, Karl könnte ins Gefängnis kommen. Andererseits hatten sie keine Wahl. Der Hunger war nach wie vor ihr größtes Problem, zumal Karls Frau Julie ihr zweites Kind erwartete. Jeder passte sich an und das Leben ging irgendwie weiter, aber Not und Mangel beherrschten den Alltag. Die Goldenen Zwanziger würden auf ewig die unerreichbare gute alte Zeit bleiben, und wo früher noch Raum für den Traum vom eigenen Auto oder von Reisen in ferne Länder vorhanden war, galten die geheimen Sehnsüchte jetzt einem Paar neuer Schuhe.

Mit dem Mai hielt der Frühling endgültig Einzug und das düstere Grau des Winters wurde von den blühenden Bäumen durchbrochen, die der Abholzung im Hungerwinter auf wundersame Weise entgangen waren.

Am Freitag, dem 9. Mai, war Richard nachmittags wieder einmal auf dem Weg zu einem Hausbesuch bei der gehörlosen Familie Schmieder. Er nahm den Weg als Abschluss seines Tagesgeschäfts gern auf sich, um auf dem Rückweg Fritz im Krankenhaus abzuholen und mit ihm gemeinsam nach Hause zu gehen.

Zahlreiche Frauen waren in den Straßen damit beschäftigt, die Trümmer wegzuräumen sowie Ziegelsteine zu reinigen und aufzustapeln, damit sie für den Wiederaufbau Verwendung finden konnten. Das Bild der Trümmerarbeiterinnen, die überall wie die fleißigen Ameisen werkelten, war so allgegenwärtig, dass Richard es normalerweise gar nicht mehr wahrnahm. Aber an diesem Tag hörte er lautes Wehgeschrei und sah mehrere Frauen und einige junge Mädchen, die lamentierend im Kreis herumstanden. Sofort hielt er in seinem Schritt inne und näherte sich ihnen.

»Ist etwas passiert?«, fragte er. »Ich bin Arzt, kann ich helfen?«

Zwei der Frauen, deren Kittel und Kopftücher so sehr vom grau-roten Staub der Ziegel bedeckt waren, dass man ihre ursprüngliche Farbe nicht mehr erkennen konnte, machten ihm Platz.

»Die Elli ist abgerutscht und schwer gestürzt«, sagte eine. »Das Bein ist ganz verdreht und blutet!«

Als Richard näher herantrat, sagte eine Frau in seinem Alter: »Wir haben schon einen Arzt vor Ort.« Ihr Gesicht wirkte verbittert und ausgemergelt, an ihrem Hals hingen schlaffe Hautfalten, die Richard an eine Pute erinnerten und darauf hindeuteten, dass sie in besseren Zeiten extrem korpulent gewesen sein musste. Auch die Art, wie sie ihren Kittel um den

Körper geschlungen hatte, verriet, dass er ihr inzwischen mindestens drei Nummern zu groß war.

»Vielleicht kann ich trotzdem helfen«, meinte Richard und die Frau machte ihm mit einem schwachen Nicken Platz.

Als Erstes sah er den Rücken eines Mannes, der eine abgewetzte Anzugjacke trug. Ihr Schnitt legte die Vermutung nahe, dass es einmal eine Maßanfertigung gewesen war, doch von dem alten Glanz war nichts geblieben. Der Mann kümmerte sich um ein junges Mädchen, das immer noch schrie, während er versuchte, die blutende Wunde an ihrem Bein notdürftig mit ihrem Kopftuch zu verbinden.

»Ich habe Verbandszeug dabei.« Richard ging neben ihm in die Hocke und öffnete seine Arzttasche. Als der Mann sich umdrehte, zuckte Richard zusammen. Doktor Krüger!

»Na, da schau her, der Kollege Hellmer«, zischte Krüger. »Ich hätte nicht gedacht, dass Sie überhaupt noch einen Blick für Ihre deutschen Landsleute haben.«

»Ich weiß nicht, wovon Sie reden.« Richard holte eine saubere Binde aus der Tasche.

»Wirklich nicht?« Krüger sah Richard mit einem lauernden Blick an. »Sie erfreuen sich doch bester Beziehungen zu den Engländern und haben sogar einen britischen Lieutenant dazu gebracht, Sie regelmäßig mit dem Auto herumzufahren, nicht wahr? Wobei sich die Frage stellt, ob Sie ihn dafür mit gewissen Dienstleistungen Ihrer Nichte entlohnen. Man hört ja so einiges …«

»Was fällt Ihnen ein?«

»Nichts, ich frag ja nur.« Ein süffisantes Lächeln legte sich über Krügers Züge. »Die Spatzen pfeifen das ja schon von den Dächern und Ihre eigene Tochter wäre ja noch ein bisschen zu jung dafür, nicht wahr?«

Richard blieb vor Ärger die Luft weg. Mit allem hätte er gerechnet, aber nicht damit, dass ausgerechnet Krüger versuchen würde, Lottchens und Arthurs Liebe in den Schmutz zu ziehen. Anscheinend ließ sein ehemaliger Kollege ihn immer noch von widerwärtigen Zuträgern beobachten, ganz so, wie dessen Anwalt es schon vor anderthalb Jahren angedroht hatte.

Noch bevor Richard seinen Ärger in Worte fassen konnte, fragte die Frau mit dem Putenhals: »Ist das ein Freund von Ihnen, Herr Doktor Krüger?«

»Nein, ganz im Gegenteil«, erwiderte Krüger, nahm aber dennoch die Rolle Verbandsmaterial, die Richard ihm noch immer hinhielt. Während er das Mädchen verband, dozierte er weiter: »Es gibt in diesen Tagen Deutsche und es gibt Nestbeschmutzer, die sich nicht zu schade sind, sich mit den Besatzern gemeinzumachen, um sich auf Kosten ihrer Landsleute Vorteile zu verschaffen. Herr Doktor Hellmer hier ist einer davon.«

Ein angespanntes Tuscheln und Zischen ging durch die Reihen der Frauen.

Richards erster Impuls bestand darin, sich umgehend zurückzuziehen, denn Krüger schien hier sehr beliebt zu sein. Andererseits widerstrebte es ihm, sich wie ein geprügelter Hund davonzustehlen und Krügers Behauptungen einfach stehen zu lassen.

»Sie wissen, dass das nicht stimmt«, sagte er deshalb. »Der einzige Unterschied unserer gegenwärtigen Situation liegt darin, dass ich nach wie vor als Arzt arbeite und Sie ein Berufsverbot bekommen haben.«

»Auf das Betreiben Ihres britischen Freundes hin«, entgegnete Krüger voller Bitterkeit. »Sie hatten ja nichts Besseres zu tun, als alte Animositäten, die nur uns beide etwas angehen, mithilfe der Besatzer zu Ihren Gunsten zu wenden. Dafür verdienen Sie die Verachtung eines jeden aufrechten Deutschen. Sie sind und bleiben ein widerwärtiger Nestbeschmutzer!«

»Wenn Sie der Meinung sind, dass man ein Nestbeschmutzer ist, wenn man gegen Ärzte wie Sie aussagt, die sich nicht scheuten, zweiundzwanzig ihnen anvertraute Kinder zu ermorden, dann bin ich in der Tat ein Nestbeschmutzer, doch dann bin ich es gern!«

Die Frauen raunten und tuschelten erneut; er sah erschrockene und empörte Blicke, wusste aber nicht, ob sie ihm oder Krüger galten.

»Sie waren schon immer ein erbärmlicher Lügner, Hellmer. Ein Lügner und Fälscher von ärztlichen Attesten und Gutachten. Ich habe niemanden ermordet, denn ein Mörder handelt mit Heimtücke und Bosheit. Ich habe schwer geschädigte Kinder, denen niemals ein glückliches, beschwerdefreies Leben möglich gewesen wäre, von ihren Leiden erlöst. Sie waren doch als Arzt an der Front, Hellmer. Haben Sie niemals einem schwer verwundeten Soldaten eine gnädige Dosis Morphium gegeben, wenn es keine Rettung mehr gab? Oder haben Sie die Väter, Brüder und Söhne dieser tapferen Frauen hier qualvoll in ihrem Blut verrecken lassen, wenn keine Rettung mehr möglich war?«

»Versuchen Sie nicht, Ihre Verbrechen auf diese Weise zu rechtfertigen. Das eine hat mit dem anderen nichts zu tun!«

»Oh doch!«, widersprach Krüger energisch. »Ein verantwortungsbewusster Arzt weiß, wo seine Grenzen liegen und wann der Tod die einzig mögliche Erlösung ist. Sie haben kein Herz, Sie hätten diese armen Wesen leiden lassen, anstatt sie von ihren Qualen zu erlösen, nicht wahr? Und wer weiß, vielleicht haben Sie ja auch unsere Soldaten unnötig im Felde leiden lassen.«

»Im Gegensatz zu Ihnen habe ich Leben gerettet, wo ich nur konnte! Sie haben überhaupt kein Recht, Ihre Kindermorde mit den ärztlichen Entscheidungen an der Front auf eine Stufe zu stellen.«

»Doktor Krüger hat dazu jedes Recht!«, schrie die Frau mit dem Putenhals. »Wie können Sie es wagen, von Mord zu sprechen, wenn ein kleines, lebensunfähiges Würmchen von seinen Qualen erlöst wird? Wie können Sie es wagen, anständigen Ärzten wie Doktor Krüger die Existenz zu zerstören?«

Richard fuhr herum. »Ich habe die Akten gesehen, das waren keine lebensunfähigen Würmchen. Keine der Behinderungen hätte den Tod zur Folge gehabt. Diese Kinder wurden einzig deshalb entsorgt, weil sie noch als Erwachsene dauerhaft der Fürsorge und Pflege bedurft hätten und somit als lebensunwert galten. Wären diese Kinder nicht lebensfähig gewesen, hätte man der Natur einfach ihren Lauf lassen können und sie nicht töten müssen!«

»Was wissen Sie denn schon?«, brüllte die Frau zurück. »Nur eine Mutter weiß, was es bedeutet, seinem Kind den größten Liebesbeweis zu geben und es gehen zu lassen, wenn es keine Hoffnung mehr gibt. Doktor Krüger hat das verstanden. Der hat mein kleines Hildchen erlöst, weil er das Herz auf dem rechten Fleck hat! Doktor Krüger war immer für unsere Kinder da, der hat die Sorgen und Ängste von uns Müttern ernst genommen!«

Aus der Gruppe der Frauen erhob sich zustimmendes Gemurmel, das die Putengesichtige anstachelte, sich weiter in ihren Zorn hineinzusteigern. »Und dann kommen solche Männer wie Sie dahergelaufen, die sich aus lauter Bosheit und Neid nicht scheuen, anständigen Männern die Existenz zu vernichten, und sich mit den Besatzern gegen deutsche Volksgenossen gemeinmachen! Sie sollten sich was schämen!«

Die Frau versuchte, ihn anzuspucken, doch Richard konnte ihr ausweichen. Verdammt, in welches Wespennest hatte er hier gestochen? Hatte Krüger sich tatsächlich unter den Rockschößen der Mütter seiner Opfer verkrochen, um sich nach wie vor im Recht zu fühlen? Es war höchste Zeit, von hier zu verschwinden, bevor die Situation gänzlich eskalierte.

Er nahm seine Tasche, doch es war zu spät. Noch ehe er sich vollends aufgerichtet hatte, ging ein infernalisches Geschrei los.

»Mit solchen Nestbeschmutzern sollte man kurzen Prozess machen!«, brüllte die Putengesichtige, krallte ihre Finger in den Unrat zwischen den Mauerresten und schleuderte Richard einen Klumpen aus Erde und Mörtelstaub an die Brust. Er schüttelte den Dreck ab und wollte sich einen Weg aus der Menge bahnen.

»Ja, jetzt will er feige davonlaufen, der Nestbeschmutzer!«, brüllte die Rädelsführerin. »Das könnte ihm so passen! Zeigt es ihm! Zeigt ihm, was wir von solchen Männern halten!«

Ein wilder Aufschrei ging durch die Menge und niemand, erst recht nicht Doktor Krüger, kam auf die Idee, die Meute zurückzuhalten – im Gegenteil, weitere Erdklumpen trafen Richard und jeder Treffer wurde von diesen Weibern laut bejubelt. Richard versuchte, sein Gesicht mit seiner Tasche zu schützen, wehrte einen weiteren Dreckklumpen ab, den die Putengesichtige auf ihn schleuderte. Fast hatte er sich aus dem Ring der wilden Weiber befreit, als ihn irgendetwas hart am Hinterkopf traf. Das Letzte, was er hörte, war ein Knall, als würde sein Schädel explodieren, dann wurde alles um ihn herum schwarz …

32. Kapitel

Als er wieder zu sich kam, lag er in einem weiß bezogenen Bett und Fritz saß bei ihm. Er brauchte eine Weile, bis er begriff, dass er im Krankenhaus St. Georg war.

»Du bist wieder wach«, sagte sein Freund. »Das ist gut. Kannst du mich erkennen?«

»Ja, Fritz«, erwiderte Richard leise. »Wer hat mich hierhergebracht?«

»Du wirst es nicht glauben, ausgerechnet Doktor Krüger. Er sagte, du hättest ihm bei der Versorgung eines jungen Mädchens mit offenem Beinbruch helfen wollen. Dabei hättest du dich jedoch mit ein paar Trümmerfrauen angelegt, die dich daraufhin mit Dreck bewarfen. Der Streit sei eskaliert und irgendjemand habe dir von hinten einen Stein an den Kopf geworfen. Als du blutend zusammengebrochen bist, seien die Weiber hysterisch kreischend auseinandergestoben, weil sie dachten, du wärst tot. Er könne nicht sagen, wer den Stein geworfen hat, aber er hat dir dann Erste Hilfe geleistet und dich sowie das junge Mädchen mit dem Beinbruch zu uns bringen lassen. Das Mädchen liegt jetzt auf der Frauenstation und hat Krügers Geschichte bestätigt.«

»Verdammter Mistkerl. Er hat die Meute überhaupt erst aufgehetzt.«

»Ich habe mir schon gedacht, dass die Geschichte so nicht ganz stimmt. Was ist wirklich passiert?«

Richard stöhnte und wollte nach seinem Kopf greifen, doch Fritz war schneller und hielt Richards Hand fest.

»Nicht anfassen. Der Steinwurf hat zu einer Impressionsfraktur geführt. Wenn Krüger dich einfach liegen gelassen hätte, wärst du inzwischen vermutlich tot. Ich musste notfallmäßig eine Trepanation durchführen, um das Hämatom auszuräumen, aber das wird folgenlos verheilen, keine Sorge. Die Hirnhaut ist nicht verletzt. Im Krieg haben wir schlimmere Operationen erfolgreich durchgeführt.«

»Mir ist furchtbar übel.«

»Das kann ich gut verstehen. Das wird auch in den nächsten Tagen noch andauern. Kannst du schon darüber sprechen, was wirklich passiert ist?«

Richard wollte nicken, spürte jedoch bei der Bewegung seines Kopfes erneut Schwindel und Übelkeit. Dennoch fasste er die Ereignisse in kurzen Worten zusammen.

»Tja, eine direkte Lüge kann man Krüger somit nicht nachweisen«, meinte Fritz. »Und diese bösartigen Weiber werden alle zusammenhalten und Krügers Geschichte bestätigen, falls man sie überhaupt findet. Und er hat dir dadurch, dass er dich umgehend ins Krankenhaus brachte, zweifellos das Leben gerettet. Er hat sogar deine Arzttasche unversehrt abgegeben.«

»Ich bin zutiefst gerührt«, stöhnte Richard. »Das wird sich bei seinem nächsten Verfahren bestimmt gut in seiner Leumundsakte machen. Der edle Doktor Krüger, der seinem Intimfeind, dem aktenfälschenden Nestbeschmutzer, das Leben rettet. Ein wahrer Edelmensch.« Er spie die Worte regelrecht hervor. »Weiß Paula schon Bescheid?«, fragte er dann.

Fritz nickte. »Ich habe sie gleich im Anschluss an die Operation angerufen. Sie wollte sofort kommen, aber ich habe ihr gesagt, dass du außer Gefahr bist und noch etwas Ruhe brauchst. Sie wird dich morgen mit den Kindern besuchen.«

»Und wie lange muss ich hierbleiben?«

»Mindestens eine Woche. Und auch danach solltest du dich nicht wieder gleich in den Alltag stürzen. Hausbesuche solltest du vorerst vermeiden.«

»Für den Fall, dass mir wieder wilde Weiber auflauern?«

»Du hast ein Loch in der Größe eines Groschens im Schädel, Richard. Wenn es größer wäre, hätte ich den Defekt irgendwie decken müssen, aber Silberplatten sind derzeit nicht zu bekommen. Solange die Wunde nicht ordnungsgemäß verheilt ist, besteht die Gefahr einer Infektion und lebensgefährlichen Hirnhautentzündung. Aber wenn die Haut erst mal ordentlich zugeheilt ist, kann nichts mehr passieren und der Knochen wird in den nächsten Monaten von selbst zusammenwachsen. Wusstest du, dass schon die alten Ägypter erfolgreich Trepanationen durchgeführt haben? Maxwell hat mir vor dem Krieg im Britischen Museum in London Schädel von Mumien gezeigt, die verheilte Trepanationsdefekte aufwiesen. Ich hatte dir doch erzählt, dass die Untersuchung von Mumien sein Steckenpferd ist, weißt du noch?«

Die Tatsache, dass Fritz so locker das Thema wechselte, beruhigte Richard. Sein Zustand war also nicht lebensbedrohlich.

Fritz erhob sich und ging zur Fensterbank, auf der zwei Röntgenbilder lagen.

»Die wollte ich dir noch zeigen«, sagte er. »Das ist dein Schädel vor der Operation und das danach. Gute Arbeit, nicht wahr?«

Er hielt die Bilder ins Licht. Auf dem ersten Bild konnte Richard den Knochensplitter sehen, der in den Schädel ragte, auf dem zweiten Bild war er ordnungsgemäß entfernt, aber er konnte den kleinen Defekt in der Schädelkalotte erkennen.

»Dann hast du heute wenigstens deinen Spaß gehabt«, meinte Richard. »Wenn das so weitergeht, kennst du bald alle meine Innenansichten. Nachdem du in Cherbourg schon an meiner Leber und meinem Magen rumschnippeln durftest, weißt du jetzt sogar, was ich im Kopf habe.«

»Oh ja, ich habe tatsächlich einen Blick auf dein Gehirn werfen können, und sollte dich jemand Strohkopf nennen, kann ich jederzeit beeiden, dass du kein Stroh im Kopf hast.« Er klopfte Richard einmal kurz auf die Schulter, dann entschuldigte er sich, weil er noch nach anderen Patienten sehen musste.

Richard war Fritz dankbar, dass der ihn aufheitern wollte, aber neben den Schmerzen und der Übelkeit machte sich noch ein anderes Gefühl in ihm breit, nachdem Fritz das Zimmer verlassen hatte: eine tiefe Niedergeschlagenheit und Verzweiflung. Er hatte sich immer bemüht, Menschen zu helfen, war stets seinem Gewissen gefolgt, hatte das Leben über alles gestellt. Und wohin hatte es ihn gebracht? Selbst wenn der Krieg vorbei war und die menschenverachtenden Gesetze der Nazis keine Gültigkeit mehr besaßen, so gab es immer noch genügend Menschen, die von diesem Gedankengut durchdrungen waren. Mochte Krüger derzeit auch unter Berufsverbot stehen, die Art und Weise, wie er die Frauen so schnell aufgehetzt hatte, dass sie jede Zurückhaltung verloren und selbst seinen Tod in Kauf genommen hatten, erschütterte Richard mehr als alles andere. Waren diese Menschen durch den Krieg verroht oder hatte ihre Verrohung überhaupt erst zu Krieg und Massenvernichtungen geführt?

Noch während er in seine düsteren Gedanken versunken war, klopfte es an der Tür. Es war Lottchen mit Arthur, der sie regelmäßig abends abholte, wenn sie wegen ihrer Doktorarbeit in der Klinik war.

»Wir haben gehört, was passiert ist«, sagte Lottchen. »Wie geht es dir, Onkel Richard?«

»Mein Stolz hat mehr gelitten als mein Kopf«, erwiderte er und gab sich gar keine Mühe, seine schlechte Stimmung zu verbergen. »Die Rädelsführerin, die Krüger am heftigsten verteidigte und mich als Erste anspuckte und mit Dreck bewarf, rühmte ihn noch als edlen Menschen, der ihr kleines Mädchen erlöst habe. Erlöst! Ich kann dieses verdammte Wort in dem Zusammenhang nicht mehr hören. Vermutlich hat sie einen Stall voll Kinder zu Hause und dieses eine, das ihr Arbeit machte, war ihr einfach nur lästig und sie war froh, dass Krüger es entsorgte!«

Lottchen und Arthur tauschten betroffene Blicke.

»Hast du schon Anzeige erstattet?«, wollte Arthur wissen.

»Nein, ich bin ja gerade erst wieder zu mir gekommen. Außerdem – was bringt es schon? Ich weiß nicht, wer die Täterinnen sind, und sie werden sich gegenseitig decken. Krüger war sehr geschickt, indem er mich ins Krankenhaus brachte; somit ist er über jeden Verdacht erhaben.«

»Würdest du Anzeige erstatten, wenn du den Namen der Aufwieglerin kennen würdest?«

»Ich weiß es nicht. Ehrlich gesagt, Arthur, ich habe mein Vertrauen in die Justiz längst verloren. Ein eingestelltes Verfahren oder gar ein Freispruch sind viel demütigender, als einfach darüber hinwegzusehen und die Sache als gegeben abzuhaken.« Er atmete schwer. »Wisst ihr, was der Mistkerl Krüger noch gesagt hat? Er fragte mich, ob meine Nichte sich mit gewissen Dienstleistungen dafür erkenntlich zeige, dass uns ein britischer Lieutenant ab und zu mit seinem Wagen mitnehme.«

»Jetzt wird es persönlich«, knurrte Arthur. »Auch wenn wir Krüger nicht drankriegen, diesem bösartigen Weib möchte ich doch zu gern eine Lektion erteilen.«

»Wie denn, wenn du nicht mal ihren Namen kennst? Und Krüger wird ihn dir bestimmt nicht verraten.«

»Nein. Aber da ist doch noch das Mädchen mit dem Beinbruch, dem du helfen wolltest.«

»Die hat Krügers Aussage bestätigt.«

»Die will ich ja auch gar nicht in Zweifel ziehen. Ich will den Namen der widerlichen Hexe, die die anderen Weiber aufgestachelt hat.«

Richard seufzte. »Ach, Arthur, lass es einfach auf sich beruhen. Das Mädchen mit dem gebrochenen Bein ist unschuldig.«

Arthur wechselte einen kurzen Blick mit Lottchen und sagte zu Richard: »Ich werde mich darum kümmern. Und du ruhst dich jetzt aus und siehst zu, dass du bald wieder auf dem Damm bist, klar?«

»Wie du meinst«, sagte Richard nur, denn er hatte keine Kraft mehr für eine weitere Diskussion.

Nachdem sie sich verabschiedet und Richards Krankenzimmer verlassen hatten, fragte Lottchen Arthur, was er vorhabe.

»Richard hat doch immer Sorge, mein Ansehen könne bei meinen Kameraden leiden, weil ich mich zu viel mit Deutschen abgebe. Jetzt habe ich eine hervorragende Gelegenheit, zur Abwechslung mal wieder den bösen britischen Besatzungsoffizier herauszukehren. Und damit fange ich gleich mal an. Wo liegt das Mädchen mit dem Beinbruch?«

33. Kapitel

Elli Berger lag auf der Frauenstation, und als Arthur sie erblickte, begriff er, warum Richard das Mädchen da raushalten wollte. Sie war nicht viel älter als Richards Tochter Emilia und sah ihn mit großen, ängstlichen Augen an, als er sie befragte.

»Ich habe da gar nichts mitbekommen.« Ihre kindliche Stimme ließ Arthur unwillkürlich an einen kleinen Vogel denken, der aus dem Nest gefallen war. »Ich hatte solche Schmerzen. Wirklich, ich weiß nicht, wer den Stein auf den Doktor geworfen hat.«

Als er sie immer eindringlicher nach der Rädelsführerin befragte, begann sie erst, hilflos zu stottern, und fing schließlich an zu weinen.

»Okay, beruhig dich«, sagte Arthur und zog seine Zigaretten hervor. »Ich verspreche dir, dass ich niemandem verrate, woher ich den Namen habe. Außerdem bekommst du zwei Zigaretten. Eine für den Vornamen und eine für den Nachnamen. Ist das ein Angebot?«

Die Tränen versiegten und er sah, wie ihre Gier mit ihrer Angst rang.

»Hedwig Machnik«, flüsterte sie, während sie sich die Tränen aus den Augen wischte. »Aber Sie dürfen ihr wirklich nicht sagen, dass Sie es von mir wissen.«

Arthur gab ihr die Zigaretten. »Weißt du auch, wo sie wohnt?«

Elli schluckte. Arthur zog eine weitere Zigarette hervor. »Für die Adresse. Fällt es dir wieder ein?«

Das Mädchen nickte, nannte einen Straßennamen und eine Hausnummer. Arthur gab ihr die Zigarette und notierte den Namen und die Adresse in seinem Notizbuch.

Lottchen hatte den Vorgang vom Dienstzimmer aus beobachtet. »Du bist wirklich ein sehr böser Brite«, bemerkte sie kopfschüttelnd. »Deine Zigaretten haben das Mädchen mit Sicherheit nachhaltig traumatisiert.«

Arthur lachte. »Ich wollte Informationen. Den bösen Briten spare ich mir für Hedwig Machnik auf. Und jetzt werde ich einen kleinen Abstecher zu dieser Adresse machen.«

»Nimmst du mich mit?«

»Ja, aber du wartest im Wagen, denn die Begleitung einer hübschen deutschen Frau würde meinem Auftritt die nötige Schärfe rauben.«

»Insbesondere nach dem, was Krüger über mich behauptete, ich weiß.« Sie seufzte. »Dann schimpf aber recht laut mit ihr, damit ich wenigstens etwas mithören kann.«

»Glaubst du etwa, ich kann nicht hart sein?«

»Doch. Andernfalls würde ich dich nämlich bitten, mir deine Zigaretten solange zur Aufbewahrung zu geben, damit du die dort nicht auch noch verschenkst.« Sie hauchte ihm einen Kuss auf die Wange, dann folgte sie ihm zu seinem Auto.

Hedwig Machnik wohnte mit ihrer Familie im Erdgeschoss eines Hauses, dessen obere Stockwerke durch den Feuersturm unbewohnbar geworden waren. Als Arthur seinen Jeep am Straßenrand parkte, wurden er und Lottchen von zahlreichen Augenpaaren angestarrt, überwiegend zerlumpte, schmutzige Kinder, aber es waren auch ein paar erwachsene Frauen darunter, die teils neugierig, teils ängstlich aus den zersplitterten Fenstern starrten oder ganz unverhohlen auf der Straße stehen blieben.

Während er ausstieg, fragte er sich, ob es wohl richtig gewesen war, Lottchen mitzunehmen. Was, wenn sich der Hass dieser Weiber an ihr genauso entladen würde wie an Richard? Andererseits bot seine Uniform einen gewissen Schutz, und wenn das allein nicht reichte, so hatte er noch seine Dienstwaffe dabei. Bei dem Gedanken fröstelte es ihn. Er hatte sich bislang immer sicher gefühlt und trug die Pistole nur, weil sie zu seiner Uniform gehörte. Seit er in Hamburg stationiert war, hatte er niemals das Gefühl gehabt, sie zu brauchen. Aber der Angriff auf Richard veränderte alles. Er erinnerte sich daran, was Lottchens Mutter ihm gesagt hatte, an ihre Befürchtungen, Lottchen könnte an Ansehen verlieren und Nachteile haben, wenn sie regelmäßig mit ihm zusammen wäre. Er hatte das damals für eine unbegründete Sorge gehalten. Er liebte Lottchen, er würde niemals zulassen, dass ihr etwas passierte, und niemand von seinen Kameraden würde es wagen, schlecht über sie zu reden. Margit vertraute ihm, aber womöglich wusste sie Dinge, von denen er bislang nichts geahnt hatte. Er atmete tief durch.

»Wenn etwas ist, rufst du mich, ja?«, mahnte er Lottchen.

»Was soll schon sein?«, fragte sie leichthin zurück. Dass sie selbst zu einem Angriffsziel werden könnte, schien ihr nicht im Geringsten in den Sinn zu kommen.

Während Arthur an die Tür von Hedwig Machnik klopfte, fragte er sich, ob seine Idee, die aus der spontanen Empörung über den Angriff auf Richard geboren war, tatsächlich so gut war. Er war zwar britischer Offizier, aber er handelte hier völlig eigenständig und ohne offizielle Rückendeckung. Er konnte lediglich versuchen, Hedwig Machnik einzuschüchtern, und obwohl er vom Verstand her wusste, dass sie es zweifellos verdiente, fühlte er sich unwohl und hatte das Gefühl, seine Uniform zu missbrauchen.

Ein junges Mädchen öffnete ihm grußlos die Tür und sah ihn misstrauisch an.

»Ist Hedwig Machnik im Haus?«, fragte er.

»Mama, ist für dich!«, rief das Mädchen, ohne ihn weiter zu beachten.

»Ich kann nicht, ich habe gerade das Paulchen.«

»Da ist ein englischer Soldat, Mama.«

Kurze Stille, dann hörte er hastige Schritte und im nächsten Augenblick stand eine schäbig gekleidete Mittvierzigerin in einem viel zu weiten, staubigen Kittel an der Tür. Auf dem Arm hielt sie einen halb nackten Jungen von vielleicht drei Jahren, dessen Gesicht und Oberkörper mit rotem Schorf überzogen waren, den sie anscheinend gerade mit irgendeinem undefinierbaren Puder behandelte. Er fragte sich, ob das Kind wohl an einer Schuppenflechte oder einer Infektion litt, doch er hielt sich mit Fragen zurück, schließlich war er nicht als Arzt hier und sein Mitleid war unangebracht.

»Hier, mach weiter«, sagte die Frau zu dem Mädchen und drückte ihr den Jungen in die Arme, dann wischte sie sich die Hände am Kittel ab und sah Arthur an.

»Was kann ich für Sie tun?« Trotz ihrer festen Stimme konnte Arthur die Angst und das unsichere Flackern in ihren Augen erkennen. Er zündete sich eine Zigarette an und nahm einen kräftigen Zug.

»Frau Machnik, Sie befinden sich in ernsten Schwierigkeiten.« Er blies ihr den Rauch ins Gesicht. »In sehr ernsten Schwierigkeiten. Wollen Sie das hier vor der Tür klären, wo alle Nachbarn mithören? Oder wollen wir lieber reingehen?«

Sie nickte stumm und ließ ihn eintreten. Die Wohnung bestand nur aus einem einzigen Raum, dessen Mitte ein Tisch mit sechs verschiedenen, bunt zusammengewürfelten Stühlen beherrschte. An den Wänden standen drei Betten, zwischen den Betten lagen Decken und alte Sackleinen auf dem Boden, auf denen mehrere Kinder hockten – ausgemergelte, verstörte Wesen, die ihn mit großen Augen ansahen. Er zählte insgesamt sechs Kinder, von denen der Kleine mit dem Ausschlag das jüngste und das Mädchen, das die Tür geöffnet hatte, das älteste war.

»Verschwindet nach draußen!«, herrschte die Mutter die Kinder an und scheuchte sie mit fuchtelnden Armen wie eine Hühnerschar aus der Wohnung. Die Älteste hielt noch immer den kleinen Paul auf dem Arm.

»Los, du auch. Puder ihn draußen weiter ein, ist ja warm genug heute.« Sie drückte dem Mädchen die Puderdose, die zwischen schmutzigem Blechgeschirr auf dem Tisch stand, in die Hand. Dann wandte sie sich wieder Arthur zu.

»Wollen Sie sich setzen?« Sie wies auf einen der Stühle. Arthur betrachtete die schmierige Sitzfläche und wollte lieber nicht so genau wissen, was das war.

»Ich ziehe es vor zu stehen.« Er nahm einen tiefen Zug von seiner Zigarette und betrachtete die kahlen Wände. Nur noch ganz oben waren Reste der ehemaligen Tapeten zu erkennen. Ein weiterer Blick verriet ihm, was mit der Tapete geschehen war, denn in der gegenüberliegenden Ecke des Raums stand eine Brennhexe, neben der die abgerissenen Tapetenteile anscheinend zum Anzünden gelagert wurden.

Hedwig Machnik war seinen Blicken gefolgt.

»Ist eben nicht der englische Königspalast«, meinte sie beinahe entschuldigend. »Aber was soll eine arme Witwe sonst machen? Mein Mann und meine drei ältesten Jungs sind im Krieg geblieben und unsere schöne, große Wohnung wurde ausgebombt.«

»Wenn ich mir das hier so ansehe, wird es Ihren Kindern im Waisenhaus vermutlich besser gehen, wenn Sie wegen

Mordversuchs im Zuchthaus landen«, bemerkte Arthur beiläufig.

Sie starrte ihn fassungslos an. »Was sagen Sie da?«

Er drückte seine Zigarette in einem der Blechnäpfe auf dem Tisch aus und zündete sich eine neue an.

»Sie wurden dabei gesehen, wie Sie den Arzt Doktor Richard Hellmer angegriffen haben. Der Mann liegt jetzt mit einem Schädelbruch im Krankenhaus. Es ist fraglich, ob er überlebt.« Er machte eine bedeutungsschwangere Pause, um seine Worte ausreichend wirken zu lassen.

Die Frau wurde erst rot, dann blass.

»Das ... das muss eine Verwechslung sein«, stammelte sie. »Ich habe niemanden angegriffen.«

Arthur zog an seiner Zigarette, stieß den Rauch durch Mund und Nasenlöcher aus und sah sie weiterhin schweigend an.

»Ich ... ich ...«, stammelte sie. »Ich weiß nicht, wie Sie darauf kommen.«

»Frau Machnik«, sagte Arthur nachdrücklich, »was glauben Sie eigentlich, sind mir die Beteuerungen einer Frau wert, die ihr eigenes Kind zur Tötung freigab?«

»Wer hat das behauptet?« Die Stimme der Frau war kaum noch hörbar.

»Das wissen Sie sehr gut«, donnerte Arthur.

»Nein, ich weiß gar nichts, ich ...«

»Hören Sie auf damit!«, unterbrach Arthur sie. »Ich will jetzt auf der Stelle wissen, wer den Stein auf Doktor Hellmer geworfen hat! Ich weiß, dass Sie die Meute aufgehetzt und ihn als Erste mit Dreck beworfen haben. Einen redlichen, anständigen Arzt, der sich immer für seine Patienten eingesetzt hat, oft genug unter Einsatz seines eigenen Lebens. Und was machen Sie? Sie greifen diesen Mann an, nur um den Mörder Ihres Kindes zu verteidigen!«

»So war das nicht!«, rief Frau Machnik verzweifelt. »Das Hildchen war nicht lebensfähig, die hatte einen viel zu kleinen Kopf und wäre immer blödsinnig geblieben. Ich bin doch schon genug mit dem Paulchen gestraft, der hat's seit der Geburt so schlimm mit dem Ausschlag und kein Arzt konnte ihm bislang helfen. Den hat mein Mann noch im letzten Heimaturlaub gezeugt, bevor er gefallen ist. Aber das Hildchen, das war ein Jahr älter als das Paulchen, und da lag kein Segen drauf, die war ja von Anfang an missgebildet, das hat die Hebamme schon gesagt und auch, dass sie das melden muss. Und Doktor Krüger hat dann das einzig Richtige getan, der hat das Hildchen untersucht und dann so ein lateinisches Wort benutzt, was sie hat. Und dass sie niemals sprechen und laufen lernen wird, sondern immer auf dem Stand eines Säuglings bleibt. Er sagte, dass sie eigentlich gar nicht wirklich lebt und uns allen, aber vor allem auch sich selbst, nur eine Last ist. Man sollte sie doch lieber erlösen. Und er meinte, es wäre doch auch für meinen Mann besser, wenn er gar nicht weiß, dass das Hildchen so geboren wurde. Ein totes Kind, das ist eine Tragödie, aber da kann man wenigstens trauern und dann nach vorn sehen, und ich müsste meine Kraft doch auch für die anderen Kinder bewahren.«

Zu Arthurs Überraschung rollte eine Träne aus dem Augenwinkel der Frau und hinterließ einen hellen Streifen auf ihrer staubigen Wange.

»Was hätte ich denn tun sollen?«

»Und das rechtfertigt den Angriff auf einen Arzt, der einer Verletzten zu Hilfe kommen wollte?«, fragte Arthur unbeeindruckt.

»Ich habe den Stein nicht geworfen. Ich war ja nur verzweifelt, weil da alles wieder hochgekommen ist. Und weil der Doktor Krüger doch der Einzige ist, der sich noch um uns kümmert. Der war immer ein guter Arzt und dem ist so übel mitgespielt worden. Das ist doch eine Verschwendung seiner

Fähigkeiten, dass der da jetzt mit uns als Trümmerhelfer arbeiten muss. Aber er lässt sich nicht unterkriegen und kümmert sich um uns, wenn die Gesundheit Probleme macht, wir aber keine Zeit haben, stundenlang in einer Arztpraxis zu warten.«

»Und das rechtfertigt den Angriff auf einen anderen Arzt, der nur helfen wollte?«, fragte Arthur nochmals.

»Ich habe den Stein nicht geworfen, das müssen Sie mir glauben. Bitte!«

»Dann sagen Sie mir, wer es war.«

»Das weiß ich nicht!«

»Oh doch, das wissen Sie. Sie haben jetzt die Wahl, Frau Machnik. Entweder Sie sagen mir, wer den Stein geworfen hat, oder ich werde meinen ganzen Einfluss geltend machen, damit Sie wegen Mordversuchs verurteilt werden. Oder vielleicht sogar wegen Mordes, denn ob der Doktor überlebt, ist nach wie vor offen.«

Die Frau erblasste. »Das können Sie nicht machen! Wer soll sich denn dann um die Kinder kümmern? Glauben Sie wirklich, im Waisenhaus wird sich jemand so um das Paulchen kümmern, wie es das braucht?«

Arthur sah sie mit harter, unnachgiebiger Miene an. »Ich will den Namen der Täterin!«

»Bitte, ich weiß es nicht!«, rief sie verzweifelt. »Wirklich nicht.«

»Gut, dann werden Sie sich dafür verantworten müssen.«

Im nächsten Moment hörte Arthur die Tür leise klappen und das große Mädchen kam mit Paulchen auf dem Arm zurück.

»Ich war's«, sagte sie leise. »Lassen Sie meine Mutter in Ruhe, ich hab den Stein geworfen.«

»Renate, was redest du denn da? Bist du irre, Kind?«, rief Frau Machnik, doch Arthur erkannte an der Art ihrer Betonung sofort, dass sie Renate nur dazu bewegen wollte, schnell wieder alles abzustreiten.

»Ich hab den Stein geworfen«, sagte Renate noch einmal. »Ich habe wie alle anderen einen Dreckklumpen aufgehoben und erst, als ich ihn schon geworfen hatte, habe ich gemerkt, dass es ein schmutziger Stein war. Es tut mir leid. Ich wollte das nicht.« Sie brach in Tränen aus. »Aber bitte nehmen Sie meine Mama nicht mit«, rief sie schluchzend. »Ich bin das gewesen.« Ihre Mutter nahm ihr den kleinen Paul ab und starrte Arthur voller Angst an.

»Bitte, sie ist doch noch ein Kind«, flehte sie. »Es war ein Unfall.«

»Ein Unfall?«, fragte Arthur bitter, hatte aber zugleich das Gefühl, dass ihm die ganze Situation entglitt. So hatte er sich das nicht vorgestellt. Es war etwas anderes, eine erwachsene Frau zur Rechenschaft zu ziehen als ein junges, dummes Mädel, das es seiner Mutter nur recht machen wollte. Die Schuld trug die Alte, sie hatte alle aufgehetzt. Aber sie war nicht die Täterin und das Mädchen würde niemals zulassen, dass seine Mutter für seine Taten eingesperrt wurde.

»Ein sehr seltsamer Unfall, wenn man einem Menschen vorsätzlich einen Stein an den Kopf wirft.«

Renate weinte immer heftiger. »Ich wollte das nicht, wirklich nicht«, beteuerte sie immer wieder. »Es tut mir so leid.«

»Wie alt bist du?«, fragte Arthur, doch sie weinte inzwischen so heftig, dass sie nicht antworten konnte.

»Sie ist vierzehn«, sagte ihre Mutter stattdessen. »Bitte, sie ist doch noch ein Kind.«

Ein Kind, ja, verdammt, das war sie. Ein dummes, verführtes Kind, und Arthur glaubte ihr sogar, dass es nicht in ihrer Absicht gelegen hatte, Richard ernsthaft zu verletzen. Aber er konnte das nicht so einfach auf sich beruhen lassen. Fieberhaft suchte er nach einem Ausweg. Schließlich sagte er: »Beten Sie darum, dass Doktor Hellmer überlebt. Möglicherweise verzichtet er darauf, ein Kind anzuzeigen, zumal er eine Tochter im gleichen Alter hat. Aber wenn er stirbt, wird das Konsequenzen haben, die Sie sich im Traum nicht vorstellen können.« Er warf seine Zigarettenkippe auf den Boden, trat sie aus und verließ die armselige Wohnung.

»Was ist passiert?«, fragte Lottchen, als Arthur neben ihr ins Auto stieg und hinter dem Steuer Platz nahm. »Du bist ja völlig aufgelöst.«

Er startete schweigend den Motor. Erst nachdem er angefahren war, erzählte er Lottchen von dem Gespräch.

»Onkel Richard wird das Mädchen bestimmt nicht anzeigen«, meinte sie. »Er hat ein großes Herz.«

»Ich weiß«, erwiderte Arthur. »Die Angst, die diese beiden jetzt haben, wird ihnen hoffentlich Strafe und Lehre genug sein.« Er atmete tief ein und stieß die Luft energisch wieder aus.

»Manchmal habe ich das Gefühl, dieses ganze verfluchte Land ist verrottet und es gibt nirgendwo mehr Anstand und Moral. Was erwartet man auch von Kindern, die in solchen Rattenlöchern aufwachsen müssen?«

»Nein«, widersprach Lottchen energisch. »Dieses Land ist nicht verrottet. Es ist trotz allem meine Heimat. Sie mag in Trümmern liegen und die Zeiten mögen das Schlimmste überhaupt in den Menschen zum Vorschein gebracht haben. Aber du weißt ganz genau, dass nicht alle so sind. Es besteht noch immer Hoffnung, dass Moral und Anstand zurückkehren. Renate hat dir offen ihre Tat gestanden, um ihre Mutter zu schützen. In einer durch und durch verrotteten Welt würdest du keine Ehrlichkeit mehr finden, da würde die Lüge über allem stehen, und niemand würde mehr für den anderen einstehen, sondern jeder hätte nur noch sein eigenes Wohl im Sinn. Aber so ist es nicht. Schlechte Zeiten bringen das Schlimmste in den Menschen zum Vorschein, aber gleichzeitig auch das Beste. Und genau das ist der Grund, weshalb Onkel Richard diesem Mädchen verzeihen wird. Und genau das war auch der Grund, warum du nach einem Ausweg suchtest, um sie nicht der deutschen Polizei zu übergeben.«

»Du kennst mich einfach zu gut, Lottchen.«

»Ja, und deshalb liebe ich dich ja auch so sehr.« Sie hauchte ihm einen Kuss auf die Wange.

34. Kapitel

Arthurs Laune war an diesem Abend an ihrem Tiefpunkt angelangt. Er hatte Lottchen nach dem Besuch in diesem erbärmlichen Rattenloch noch nach Hause in den Schrebergarten ihrer Familie gefahren und sich dann auf den Weg zurück in seine eigene Wohnung gemacht.

Kurz darauf klingelte es an der Tür. Es war sein Nachbar Colin.

»Ich habe gesehen, dass du dein Fräulein heute nicht dabeihast, da dachte ich, die Gelegenheit wäre günstig, dich endlich mal allein zu sprechen.« Er zwinkerte ihm vieldeutig zu.

»Komm rein«, sagte Arthur. »Was gibt es?«, fragte er, nachdem sie sich im Wohnzimmer auf dem Sofa niedergelassen hatten.

»Du hast dich in letzter Zeit kaum bei den Jungs blicken lassen. Das ist aufgefallen. Heute Abend wird wieder ein bisschen gefeiert und es wäre gut, wenn du dabei wärst.«

»Mir ist nicht nach Feiern zumute«, erwiderte Arthur. »Ich hatte einen anstrengenden Tag.«

»Ist es so schlimm, im Büro medizinische Akten zu durchforsten?« Colin grinste. »Ich dachte immer, das wäre viel erholsamer als im Krankenhaus. Mal abgesehen davon, dass du dir auch die ganzen deutschen Schweinereien ansehen musst.« Er zog seine Zigaretten hervor, bot Arthur auch eine an, die der mit einem kurzen dankenden Nicken annahm. Dann holte er sein Feuerzeug aus der Tasche, zündete seine Zigarette an und reichte es an Arthur weiter. Der betrachtete das Feuerzeug kurz, ehe er es an seine Zigarette hielt.

»Ein interessantes Souvenir mit Hakenkreuz. Woher hast du das?« Er gab es Colin zurück.

»Habe ich in unserer Wohnung gefunden. Der alte Eigentümer hatte dafür wohl keine Verwendung mehr.«

Colin nahm einen tiefen Zug.

»Die Jungs meinten, ich soll mal mit dir reden, weil wir uns ja noch am häufigsten sehen, so Tür an Tür.«

»Und worüber?«

»Sagen wir es mal so, Arthur. Böse Zungen fragen schon, ob man dich auch bald mit ›Heil Hitler‹ grüßen sollte.«

»Willst du mir damit sagen, dass ich in euren Augen kein Brite mehr bin?«

»Nein, so habe ich das nicht gemeint – im Gegenteil, wir meinen es nur gut mit dir. Siehst du, keiner hat was dagegen, dass du dir eine deutsche Geliebte hältst, nachdem deine Frau dich verlassen hat. Man hat ja schließlich Bedürfnisse, nicht wahr?«

»Aber?«, fragte Arthur hart. Colins überheblich zur Schau gestellte Fürsorge ärgerte ihn.

»Du gibst dich mehr mit Deutschen als mit deinen eigenen Landsleuten ab, Arthur. Und dabei bemerkst du gar nicht, wie die dich ausbeuten und du dich lächerlich machst. Du bist der Goldesel, der gemolken wird. Sie schnippen mit den Fingern, und du kommst.«

»Das denkst du?«

»Nicht nur ich. Arthur, sie mögen dir ja jetzt die geläuterten, anständigen Menschen vorspielen, aber wir haben die im Krieg erlebt. Was meinst du wohl, was passiert wäre, wenn du einem von ihnen im Krieg begegnet wärst und sie diejenigen mit der Pistole in der Hand gewesen wären?«

»Das weiß ich ganz genau, Colin.« Arthur nahm einen tiefen Zug an seiner Zigarette. »Das ist mir 1942 passiert.«

»Erzähl!«

Arthur schüttelte den Kopf. »Nimm es mir nicht übel, Colin, aber das ist ein Geheimnis, das ich nicht lüften werde. Ich habe es nur angedeutet, damit du begreifst, warum ich Fritz und Richard vertraue. Ich habe sie kennengelernt, als Deutschland noch siegreich war und sie die Pistolen in der Hand hielten. Und sie waren diejenigen, die die Waffen senkten, und Richard erzählte mir schon damals von den Gräueltaten der Nazis, unter denen er als Arzt sehr litt und gegen die er und seine Familie mit aller Kraft kämpften. Er erzählte es mir zu einer Zeit, als er nur Nachteile zu erwarten hatte. Heute redet er kaum noch darüber, was er für seine Patienten gewagt hat, weil er nicht mit den Tätern, die sich reinwaschen wollen, in einen Topf geworfen werden will. Es ist so bitter, Colin, dass man niemals weiß, ob man wirklich jemanden vor sich hat, der gegen Hitler war, oder nur einen widerlichen Opportunisten. Aber bei Richard und Fritz weiß ich das. Und auf deine Frage hin, ob man mich mit ›Heil Hitler‹ grüßen sollte – Richard bekam 1937 eine Vorladung von der Gestapo, weil er sich geweigert hatte, seine Patienten mit ›Heil Hitler‹ grüßen zu lassen. Sag unseren Jungs, die schlecht über mich reden, dass es mir scheißegal ist. Ich werde kein besserer Brite, indem ich mich heute Abend mit ihnen irgendwo besaufe und unseren großartigen Sieg feiere. Ich kann und will nicht feiern, während die Welt um mich herum in Trümmern liegt.«

»Daran sind die Deutschen schuld, nicht wir.«

»Das ändert nichts an dem Elend.«

»Aber es sollte etwas an deinem Blickwinkel ändern. Wenn sie gewonnen hätten, was meinst du, wo wir dann wären? Hast du Hackney vergessen? Die vielen unschuldigen Kinder, die dort starben?«

»Nein«, sagte Arthur. »Aber ich kann auch die unschuldigen Kinder nicht vergessen, die hier gestorben sind. Und deshalb ist mir nicht nach Siegesfeiern zumute. Weil die ganze Menschheit Verlierer in diesem Krieg ist.«

»Dir ist einfach nicht zu helfen. Aber sag nicht, ich hätte es nicht versucht.« Colin erhob sich. »Ich wünsche dir noch einen schönen Abend.«

35. Kapitel

In den folgenden Tagen erholte Richard sich langsam. Paula hatte ihn zusammen mit den Kindern gleich am nächsten Tag besucht und war erleichtert, dass er abgesehen von Übelkeit und Kopfschmerzen keine schlimmeren Symptome davongetragen hatte.

»Man muss auch mal das Positive sehen«, sagte sie mit einem Lächeln. »Immerhin hast du hier ein schönes Einzelzimmer auf der Privatstation und bekommst eine Lebensmittelzulage für Kranke. Also lass dir ruhig Zeit mit dem Gesundwerden.«

»Das sagst du nur, weil Mai ist. Hätten wir noch Januar, würdest du mir doch die Hölle heißmachen, damit ich schnell nach Hause komme und du im Bett nicht frieren musst.« Er grinste.

»Stimmt«, gab Paula zu. »Also sieh zu, dass du spätestens bis Oktober wieder zu Hause bist.«

»Da spricht die Optimistin aus dir. Ich hoffe, dass Fritz schon nächste Woche ein Einsehen mit mir hat und ich noch etwas von den warmen Maitagen habe.«

Am Abend kamen Arthur und Lottchen vorbei und erzählten ihm von Arthurs Besuch bei Hedwig Machnik und dem Geständnis ihrer Tochter Renate.

»Es liegt bei dir, Richard«, sagte Arthur abschließend. »Jetzt hast du die Namen und kannst entscheiden, ob du Anzeige erstatten willst.«

»Du weißt ganz genau, dass ich das nicht tun werde«, erwiderte Richard. »Ich glaube nicht, dass ein vierzehnjähriges Mädchen in irgendeiner Form gebessert wird, wenn es in ein Erziehungsheim kommt. Diese Heime waren schon vor dem Krieg schlimm, da wurde niemand ein besserer Mensch, ganz im Gegenteil. Und so, wie die Zeiten sind, ist es mit Sicherheit nicht besser geworden.«

Arthur nickte. »Das habe ich mir gedacht. Aber ich hoffe, dass die Angst vor den Konsequenzen heilsam ist.«

»Ich danke dir auf jeden Fall für deine Unterstützung.«

»Es war mir ein inneres Bedürfnis«, erwiderte Arthur. »Und ich weiß, dass du es im umgekehrten Fall auch für mich getan hättest.«

Richard wollte nicken, spürte aber sofort wieder den Schmerz im Kopf und hielt in der Bewegung inne. Seine Besucher merkten, wie sehr ihn das kurze Gespräch erschöpft hatte, und verabschiedeten sich kurz danach.

Der folgende Tag war Sonntag und diesmal war Richards Krankenzimmer richtig voll, denn seine Schwester Margit besuchte ihn gemeinsam mit ihrem Mann Holger, Tochter Lottchen und den drei Söhnen samt Schwiegertochter Julie und Enkelin Marie. Julies zweite Schwangerschaft war mittlerweile unübersehbar und Richard fragte sich, ob es in diesen schlechten Zeiten wohl eine bewusste Entscheidung gewesen oder ähnlichen Umständen geschuldet war wie Paulas unselige Schwangerschaft. Zugleich fragte er sich, wie sein eigenes Leben wohl ausgesehen hätte, wenn Paula damals eine andere Entscheidung getroffen hätte. Gewiss, die Situationen waren nicht vergleichbar. Paula war bereits über vierzig und hatte starke gesundheitliche Probleme gehabt, Julie war Mitte zwanzig und kerngesund. Paula würde niemals wieder ein Kind bekommen können und gerade diese Erkenntnis belastete sie seither. Die Paradoxie lag darin, dass sie sich darüber niemals Gedanken gemacht hätten, wenn es den Krieg nicht gegeben hätte. Seit Emilias und Georgs Geburt hatte das unausgesprochene Einverständnis zwischen ihnen geherrscht, keine weiteren Kinder zu bekommen. Sie hatten ihre Kräfte gebraucht, um Georg so zu fördern, dass er seine Taubheit verbergen konnte, und mussten auch für Emilia da sein. An weitere Kinder hatten sie niemals einen Gedanken verschwendet. Dann kam der Krieg und mit ihm all die damit verbundenen Schrecken. Richard war an der Front, Paula versuchte alles, um die Kinder zu schützen und noch dazu so viele Patienten wie möglich vor der Euthanasie zu retten.

Der Krieg war vorbei, sie hatten überlebt. Aber das Land lag in Trümmern und Richard wurde täglich aufs Neue bewusst, dass er in seinen eigenen Ansprüchen als Vater versagt hatte. Er hätte seinen Kindern so gern eine unbeschwerte Kindheit ermöglicht und eine Jugend, in der man Reisen plante oder nach Lust und Laune Kaffee und Kuchen in einer Konditorei genoss. Emilia und Georg hatten niemals bewusst erleben können, wie es war, wenn man in ein Café ging und etwas bestellte, ohne zuvor überlegen zu müssen, ob man es sich erlauben konnte, eine Reisemarke für Fett und Zucker aus der Lebensmittelkarte abzutrennen, wenn man ein Stück Kuchen wollte, oder ob die ohnehin viel zu gering bemessene Fett- und Zuckerzuteilung anderweitig dringender gebraucht wurde. Seit ihrem siebten Geburtstag gehörten Lebensmittelkarten zur Normalität.

Sein Blick fiel auf die kleine Marie, die am 30. April zwei Jahre alt geworden war. Wie würden die Zeiten wohl aussehen, wenn Marie anfing, ihre Umwelt bewusst wahrzunehmen? Würde sie sich vorstellen können, dass all die Ruinen und Trümmerberge einst stolze, schöne Häuser gewesen waren? Dass man in einer zivilisierten Welt gelebt hatte, in der es eine Selbstverständlichkeit gewesen war, fließendes Wasser, Strom und Gas zu haben? Genügend Kohlen, um im Winter ausreichend zu heizen? Oder wären das für Marie nur märchenhafte Geschichten aus der guten alten Zeit, in der immer alles besser und schöner war?

Glücklicherweise lenkte sein Besuch ihn recht schnell von den trübseligen Gedanken ab. Marie war ein goldiges Kind und ihr Lachen und ihre Neugier erfüllten Richard wieder mit Hoffnung. Konnten die Zeiten wirklich so schlecht sein, wenn kleine Kinder noch fröhlich lachten? Vielleicht waren sie ja auch zu beneiden, weil sie es nicht anders kannten und nicht dem hinterhertrauerten, was die ältere Generation längst verloren hatte. Und so ließ Richard sich von den lustigen Anekdoten mitreißen, die Karl und sein Bruder Matthias von ihrem Tagesgeschäft erzählten und die ihr Vater Holger mit eigenen Erlebnissen unterhaltsam illustrierte. Einzig Margits jüngster Sohn Bruno, der nur zehn Monate älter als Lottchen war, wirkte in sich gekehrt und niedergeschlagen. Seiner Familie schien es kaum aufzufallen, doch Richard bemerkte, dass den jungen Mann etwas belastete. Und so wunderte er sich nicht, als Bruno, nachdem sich alle anderen verabschiedet hatten, fragte, ob er ihn noch kurz unter vier Augen sprechen dürfe.

»Bruno, du solltest Onkel Richard jetzt lieber in Ruhe lassen«, tadelte Margit ihren Jüngsten, doch Richard wehrte ab.

»Keine Sorge, mir geht es gut. Und da Bruno heute am wenigsten geredet hat, ist es nur gerecht, wenn er noch einen Augenblick länger bleibt, während ihr Sabbelbüdel schon mal das Feld räumt.«

»Sabbelbüdel, ich fasse es nicht.« Karl schüttelte lachend den Kopf. »Da bemüht man sich um eine angemessene Konversation und wird Sabbelbüdel genannt.« Er nahm die kleine Marie auf den Arm, zwinkerte Richard und Bruno einmal kurz zu, dann verließ er mit seiner Familie das Krankenzimmer.

»Also, was gibt es, Bruno?«, fragte Richard aufmunternd und wies mit der Hand auf den Stuhl, der neben seinem Bett stand.

Bruno räusperte sich und nahm dann Platz.

»Ich habe ein … ein gesundheitliches Problem und ich kenne niemanden außer dir, mit dem ich darüber reden könnte.«

»Was für ein Problem?«

Bruno atmete schwer, dann schluckte er, setzte einmal an, versuchte, ein Wort zu bilden, bekam es aber nicht heraus.

»Ist es eine peinliche Krankheit?«, fragte Richard einfühlsam. Hatte sein Neffe sich womöglich mit einer Geschlechtskrankheit infiziert? Aber das konnte er sich eigentlich nicht vorstellen. Bruno war kein Schürzenjäger, er war immer sehr schüchtern und zurückhaltend im Umgang mit Mädchen gewesen.

»Es ist das Schlimmste überhaupt«, flüsterte Bruno. »Ich … ich … bin nicht normal.«

Richard sah ihn verdutzt an. »Du machst auf mich einen vollkommen normalen Eindruck, Bruno.«

»Ich … ich habe komische Gedanken«, erwiderte der junge Mann ausweichend.

»Was für komische Gedanken?« Sofort dachte Richard an Verfolgungsängste oder Zwänge.

Bruno räusperte sich erneut.

»Ich …« Er holte noch einmal tief Luft. »Ich habe verbotene Gedanken, wenn ich an Männer denke. Gedanken, die ein Mann eigentlich nur haben sollte, wenn er eine Frau sieht.«

Richard wusste im ersten Moment nicht, was er sagen sollte, und sah Bruno einfach nur wortlos an.

»Jetzt bist du schockiert. Das kann ich verstehen, Onkel Richard. Ich will ja etwas dagegen tun, ich will ja ganz normal sein, aber ich weiß nicht, wie ... Was soll ich machen? Ich schäme mich so sehr dafür.«

»Ich bin nicht schockiert, Bruno. Nur überrascht, das ist alles.« Er holte tief Luft. »Ich habe noch nie jemanden getroffen, der mir diese Problematik offen geschildert hat«, sagte er dann. »Aber ich habe während meines Studiums die Schriften von Magnus Hirschfeld gelesen, der sich schon früh für die Streichung des Paragrafen 175 einsetzte, weil er der Meinung war, dass es sich um keine Krankheit, sondern eine Normvariante handelt, die er als das dritte Geschlecht bezeichnete.«

»Und was meinst du, Onkel Richard?«

»Für Hirschfelds Theorie spricht, dass es bislang keine Möglichkeit einer wirksamen Behandlung gibt, die das Begehren umlenkt.«

»Aber was soll ich dann machen, Onkel Richard? Wie kann etwas normal sein, das unter Strafe steht?«

»Gesetze werden von Menschen gemacht, Bruno. Sie sagen nicht, was normal oder gottgewollt ist, sondern drücken nur das aus, was die Machthaber denken. Erinnere dich an die Nürnberger Rassengesetze. Wie kann es verboten sein, dass zwei Menschen sich lieben, nur weil sie unterschiedliche Religionen oder Rassen haben? Gut, wenn sich zwei Männer lieben, ist das etwas ungewöhnlicher, aber im Grunde ist es doch ihre Privatangelegenheit, wenn sie niemanden belästigen und es im gegenseitigen Einvernehmen geschieht. Ich fürchte, da kann die Medizin nicht viel machen, Bruno.«

»Aber ... aber wie soll ich damit zurechtkommen? Ich will das nicht, Onkel Richard. Ich will ganz normal sein! Da muss es doch irgendetwas geben, das man tun kann!«

Brunos Verzweiflung berührte Richard tief, zumal er sich in seiner bisherigen Laufbahn niemals sonderlich mit der Sexualmedizin auseinandergesetzt hatte. Die Schriften von Hirschfeld hatte er interessiert gelesen – so wie einen Reisebericht in eine völlig andere Welt, deren exotische Fremdheit ihn faszinierte –, aber er hätte niemals gedacht, dass er eines Tages mit dem Gewissenskonflikt eines Betroffenen zu tun haben würde, und schon gar nicht, dass es sein jüngster Neffe Bruno wäre.

»Mein Schwiegervater hat noch eine Ausgabe der Schriften von Magnus Hirschfeld in seiner Bibliothek. Ich verspreche dir, dass ich mich in die Thematik vertiefen werde, sobald ich wieder zu Hause bin. Und dann werden wir schon gemeinsam eine Lösung finden.«

Bruno sah ihn misstrauisch an. »Und wie, wenn es keine Heilung gibt?«

»Als wir damals erfuhren, dass Georg gehörlos ist, wussten wir auch, dass es keine Heilung gibt, Bruno. Wir wussten, dass wir nichts daran ändern können. Georg wird niemals etwas hören, also haben wir uns gar nicht erst gestattet, dieses Schicksal zu beklagen, sondern von Anfang an nach Möglichkeiten gesucht, ihn zu fördern und ihm ein normales Leben zu ermöglichen.«

»Aber das ist etwas anderes«, meinte Bruno.

»Ja«, gab Richard zu. »Und dennoch ist es vergleichbar, denn beides trennt von der sogenannten gesunden Mehrheit der Menschen. Aber es bedeutet nicht, dass man krank ist. Du kennst Georg seit seiner Geburt, Bruno. Hast du Georg jemals als krank oder behindert wahrgenommen oder einfach nur als deinen Cousin, der nicht hören kann und deshalb deine Lippen beim Sprechen sehen muss und sich mit der Gebärdensprache verständigt?«

»Es war für mich eigentlich immer normal, dass er so ist.«

»Eben«, gab Richard zu. »Menschen unterscheiden sich, sie haben unterschiedliche Eigenschaften und Fähigkeiten. Aber das, was sie ausmacht, ist ihre Persönlichkeit, und wir sollten sie immer nur an ihren Taten messen. Es hat uns noch nie weitergebracht, unser Schicksal zu beklagen, wenn wir nicht gleichzeitig nach Lösungen suchen. Und es gibt immer eine Lösung, die uns hilft, trotz der Widrigkeiten, die wir nicht ändern können, ein zufriedenes Leben zu führen. Und genau dabei werde ich dir helfen, Bruno. Ich kann dir keine Heilung versprechen, ich kann dir nur dabei helfen, deine persönliche Lösung zu finden.«

»Danke, Onkel Richard«, stieß Bruno erleichtert hervor. »Aber du behältst das doch für dich, oder?«

»Ich denke, diese Selbstverständlichkeit war dir bereits bewusst, als du dich an mich gewandt hast, oder?« Er zwinkerte seinem Neffen verschwörerisch zu und freute sich, als der sein Lächeln erwiderte.

36. Kapitel

»Ich habe Ihren Artikel gelesen, Miss Mitchell. Sehr beeindruckend.«

Ellinor sah ihren Verleger Ralph Morgan misstrauisch an. Begeisterung sah anders aus.

»Er ist wirklich gut geschrieben, aber so kann ich ihn leider nicht drucken.«

»Warum nicht?«

Morgan lehnte sich in seinem ledernen Sessel zurück, nahm eine große Zigarre aus der mit Elfenbein verzierten Zigarrenkiste, die auf seinem Schreibtisch stand, und zündete sie an. Wenn man in Ralph Morgans Büro war, strahlte einem der Reichtum des erfolgreichen Verlegers mehrerer renommierter Zeitungen und Illustrierten aus jeder Ecke entgegen. Sein Schreibtisch sowie das gesamte Mobiliar waren aus Mahagoni, an den Wänden hingen Diplome, Auszeichnungen und zahlreiche gerahmte Fotografien, die Morgan mit einflussreichen Personen der britischen Gesellschaft zeigten. Ihr Vater war mit Morgan eng befreundet gewesen, was ihr einige Türen geöffnet hatte, die ihr sonst verschlossen geblieben wären. Und seit Morgan von der Qualität ihrer Texte überzeugt war, hatte er sie gefördert, wo er konnte. Er hatte sie gegen den Willen ihres Vaters unterstützt, als sie nach Mikes Tod Kriegsberichterstatterin werden wollte, und ihre Beiträge regelmäßig veröffentlicht.

»Sie müssen das verstehen«, sagte er und zog an seiner Zigarre. »Unsere Leser wollen von britischen Helden lesen. Von Männern wie Ihrem Bruder Thomas. Die Menschen wollen nichts von verbrannten deutschen Kindern hören. Wir haben selbst genügend Verluste durch die deutsche Luftwaffe erlitten.«

»In meinem Artikel geht es nicht um verbrannte deutsche Kinder, sondern darum, dass Kriege Familien entzweien und gute Menschen auf beiden Seiten dazu zwingen, Feinde zu sehen, wo eigentlich Freunde und Familie wären. Verstehen Sie, ich war selbst innerlich zerrissen, als meine Mutter mir von ihrer ersten Ehe in Deutschland und meinem bis dahin unbekannten Halbbruder erzählte. Nach dem Tod meines Verlobten Mike war es leicht, alle Deutschen zu hassen. Es war so eindeutig, wer die Bösen und wer die Guten sind.«

»Das ist es immer noch«, sagte Morgan. »Wir haben die Welt von der Geißel Hitlers befreit. Sie wissen, was diese deutschen Barbaren getan haben, nicht wahr? Sie haben doch die Bilder der KZs gesehen. Ein Volk, das so etwas zu verantworten hat, gehört nicht länger in den Kreis der zivilisierten Nationen. Und dafür trägt jeder einzelne Deutsche die Schuld. Wenn ich Ihren Artikel in unveränderter Form drucken würde, wäre das eine Beleidigung für alle unsere Toten, die ihr Leben im Kampf gegen die Nazis gelassen haben.«

»Mein Bruder war niemals ein Nazi«, widersprach Ellinor. »Er hat den Menschen immer nur als Arzt geholfen. Ich habe das alles in meinem Artikel geschrieben.«

»Ihre Loyalität ehrt Sie, aber das ändert nichts daran, dass Ihr Bruder als Arzt bei der Wehrmacht war.«

»Weil er eingezogen wurde. Was hätte er denn tun sollen?«

»Sie argumentieren schon genauso wie die Deutschen, Miss Mitchell. Aber in meinen Zeitungen ist kein Platz für deutsche Propaganda.«

»Deutsche Propaganda?«, rief Ellinor entrüstet. »Was heißt hier deutsche Propaganda? Haben Sie meinen Artikel überhaupt gelesen? Mir geht es um Versöhnung und darum, Gemeinsamkeiten aufzuzeigen, um zu verhindern, dass so etwas jemals wieder geschieht. Aber das geht nur, wenn wir endlich aufhören, die Welt in Gut und Böse einzuteilen. Wir haben die Verantwortung, uns als Menschen ständig selbst zu hinterfragen. Insbesondere wir Journalisten!«

»Ich habe Ihren Artikel gelesen, Miss Mitchell, und ich habe ihn auch verstanden. Aber meine Leser wollen das nicht lesen. Wir haben gelitten, wir haben gekämpft, wir haben Verluste erlitten. Aber wir haben es ertragen in dem Bewusstsein, auf der richtigen Seite zu stehen, das Richtige zu tun und für das Gute zu kämpfen. Die Deutschen haben sich ihre Toten allesamt selbst zuzuschreiben. Ich habe kein Mitleid mit verbrannten deutschen Kindern, denn ich denke an die vielen britischen Kinder, die unschuldige Opfer wurden. An Kinder wie meine Nichte Rosemary. Sie war erst elf Jahre alt, als sie zusammen mit meiner Schwester bei den Bombenangriffen getötet wurde.«

Ellinor zuckte zusammen. »Das tut mir sehr leid, das wusste ich nicht«, sagte sie leise.

»Sparen Sie sich das«, zischte Morgan und auf einmal fühlte Ellinor sich an ihre erste Begegnung mit Fritz erinnert. Er hatte ihr ebenfalls gesagt, dass sie sich ihre wertlosen Beileidsbekundungen schenken solle. Bevor sie etwas erwidern konnte, fuhr Morgan aufgebracht fort: »Es genügt schon, dass bei uns wieder eine Lebensmittelrationierung eingeführt wurde, um diejenigen, die unser Volk getötet haben, aufzupäppeln und zu füttern. Wer schreit denn jetzt nach Versöhnung? Diejenigen, die Feuer in die Welt getragen und die schrecklichsten Verbrechen der Geschichte begangen haben! Nein, Miss Mitchell, die Zeit ist noch lange nicht reif für Ihren Artikel. Sie sollten ihn weglegen und vielleicht als Großmutter Ihren Enkelkindern vererben, aber niemand, den ich kenne, will eine solche Geschichte lesen, die den Ruhm unserer Helden schmälert.«

»Sie schmälert den Ruhm unserer Helden doch gar nicht«, versuchte Ellinor es noch einmal mit Nachdruck. »Sie soll nur zeigen, dass es auf der anderen Seite auch Menschen gab, die die Grundsätze der Humanität hochgehalten haben und dies immer noch tun. Wenn wir das abstreiten, wird es doch niemals eine Versöhnung geben, weil wir dann in den gleichen Fehler wie die Nazis verfallen. Weil wir Menschen dann pauschal nach Rasse und Herkunft verurteilen, anstatt sie an ihren Taten zu messen.«

»Wollen Sie mir unterstellen, ich würde wie die Nazis handeln?« So aufgebracht hatte Ellinor ihn noch nie erlebt. Was hatte sie da bloß angestoßen?

»Ich unterstelle Ihnen überhaupt nichts«, gab Ellinor mit gezwungener Ruhe zurück. »Sie wollen den Artikel also nicht drucken, weil ich meinen deutschen Halbbruder Fritz Ellerweg als anständigen Menschen darstelle, der unter schwierigsten Bedingungen ein Krankenhaus am Laufen hält und Menschen hilft, anstatt als den bösen, verachtenswerten Kraut?«

»So ist es. Ich werde es nicht dulden, dass unsere heldenhafte Royal Air Force mit den Mördern der deutschen Luftwaffe auf eine Stufe gestellt wird. Als Patriotin und Schwester eines Royal-Air-Force-Piloten sollten Sie das am besten wissen.«

»Gerade deshalb kann ich es mir erlauben, über meinen Tellerrand hinauszublicken. Wenn wir einen weiteren großen Krieg verhindern wollen, gilt es, in die Zukunft zu blicken, die Ursachen dieser Katastrophe aufzuarbeiten und die Versöhnung unter allen anständigen Menschen, unabhängig, welcher Nationalität sie sind, voranzutreiben. Und wir haben die Chance – jetzt in diesem Moment. Aber wenn wir sie nicht ergreifen, sondern das Handeln anderen überlassen, wird das Empire die Zukunft nicht länger gestalten, sondern ebenso untergehen wie das Deutsche Reich!«

»Miss Mitchell, glauben Sie wirklich, das Empire wird untergehen, wenn Ihr Artikel nicht erscheint?« Morgan lächelte nachsichtig.

»Nein, nicht deswegen«, widersprach Ellinor, »sondern wegen der Denkweise, die dahintersteckt – bestimmte Sichtweisen nicht zuzulassen, sondern sich lieber an den Siegen von gestern zu ergötzen, die Feinde von gestern, die restlos am Boden liegen, weiterhin zu verteufeln, anstatt sich den wirklichen Gefahren der heutigen Zeit zu widmen!«

»Miss Mitchell, vielleicht sollten Sie lieber in die Politik gehen. Aber es ändert nichts daran, dass ich diesen Artikel nicht drucken werde. Schreiben Sie etwas über britische Helden, dann können wir ins Geschäft kommen. Meinetwegen auch über die deutschen Verbrechen, das verkauft sich ebenfalls sehr gut. Interviewen Sie Überlebende der KZs, damit wir wieder wissen, warum wir diesen Kampf führten und unser Blut für eine bessere Welt vergossen haben. Aber leihen Sie Ihre Stimme nicht den Falschen. Sie sollten auf Ihr Herz als Engländerin hören, die Stimme Ihres Volkes sein. Und was Ihren Halbbruder angeht – niemand hindert Sie daran, ihm Pakete zu schicken. Ich wünsche Ihnen noch einen guten Tag!« Er erhob sich und wies ihr die Tür.

In dem Moment, da Ellinor Morgans Büro verließ, wusste sie bereits, dass sie zu weit gegangen war und es vermutlich niemals wieder betreten würde – ganz gleich, ob Morgan mit ihrem Vater befreundet gewesen war oder nicht. Hätte sie gewusst, dass er seine Schwester und seine Nichte bei den Bombenangriffen verloren hatte, hätte sie die Sache anders angefangen. Nun war es zu spät. Sie dachte daran, was sie selbst gefühlt hatte, als ihre Mutter ihr zum ersten Mal von Fritz erzählt hatte. Es war erschreckend gewesen, ausgerechnet einen deutschen Halbbruder zu haben, der womöglich versuchen würde, aus dem schlechten Gewissen seiner Mutter Profit zu schlagen. Sie hatte Deutsche niemals persönlich gekannt, hatte sich in der abgeschotteten Welt der britischen Oberschicht bewegt, unter Patrioten, die den Kontakt zu Deutschen seit dem Ersten Weltkrieg tunlichst mieden.

Umso überraschter war sie gewesen, als sie Fritz zum ersten Mal getroffen hatte. Seine abweisende Art hatte sie dazu gebracht, sich selbst wie eine Bittstellerin zu fühlen. Auf einmal wurde ihr bewusst, dass sie diejenige war, die etwas von ihm wollte. Sie war auf der Suche nach dem verborgenen Leben ihrer Mutter. Daran, was diese Neugier für ihren unbekannten Bruder bedeutete, hatte Ellinor keinen Gedanken verschwendet. Umso schwerer wog bei ihrer ersten Begegnung die Erkenntnis, dass sie ihm rein gar nichts zu geben hatte. Sie hatte lediglich die liebevollen Erinnerungen an seine Mutter zerstört. Und nachdem Thomas dann auch noch betrunken aufgetaucht war, hatte sie sich einfach nur geschämt.

Es wurde noch schwerer, als sie Fritz zum zweiten Mal begegnet war und dabei den fürsorglichen Menschen und liebevollen Vater hinter der rauen Fassade entdeckte. All das hatte in ihr den Wunsch geweckt, ihm etwas zurückzugeben, das über Lebensmittelkonserven hinausging. Fritz hatte sie in seinen Arbeitsalltag blicken lassen und sie hatte gesehen, unter welch schwierigen Bedingungen die Versorgung im Krankenhaus aufrechterhalten wurde. Sie hatte Menschen kennengelernt, die nichts mit ihren bisherigen Vorurteilen gegen Deutsche zu tun hatten, sondern die ebenso Opfer des Krieges waren wie die Zivilisten in London.

Während sie so vor den Stufen des Verlagsgebäudes stand, über sich den strahlend blauen Himmel sah und von den warmen Strahlen der Maisonne gewärmt wurde, verspürte sie auf einmal eine tiefe Traurigkeit, weil niemand diese Geschichte hören wollte. Fahrig griff sie nach ihren Zigaretten und suchte vergeblich nach ihrem Feuerzeug in der Handtasche.

»Darf ich Ihnen aushelfen?«, hörte sie hinter sich eine Stimme mit amerikanischem Akzent. Sie drehte sich um. Ein dunkelhaariger Mann in einem eleganten Anzug, der anscheinend gerade das Verlagsgebäude verlassen hatte, hielt ihr ein Feuerzeug entgegen.

»Vielen Dank.« Sie ließ sich die Zigarette von ihm anzünden. Dann nahm sie einen kräftigen Zug.

»Hatten Sie Ärger?« Er lächelte sie an.

»Wie man es nimmt.« Sie nahm noch einen Zug. »Sie sind Amerikaner?«

»Ich kann es nicht verleugnen. Mein Name ist Jason Kruckenberg.« Er reichte ihr die Hand.

»Ellinor Mitchell.« Sie ergriff seine Hand. »Kruckenberg klingt nicht sehr amerikanisch.«

»Meine Großeltern waren deutsche Einwanderer. Mein Vater wurde im Ersten Weltkrieg wiederholt gefragt, warum wir unseren Namen nicht in Kruckenhill geändert haben, aber er meinte, dass man zu seinen Wurzeln stehen solle. Jetzt schickt er regelmäßig Carepakete nach Deutschland.« Er lächelte verschmitzt.

»Und was führt Sie nach London?«

»Ich bin Reporter und berichte unseren Lesern, wie es im kriegsgeschüttelten Europa aussieht. Und Sie?«

»Dann sind wir Kollegen, wenngleich ich mir gerade eine Ablehnung meines in meinen Augen bislang besten Artikels eingefangen habe, weil er die Leser hier angeblich nicht interessiert.«

»Und worum geht es in Ihrem Artikel?«

»Um meine Brüder. Der eine ist ein hochdekorierter Royal-Air-Force-Pilot, der andere ein hervorragender Chirurg, der seine Familie bei Bombenangriffen verlor. Leider sagte mir Ralph Morgan, ich solle nur über den Piloten schreiben, niemand würde sich für die verbrannten Kinder eines Arztes interessieren.«

»Was ist denn das für eine Einstellung?«, empörte sich Kruckenberg. »Wieso sollte man die schrecklichen Luftangriffe auf London und die Opfer verschweigen?«

»Mein Bruder, der Chirurg, ist Deutscher und seine Familie ist 1943 in Hamburg verbrannt, nicht in London. Dieses kleine geografische Detail schreckt angeblich die Leser ab.«

Kruckenberg sah sie interessiert an. »Also, mich haben Sie jetzt am Haken. Wie kann es sein, dass Sie zwei Brüder haben, die im Krieg auf unterschiedlichen Seiten standen?«

»Das steht in meinem Artikel.«

»Miss Mitchell, Sie machen mich immer neugieriger. Darf ich Sie zu einer Tasse Tee oder in ein Pub einladen und Sie erzählen mir dann etwas mehr über Ihren Artikel?«

»Wenn Sie möchten. Es gibt zwei Straßen weiter eine gemütliche Teestube, die ich schon des Öfteren aufgesucht habe.« Noch während sie das sagte, kam ihr ein kühner Gedanke.

»Sagen Sie, Mister Kruckenberg, wenn Sie als Amerikaner an dieser ungewöhnlichen Geschichte interessiert sind, glauben Sie, dass ich mich vielleicht an amerikanische Zeitungen wenden sollte, wenn ich in London keinen Verleger finde?«

»Dieser Artikel ist Ihnen anscheinend sehr wichtig?«

»Ja, das ist er. Und wenn Sie ihn gelesen haben, werden Sie das bestimmt verstehen, als Sohn eines Vaters, der Carepakete nach Deutschland schickt ...«

37. Kapitel

»An manchen Tagen ist das Schicksal einfach nur gerecht«, sagte Arthur zu Fritz, als er mit ihm am späten Vormittag einige Formulare in Fritz' Büro durchging, mit denen das Krankenhaus offiziell Penicillin und andere wertvolle Medikamente bestellen konnte.

»Du meinst, weil Medikamente jetzt wieder allen bedürftigen Menschen zugutekommen, unabhängig von ihrer Nationalität?«, fragte Fritz zurück.

»Das auch, aber ich meinte etwas anderes. Es gibt in jeder Stadt zu allen Zeiten Großkriminelle, denen man nie was ans Zeug flicken kann, auch wenn man ganz genau weiß, dass sie Dreck am Stecken haben. Hier gab es auch so jemanden und ich bin mir sehr sicher, dass der auch britische Offiziere auf seiner Bestechungsliste hatte, andernfalls wäre er nicht so lange davongekommen. Aber letzte Nacht hat ihn sein gerechtes Schicksal ereilt, denn da hat ihn der Schlag getroffen.«

Fritz horchte auf. »Von wem sprichst du?«

»Oskar Strehlau war sein Name. Angeblich war der schon vor dem Krieg ein großes Licht in der deutschen Unterwelt, aber niemand konnte ihm jemals etwas nachweisen. Letzte Nacht ist er dahingeschieden. Ich habe mich sehr gefreut, als ich vom Tod dieser Krake hörte.«

Fritz schluckte. Zwar hatten sie in den letzten Monaten kaum noch Aufträge für Strehlau übernommen und glücklicherweise hatte Paula letzte Woche die Waren abgeholt, die ihnen noch zustanden, sodass sie nicht umsonst in Vorleistung getreten waren, aber wenn der nächste Winter genauso hart werden würde wie der vorangegangene, sah es übel aus. Vor allem für Leni, die auf das Milchpulver angewiesen war, das sie regelmäßig von Strehlau bezogen hatten.

»Was ist?«, fragte Arthur. »Freust du dich nicht, wenn ein Krimineller endlich aus dem Verkehr gezogen wird? Selbst wenn es sozusagen durch göttliche Fügung geschieht?«

»Ja, natürlich«, sagte Fritz. »Glaubst du, es gibt einen Nachfolger, oder werden sich seine bisherigen Geschäfte auf verschiedene kleine Schieber verteilen?«

»Das müsstest du schon die Polizei fragen. Ich habe das ja auch nur aus zweiter Hand.«

»Hm«, murmelte Fritz und wandte sich dann wieder den englischen Formularen zu, ohne sich weiter zu äußern. Doch seine Gedanken rasten. Strehlau war immer eine sichere Bank gewesen, er hatte eigene Ehrbegriffe und war verlässlich gewesen. Deshalb hatte er so viele Kontakte über alle Regierungen hinweg knüpfen können, denn die Geschäfte mit ihm waren berechenbar. Strehlaus Konkurrenten kannte Fritz nicht, aber er bezweifelte, dass die ein Interesse daran hatten, für das Wohl ihrer Leute zu sorgen. Als sie Anfang 1946 mit den Geschäften begonnen hatten, waren die meisten Männer noch in Kriegsgefangenschaft gewesen, inzwischen gab es viele Heimkehrer und Flüchtlinge, die durchaus bereit waren, auf eigenes Risiko gefährliche Aufgaben zu übernehmen. Wozu Ärzte bezahlen, wenn man an jeder Ecke neue Helfershelfer fand, wenn die alten verletzt oder verhaftet wurden? Strehlau war ein Mann gewesen, der seine kriminellen Geschäfte wie eine Familienfirma geführt hatte. Er verlangte Loyalität, aber dafür bot er denen, die für ihn arbeiteten, auch Schutz. Das war der einzige Grund gewesen, warum Fritz sich überhaupt mit ihm eingelassen hatte. Und die Verschiebung eingeschmuggelter Medikamente wäre bald auch kein gutes Geschäft mehr für einen Großschieber, jetzt, wo sich die Beschränkungen für die Zivilbevölkerung nach und nach lockerten. Das Einzige, womit man als Arzt noch nebenher Geschäfte machen könnte, wären illegale Abtreibungen, aber das hatte Fritz von jeher ausgeschlossen, denn er wollte nicht zum heimlichen Abtreibungsarzt von Hamburgs Prostituierten werden. Es war für ihn jederzeit mit seinem Gewissen vereinbar, einer vergewaltigten Frau zu helfen oder aber Paula, die sonst womöglich an den Folgen einer Geburt oder Fehlgeburt gestorben wäre. Aber eine Abtreibung als Ersatz für eine unzureichende Verhütung, weil sich die Freier weigerten, Kondome zu verwenden, wäre für ihn niemals infrage gekommen. Das hatte er Strehlau von Anfang an unmissverständlich wissen lassen und der hatte es akzeptiert, auch wenn er zunächst versucht hatte, ihn mit guter Bezahlung zu locken.

»Ist alles in Ordnung?«, fragte Arthur, dem Fritz' plötzliche Schweigsamkeit aufgefallen war.

»Ja, alles bestens«, sagte Fritz.

Arthur sah ihn skeptisch an. Fritz wich seinem Blick aus und tat so, als würde er sich auf die Bestellungen konzentrieren.

»Du kanntest Strehlau«, sagte Arthur schließlich. »Habt ihr auch mit ihm Geschäfte gemacht?«

Fritz hob den Blick.

»Arthur, habe ich dich jemals nach deinen beruflichen Tätigkeiten gefragt?«

»Was ist das denn für eine Antwort?«

»Ich habe dich nie gefragt, weil ich ganz genau weiß, dass du mir nicht alles erzählen darfst. Also bitte ich dich um die gleiche Zurückhaltung.«

Arthur holte tief Luft. »Weißt du überhaupt, wie sehr der Schwarzhandel den Menschen schadet? Es ist gut, wenn das organisierte Verbrechen ausgehebelt wird.«

»Ich nehme an, dir ist bewusst, dass die meisten Menschen hier verhungern würden, wenn es keinen Schwarzhandel gäbe?«, gab Fritz energisch zurück. »Oder ist dir etwa entgangen, dass Anfang Mai Tausende von Hafenarbeitern gestreikt und demonstriert haben, weil die Lebensmittelrationen so drastisch gekürzt wurden, dass die meisten Menschen nur noch sechshundert Kalorien am Tag zur Verfügung haben? Selbst Leute wie ich, die eine Lebensmittelkarte der zweitbesten Kategorie haben, bekommen höchstens noch eintausend Kalorien, oft weniger, wenn wir uns auf das verlassen, was uns zugeteilt wird. Du bist Internist, Arthur, du weißt ganz genau, dass ein erwachsener, arbeitender Mensch mindestens zweitausend Kalorien am Tag braucht und alles andere einem langsamen Verhungern gleichkommt. Wenn du dir stundenlang die Beine in den Bauch stehen müsstest, um die Lebensmittelbezüge zu bekommen, auf die du mit deiner Karte ein Anrecht hast, und diese dann aber trotzdem nicht ausgeliefert werden, würdest du vermutlich auch alles tun, um deine Familie vor dem Verhungern zu retten.«

»Hast du dir schon mal Gedanken gemacht, warum die aufgerufenen Lebensmittel nicht vorhanden sind? Weil sie von kriminellen Schwarzhändlern abgefangen werden. Von Leuten, die sich auf Kosten der hungernden Bevölkerung bereichern. Von Leuten wie Strehlau.«

»Jetzt gib nicht Strehlau die Schuld für Millionen hungernder Menschen! Strehlau war immerhin berechenbar, der hatte seinen eigenen Ehrenkodex«, widersprach Fritz.

»Und das rechtfertigt seine Taten? Dass er sich auf Kosten anderer bereichert und dringend benötigte Waren zurückgehalten hat, um sie an den Meistbietenden zu verkaufen? Der die Menschen um ihre letzten Habseligkeiten gebracht hat? Und mit so jemandem hast du Geschäfte gemacht?«, empörte sich Arthur.

»Paula hat am Anfang treffend gesagt, dass sie sogar mit dem Teufel verhandeln würde, wenn sie damit ihre Kinder vor dem Verhungern bewahren könnte. Ich sehe das genauso. Wenn du nun enttäuscht von mir bist, kann ich es nicht ändern. Was hättest du denn an meiner Stelle getan, Arthur? Wenn du deine Familie mit deiner normalen Arbeit nicht ausreichend ernähren kannst – ganz gleich, wie sehr du dich anstrengst und wie viel du leistest? Würdest du zusehen, wie sie verhungert, oder würdest du alles tun, um an Lebensmittel zu kommen? Oder denk an den letzten Winter. Erinnerst du dich an die Listen der Erfrorenen, die sie täglich im ›Hamburger Echo‹ veröffentlicht haben? Was glaubst du wohl, woher wir unsere Kohle hatten?«

»Und was hat dieser Strehlau von euch bekommen?«, fragte Arthur nur.

»Tu doch nicht so, als wenn du das nicht wüsstest«, stieß Fritz bitter hervor. »Weißt du noch, wie du dich gewundert hast, wie schnell wir wieder ein Telefon hatten? Das ist auf Strehlaus Vermittlung hin passiert. Damit wir erreichbar waren, weil Paula strikt dagegen war, dass wir verletzte Kriminelle in der Praxis behandeln. Ich wollte es dir eigentlich nie erzählen, aber damals, als du den verletzten Einbrecher gesucht hast, warst du mir ganz schön dicht auf den Fersen. Nur dass ich ihn niemals in meinem Krankenhaus behandelt hätte. Es war ein fünfzehnjähriger Junge mit einem Bauchschuss. Ein Kind fast noch, das sich an dem Einbruch im britischen Vorratslager beteiligt hatte, um nicht zu verhungern. Man kann über Strehlau sagen, was man will, aber ich habe dem Mann immer hoch angerechnet, dass er seinen Handlangern gegenüber loyal war und mich dafür, dass ich die Verletzten behandelte, ohne die Polizei hinzuzuziehen, mit Waren bezahlte. Verurteile mich dafür, wenn du magst. Zeig mich an, bring mich ins Gefängnis, wenn dir danach ist.

Aber sei vorher ehrlich zu dir selbst. Welche Entscheidung hättest du getroffen, wenn du an meiner Stelle gestanden hättest?«

»Und warum erzählst du mir das jetzt alles?«, stieß Arthur hervor. »Weißt du überhaupt, in welche Lage du mich damit bringst?«

»Du wolltest Antworten haben. Nun musst du damit leben.«

»Und was wirst du nun tun, da Strehlau tot ist?«, fragte Arthur. »Dich erkundigen, wer sein Erbe angetreten hat?«

»Nein«, widersprach Fritz. »Wie ich schon sagte, Strehlau hatte einen eigenen Ehrenkodex und war berechenbar. Seine Nachfolger sind das nicht. Außerdem hatten wir in letzter Zeit kaum noch Aufträge von Strehlau. Im Sommer kommen wir so zurecht. Mir graut nur vor dem Winter.« Er seufzte. »Und was ist nun, Arthur? Jetzt, wo du die Wahrheit kennst?«

»Nichts«, erwiderte der Brite. »Ich halte es da mit Jesus, der sagte, wer von euch ohne Sünde ist, der werfe den ersten Stein. Bist du mit den Bestellungen fertig?«

Fritz nickte und reichte Arthur die Listen.

»Danke. Bevor ich gehe, werde ich noch mal einen Blick bei Richard reinwerfen. Wird er bald entlassen?«

»Übermorgen«, sagte Fritz leise. »Arthur, sag ihm noch nichts von Strehlau. Er würde sich sofort Gedanken machen, wie wir genügend Kohlen für den Winter beschaffen können oder Milchpulver für Leni. Wenn jetzt eine unserer wichtigsten Bezugsquellen wegfällt und er sich darüber den Kopf zerbricht, tut das seiner Genesung nicht gut. Ich werde ihm das selbst sagen, sobald der richtige Zeitpunkt gekommen ist.«

Arthur sah ihn erstaunt an. »War dieser Kontakt wirklich so wichtig für euch?«

»Ja, vor allem im Winter, denn wir legen alle Bezugsmengen unserer Lebensmittelkarten zusammen. Und bei vier Kindern und vier Rentnern mit entsprechend niedrigen Bezügen zählt alles, was du kriegen kannst. Es ist etwas besser, seit Paulas Vater wieder als Arzt arbeitet, seither hat er auch eine bessere Lebensmittelkarte. Aber das fällt bei den drastisch gekürzten Rationen kaum ins Gewicht.«

»Keine Sorge, ich werde Richard nichts sagen. Ich hatte ohnehin nicht die Absicht, den Namen Strehlau jemals wieder in den Mund zu nehmen. Der Mann ist tot, und was er zu seinen Lebzeiten getan hat, interessiert mich nicht mehr. Ebenso wenig, mit wem er Geschäfte gemacht hat.«

»Danke.«

Arthur nickte kurz, dann ging er.

38. Kapitel

Als Arthur am Abend mit Lottchen zu seiner Wohnung fuhr, gingen ihm viele Dinge durch den Kopf. Das, was Fritz über die Versorgungslage erzählt hatte, wirkte noch lange in ihm nach, ebenso wie der kurze Besuch bei Richard. Er kannte Richard gut genug, um sofort zu merken, wenn der ihm etwas vormachte. Körperlich mochte Richard den Angriff der aufgehetzten Frauen einigermaßen gut weggesteckt haben, aber die seelischen Wunden würden noch lange nachwirken.

Verglichen damit waren Arthurs eigene Sorgen unbedeutend, aber sie bereiteten ihm dennoch arges Kopfzerbrechen. Es war eigentlich keine große Sache und vermutlich hätte Fritz ihn angesichts der Bedingungen, unter denen er selbst lebte, schallend ausgelacht – aber für Arthur war es ein Eingriff in sein gewohntes Leben, den er nicht so ohne Weiteres hinzunehmen bereit war.

»Ist dir eine Laus über die Leber gelaufen?«, fragte Lottchen, während er vor seiner Haustür einparkte.

Er sah sie irritiert an. »Was für eine Laus?«

»Das sagt man so, wenn sich jemand über irgendetwas geärgert hat.«

»Ach so. Lass uns reden, wenn wir oben sind, ja?«

Sie nickte, ohne weiter nachzufragen. Das war eine der Eigenschaften, die er so sehr an ihr liebte. Ihre Art, darauf zu vertrauen, dass er ihr schon von sich aus sagen würde, was ihn beschäftigte, anstatt sofort nachzubohren, wie Lisa es immer getan hatte.

Nachdem sie in der Wohnung angekommen waren, bot er ihr an, es sich schon im Wohnzimmer gemütlich zu machen, während er den Teekessel aufsetzte. Das war nicht ganz uneigennützig – er hoffte, dass sie die Formulare, die auf dem Sofatisch lagen, sehen und lesen würde. Ihr Englisch war in den letzten Wochen immer besser geworden und er war sich sicher, dass sie alles verstehen würde, was dort stand. Wenn sie ihn dann darauf ansprach, würde es ihm vieles leichter machen.

Aber als er kurz darauf mit dem Tee ins Wohnzimmer kam, hatte sie die Papiere keines Blickes gewürdigt. Er seufzte. Er hätte es wissen müssen: Lottchen respektierte ihn viel zu sehr, um ungefragt in seinen Sachen zu blättern.

Er schob die Unterlagen beiseite und stellte die beiden Teetassen auf den Tisch.

»Hast du dir Arbeit mit nach Hause genommen?«, fragte Lottchen mit einem Blick auf die Papiere.

»Nein.« Er setzte sich zu ihr aufs Sofa. »Ich ... ich habe mich nur mit ein paar Vorschriften vertraut gemacht.«

»Ach so.« Sie klang nicht sonderlich interessiert. Verdammt, warum war sie nicht so neugierig wie andere Frauen? Wie um alles in der Welt sollte er das Thema jetzt auf das bringen, was ihn bewegte? Vermutlich, indem er es direkt ansprach.

»Ich habe mich erkundigt, welche Voraussetzungen zu erfüllen sind, wenn ein britischer Militärangehöriger eine deutsche Frau heiraten möchte.«

Sie sah ihn mit großen Augen an. »Heiraten?«

Er wusste nicht, ob es Freude oder Erstaunen war.

»Ähm, ja, ich wollte wissen, was wir zu beachten hätten, wenn ...« Er räusperte sich. »Weißt du, ich habe viel nachgedacht und ich denke, wir sollten heiraten.«

Sie sah ihn immer noch irritiert an. »Wir haben nie übers Heiraten gesprochen. Das kommt etwas plötzlich«, sagte sie. »Und außerdem verlobt man sich doch erst mal, ehe man heiratet.«

»Nun ja«, gab Arthur zu. »Ich habe vor einer Woche erfahren, dass sie bei mir einen jungen Offizier einquartieren wollen, da ich nach meiner Scheidung von Lisa keinen Anspruch mehr auf eine Wohnung für mich allein habe. Ich habe das schon lange befürchtet. Aber jetzt, wo es mir unmittelbar bevorsteht, dachte ich, das wäre doch der ideale Zeitpunkt, um zu heiraten. Dann hätten wir alles geregelt. Du könntest hier wohnen, im Schrebergarten deiner Eltern ist dann mehr Platz und ich bekomme keine Einquartierung.«

Sie starrte ihn fassungslos an. »Du willst mich nur heiraten, um einer Einquartierung zu entgehen?« Dann griff sie nach den Papieren und überflog sie.

»Hast du diese Unterlagen eigentlich gelesen?«, fragte sie, nachdem sie damit fertig war.

»Ja, natürlich.« Er wunderte sich über den zornigen Unterton in ihrer Stimme.

»Und das wagst du, mir zuzumuten? Nur damit du keinen Untermieter bekommst? Bist du denn völlig verrückt geworden?«

»Lottchen, ich verstehe nicht, das sind die Vorschriften...«, versuchte er, es zu erklären.

»Diese Vorschriften sind entwürdigend!«, unterbrach sie ihn heftig. »Es mag ja noch angehen, dass ich Leumundszeugnisse von meinen Professoren und dem Pastor vorlege, die nachweisen, dass ich es wert bin, einen Briten zu heiraten. Ich kann auch noch verstehen, wenn man einen Nachweis verlangt, dass ich keine Tuberkulose habe, wobei ich das schon demütigend genug finde – warum dürfen Frauen mit Tbc nicht heiraten? Haben die kein Recht mehr auf Liebe und Wärme, nur weil sie eine schwere Krankheit haben? Aber das Schlimmste ist, dass ich mich auch noch beim Gesundheitsamt auf Geschlechtskrankheiten untersuchen lassen muss! Du willst mich allen Ernstes dorthin schicken, wo die ganzen Prostituierten ihre Gesundheitszeugnisse bekommen?«

»Das ist eine Formalität, die für alle deutschen Frauen gilt, wenn sie einen britischen Soldaten heiraten wollen – ganz unabhängig von ihrer Person und ihrem Ansehen.«

»Ich werde mich als anständige Frau niemals zu Prostituierten ins Wartezimmer setzen, die auf ihren Bockschein warten. Stell dir mal vor, da sieht mich jemand. Dann ist mein Ruf doch vollständig ruiniert! Wenn ich als Deutsche nur dann gut genug für einen Briten bin, wenn ich mich wie ein Stück Vieh untersuchen und erniedrigen lasse, dann war es das.«

»Lottchen, ich kann doch nichts für die Gesetze. Wir können sicher einen Weg finden, wie du das Gesundheitszeugnis von einem niedergelassenen Arzt bekommst, vor allem vor dem Hintergrund, dass du selbst Medizinstudentin bist, aber ...«

»Arthur, das Gesundheitszeugnis ist nicht das eigentliche Problem«, schnitt sie ihm das Wort ab. »Du wärst doch nie im Leben auf die Idee gekommen, mich zu heiraten, wenn du keine Angst vor einer Einquartierung hättest. Aber gut, angenommen, ich lasse mich darauf ein und heirate dich, damit du keinen fremden Offizier in einem deiner drei Zimmer wohnen lassen musst. Würdest du mir dann im Gegenzug auch einen Gefallen tun?«

»Ja, selbstverständlich. Ich dachte, das wüsstest du.«

»Gut, dann bitte ich dich darum, dass du Karl, Julie und Marie das dritte Zimmer in deiner Wohnung anbietest. Du weißt ja, dass Julie ihr zweites Kind erwartet, und uns graut allen vor dem Winter. Nimm sie auf, hier ist genug Platz, dann haben wir alle was davon.«

Jetzt war es an ihm, sie fassungslos anzustarren.

»Das ist völlig unmöglich!«

»Wieso? Warum darfst du nicht deinen Schwager mit seiner Familie bei dir wohnen lassen?«

»Na, weil das nicht meine Wohnung ist, Lottchen. Die wurde für britische Offiziere beschlagnahmt. Ich kann doch nicht eine deutsche Familie hier wohnen lassen!«

»Wo ein Wille ist, ist auch ein Weg!«

»Wie stellst du dir das vor? Du hast keine Ahnung, was du da von mir verlangst.«

»Wieso?« Sie sah ihn mit provokantem Blick an. »Was würde dir denn passieren, wenn du meinem Bruder und seiner Familie das Zimmer überlässt? Würde man dich dann unehrenhaft entlassen? Ins Gefängnis werfen? Oder gleich erschießen?«

»Es ist nicht zulässig, Deutsche hier wohnen zu lassen. Ehefrauen sind die einzigen Ausnahmen«, sagte Arthur. »Ich habe darüber nicht zu entscheiden, so gern ich es auch täte.«

»Du weißt also nicht, was tatsächlich passieren würde, wenn du zumindest Julie und ihre Kinder über den Winter hier aufnehmen würdest?«

»Nein, das heißt … Lottchen, das geht wirklich nicht.«

»Ich verstehe. Du willst mich nur heiraten, damit du keine Einquartierung in einer Wohnung bekommst, die dir nicht mal gehört und über deren Bewohner du nicht entscheiden kannst. Na großartig.«

»So, wie du es sagst, klingt das, als wäre es unanständig. Lottchen, ich will dich heiraten, weil ich dich liebe und dir den Status geben möchte, der dir zusteht.«

»Und weil du keinen Mitbewohner möchtest.«

»Du verdrehst mir die Worte im Mund!«, brüllte er.

»Nein, das tue ich nicht!« Sie sprang auf und konnte ihre Tränen nicht länger zurückhalten. »Ich werde jetzt gehen.« Sie griff nach ihrer kleinen Handtasche, die auf dem Sofa lag. »Ich bin noch nie in meinem Leben von jemandem so sehr verletzt worden wie gerade eben von dir! Ich hätte erwartet, dass du mich stilvoll fragst und dass wir uns erst einmal verloben.« Die Tränen liefen ihr jetzt über das ganze Gesicht. Sie öffnete ihre Handtasche, holte ein weißes Spitzentaschentuch hervor und wischte fahrig ihre Tränen weg. »Ich kann verstehen, wenn du in dieser Zeit keinen Ring auftreiben kannst, obwohl es dir als Brite mit guter Zigarettenzuteilung eigentlich keine Schwierigkeiten bereiten dürfte. Aber du hast nur an dich gedacht und was für dich am einfachsten ist! Ich wäre niemals so mit dir umgegangen. Ich hätte dir nie so wehgetan und dich so gedemütigt wie du mich gerade.«

Sie wischte sich erneut die Tränen ab.

»Lottchen ... Ich ... ähm ... das ist vollkommen falsch bei dir angekommen, natürlich bekommst du einen Ring, wenn ...«

»Nein!«, schrie sie. »Dazu ist es zu spät! Ich will keinen Mann, der nur ans Heiraten denkt, um keinen Untermieter zu bekommen. Ich will auch keinen Mann, dem es völlig egal ist, dass ich von seinen Landsleuten wie ein Untermensch behandelt werde, dessen Nutzwert man erst durch entwürdigende Untersuchungen zu überprüfen hat. Ich studiere Medizin, ich kann mein Leben allein regeln, ich brauche keinen Ernährer und ich bin auch keine Besatzerhure, denn ich habe in dir niemals den Briten gesehen, sondern immer nur den Mann, den ich liebe. Aber genau dazu machen mich diese Vorschriften. Zu einer aussätzigen Schlampe, die sich bloß des eigenen Vorteils wegen an dich herangemacht hat und die deshalb erst mal ausgiebig durchleuchtet werden muss, damit man sich keine kranke, feindliche Ausländerin ins gelobte Empire holt. Solange diese Vorschriften gelten, werde ich dich niemals heiraten! Das habe ich nicht nötig.«

»Ich kann nichts für diese Vorschriften!«, schrie Arthur zurück. »Ich habe sie nicht erfunden und ich finde sie genauso schlimm wie du! Wirf mir das bitte nicht vor!«

»Ich liebe dich wirklich, Arthur, aber so hat das keinen Sinn mit uns beiden.« Noch mehr Tränen liefen ihr über das Gesicht.

»Lottchen, bitte, lass uns doch in Ruhe noch mal über alles reden.« Arthur wollte sie in die Arme nehmen, doch sie stieß ihn zurück. »Fass mich nicht an!«, schrie sie. »Du lebst hier ganz allein in drei Zimmern und jaulst herum, weil man einen einzigen Menschen bei dir einquartieren will. Wenn du Karl und seine Familie auch aufgenommen hättest, hätte ich alles ertragen, aber nicht so – im Gegenteil, da habe ich geradezu die Pflicht, deinen Antrag abzulehnen, damit nicht irgendein unschuldiger Deutscher von deinen Landsleuten auf die Straße gesetzt wird, damit man deinen künftigen Mitbewohner dann dort einquartiert. Deine Landsleute haben uns sowieso schon viel zu viel weggenommen! Wusstest du, dass sie zwei Drittel unseres Waldbesitzes, in den wir seit Jahrzehnten alle unsere Ersparnisse gesteckt haben, radikal abgeholzt und nach England verschifft haben? Und zwar nicht mit forstwirtschaftlicher Vernunft, sondern ein kompletter Kahlschlag! Mein Vater ist fast in Tränen ausgebrochen, als er den Schaden gesehen hat. Und wir können dankbar sein, dass mein Bruder noch aushandeln konnte, dass wir ein Drittel behalten durften. Es wird Jahrzehnte dauern, bis das wieder aufgeforstet ist. Es hat nicht gereicht, uns auszubomben, unsere Werkstatt zu vernichten, nein, jetzt dürfen wir auch noch dabei zusehen, wie uns das Letzte, was uns noch geblieben ist, gestohlen wird! Wir machen uns jetzt schon Sorgen, wie das mit Julie und dem Neugeborenen im Winter weitergehen soll, falls der genauso kalt wie der letzte wird.«

»Das tut mir sehr leid«, erwiderte Arthur hilflos, »das mit dem Waldgrundstück wusste ich nicht, aber ich hätte es auch nicht verhindern können. Ich tue ja schon, was ich kann, um euch zu helfen.«

»Ja, als Freund, Arthur.« Lottchens Stimme hatte sich etwas beruhigt und die Tränen waren versiegt. »Als Freund tust du sehr viel und dafür sind wir dir alle dankbar. Aber wenn du mich heiraten und zur Familie gehören willst, ist das, was du tust, nicht ausreichend. Das Einzige, was wir uns bewahrt haben und was uns niemand wegnehmen kann, ist unser bedingungsloser Zusammenhalt. Niemand wird bei uns vor die Tür gesetzt und niemand wird alleingelassen. Aber dafür wird auch von jedem erwartet, alles für die Gemeinschaft zu geben, selbst wenn es wehtut. Anders könnten wir nicht überleben. Als Freund, der außerhalb der Familie steht, gibst du uns freiwillig viel, aber letztlich ist es immer nur so viel, dass es dir selbst nicht wehtut. Doch wenn du zur Familie gehören willst, muss auch Hilfe gewährt werden, die wirkliche Opfer verlangt. Danach richten wir uns alle. Du kannst das nicht und ich bin mir nicht sicher, ob es an deiner Uniform liegt, die dir die Hände bindet, oder weil wir uns doch nicht so nah sind, wie du glaubst. Das werde ich wohl erst an dem Tag erfahren, an dem du nicht mehr zum britischen Militär gehörst.« Sie atmete zweimal tief durch. »Ich werde dich nicht heiraten, Arthur. Nicht, solange du diese Uniform trägst. Im Augenblick weiß ich nicht einmal, ob wir überhaupt eine gemeinsame Zukunft haben. Es gibt einfach viel zu viel, das uns trennt. Das hast du mir heute eindrucksvoll bewiesen.«

Er starrte sie an wie ein getretener Hund, völlig unfähig, auch nur ein Wort zu sagen.

»Ich gehe jetzt, Arthur.«

Sie holte ihren Mantel von der Garderobe, doch bevor sie die Wohnung verlassen konnte, stellte er sich ihr in den Weg.

»Was soll das jetzt heißen? Verlässt du mich?«

Sie holte tief Luft. »Ich weiß es nicht. Es gibt so viele Dinge, über die ich mir erst einmal klar werden muss. Ich habe bislang die Gegenwart an deiner Seite genossen, über die Zukunft habe ich mir nie Gedanken gemacht. Leb wohl, Arthur.« Sie schob ihn sanft zur Seite, dann verließ sie seine Wohnung.

39. Kapitel

Richard genoss die letzten beiden Tage vor seiner geplanten Entlassung aus dem Krankenhaus. Er hatte Paula gebeten, ihm Lesestoff aus der Bibliothek ihres Vaters mitzubringen, und sie hatte seinen Wunsch umgehend erfüllt, auch wenn sie etwas verwundert war, dass er den dicken Wälzer »Die Homosexualität des Mannes und des Weibes« von Magnus Hirschfeld lesen wollte, der den Krieg gut versteckt überdauert hatte. Richard hatte kurz überlegt, ob er ihr den Grund nennen sollte, dann aber davon abgesehen. Zwar hatte er keine Geheimnisse vor Paula, aber das, was Bruno ihm anvertraut hatte, fiel für ihn unter die ärztliche Schweigepflicht.

Schon bald hatte er sich in die Schriften, die er zuletzt vor über zwanzig Jahren gelesen hatte, erneut vertieft. »Es kann also jemand, der niemals einen homosexuellen Geschlechtsverkehr gehabt hat, homosexuell sein, wenn er sich nur in seelisch-sinnlicher Liebe zu Personen des gleichen Geschlechts hingezogen fühlt; auf der anderen Seite kann jemand Akte ausgeübt haben, die für den homosexuellen Verkehr als spezifisch angesehen werden, ohne dass damit der Beweis seiner Homosexualität erbracht ist«, las er. Und: »Maßgebend für die Diagnose ist der Nachweis einer homosexuellen Psyche, einer seelischen Triebausrichtung, die sich von dem als Liebe bezeichneten Gefühlskomplex, der den Mann zum Weibe und das Weib zum Manne zieht, nur dadurch unterscheidet, dass sie sich Personen zuwendet, die dem gleichen Geschlecht angehören … Das, worauf es bei der Diagnose ankommt, ist die auf dasselbe Geschlecht gerichtete ›konträre Sexualempfindung‹, die, wenn auch zunächst meist unbewusst, mit dem Erwachen des Geschlechtstriebs einsetzt und bis zu dessen Erlöschen anhält.«

War das der Grund, warum Bruno sich nie für Mädchen interessiert hatte? Weil sein Interesse schon immer auf das männliche Geschlecht gerichtet gewesen war, er sich dies aber viele Jahre lang nicht eingestanden hatte, bis er den Drang nicht mehr verleugnen konnte? Richard seufzte. Bruno wünschte sich Heilung für etwas, das von einem ernst zu nehmenden Sexualmediziner als Normvariante betrachtet wurde, das aber dennoch als Straftat galt, die in besonders schweren Fällen sogar mit zehn Jahren Zuchthaus bestraft werden konnte.

Es klopfte kurz an der Tür seines Krankenzimmers, dann trat Fritz ein.

»Schwere Lektüre?«, fragte er mit Blick auf den dicken Wälzer.

»In doppelter Hinsicht.« Richard grinste und legte das Buch auf seinen Nachttisch. »Kommst du offiziell, um mich mit furchtbaren Untersuchungen zu malträtieren, oder als Freund auf einen kurzen Besuch?«

»Als Freund, der dich mit unangenehmen Nachrichten malträtieren muss.« Fritz zog sich den einzigen Stuhl heran und setzte sich an Richards Bett.

»Arthur hat mir gestern erzählt, dass Oskar Strehlau tot ist. Schlaganfall. Die Briten und unsere Polizei freuen sich natürlich, dass ein Großschieber, dem man nie etwas nachweisen konnte, endgültig den Löffel abgegeben hat.«

Richard atmete schwer. »Na ja«, sagte er dann, »ich denke, wir schaffen es auch so. Mir war nie besonders wohl dabei, mit Kriminellen zusammenzuarbeiten.«

»Du machst dir keine Sorgen um den nächsten Winter?«

»Noch haben wir Mai. Und wer weiß, vielleicht erweist sich der Umstand, dass du deine tot geglaubte Mutter wiedergefunden hast, im Endeffekt doch noch als Segen. Ich denke, sie wird dir auf jeden Fall Milchpulver für Leni schicken.«

Bevor Fritz antworten konnte, klopfte es wieder an der Tür. Es war Arthur.

»Oh, störe ich?« Der Brite zuckte regelrecht zurück, als er Fritz an Richards Bett sitzen sah.

»Nein, komm rein«, forderte Richard ihn auf. »Was gibt es?«

»Ich kann mir schon denken, was er will«, sagte Fritz mit einem Stirnrunzeln. »Arthur, ich weiß ja nicht, was du mit Lottchen gemacht hast, aber du solltest das schleunigst wieder in Ordnung bringen. Ich kann keine Doktorandin gebrauchen, die ständig kurz davor ist, in Tränen auszubrechen.«

Richard horchte auf. »Hast du sie etwa verlassen?«

»Nein, ganz im Gegenteil«, beschwichtigte Arthur und schloss die Tür, um dann verlegen räuspernd anzufügen: »Ich habe sie gefragt, ob sie mich heiraten will.«

»Oh.«

»Aber warum ist sie dann so aufgelöst?«, fragte Fritz. »Normalerweise freuen Frauen sich doch, wenn sie vom Mann ihres Herzens einen romantischen Antrag bekommen.«

»Das ist kompliziert«, druckste Arthur herum.

»Richard und ich haben studiert, Arthur. Wir verstehen komplexe Zusammenhänge.«

»Gibt es hier noch irgendwo einen zweiten Stuhl?« Arthur sah sich suchend um. »Ich würde mich lieber setzen.«

»Das Zimmer nebenan ist leer, da merkt es keiner, wenn du dir dort einen Stuhl holst.«

Während Arthur ins Nachbarzimmer ging, fragte Richard, was genau mit Lottchen los gewesen sei.

»Sie war etwas unkonzentriert«, wiegelte Fritz ab. »Und sah ein bisschen verweint aus. Eben Liebeskummer. Aber sie wollte nicht darüber reden.«

Arthur kam zurück, stellte seinen Stuhl neben den von Fritz, setzte sich und fasste die Ereignisse des vergangenen Abends zusammen.

»Und was soll ich jetzt machen?«, fragte er, nachdem er geendet hatte. »Ich weiß selbst, dass ich mich wie ein Idiot aufgeführt habe, ich hätte das ganz anders anfangen müssen, aber dazu ist es nun zu spät.«

Richard und Fritz tauschten schweigend einen Blick aus.

»Ihr sagt gar nichts?« Arthur sah unsicher von einem zum anderen.

»Was sollen wir schon sagen?«, meinte Fritz. »Im Porzellanzerschlagen bist du wirklich gründlich.«

»Ist das auch wieder so eine deutsche Redewendung?«

»Ja, das heißt, dass du ein ungeschickter Trampel bist«, übersetzte Richard.

»Das weiß ich selbst. Ich wollte eigentlich einen Ratschlag, wie ich das wiedergutmachen kann.«

»Das wird schwierig.« Fritz lehnte sich auf seinem Stuhl zurück. »Du müsstest ihr schon irgendwie beweisen, dass du sie liebst.«

»Das ist doch Blödsinn«, widersprach Richard. »Lottchen weiß, dass Arthur sie liebt, dafür braucht sie keine Beweise.«

»Ach so, du meinst, er müsste ihr stattdessen beweisen, dass er kein Volltrottel ist? Da hast du natürlich recht. Aber das dürfte schwieriger werden.«

Ohne es zu wollen, musste Richard über Fritz' Bemerkung lachen. Arthurs Mund verwandelte sich in einen Strich.

»Dann sagt doch gleich, dass ihr mir nicht helfen wollt«, zischte er und wollte aufstehen, doch Fritz war schneller und drückte ihn an den Schultern zurück auf den Stuhl.

»Nee, nee, weglaufen gilt nicht, damit löst du das Problem nicht.«

»Dann hört endlich auf, euch über mich lustig zu machen.«

»Das tun wir nicht«, sagte Richard nun wieder ernst. »Wie ich schon sagte, du musst Lottchen nicht deine Liebe beweisen, sondern dass die Zukunft an deiner Seite genau das ist, was sie sich sehnlicher als alles andere wünscht. Also, wie sehen deine Pläne für eure gemeinsame Zukunft aus?«

»Ich dachte, wir heiraten erst einmal und dann sehen wir weiter.«

»Und das ist alles?« Richard war aufrichtig erstaunt. »Habt ihr nie Pläne gemacht, euch nie gemeinsame Ziele gesetzt?«

»Ich weiß nicht«, kam es zögerlich von Arthur.

Richard runzelte die Stirn. »Hast du überhaupt eine Vorstellung davon, wie eure gemeinsame Zukunft aussehen soll? Du hast dich doch auf fünf Jahre verpflichtet. Was willst du tun, wenn diese Zeit rum ist?«

»Ich wollte zurück nach London.«

»Und Lottchen will das auch?«

»Ich denke schon.«

Die Falten auf Richards Stirn vertieften sich. »Hast du das jemals mit ihr besprochen?«

»Nein, ich dachte, das wäre selbstverständlich.«

»Ich glaube nicht, dass sie nach London gehen will«, warf Fritz nun ein. »Sie hat ihre Zukunft schon ganz genau geplant. Sie will nach Abschluss ihres Studiums ihre chirurgische Pflichtzeit hier in St. Georg unter meiner Anleitung ableisten und sich anschließend der Frauenheilkunde zuwenden. Sie hat bereits Kontakte in die Geburtsklinik Finkenau geknüpft, um dort im Sommer zu famulieren und erste Erfahrungen zu sammeln.«

»Sie könnte auch in London als Ärztin arbeiten«, sagte Arthur mit einem Anflug von Trotz.

»Arthur, mach dir nichts vor«, entgegnete Fritz. »Als Frau und noch dazu mit deutschem Akzent wird sie kein Mensch in London einstellen. Hier in Hamburg stehen ihr dagegen alle Türen offen, dafür werde ich schon sorgen. Sie hat das Zeug zu einer hervorragenden Ärztin. Aber nicht als Deutsche in London. Nicht in diesen Zeiten.«

»Woher willst du das wissen?«

»Ich war vor dem Ersten Weltkrieg jeden Sommer bei meinen Großeltern in England. Damals wäre niemand auf die Idee gekommen, mir meine Herkunft vorzuhalten. Aber als ich Anfang der Dreißigerjahre zum ersten Mal bei einem Ärztekongress in London war, merkte ich, wie sehr sich die Stimmung gewandelt hatte. Da ich akzentfrei Englisch spreche, wurde ich, solange ich meinen Namen nicht nannte, für einen Briten gehalten. So bekam ich einige unfreiwillige Einblicke in die Ressentiments, die meine nach außen hin so freundlichen britischen Kollegen uns Deutschen entgegenbrachten, wenn sie glaubten, unter sich zu sein. Natürlich gab es auch Leute wie Maxwell Cooper, dem die Ablehnung eines Menschen nur aufgrund seiner Nationalität fremd war. Dank ihm lernte ich später noch viele nette Kollegen kennen, die keine Vorbehalte hatten.«

»Das spricht gegen das, was du für Lottchen befürchtest«, sagte Arthur. »Die meisten hatten nichts gegen dich.«

»Da irrst du dich, Arthur. Der Erste Weltkrieg lag mehr als fünfzehn Jahre zurück, aber die Kluft, die er gerissen hatte, belastete die Beziehungen noch immer. Was, meinst du, würde Lottchen sich in diesen Tagen anhören müssen? Es genügt, wenn du zwei oder drei vergiftete Seelen in der Straße hast, um dir das Leben zu verleiden. Wozu giftige Weiber fähig sind, kann Richard dir am besten erzählen.«

Arthur atmete tief durch, sagte aber kein Wort.

»Glaubst du denn an eine Zukunft mit Lottchen?«, fragte Richard nun.

»Verdammt, ich liebe sie!«, rief Arthur. »Ich kann mir keine Zukunft ohne sie vorstellen, auch wenn ihr mir das hier anscheinend ausreden wollt.«

»Wir wollen dir gar nichts ausreden«, sagte Richard. »Ich vermute nur, dein Heiratsantrag ist deshalb so furchtbar missglückt, weil er nicht von dem getragen wurde, was eine gute Ehe ausmacht.«

»Was meinst du damit?«

»Du hast keine Ziele und keine Pläne. Du lebst von einem auf den anderen Tag. Und deshalb hast du dir einen billigen Vorwand gesucht, um Lottchen zu heiraten. Du willst zwar dein Leben mit ihr verbringen, aber du hast keine Ahnung, wie dieses Leben aussehen soll. Als ich Paula gefragt habe, ob sie sich mit mir verloben will, da wussten wir das ganz genau. Wir wollten beide unser Studium abschließen, wir wollten beide Psychiater werden, wir wollten eine Familie gründen und wir wollten Menschen helfen. Wir hatten immer Ziele, Pläne und Hoffnungen. Und die haben wir uns nicht nur erfüllt, sie haben uns außerdem durch alle Unbilden des Lebens getragen.«

»Und wo sind eure Ziele und Pläne jetzt?«, stieß Arthur bitter hervor. »Was ist geblieben, nachdem alles vernichtet wurde? Wozu in die Zukunft blicken, wenn man doch nicht weiß, was sie bringt? Da genieße ich lieber jeden einzelnen Tag, als wäre er der letzte.«

»Vermutlich ist das der Unterschied zwischen dir und uns«, bemerkte Fritz. »Wir werden immer Ziele, Träume und Hoffnungen haben – völlig egal, ob die Welt in Trümmern liegt oder nicht. Willst du wissen, wie unsere Zukunft aussieht? Ich werde mich habilitieren, Richard wird irgendwann zusätzlich zur hausärztlichen Praxis auch wieder eine psychiatrische Praxis eröffnen und dann wird er sich die Arbeit in den beiden Praxen mit Paula teilen, so wie sie das jetzt schon tun. Sobald die Zeiten wieder etwas besser sind, werden wir uns ein Baugrundstück suchen, auf dem wir ein Doppelhaus bauen. Ich werde Julia heiraten und mit ihr und den Kindern in die eine Hälfte einziehen, Richard und seine Familie in die andere. Wir werden einen großen gemeinsamen Garten haben, und wenn Henrieke und Leni dann noch nicht zu alt sind, wird eine Schaukel im Garten stehen.«

»Vergiss nicht die Terrasse, auf der wir abends im Sommer gemeinsam unser Bier trinken werden«, ergänzte Richard.

»Richtig, die Terrasse. Auf der Terrasse wird ein gemauerter Kamin stehen, auf dem wir Würste und Karbonaden grillen werden. Natürlich werden wir dann auch wieder jeder ein Auto haben«, fuhr Fritz fort.

»Genau«, bestätigte Richard. »Der Zeitplan sagt, dass das alles 1953 erledigt sein muss, weil ich Paula versprochen habe, dass wir zu unserer silbernen Hochzeit unsere Hochzeitsreise nach Italien wiederholen werden.«

Arthur starrte die beiden an, als wären sie verrückt geworden.

»So, nun bist du dran, Arthur«, sagte Richard. »Wie sehen deine Pläne aus?«

»Das sind doch keine Pläne. Das sind ferne Träume«, sagte er kopfschüttelnd. »Ich hätte mehr von euch erwartet als kindliche Fantasien von einer heilen Welt.«

»Ist das womöglich dein Problem, Arthur? Dass du keine Träume mehr hast? Denn ohne Träume, die in deinem Bewusstsein Gestalt annehmen, kannst du keine Pläne machen. Und wenn du keine Pläne hast, treibst du ziellos umher. Ich glaube, der einzige Weg, wie du Lottchen zurückgewinnen kannst, liegt darin, dass ihr gemeinsame Ziele habt. Ihr müsst den gleichen Traum träumen, dann könnt ihr alles erreichen.« Richard hielt kurz inne und überlegte, ob er das Folgende tatsächlich sagen sollte. Er atmete einmal tief durch. Doch gerade als Freund war er es Arthur schuldig, jetzt ehrlich zu ihm zu sein. »Du willst das vielleicht nicht hören, aber du solltest dich jetzt einmal ganz ehrlich fragen, ob du Lisa nicht in dem Augenblick verloren hast, als ihr keine gemeinsamen Träume mehr hattet. Könnte es sein, dass all deine Träume in dem Moment zerstört wurden, als du ausgebombt wurdest? Auch wenn du keinen geliebten Menschen verloren hast, so hast du doch alles verloren, was du dir so hart erkämpft hattest. Alle deine Träume wurden in einer einzigen Nacht ausgelöscht. Kann es sein, dass du Angst davor hast, noch einmal mit ansehen zu müssen, wie du alles verlierst? Und dass sich die Angst davor so tief in dein Herz gefressen hat, dass du dir keine Träume mehr gestattest, nur um niemals wieder den Schmerz des Verlustes zu erleben? Wer mit Leidenschaft träumt, liebt auch mit Leidenschaft. Aber wer Angst hat, will die Kontrolle behalten und zügelt seine Leidenschaft. Das gibt dir zwar Sicherheit, aber es nimmt deinen Gefühlen die Kraft. In jeder Hinsicht. Vielleicht hatte Fritz doch recht. Du musst Lottchen beweisen, dass du sie wirklich liebst. Dass du sie genug liebst, um die Kontrolle aufzugeben und dich wieder deinen Träumen und Wünschen hinzugeben. Dann, nur dann, wirst du in ihr die Partnerin finden, die dir helfen kann, alles zu erreichen. Aber wenn du diese Kraft nicht mehr hast, wenn die Kontrolle so wichtig geworden ist, dass sie die Leidenschaft tötet, dann solltet ihr euch trennen, denn Lottchen ist ein Mensch voller Leidenschaft, der sich alles vom Leben holen wird, was er bekommen kann. Wenn du sie dabei zügeln willst, anstatt ihr zur Seite zu stehen und den gleichen

Mut zu beweisen, wird eure Liebe zerbrechen. Es liegt ganz allein bei dir, Arthur.«

Arthur schwieg, aber Richard konnte ihm deutlich ansehen, wie seine Worte in ihm arbeiteten.

»Das Problem ist«, sagte er schließlich, »ich weiß nicht, was ich will. Du hast schon recht, es ist mir in dem Moment abhandengekommen, als ich im Dezember 1940 vor den Trümmern meiner Existenz stand.«

»Dann frag Lottchen, was sie will«, schlug Fritz vor. »Frauen haben ein Talent dafür, Männern zu sagen, was sie tun sollen.«

»Die wird mir eine Tasse an den Kopf werfen, wenn ich jetzt zu ihr gehe und sie frage, was sie will. Sie erwartet, dass ich den ersten Schritt mache und ihr etwas anbiete. Aber ich weiß nicht, was.«

»Biete ihr die Wahrheit an«, sagte Richard. »Sie spürt das doch sowieso schon, deine innere Zerrissenheit. Öffne dich ihr und zeig dich von deiner verletzlichen Seite.«

Arthur runzelte die Stirn. »Ich werde darüber nachdenken«, sagte er. Dann bedankte und verabschiedete er sich.

Fritz sah Richard an. »Und du meinst, das funktioniert?«

»Ganz bestimmt, ich kenne doch unser Lottchen. Sag mal, hast du ein Aspirin für mich? Ich habe von diesem ganzen Gerede verdammte Kopfschmerzen bekommen.«

»Ich werde dir die Schwester schicken«, sagte Fritz mit Blick auf seine Uhr. »Ich habe nämlich noch andere Patienten außer dir.« Er klopfte Richard einmal kurz auf die Schulter, dann ging auch er.

40. Kapitel

Arthur dachte eine ganze Weile über Richards Worte nach. Offen sein und Pläne machen ... war das wirklich der richtige Weg? Sollte er noch eine Nacht darüber schlafen oder gleich heute mit Lottchen sprechen? Er entschied sich für Letzteres. Je länger er es hinauszögerte, desto schwieriger würde es werden.

Lottchen hatte das Krankenhaus bereits verlassen, und so blieb Arthur nichts weiter übrig, als nach Moorfleet zu fahren.

Doch als er in der Schrebergartenkolonie ankam, traf er dort nur ihre Brüder Matthias und Bruno sowie Karls Frau Julie mit ihrer kleinen Tochter an. Die beiden jungen Männer nutzten den warmen Frühlingstag, um unter freiem Himmel an einem Werkstück zu arbeiten, das wie ein missgebildeter Schrank aussah.

Als sie Arthur sahen, hielten sie in ihrer Arbeit inne. »Falls du zu Lottchen willst, hast du heute kein Glück«, rief Bruno ihm zu. »Die ist mit ihrer Freundin Marianne in der Badeanstalt.«

»Weißt du, wann sie wiederkommt?«

»Die Badeanstalt macht um sieben zu. Kann also noch ein bisschen dauern, wenn die beiden sich nebeneinander in zwei Wannenbädern rekeln und dabei den neuesten Klatsch austauschen.« Bruno grinste.

»Habt ihr was dagegen, wenn ich hier solange warte?«

»Nein«, sagte Matthias. »Solange du nicht erwartest, dass wir dich unterhalten. Wir müssen hier fertig werden, solange das Wetter hält.«

»Was wird das denn?«

»Vielzweckmöbel«, lautete die knappe Antwort, ehe Matthias sich wieder den seltsamen Klappen zuwandte.

»Soll ich dir zeigen, wie so etwas aussieht, wenn es fertig ist?«, hörte er Julies Stimme. Er drehte sich zu ihr um.

»Ja, sehr gern.«

»Komm mit.« Sie nahm Marie an die Hand und führte ihn in die Schreberbude. Es war das erste Mal, dass Arthur sie betrat. Bei gutem Wetter spielte sich das Leben ausschließlich im Garten ab, und wenn er Lottchen abgeholt hatte, war sie ihm immer schon an der Gartenpforte entgegengekommen.

Insgeheim hatte er eine Bleibe befürchtet wie die, in der die Trümmerfrau Hedwig Machnik mit ihrer Kinderschar hauste, denn er konnte sich beim besten Willen nicht vorstellen, wie sieben Erwachsene und ein kleines Kind – und wenn man Julies gewölbten Bauch betrachtete, in Kürze sogar zwei Kinder – in dieser kleinen Hütte ausreichend Platz finden sollten. Umso überraschter war er, als er die Einrichtung sah. Es gab keine Betten und es lagen auch keine Matratzen auf dem Boden. Der Raum war sehr sauber und aufgeräumt, es roch nach frisch verarbeitetem Holz. An den Wänden standen zwei hohe Schränke, in der Ecke gegenüber ein Herd. An der Wand über dem Herd hingen Regale, auf denen Pfannen und Töpfe standen. Direkt daneben war eine Steingutspüle an der Wand befestigt und darunter standen zwei Kanister. Einer enthielt sauberes Wasser, der andere stand direkt unter dem Ausguss, um das Schmutzwasser aufzufangen. In der Mitte des Raumes war ein großer Tisch, allerdings standen keine Stühle um ihn herum, sondern eine gepolsterte, u-förmige Sitzbank. Nur an der offenen Seite der Rundsitzecke stand ein Stuhl mit Armlehnen.

»Sie bauen so etwas.« Julie wies auf die Sitzecke. »Dafür haben wir etliche Kunden.«

»Wären Stühle nicht praktischer?«

»Nein, ganz im Gegenteil. Schau mal.« Julie hob das Polster an und zeigte ihm, dass die Bank zugleich als Truhe für das Bettzeug diente. »Und nun richte deinen Blick auf den Tisch. Siehst du die beiden Scharniere und die Haken in den Standbeinen? Das hat Karl erfunden. Warte, ich zeige es dir mal.«

Sie löste die Haken und drückte leicht auf die Tischplatte, woraufhin die sich mit einem leisen Knarren auf die Höhe der Sitzbänke senkte und sich dann in eine vorgefertigte Rille im Holz der Bänke schmiegte, sodass eine stabile hölzerne Oberfläche in der Größe eines französischen Betts entstand.

»Die Polster der Sitzbank passen genau auf die Liegefläche«, erklärte sie und legte die Polsterteile mit wenigen Handgriffen so zusammen, dass sie eine große Matratze bildeten. »Und schon hast du das Bett meiner Schwiegereltern. Für reine Schrankbetten, so wie Karls Großvater sie entwickelt hat, haben wir hier zu wenig Platz. Nur Lottchens Bett ist in dem Schrank dort vorn verborgen. Karl und ich schlafen im südlichen Anbau auf einer ähnlichen Konstruktion, sodass wir das Zimmer tagsüber als zweite Stube nutzen können. Matthias und Bruno haben im nördlichen Anbau Stockbetten, denn der ist zu klein für alles andere.« Sie wies auf die beiden Türen, die von der Stube abgingen. Dann klappte sie den Tisch wieder hoch, während die kleine Marie mit ungeschickten Bewegungen versuchte, ihr beim Anordnen der Polster zu helfen.

»Früh übt sich«, bemerkte Arthur.

»Ja, sie ist sehr an ihrer Umgebung interessiert. Wenn ihr Papa in der Werkstatt ist, bin ich immer wieder erstaunt, wie lange sie ihm still zusehen kann, ohne ungeduldig zu werden.

Karl meint dann immer, dass sie womöglich eines Tages die erste Tischlermeisterin in der Familie wird.« Julie lachte.

Von draußen hörten sie ein lautes Hupen.

»Das ist Karl.« Julies Augen strahlten vor Freude. »Er war mit Alwin und seinem Laster unterwegs, um neues Holz zu holen.« Sie eilte mit Marie in den Garten und Arthur musste sich eingestehen, dass er sie brennend um das Gefühl beneidete, ein vollwertiges Mitglied dieser Familie zu sein. Ebenso um ihren Mut, alles hinter sich gelassen zu haben, um bei dem Menschen zu sein, den sie liebte. Selbst wenn das bedeutete, am Rande des Existenzminimums in einer völlig zerstörten Welt leben zu müssen. Dennoch sah sie jedes Mal, wenn er sie traf, so unbeschreiblich glücklich aus.

Er atmete tief durch, dann folgte er ihr und betrachtete fasziniert den altersschwachen Laster mit Holzvergaser, der zahlreiche Baumstämme geladen hatte.

Karl sprang aus dem Lkw. »Hallo Arthur. Würdest du deinen Wagen bitte ein Stück weiter vorfahren? Wir können sonst nicht vernünftig abladen.«

Arthur nickte und kam der Bitte nach.

Alwin parkte den Lkw daraufhin direkt vor der Schrebergartenparzelle. Matthias und Bruno ließen ihre Arbeit liegen, um beim Entladen zu helfen. Noch während die Männer die Baumstämme abluden, sah Arthur, wie Lottchen zusammen mit ihrer Freundin Marianne vom Bahndeich die Straße herunterkam und auf die Schrebergartenparzelle zuhielt. Und sie wirkte keinesfalls niedergeschlagen oder gar verweint.

»Ihr seid schon wieder fleißig?«, rief sie ihren Brüdern fröhlich zu. Sie hatte Arthur, der hinter dem Lkw an seinem Jeep lehnte, noch nicht gesehen.

»Sind wir doch immer«, rief Bruno zurück. »Du hast übrigens Besuch.« Er nickte in Arthurs Richtung und erst jetzt bemerkte sie ihn. Sofort verschwand das Lächeln aus ihrem Gesicht und sie musterte ihn mit ernster Miene.

Arthur ging ihr entgegen. »Können wir reden?«, fragte er.

Lottchen nickte. »Entschuldigst du mich kurz, Marianne?«

»Aber sicher. Ich hoffe, Bruno wird mich in der Zwischenzeit wie ein Kavalier unterhalten.« Marianne zwinkerte ihr zu und wandte ihre Aufmerksamkeit dann Bruno zu, der verschmitzt lächelte, ohne ein Wort zu sagen.

»Lass uns ein Stück gehen«, sagte Lottchen zu Arthur. »Es muss ja nicht jeder alles mitbekommen.« Die Art, wie sie es sagte, verunsicherte Arthur. Er vermisste die Wärme, die sonst in ihren Worten lag. Lottchen führte ihn zielsicher ans Ufer des kleinen Elbzuflusses, an dem sie um diese Zeit allein waren.

»Also?«, fragte sie. »Was möchtest du?«

»Kannst du dir das nicht denken?«

»Nein, kann ich nicht. Du musst schon etwas deutlicher werden.«

»Ich …« Er schluckte schwer. »Ich wollte dir sagen, dass ich dich liebe, Lottchen. Mehr als alles andere. Ich weiß, dass ich dich gestern sehr verletzt habe, aber das lag nicht in meiner Absicht. Ich … ich war einfach dumm, weil ich nicht wusste, wie ich dir das, was ich für dich empfinde, wirklich sagen kann. Ich dachte, wenn ich einen vernünftigen Grund zum Heiraten finde, wirst du nicht Nein sagen.«

»Das verstehe ich nicht.«

»Im Nachhinein verstehe ich mich selbst nicht mehr«, gab er zu. »Ich will ehrlich zu dir sein, Lottchen. Ich wusste nicht, was ich tun sollte, als du gestern gegangen bist. Deshalb war ich heute bei Richard und habe ihn gefragt. Und er hat mir dann klargemacht, was mein Problem ist.«

Lottchen sah ihn aufmerksam an, schwieg aber.

»Er sagte, mein Antrag ist vermutlich deshalb so furchtbar missglückt, weil ich nach einer Begründung gesucht habe, warum ich dich heiraten will. Und weil es letztlich nur ein Vorwand war. Wahr ist, dass ich dich liebe, Lottchen. Ich kann mir mein Leben nicht ohne dich vorstellen. Das ist alles, was ich weiß. Aber wie unser gemeinsames Leben aussehen soll, darüber haben wir niemals geredet, wir haben immer nur den Augenblick genossen. Richard hat mir klargemacht, dass das nicht ausreichend ist. Er sagte, ich muss um deine Liebe kämpfen und wir müssten gemeinsame Ziele und Träume haben, die wir erreichen wollen. Nur … das Problem ist, ich habe keine Ahnung, wie unsere gemeinsame Zukunft aussehen soll. Ich hatte nur vage Ideen, dass wir irgendwann gemeinsam in London leben könnten, aber mir wurde heute klar, dass das in diesen Zeiten nicht für dich infrage kommt, weil dir dort noch weniger bleibt als mir.«

»Und was willst du mir damit nun sagen?« Sie sah ihn mit großen, ernsten Augen an. »Dass wir uns besser trennen sollten?«

»Nein, Lottchen, ganz im Gegenteil. Ich habe heute lange über das nachgedacht, was Richard mir sagte. Dass ich wieder den Mut zum Träumen haben muss, dass ich mir gestatten muss, mir einzugestehen, was ich wirklich will, fernab von jeder Vernunft.« Er atmete schwer. »Nur ist das, was ich wirklich will, völlig unerreichbar.«

»Und was willst du?« Auf einmal war die Wärme in ihrer Stimme wieder da.

Er schluckte abermals. »Ich habe es erst wirklich begriffen, als ich gerade das Leuchten in Julies Augen bei Karls Rückkehr gesehen habe. Da war so viel Liebe und das Gefühl, jemanden zu haben, der einen bedingungslos annimmt. Und ich habe an deine Worte gedacht, als du sagtest, wenn ich zur Familie dazugehören will, dann muss ich auch bedingungslos alles geben, selbst wenn es wehtut. Genau das würde ich gern, Lottchen. Ich würde gern den Mut haben, Pläne zu machen wie Richard und Fritz, einfach das Leben anpacken und nicht länger auf irgendetwas warten. Und dann ist da zugleich die Angst, mir das einzugestehen, weil es so aberwitzig und verrückt ist. Als Brite muss ich keine eurer Sorgen teilen – ich sehe die Not nur von außen. Aber so verrückt es klingt, ich würde all das gern aufgeben, wenn ich dazugehören könnte. Nur ist das unmöglich. Ich habe mich verpflichtet, ich bin bis 1950 gebunden, ich habe keine Wahl.«

»Dann stell dir vor, es wäre 1950«, sagte Lottchen und nahm sanft seine Hand. »Was würdest du 1950 tun, wenn du dich einfach nur deinen Träumen hingibst?«

»Ich weiß es nicht«, sagte er nach einigem Zögern. »Ich meine ... früher, vor dem Krieg, da wusste ich noch, was ich wollte, mein Leben lag wie ein ausgebreiteter roter Teppich vor mir, den ich nur noch beschreiten musste. Aber jetzt ...«

»Was hat sich verändert?«, fragte Lottchen. »Was von dem, das du damals wolltest, kannst du heute nicht mehr erreichen?«

Er schluckte. »Damals arbeitete ich noch in einem angesehenen Krankenhaus und war kurz davor, Oberarzt zu werden. Ich hatte meine ursprüngliche Herkunft als Dienstbotenkind endgültig hinter mir gelassen und war dabei, in die gehobene Mittelschicht aufzusteigen. Ich hatte damals die Vorstellung, einige Zeit als Oberarzt zu arbeiten und später, wenn ich mir einen entsprechenden Ruf über die Grenzen der Klinik hinaus erarbeitet hätte, eine kardiologische Praxis zu eröffnen. Aber ich bin zu lange im Krieg gewesen und ein anderer bekam die Oberarztstelle.« Er seufzte. »Wenn ich ehrlich bin, war das der Grund, warum ich so bereitwillig auf Lisa gehört habe, als sie mir vorschlug, mich nach Hamburg versetzen zu lassen. Ich hatte Angst, den Ansprüchen in London nicht mehr zu genügen, zumal ich aus keiner vornehmen Familie stamme, sondern stets besser sein musste als meine Kollegen, die aus besseren Familien oder Ärztedynastien stammten.«

»Und wenn du nach deinem Abschied hier in Hamburg eine Praxis eröffnest?«, fragte Lottchen. »Hier ist es den Menschen egal, wer deine Eltern waren. Im Gegenteil, jemand, der sich hocharbeitet, wird dafür geachtet und bewundert.«

»In Hamburg?« Er sah sie erstaunt an. »Du schlägst mir allen Ernstes vor, hier eine Praxis zu eröffnen?«

Lottchen nickte. »Warum nicht? Irgendwann müssen die Zeiten ja mal wieder besser werden und bis 1950 kann viel geschehen. Du musst dir überlegen, was du willst, Arthur. Möchtest du Pläne machen, auch wenn sie im Moment noch illusorisch klingen, oder möchtest du weiterhin warten und mit dem Schicksal hadern?«

Er schwieg.

»Ich kann verstehen, dass du Angst davor hattest, nach London zurückzukehren«, fuhr Lottchen fort. »Aber dann musst du dir neue Ziele setzen. Und die vermisse ich bei dir. Du sagst immer nur, warum etwas nicht geht, niemals sagst du, was wir schaffen können. Wenn sich das nicht ändert, passt du nicht in unsere Familie. Denn wir blicken nach vorn und schauen auf das, was wir erreichen können.«

»Das würde ich auch gern«, versicherte Arthur. »Aber ich bin jemand, der verstandesgemäß an die Sache herangeht. Und wenn du mir vorschlägst, in Hamburg eine Praxis zu eröffnen, dann frage ich mich, wie du dir das vorstellst. Ich würde mich in jeder Hinsicht verschlechtern.«

»Heute, aber du weißt nicht, was 1950 sein wird.«

»Glaubst du wirklich, dass die Zeiten dann besser sind?«

»Was erwartest du denn vom Leben, Arthur? Dass du für alles, ja, selbst für deine Träume, eine Garantie bekommst? Du hast mir gesagt, dass du gern wie Richard und Fritz Pläne machen würdest. Gut, dann frage ich dich jetzt direkt: Angenommen, die Zeiten wären 1950 so, dass ein Kardiologe mit einer Praxis in Hamburg ein gutes Auskommen hätte, dass es keinen Hunger und keine Rationierungen mehr gäbe, könntest du dir dann vorstellen, hier eine Praxis zu eröffnen? Oder ist dir Hamburg so zuwider, dass du nur deshalb hier bist, weil du zu feige bist, in London einen Neuanfang zu wagen?«

Er schluckte schwer. »Du bist ganz schön hart.«

»Ich will wissen, woran ich bei dir bin.«

Er zögerte eine Weile, bevor er antwortete. »Ich glaube, es ist komplizierter«, sagte er schließlich. »Ich habe jahrelang so hart dafür gekämpft, anerkannt und nicht mehr als Dienstbotenkind verlacht zu werden, dass ich große Angst habe, meinen Status zu verlieren. Ich müsste einen Teil meiner Vorteile aufgeben, die ich als Brite habe, wenn ich in Hamburg wie ein Deutscher eine Praxis eröffne.«

»Das verstehe ich«, sagte Lottchen. »Du hast Angst, alles zu verlieren.«

Er nickte. »Als ich Julie heute sah, die alles für ihre Liebe zu Karl aufgegeben hat, habe ich sie beneidet, denn sie musste keine Wahl treffen. Als Geliebte eines Deutschen konnte sie nicht in Frankreich bleiben. Ich hingegen habe Angst, die falsche Wahl zu treffen.«

»Du musst sie jetzt noch nicht treffen«, sagte Lottchen versöhnlich. »Für den Anfang würde es mir genügen, wenn du dir Träume gestattest. Was würdest du tun, wenn die Zeiten 1950 besser wären? Wenn der Hunger überwunden wäre und es wieder genug für alle gäbe?«

Er atmete schwer. »Wenn ich nur auf mein Herz höre und meinen Verstand zum Schweigen zwinge, dann würde ich gern bei dir in Hamburg bleiben und hier die Praxis eröffnen, von der ich in London immer geträumt habe. Vorher würde ich dich bitten, mich zu heiraten, ganz formvollendet mit Ring und allem, was dazugehört. Fritz sagte, du willst dich der Frauenheilkunde zuwenden. Wir könnten uns gemeinsam auf die Überwachung von werdenden Müttern mit Herzproblemen spezialisieren. Und wenn wir die Praxis in unsere Wohnung integrieren, könnten wir uns auch ausreichend um unsere Kinder kümmern. Das ist es, was ich möchte, Lottchen. Mit dir zusammenleben, gemeinsam in einer Praxis arbeiten und eine Familie gründen. Klingt das verrückt?«

»Nein, Arthur. Das klingt genau nach dem Leben, das ich mit dir führen möchte.« Sie legte ihre Arme um seinen Nacken. »Ich liebe dich. Das habe ich immer und das werde ich immer. Und ich werde alles dafür tun, dass sich unser Traum erfüllt.« Ihre Lippen fanden die seinen, und als er sie küsste, hatte Arthur zum ersten Mal seit jener grauenvollen Dezembernacht im Jahr 1940 das Gefühl, wieder in seinem Leben angekommen zu sein. Er wusste, was er wollte, auch wenn es noch so verrückt war, seine Zukunft ausgerechnet im zertrümmerten Deutschland zu planen. Aber allein die Tatsache, dass er den Mut gefunden hatte, sich zuzugestehen, wo und wie er leben wollte, nahm ihm eine ungeahnte Last von den Schultern. Fast alle, die ihm etwas bedeuteten, lebten in Hamburg. Es war sein gutes Recht, sein Leben dort zu führen, wo er sich heimisch fühlte. Mochte es auch noch so schwer sein. Und diese Erkenntnis, diese Ehrlichkeit zu sich selbst, die verdankte er nicht nur Richard und Lottchen, sondern vor allem Julies strahlenden Augen, als sie sich auf Karl gefreut hatte …

41. Kapitel

Mit dem Beginn des Sommers wurde das Leben um vieles einfacher. Georg und Emilia bereicherten den Speiseplan nach der Schule mit selbst geangelten Fischen und begleiteten Horst regelmäßig zum Kohleklauen beim Kleinbahnhof. Georg hatte seinen Vater heimlich ins Vertrauen gezogen und ihm verraten, woher die Kohlen stammten, und Richard hatte ihm versprochen, Paula nichts zu verraten. Insgeheim war er stolz darauf, dass seine Kinder sich so fleißig am Lebensunterhalt beteiligten, zumal Fritz und er bereits jetzt so viele Kohlen wie möglich für den kommenden Winter einlagerten. Aber es war auch das erste Mal, dass Richard tatsächlich ein Geheimnis vor Paula hatte – mal abgesehen von Brunos Veranlagung. Er hatte mit seinem Neffen nach seiner Entlassung aus dem Krankenhaus mehrere intensive Gespräche geführt und diesen darin bestärkt, sich so anzunehmen, wie er war. Außerdem hatte er ihm geraten, den Kontakt zu Männern zu suchen, die seine Neigung teilten, um mehr über sich selbst zu erfahren. Er hatte sogar herausgefunden, wo es einschlägige Etablissements gab, und Bruno die Adressen gegeben. Bruno war einerseits dankbar für Richards Hilfe, andererseits aber unschlüssig, ob er diesen letzten Schritt tatsächlich wagen sollte. Die Scham über sein Anderssein belastete ihn nach wie vor und Richard konnte sich des Eindrucks nicht erwehren, dass sein Neffe ihm aus dem Weg ging, seit er wusste, dass es keine Möglichkeit gab, ihn von seiner Neigung zu kurieren.

Arthur musste sich indes mit seinem neuen Mitbewohner Edward McLaine abfinden, einem dreiundzwanzigjährigen Offizier, der im Team von Hugh Carleton Greene beim Nordwestdeutschen Rundfunk arbeitete und eigentlich ein ganz netter Kerl war. Eigentlich … solange man nicht mit ihm zusammenleben musste. Während Lottchen sich sofort blendend mit Eddy – wie Edward genannt wurde – verstand, litt Arthur unter dessen Schlampigkeit. Eddy ließ seine Sachen überall herumliegen, benutzte schon mal Arthurs Rasierpinsel und auch sonst schien er davon auszugehen, dass alles, was sich in der Wohnung anfand, beiden zu gleichen Teilen gehörte. Andererseits war Eddy großzügig und hatte selbst nichts dagegen, wenn sich jemand an seinen Sachen bediente. Für Arthur war es jedoch ein ständiger Kampf, Grenzen zu setzen. Außerdem störte es ihn, wenn Eddy sich jedes Mal völlig selbstverständlich dazusetzte, wenn Lottchen zu Besuch war, und sich am Gespräch beteiligte. Immerhin hielt er sich an solchen Tagen von Arthurs Schlafzimmer fern. Leider ermunterte Lottchen Eddy auch noch, sich zu ihnen zu setzen, zumal Eddy sich bemühte, Deutsch zu lernen, und Lottchen es ausgesprochen amüsant fand, seine ersten Schritte in dieser Sprache zu begleiten und ihn zu verbessern.

»Ich weiß gar nicht, warum du immer so über ihn schimpfst«, sagte sie eines Abends zu Arthur, als Eddy dienstlich unterwegs war. »Er ist doch wirklich nett und gibt sich viel Mühe.«

»Er ist unordentlich und aufdringlich«, widersprach Arthur missmutig. »Ständig läuft er mir vor die Füße und bringt alles durcheinander. Außerdem ist es unerträglich, wenn er versucht, auf Deutsch zu kommunizieren, aber zu faul ist, die Feinheiten der Sprache zu lernen.«

»Ich finde das sympathisch, immerhin macht er sich wenigstens die Mühe, Deutsch zu lernen.«

»Du hättest ihm nicht sagen sollen, dass man als Artikel grundsätzlich ›das‹ verwenden kann, wenn man die Verkleinerungsform ›chen‹ an das Substantiv hängt. Ich kann es nicht mehr ertragen, wenn er mich fragt, ob ich ihm mal das Löffelchen oder das Tellerchen reichen kann, weil er sich nie merken kann, ob es ›der‹, ›die‹ oder ›das‹ heißt. Der soll die Artikel gefälligst mit den Substantiven zusammen auswendig lernen!«

»Immerhin hat er es zuerst mit Logik versucht.«

»Ja, und sagte dann immer ›die Rock‹ und ›der Hose‹. Deutsch ist nun mal unlogisch, was die Artikel angeht. Damit muss er sich abfinden und nicht improvisieren.«

Lottchen lachte. »Du bist ja strenger als ein Germanistikprofessor. Wenn dich seine Redeweise nervt, nenn ihn doch einfach Edwardchen. Vielleicht gewöhnt er es sich dann ab, wenn er auch nur noch das Edwardchen ist.«

»So wie das Lottchen?«

Sie sah ihn einen Moment lang irritiert an. »Was willst du mir jetzt damit sagen?«

»Na ja, gerade eben ist mir durch Eddys seltsame Verwendung der Verkleinerungsform bewusst geworden, dass du damit ja auch zu einer kleinen, niedlichen Sache wirst. Als du ein kleines Kind warst, mag das ja passend gewesen sein, aber inzwischen bist du eine erwachsene, intelligente Frau, die ganz genau weiß, was sie will. Kann ich dich da überhaupt noch Lottchen nennen? Dein Name ist schließlich Charlotte und der passt viel besser zu dir.«

»So hat mich meine Mutter immer nur genannt, wenn sie wütend war.«

»Ich bin aber nicht deine Mutter. Ich bin der Mann, der dich liebt, und ich will dich nicht genauso nennen wie deine großen Brüder oder deine Eltern.«

»Oder Onkel Richard oder Fritz oder überhaupt alle anderen …«

»Nein, ich will, dass es zwischen uns etwas gibt, das nur uns beiden gehört. Und sei es nur, dass ich der Einzige bin, der dich bei deinem echten Namen nennen darf – Charlotte.«

Sie sah ihn an und spürte, wie ihr ein Schauer über den Rücken lief. Es hatte sich so vieles verändert, seit Arthur sich wieder Träume und Pläne gestattete und das benannte, was er wirklich wollte. Es war eine Veränderung, die ihr gefiel.

»Dann bin ich für dich allein von jetzt an Charlotte«, sagte sie und küsste ihn.

Während es sich seit Ende des Krieges jedes Jahr so anfühlte, als würde der Winter ewig dauern, verflossen die warmen Sommertage schneller als eine kostbare Flüssigkeit, die man vergeblich mit bloßen Händen festzuhalten versuchte. Am 9. August 1947 wurden die Zwillinge fünfzehn Jahre alt und Paula freute sich, dass Leonie rechtzeitig ein großes Paket aus der Schweiz geschickt hatte, das neben Geschenken für die Kinder auch alle Zutaten für einen angemessenen Geburtstagskuchen enthielt.

Als Paula am Abend des 8. August in der Küche stand, um den Kuchen zu backen, fiel ihr Richards schwermütiger Blick auf.

»Was ist los?«, fragte sie ihn.

»Jetzt sind sie bald erwachsen.« Er seufzte. »Und was haben wir ihnen bislang bieten können? Nichts von dem, was ich ihnen so gerne gegeben hätte, als sie geboren wurden.«

»Vielleicht nicht materiell«, widersprach Paula. »Aber wir haben ihnen all unsere Liebe gegeben, damit sie zu den starken

Persönlichkeiten werden konnten, die sie sind. Und genau das tun wir weiterhin. Unsere Kinder werden ihren Weg gehen und durch die schlechten Zeiten sind sie nur umso stärker geworden.«

Richard nickte. »Trotzdem hätte ich mir etwas anderes für sie gewünscht.«

Paulas Erinnerungen schweiften zurück bis zur Geburt ihrer Kinder. Auch damals waren die Zeiten schwer gewesen, wenngleich es ihnen persönlich gut gegangen war. Aber die Weltwirtschaftskrise hatte das Land fest im Griff gehalten, die Menschen hatten verzweifelt nach Orientierung und einem besseren Leben gesucht. Die Politik der Nazis war schrecklich gewesen, und doch hatte es in den folgenden Jahren immer wieder helle Flecken in all der Finsternis gegeben. Sommerausflüge an die Ostsee, ein friedliches Familienleben vor Beginn des Krieges. Aber über allem hatte ein schwerer Schatten gelegen. Die Erbgesundheitsgesetze, die Georg bedrohten. Die Nürnberger Rassengesetze, die Leonie und ihren Vater aus dem Land und Doktor Stamm in den Tod getrieben hatten. Der schreckliche Umgang mit politisch Andersdenkenden wie Richards Freund Alfred Schär, der 1937 in der Gestapohaft zu Tode gekommen war. Der Krieg, der Tod, die Massenvernichtungen ... Und jetzt ein zerstörtes, hungerndes Land. Früher hatte Paula oft gesagt, dass es nicht noch schlimmer werden könne, aber mittlerweile hütete sie sich vor diesen Worten, denn die Erfahrung hatte ihr gezeigt, dass es gerade dann immer noch schlimmer geworden war. Sie konnte sich zudem gut vorstellen, warum Richard so niedergeschlagen war. Es hing nicht nur mit dem Gedanken daran zusammen, was er seinen Kindern nicht hatte geben können, sondern ihm graute vor dem zweiten Prozess gegen Krüger, der in der nächsten Woche beginnen sollte. Zwar musste Richard dieses Mal nicht als Zeuge vor Gericht erscheinen, aber er wollte dem Prozess als Zuschauer beiwohnen, in der Hoffnung, dass wenigstens ein einziges Mal ein gerechtes Urteil gefällt und Krüger nicht erneut freigesprochen werden würde. An den Tötungen der zweiundzwanzig Kinder gab es keinen Zweifel, Krüger bestritt sie ja nicht einmal. Wenn diese Taten jetzt erneut als rechtmäßig anerkannt werden würden, gab es dann überhaupt noch Hoffnung für dieses Land und eine Zukunft, in der wenigstens ihre noch ungeborenen Enkelkinder ein glückliches und sorgenfreies Leben würden führen können?

»Du warst für unsere Kinder immer ein großartiges Vorbild«, sagte Paula schließlich. »Du hast in den schwierigsten Zeiten getan, was du konntest, um deinen Wertvorstellungen treu zu bleiben. Das ist das größte Geschenk, das du unseren Kindern neben all deiner Liebe mit auf den Weg geben konntest. Sie werden sich niemals fragen müssen, wo ihre Eltern waren und was sie getan haben. Und Krüger wird seine gerechte Strafe bekommen.«

»Glaubst du wirklich?« Richard sah sie zweifelnd an. »Er hat Leumundszeugnisse von allen wichtigen psychiatrischen Chefärzten. Von Männern, die selbst in der NSDAP waren und jetzt immer noch in Rang und Würden stehen. Ich bin dagegen nur ein Nestbeschmutzer. Wohin das führt, haben wir ja gesehen.« Seine Hand strich gedankenverloren über die Narbe an seinem Hinterkopf, unter der noch immer der unvollständig ausgeheilte Knochendefekt zu ertasten war.

Paula seufzte. »Sie können ihn nicht freisprechen, Richard, zumal er die Taten ja nicht einmal bestreitet.«

»Eben«, sagte Richard. »Er bestreitet sie nicht, weil er sich im Recht fühlt. Und gerade das macht mir Sorgen.«

42. Kapitel

Der zweite Prozess gegen Krüger erregte kaum mehr Aufsehen als der erste. Die Menschen hatten genügend mit dem Überleben zu tun, als dass sie die Zeit gefunden hätten, sich um einen Ärzteprozess zu kümmern. Paula und Richard hatten sich den Tag ebenso wie Arthur frei gehalten. Im Gegensatz zum ersten Prozess saßen auch zwei junge Männer auf der Zuschauerbank, die für die einheimische Presse berichteten. Ansonsten schien niemand Interesse daran zu haben, das Verfahren zu verfolgen.

Richard fragte sich, ob es daran lag, dass die Menschen durch die Gräuel des Krieges und ihre eigenen Verluste zu sehr abgestumpft waren, um überhaupt noch Mitleid mit den toten Kindern zu haben, oder ob sie es einfach nur nicht wissen wollten. Wie oft hatte er in letzter Zeit gehört, dass man nun endlich einen Schlussstrich unter die Vergangenheit ziehen sollte, um sich der Zukunft zuzuwenden.

Als Richard, Paula und Arthur sich vor Beginn der eigentlichen Verhandlung in die Zuschauerreihen setzten und leise unterhielten, bemerkte Richard sofort die neugierigen Blicke der beiden jungen Reporter, die insbesondere Arthur in seiner britischen Uniform galten. Einer der beiden fasste sich ein Herz, stellte sich auf Englisch als Hans Bremer von »Die Zeit« vor und fragte Arthur, ob er ihm einige Fragen stellen dürfe. Arthur bejahte die Frage auf Deutsch.

»Ich habe mich von Anfang an sehr für diesen Fall interessiert«, sagte Bremer. »Sind Sie der britische Offizier, der den Kindermorden nachgegangen ist und dafür sorgte, dass Doktor Krüger und einige andere Ärzte Berufsverbot bekamen?«

»Der Vorgang mit dem Berufsverbot ist deutlich komplizierter, als dass ich allein das hätte verfügen können«, erwiderte Arthur. »Aber grob zusammengefasst ist das korrekt.«

»Und wie haben Sie von diesen Taten erfahren?«

»Es gab zunächst viele Gerüchte, denen ich nachgegangen bin. Erst Ende Juli 1945 lagen mir eindeutige Beweise über die Kindermorde in Langenhorn vor, als mir Krankenakten der ermordeten Kinder übergeben wurden, die ein deutscher Arzt noch während des Krieges als Beweismittel beiseitegeschafft hatte.«

Richard fiel auf, wie vorsichtig Arthur antwortete, und er war sich sicher, dass der Brite das vor allem tat, um ihn zu schützen. Andererseits kannte Richard »Die Zeit« sehr gut. Seit ihrer Gründung im vergangenen Jahr war er regelmäßiger Leser des wöchentlich erscheinenden Magazins. Er schätzte die präzisen Analysen, in denen sich endlich wieder etwas von den scharfsinnigen Betrachtungen und dem freiheitlichen Denken fand, das er seit der Machtergreifung der Nazis in der Presse vermisst hatte.

»Und was denken Sie darüber, dass nun ausgerechnet ein Richter den Vorsitz führt, der gemeinsam mit Doktor Krüger im selben Ortsgruppenverband der NSDAP war und der Krüger in den Jahren 1941 bis 1944 wiederholt mit Gutachtenaufträgen zur Frage der Schuldfähigkeit bedachte?«, fragte Bremer weiter.

Arthur horchte auf. »Das wusste ich nicht.«

Bevor Bremer darauf antworten konnte, betraten Richter und Beisitzer den Saal und die Anwesenden erhoben sich.

Richards Blick schweifte zu Krüger, der kurz zuvor mit seinem Anwalt Melk Platz genommen hatte. Wie bereits beim ersten Prozess waren Krüger keinerlei Gefühlsregungen anzumerken.

Es erfolgte zunächst die übliche Eröffnung des Verfahrens. Neben dem Staatsanwalt saß ein Gutachter, den Richard nicht kannte. Hans Bremer erwies sich als hilfreicher Kommentator, denn er raunte Arthur zu, dass das der berühmte Gutachter Carl Mönchberg sei. Richards Kiefer pressten sich unwillkürlich zusammen, als er den Namen hörte. Arthur warf ihm einen fragenden Blick zu.

»Ein Freund von Alfred Hoche, dem Verfasser der Schrift ›Die Freigabe der Vernichtung lebensunwerten Lebens‹«, sagte Richard leise. »Ich hatte nie persönlich mit ihm zu tun, aber ich habe einige seiner Gutachten gelesen. Ich bin mir nicht sicher, ob ein Befürworter der Euthanasie tatsächlich ein neutrales Gutachten erstellen kann.«

»Das ist ja auch gar nicht Sinn der Sache«, raunte Bremer ihm zu, der das Gespräch verfolgt hatte. »Ich vermute vielmehr, man will einen Präzedenzfall schaffen, um die damals durchgeführten Tötungen zu legalem ärztlichen Handeln zu erklären.«

Richard sah den Zorn in den Augen des jungen Mannes und sofort fragte er sich, ob Bremer ebenfalls Angehörige durch eine entmenschlichte Medizin verloren hatte. Sein Kollege hingegen ließ sich gar nichts anmerken, sondern widmete seine Aufmerksamkeit ausschließlich der Verlesung der Anklageschrift.

Nachdem die Namen der zweiundzwanzig getöteten Kinder samt ihren Diagnosen und den Umständen ihres Todes verlesen worden waren, wurde die erste Zeugin aufgerufen. Es war eine vierundzwanzigjährige Krankenschwester, die angab, in mehreren Fällen Kinder ins Untersuchungszimmer gebracht zu haben, die später getötet wurden.

»Doktor Krüger ließ die Kinder meist direkt nach der Visite in sein Untersuchungszimmer bringen«, begann sie ihre Aussage. »Dort bekamen die Kinder die Luminalinjektion. Sie haben dabei immer sehr geschrien. Nach der Behandlung musste ich sie in ihre Betten zurückbringen. Dort sind die Kinder dann kurz darauf friedlich für immer eingeschlafen. Wenn ich gewusst hätte, dass diese Sterbehilfe keine gesetzliche Grundlage hatte, hätte ich mich geweigert.«

Auf die Frage des Staatsanwalts, ob sie selbst jemals aktiv eine Spritze mit einer Überdosis Luminal verabreicht hätte, verneinte die Schwester. »Das war eine ärztliche Tätigkeit, das wurde auch immer im Untersuchungszimmer vorgenommen, damit die anderen Kinder im Bettensaal nichts merkten. Abgesehen von dem Schreien, wenn sie die Spritze bekamen, haben die Kinder nicht gelitten.«

Richard spürte, wie seine Hände sich unwillkürlich zu Fäusten ballten, vor allem, als er Krügers selbstgefällige Miene sah, in der nicht der kleinste Hinweis auf Schuldgefühle zu finden war.

Es wurden noch einige andere Schwestern und zwei Assistenzärzte als Zeugen aufgerufen, die die Aussagen der Schwester bestätigten, aber gleichzeitig die Fürsorglichkeit des Doktors hervorhoben und wie wichtig es ihm gewesen sei, dass seine kleinen Patienten nicht unnötig litten.

Richard hörte, wie Paula die Luft durch die Nase ausstieß – wie ein zorniger Drache, der am liebsten Feuer speien würde. Ihm ging es nicht viel anders, zu gut erinnerte er sich an das, was Doktor Krüger ihrem Sohn Georg am liebsten angetan hätte.

Dann wurden noch einige Leumundszeugnisse verlesen und schließlich bekam Krüger selbst die Gelegenheit, Stellung zu nehmen. Richard erwartete beinahe schon, dass er sich wie im ersten Verfahren zurückhalten und das Wort seinem Anwalt überlassen würde, doch er hatte sich geirrt. Krüger holte tief

Luft, dann erhob er sich von seinem Stuhl und begann seine Rede.

»Ich habe die Euthanasie-Behandlung aufgenommen, um sowohl den Missgeburten als auch ihren armen Eltern zu helfen. In den Jahren zuvor habe ich das oftmals jahrelange Elend der Eltern mit ansehen müssen. Ich sah, wie ganze Familien darüber zerbrachen. Das missgebildete Wesen belastete die gesamte Familie, insbesondere aber die Mutter. Und dies nicht nur seelisch, sondern auch materiell und in der allgemeinen Achtung. Die Mütter wurden völlig von diesen missgebildeten Wesen vereinnahmt. Sie vernachlässigten nicht nur ihre weiteren Aufgaben der Familie gegenüber, sondern beschränkten zugunsten der Pflege und Behandlung der Missgeburt auch die finanziellen Mittel der übrigen Familie. Wiederholt beobachtete ich schwere Belastungen der Ehe und des Familienlebens, die besonders auf Kosten der erbgesunden Geschwister des missgebildeten Wesens gingen. Nicht nur bekamen diese gesunden Kinder zu wenig Aufmerksamkeit durch ihre Mutter, nein, sie fielen sogar noch der Verachtung ihrer Mitmenschen anheim, mit allen schädlichen seelischen Folgen, die so etwas mit sich bringt. Gerade als Psychiater habe ich es als meine oberste Pflicht betrachtet, ein solches Unglück abzuwenden. Im Übrigen lässt sich ein Wesen, das so geboren wurde, nicht mehr als Mensch bezeichnen, denn es handelt sich nicht um ein mit einer Seele begabtes Geschöpf Gottes. Solche Missgestalt von seinem elenden Dasein zu erlösen und somit die Eltern vor einer unerträglichen Last zu bewahren gehört nach meiner Vorstellung in den Rahmen des ärztlichen Dienstes. Die Euthanasie ist stets unter dem Gesichtswinkel der Nächstenliebe zu sehen und demzufolge muss sie jeder Mensch, der den Menschen als vernunftbegabtes Wesen wahrhaft liebt, bejahen.«

»Sind Sie der Meinung, dass diese Art der Behandlung mit den Regeln der Menschlichkeit vereinbar ist?«, fragte der Staatsanwalt.

»Jawohl. Die Beseitigung der sinnlos dahinvegetierenden leeren Menschenhülsen stellt keine unmoralische Handlung dar, sondern einen Akt der Hilfe und der Erlösung. Sie basiert auf höchster Verantwortung und zeugt von stärkstem Mitgefühl. Nur wer das Leben solcher Wesen verfolgt hat, nur wer die Pflege solcher Entgleisungen der Natur aus eigener Anschauung kennt, vermag sich ein Bild über die umfassende Hilfe zu bilden, die in einem ärztlichen Eingreifen begründet liegt. Ich habe etliche Fälle miterlebt, in denen man viel Leid hätte verhindern können, wenn man rechtzeitig verantwortungsvoll eingegriffen hätte. So kenne ich einen Fall, in dem ein Vater bei einem Fliegerangriff nochmals ins brennende Haus lief, um das vierjährige idiotische Kind zu holen, das sich versteckt hatte, weil es nicht in der Lage war, den Anweisungen der Eltern zu folgen. Dabei kam er selbst mitsamt dem Kind ums Leben. Hätte man hier rechtzeitig gehandelt, wäre zumindest der Tod des Vaters zu verhindern gewesen. Ich möchte nebenbei erwähnen, dass selbstverständlich nur schwerste Fälle zur Behandlung gelangten. Ein erfahrener Arzt kann ohne große Schwierigkeiten leichtere Fälle der Idiotie von den hoffnungslosen unterscheiden. Im Laufe der Jahre wurden mindestens zweimal so viele Fälle nach Hause entlassen, wie aufgrund des Bescheides durch den Reichsausschuss der Behandlung unterzogen wurden. Unterhält man sich mit betroffenen Müttern, so stößt man auf eine sehr hohe Zustimmung. Keine will mit einem missgebildeten oder gar idiotischen Kind gestraft sein – und wenn dies schon der Fall ist, so erhofft sie sich baldige Befreiung und Erlösung von dem qualvollen Zustand. Die Frage hat von jeher die Menschen beschäftigt. Unter dem politischen Eindruck der gegenwärtigen Zeit mag so mancher seine Ansicht nicht offen äußern« – bei diesen Worten schweifte Krügers Blick zu Arthur Grifford auf die Zuschauerbank – »aber es ändert nichts daran, dass die ärztliche Sichtweise nach meiner Kenntnis weitestgehend einheitlich ist.« Mit Blick auf Mönchberg schloss er: »Das ist alles, was ich dazu im Augenblick zu sagen habe.«

»Gott sei Dank«, raunte Paula Richard zu. »Ich hätte es auch keine Sekunde länger ertragen.« Er griff tröstend nach ihrer Hand, doch zugleich befürchtete er, dass keiner der am Prozess beteiligten Richter Krüger verurteilen würde.

Nachdem Krüger seine Ausführungen beendet hatte, wurde der Sachverständige Mönchberg um eine mündliche Ausführung seines Gutachtens gebeten.

»In den Fällen des Herrn Doktor Krüger handelte es sich durchgehend um schwere Idioten. Zum großen Teil waren es angeborene Idiotien, die durch Bildungsfehler im Gehirn oder mangelhaftes Schädelwachstum bedingt waren. Zum Teil fanden sich auch Idioten, deren Idiotie durch Stoffwechselstörungen seitens der Schilddrüse und anderer endokriner Drüsen anlagebedingt war. Einmal war die Idiotie Folge einer Zangengeburt und zweimal bedingt durch Mongolismus. In allen Fällen war die Idiotie als schwer und unheilbar zu bezeichnen. Für alle diese Fälle hätte ich schon Jahre zuvor eine Unterbrechung des Lebens gewünscht. In den von mir durchgesehenen Akten wurde überall die Einwilligung der Eltern eingeholt. In mehreren Fällen ist das Verfahren sogar primär von den Eltern der Kinder energisch verlangt worden. Ich komme nach allem, was mir vorgelegen hat, zu der Überzeugung, dass Doktor Krüger sowohl guten Glaubens als auch im Auftrag der Behörde und mit Gutheißen und auf Aufforderung des Reichsausschusses in Berlin gehandelt hat und nach der ihm gegebenen Vorschrift so handeln musste.«

»Sie sprechen von Vorschriften und der Aufforderung des Reichsausschusses in Berlin«, warf der Staatsanwalt ein.

»Allerdings gab es weder damals noch heute irgendeine rechtliche Grundlage, die das Töten unheilbar Kranker rechtfertigte. Doktor Krüger handelte somit aus eigenen Motiven heraus, indem er selbstgefällig darüber entschied, was seiner Meinung nach lebenswert und was lebensunwert war. Der sogenannte Gnadentoderlass Adolf Hitlers kann nicht als Gesetz gewertet werden, denn er hatte keine bindende Rechtskraft, da er lediglich unter der Hand weitergegeben wurde, ohne in offizieller Form verschriftlicht worden zu sein. Allein dadurch zeigt sich, dass die damalige Regierung sich der Amoralität bewusst war und durch entsprechende Geheimhaltung einen Aufschrei in der Bevölkerung verhindern wollte. Aber ohne ein entsprechend zur Veröffentlichung gelangtes Gesetz, was im vorliegenden Fall definitiv nicht der Fall war, gibt es keine Rechtsgrundlage, auf die der Angeklagte sich berufen könnte. Es ist somit von einem eigenständig geplanten Mord an den betroffenen zweiundzwanzig Kindern auszugehen, ja, mehr noch – eine solche Tat, begangen durch einen Arzt, dem seine Patienten zur Heilung, Linderung und Fürsorge anvertraut sind, ist ein Verbrechen gegen die Menschlichkeit!«

Paula drückte begeistert Richards Hand. »Der Staatsanwalt ist besser, als ich zu hoffen wagte«, flüsterte sie. Er nickte und erwiderte ihren Händedruck. Vielleicht war ja doch noch nicht alles verloren. Derartige Verbrechen durften einfach nicht ungesühnt bleiben!

Er erwartete, dass Krügers Anwalt auf die scharfe Ansage des Staatsanwaltes hin das Wort ergreifen würde, doch stattdessen antwortete Krüger selbst.

»Ich habe mein Vorgehen für gesetz- und rechtmäßig gehalten und bin nie auf den Gedanken gekommen, mich des Mordes oder Totschlags, geschweige denn eines Verbrechens gegen die Menschlichkeit schuldig zu machen. Ich kann keinerlei Schuld in meinem Handeln finden, es könnte sich höchstens um eine Schuld durch eine fehlerhafte Auffassung der rechtlichen Grundlagen handeln. Ich war jedoch fest davon überzeugt, mich auf dem Boden des Rechts zu bewegen. Und was das angebliche Vergehen gegen die Menschlichkeit anbelangt, so können Sie mir dies nicht zur Last legen, denn ein solches Vergehen kann nur gegen Menschen begangen werden. Aber die Lebewesen, die hier zur Behandlung anstanden, waren nicht als Menschen zu bezeichnen. Zur Definition des Begriffs Mensch gehört die Fähigkeit zum Bewusstsein und zu natürlichen Denkabläufen. Der Mensch definiert sich per se über sein Bewusstsein und seine Seele, was ihn über die Tiere erhebt. Was sich hier jedoch offenbarte, waren Missgeburten, die ohne stete Pflege und Fürsorge nicht überlebensfähig gewesen wären. Es handelte sich um reine Ballastexistenzen, die nicht in der Lage waren, etwas zu fühlen und wahrzunehmen, was über die Primärbedürfnisse wie Hunger und Durst hinausging. Diese Missgeburten hätten das Leben ihrer Familien nachhaltig beeinträchtigt und letztendlich zerstört. Ich habe als Arzt stets mein volles Können in den Heildienst meiner Mitmenschen gestellt. Ich habe mich immer um die Gesundung der mir anvertrauten Menschen bemüht. Die Euthanasie stand unter dem alleinigen Motto, Hilfe zu leisten, sowohl für das Lebewesen als auch seine Eltern. Die Euthanasie wurde trotz inständiger Bitten der Eltern erst durchgeführt, als die rechtliche Grundlage dafür vorhanden war. Ich habe nie an der Sauberkeit dieser rechtlichen Grundlage gezweifelt. Ich habe als Arzt stets versucht, nach hohen ethischen Prinzipien zu handeln. Nicht aus Verstandesgründen allein, sondern auch aus dem Gefühl heraus, nicht anders zu können.«

Mit Abschluss dieser Rede wurde die Verhandlung unterbrochen und das Gericht zog sich zur Beratung zurück.

Paula war leichenblass. »Ich brauche dringend frische Luft«, sagte sie. »Wie soll man das noch länger ertragen?«

Richard nickte und begleitete sie vor die Tür. Arthur wollte ihnen folgen, wurde aber von Hans Bremer durch eine Frage aufgehalten.

»Ich würde so gern glauben, das wunderschöne Wetter strafe alles Lügen, was dort drinnen vor sich geht«, sagte Paula, während sie vor der Tür des Gerichtsgebäudes standen.

»Das schöne Wetter vielleicht«, sagte Richard, während er einen Arm um ihre Schultern legte. »Aber wenn du dich umsiehst, erkennst du, wie zertrümmert die Welt ist. Zuerst vermoderte die Moral und förderte Ansichten, die wie eine zerstörerische Krebsgeschwulst auf das ganze Land übergriffen, bis nichts mehr von dem übrig blieb, was unsere Zivilisation einst ausmachte. Nicht einmal die Städte.« Er wies auf die zertrümmerte Silhouette der Stadt.

Paula lehnte sich an ihn. »Fritz sagte einmal zu mir, das einzig Gute an einer vollständig zerstörten Welt ist, dass man sie besser und schöner als zuvor wiederaufbauen kann.«

Arthur trat zu ihnen vor die Tür, und obwohl er es sonst in ihrer Gegenwart vermied, zündete er sich eine Zigarette an. Richard bemerkte das diskrete Zittern seiner Hände.

»So schlimm?«, fragte er den Freund.

»Es ist unfassbar«, erwiderte Arthur und nahm einen tiefen Zug. »Bremer meinte, er erwartet einen Freispruch. Er hat mir erzählt, dass sein Vater bereits Anfang der Dreißigerjahre als Richter entlassen wurde, weil er keine dem Regime genehmen Urteile fällte. Der aktuell Vorsitzende Richter ist wohl einer von denen, die seinen Vater damals zu Fall gebracht haben, deshalb interessiert er sich auch so für dieses Verfahren. Sein Vater sei nach seiner Entlassung aus dem Beamtenstatus immer mit einem Bein im KZ gewesen, wenn er als Rechtsanwalt die falschen Leute verteidigte.«

»Solche Geschichten gibt es viele«, erwiderte Richard. »Aber normalerweise reden die Leute nicht darüber. Letztlich bringt es ja auch nichts. Nach vorn sehen und die Vergangenheit hinter sich lassen, lautet die Devise der meisten. Wenn du als Deutscher Opfer des Regimes warst, bekommst du ohnehin keine Entschuldigung, geschweige denn eine Entschädigung – man wird hinter deinem Rücken allenfalls tuscheln, ob du es nicht doch verdient hast. Schließlich seien doch nur Verbrecher ins KZ gekommen. Über die Frage, was damals als Verbrechen galt, machen sich die wenigsten Gedanken. Und die Täter ... du hast ja gesehen, wie Krüger sich selbst sieht. Ein moralischer Arzt, der nur seiner Pflicht nachkam. Und die Menschen glauben es ihm.« Gedankenverloren strich Richard über die Narbe an seinem Hinterkopf. Arthur nahm einen letzten Zug an seiner Zigarette, dann warf er den Stummel auf den Boden und trat ihn aus.

Als das Gericht zur Urteilsverkündung wieder zusammentrat, hielt Paula erneut Richards Hand. Hatte der Staatsanwalt die Richter überzeugen können oder waren die alten Seilschaften noch immer zu stark?

»Im Namen des Volkes ergeht folgendes Urteil: Nach entsprechender Beratung und Berücksichtigung aller vorliegenden Aussagen und Beweise ist das Gericht zu der Ansicht gelangt, dass der Angeklagte vom Vorwurf des Mordes und der ungesetzmäßigen Tötung Schutzbefohlener in seiner Rolle als Arzt freizusprechen ist«, verkündete der Richter. Ein Lächeln huschte über Krügers Gesicht, während sein Anwalt ihm überschwänglich die Hand schüttelte und ihn zum Freispruch beglückwünschte. Paula warf Richard einen entsetzten Blick zu, doch ehe sie etwas sagen konnte, fuhr der Vorsitzende Richter mit der Urteilsbegründung fort.

»Von entscheidender Bedeutung ist hierbei die Tatsache, dass der Angeklagte keinen Anlass hatte, an der Richtigkeit der rechtlichen Grundlage seines Handelns zu zweifeln. Das

Bewusstsein der Rechtswidrigkeit kann ihm nicht nachgewiesen werden, da ihm nicht bekannt war, dass ein Gesetz nur durch seine Veröffentlichung zur Rechtsgültigkeit gelangt. Er war somit der festen Überzeugung, auf Basis des geltenden Rechts zu handeln. Ein weiteres Merkmal für seine Gutgläubigkeit in die Rechtmäßigkeit seines Handelns ist die Tatsache, dass in den zur Verhandlung stehenden zweiundzwanzig Fällen wirklich nur solche Kinder getötet wurden, die als Vollidioten, also als geistig völlig tot anzusehen waren, wie es von Gutachter Doktor Mönchberg ausgeführt wurde. Nach dem gegenwärtigen Stand der ärztlichen Wissenschaft konnte eine Heilung mit absoluter Sicherheit ausgeschlossen werden. Ferner ist die Strafkammer nicht der Meinung, dass die Tötung vollidiotischer Kinder nach übergesetzlichem Recht grundsätzlich ein verwerfliches Verhalten sei. Ebenso wenig teilt sie die Meinung, dass die Vernichtung geistig völlig Toter und leerer Menschenhülsen, wie sie Hoche in seinen Schriften nannte, absolut und a priori unmoralisch sei. Die Strafkammer gesteht zu, dass man in dieser Frage unterschiedlicher Meinung sein kann, allerdings kann die Durchführung der Euthanasie keinesfalls als Maßnahme bezeichnet werden, welche dem allgemeinen Sittengesetz widerspricht, zumal selbst hochstehende Philosophen der Antike wie Seneca oder Plato diese Ansichten vertraten, deren Philosophie sittlich nicht tiefer steht als das Christentum.«

Sofort nach Abschluss der Verhandlung erhob Paula sich und drängte nach draußen. Richard wollte ihr folgen, doch in dem Moment trat Krüger ihm in den Weg.

»Wohin so schnell des Weges, Herr Kollege? Wollen Sie mir nicht gratulieren, dass dem Recht Genüge getan wurde und unsere Justiz unabhängig genug ist, um sich nicht der Siegerjustiz zu beugen?«

»Ihr Auftritt war wirklich bühnenreif«, sagte Richard bitter. »Herzlichen Glückwunsch zu dieser beeindruckenden

Selbstdarstellung.« Damit drängte er sich an Krüger vorbei und folgte Paula, die an einer Säule des Eingangsportals lehnte.

»Wir hatten viele schwarze Tage seit Ende des Krieges«, sagte sie leise. »Aber das hier ist der allerschwärzeste. Ich habe es zwar befürchtet, aber immer noch gehofft, dass die Gerechtigkeit irgendwann siegt.« Eine Träne rollte ihr über die Wange, die sie hastig wegwischte.

Richard atmete tief durch. »Es ist noch nicht vorbei, Paula. Krüger mag freigesprochen worden sein, aber wir können immer noch alles versuchen, um den Opfern dieser unmenschlichen Gesetzgebung zu ihrem Recht zu verhelfen und ihnen eine Stimme zu geben.«

»Und was soll das bringen? Wer will schon hören, was Stimmlose zu sagen haben?«

»Vielleicht nicht jetzt, vielleicht nicht in einem Jahr, aber vielleicht in fünf Jahren, wenn die Menschen wieder die Kraft haben, über ihren Tellerrand zu blicken, weil das Überleben dann nicht mehr an erster Stelle steht. Wir dürfen wütend sein, Paula, wir dürfen trauern, dass es keine Gerechtigkeit zu geben scheint, aber was wir niemals dürfen, ist aufgeben. Erst wenn wir aufgeben, ist wirklich alles vorbei.«

43. Kapitel

»Herr Doktor Ellerweg, Sie haben mal wieder etwas spezielleren Besuch«, sagte Frau Maasbach, während sie vorsichtig den Kopf in Fritz' Büro steckte.

Fritz sah von seinen Unterlagen auf. Es war Donnerstagabend und seine Sprechstunde war vorbei. Eigentlich hatte er gehofft, sich jetzt endlich wieder den Formulierungen für seine Habilitation zuwenden zu können. In den letzten Tagen war er nicht dazu gekommen, da er sich verpflichtet gefühlt hatte, Richard und Paula nach Krügers Freispruch aufzumuntern, auch wenn es ihm kaum gelungen war. Das, was die beiden von dem Verfahren erzählt hatten, war einfach nur beschämend für die deutsche Rechtsprechung.

»Was meinen Sie mit ›spezielleren Besuch‹?«

»Eine alte englische Lady, die sich als Helen Mitchell vorgestellt hat, in Begleitung eines britischen Soldaten.«

Fritz schluckte schwer. »Helen Mitchell?«, wiederholte er mit heiserer Stimme.

»Ja«, bestätigte Frau Maasbach. »Kennen Sie sie?«

Fritz nickte. »Sagen Sie«, fragte er dann, »der Mann in ihrer Begleitung ist hoffentlich kein betrunkener Royal-Air-Force-Pilot?«

»Nein, nicht dieser unangenehme Mensch.« Frau Maasbach schüttelte energisch den Kopf. »Den hätte ich doch sofort erkannt und Sie vorgewarnt. Es ist ein einfacher Soldat. Ich glaube, er hat sie nur hergefahren. Was soll ich machen? Sie wirkt trotz ihrer britischen Zurückhaltung sehr resolut. Ich glaube nicht, dass sie sich so einfach wegschicken lässt.«

»Nein, das wird sie ganz bestimmt nicht. Also schön, lassen Sie sie eintreten.«

Fritz erhob sich von seinem Schreibtisch und atmete mehrfach tief durch, als seine Sekretärin seiner Mutter die Tür öffnete. Der Soldat, der sie begleitet hatte, blieb im Vorzimmer.

Eine Weile sahen sie sich nur schweigend an. Die Frau vor ihm hatte nichts mit der Mutter gemein, deren Bild er seit seiner Jugend in seinem Herzen trug. Die einstmals schlanke Taille war der Korpulenz des Alters gewichen und ihr ehemals dunkelblondes Haar strahlte schneeweiß. Einzig ihre blauen Augen wirkten vertraut, obwohl sie nicht in das von Falten zerfurchte Gesicht zu gehören schienen. Augen seien die Spiegel der Seele, hieß es. Konnte er hier einen Blick in die Seele seiner Mutter erhaschen? Etwas von dem wiederfinden, was er längst verloren hatte?

»Fritz, es tut mir so leid«, sagte sie schließlich. Es war die Stimme einer alten Frau, nicht die, die er mit seiner Mutter in Verbindung brachte. Ein schwerer Kloß bildete sich in seinem Hals. Es fühlte sich nicht so an, als hätte er sie wiedergefunden, ganz im Gegenteil. Der Anblick dieser alten Frau mit der fremden Stimme, die ihn dennoch mit den Augen seiner Mutter anblickte, ließ ihn all die Trauer, die er bei der Nachricht ihres Todes verspürt hatte, erneut durchleben. Jenes Gefühl, das einem das Herz aus der Brust reißt und zugleich die Beine unter dem Körper wegzieht. Was hätte er als Junge dafür gegeben, sie noch ein einziges Mal wiedersehen zu dürfen, noch einmal ihre Stimme zu hören, ein letztes Mal ihre Umarmung zu fühlen. Das Bewusstsein, sie für immer verloren zu haben, hatte ihn damals in eine monatelange Trauer gestürzt, auch wenn er sich nach außen hin bemüht hatte, es niemandem zu zeigen, am allerwenigsten seinem Vater, der selbst unmenschliche Qualen der Trauer durchlitt. Damals hatte Fritz erstmals gelernt, wie hilfreich es war, seine wahren Gefühle hinter Ironie und Zynismus zu verbergen.

Und nun, dreiunddreißig Jahre später, stand sie wieder vor ihm. Doch es war nicht die Mutter, die er verloren hatte. Er würde nie wieder die Stimme seiner Mutter hören, sondern nur die Stimme dieser alten Frau in ihrer verwelkten Hülle. Die Stimme einer Frau, die in dem Augenblick aufgehört hatte, seine Mutter zu sein, als sie ihn verlassen und für die nächsten drei Jahrzehnte verleugnet hatte. Der Stich traf ihn tiefer, als er erwartet hatte.

»Was tut dir leid?«, fragte er schärfer, als er es eigentlich wollte. »Dass du vorher nicht angerufen hast? Wie du siehst, habe ich ein Telefon.« Er wies auf den schwarzen Apparat auf seinem Schreibtisch.

»Ich wollte schon viel früher kommen, im Mai, aber ...«, setzte sie an, unfähig, den Satz zu vollenden.

»Nach über dreißig Jahren kommt es auf vier Monate mehr oder weniger auch nicht an«, sagte Fritz. »Möchtest du dich setzen?« Er schob ihr den Stuhl vor seinem Schreibtisch zurecht und sie nahm das Angebot dankbar an. Dann setzte er sich selbst hinter seinen Schreibtisch.

»Also, was möchtest du von mir?«, fragte er.

»Dich sehen. Ich habe mich immer gefragt, wie du wohl aussiehst nach all den Jahren. Du bist deinem Vater sehr ähnlich. Aber die Augen, die hast du von mir.«

»Das ist nichts Neues. Das hast du früher schon immer gesagt.«

Sie seufzte. »Es ist so unsagbar schwer, nach über dreißig Jahren der Trennung die richtigen Worte zu finden.«

»Es zwingt uns niemand dazu, dieses Gespräch zu führen. Ich habe ohnehin noch einiges zu tun. Also, du hast mich gesehen, und wenn du nun gehen möchtest, ist das völlig in Ordnung. Ich bin längst aus dem Alter herausgewachsen, in dem ich dich gebraucht hätte.«

»Nein, das kommt überhaupt nicht infrage!« Sie stand energisch auf und für einen Moment hatte Fritz tatsächlich das Gefühl, seine Mutter vor sich zu sehen. »Ich habe mir das heute ganz anders vorgestellt«, fuhr sie fort. »Wir werden gemeinsam zu Abend essen – du, Ellinor, Thomas und ich.«

»Das entscheidest du einfach so, ohne zu wissen, ob ich andere Pläne habe?«

»Ich habe extra auf den Donnerstag gewartet. Ellinor sagte, am Donnerstag hast du deine Sprechstunde und anschließend Zeit.«

»So, sagte sie das? Vielleicht mag es euch allen entgangen sein, aber ich habe noch andere soziale Verpflichtungen und zwei Kinder, um die ich mich zu kümmern habe.«

»Die werden ja wohl auch mal einen Abend ohne dich auskommen, zumal du deine Lebensmittelmarken sparst, wenn du mit uns isst, und dann mehr für deine Kinder bleibt.«

Der Stich traf.

»Und wo?«, fragte er.

»Ich habe uns in einem gehobenen Lokal für britische Militärangehörige einen Tisch reservieren lassen.«

»Da haben Deutsche keinen Zutritt.«

»Du schon, dafür habe ich gesorgt.«

»Und wer sagt dir, dass ich das überhaupt will? Mich in einem britischen Restaurant als minderwertiger Eingeborener geduldet fühlen? Nein, danke!«

»Fritz!«, empörte sich seine Mutter. »Wie kannst du so was nur sagen? Wenn du dich selbst so bezeichnest, musst du auch nicht erwarten, dass jemand Respekt vor dir hat. Du solltest es vielmehr als Selbstverständlichkeit und dein gutes Recht ansehen. Außerdem hat Ellinor interessante Neuigkeiten.«

Fritz zögerte einen Moment. »Also gut«, sagte er dann. »Aber ich muss noch zu Hause anrufen.« Er griff nach seinem Telefon und wählte die Nummer der Praxis. Paula ging ans Telefon.

Er teilte ihr kurz mit, dass er erst später käme und sie ihm kein Essen zurückstellen müssten.

»Ihr könnt meine Portion unter den Kindern aufteilen«, sagte er abschließend.

»Die werden sich freuen«, erwiderte Paula. »Ich wünsche dir viel Vergnügen beim Familiendinner.«

»Vielen Dank.«

»Sehr schön«, bemerkte seine Mutter, nachdem er aufgelegt hatte. »Dann lass uns fahren. Der hiesige Militärkommandant ist sehr zuvorkommend. Er hat mir sogar einen eigenen Chauffeur zur Verfügung gestellt.«

»Du musst ja sehr einflussreich eingeheiratet haben«, bemerkte Fritz, während er seinen Kittel auszog, ihn in seinen Kleiderschrank hängte und stattdessen seinen Mantel anzog und nach dem Hut griff.

Seine Mutter hatte ein eigenes Separee reserviert. Genau der richtige Ort für ein kompliziertes Familienessen, in dem möglicherweise unangenehme Dinge zur Sprache kämen. Ellinor und Thomas saßen bereits am Tisch, als sie den kleinen Nebenraum betraten. Fritz ging zunächst zu Ellinor, um sie zu begrüßen. Sie erhob sich und ergriff seine Hand mit einem Lächeln. »Ich bin froh, dass du gekommen bist, denn ich habe Neuigkeiten für dich«, sagte sie. »Der Bordeaux ist übrigens

ausgezeichnet, den kann ich zum Anstoßen nur empfehlen.«
Sie wies auf das Weinglas, das vor ihr stand. Fritz nickte nur,
dann wandte er sich Thomas zu, doch der griff zielsicher zu
seinem Whiskyglas und verhinderte so, dass Fritz ihm die Hand
reichen konnte. Fritz ignorierte die abfällige Geste und hängte
seinen Mantel an den Garderobenständer. Dann setzte er sich.
Als der Kellner kam, bestellte seine Mutter den von Ellinor
empfohlenen Rotwein, während er selbst ein Bier verlangte.
Thomas runzelte die Stirn. Fritz erwartete irgendeine bösartige
Bemerkung, doch sein Halbbruder sagte kein Wort, sondern
trank stattdessen einen großen Schluck Whisky.

»Ich denke, es gibt einiges zu besprechen«, begann seine
Mutter. »Ich bin sehr froh, dass wir jetzt alle an einem Tisch
sitzen. Das ist doch der erste Schritt, damit wir alle zu einer
Familie zusammenwachsen, nicht wahr?«

Thomas verschluckte sich an seinem Whisky. »Also bitte!«,
rief er hustend. »Was soll das? Ich habe mich darauf eingelassen,
heute zu kommen, weil du es wolltest, aber ich bin nicht bereit,
den da als meinen Bruder zu betrachten.« Er warf Fritz einen
verächtlichen Blick zu.

»Thomas, das ist ungehörig!«, fuhr seine Mutter ihn barsch
an.

»Warum?«, fragte Fritz und wunderte sich zugleich, wie
ruhig er selbst in dieser angespannten Situation blieb. »Ich kann
ihn gut verstehen. Im Übrigen ist es auch ungehörig, wenn eine
Mutter ihren erwachsenen Sohn maßregelt, als wäre er ein kleines Kind.«

»Ich brauche deine Unterstützung nicht!«, kam es verächtlich von Thomas.

»Ich tue das nicht für dich«, entgegnete Fritz gelassen.
»Aber ich kann verstehen, warum du so wütend bist. Das wäre
ich an deiner Stelle auch, aber das ist die Schuld unserer Mutter
und nicht meine.«

Er erwartete, dass Thomas irgendetwas Wütendes entgegnete, doch in diesem Moment brachte der Kellner den Rotwein und das Bier. Thomas leerte sein Glas und bestellte einen neuen Whisky.

»Wenn wir hier schon sitzen«, fuhr Fritz fort, nachdem der Kellner wieder gegangen war, »dann sollten wir ein paar Dinge deutlich benennen.« Er sah seine Mutter an. »Ich kann dir unter den bekannten Umständen verzeihen, dass du mich damals verlassen und mir gegenüber deinen Tod vorgetäuscht hast. Immerhin hatte ich zwölf Jahre lang eine Mutter, die mich geliebt hat und die für mich da war. Doch ich kann dir nicht verzeihen, dass du mir jetzt einen Halbbruder präsentierst, der mich wie die Pest hasst, weil du bei seiner Erziehung versagt hast und er mir dafür die Schuld gibt!«

»Fritz, was soll das?«, rief seine Mutter empört.

»Du musst es ja wissen«, zischte Thomas verärgert in Fritz' Richtung.

»Oh ja, das weiß ich«, gab Fritz energisch zurück. Dann sah er seine Mutter an. »Kannst du dir vorstellen, wie erbärmlich ich es fand, dass du mir gleich in deinem ersten Brief geschrieben hast, Thomas sei so ein schwieriges Kind gewesen, weil er nicht so war wie ich? Du hast mich über dreißig Jahre lang nicht gesehen und hattest nichts Besseres zu tun, als deinen anderen Sohn vor mir schlechtzumachen?«

»Du hast ihm *was* geschrieben?«, rief Thomas. Er wollte nach seinem Whisky greifen, doch der Kellner hatte das leere Glas mitgenommen und das neue noch nicht gebracht. »Du fällst mir vor dem da in den Rücken?«

»So war das doch gar nicht gemeint«, wich seine Mutter aus. »Ich wollte doch nur ...«

»Es ist völlig gleichgültig, wie es gemeint war«, schnitt Fritz ihr das Wort ab. »Es zählt nur, was bei mir ankam. Und das sprach weiß Gott nicht für dich. Ich bin inzwischen selbst

Vater, und ich würde niemals so mit einem meiner Kinder umgehen! Wie konntest du das Kind, für das du meinen Vater und mich verlassen hattest, so sehr ablehnen, dass du nichts von dem, was Thomas geleistet hat, wertschätzt? Ich meine, wenn ich die Royal Air Force für eine Bande von Mördern halte, ist das mein gutes Recht, schließlich haben die meine Frau und meine Tochter auf dem Gewissen. Und auch meinen Vater, der einen tödlichen Herzinfarkt erlitt, als er erfuhr, dass meine Familie verbrannt ist. Aber du bist seine Mutter. Du hattest die verdammte Pflicht, stolz auf ihn zu sein und ihn nicht ständig an irgendeinem unbekannten Idealbild zu messen, das er ohnehin niemals erreichen konnte, weil du das niemals zugelassen hättest.«

»Fritz, jetzt gehst du zu weit!«, schrie seine Mutter.

»Nein, ich habe gerade erst angefangen!«, brüllte er zurück. »Du willst, dass wir hier alle an einem Tisch sitzen und heile Familie spielen? Was hast du denn jemals dafür getan? Du wolltest mich nach all den Jahren wiedersehen? Das hättest du bereits Anfang der Dreißigerjahre haben können. Ich war oft genug in London. Ich stand von 1934 bis 1938 regelmäßig beim größten Londoner Ärztekongress als Referent auf der Vortragsliste. Du hättest mich sehr leicht finden und um ein Treffen bitten können. Aber damals hattest du zu viel zu verlieren, nicht wahr? Wenn die Bigamie herausgekommen wäre, wären Thomas und Ellinor Bastarde und du hättest James Mitchell nicht beerben können.«

»Du verdrehst die Tatsachen!« Seine Mutter schlug energisch mit der Hand auf den Tisch. »Ich verbiete dir, weiter so mit mir zu reden.«

Der Kellner kam mit Thomas' Whisky und für einen Moment herrschte Stille. Thomas nahm einen großen Schluck.

»Also ich finde das sehr interessant, was dein Erstgeborener hier gerade erzählt«, bemerkte er danach beiläufig. »Du schaffst es wirklich mit einer beeindruckenden Geschwindigkeit, jedem dahergelaufenen Fremden unsere Probleme zu vermitteln.«

»Fritz ist kein dahergelaufener Fremder, sondern unser Bruder!«, mischte Ellinor sich ein.

»Wenn schon, dann Halbbruder«, erwiderte Thomas. »So viel Zeit muss sein.«

Fritz ignorierte den Einwurf. »Es ging dir immer nur um dich selbst«, sagte er zu seiner Mutter. »Aber das hast du dir nicht eingestanden. Stattdessen hast du Thomas in deiner Fantasie immer wieder mit mir verglichen, während du mich offiziell verleugnet hast. Dein verantwortungsloses Verhalten hat Thomas und mir jede Möglichkeit genommen, uns jemals näherzukommen, ja, uns vielleicht sogar zu mögen, denn du warst für keinen von uns beiden eine gute Mutter. Wobei Thomas es noch schlechter getroffen hat als ich, denn für ihn warst du nie die Mutter, die sich ein Junge wünscht, ich konnte immerhin zwölf Jahre lang glauben, die beste Mutter der Welt zu haben.« Er hielt kurz inne. Seine Mutter war leichenblass geworden, außerstande, noch ein Wort zu sagen. »Und jetzt wunderst du dich, warum Thomas und ich uns nicht ausstehen können? Begreifst du es wirklich nicht? Er kann mich nicht leiden, weil er immer in meinem Schatten stand, ohne überhaupt zu wissen, dass es mich gab. Und dann offenbarst du ihm plötzlich, dass er einen älteren Bruder hat. Und dieser Bruder hat auch noch genau die Interessen und Fähigkeiten, die du immer vergeblich bei Thomas gesucht hast.«

»Das stimmt doch gar nicht«, versuchte seine Mutter, sich zu rechtfertigen. »Ich habe nie …«

»Doch, da hat er recht«, unterbrach Thomas sie. »Du wolltest mir die Fliegerei immer ausreden. Du wolltest, dass ich Medizin studiere, obwohl ich dazu nie eine Neigung hatte. Du bist nicht mal zu der Feier gekommen, die mein Vater zu meiner Aufnahme als Flying Officer in die Royal Air Force gab.«

»Du kannst mir nicht zum Vorwurf machen, dass ich an dem Abend von einer schrecklichen Migräne gequält wurde.«

»In welchem Jahr war das?«, fragte Fritz.

»1940«, erwiderte Thomas.

»Na, dann wissen wir doch jetzt, warum sie Migräne hatte, nicht wahr? Das kann einem schon Kopfschmerzen bereiten, wenn man befürchten muss, dass ein Sohn den anderen unwissentlich töten könnte«, bemerkte Fritz mit einem Hauch von Zynismus. Dann wandte er sich wieder seiner Mutter zu. »Hast du deinen Kindern jemals erzählt, dass du vierzehn Jahre in Deutschland gelebt hast?«

»Natürlich nicht«, sagte Thomas bitter. »Sie hat mir immer nur die Air Force ausreden wollen, und ich wusste nie, warum.« Er trank noch einen Schluck Whisky.

Fritz holte tief Luft und sah seine Mutter wütend an. »Mir hat dieser verdammte Krieg das Liebste genommen, was ich hatte. Ich bin derjenige, der damit leben muss, dass der Sohn, für den du mich verlassen hast, zu den Mördern meiner Frau und Tochter und letztlich auch meines Vaters gehört. Weil du zu feige warst, wenigstens zu dem Teil deiner Vergangenheit zu stehen, den du gefahrlos hättest preisgeben können. Nämlich den, dass du in Deutschland Bekannte und Freunde hattest.« Fritz griff nach seinem Bierglas und leerte es in einem Zug. »So, und jetzt, wo das endlich ausgesprochen ist, werde ich auf das Essen mit euch verzichten. Mir ist für heute der Appetit vergangen.« Dann erhob er sich.

»Fritz, du setzt dich auf der Stelle wieder!«, rief seine Mutter in einem letzten verzweifelten Versuch, die Kontrolle zurückzubekommen. Er sah sie mit einem traurigen Lächeln an. »Ist das alles, was du dazu zu sagen hast? Du versuchst, mich wie einen Fünfjährigen herumzukommandieren? Ich habe nicht viel von dir erwartet, nur dass du wenigstens ein einziges Mal dein Beileid zum Tod meiner Familie aussprichst. Meine Tochter

Henriette war immerhin deine Enkelin. Aber das war wohl schon zu viel verlangt. Ich wünsche euch noch einen angenehmen Familienabend.«

»Ich wollte dir doch noch meine Neuigkeiten erzählen«, setzte Ellinor hilflos an.

»Ruf mich morgen um halb vier im Büro an, dann müsste ich aus dem OP raus sein und Zeit für dich haben«, wehrte Fritz ab. Dann zog er seine Brieftasche hervor und warf einen Zehnmarkschein auf den Tisch.

»Für das Bier. Ich habe zwar keine Ahnung, wie der gegenwärtige Wechselkurs zum britischen Pfund ist, aber die Hälfte des Wochenlohns einer Trümmerfrau sollte wohl ausreichend sein, um ein einzelnes Bier zu bezahlen.«

»Dein Verhalten ist empörend!«, sagte seine Mutter. »Wie kannst du mir vorwerfen, ich würde nicht mit dir mitfühlen? Ich ...«

»Goodbye«, schnitt Fritz ihr erneut das Wort ab, griff nach Hut und Mantel und verließ das Lokal.

Als er auf der Straße stand, lehnte er sich einen Moment an die Hauswand und atmete tief durch. Seine Mutter war tot. Seit über dreißig Jahren, denn seine echte Mutter, die, die er stets im Herzen getragen hatte, hätte seinen Schmerz geteilt. Das, was geblieben war, war nichts als eine von Selbstmitleid zerfressene alte Frau, die nichts mehr mit Leni Ellerweg, der großen Liebe seines Vaters, gemein hatte. Er straffte sich und wollte sich auf den Weg zur Straßenbahn machen, als er hinter sich eine Stimme hörte.

»Fritz, warte!«

Er drehte sich um. Es war Thomas.

»Was willst du?«, fragte Fritz misstrauisch.

»Ich habe es da drinnen auch nicht mehr ausgehalten.« Thomas steckte sich eine Zigarette an und nahm einen tiefen

Zug. »Zwei Straßen weiter gibt es eine Hafenkneipe, in der ich schon mal war. Hast du Lust mitzukommen?«

Fritz starrte ihn erstaunt an. »Ausgerechnet du fragst mich, ob ich mit dir in eine Kneipe gehe?«

»Warum nicht? Wir mögen bislang nicht viel voneinander halten, aber das, was du heute gesagt hast, hat mir zu denken gegeben.« Er ließ seinen Blick über die zertrümmerte Stadt schweifen. »Als unsere Mutter zum ersten Mal von dir erzählte, hatte ich die Befürchtung, du würdest versuchen, Vorteile aus unserer Verwandtschaft zu ziehen. Ich wollte, dass alles so blieb, wie es war. Ich wollte dich nicht kennenlernen.«

»Dann haben wir ja etwas gemeinsam. Ich hätte lieber die Mutter meiner Kindheit in Erinnerung behalten. Das, was aus ihr geworden ist, ist einfach unerträglich für mich. Sie denkt nur an sich. Was ihr plötzlicher Wunsch, ihre Familie zu vereinen, für uns bedeutet, ist ihr völlig egal.«

»Du hast recht.« Thomas zog erneut an seiner Zigarette. »Du hast heute überhaupt sehr viel Wahres gesagt und es hat mir imponiert, wie du einfach aufgestanden bist und den Geldschein auf den Tisch geworfen hast.«

»Und so etwas kannst du zugeben?«

»Oh, ich kann eine ganze Menge. Du kennst mich eben nicht richtig.«

»Stimmt, ich habe dich bislang für einen arroganten Säufer gehalten, der seine Minderwertigkeitskomplexe im Alkohol ertränkt.« Fritz' gutmütiges Lächeln milderte die Schärfe seiner Worte ab.

»Manchmal bin ich das«, bestätigte Thomas. »Vor allem, weil man diese Welt nur im Suff ertragen kann.«

»Mir scheint, ich habe dich falsch eingeschätzt.«

»Genau wie ich dich. Deshalb wollte ich dich auf einen Drink einladen, um dich näher kennenzulernen. Tust du mir den Gefallen?«

Es war eine geradezu absurde Situation, und doch berührte es Fritz tief, dass ihm ausgerechnet Thomas nachgelaufen war. Nicht Ellinor und erst recht nicht seine Mutter, sondern ausgerechnet Thomas, von dem ihn doch am meisten trennte. Aber war das wirklich so? Erst jetzt wurde ihm bewusst, dass die Vorwürfe, die er seiner Mutter gemacht hatte, eine Brücke zu seinem Bruder geschlagen hatten. Und wenn Thomas bereit war, diese Brücke zu überqueren, wäre er der Letzte, der ihn zurückwies. Ganz gleich, was sie sonst noch trennte.

»Warum nicht?«, antwortete er daher. »Also, wo ist die Kneipe?«

Thomas kannte sich in der Gegend erstaunlich gut aus und passte sich problemlos den Gepflogenheiten der schlechten Zeiten an. Eine britische Pfundnote brachte den Wirt dazu, Dinge hervorzuzaubern, von denen Fritz niemals gedacht hätte, dass es sie in dieser Kaschemme überhaupt gab.

Anfangs waren sie beide noch sehr zurückhaltend, aber nachdem Thomas den vierten Whisky und Fritz den dritten halben Liter Bier auf nüchternen Magen genossen hatte, merkten sie beide, wie das Gespräch immer vertraulicher und intensiver wurde.

»Seit ich wusste, dass meine Mutter überlebt hat, habe ich mich wiederholt gefragt, was wohl gewesen wäre, wenn sie weiterhin zu meinem Vater und mir gestanden hätte«, sagte Fritz. »Ich weiß, dass mein Vater ihr den Fehltritt verziehen und dich als seinen Sohn anerkannt hätte.«

»Weshalb bist du dir da so sicher?« Thomas trank einen Schluck Whisky. »Wenn unsere Mutter nach dem Krieg nach Deutschland zurückgekehrt wäre, wäre ich doch nur das peinliche Mitbringsel gewesen, für das sich alle geschämt hätten.«

»Nein«, widersprach Fritz. »Mit Sicherheit nicht. Mein Vater wollte gern noch weitere Kinder, aber unsere Mutter hatte nach meiner Geburt mehrere Fehlgeburten. Damals wusste keiner, was die Ursache war. Aber ich habe vor einiger Zeit einen interessanten Artikel im ›New England Journal of Medicine‹ gelesen. Wahrscheinlich war es der Rhesusfaktor, den Landsteiner und Wiener 1940 entdeckt haben.«

»Was für 'n Faktor?«

»Der Rhesusfaktor. Das ist ein Merkmal im Blut, das bei Folgegeburten zu Fehlgeburten führt, wenn die Mutter Rhesus-negativ, der Vater aber Rhesus-positiv ist. Wahrscheinlich war dein Vater auch Rhesus-negativ.«

»Ich habe keine Ahnung, wovon du redest«, sagte Thomas.

»Ist ja auch egal.« Fritz trank noch einen Schluck Bier und wischte sich den Schaum von den Lippen. »Jedenfalls hätte mein Vater gern mehr Kinder gehabt und deshalb wär's ihm auch völlig wurscht gewesen, wer dein Erzeuger ist, denn er hat seine Leni geliebt. Der hätte ihr alles verziehen, wenn er sie nur wiedergehabt hätte.«

»Und das glaubste wirklich?« Thomas sah ihn mit glasigen Augen an.

»Jawoll. Weil ich genauso handeln würde. Das Entscheidende ist nicht die Erbmasse, sondern die Erziehung. Aber das zu sagen, war hier jahrzehntelang unpopulär.« Er leerte sein Bierglas.

»Willsu noch eins?«, fragte Thomas.

Fritz nickte und Thomas bestellte ein weiteres Bier und einen Whisky.

»Weißt du«, sagte Fritz, während seine Zunge immer schwerer und sein Verstand zugleich immer leichter wurde, »ich hätte meiner Doro alles verziehen, wenn ihr das Gleiche wie unserer Mutter passiert wäre. Weil ich sie geliebt hab und weil ich weiß, dass sie mich auch geliebt hat und weil wir alle keine Heiligen sind. Aber Doro hat mich nie betrogen. Die ist einfach nur mit unserer Tochter zusammen elendig im Luftschutzkeller verbrannt.« Er blinzelte das unangenehme Brennen in seinen Augen fort.

»Das tut mir sehr leid mit deiner Familie.« Thomas klang ehrlich betroffen. »Ich meine, ich habe da nie drüber nachgedacht, was da unten passiert, ich hab immer nur die Lichter gesehen und aufgepasst, dass uns die Flakscheinwerfer nicht erfassen.«

»Das ist nett, dass du das sagst«, sagte Fritz. »Wenn unsere Mutter damals zu ihrer Familie gestanden hätte und du hier aufgewachsen wärst, wärst du vermutlich auch Pilot geworden. Nur eben bei der Luftwaffe.«

»Und dann hätte ich vielleicht meine Großeltern in London bombardiert.«

»Ja. Ziemlich blöde Situation, was? Egal wo du Pilot wirst, überall bringst du Familienangehörige um.«

»Ja, das ist echt scheiße.« Thomas trank einen großen Schluck Whisky. »Ich sag doch, dass man das Leben manchmal nur im Suff ertragen kann.«

»Aber nu isser ja vorbei, der Krieg, und du wirst als Pilot überflüssig.«

»Ne, da ist ja noch der Russe. Da braucht man uns noch.«

»Meinst du wirklich, man kann Russland bombardieren? Da reicht doch der Treibstoff nicht. Sonst hätt das die Luftwaffe längst gemacht.«

»Na, dann kann ich immer noch Post fliegen.«

»Post ist gut, das ist nützlich und bringt keinen um.«

»Ja, und außerdem ist Postfliegen auch nicht so gefährlich. Ich hab 'n Haufen Kameraden verloren, die abgeschossen wurden. Über ein Drittel sind nie zurückgekommen.«

»Das bringt der Beruf so mit sich, ne?«

»Ja, ist wohl so.« Thomas leerte sein Glas. »Willsu noch 'n Bier?«

»Nee, ich hatte jetzt schon zu viel. Ich muss ja irgendwie noch nach Hause kommen.«

»Nimm dir doch 'n Taxi.«

»Geht nich, die gibt's nich für Deutsche.«

»Echt nich? Meinste, ich krieg auch keins mehr?«

»Doch, du bestimmt. Du bist ja Brite.«

»Ach so, ja dann nehmen wir doch eins zusammen und dann soll er dich erst nach Hause fahren und dann mich.«

»Ja, das wäre gut.«

»Weissu, Fritz, eigentlich bissu echt in Ordnung. Hätte ich nicht gedacht.«

»Aber das müssen wir unserer Mutter nicht sagen. Die soll nicht denken, dass sie noch gewinnt, ne?«

»Nee, das geht die gar nix an. Die soll ruhig noch schmoren.«

Dann fragte Thomas den Wirt, ob er ihnen ein Taxi organisieren könne, und Fritz war beeindruckt, wie unproblematisch auch das vonstattenging, wenn man eine britische Uniform trug.

Paula und Richard waren höchst erstaunt, dass Fritz ziemlich angetrunken zurückkam.

»Ist das bei britischen Familientreffen so üblich?«, fragte Paula. »Ich dachte, ihr wolltet zusammen essen.«

»Aufs Essen hab ich verzichtet. Ich hab mich lieber von Thomas in eine Kneipe einladen lassen. Der ist echt in Ordnung, ich hab ihn völlig falsch eingeschätzt.«

»Du hast ihn für einen Säufer gehalten, und jetzt kommst du auch betrunken nach Hause. Ich wusste gar nicht, dass Alkoholismus ansteckend ist«, sagte Richard.

»Keine Ahnung, ich denk morgen drüber nach. Jetzt geh ich erst mal ins Bett. Gute Nacht.«

44. Kapitel

Ellinor verzichtete am nächsten Tag darauf, Fritz anzurufen, und suchte ihn stattdessen persönlich in seinem Büro auf.

»Das hier konnte ich ja schlecht durchs Telefon weitergeben, nicht wahr?«

Sie legte eine amerikanische Zeitung auf den Tisch. »Der Artikel, den ich dir versprochen habe, ist auf Seite vier.«

Fritz schlug die Zeitung auf und überflog ihn.

»Ich bin beeindruckt«, sagte er dann. »Dass du es sogar bis in amerikanische Zeitungen bringst.«

»Die englischen haben es alle abgelehnt. Aber dann habe ich jemanden kennengelernt.« Sie lehnte sich mit einem verschwörerischen Zwinkern über seinen Schreibtisch. »Jason Kruckenberg ist sein Name. Er hat mir sehr geholfen … und dabei sind wir uns nähergekommen. Wir haben uns letzte Woche heimlich verlobt.« Sie zeigte ihm den Ring an ihrer Hand. »Du bist der Erste, dem ich das verrate.«

»Nicht Thomas oder unserer Mutter?«

Ellinor schüttelte den Kopf. »Eigentlich habe ich das dir zu verdanken und deshalb solltest du es auch als Erster erfahren.«

»Das verstehe ich nicht.«

Sie erzählte ihm, wie sie Jason Kruckenberg kennengelernt hatte. »Aber das ist noch nicht alles«, fügte sie dann hinzu.

»Wir waren danach wiederholt in Kontakt, weil er über seinen Vater einen amerikanischen Chirurgen kennt, der ebenfalls an einer Technik zur operativen Versorgung des Aortenaneurysmas forscht. Und der wäre sehr an einem fachlichen Austausch mit dir interessiert.«

»Mit mir? Wo ich hier mit einem absoluten Mangel haushalten muss?«

»Ich vermute, gerade deshalb, denn dadurch hast du einen ganz anderen Blick auf die Effizienz. Die deutsche Medizin hat nach wie vor einen guten Ruf in den USA. Ich dachte, vielleicht gefällt es dir, dich mit einem Kollegen in Übersee auszutauschen. Du kannst die Post über mich laufen lassen. Hier ist seine Adresse.« Sie legte ihm ein Kärtchen auf den Tisch.

»Danke, das ist wirklich großartig. Ich habe den internationalen Austausch schon immer geschätzt.«

»Ich weiß.« Sie lächelte zufrieden. »Und mit Thomas hast du dich auch ausgesprochen?«

»Hat er das gesagt?«

»Nicht direkt. Er sagte lediglich, du wärest gar nicht so übel. Aber das bedeutet bei ihm schon sehr viel. Nur unsere Mutter ist sehr niedergeschlagen. Sie hat die ganze Nacht geweint.«

»Das habe ich auch, als ich 1915 von ihrem Tod erfuhr«, sagte Fritz. »Daran stirbt man nicht.«

»Du hast kein Mitleid mit ihr?«

»Mitleid? Nein, sie hat so viel Mitleid mit sich selbst, da bleibt kein Raum mehr für weiteres Mitleid. Sie hat ihre Entscheidungen getroffen, damit muss sie leben.« Er atmete tief durch. »Ist es nicht verrückt, dass ich ausgerechnet von Thomas das bekommen habe, was sie mir nicht gegeben hat?«

Ellinor sah ihn mit einem fragenden Stirnrunzeln an.

»Thomas hat mir gestern gesagt, dass er den Tod meiner Familie bedauert. Er hat das wirklich aufrichtig und ehrlich gesagt. Von meiner Mutter habe ich das nie gehört. Ich habe mir heute Morgen noch mal ihren Brief durchgelesen, ob ich ihr vielleicht unrecht tue, aber es klang für mich nur wie eine leere Floskel. Sie schrieb, es tue ihr in der Seele weh, was du ihr von meinem Vater, meiner Frau und meinem kleinen Mädchen erzählt hast. Und direkt im Anschluss fragte sie, ob ich noch weitere Kinder habe. Es fühlte sich nicht echt an, eher wie etwas, das geschrieben werden muss, um dann zum nächsten Punkt kommen zu können. Gibt es noch weitere Enkelkinder? Wenn ja, ist doch alles gut.«

»Das ist deine Interpretation. Ich bin mir sicher, sie hat es anders gemeint.«

Fritz sah Ellinor mit müden Augen an. »Es ist ihre Aufgabe, ihre Worte so zu wählen, dass sie richtig bei mir ankommen. Sie will etwas von mir. Ich will nichts von ihr.«

»Glaubst du, da bist du wirklich ehrlich zu dir, Fritz?«

»Ja«, erwiderte er. »Die Zeiten, als ich sie gebraucht hätte, sind unwiederbringlich vorbei. Meine Mutter war Leni Ellerweg. Helen Mitchell ist eine unerträgliche Metamorphose, in der ich nichts mehr von dem wiedererkenne, was meine wirkliche Mutter einst ausgemacht hat.«

»Du sagtest, du hättest ihr verziehen.«

»Ja, ich habe ihr verziehen, dass sie mich als Kind verlassen hat. Aber das bedeutet nicht, dass sie jemals wieder den Platz in meinem Leben einnehmen wird, den sie damals aufgegeben hat. Der einzige Platz, den sie bekommen könnte, wäre der als Großmutter meiner Kinder. Aber die Rolle will sie nicht.«

»Wie kommst du darauf?«

Fritz atmete schwer. »Wir haben uns gestern zum ersten Mal seit 1914 persönlich wiedergesehen. Sie hat mich kein einziges Mal nach meinen Kindern gefragt. Sie hat auf der Fahrt ins Lokal nur von sich selbst geredet und von der Vergangenheit, die längst tot ist. Sie hat in den letzten dreiunddreißig Jahren anscheinend jegliches Fingerspitzengefühl verloren, was die

Gefühle anderer angeht. Sie kreist nur um sich. Und das ist unerträglich.«

Ellinor schwieg.

Fritz nutzte die Gelegenheit, das Thema zu wechseln. »Und wann willst du Jason Kruckenberg heiraten, nachdem ihr euch jetzt heimlich verlobt habt?«

»Wahrscheinlich im nächsten Frühjahr.«

»Wirst du dann in die USA ziehen?«

Sie nickte. »Ich glaube, es ist ganz gut, etwas Abstand zur alten Welt zu gewinnen.« Dann sah sie ihn eindringlich an. »Du könntest dich ebenfalls um ein Visum bewerben, Fritz. Jason könnte dir dabei helfen und die ersten Schritte in die entsprechende Richtung sind bereits getan.« Sie tippte auf die amerikanische Visitenkarte auf seinem Schreibtisch. »Dort könntest du eine große Zukunft als Arzt haben.«

»Nein«, entgegnete Fritz. »Kollegialer Austausch ist das eine, aber ich werde meine Heimat nicht verlassen.«

»Aber was bleibt dir hier? In dieser zertrümmerten Welt?«

»Die Möglichkeit, sie wiederaufzubauen. Und zwar besser als zuvor.« Er holte tief Luft. »Weißt du, Ellinor, wir haben dieses Land lang genug Menschen überlassen müssen, die sich Patrioten nannten, aber keine waren. Menschen, die uns in den Abgrund gestürzt haben. Es ist die Pflicht echter Patrioten, jetzt alles dafür zu tun, unsere Heimat wiederaufzubauen und nicht irgendwo in der Fremde unser Glück zu suchen. Ich sehe es als meine Pflicht dortzubleiben, wo ich gebraucht werde.«

45. Kapitel

»Diese Verhandlung war einfach fürchterlich«, sagte Arthur zu Lottchen und legte die neueste Ausgabe der »Zeit«, in der Hans Bremers Artikel über den Prozess gegen Krüger zu finden war, auf den Tisch. Sie saßen gemeinsam mit Eddy im Wohnzimmer und Arthur hatte den Beitrag vorgelesen, nachdem Lottchen die Zeitung mitgebracht hatte. »Ich bin froh, dass in Großbritannien eine andere Rechtsauffassung herrscht. Da sind Ärzte schon für viel geringere Straftatbestände hinter Gitter gekommen.«

»Bericht war aber gut geschrieben«, sagte Eddy. »Nichts verschönigt.«

»Ja, Hans Bremer ist auch einer der Journalisten, in die man seine Hoffnungen für die Zukunft setzen kann. Aber diese Richter … es ist unglaublich!«, schimpfte Arthur.

Noch während er sprach, pfiff in der Küche der Teekessel.

»Ich gehe«, sagte Eddy auf Deutsch und erhob sich. »Ich bring Tee und Tassen.« Und schon war er verschwunden.

Lottchen grinste, weil er diesmal ganz auf die Artikel verzichtete. Allerdings hatte sein Deutsch in den letzten Wochen erkennbare Fortschritte gemacht und er konnte inzwischen mühelos einer normalen Unterhaltung folgen, auch wenn Arthur ihm beim Vorlesen des Zeitungsartikels einige Formulierungen hatte übersetzen müssen.

»Aber sei vorsichtig mit dem Wandschrank«, rief Arthur ihm hinterher. »Der ist seit ein paar Tagen …«

Ein Krachen, dann ein Scheppern und ein lauter Fluch.

»… etwas wackelig«, beendete Arthur seinen Satz und sprang im gleichen Moment auf, um nachzusehen, wie schlimm der Schaden war.

Lottchen folgte ihm.

Eddy stand vor den Trümmern des Hängeschranks. Die Haken an den Wänden waren aus dem Mauerwerk gebrochen und zwischen den zerbrochenen Holzleisten lagen die Scherben des Geschirrs.

»Was die Air Force nicht geschafft hat, das erledigst du jetzt.« Arthur seufzte.

»Ich habe nur das Türchen aufgemacht«, verteidigte sich Eddy.

»Die Tür«, verbesserte Arthur ihn genervt.

»Und was machen wir jetzt?«, fragte Eddy.

»Wie wäre es mit Aufräumen?«, schlug Lottchen vor. Sie bückte sich und sammelte aus den Scherben noch drei heile Tassen und fünf unbeschädigte Untertassen. »Wir brauchen den Handfeger und dann sollten wir mal schauen, ob wir den Schrank wieder zusammengebaut kriegen.«

Arthur nahm Lottchen das heile Geschirr ab und stellte es auf den Tisch, während Eddy gehorsam den Handfeger samt Schaufel aus der Besenkammer holte.

»Der Schrank taugt nur noch für Brennholz«, meinte Arthur, als er die zerbrochene Schranktür begutachtete.

»Ach was«, widersprach Lottchen. »Ich weiß, dass Bruno morgen Vormittag hier ganz in der Nähe zu tun hat. Ich werde ihn bitten, vorher kurz bei euch vorbeizukommen. Das dauert sicher nicht lang, dann ist der Schrank wieder ganz und ordentlich an der Wand befestigt.«

Eddy kam zurück und wollte ihr den Handfeger geben.

»Was soll ich damit?«, fragte sie. »Ich bin doch nicht dein Hausmädchen. Los, das kannst du selbst.«

Eddy senkte verlegen den Blick und ging dann in die Hocke, um die Scherben aufzulegen.

»Arthur, halt ihm mal den Mülleimer hin, damit er die Scherben da gleich reinwerfen kann, ehe er hier alles in der Küche verstreut.«

Während Arthur ihrer Aufforderung folgte, brühte sie den Tee auf und stellte die Kanne samt den drei verbliebenen Tassen auf das Tablett.

»Fertig«, sagte Eddy, nachdem er die letzte Schippe mit Scherben in den Mülleimer entleert hatte, den Arthur ihm noch immer hinhielt.

»Da liegt noch was.« Lottchen zeigte auf einen abgebrochenen Tassenhenkel, den Eddy übersehen hatte.

»Du bist aber pinkelig.«

»Das heißt pingelig«, verbesserte Lottchen. »Pinkelig klingt unanständig.«

»Egal.« Eddy grinste. »Wir haben jetzt Narrenfreiheit, weil wir haben nicht mehr alle Tassen im Schrank.«

Arthur seufzte. »Charlotte, es war eine saublöde Idee, ihm deutsche Redewendungen beizubringen.«

»Wieso? Redewendungen sind das, was einer Sprache Leben verleiht.«

»Genau«, bestätigte Eddy und hob den abgebrochenen Henkel auf. »Sieh mal, Arthur, das bist du auf Deutsch.« Er warf den Henkel in den Mülleimer und sagte dabei: »Griff fort.«

Lottchen brach in schallendes Gelächter aus, in das Eddy sofort einstimmte.

Arthur schüttelte nur den Kopf und stellte den Mülleimer wieder in die Ecke.

Als sie kurz darauf alle zusammen im Wohnzimmer saßen und den Tee tranken, fragte Eddy: »Deine Brüder sind alle Tischler?«

»Ja, es ist ein Familienbetrieb und wir hatten immer einen sehr guten Ruf. Das hat meinen Brüdern Matthias und Bruno vermutlich das Leben gerettet.«

»Weshalb?« Jetzt wurde auch Arthur hellhörig.

»Karl und Jürgen wurden gleich zu Beginn des Krieges eingezogen und Jürgen ist 1940 gefallen. Seither hatten wir große Angst, dass auch Matthias und Bruno eingezogen werden könnten. Die einzige Möglichkeit, dem zu entgehen, war die Anerkennung als kriegswichtiger Betrieb. Als wir den Auftrag bekamen, für einen hohen Parteigenossen nach seiner Ausbombung eine neue Wohnungseinrichtung anzufertigen, bot mein Vater ihm an, ihm nur den Materialpreis ohne Arbeitslohn in Rechnung zu stellen. Im Gegenzug sollten Matthias und Bruno als Mitarbeiter eines kriegswichtigen Betriebs dauerhaft vom Kriegsdienst befreit werden. Und so blieben die beiden von der Einberufung bis zum Schluss verschont.«

»Ziemlich clever«, meinte Eddy. »Wann kann dein Bruder morgen kommen?«

»Er hat um neun seinen ersten Kunden in diesem Stadtteil. Wenn er die erste Kleinbahn nimmt, könnte er um halb acht hier sein. Seid ihr dann noch da, um ihn reinzulassen?«

»Das ist okay, ich muss erst um zehn los«, sagte Eddy.

»Beim Rundfunk arbeiten eben nur Langschläfer«, bemerkte Arthur spitz.

»Dafür arbeiten wir auch viel länger.« Eddy seufzte. »Aber nicht mehr lang.«

»Was meinst du damit?«, fragte Lottchen.

»Ab 1. Januar wird der Rundfunk wieder ganz an die Deutschen übergeben, dann bin ich überflüssig.«

»Und was machst du dann?«

Eddy hob die Schultern. »Mal sehen, vielleicht andere Aufgaben, sonst gehe ich zurück zu England.«

»Nach England«, verbesserte Lottchen. »Ich fände es sehr schade, wenn du gehst.«

»Ich auch«, sagte Arthur. »Du nervst zwar, aber bei dir weiß ich wenigstens, was ich habe. Wer weiß, was danach kommt.«

Eddy grinste schief, sagte aber nichts.

Bruno war nicht sehr begeistert, als Lottchen ihn bat, vor seinem ersten Auftrag des Tages noch schnell bei Arthur vorbeizuschauen, denn anhand ihrer Schilderung bezweifelte er, dass er einen derart zertrümmerten Schrank innerhalb einer halben Stunde ordentlich reparieren könnte. Andererseits hatte Arthur der Familie bereits so viele Gefälligkeiten erwiesen, dass Bruno sich verpflichtet fühlte. Daher nahm er gleich die erste Kleinbahn am nächsten Morgen und hatte auch Glück mit der Straßenbahnverbindung. Und so stand er bereits um Viertel nach sieben vor Arthurs Wohnungstür und klingelte. Es dauerte eine Weile, bis die Tür von einem Mann geöffnet wurde.

Er war etwa in seinem Alter, hatte blondes Haar und seine Augen leuchteten in einem intensiven Grün, wie es Bruno noch nie gesehen hatte. Und außerdem war er bis auf das Handtuch um seine Hüften komplett unbekleidet.

»Oh, Entschuldigung, ich weiß, dass ich etwas zu früh dran bin«, sagte Bruno verlegen und musterte verstohlen den gut gebauten Oberkörper seines Gegenübers. »Ich bin Bruno und komme wegen des Schranks, aber ich kann auch noch warten, wenn ...«

»Nein, alles gut. Komm rein, ich bin Eddy.«

»Habe ich mir fast gedacht«, gab Bruno zurück und trat ein.

»Ich zeig dir der Küche«, sagte Eddy. »Möchtest du was trinken?«

Bruno war unsicher, was er darauf erwidern sollte, doch Eddy schien gar keine Antwort zu erwarten, sondern setzte einen Teekessel auf. »Tee oder Ersatzkaffee? Bohnenkaffee haben wir leider nicht.«

»Ich glaube, zum Wachwerden ist Ersatzkaffee besser geeignet als Tee«, antwortete Bruno. Dann stellte er seine Werkzeugtasche ab und begutachtete die Holzteile auf dem Küchentisch. Eddy nahm eine Tasse und das Glas mit dem löslichen Kaffeepulver.

»Bedienst du dich selbst, wenn der Kessel pfeift?«, fragte er dann. »Ich muss mich fertig machen. Nicht, dass du denkst, ich laufe immer so rum.«

»Handtuch steht dir«, rutschte es Bruno heraus. Im nächsten Moment verfluchte er sich für sein loses Mundwerk.

»Ist das Redewendung?«, fragte Eddy. »Mein Deutsch ist nicht perfekt.«

Bruno spürte, wie ihm das Blut in die Wangen stieg, und überlegte kurz, ob er den peinlichen Moment einfach dadurch beenden sollte, dass er die Frage bejahte. Andererseits widerstrebte es ihm, den jungen Briten zu belügen.

»Nein ... nicht direkt, mehr ein ...« Er räusperte sich. »Man sagt, etwas steht jemandem, wenn er gut darin aussieht.«

»Oh, danke, das freut mich. Dir würde Handtuch bestimmt auch gut stehen.« Eddy strahlte ihn lächelnd mit seinen grünen Augen an und Bruno merkte, wie ihn ein seltsames Kribbeln durchzog, als ihre Blicke sich trafen. Verdammt, was ging hier vor? War das der britische Humor, so eine Bemerkung sofort zurückzugeben, oder ... oder steckte mehr dahinter?

»Ähm ... ja ... ich mache mich dann mal an die Arbeit.« Er wandte sich den Überresten des Schranks zu, allerdings nicht ohne Eddy noch einen letzten Blick zuzuwerfen. Der lächelte ihn erstaunlich offen an, als er es bemerkte – ganz so, als würde es ihm gefallen, was Bruno nur noch mehr verwirrte. Oder amüsierte Eddy sich einfach nur über seine Unsicherheit?

»Wenn du was brauchst, rufst du, ja?«

Bruno nickte und Eddy ging zurück ins Bad.

Der Schrank sah genauso schlimm aus, wie Bruno es nach Lottchens Schilderung befürchtet hatte. An eine schnelle Reparatur war nicht zu denken, aber immerhin konnte er die zerbrochenen Teile leimen und musste nichts austauschen.

Der Teekessel pfiff und Bruno brühte sich das Kaffeepulver auf. Er trank einen Schluck. Ersatzkaffee hin oder her, besser als das Zeug, das seine Mutter aufgetrieben hatte, war der hier allemal.

Während er damit beschäftigt war, den Schrank zusammenzuleimen, hatte Eddy sich angezogen und kam in die Küche zurück.

»Das sieht fast wie vorher aus«, sagte er bewundernd.

»Ja, aber das muss noch austrocknen und anschließend müssen von innen neue Leisten zur Verstärkung eingefügt werden, sonst bricht das womöglich gleich wieder auseinander. Ich müsste heute Abend noch mal vorbeikommen, um den Schrank fertig zu machen.«

»Dann komm nach sieben, dann ist er ganz sicher trocken.«

»Das ist er bestimmt auch schon um fünf.«

»Ja, aber dann habe ich noch nicht Feierabend. Wenn du um sieben kommst, kann ich Bier mitbringen. Oder trinkst du lieber was anderes?«

»Bier klingt gut.«

»Dann du kommst um sieben?«

»Ja, in Ordnung«, erwiderte Bruno und packte sein Werkzeug zusammen.

Als Eddy ihn zur Tür begleitete und ihn dabei scheinbar unabsichtlich am Oberarm berührte, ging erneut dieses Kribbeln durch Brunos Eingeweide. Als er Eddy ansah, fiel ihm wieder dieses Funkeln in den Augen auf – als würde sein Gegenüber ähnlich fühlen –, und er fragte sich, ob er zum ersten Mal jemandem begegnet war, der ähnliche Empfindungen hatte wie er selbst. Das musste er heute Abend unbedingt herausfinden, auch wenn er noch keine Ahnung hatte, wie er das anstellen sollte.

46. Kapitel

»Es ist mir furchtbar unangenehm, Frau Doktor Hellmer«, sagte Frau Müller, während sie das Rezept mit der Insulinverordnung für ihre Tochter Anneliese entgegennahm. »Aber ich wollte es Ihnen auf jeden Fall persönlich sagen.«

Paula sah Frau Müller irritiert an. »Was ist Ihnen denn unangenehm?«

Frau Müller räusperte sich verlegen. »Nun ja, Sie wissen ja, wie weit der Weg zu Ihrer Praxis für uns ist.« Sie räusperte sich erneut. »Letzte Woche hat ein erfahrener Kinderarzt bei uns um die Ecke in seiner Wohnung eine Praxis eröffnet. Es ist nur zwei Häuser weiter.«

»Ich verstehe«, sagte Paula. »Handelt es sich um einen Rückkehrer aus der Kriegsgefangenschaft?«

Frau Müller schüttelte den Kopf. »Nein, aber dem Mann wurde auch übel mitgespielt. Die Besatzer hatten ein Berufsverbot über ihn verhängt, das jetzt endlich aufgehoben wurde.«

Bei dem Wort »Berufsverbot« horchte Paula auf. »Mögen Sie mir den Namen des Kollegen sagen?«

»Selbstverständlich. Es handelt sich um Doktor Krüger, den ehemaligen Chefarzt der Kinderabteilung in Langenhorn.«

»Doktor Krüger?« Paula hatte Mühe, ihre Stimme ruhig zu halten. Sie wusste zwar, dass er sich unmittelbar nach dem Freispruch um die Aufhebung seines Berufsverbotes bemüht hatte, aber dass er so schnell eine Praxis eröffnet hatte, wunderte sie doch. Wieder einmal wurde ihr bewusst, wie wenig sie über den Intimfeind ihres Mannes wusste. Lebte er allein? Hatte er sich erfolgreich gegen eine Zwangseinquartierung wehren können? Und woher hatte er die Ausstattung? »Frau Müller, wissen Sie eigentlich, wem Sie Ihre Tochter da anvertrauen wollen?«

»Einem erfahrenen Arzt«, erwiderte die Frau leichthin. »Leider hatte er nicht so gute Beziehungen zu den Besatzern wie Ihre Familie.«

Paula blieb fast die Luft weg. So wie Frau Müller es sagte, klang es beinahe unanständig, dass Arthur regelmäßig bei ihnen zu Gast war.

»Wissen Sie, warum die Engländer für seine Entlassung gesorgt haben?«, fragte sie. »Dieser Mann hat zweiundzwanzig Kinder getötet und war an der Deportation von Kranken und Behinderten in Vernichtungsanstalten beteiligt, wo sie vergast wurden!«

»Er wurde freigesprochen. Ich habe also keinen Anlass, an seiner Integrität zu zweifeln.«

»Wissen Sie, dass dieser Mann alles darangesetzt hat, meinen Sohn Georg zwangssterilisieren zu lassen, nur weil er taub ist?«, fragte Paula weiter. »Und dass er dafür gesorgt hat, dass mein Mann fristlos entlassen und an die Front versetzt wurde, weil der alles dafür getan hat, seine Patienten vor dem Abtransport in die Tötungsanstalten zu retten? Und zu so einem Menschen wollen Sie gehen?«

Frau Müller senkte den Blick. »Ich hätte es Ihnen nicht sagen sollen«, meinte sie dann. »Ich habe die Gerüchte gehört, dass Ihr Mann Doktor Krüger bei den Briten angezeigt hätte, aber ich hielt das für dummes Gerede. Ihr Mann ist ein guter

Arzt, der hätte es doch gar nicht nötig, auf diese Weise einen Konkurrenten loszuwerden. Dass an diesen Gerüchten tatsächlich etwas dran ist, erschreckt mich jetzt doch.«

Paula sprang auf. »Mein Mann war immer für seine Patienten da. Er hat alles getan, um Leben zu retten. Er hat sich gegen Doktor Krüger gestellt, weil der seine Patienten umgebracht hat. Alles, was mein Mann wollte, war Gerechtigkeit. Wenn Sie ihm das vorwerfen und jetzt zu Doktor Krüger gehen, kann ich Sie nicht dran hindern, aber um Ihre Tochter Anneliese tut es mir leid, die hätte Besseres verdient.«

Frau Müller holte tief Luft, begnügte sich jedoch damit, »Auf Wiedersehen, Frau Doktor Hellmer« zu sagen, ehe sie die Praxis verließ.

Nachdem sie draußen war, war Paula so aufgewühlt, dass sie unbedingt mit Richard sprechen musste, ehe sie den nächsten Patienten drannehmen konnte. Sie verließ die Wohnung und ging in den Keller, wo er sein Sprechzimmer hatte. Sie hatte Glück, denn Richard war gerade dabei, seinen Patienten zur Tür zu begleiten und mit Handschlag zu verabschieden.

»Ich muss kurz mit dir reden«, sagte sie, ehe er den nächsten aufrufen konnte.

»Was ist passiert? Du siehst aus, als hättest du einen Geist gesehen.«

Sie begleitete ihn in sein Sprechzimmer und schloss die Tür hinter sich. Dann erzählte sie ihm von ihrem Gespräch mit Frau Müller. Richard blieb erstaunlich ruhig.

»Reisende soll man nicht aufhalten«, sagte er. »Sie weiß über Krüger Bescheid, und wenn sie ihn vorzieht, ist das ihre Entscheidung. Wir sind ohnehin überlaufen.«

»Und das ist alles, was dir dazu einfällt?«

Er seufzte. »Mir fällt dazu eine ganze Menge mehr ein, aber was bringt es, wenn ich mich darüber aufrege? Ich kann nichts daran ändern. Krüger wurde freigesprochen, die Opfer haben keine Stimme und wir müssen damit leben, dass Krüger aus Rache versucht, meinen Ruf zu zerstören und mir unlautere Motive vorzuwerfen. Aber soll ich dir was sagen, Paula? Ich lege auch gar keinen Wert darauf, Patienten zu behandeln, die diesen Unsinn glauben. Sollen die doch zu Krüger gehen. Gleich und gleich gesellt sich gern.«

»Und wenn sich noch mehr wie Frau Müller entscheiden?«

»Lass sie. Ich bin mit mir im Reinen. Ich wollte niemals Anerkennung, sondern Menschen retten. Und immerhin kannst du dir sicher sein, dass Doktor Krüger niemanden mehr töten wird, denn jetzt könnte er sich nicht mehr damit rausreden, er hätte geglaubt, alles sei rechtens.« Er atmete schwer. »Auch wenn es mich natürlich ärgert, dass er sich vor seinen Patienten als unschuldig verleumdetes Opfer darstellt.« Seine Hand glitt zu der Narbe an seinem Hinterkopf. »Aber die Welt ist nun mal nicht gerecht. Wir können lediglich versuchen, unseren eigenen Wertvorstellungen treu zu bleiben. Und nun reg dich nicht länger auf, Paula. Eines Tages wird Krüger das ernten, was er gesät hat. Vielleicht wird die Strafe des Schicksals auf ganz andere Weise über ihn kommen, aber irgendwann wird das Leben ihm die Quittung präsentieren.«

»Und daran glaubst du wirklich?«, fragte Paula skeptisch.

»Ja«, sagte er und hauchte ihr einen Kuss auf die Wange. »Ganz fest.«

47. Kapitel

Bruno war innerlich zum Zerreißen angespannt, als er abends um sieben bei Arthur und Eddy an der Tür klingelte. Immer wieder hatte er im Laufe des Tages an Eddy gedacht, war im Geiste jede Einzelheit ihrer Begegnung durchgegangen, aber er blieb unsicher. Teilte der junge Brite wirklich seine Veranlagung oder war es lediglich ein Wunschtraum? Diesmal musste er nicht so lange warten wie am Morgen, denn Eddy öffnete ihm ziemlich schnell, als hätte er bereits auf ihn gewartet.

»Komm rein«, sagte er. »Arthur ist mit Charlotte im Kino. Ich habe ihm zwei Karten mitgebracht.« Er zwinkerte Bruno verschwörerisch zu. »Kino ist immer gut für jemanden loswerden.«

»Um sie loszuwerden?«, wiederholte Bruno, während er eintrat.

»Ich dachte, du willst vielleicht gern mit mir allein sein.« Er grinste. »Oder habe ich geirrt?«

»Ähm ... nein, hast du nicht«, erwiderte Bruno und spürte, wie sich wieder dieses Kribbeln durch seine Eingeweide zog. »Aber ich muss zuerst den Schrank reparieren.«

»Ja, natürlich.« Eddy nickte. »Brauchst du Hilfe?«

»Nein, das kriege ich allein hin. Dauert auch nicht mehr lang.«

»Gut, ich habe Bier, ich stelle schon mal ins Wohnzimmer, ja?«

Bruno überprüfte rasch, ob alles gut getrocknet war, dann nagelte er schnell vier Leisten von innen gegen die geleimten Bruchstellen. Als er den Schrank an die Wand hängen wollte, sah er, dass auch die Winkel zum Aufhängen aus dem Mauerwerk gebrochen waren.

»Eddy, ich brauch dich jetzt doch mal«, rief er. Der junge Brite kam sofort.

»Wir müssen die Winkel neu an der Wand befestigen. Willst du sie über oder unter den alten Löchern?«

»Ist egal.«

»Dann bring ich sie darunter an.« Bruno holte seine Wasserwaage und einen Bleistift aus der Werkzeugtasche und zeichnete die richtige Höhe ein. »Ist das so in Ordnung?«, fragte er Eddy. Der nickte nur. Bruno holte die Handbohrmaschine aus seiner Tasche und bohrte neue Löcher für die Schrauben in die Wand. Anschließend schraubte er die beiden Winkel fest und bat Eddy, mit anzufassen, um den Schrank aufzuhängen.

»Das ist perfekt«, sagte Eddy, nachdem sie fertig waren. »Sieht aus, als wäre Schrank nie abgefallen.«

»Na ja, eigentlich hätte man den noch abschleifen und neu lackieren müssen, damit die Spuren vom Leimen nicht mehr sichtbar sind, aber ich denke, so reicht das auch.«

Sie gingen ins Wohnzimmer, wo bereits zwei Flaschen Bier samt Gläsern standen. Außerdem stand ein Kerzenleuchter mit drei Kerzen auf dem Tisch, die angezündet waren.

»Müsst ihr Strom sparen?«, fragte Bruno. »Ich dachte, die strenge Stromrationierung gilt nur für Deutsche.«

Eddy räusperte sich. »Ähm, ich dachte, Kerzen sind roman…« Er suchte regelrecht nach dem richtigen deutschen Wort.

»Romantisch?«, schlug Bruno mit einem verwegenen Lächeln vor.

»Genau, romantisch!«, nahm Eddy das Wort dankbar auf. »Magst du Bier?« Er schenkte ein und reichte Bruno ein Glas.

»Danke.« Bruno setzte sich aufs Sofa und Eddy nahm neben ihm Platz.

Bruno holte tief Luft, dann nahm er seinen ganzen Mut zusammen.

»Seit wann weißt du, dass du so bist, wie du bist?«, fragte er.

Eddy schenkte sich selbst ein Glas ein. »Dass ich Männer mag?«

Bruno nickte.

Eddy hob die Schultern. »Schon immer. Gab keine besondere Zeit. Und du?«

»Ich …« Bruno räusperte sich. »Ich habe es mir erst vor ein paar Wochen eingestanden. Ich … dachte, das wär unnormal. Ich habe sogar meinen Onkel gefragt – der ist Psychiater –, was man dagegen machen kann.«

»Ist nicht unnormal«, sagte Eddy und griff behutsam nach Brunos Hand. »Nur anders.«

»Das hat mein Onkel auch gesagt«, erwiderte Bruno, während er Eddys Hand umfasste, eine Hand, die sich so ganz anders anfühlte als seine oder die seiner Brüder. Er spürte keine Schwielen vom festen Zupacken, sondern nur weiche, zarte Haut.

»Dein Onkel ist ein kluger Mann«, sagte Eddy. »Arthur hat mir von ihm erzählt. Gesetze, die Männern Liebe zueinander verbieten, sind genauso falsch wie Gesetze, die Nazis zu Rasse machten.«

»Aber in England ist es auch verboten, oder?«

Eddy nickte. »Zwingt uns in eigene Welten. Heißt bei uns *subculture*, ich kenne kein deutsches Wort dafür. Aber es gibt das auch hier.«

»Mein Onkel hat mir Adressen von entsprechenden Lokalen besorgt, aber ich habe mich nicht getraut, dorthin zu gehen.«

»Ich kann dir zeigen. Gibt verschiedene, muss man aufpassen, aber deutsche Polizei hält sich fern, wenn Briten dorthin gehen.«

»Das kann ich mir denken.« Bruno lachte leise. »Wahrscheinlich bin ich einfach viel zu feige gewesen.«

»Oder nur vorsichtig«, sagte Eddy. »Wer will schon ins Gefängnis, nur weil er anders fühlt als andere?«

»Hattest du jemals Angst?«

Eddy nickte. »Ganz oft, bis ich gelernt habe, andere zu erkennen. So wie dich.«

»Und das kann man lernen?«

Eddy lachte. »Du hast es auch sofort gewusst. Du hast dir nur nicht getraut, weil dir Erfahrung fehlt.«

Bruno nickte nachdenklich, während Eddys Gesicht sich dem seinen auf eine Weise näherte, die unmissverständlich zeigte, was er begehrte. Und im nächsten Moment ließ Bruno seine Zurückhaltung fallen, vergaß alles, was er jemals über Sitte und Anstand gelernt hatte, und nahm sich das, was er wollte, indem seine Lippen die von Eddy fanden und er endgültig begriff, dass nichts Schlimmes in seinem Anderssein lag. Nein, es war vielmehr das größte Glück, dass er hier mit Eddy saß, einem der attraktivsten Männer, die ihm jemals über den Weg gelaufen waren. Es war alles gut, nein, es war mehr als gut, es war großartig!

48. Kapitel

Der Jahreswechsel 1947 auf 1948 war wieder sehr kalt und erneut waren die Zeitungen voll mit den Namen von Frosttoten. Wie bereits im Jahr zuvor schloss Richard das Sprechzimmer im Keller während der kältesten Monate und beschränkte sich auf Hausbesuche.

Nach Frau Müller waren noch einige weitere Patienten zu Doktor Krüger abgewandert. Die meisten verschwanden still und heimlich, nur wenige hatten den Mut aufgebracht, es ihnen ins Gesicht zu sagen. Dennoch war das Wartezimmer weiterhin überfüllt. Hunger und Not begleiteten sie ins dritte Nachkriegsjahr und der Tod von Oskar Strehlau schlug im Winter eine größere Lücke, als Richard befürchtet hatte. Immerhin waren die beiden Pakete, die Fritz zu Weihnachten von seiner Mutter und Ellinor aus England bekam, sowie das Paket, das Paula von Leonie aus der Schweiz erhielt, ausreichend, um sie einigermaßen über die kältesten Tage zu bringen.

Karls Frau Julie hatte im Oktober ihr zweites Kind zur Welt gebracht, einen kleinen Jungen, den sie in Gedenken an Karls gefallenen Bruder Jürgen nannten. Als Richard von der Namenswahl erfuhr, musste er unwillkürlich an jenen Brief denken, den er Karl nach dem Tod seines Bruders an die Front geschickt hatte. Er hatte ihm geraten, einen Weg zu finden,

Jürgen für immer zu einem Teil seines Lebens zu machen, dem er in Liebe gedenken könne, und zugleich erwähnt, dass er seinen eigenen Sohn Georg nach seinem verstorbenen Bruder benannt hatte. Die Schatten, die ihre toten Brüder warfen, waren lang. Aber sie wurden beide nicht länger von Schuldgefühlen erdrückt, denn das Leben ging immer weiter.

Bruno hatte Richard anvertraut, dass er zum ersten Mal in seinem Leben verliebt war, und ihm von Eddy erzählt. Auch wenn es anfangs ungewohnt war und Bruno sich hütete, irgendjemandem davon zu erzählen, ertappte Richard sich dabei, dass er die Schriften von Magnus Hirschfeld erst jetzt richtig verstand. Er fühlte sich nicht mehr wie ein Beobachter einer exotischen Spezies. Vielmehr faszinierte ihn die Normalität, die die – wenngleich heimliche – Beziehung zwischen Eddy und Bruno ausstrahlte. Für alle anderen waren die beiden einfach nur gute Freunde und es gab nichts, was nach außen hin anstößig wirken könnte. Über das, was hinter verschlossenen Türen geschah, schwiegen sie beide und nicht einmal Arthur ahnte etwas davon.

Harri bekam zu seinem elften Geburtstag am 8. Februar 1948 erstmals ein eigenes Paket aus England. Es enthielt mehrere Tafeln Cadbury-Schokolade, einen Pullover, drei Paar Socken, ein englisches Kinderbuch sowie zwei aufziehbare Spielzeugautos. Zudem hatte Fritz' Mutter ihrem Enkel auch einen persönlichen Brief auf Deutsch geschrieben, in dem sie sich als seine Großmutter vorstellte. Als Harri den Brief las, war er verwirrt.

»Warum hast du mir das nicht früher gesagt, Papa?«, fragte er seinen Vater. Obwohl kein Vorwurf in Harris Stimme lag, sondern nur Unsicherheit, fühlte Fritz sich beschämt. Aber dann entschied er sich für die Wahrheit. Er erzählte seinem Sohn von seiner Enttäuschung, als er erfahren hatte, dass seine Mutter ihm ihren Tod vorgetäuscht und erst einunddreißig Jahre später wieder in Erscheinung getreten war. »Und außerdem wollte ich nicht, dass du plötzlich Hoffnung schöpfst, dass Mama und Henriette auch irgendwie überlebt haben könnten«, sagte er abschließend.

Harri sah seinen Vater mit ernsten Augen an. »Papa, ich weiß ganz genau, dass Mama und Henriette tot sind. Sonst hätte Mama mich doch gesucht und in dem Waisenhaus gefunden.«

»Ja, das hätte sie«, erwiderte Fritz, nahm seinen Sohn in die Arme und drückte ihn fest an sich. »Verzeihst du mir, dass ich es dir nicht früher gesagt habe?«

Harri nickte und erwiderte die Umarmung seines Vaters mit einer Innigkeit, die Fritz ganz warm ums Herz werden ließ.

»Aber wenn Oma uns jetzt was schenken will, weil sie ein schlechtes Gewissen hat, können wir das doch trotzdem annehmen, oder, Papa?«

»Ja, das können wir«, bestätigte Fritz. »Aber du solltest dir nicht zu viel von deiner wiedergefundenen Oma versprechen, Harri. Ich glaube nämlich, dass ihre Geschenke nicht von Herzen kommen, sondern lediglich ein Versuch sind, sich von ihrem schlechten Gewissen freizukaufen.«

»Das ist mir egal«, meinte Harri. »Ich muss sie ja nicht lieb haben, dann kann sie mir auch nicht wehtun so wie dir. Ich kenne sie ja nicht mal.« Er ließ seinen Vater los und nahm das Kinderbuch. Es handelte sich um »The Water-Babies« von Charles Kingsley.

»Liest du das heute Abend mit mir, Papa?« Seit einigen Monaten hatte Harri in der Schule Englisch und war seinen Klassenkameraden deutlich voraus, denn Fritz, der besser Englisch als der Lehrer sprach, hatte mit seinem Sohn bereits das ganze Lehrbuch der fünften Klasse durchgelesen, wobei er Harri vorlesen ließ und ihm nur zu Hilfe kam, wenn der ein

Wort falsch aussprach oder fragte, was eine Vokabel bedeutete, die er nicht kannte.

»Ja, das lesen wir heute Abend«, bestätigte Fritz. »Das habe ich als Kind selbst gern gelesen.« Er atmete schwer. Vermutlich hatte seine Mutter das Buch aus genau diesem Grund ausgesucht. Weil sie es ihm selbst früher vorgelesen hatte, damals, als die Welt noch in Ordnung und die Zukunft voller bunter, unschuldiger Träume war und Geschichten von Leid, und wie es überwunden wurde, sich nur in Kinderbüchern fanden.

Mitte März kam erneut ein Paket von Fritz' Mutter, diesmal war es für Leni – und Fritz staunte, dass sie sogar das Geburtsdatum seiner Tochter kannte. In dem Paket befanden sich Kleidung für ein Kleinkind und ein Teddybär.

»Immerhin gibt sie sich Mühe, eine gute Oma zu sein«, meinte Paula.

»Weil sie ihren Enkelkindern Pakete zum Geburtstag schickt?« Fritz sah Paula mit gerunzelter Stirn an. »Das zeigt zwar ihren guten Willen, macht sie aber noch lange nicht zu dem, was ich eine gute Oma nennen würde. Zumal sie steinreich eingeheiratet hat und nicht zu den Großmüttern gehört, die sich alles vom Munde absparen müssen, um ihren Enkeln eine Freude zu machen. Vermutlich lässt sie das alles noch von ihrem Hauspersonal kaufen und einpacken.«

»Du bist sehr verbittert, wenn es um deine Mutter geht.«

»Ja«, bestätigte Fritz. »Bevor ich sie im letzten Jahr zum ersten Mal wiedersah, war ich noch geneigt, ihr alles zu verzeihen. Aber ihr Verhalten bei diesem hilflosen Versuch, ihre Familie zu vereinen, hat alles nur noch schlimmer gemacht.«

»Was hättest du denn wirklich von ihr gewollt?«, fragte Paula. »Was hätte sie tun müssen, damit du ihr nicht nur vom Verstand her, sondern auch mit dem Herzen verzeihen kannst?«

Er schluckte. »Ich habe lange darüber nachgedacht«, sagte er dann. »Und ich glaube, was ich ihr am meisten verüble, ist die Tatsache, dass sie erst nach mir suchte, als es für sie ungefährlich war. Sie hat mir nie die Möglichkeit gegeben, ihr auf Augenhöhe zu begegnen. Sie hat mich von Anfang an in die Rolle des armen Verwandten gedrängt, der es sich nicht leisten kann, ihre Geschenke zurückzuweisen. Sie hat mir nicht genügend vertraut, als ich noch stark und unabhängig genug war, eine eigene Entscheidung zu treffen.« Er atmete tief durch. »Wenn sie mich Anfang der Dreißigerjahre in London kontaktiert hätte, hätte sie sich mir ausgeliefert. Mein Vater lebte noch, sie hätte mir vertrauen müssen, dass ich ihr Geheimnis bewahre und es nicht aus Zorn und Enttäuschung in die Welt hinausposaune und sie somit gesellschaftlich vernichte. Das Risiko war ihr zu groß. Sie hat mir, ihrem eigenen Sohn, nicht genügend vertraut. Sie ist erst aus ihrer Deckung gekrochen, als meine Stimme kein Gewicht mehr hatte und sie sich sicher sein konnte, dass ich so komplett am Boden liege, dass ich für jedes Almosen dankbar sein muss. Und genau das kann ich ihr nicht verzeihen. Es ging ihr nie um mich, sondern immer nur um sich selbst. Jetzt will sie doch bloß ihr schlechtes Gewissen loswerden. Aber wirklich dauerhafte Hilfe für ihre Enkelkinder bietet sie uns nicht an. Ich kenne Leute, die haben Verwandte in Amerika und bekommen von ihnen jeden Monat ein Paket. Wir bekommen eines zu Weihnachten und eines zu den Geburtstagen der Kinder. Und ob wir in der Zwischenzeit hungern oder frieren, das ist ihr vollkommen egal. Handelt eine gute Oma so?«

»Nein«, bestätigte Paula. »Aber vielleicht ist das ja auch ihr Versuch, Normalität herzustellen – indem sie dir eben nicht das Gefühl gibt, ein Bittsteller zu sein, der von ihr durchgefüttert wird, und sie daher nur zu den üblichen Feiertagen Geschenke schickt.«

»Selbst wenn es so wäre, beweist es doch nur, wie wenig sie sich in meine Situation hineinversetzt.« Fritz seufzte. »Es sind lediglich Gesten, aber keine verlässlichen Hilfen, die wir einplanen könnten. Weißt du, je länger ich darüber nachdenke, umso wütender werde ich auf sie. Im Grunde war es schon eine verdammte Unverschämtheit, als sie mir vor diesem dämlichen Familientreffen sagte, ich sollte lieber mitgehen, dann würde ich ja meine Lebensmittelkarten sparen und meine Kinder hätten auch mehr. Warum um alles in der Welt hat sie dann nichts für ihre Enkel mitgebracht? Warum hat sie nicht gefragt, wie es ihnen geht oder ob sie irgendwelche Wünsche haben? Weil es ihr scheißegal war! Und dieses Getue mit den Geburtstagspaketen ist doch nur eine verlogene Heuchelei! Und jetzt lass uns nicht mehr davon reden.«

49. Kapitel

Als die Tage im Frühling 1948 wieder länger und die Temperaturen wärmer wurden, hatte Fritz' Habilitation gute Fortschritte gemacht und er stand kurz davor, sie einzureichen. Er hatte tatsächlich Kontakt zu dem amerikanischen Kollegen aufgenommen, dessen Adresse Ellinor ihm vermittelt hatte, und es hatte sich ein für beide Seiten fruchtbarer schriftlicher Austausch entwickelt.

Zugleich mit dem Frühling schossen die Gerüchte über eine kurz bevorstehende Währungsreform schneller aus dem Boden als die ersten Krokusse. Doch noch war es nur Gemunkel, niemand wusste, wann und wie sich wirklich etwas ändern würde.

Die Gerüchte hatten zur Folge, dass die Waren in den Läden noch knapper wurden, denn die Händler hielten sie in der Hoffnung zurück, sie nach der Währungsreform zu weitaus besseren Preisen verkaufen zu können. Immer mehr ließen ihre Läden sogar ganz geschlossen.

Anfang Juni war die Situation so schlimm, dass die Läden von den Behörden zum Öffnen gezwungen wurden, damit die Menschen wenigstens noch das bekamen, worauf sie laut Bezugsscheinen und Lebensmittelkarten Anspruch hatten.

Am 18. Juni 1948 kündigte der Hamburger Bürgermeister Max Brauer im Radio die bevorstehende Währungsreform an und die damit bestehende Möglichkeit, mittels harter Arbeit endlich wieder zu Wohlstand zu kommen.

Der 20. Juni 1948 war ein Sonntag, und es war der Tag, an dem die Haushaltsvorstände der Familien pro Kopf offiziell vierzig Deutsche Mark – wie das neue Geld genannt wurde – gegen vierzig Reichsmark eintauschen konnten. Die Sparguthaben wurden ebenfalls umgestellt, für einhundert Reichsmark gab es 6,50 Deutsche Mark. Die Reichsmark verlor ab dem 21. Juni 1948 ihre Gültigkeit, lediglich Kleingeld bis zu einer Mark sowie Briefmarken konnten noch zu einem Zehntel ihres Nennwerts verwendet werden.

Als Richard sich am Nachmittag des 21. Juni wie üblich auf den Weg zu seinen Hausbesuchen machte, kam er an mehreren Läden vorbei, deren Auslagen, die am Freitag noch gähnende Leere gezeigt hatten, nun reichhaltig bestückt waren. Er hielt in seinem Schritt inne, betrachtete jedes einzelne Schaufenster und staunte. Zuletzt hatte er eine so große Auswahl in den ersten Kriegsjahren gesehen, bevor er an die Front gegangen war.

Es gab wieder Schuhe, gute Anzüge, Damenkleider, elegante Kostüme, ja, selbst moderne Elektrogeräte füllten die Auslagen. Vor einem Schaufenster blieb er besonders lang stehen, denn dort waren Fotoapparate ausgestellt. Sein Blick blieb an einer Leica III hängen. Genauso ein Modell hatte er früher einmal besessen, bevor es in Cherbourg 1944 verloren gegangen war. Er konnte nicht anders, er ging in den Laden. Beim Schellen der Türglocke kam ihm sofort der Verkäufer entgegen.

»Ist das ein neues Modell oder eine gebrauchte Leica?«, fragte er, während er auf die Kamera im Schaufenster wies. »Ich hatte früher eine Leica III, die genauso aussah.«

»Die ist ganz neu.« Der Verkäufer nahm die Kamera aus dem Schaufenster und zeigte sie Richard. »Sehen Sie, im Gegensatz zum Vorkriegsmodell ist hier kein erhöhter Absatz unter dem Rückspulfreigabehebel und es gibt einen zusätzlichen Sperrknopf für lange Belichtungszeiten. Zudem ist die Ablaufgeschwindigkeit des Verschlusses besser, sie beträgt nur noch eine Dreißigstelsekunde, beim Vorkriegsmodell war es noch eine Zwanzigstelsekunde.« Er reichte sie Richard, der sie genau betrachtete, durch den Sucher blickte und das Objektiv justierte. Das war der beste Fotoapparat, den er je in Händen gehalten hatte. Er holte tief Luft.

»Was kostet die?«

»Zweihundertfünfzig Mark.«

Richard schluckte. Das war ein echtes Vermögen, dafür musste ein Arbeiter drei bis vier Monate arbeiten. Andererseits wollte er diese Kamera unbedingt haben.

»Akzeptieren Sie Ratenzahlungen?«, fragte er.

Der Verkäufer nickte.

Als er später mit seiner neuen Kamera nach Hause kam, freute er sich wie ein kleines Kind. Paula hingegen runzelte die Stirn. »Das ist das Erste, was du dir kaufst? Ein Paar neue Schuhe wären wohl angemessener gewesen.«

»Ach, das kann warten. Weißt du noch, was ich dir an unserem siebzehnten Hochzeitstag im Kino versprochen habe?« Er sah sie mit einem verliebten Blick an und Paula schmolz sofort dahin.

»Dass du zu unserem zwanzigsten Hochzeitstag wieder eine Kamera haben wirst und damit unsere große Feier mit einer riesigen Torte fotografieren wirst.«

»Genau. Und in nicht einmal drei Monaten haben wir unseren zwanzigsten Hochzeitstag. Ein Mann, ein Wort. Und mach dir keine Sorgen, ich habe eine moderate Ratenzahlung vereinbart. Der Verkäufer war froh, dass er das teure Modell so schnell losgeworden ist.«

Es war geradezu erstaunlich, was die Währungsreform bewirkte. Arbeit lohnte sich wieder, man konnte Pläne machen und die Zukunft war nicht länger ein düsterer Tunnel voller Not und Elend. Obwohl es nach wie vor Lebensmittelkarten gab, waren die Bezugsmengen ausreichend, sodass niemand mehr hungern musste. Außerdem war es endlich wieder möglich, Grundstücke zu erwerben. Fritz und Richard fanden ein geeignetes Baugrundstück für ein Doppelhaus im Stadtteil Volksdorf, wo die Kriegsschäden sich in Grenzen hielten.

Richard vereinbarte mit seinem Neffen Karl, ihm seine Anteile an dem forstwirtschaftlich genutzten Familiengrundstück zu verkaufen, um genügend Geld für das Baugrundstück in Volksdorf und die Anzahlung für den Bau der Doppelhaushälfte zu haben. Fritz hatte als stellvertretender Chefarzt ebenfalls keinerlei Probleme, einen Bankkredit zu bekommen, sodass die Finanzierung gesichert war.

Die Währungsreform hatte jedoch noch andere Folgen, die weitaus weniger erfreulich waren. Während in den Berliner Westsektoren die Deutsche Mark eingeführt wurde, nahm die sowjetische Besatzungszone nicht an der Währungsreform teil und die Sowjets blockierten im Gegenzug als Reaktion darauf sämtliche Schienenverbindungen und Zufahrtswege nach Berlin und stellten die Versorgung der Westsektoren ein. Berechnungen ergaben, dass die Stadt nur noch Lebensmittelvorräte für sechsunddreißig Tage hatte und auch Medikamente, Kohle, Koks, Benzin oder Diesel nicht für den kommenden Winter reichen würden.

Als Paula am 25. Juni die Nachrichten im Radio hörte, erschrak sie. Zwar war Hamburg nicht betroffen, aber die Spannungen zwischen den Westalliierten und der Sowjetunion lagen seit Langem in der Luft.

»Was ist, wenn das jetzt wieder zu einem Krieg führt?«, fragte sie Richard, während sie in der Küche zusammensaßen. »Gerade jetzt, wo es endlich wieder aufwärtszugehen scheint? Oder werden die Amerikaner Berlin komplett den Russen überlassen?«

Noch bevor Richard antworten konnte, hörten sie das Telefon im Sprechzimmer klingeln.

»Ich geh schon.« Richard erhob sich und verließ die Küche. Einige Minuten später kam er zurück. »Das war Fritz. Er kommt später, denn Thomas ist heute in Hamburg und er will mit ihm essen gehen.«

»Er scheint sich mit seinem Bruder inzwischen gut zu verstehen.«

Richard nickte. »Ja, aber das Beste habe ich dir noch gar nicht erzählt. Fritz hat mir verraten, warum Thomas in Hamburg ist. Morgen früh startet er von Fuhlsbüttel aus nach Berlin-Tempelhof. Sie wollen Berlin aus der Luft versorgen, und wenn es sein muss, werden die Flugzeuge im Minutentakt starten und landen. Thomas wollte, dass Fritz das als Erster erfährt, und der musste es uns natürlich sofort mitteilen. Vor einem neuen Krieg musst du keine Angst mehr haben. Die Russen werden sich hüten, alliierte Flugzeuge abzuschießen.«

Am 26. Juni 1948 begann die Versorgung Berlins aus der Luft. Da Thomas zu den Piloten gehörte, die regelmäßig die Strecke zwischen Hamburg und Berlin zurücklegten, war er unter der Woche oft in Hamburg und kam sogar zu Fritz' Antrittsvorlesung an der Hamburger Universität, als er im August in den Professorenstand erhoben wurde. Richard nutzte die Gelegenheit, um mit seiner neuen Kamera zahlreiche Fotos zu schießen, die jedem Pressefotografen Ehre gemacht hätten. Arthur, der neben Richard saß, meinte: »Irgendetwas muss ich falsch machen, dass du schon wieder eine bessere Kamera hast als ich.«

Im Anschluss an Fritz' erste Vorlesung gab es einen kleinen Umtrunk.

»Herzlichen Glückwunsch, Herr Professor«, sagte Thomas auf Englisch, während er eines der Sektgläser, die dort gereicht wurden, entgegennahm. »Ich habe zwar nur die Hälfte verstanden, aber ich bin ja auch bloß Flight Lieutenant und kein Arzt.« Er wies grinsend auf die neuen Rangabzeichen an seiner Uniform.

»Du wurdest befördert? Na, da gratuliere ich dir ja ebenfalls ganz herzlich.« Fritz schüttelte ihm die Hand. »Und, was macht das Rosinenbomber-Geschäft?«

»Ist eine echte logistische Herausforderung. Die Anflüge im Dreiminutentakt sind kniffelig. Aber wenn man sieht, wie sich die Kinder freuen und dass sie den Lärm von Flugzeugen jetzt nicht mehr mit Bomben, sondern mit Süßigkeiten verbinden, ist es das alles wert. Ganz abgesehen davon, dass es den Iwan ärgert.« Thomas grinste.

»Wie schnell sich die Dinge doch verändern«, meinte Fritz. »Die Welt ist schon verrückt, nicht wahr?«

»Ist sie«, bestätigte Thomas. »Und wann wirst du Julia heiraten?«

»Nächstes Jahr, wenn unser Haus bezugsfertig ist. Ich werde dir rechtzeitig Bescheid geben, damit du dir freinehmen kannst.«

»Wirst du unsere Mutter auch einladen?«

»Ja«, sagte Fritz. »Denn Harri will seine Oma endlich kennenlernen.«

Am Dienstag, dem 7. September 1948, begingen Paula und Richard ihren zwanzigsten Hochzeitstag. Das Wetter verwöhnte sie mit angenehmen spätsommerlichen Temperaturen und sie feierten im Schrebergarten bei Margits Familie. Weil es so ein besonderes Datum war, hatten sie sowohl die Praxis als auch die Tischlerei um drei Uhr nachmittags geschlossen. Fritz hatte an diesem Tag ebenfalls rechtzeitig Feierabend gemacht.

Die Auswahl an Kuchen war fast genauso groß wie bei ihrer Verlobungsfeier im Mai 1927 und Richard machte zahlreiche Fotos mit seiner neuen Kamera. Alle waren guter Dinge, nur

Richards Neffe Bruno wirkte etwas niedergeschlagen, denn sein Freund Eddy war vor einigen Wochen nach London zurückbeordert worden.

Während Richard noch über Bruno nachdachte, gesellte sich Fritz zu ihm, in der Hand einen Teller mit einem riesigen Stück Kuchen.

»Wie war das noch mal?«, fragte er. »Zum zwanzigsten Hochzeitstag wolltest du wieder eine Kamera haben und die große Feier mit einer riesigen Torte fotografieren. Was fehlt noch?«

»Ein eigenes Auto zur Silberhochzeit, in dem ich mit Paula nach Italien fahre.« Richard grinste. »Ich habe mir schon mal ausgerechnet, ab wann ich mir die Ratenzahlung für einen VW leisten könnte.«

»Wir haben noch die einhundert Dollar als eiserne Reserve. Die sind mehr als dreihundert D-Mark wert«, bemerkte Fritz. »Hast du dir schon überlegt, was wir damit machen wollen?«

»Ja«, erwiderte Richard. »Die wollte ich gern aufheben, damit wir Arthur und Lottchen was Schönes zur Hochzeit schenken können.«

»Das ist eine gute Idee. Haben sie denn schon einen Termin bestimmt?«

»Nein, Lottchen will erst ihr Studium abschließen.«

»Das spricht für ihre Vernunft.« Fritz lachte leise. »Eigentlich können wir doch sehr zufrieden sein. Im nächsten Frühjahr ist unser neues Haus fertig und damit steht einem neuen Leben nichts mehr im Wege. Wir haben alles erreicht, was wir erreichen wollten.«

»Abgesehen davon, dass Krüger ungeschoren davongekommen ist.« Richard seufzte.

»Das Leben ist nun mal nicht gerecht«, bestätigte Fritz. »Aber wenigstens müssen wir uns keine Vorwürfe machen. Wir haben getan, was wir konnten.«

50. Kapitel

Nachdem Eddy Hamburg verlassen hatte, fühlte Bruno eine tiefe innere Leere. Zunächst hatte er versucht, sein Leben wie gewohnt weiterzuführen. Immerhin hatte Eddy ihm die Hemmungen genommen, sich in der Welt der Homosexuellen zu bewegen, denn der junge Brite hatte bereits in London einschlägige Erfahrungen in der Subkultur gesammelt. Eddy wusste um die Gefahren eines stets wachsamen Polizeiapparats und die Fallstricke, die ein unbedarfter Neuling nur allzu leicht übersehen hätte. So hatte Eddy die gemischten Lokale auf St. Pauli vorgezogen, in denen Menschen aller Nationalitäten und sexueller Ausrichtungen verkehrten. Die sogenannten »Freundschaftslokale«, wie die einschlägigen Etablissements genannt wurden, hatten sie hingegen nur selten aufgesucht.

»Hat beides Vor- und Nachteile«, hatte er Bruno erklärt. »In Freundschaftslokalen du weißt, alle sind so wie du. Aber das weiß auch der Polizei und beobachtet, wer geht ein und aus. Kann problematisch werden, wenn du auf Listen landest. Besser, du gehst in Hafenkneipen, wo sich alle treffen.«

Und so lernte Bruno nicht nur, sich unauffällig in einer Welt zu bewegen, die trotz offiziellem Verbot im Verborgenen geduldet wurde, sondern knüpfte auch neue Freundschaften. Dabei gab es große Unterschiede. Manche Männer suchten gezielt nach amourösen Abenteuern, während andere auch an freundschaftlichen Kontakten jenseits der Leidenschaft interessiert waren und sich danach sehnten, einfach nur von Gleichgesinnten verstanden zu werden.

Solange Eddy in Hamburg war, hatte Bruno ohnehin keine Augen für irgendeinen anderen Mann, denn das, was er für Eddy empfand, war tief greifender, als er jemals erwartet hätte. Eddy ging es ähnlich, und er hatte an dem Tag, als er seinen Rückkehrbefehl nach England erhalten hatte, mühsam gegen seine Tränen angekämpft, was Bruno tief berührt hatte. Sie hatten sich versprochen, in Kontakt zu bleiben und sich wann immer möglich zu besuchen, aber sie wussten beide, dass es lange dauern würde, bis sie sich wiedersehen würden.

Und so war Bruno wieder auf sich allein gestellt, zumal er durch Eddys Abreise nicht nur seinen Geliebten, sondern auch seinen besten Freund verloren hatte. Andererseits kannte Bruno mittlerweile einige Gleichgesinnte, denen er sich freundschaftlich verbunden fühlte. Am liebsten traf er sich mit Hinnerk, der Mitte vierzig und ihm so etwas wie ein väterlicher Freund war. Hinnerk war vor dem Krieg jahrelang zur See gefahren und erzählte gern von den großen Reisen, die ihn um die ganze Welt geführt hatten. Doch 1937 war er denunziert worden. Was genau geschehen war, wusste Bruno nicht, darüber sprach Hinnerk nicht, aber er hatte viele Jahre im KZ Neuengamme gesessen und war erst nach Kriegsende befreit worden. Anfangs hatte Bruno ihm noch Fragen gestellt, aber Hinnerk hatte sie nicht beantwortet. »Es bleibt immer an dir hängen«, hatte er nur gesagt. »Wenn du als Politischer gesessen hast, kannst du dich heute als Widerständler feiern lassen, aber wer als Homosexueller den Rosa Winkel trug, gilt noch immer als unrein und hat selbst schuld. Selbst wenn man nur dort gelandet ist, weil man einem feigen Karriereschwein im Weg stand.«

Was Hinnerk damit meinte, hatte er Bruno nicht erzählt, bis zu jenem Abend kurz vor Weihnachten 1948. Die Hafenklause war in diesen Tagen voll. Man traf Seeleute auf großer Fahrt fern der Heimat, Frauen, die Anschluss suchten – wobei die Grenzen zwischen dem, was man »lose Frauenzimmer« nannte, und den echten Prostituierten fließend waren –, oder einfach nur jene Männer und Frauen, die im Krieg sämtliche sozialen Bezüge verloren hatten und hier etwas Geborgenheit suchten.

Die Währungsreform hatte nicht nur die Waren in die Schaufenster zurückgebracht, sondern auch das Angebot an Spirituosen aller Art, die dieser Tage reichhaltig ausgeschenkt wurden. Es wurden wieder Geschenke gekauft und man sah allerorts geschmückte Tannenbäume, die auf das baldige Weihnachtsfest hindeuteten. So auch in der Hafenklause, in der Bruno sich regelmäßig mit Hinnerk traf. In der Ecke stand eine kleine Tanne mit goldenen Christbaumkugeln und Lametta. Nur die Kerzen aus echtem Bienenwachs waren noch unberührt.

»Die zündet die Wirtin erst an Heiligabend an«, erklärte Hinnerk. »Das war hier schon vor dem Krieg so. Wie hab ich das vermisst.« Er trank einen Schluck Bier und ließ seinen Blick versonnen durch den Raum schweifen, ganz so, als würde er die gute alte Zeit in Gedanken noch einmal erleben. Doch als der nächste Gast eintrat, verhärtete sich plötzlich seine Miene. Unwillkürlich folgte Bruno Hinnerks Blick. Der Mann, den er so böse betrachtete, war Mitte vierzig, glatt rasiert, trug einen grauen Hut, einen beigefarbenen Kamelhaarmantel und darunter einen grauen Anzug, allem Anschein nach eine Maßanfertigung.

»Wer ist das?«, raunte Bruno Hinnerk zu.

»Das karrieregeile Schwein, das mich ins KZ gebracht hat«, zischte Hinnerk. »Und jetzt macht er wieder den dicken Max.« Er schnaubte verächtlich. »Pass bloß auf, dass der dich nicht aufm Kieker hat, er mag junge Männer wie dich. Der treibt sich auch gern am Dammtor rum, wo die Stricher stehen.«

»Oh, ich denke, dass ich mich zu wehren weiß.«

»Unterschätz den nicht. Das ist Doktor Friedrich Krüger, der ist schon immer über Leichen gegangen, und jetzt darf er sogar wieder praktizieren. Hat er seinem Anwalt zu verdanken, auch so 'n schräger Vogel mit 'ner Vorliebe für blutjunge Mädchen.«

Bruno horchte auf. »Etwa der Doktor Krüger, der wegen Kinder-Euthanasie vor Gericht stand?«

Hinnerk nickte. »Genau der. Ich hab mich immer gefragt, wie jemand ein strammer Nazi werden kann, wenn er doch selbst zu denen gehört, die von der Partei verfolgt werden. Aber er hat sich ja rechtzeitig in ihren Schoß geflüchtet.« Hinnerk griff nach seinem Bierglas und trank noch einen großen Schluck, als müsste er all seinen Hass damit hinunterspülen. »Dafür hat er mich um acht Jahre meines Lebens betrogen, die ich in der Hölle verbracht habe.«

»Krüger hat dich ins KZ gebracht?«, fragte Bruno erschüttert. Hinnerk nickte abermals. »Und dabei habe ich ihm mal vertraut, ja, ich dachte sogar, ich würde ihn lieben, dieses Schwein!«

Alles, was Bruno durch seinen Onkel Richard über Krüger erfahren hatte, war auf einmal wieder präsent. Es war unfassbar, wie viele Leben Krüger, der doch eigentlich als Arzt dazu verpflichtet gewesen wäre, Menschen zu helfen, zerstört hatte. Die seiner Patienten, aber auch die seiner Freunde.

»Was hat er getan?«

»Ach, ich will nicht darüber reden. Nur so viel: Wir sind mal von der Sitte erwischt worden und dann hat er mir alles zugeschoben, denn ich war schon mal verwarnt worden und als Homosexueller bekannt. Hätte er zugegeben, dass alles einvernehmlich war, wären wir beide mit einer geringen Strafe davongekommen, aber er hatte Angst um seine Approbation. Also hat er behauptet, ich hätte ihn, den ehrbaren Arzt, unziemlich bedrängt und auf perverse Weise genötigt.« Er trank noch einen Schluck. »Das war 1937. Kurz danach ist Krüger in die Partei eingetreten, um über jeden Verdacht erhaben zu sein, und ich landete in Neuengamme. War die Hölle, aber immerhin war ich nicht an der Front. Hat also alles seine Vorteile. Ich bin wenigstens sauber geblieben und musste nie jemanden töten. Dafür haben wir später die Bombenopfer geborgen und ausgegraben, wo sich wegen der Einsturzgefahr kein anderer hintraute. Wenn jemand von uns zu Tode kam, war es ja nicht schade drum. Na ja, war vermutlich die edlere Arbeit, wenn man von den Prügeln der Aufseher absieht.« Er lachte bitter auf. »Einmal habe ich sogar ein kleines Mädchen als einzige Überlebende nach zwei Tagen aus einem verschütteten Keller geholt. Solche Erlebnisse haben mich das alles ertragen lassen. Wenn du ein Leben rettest, während du in der Hölle bist, gibt dir das Kraft, alles irgendwie zu überstehen, und du fängst an, wieder an Gott zu glauben und zu denken, es hätte vielleicht doch alles einen Sinn, für den du all das durchleiden musstest.«

Bruno schwieg. Was hätte er auch sagen sollen? Der Blick, mit dem Hinnerk Krüger folgte, war eindeutig genug. Er war voller Hass und Abscheu, aber zugleich lag auch Resignation darin. Unwillkürlich fühlte er sich an den Blick seines Onkels erinnert, als er mit dem Schädelbruch im Krankenhaus gelegen hatte. Auch daran war Krüger schuld gewesen. Aber damals hatte Richard wenigstens noch hoffen dürfen, dass Krüger für die Morde an den Kindern zur Rechenschaft gezogen werden würde. Stattdessen war Krüger rehabilitiert worden, hatte eine Praxis eröffnet und konnte sich Maßanzüge leisten, während Männer wie Hinnerk vor den Trümmern ihres Lebens standen und ihr Dasein mit Hilfsarbeiten fristen mussten.

Krüger bemerkte nicht, dass er beobachtet wurde. Ob er Hinnerk nach all den Jahren nicht erkannt hatte? Oder wollte er ihn einfach nicht sehen? Krüger unterhielt sich an der Theke mit einem sehr jungen Mann, der bestimmt noch keine einundzwanzig war. Sie lachten, Krüger spendierte ihm ein Getränk und kurz darauf verließen sie gemeinsam die Kneipe.

»So hat er das früher schon gemacht«, raunte Hinnerk Bruno zu. »Der wird sich nie ändern.« Er atmete schwer.

»Und was wirst du nun tun?«, fragte Bruno.

»Was soll ich schon tun? Er ist ein angesehener Arzt, dem die Besatzer eine Weile übel mitgespielt haben, bis die anständigen deutschen Gerichte ordentlich Recht sprachen. Ich hingegen bin ein ehemaliger KZ-Insasse, der dafür eingesessen hat, dass er ihn angeblich attackiert und sexuell belästigt hat. Tja, manche Leute verlieren eben immer.« Er leerte den restlichen Inhalt seines Glases, dann erhob er sich. »Ich mach mich auf die Socken. Wünsch dir noch einen schönen Abend, Bruno.« Dann verließ er die Kneipe.

Die ganze Sache ließ Bruno nicht los und am folgenden Abend besuchte er nach Feierabend Richard, um ihm zu erzählen, was er über Krüger erfahren hatte.

Kurz vor Weihnachten waren die Frauen und Kinder damit beschäftigt, zum ersten Mal seit Jahren wieder ununterbrochen Kekse zu backen, sodass die Männer sich ins Wohnzimmer zurückgezogen hatten. Fritz war noch im Krankenhaus, und so saß Bruno gemeinsam mit Richard, dessen Vater und Schwiegervater im Wohnzimmer. Paulas Vater, Doktor Engelhardt, hatte für jeden von ihnen einen Grog gemacht.

»Wie habe ich das vermisst«, sagte Richards Vater, während er mit dem gläsernen Rührstäbchen den heißen Grog umrührte. »Diesmal haben wir sogar wieder eine Gans zu Weihnachten.« Er grinste breit. »Die erste seit fünf Jahren.«

»Und nun erzähl«, forderte Richard seinen Neffen auf. »Was hast du für Neuigkeiten?«

Bruno zögerte einen Moment, wie er am besten beginnen sollte. Außer seinem Onkel wusste schließlich niemand von seiner Veranlagung.

Also erzählte er, dass er am Tag zuvor in der Hafenklause mit einem Mann ins Gespräch gekommen sei. Der habe ihm sein tragisches Schicksal im KZ Neuengamme anvertraut, nachdem sie Krüger in der Kneipe dabei beobachtet hatten, wie der sich an einen Jungen heranmachte.

»Was für ein mieses Schwein!«, rief Doktor Engelhardt. »Hätte ich das doch nur schon 1942 gewusst! Dann wären die zweiundzwanzig Kinder vermutlich noch am Leben.«

»Das verstehe ich nicht«, erwiderte Bruno.

Doktor Engelhardt holte tief Luft. »Georg war 1942 mit Diphtherie im Krankenhaus. Krüger wollte ihm unbedingt seine Gehörlosigkeit nachweisen, um Georg und auch Emilia als seine Zwillingsschwester zwangssterilisieren zu lassen.« Er trank vorsichtig einen Schluck des heißen Grogs, ehe er weitersprach. »Paula war damals verzweifelt, wir mussten unbedingt einen Weg finden, Krüger so lange abzulenken und mit für ihn schwerwiegenderen Dingen zu beschäftigen, bis Georg entlassen werden konnte. Ich sagte damals, wir könnten ihm ja wie dem SA-Leiter Ernst Röhm homosexuelle Umtriebe anhängen, das würde jedem Nazi das Genick brechen. Paula hielt das für übertrieben, und so habe ich Krüger dann anonym bei der Gestapo wegen Medikamentendiebstahls angezeigt. Das führte dazu, dass er etliche Tage damit befasst war, seine Unschuld zu beweisen. Hätte ich geahnt, dass er tatsächlich homosexuell ist, hätte das natürlich ganz andere Konsequenzen gehabt. Dann wäre er bei dieser Vorgeschichte auch im KZ gelandet und hätte keine Kinder töten können! Ich hätte doch auf meine erste Eingebung hören sollen.«

»Gib dir dafür nicht die Schuld, Wilhelm«, sagte Richards Vater. »Du hast damals alles getan, um Georg und Emilia zu schützen, das allein zählt.«

»Ja, aber Krüger wurde für seine Schandtaten niemals zur Rechenschaft gezogen. Auch das, was er diesem Mann angetan hat, von dem Bruno erzählt, ist unfassbar.« Wilhelm Engelhardt holte tief Luft. »Ich habe mich damals von Paula auch deshalb so schnell von der Idee mit der Denunzierung abbringen lassen, weil es mir eigentlich zuwider war, zu diesem Mittel zu greifen. Tatsächlich habe ich Doktor Hirschfeld 1912 persönlich in Berlin kennengelernt, als ich während eines Kongresses einen seiner Vorträge besuchte. Er hat sich schon damals sehr für die Abschaffung des Paragrafen 175 eingesetzt. Leider wurde die Gesellschaft für Sexualmedizin später verboten und er ging ins Exil. Auch wenn er es nie zugegeben hat, so gab es doch etliche Stimmen, die munkelten, Doktor Hirschfeld sei selbst homosexuell. Mir war das egal, ich hielt ihn für einen sehr kompetenten Arzt.«

»Und was willst du uns jetzt damit sagen?«, fragte Richard.

»Nun, Folgendes: Der Paragraf 175 ist etwas, das ich spätestens seit meiner Bekanntschaft mit Doktor Hirschfeld für überholt halte, auch wenn ich mit dieser Meinung vielleicht allein dastehe. Doch bin ich der Auffassung, dass die einvernehmliche Sexualität zweier Erwachsener nur die Betroffenen selbst etwas angeht.«

»Ich denke, da sind wir hier alle einer Meinung«, sagte Richard und zu Brunos Erleichterung nickte auch sein Großvater, ohne zu ahnen, was das für ihn bedeutete.

»Aber wenn es noch immer einen Paragrafen des Unrechts gibt, während ein Mensch wie Krüger durch sämtliche Rechtsparagrafen nicht aufgehalten werden kann, sehe ich es als meine Pflicht an, jetzt das zu tun, was ich schon 1942 hätte tun sollen.«

»Du willst ihn anzeigen?«, fragte Richard.

»Nein, nicht ganz so platt, mein lieber Richard. Aber ich kenne da jemanden bei der Sitte, den Sohn eines ehemaligen Patienten von mir. Ein sehr karrierebewusster junger Mann, der gern mal einen großen Fisch an Land ziehen würde. Und wenn man dem einen Hinweis geben würde, doch mal ein Auge auf einen gewissen Doktor Krüger zu haben und nachzuforschen, ob wohl etwas an diesen Gerüchten dran ist«, Doktor Engelhardt lächelte vieldeutig, »dann liegt es doch bei Krüger selbst, ob er jemandem einen Anlass zum Eingreifen gibt, nicht wahr? Wenn er sich rechtskonform verhält, wird ihm nichts passieren. Aber wenn er sich in den falschen Kreisen herumtreibt und 1937 schon mal in einer schwierigen Situation war, aus der er sich nur mit Lügen herausreden konnte ... Ich möchte da nicht in seiner Haut stecken, wenn er einen scharfen Hund von der Sitte auf den Fersen hat.«

»Aber was ist, wenn er dann wieder einen Unschuldigen denunziert, so wie damals Hinnerk? Wenn er sich erneut als Opfer inszeniert?«, fragte Bruno. »Mir gefällt das nicht.«

»Das muss dir auch nicht gefallen, mein Junge, mir gefällt es auch nicht. Aber ich kann dir versprechen, dass der Polizist, an den ich denke, so darauf versessen sein wird, den Fisch zu fangen, dass alles gegen Krüger verwendet werden wird. Ich werde nebenher fallen lassen, dass den Briten der Freispruch wegen der Kindermorde nicht gefallen hat und dass er nun wieder als Arzt praktiziert. Dieser Polizist ist sehr darauf bedacht, seiner Karriere zuliebe auch den Briten zu gefallen. Und wenn Krüger es wirklich noch einmal mit der Methode versuchen sollte, mit der er deinen Bekannten reingerissen hat, könnte der als Belastungszeuge auftreten – das wäre doch eine gute Möglichkeit für diesen Hinnerk, eine späte Genugtuung zu bekommen, nicht wahr?« Doktor Engelhardt ließ seinen Blick von einem zum anderen schweifen. »Was meint ihr?«

»Es wäre die gerechte Strafe für Krüger«, sagte Richards Vater. »Er war immer ein Meister darin, Wissen über seine Kollegen zusammenzutragen und sie zu denunzieren. Jetzt, wo er glaubt, alles überwunden zu haben, drehen wir den Spieß um.«

»Aber für eine Sache, für die er nichts kann«, warf Bruno ein.

»Ja«, bestätigte Richard. »Einerseits bereitet mir das auch Bauchschmerzen, aber andererseits erntet er nur, was er gesät hat. Er ist immer davongekommen, und das könnte er auch jetzt, wenn er sich an die Gesetze hält. Es liegt an ihm. Er hat die ungerechten Gesetze der Nazis stets zum Schaden der Menschen befolgt. Wenn er jetzt selbst über ein ungerechtes Gesetz stolpert, ist das nur angemessen, oder?«

Bruno war innerlich hin- und hergerissen. Doch dann dachte er an Hinnerk, der jahrelang unschuldig wegen angeblicher sexueller Nötigung eines Mannes im KZ gesessen hatte. Es wäre nicht nur eine Strafe für Krüger, wenn jetzt die Wahrheit herauskäme, sondern auch die Rehabilitierung seines Freundes.

51. Kapitel

Weihnachten 1948 kam und endlich gab es wieder ein üppiges Festmahl und viele Geschenke. Harri und Leni wurden besonders reichlich bedacht, da Fritz' Mutter ihnen große Pakete aus London geschickt hatte. Harri äußerte daraufhin zum wiederholten Mal den Wunsch, seine Oma endlich kennenzulernen. »Warum kommt sie uns nicht besuchen?«, fragte er seinen Vater.

»Sie wird im Frühjahr zu meiner Hochzeit kommen«, versprach Fritz seinem Sohn. »Freust du dich schon auf das Fest?« Harri nickte und Fritz war sehr froh, dass sein Sohn Julia mochte. Er selbst hatte Julias inzwischen neunjährige Tochter Henrieke im Beisein ihrer Mutter kurz vor Weihnachten ganz offiziell gefragt. »Ich weiß, dass ich deinen Vater niemals ersetzen kann«, hatte er gesagt, »und dass er immer vom Himmel aus über dich wachen wird, wo auch meine Tochter und Harris Mutter sind. Ich stelle mir dann immer vor, dass er auch für mein kleines Mädchen da ist, weil ich nicht bei ihr sein kann. Aber ich wäre gern für dich da, weil dein leiblicher Vater nicht bei dir sein kann. Darf ich von nun an dein Papa sein und du mein kleines Mädchen, Henrieke?«

Sie hatte mit einem strahlenden Lächeln genickt und »Ja, Papa« gesagt, ehe sie sich in seine Arme warf und er sie hoch in die Luft hob.

»Weißt du eigentlich, wie sehr ich dich liebe?«, hatte Julia ihm zugeflüstert, während er Henrieke auf dem Arm hielt und sie an sich drückte.

»Keine Ahnung. In welcher Maßeinheit misst man Liebe?«, hatte er mit todernster Miene zurückgefragt und sich über ihr herzliches Lachen gefreut.

Von Krüger hörten sie in den ersten Monaten des neuen Jahres nichts Neues und Richard wusste nicht, ob er darüber froh oder enttäuscht sein sollte. Vielleicht erwartete sein Schwiegervater doch zu viel von dem jungen Polizisten. Einem Arzt, der einen der gewieftesten Anwälte der Stadt beschäftigte, konnte man vermutlich so leicht nichts anhängen.

Auch wenn im Winter weiterhin viele Menschen Not litten und in zugigen, unzureichenden Behausungen leben mussten, so ging es für Richard, Fritz und ihre Familien endlich wieder bergauf. Ende April 1949 wurde das Haus wie geplant fertiggestellt und sie bereiteten sich auf den Einzug im Mai vor. Karl gab sich alle Mühe, zusammen mit seinen Brüdern rechtzeitig die neuen Möbel herzustellen.

Im April 1949 pflanzte Richards Vater die kleine Tanne, die all die düsteren Jahre in dem alten Waschzuber bei ihnen überdauert hatte, um ihnen in den Weihnachtstagen Trost zu spenden, feierlich hinter dem Schrebergarten ein, wo er sie 1945 ausgegraben hatte.

Ebenfalls im April trat Fritz nach der Pensionierung von Professor Wehmeyer dessen Nachfolge als Chefarzt der Chirurgie des Allgemeinen Krankenhauses St. Georg an. Fritz nutzte die Abschiedsfeier des alten Chefarztes außerdem dazu, Frau Doktor Kampner vor aller Augen offiziell einen viel bewunderten Verlobungsring zu schenken, auch wenn der Termin für die Hochzeitsfeier längst feststand. Sie sollte am 27. Mai im Garten des neuen Doppelhauses in Volksdorf stattfinden.

Richards Eltern und die alte Frau Koch würden nach dem Auszug von Fritz, Richard, Paula und den Kindern als Untermieter bei Doktor Engelhardt bleiben.

»Wir haben uns aneinander gewöhnt und alte Leute sind nicht gern allein«, meinte Richards Vater mit einem Augenzwinkern. »Außerdem ist hier jetzt wieder genug Platz, nicht wahr?«

Die Praxis wurde weiterhin in der Wohnung geführt, allerdings träumte Richard davon, irgendwann eine externe Praxis zu eröffnen. Sein größter Traum war ein Ärztehaus mit mehreren Praxen – eine allgemeinmedizinische und eine psychiatrische Praxis, die er sich jeweils mit Paula teilte, und vielleicht auch eine internistische Praxis für Arthur, wenn dessen Dienstzeit bei der britischen Armee im nächsten Jahr endete und Lottchen ihn endlich heiratete. Denn da war Lottchen eigen – sie weigerte sich nach wie vor, die Regeln für britische Militärangehörige zu befolgen, auch wenn die längst gelockert worden waren. Arthur akzeptierte Lottchens Einstellung, aber Richard hatte den Eindruck, dass sein britischer Freund sich Sorgen machte, was die Zukunft bringen würde, wenn er keine Dienstwohnung und kein sicheres Einkommen mehr hatte. Das, was er zusammengespart hatte, reichte längst nicht für eine Praxis, und um als Brite in Hamburg praktizieren zu können, galt es einige bürokratische Hindernisse zu überwinden.

Gerade weil Richard Arthur und Lottchen gern unterstützen wollte, nahm sein Traum von einem Ärztehaus immer mehr Gestalt an und er erkundigte sich bereits nach den Preisen. Für ein Haus mit drei oder vier Praxen müssten sie ein Vermögen von rund fünfzigtausend Deutschen Mark hinblättern. Das war natürlich unbezahlbar, zumal Richard auch noch die Abzahlungen für seine Doppelhaushälfte zu tätigen hatte und auf einen VW sparte. Dennoch konnte er es einfach nicht lassen, regelmäßig die Angebote von Baugrundstücken in der

Zeitung zu durchforsten. Vielleicht könnte er ja erst einmal ein Grundstück erwerben. Fritz war nicht abgeneigt, sich an einem solchen Projekt zu beteiligen, aber er hatte selbst noch an seinen Abzahlungen für die Doppelhaushälfte zu tragen und sparte ebenfalls auf ein Auto.

Am Montag, dem 23. Mai 1949, wurden die drei Westzonen Deutschlands zur Bundesrepublik Deutschland vereinigt. Für Fritz war das nur eine Randnotiz der Geschichte, deren ganze Bedeutung sich ihm zu diesem Zeitpunkt noch nicht erschloss, und er hatte kaum die Ruhe, sich auf Richards aufgeregte Diskussionen über das neue Grundgesetz zu konzentrieren oder darüber nachzudenken, was die Gründung der Bundesrepublik wohl für die Ostzone bedeutete. Das Einzige, worüber Fritz sich in diesem Zusammenhang Gedanken machte, waren die Papiere für seine Eheschließung und wie lange die alten Personalausweise, die auf die britische Besatzungszone ausgestellt waren, nach Gründung dieser ominösen Bundesrepublik noch gültig blieben.

Mit den Papieren und dem Standesamt gab es keine Probleme. Fritz hatte Arthur gebeten, sein Trauzeuge zu sein, weil er meinte, ohne Arthurs »very« britischen Auftritt im März 1946 wäre er Julia niemals nähergekommen. »Als sie dich zur Schnecke gemacht hat, war mir klar, dass sie mit jedem Mann, der glaubt, Autorität zu haben, so umgeht und ihr Verhalten mir gegenüber nichts Persönliches war«, erklärte er seinem Freund mit einem Augenzwinkern.

Der 27. Mai war sonnig und ein idealer Tag für die Hochzeitsfeier von Fritz und Julia im Garten ihres neuen Hauses.

Sie hatten sehr viele Gäste und Fritz war dankbar, dass Richard und Paula in ihrem Haus ebenfalls Schlafplätze für diejenigen, die von weither angereist waren, zur Verfügung stellten.

Thomas hatte sich ein paar Tage freigenommen und auch Ellinor war mit ihrem Mann Jason, der zu der Zeit als US-Reporter in Berlin über die Luftbrücke berichtete, nach Hamburg gekommen.

Was das Essen anging, hatte Fritz sich nicht lumpen lassen. Es gab von allem genug und besonders beliebt war der gemauerte Grill auf der Terrasse, auf dem der frischgebackene Ehemann höchstpersönlich Würstchen grillte.

»Irgendwie komme ich mir gerade vor wie der arme Verwandte, der zu Besuch ist«, meinte Arthur, als Fritz ihm ein Würstchen mit der Grillzange auf den Teller legte. »Verrate mir doch mal, wie du das gemacht hast?«

Hinter ihnen klickte der Auslöser einer Kamera. Richard stand mit seiner Leica III da und meinte: »Deinen Gesichtsausdruck musste ich einfach für die Nachwelt festhalten, Arthur. Und auf deine Frage, wie wir das gemacht haben – nun, wir haben einen Haufen Schulden gemacht.«

»Gibt es hier eigentlich auch was Härteres als Bier?«, hörten sie Thomas' Stimme.

»Ja«, antwortete Fritz. »Sekt.«

»Sekt?« Thomas starrte ihn ungläubig an.

»Na ja«, meinte Fritz. »Bier hat viereinhalb Prozent, Sekt immerhin dreizehn. Aber keine Sorge, ich habe für dich noch eine Whiskyflasche zurückgestellt. Wenn du schon nüchtern kommst, musst du auf keinen Fall nüchtern gehen.«

Thomas grinste. »Das hört sich gut an.« Doch dann wurde er wieder ernst. »Hattest du unsere Mutter nicht eingeladen?«

»Doch«, erwiderte Fritz. »Aber bislang ist sie nicht aufgetaucht. Ich schätze, sie wird es sich wieder einmal anders überlegt haben.«

»In solchen Fällen schiebt sie entweder ihren Rheumatismus oder ihre Migräne vor«, meinte Thomas. »Kennen wir ja schon. Aber sie hätte sich wenigstens melden können.«

»Ach egal.« Fritz machte eine wegwerfende Handbewegung. »Harri wird zwar enttäuscht sein, aber er ist jetzt zwölf Jahre alt. Das ist das klassische Alter, in dem unsere Mutter dazu neigt, Jungs zu enttäuschen. Warum sollte es Harri da besser gehen als mir?«

Thomas nickte schwach, dann fragte er: »Und wo hast du nun den Whisky versteckt?«

»Komm, ich zeig ihn dir.« Er drückte Arthur die Grillzange in die Hand. »Als mein Trauzeuge hast du das große Privileg, mich solange am Grill vertreten zu dürfen.«

Arthur sah Fritz mit einem Kopfschütteln nach.

»Was machen eigentlich deine Ideen zu einer eigenen Praxis in Hamburg?«, fragte Richard. »Weißt du schon, wie es nächstes Jahr für dich weitergehen wird?«

Arthur hängte die Grillzange an den Grill. »Nein.« Er tunkte sein Würstchen in den Senf am Tellerrand und biss ein Stück ab.

»Ich spiele schon seit Langem mit dem Gedanken, ein großes Ärztehaus mit mehreren Praxen zu gründen«, sagte Richard. »Ich habe sogar schon ein geeignetes Grundstück im Auge. Im Weidenstieg, das war mal eine gute Gegend und ist es auch heute noch. Ich würde es gern kaufen und ich habe auch einen Architekten an der Hand, aber die Kosten sind im Moment noch zu hoch. Ich meine, für das Grundstück könnte es reichen, aber der Bau müsste noch ein paar Jahre warten. Hast du Lust, dich daran zu beteiligen?«

»Ich fürchte, du überschätzt meine finanziellen Mittel.« Arthur seufzte. »Ich habe keine großen Ersparnisse. Und wenn Charlotte und ich heiraten, stehen erst mal andere Dinge an. Ich muss die Dienstwohnung verlassen, das Auto habe ich dann auch nicht mehr. Wird schwer genug, das alles irgendwie zu finanzieren.«

»Du bist Internist und noch dazu britischer Staatsbürger, da bist du für deutsche Banken mehr als kreditwürdig.«

»Mag sein, aber was habe ich davon, mich an einem Grundstück zu beteiligen, auf dem auf absehbare Zeit kein Haus gebaut werden wird? Nimm es mir nicht übel, Richard, aber du kannst deine und Fritz' Lage nicht mit meiner vergleichen. Fritz ist Chefarzt und du hast bereits eine Praxis. Ihr habt ein geregeltes Einkommen und könnt die Zeit bis zum Bau überbrücken. Ich muss zusehen, wie ich nach meinem Abschied irgendwo Fuß fassen kann. Und ehrlich gesagt, ich habe nicht die geringste Ahnung, wie ich das anfangen soll.«

»Du könntest übergangsweise in einem Krankenhaus arbeiten«, schlug Richard vor. »Internisten werden derzeit gesucht.«

Arthur verzog das Gesicht. »Ich kann mir nicht vorstellen, unter einem Chefarzt zu arbeiten, der früher vielleicht ein Nazi war.«

»Das waren nicht alle. Fritz könnte dir ein paar Kontakte vermitteln.«

»Ich weiß nicht so recht«, meinte Arthur. »Irgendwie fühlt sich das wie ein Abstieg an.«

»Bist du dir als Brite zu fein dafür?« Richard lächelte ihn gutmütig an. »Wenn du nichts wagst, kannst du auch nichts gewinnen. Das ist wohl der Unterschied zwischen dir und uns. Wir haben uns nicht mit Träumen begnügt, sondern etwas riskiert. Den Lohn siehst du hier.« Er wies auf den Garten und das große Doppelhaus. »Du musst dich entscheiden, was du willst, Arthur, sonst wirst du dich weiterhin wie der arme Verwandte fühlen, obwohl dir alle Wege offenstehen.«

52. Kapitel

Die Hochzeitsfeier war ein großer Erfolg, auch wenn Harri enttäuscht war, dass seine Großmutter nicht gekommen war. Andererseits gab es so viele schöne Dinge auf dem Gartenfest, die diese Enttäuschung aufwogen. Sein Vater hatte ihn schließlich vorgewarnt – seine Oma war nicht wie andere Großmütter, die stets das Wohl der Enkel in den Vordergrund stellten.

Die Feier hatte bis weit nach Mitternacht gedauert, und als es am Samstagmorgen um sieben Uhr an der Haustür klingelte, schreckte Fritz beinahe noch aus dem Tiefschlaf hoch.

»Wer kommt auf die Idee, hier so früh zu klingeln?«, murmelte er.

»Gehst du oder soll ich gehen?«, fragte Julia.

»Ich geh schon.« Fritz richtete sich auf, griff nach seinem Morgenmantel und ging die Treppe nach unten.

Kurz darauf kehrte er mit einem Telegramm in der Hand zurück.

Julia war sofort hellwach, als sie seinen ernsten Gesichtsausdruck sah.

»Von wem ist es?«

»Vom Butler meiner Mutter«, erwiderte er. »Sie hatte vorgestern einen Herzinfarkt, wollte aber nicht, dass man es uns vor unserer Hochzeit mitteilt, um uns die Feier nicht zu verderben.«

»Ist sie außer Lebensgefahr?«

»Ich weiß nicht, das steht hier nicht.«

Er verließ das Schlafzimmer und ging eine Tür weiter zum Gästezimmer, in dem Thomas schlief. Sein Halbbruder hatte das Klingeln zwar überhört, aber Fritz' heftiges Klopfen an der Tür zeigte Wirkung.

»Was gibt es denn so früh?«, murrte er.

»Das hier.« Fritz reichte ihm das Telegramm.

»Ach du Scheiße! Ist das lebensbedrohlich?«

»Herzinfarkte gibt es in allen Ausprägungen«, erklärte Fritz. »Mein Vater starb drei Tage nach seinem Herzinfarkt. Ein Onkel von mir hatte vor zwölf Jahren einen und lebt immer noch gesund und munter.«

Ohne dass die beiden es bemerkt hatten, war Harri, dessen Zimmer gegenüberlag, aufgestanden und in der Tür erschienen.

»Ist etwas Schlimmes passiert?«, fragte er.

»Ja«, sagte Fritz. »Wir haben ein Telegramm bekommen. Deine Oma ist deshalb nicht gekommen, weil sie einen Herzinfarkt hatte.«

»Dann wird sie sterben?« Harri sah ihn mit großen Augen an, denn er verband das Wort Herzinfarkt sofort mit dem Tod seines Großvaters.

»Das wissen wir nicht«, erwiderte Fritz.

»Aber es kann passieren?«

Fritz nickte nur.

»Das heißt, ich werde sie niemals kennenlernen?« Die Enttäuschung in Harris Augen war kaum zu ertragen.

Bevor Fritz etwas sagen konnte, ergriff Thomas das Wort.

»Doch, du wirst sie kennenlernen, Harri«, sagte er mit fester Stimme. »Wir reisen noch heute zu ihr. Wir alle.«

Fritz starrte Thomas verständnislos an. »Dir ist klar, dass das völlig ausgeschlossen ist, oder? Mein Reisepass ist seit Jahren abgelaufen und noch aufs Deutsche Reich ausgestellt. Die

Personalausweise der britischen Besatzungszone sind auch nur noch übergangsweise gültig und die Kinder haben aufgrund ihres Alters noch gar keine Ausweise. Bis wir die entsprechenden Papiere zusammenhaben, werden Wochen vergehen. Von den notwendigen Visa ganz zu schweigen.«

»Ich kann das regeln«, sagte Thomas leichthin. »Sag Ellinor und Jason Bescheid und dann fangt schon mal an zu packen. Wenn alles so klappt, wie ich es mir vorstelle, können wir heute Mittag starten.«

»Und wie willst du das regeln?«

»Ich habe ein paar Kontakte, die in solchen Fällen hilfreich sind und euch Übergangspässe ausstellen können. Ich brauche allerdings eure Geburtsurkunden.«

Während Fritz die Geburtsurkunden heraussuchte und Julia Bescheid sagte, zog Thomas sich schnell an und verließ dann das Haus.

Fritz gab es auf, sich weiter Gedanken darüber zu machen, was Thomas vorhatte, und begnügte sich damit, bei Richard und Paula zu klingeln, die Ellinor und Jason im Gästezimmer beherbergten. Ellinor war zu Tode erschrocken, als sie von dem Telegramm hörte.

»Und du weißt wirklich nicht, wie schlimm es ist?«, fragte sie immer wieder, während sie hektisch ihre Sachen zusammensuchte. »Meinst du, sie wird wieder gesund?«

»Das hängt davon ab, wie schwer der Infarkt war«, sagte Fritz. »Aber wenn sie noch in der Lage war, so viel Rücksicht zu nehmen, dass sie ihr Telegramm erst nach dem Ende unserer Feier aufgeben ließ, spricht es dafür, dass sie nicht an der Schwelle zum Tod steht.«

Ellinor brach unvermittelt in Tränen aus. Damit hatte Fritz nun am allerwenigsten gerechnet. Ellinor war sonst immer so stark und durch nichts zu erschüttern, er hätte niemals gedacht, dass sie einfach so zusammenbrechen könnte.

»Ich wollte doch so gern, dass Mama noch mein erstes Kind in den Armen hält«, schluchzte sie, während Jason sie tröstend in den Arm nahm und an sich drückte. »Ich weiß es erst seit ein paar Tagen und hatte mich schon so gefreut, es ihr zu erzählen.«

»Oh.« Fritz schluckte. »Ich bin mir ganz sicher, dass sie es noch erleben wird«, fügte er dann schnell hinzu. »Wie ich schon sagte, wenn sie wirklich im Sterben läge, hätte sie ihrem Butler nicht verbieten können, uns sofort ein Telegramm zu schicken.«

Zwei Stunden später kam Thomas zurück. Er hatte für Fritz und seine Familie Sondergenehmigungen für die Reise nach London besorgt und auch Passierscheine für die militärischen Fluganlagen.

»Ich hoffe, ihr seid mit dem Packen fertig«, sagte er zu Fritz, als er ihm die Papiere aushändigte. »Ich habe für euch fünf sowie Ellinor und Jason Plätze in einem Flugzeug organisiert, das heute zur Wartung nach England zurückgeflogen werden soll.«

»Und du?«

»Ich bin der Pilot. Ich habe den Dienst getauscht und bei ein paar Leuten wegen meiner Mutter und ihren Enkelkindern, die sie noch nie gesehen hat, kräftig auf die Tränendrüse gedrückt. Hat funktioniert.«

»Aber die Maschine ist flugtauglich, oder? Ich meine – wenn die gewartet werden soll?«, hakte Fritz nach. »Nicht, dass da noch was passiert, wenn meine Kinder an Bord sind.«

»Wenn ein Triebwerk ausfällt, haben wir noch ein zweites.« Thomas grinste. »Nun mach dir keine Sorgen, es kann gar nichts passieren, sie soll nur gewartet und nicht repariert werden. Notfalls kann ich sie auch im Segelflug landen. Ich habe in meiner Karriere schon zwei erstklassige Notlandungen hingelegt, da sind sogar die Flugzeuge heil geblieben.«

»Und das soll mich jetzt beruhigen?«

»Ja, das sollte es.«

Harri war voller Vorfreude auf den Flug und steckte damit auch Henrieke an. Julia lächelte über den Eifer der Kinder, während Fritz Leni auf den Arm nahm und im Geiste ausrechnete, ob der Whisky, den Thomas gestern getrunken hatte, wohl inzwischen schon wieder ganz aus dem Blutkreislauf abgebaut war und ob er sich wirklich darauf verlassen durfte, dass eine Maschine, die man nicht mehr nach Berlin fliegen ließ, es wohl noch bis nach London schaffte.

Richard und Paula, die sich solange um Dackeldame Mimi kümmern wollten, verabschiedeten sie an der Gartentür.

»Es ist zwar etwas überhastet, aber immerhin eine Hochzeitsreise nach London«, meinte Richard. »Ich drück die Daumen, dass es nicht so schlimm ist, wie ihr befürchtet.«

»Und vielleicht versöhnst du dich ja doch noch mit deiner Mutter«, flüsterte Paula ihm zu. »Auch wenn du allen Grund hast, wütend auf sie zu sein, vergiss nie, dass Wut uns nur vor der eigenen Trauer schützt, weil wir die viel schlechter aushalten können als den Zorn.«

»Ich bin schon lange nicht mehr wütend«, erwiderte er leise. »Nur enttäuscht.«

»Ist das so?« Paula sah ihn mit ernstem Blick an. »Vielleicht hast du zum letzten Mal die Gelegenheit, deine Gefühle zu hinterfragen. Nutz die Möglichkeit. Und pass gut auf Leni auf. Nicht, dass meinem kleinen Schatz noch was passiert, wenn du sie in ein klappriges Flugzeug schleppst und auf eine verregnete Insel fliegst.«

»Julia hat einen Regenschirm eingepackt und Thomas hat mir versprochen, dass er Experte für Notlandungen ist. Wir sehen uns in ein paar Tagen.« Dann stieg er in das wartende Taxi.

53. Kapitel

Zu seiner Schande musste Fritz sich eingestehen, dass er die meisten Bedenken vor dem Fliegen hatte. Für Ellinor und Jason waren Flüge längst eine Selbstverständlichkeit, während Julia und die Kinder es als ein Abenteuer ansahen und nicht die geringste Angst zeigten.

»Ist das unser Flugzeug?«, fragte Harri, als sie auf dem militärisch genutzten Teil des Fuhlsbüttler Flughafens ankamen.

»Ja«, antwortete Thomas.

»Darf ich auch mal ins Cockpit?«

»Klar, du darfst sogar auf dem Co-Pilotensitz mitfliegen.«

Harri strahlte über das ganze Gesicht.

Der Flug verlief bei bestem Wetter ohne Turbulenzen. Da Henrieke auch gern das Cockpit sehen wollte, ging Fritz mit ihr nach vorn, sobald das Flugzeug nach dem Start ruhig in der Luft lag. Thomas fühlte sich in der Rolle als Onkel ausnehmend wohl und beantwortete geduldig alle Fragen der Kinder. Gut zwei Stunden später landeten sie. Ellinor rief als Erstes zu Hause an, um zu erfahren, in welchem Krankenhaus ihre Mutter lag. Zu ihrem Erstaunen war sie bereits am Vortag wieder nach Hause entlassen worden.

»Na siehst du«, meinte Fritz. »Dann kann es auch kein schwerer Infarkt gewesen sein, sonst hätte man sie im Krankenhaus behalten.«

»Ich weiß ja nicht, welche Erinnerungen du an sie hast«, erwiderte Ellinor, »aber sie hat im Alter einen gewaltigen Dickkopf entwickelt und weigert sich, auf ihre Ärzte zu hören.«

»Glaub mir, wenn sie einen schweren Infarkt gehabt hätte, würde ihr der Dickkopf gar nichts nützen, denn dann hätte sie nicht die Kraft zum Schimpfen.«

Am späten Nachmittag erreichten sie den Landsitz der Familie Mitchell. Als sie ankamen, war der Arzt gerade bei ihrer Mutter.

»Sprich du mit ihm«, bat Ellinor Fritz. »Du weißt am besten, wie seine Aussagen zu werten sind.«

Fritz nickte, und während Julia und die Kinder sich vom Hausmädchen die Gästezimmer zeigen ließen, wartete er mit seinen Geschwistern und Jason im Salon auf den Arzt. Thomas bediente sich erst einmal an der Hausbar.

»Das kann ich jetzt gut brauchen«, meinte er, während er sich ein Glas Whisky einschenkte. »Wollt ihr auch einen?«

Ellinor lehnte mit Hinweis auf ihre Schwangerschaft ab, während Jason meinte: »Den Portwein da finde ich verlockender.«

Thomas schenkte ihm ein Glas ein.

»Und du?«, fragte er dann Fritz.

»Habt ihr auch Bier?«

Anstatt zu antworten, griff Thomas nach der kleinen Glocke und läutete. Kurz darauf erschien ein Dienstbote.

»Mein Bruder möchte ein Bier.«

»Hell oder dunkel?«

»Hell«, erwiderte Fritz.

»Und ich hätte gern einen Tee«, sagte Ellinor.

Der Diener nickte und kehrte wenig später mit einem Pale Ale und Ellinors Tee zurück.

»Wie viele Dienstboten habt ihr eigentlich?«, fragte Fritz.

»Sieben«, sagte Thomas. »Vor dem Krieg hatten wir zwölf, aber das ist Luxus und deshalb haben wir die Männer, die eingezogen wurden, nicht ersetzt.«

»Ach so.« Fritz trank einen Schluck Bier.

»Ich habe genauso geguckt wie du, als ich das hier zum ersten Mal gesehen habe«, sagte Jason zu Fritz. »In der Ecke in Brooklyn, aus der ich stamme, kennt man so was nicht.«

Endlich hörten sie Schritte, dann wurde die Tür geöffnet und Matthew, der Butler, geleitete den Arzt in den Salon. Beim Eintreten des Arztes stutzte Fritz.

»Milton?«, fragte er ungläubig. »Milton Walsh?«

Der Angesprochene zuckte überrascht zusammen.

»Fritz Ellerweg! So eine Überraschung! Was machst du denn hier?« Sie schüttelten einander die Hände.

»Helen Mitchell ist meine Mutter, und nachdem wir heute Morgen in Hamburg ein Telegramm über ihren Zustand erhalten haben, wüsste ich gern, wie es ihr geht.«

»Deine Mutter?« Walsh zog die Brauen hoch. »Du erstaunst mich immer wieder.«

»Ihr kennt euch?«, fragte Thomas.

»Ja, Doktor Walsh ist ein herausragender Kardiologe. Ich habe seine Vorträge bei den Londoner Kongressen sehr geschätzt«, sagte Fritz.

»Das Kompliment kann ich nur zurückgeben«, erwiderte Doktor Walsh. »Die Vorträge von Doktor Ellerweg waren nicht nur für ihre hohe Fachkompetenz, sondern auch für ihren Unterhaltungswert bekannt, was für einen deutschen Referenten ungewöhnlich war. Aber jetzt wird mir einiges klar. Deine Mutter … ich fasse es nicht.«

»Lange Geschichte«, wehrte Fritz ab. »Also, wie steht es um sie?«

»Sie hatte vorgestern einen Herzinfarkt, aber sie weigerte sich, in der Klinik zu bleiben. Und nachdem sich die ST-Streckenhebung im EKG noch am selben Abend zurückgebildet hatte, haben wir ihrem Wunsch nach Entlassung stattgegeben.«

»War es denn überhaupt ein echter Infarkt, wenn sie nur eine temporäre ST-Streckenhebung hatte?«

»Die Symptome sprachen dafür«, erklärte Milton. »Wir haben sie sicherheitshalber auf Phenprocoumon eingestellt, denn neueste Forschungsergebnisse haben gezeigt, dass die Rezidivgefahr bei einer Behandlung mit Cumarinen signifikant sinkt.«

»Ich verstehe gerade kein Wort«, sagte Ellinor. »Was sind Cumarine?«

»Antikoagulantia«, erklärte Walsh. »Zur Blutverdünnung.«

Ellinors Blick verriet, dass sie immer noch nichts verstand.

»Bei alten Leuten ist das Blut manchmal zu dick«, versuchte Fritz, es nun ganz einfach zu erklären. »Dadurch kann es in den Adern verklumpen. Diese Klümpchen sind so klein, dass sie bei großen Adern wie der Schlagader nichts ausmachen, aber sie können die winzigen Adern, die das Herz mit Blut versorgen, die Herzkranzgefäße, verstopfen. Und wenn die verstopfen, stirbt der Herzmuskel an dieser Stelle ab, weil er nicht mehr durchblutet wird. Wenn zu viel vom Herzmuskel abstirbt, kann das Herz nicht mehr ausreichend schlagen. Bei einem leichten Herzinfarkt ist nur wenig vom Herzmuskel geschädigt und das Herz kann noch genug Blut pumpen. Je schwerer der Infarkt ist, desto weniger Blut kann das Herz pumpen. Im schlimmsten Fall kommt es zum Tod durch Herzstillstand.«

»Genau«, bestätigte Walsh. »Außerdem ist die Gefahr eines weiteren Infarkts in den ersten Tagen besonders groß.«

»Wäre es dann nicht besser, wenn sie im Krankenhaus wäre?«, wollte Thomas wissen.

»Ja, aber wir haben keine Handhabe, sie gegen ihren Willen in der Klinik zu behandeln. Und so, wie die Sache aussieht, hat sie sich bereits ausreichend stabilisiert.«

»Dann ist also nichts vom Herzmuskel abgestorben?«, fragte Thomas.

»Das wissen wir nicht«, sagte Walsh. »Aber wenn man bedenkt, dass sie schon siebzig Jahre alt ist, schlägt ihr Herz ganz ordentlich und ich bin mit ihrem Blutdruck auch sehr zufrieden.«

»Dann können wir jetzt zu ihr?« Ellinor trat unruhig von einem Fuß auf den anderen.

»Selbstverständlich«, sagte Walsh. Dann wandte er sich Fritz zu. »Falls du länger in London bist, sollten wir uns unbedingt noch mal treffen. Maxwell hat erzählt, du hättest dich über die Operation von Aortenaneurysmen habilitiert? Das interessiert mich sehr.«

»Wir werden bestimmt Zeit dafür finden«, versprach Fritz. »Aber du hast sicher Verständnis, dass meine Mutter jetzt Vorrang hat.«

Walsh nickte und verabschiedete sich.

»Wie lange kennst du Doktor Walsh schon?«, fragte Thomas, während er sein leeres Whiskyglas auf den Tisch stellte. Ellinor war bereits mit Jason in Richtung des Zimmers ihrer Mutter verschwunden.

»Seit 1935. Warum fragst du?«

»Er ist seit 1932 der Arzt unserer Familie«, erwiderte Thomas. »Ich musste nur gerade daran denken, wie du unserer Mutter vorgeworfen hast, sie hätte dich viel früher finden können, wenn sie es gewollt hätte. Du hattest vollkommen recht.«

»Wir wissen doch beide, dass sie mich zu der Zeit gar nicht finden wollte.« Er atmete tief durch, trank den letzten Schluck

Bier und stellte das Glas dann neben Thomas' leeres Whiskyglas. »Ich schau mal, wo Julia und die Kinder sind, damit wir den Zweck dieses Besuches erfüllen und sich Oma und Enkelkinder endlich kennenlernen können.«

Seine Mutter sah blasser und kränker aus, als Fritz nach dem Gespräch mit Walsh erwartet hatte. Sie lag in der Mitte eines großen Betts, in dem bequem drei Menschen hätten schlafen können, in ihrem Rücken mehrere dicke weiße Kissen, die sie in eine halb sitzende Position brachten, was ihr das Atmen erleichterte.

Ellinor und Jason hatten sich bereits zurückgezogen, um Fritz und seine Familie mit seiner Mutter allein zu lassen.

Obwohl Fritz normalerweise nie um ein Wort verlegen war, fühlte er sich in dieser Situation auf eine seltsame Weise befangen und wusste nicht, wie er das Gespräch beginnen sollte.

»Wie geht es dir?«, fragte er schließlich.

»Ganz gut«, sagte sie. »Ich wäre so gern zu eurer Hochzeit gekommen.« Sie richtete sich ein Stück auf. »Du bist bestimmt Harri, nicht wahr?«

Harri nickte stumm. Auch wenn er seit Monaten davon träumte, seine Großmutter endlich kennenzulernen, war er genauso befangen wie sein Vater. Die ganze Situation, das riesige Haus mit der Dienerschaft, all das wirkte einfach nur einschüchternd und hatte nichts mit Harris alltäglichem Leben zu tun.

»Und du bist Henrieke?«, fragte Fritz' Mutter weiter. Henrieke nickte ebenfalls stumm.

»Und das ist die kleine Leni?«

Als Leni ihren Namen hörte, blickte sie auf und ging auf die alte Frau im Bett zu.

»Du bist Oma?«, fragte sie mit der ganzen Neugier ihrer drei Jahre.

»Na, wenigstens du kannst sprechen.« Fritz' Mutter lachte und beugte sich ein Stück vor, um Leni über den Kopf zu streichen.

»Sie hat noch nicht gelernt, dass man am Bett von Kranken leise sein muss«, sagte Henrieke.

»Oh, muss man das?«, fragte Fritz' Mutter.

Henrieke nickte ernst. »Ja, Kranke brauchen Ruhe und man darf sie nicht aufregen.«

Harri schob seine Hände in die Hosentaschen und wirkte sehr unbehaglich. Das fiel auch seiner Oma auf. »Was denkst du gerade, Harri?«

»Gar nichts«, wehrte er ab.

»Das sah mir aber nicht nach gar nichts aus. Komm, sag es mir. Du darfst wirklich alles sagen. Keine falsche Rücksicht.« Sie versuchte, sich ein Stück weiter aufzurichten.

»Du erinnerst mich an die Oma von meinem Freund Helmut«, sagte er schließlich.

»War sie eine gute Oma?«

»Als ich sie kennenlernte nicht mehr«, sagte Harri. »Sie lag immer nur im Bett. Helmut sagte, das ist so seit den Bombenangriffen. Er hatte nur noch seine Oma, aber die konnte sich nicht um ihn kümmern, deshalb war er auch im Heim. Aber er hat sie regelmäßig besucht und ich bin mitgekommen.«

»Das war sehr nett von dir.«

»Nein«, erwiderte Harri. »Ich bin da nicht gern gewesen. Aber wir durften sonst das Heim nicht verlassen, außer wenn wir zur Schule gegangen sind. Und sie wussten immer, wann die Schule aus war. Nur wenn wir Helmuts Oma besucht haben, konnten wir danach machen, was wir wollten. Darum haben wir sie trotzdem immer besucht. Sie erzählte immer das Gleiche. Wie der Asphalt der Straßen gebrannt hat und wie sie mit ihren Schuhen stecken geblieben ist, als sie vor dem Feuer geflohen ist. Sie ist aus den Schuhen geschlüpft und lief barfuß über den kochenden Asphalt, bis sie in die Elbe gesprungen ist. Am Ende hat sie jedes Mal ihre Bettdecke hochgezogen und uns ihre völlig verbrannten Füße gezeigt. Das war furchtbar. Und dann habe ich immer an Rudi gedacht, der mir weggelaufen ist, und ich habe mir vorgestellt, wie er mit seinen kleinen Pfoten im Asphalt feststeckte, und das war noch furchtbarer. Aber das konnte ich keinem erzählen, das hätte eh keiner verstanden. In der Nacht sind meine Mutter und meine Schwester gestorben, aber ich hatte Angst um meinen Hund. Weil ich nicht wusste, was mit ihm war. Um Mama und Henriette habe ich getrauert, aber um sie musste ich mir keine Sorgen mehr machen – ich wusste ja, dass sie tot waren. Aber ich habe nie erfahren, was aus Rudi geworden ist.« Eine Träne rollte über Harris Wange, die er hastig wegwischte. Fritz legte seinem Sohn sanft eine Hand auf die Schulter.

»Rudi war schon vierzehn Jahre alt«, sagte er. »Wenn so alte Hunde Angst bekommen und panisch werden, bleibt irgendwann ihr Herz stehen und sie fallen einfach tot um. Schnell und schmerzlos. Bist du über geschmolzenen Asphalt gelaufen?«

Harri schüttelte den Kopf.

»Na siehst du, dann ist Rudi das auch nicht. Er ist voller Panik losgerannt und dann einfach vor Angst tot umgefallen. Deshalb hat er dein Rufen nicht gehört und du hast ihn nicht gefunden. Für Rudi war es an der Zeit, die meisten Hunde werden nicht mal so alt wie er.«

»Und Mama und Henriette?«, fragte Harri. »Haben sie gelitten?«

»Wenn das Feuer den Sauerstoff frisst, werden die Menschen müde und schlafen ein, ehe sie in den Tod hinübergleiten. Sie sind einfach eingeschlafen und haben nichts gespürt.«

Eine Weile sagte niemand etwas. Fritz sah, wie seine Mutter Harri betroffen ansah, ganz so, als würde sie zum ersten Mal begreifen, was sein Sohn wirklich durchgemacht hatte.

»Möchtest du wieder einen Hund haben?«, fragte sie schließlich.

»Papa hat mir vor vier Jahren Mimi geschenkt«, sagte Harri. »Sie ist aus der gleichen Zuchtlinie wie Rudi.«

»Wir haben alles, was wir brauchen«, sagte Fritz.

»Also ich hätte gern ein Pony«, erklärte Henrieke. »Aber unser Garten ist dafür zu klein.«

»Du magst Pferde?«, fragte Fritz' Mutter.

Henrieke nickte. »Papa hat mir Reitstunden versprochen.«

»Dann könnten wir doch hier schon mal anfangen. Wir haben drei Pferde. Möchtest du sie sehen?«

Henrieke nickte begeistert.

Fritz' Mutter richtete sich ein Stück auf und zog an der Klingelschnur. Kurz darauf kam ein Dienstbote.

»Meine Enkelkinder möchten die Pferde sehen. Bringen Sie sie bitte dorthin.«

Fritz wollte sich ebenfalls zum Gehen wenden, aber seine Mutter sagte: »Ich möchte mit euch beiden«, dabei nickte sie auch in Julias Richtung, »noch etwas besprechen.«

»Geht schon mal vor«, sagte Fritz zu Henrieke und Harri, während er die kleine Leni auf den Arm nahm, damit sie ihren Geschwistern nicht hinterherlief. »Wir kommen gleich nach.«

Nachdem die beiden mit dem Diener das Schlafzimmer verlassen hatten, sagte seine Mutter: »Ich wollte euch noch was zur Hochzeit schenken.« Sie griff in ihren Nachtschrank und holte ein Dokument hervor. »Auch wenn du es mir nicht glaubst, Fritz, ich habe wirklich jeden Tag an dich gedacht und seit 1915 jedes Jahr zu deinem Geburtstag eine kleine Geldsumme auf die Bank gebracht und für dich angelegt. Und an manchen Tagen, wenn ich besonders traurig war, habe ich mein schlechtes Gewissen damit beruhigt, dass ich außer der Reihe Geld auf dein Konto eingezahlt habe. Und du kannst mir glauben, ich hatte sehr oft ein schlechtes Gewissen. Das war meine Art, im

Herzen den Kontakt zu dir aufrechtzuerhalten, auch wenn ich nicht wusste, wie und wann ich es dir jemals übergeben könnte. Ich hielt deine erneute Hochzeit für angemessen. Das ist der aktuelle Kontostand.« Sie hielt ihm das Dokument entgegen. »In fünfunddreißig Jahren hat sich so einiges angesammelt.«

Fritz gab Leni Julia auf den Arm, ehe er das Papier nahm und es auseinanderfaltete. Es waren gut fünftausend britische Pfund. Fritz schluckte. Ein britisches Pfund war mehr als dreizehn Deutsche Mark wert.

»Das ist ... mir fehlen gerade die Worte«, sagte er. »Vielen Dank.«

»Ich danke dir, dass du es annimmst«, sagte seine Mutter leise. »Ich weiß, dass du deinen Stolz hast, und ich hätte in den letzten drei Jahren viel mehr für euch tun müssen.«

»Wir können die Vergangenheit nicht ändern«, sagte Fritz. »Wir können nur auf die Zukunft blicken. Wenn du glaubst, etwas wiedergutmachen zu müssen, sei deinen Enkelkindern eine gute Oma. Und zwar sämtlichen Enkelkindern – denen, die schon geboren sind, und jenen, die noch kommen werden.«

Er faltete das Dokument zusammen und steckte es in die Brieftasche.

»Sag mal, kann ich hier irgendwo in der Nähe ein Telegramm aufgeben?«

»Schreib es einfach auf, Matthew wird es für dich aufgeben.« Sie zeigte auf den kleinen Sekretär in der Ecke des Schlafzimmers, auf dem Briefpapier und Schreibutensilien lagen.

Fritz ging dorthin und schrieb an Richard: »Kauf Grundstück am Weidenstieg. Ich hab 65.000 DM!«

54. Kapitel

Am nächsten Vormittag war von der gedrückten Stimmung des vorangegangenen Tages nichts mehr zu spüren. Ellinor und Jason hatten Julia und Leni zu einem Spaziergang in die Umgebung des Anwesens eingeladen, während Harri und Henrieke voller Vorfreude darauf warteten, dass es endlich elf Uhr würde und der Reitlehrer käme, den ihre Oma ihnen versprochen hatte. Fritz saß mit Thomas im Salon und hörte, wie die Kinder vergnügt in der großen Eingangshalle herumtollten. Auf einmal verstummten die Kinderstimmen jedoch und man hörte einen Mann auf Englisch schimpfen. Fritz sprang sofort auf, Thomas folgte ihm.

»In diesem Haus liegt eine schwer kranke Frau, und ihr schämt euch nicht, hier so laut zu sein?«, brüllte der Mann. »Was treibt ihr hier überhaupt?«

Als Fritz die Halle betrat, liefen Henrieke und Harri sofort zu ihm und er legte schützend die Arme um die Schultern der Kinder. Aus den Augenwinkeln sah er den verunsicherten Hausdiener, der dem Neuankömmling anscheinend die Tür geöffnet hatte und noch immer dessen Hut und Mantel hielt.

»Was geht hier vor?«, fragte Fritz mit ruhiger Stimme, ohne seine Kinder loszulassen.

»Was hier vorgeht?«, blaffte der Mann Fritz an. »Ich kann es nicht ertragen, wenn ich hier deutsche Kinder sehe, die sich wie die letzten Hunnen aufführen, ohne den nötigen Respekt vor der schweren Erkrankung der Hausherrin zu zeigen!«

»Und wer sind Sie, dass Sie sich erdreisten, meine Kinder zu beschimpfen?«

Der Mann blieb aufrecht vor Fritz stehen. »Mein Name ist Ralph Morgan. Ich bin ein alter Freund der Familie, der sich große Sorgen um die Hausherrin macht. Und Sie? Ich wusste gar nicht, dass Helen aus lauter Mitleid deutsches Hauspersonal aufgenommen hat, das sich nicht zu benehmen weiß.«

Thomas war inzwischen an Fritz' Seite getreten.

»Ralph, es ehrt Sie, dass Sie sich um unsere Mutter sorgen, aber Sie sollten trotzdem Ihren Ton mäßigen, denn …«

»Thomas, Sie wissen, dass ich schlechtes Benehmen nicht schätze«, unterbrach Morgan ihn. »Ich musste einfach einschreiten, um diese Gören zur Ordnung zu rufen.«

»Und deshalb benehmen Sie sich selbst so schlecht?«, fragte Fritz.

»Wer hat Ihnen erlaubt, sich in unser Gespräch einzumischen?«, gab Morgan barsch zurück.

»Ich brauche keine Erlaubnis. Ich bin der älteste Sohn der Hausherrin und diese beiden Kinder sind ihre Enkel. Mein Name ist Professor Fritz Ellerweg aus Hamburg.«

»Ach, Sie sind das. Ich erinnere mich an diesen Artikel, den Ellinor mir so ans Herz gelegt hat. Wissen Sie, bei mir können Leute wie Sie nicht mit Verständnis rechnen. Sie waren bei der Wehrmacht, Sie haben dieselbe Uniform getragen wie diejenigen, die London bombardiert und meine Schwester und meine Nichte getötet haben. Für Leute wie Sie habe ich nur Verachtung übrig.« Er funkelte Fritz so böse an, dass Henrieke sich fester an ihn schmiegte, obwohl sie von der englischen Unterhaltung nichts verstanden hatte. Harri, der immerhin einiges mitbekommen hatte, spannte die Schultermuskeln an. Fritz klopfte ihm mit den Fingern beruhigend auf die Schulter.

»Ralph, Sie sind ein geschätzter Freund der Familie«, sagte Thomas, »aber das gibt Ihnen nicht das Recht, Mitglieder dieser Familie zu beleidigen. Fritz ist mein Bruder. Bitte respektieren Sie das. Andernfalls müsste ich Sie bitten, das Haus zu verlassen.«

»Sie wollen mir die Tür weisen? Wegen eines Deutschen?«

»Wegen meines Bruders«, wiederholte Thomas mit Nachdruck. »Ich glaube, es ist besser, Sie gehen jetzt, Ralph.«

»Warte«, sagte Fritz zu Thomas. Dann sah er Morgan ins Gesicht.

»Sie haben durch die deutschen Luftangriffe das Liebste verloren, was Sie hatten. Es tut mir sehr leid, was Sie erlitten und verloren haben, und ich spreche Ihnen mein tief empfundenes Beileid aus.«

»Was?«, brüllte Morgan. »Verdammt, was bilden Sie sich ein?«

»Meine erste Frau und meine älteste Tochter starben am 25. Juli 1943 durch britische Bomber«, sagte Fritz. »Als Thomas und ich uns kennenlernten, konnten wir uns beide nicht ausstehen, zumal er tatsächlich zu denen gehörte, die die Luftangriffe auf Hamburg geflogen hatten. Aber wir haben unsere Abneigung überwunden, als wir feststellten, dass die Gemeinsamkeiten zwischen uns überwiegen, trotz allem, was uns trennt. Es hat mir damals sehr viel bedeutet, als er mir sagte, wie leid ihm der Tod meiner Familie tue.«

»Ich will Ihre verlogenen Beileidsbekundungen nicht!«, schrie Morgan. »Sie versuchen nur, Ihre Verluste gegen meine aufzurechnen.«

»Ich rechne gar nichts auf«, erwiderte Fritz ruhig. »Wir beide haben geliebte Menschen durch die Luftangriffe verloren. Wären wir Nachbarn in derselben Straße gewesen, hätten wir uns gegenseitig trösten können. Doch wir waren keine Nachbarn, wir lebten in unterschiedlichen Ländern, die miteinander im Krieg lagen. Deshalb wollen Sie keinen Trost von uns. Ihr Hass schützt Sie vor der kalten Leere, die der Verlust in Ihrem Herzen hinterlassen hat. Aber gerade deshalb verdienen Sie unser Mitgefühl.«

»Das ist eine Unverschämtheit!«, schrie Morgan.

»Ich verstehe Ihren Zorn«, entgegnete Fritz ungerührt. »Und wenn es Ihnen hilft, uns Ihre Verachtung entgegenzuschleudern, dann tun Sie es meinetwegen. Aber Sie wissen selbst, dass es Ihnen keine Erleichterung verschaffen wird.«

»Hören Sie mit diesem albernen Geschwätz auf! Sie haben kein Recht, so mit mir zu reden!«

»Warum nicht?«, fragte Fritz.

»Ein ehemaliger Wehrmachtsangehöriger hat jedes Recht verloren, mir überhaupt irgendetwas zu sagen!«

Fritz atmete tief durch und unterdrückte den Impuls, Morgan zu erklären, dass er nie zur kämpfenden Truppe gehört hatte, sondern gegen seinen Willen eingezogen worden war, um die ärztliche Leitung eines Sanitätsbataillons zu übernehmen. Nein, er durfte sich nicht rechtfertigen, denn das würde seinen Worten die Kraft nehmen, und genau darauf legte Morgan es an.

»Weil Sie die Wahrheit nicht hören wollen?«, fragte er also. »Wollen Sie wirklich zwei unschuldige Kinder dafür beschimpfen, dass sie dieselbe Nationalität haben wie jener Pilot, der die Bombe warf, die Ihre Schwester und Nichte tötete? Kinder, die genau wie Sie Überlebende des Bombenkriegs sind?«

»Halten Sie den Mund!«, schrie Morgan.

»Gut«, sagte Fritz. »Ich respektiere die tiefe Trauer, die sich hinter Ihrem Hass verbirgt. Meine Kinder und ich halten Ihren Zorn aus, denn wir sehen, dass Sie ein zutiefst verzweifelter und gebrochener Mann sind. Wir werden Ihre Wut nicht mit Wut beantworten, ganz gleich, was Sie uns an den Kopf werfen.«

»Sie ... Sie ...«, setzte Morgan wütend an, doch seine Mundwinkel zitterten und im nächsten Moment drehte er sich um und floh regelrecht aus der Halle.

»Puh«, sagte Thomas. »Das war beeindruckend.«

Fritz sagte nichts, sondern sah seine Kinder an. »Alles in Ordnung?«

»Ja, Papa«, sagte Harri. »Ich habe nicht alles verstanden, aber du hast gesagt, dass er nur so wütend ist, weil er traurig über den Tod seiner Familie ist.«

»So ist es. Trauer erzeugt Wut und Rachegelüste, weil es einfacher ist, jemanden zu hassen, als sich seiner eigenen Trauer zu stellen. Aber wir müssen den Hass eines anderen nicht annehmen. Wir können stattdessen hinter die Maske des Hasses sehen. Meistens verbirgt sie Trauer und Schmerz.«

Kurz darauf kehrten Julia, Ellinor, Jason und die kleine Leni von ihrem Spaziergang zurück.

»Wir haben gerade etwas sehr Seltsames gesehen«, sagte Ellinor zu Thomas. »Ralph Morgan saß in seinem Auto über das Lenkrad gebeugt und es sah so aus, als würde er bitterlich weinen.«

»So was kommt vor, wenn Chirurgen sich als Psychiater versuchen.« Thomas grinste und zündete sich eine Zigarette an. Ellinor starrte erst Thomas und dann Fritz an.

»Manchmal sind Tränen der erste Weg zur Heilung«, sagte Fritz nur. Dann schaute er auf die Uhr. »Es ist kurz vor elf. Wollen wir zu den Ställen gehen und schauen, ob euer Reitlehrer schon da ist?«

Die Kinder hatten viel Spaß beim Reiten, und nachdem Fritz sich sicher war, dass sie gut ohne ihn auskämen, kehrte er ins Haus zurück, um sich nach dem Befinden seiner Mutter zu erkundigen. Zu seiner Überraschung traf er sie vollständig angekleidet im Salon an.

»Solltest du nicht noch Bettruhe halten?«, fragte er.

Sie erhob sich aus dem Sessel und ging ihm entgegen. Ihre Schritte waren etwas unsicher, aber zugleich erstaunlich kraftvoll.

»Ich habe auf dich gewartet«, sagte sie. »Und dabei wollte ich dir aufrecht gegenüberstehen.«

Fritz sah sie irritiert an, sagte aber kein Wort.

»Thomas hat mir von deiner Begegnung mit Ralph Morgan erzählt.« Sie atmete tief durch, schien regelrecht um die nächsten Worte zu ringen. »Wie du deine Kinder in Schutz genommen hast, ohne dich von seinen Beschimpfungen provozieren zu lassen. Wie du ihnen den Rücken gestärkt und gesagt hast, ihr würdet alles aushalten.« Sie räusperte sich. »Thomas hat dich dafür sehr bewundert. Und mir ...«, sie schluckte, »... nun, mir ist in diesem Moment klar geworden, wie sehr ich selbst als Mutter versagt habe.« Sie senkte den Blick und atmete tief durch, bevor sie ihm wieder in die Augen sah. Ihre Augen, die Augen seiner Mutter, die er nie vergessen hatte ...

»Ich wollte in James Mitchells Welt anerkannt werden«, fuhr sie fort. »Aber das hatte seinen Preis. Er untersagte mir, irgendjemandem von meinem deutschen Sohn zu erzählen. Er meinte, die Menschen würden sonst gefährliche Fragen stellen, warum ich ihn nicht zu mir nach London holte. Und dann könnte die Bigamie ans Licht kommen. Für dich wäre in Deutschland gesorgt, doch ich hätte jetzt eine neue Familie, die wir vor Schaden bewahren müssten.« Sie seufzte. »Es war so einfach nachzugeben, anstatt zu kämpfen. Heute weiß ich, dass das falsch war. Es gibt keine Entschuldigung für mich. Ich hätte mich niemals darauf einlassen dürfen. Ich hätte Thomas und Ellinor viel früher von dir erzählen müssen. Zu einer Zeit, als noch Frieden herrschte. Ich hätte zu meinen Taten stehen und mich für Versöhnung einsetzen müssen. Ich hätte für dich da sein müssen. Doch ich hatte zu viel Angst, nach dir auch noch meine beiden anderen Kinder zu verlieren. James Mitchell war ein liebevoller Vater, aber er war ein strenger Ehemann, der sehr auf gesellschaftliche Normen achtete. Wenn ich irgendetwas getan hätte, das unserem Ruf geschadet hätte, dann hätte ich Thomas und Ellinor niemals wiedergesehen. Schließlich war ich eine Bigamistin und somit völlig rechtlos. James hätte mich jederzeit vor die Tür setzen können.« Sie atmete schwer. »Und dann war da noch die Angst, wie du wohl reagieren würdest, wenn ich nach so vielen Jahren plötzlich wieder in deinem Leben auftauche. Du hast recht, Fritz, dein Vater, der hätte mir verziehen. Aber du bist auch mein Sohn, und ich an deiner Stelle hätte meiner Mutter diesen Verrat nie verziehen.« Sie schluckte. »Das war der wirkliche Grund, warum ich so lange gewartet habe. Ich hatte Angst, du würdest mich bloßstellen und mir alles nehmen. Ich habe dir nicht vertraut, weil ich von mir ausgegangen bin. Weil ich wusste, dass ich so gehandelt hätte. Und das ist wohl meine schlimmste Sünde, denn damit habe ich dir erneut großes Unrecht zugefügt. Erst habe ich dich verlassen, dann habe ich dich verleugnet und außerdem habe ich dir nicht vertraut. Ich wollte dir nur sagen, dass ich das jetzt begriffen habe. Du hättest mich niemals bloßgestellt, wenn ich von Anfang an ehrlich zu dir gewesen wäre, denn du bist ein besserer Mensch als ich. Du bist wie dein Vater, und der war der großherzigste Mann, den ich kannte. Du bist ein wunderbarer Sohn, auf den ich stolz bin, auch wenn ich ihn gar nicht verdient habe.«

Eine einsame Träne rollte ihr über die Wange, die sie hastig wegwischte. Als sie da so vor ihm stand, eine kleine, alte, gebrechliche Frau, die so tapfer gegen ihre Tränen ankämpfte, während sie unter der Last ihrer Schuldgefühle fast zerbrach, da erkannte Fritz in ihr wieder die Mutter, die er so sehr geliebt hatte. Die Mutter, deren Tod er als Junge nie wirklich verwunden hatte. Er erinnerte sich daran, wie sehr er sich gewünscht hatte, nur noch einmal ihre Stimme zu hören, ein letztes Mal ihre Umarmung zu spüren. Fünfunddreißig Jahre war es her, aber es fühlte sich an, als wäre es erst gestern gewesen. Im nächsten Moment riss er sie in seine Arme und drückte sie fest an sich.

»Ach, Mama«, flüsterte er. »Es ist alles gut. Ich liebe dich. Ich habe dich immer geliebt. Und ich bin so froh, dass ich dich endlich wiederhabe.«

Und noch während er das sagte, wusste er, dass es die Wahrheit war.

55. Kapitel

Vier Tage später kehrten sie aus London zurück. Thomas hatte wieder eine Militärmaschine überführt und die Genehmigung erhalten, Zivilisten als Passagiere mitzunehmen.

Richard hatte indes einen Vorvertrag zum Kauf des Grundstücks im Weidenstieg abgeschlossen und der Architekt legte ihnen nur drei Wochen später bereits einige Entwürfe für das künftige Ärztehaus mit vier Praxen vor.

»Gelbklinker ist groß im Kommen«, erklärte der Architekt. »Jeder, der was auf sich hält, baut im Moment mit Gelbklinker, um sich von den alten roten Backsteinen und den Trümmern abzugrenzen.«

»Gelbklinker gefällt mir«, sagte Fritz. »Wenn wir alle Formalitäten erledigt haben, wie lange müssen wir für den Bau rechnen?«

»Im September 1950 sollte das Haus bezugsfertig sein«, meinte der Architekt.

»Das klingt sehr gut.« Fritz sah Richard an. »Wollen wir Arthur überraschen oder ihn gleich ins Boot holen?«

»Am besten laden wir ihn und Lottchen am Wochenende zum Grillen ein und dann zeigen wir ihnen die Pläne«, schlug

Richard vor. »Wenn Lottchen dabei ist, wird sie Arthur schon sagen, was er tun soll.«

»Stimmt, sie kann ziemlich energisch sein.« Fritz lachte.

Am folgenden Sonntag war bestes Frühsommerwetter. Sie hatten auf der Terrasse Liegestühle und einen Tisch aufgestellt.

»Grillt ihr jetzt jedes Wochenende?«, fragte Arthur, während er Fritz beim Würstchenwenden zusah.

»Nur, wenn das Wetter gut ist.« Fritz grinste. »Wir hätten euch auch gern Karbonaden angeboten, aber Würstchen sind leichter zu kriegen, manche bekommt man sogar markenfrei.«

»Wirklich?«, fragte Arthur. »Wo gibt es denn markenfreie Würste?« Bestimmte Lebensmittel waren nach wie vor nur auf Marken erhältlich, das galt sowohl in Deutschland als auch in England.

»Bei der Freibank«, erklärte Richard.

Arthur zog ein irritiertes Gesicht. »Was bedeutet Freibank?«

»Da kriegst du das Fleisch von Tieren, die wegen eines Unfalls notgeschlachtet wurden. Aber das sind überwiegend Pferde.«

»Pferde?« Arthur bekam große Augen.

»Keine Sorge«, beruhigte Fritz ihn. »So was essen wir hier nicht. Das hier sind anständige Schweinswürste.«

»Das kann ich bestätigen«, sagte Julia mit einem Augenzwinkern. »Die holt Fritz immer höchstpersönlich beim Schlachter da unten ab.« Sie zeigte in eine unbestimmte Richtung die Straße hinunter.

»Es ist auf jeden Fall sehr angenehm, wenn sich die Herren der Schöpfung um das Essen kümmern.« Paula rekelte sich wohlig im Liegestuhl, während sie Emilia und Georg beim Federballspiel auf dem Rasen zusah. Harri und Henrieke bemühten sich indes, Mimi vom Duft des Grills abzulenken, während Leni in der kleinen Sandkiste spielte, die Fritz für sie am Ende der Terrasse aufgestellt hatte.

»Aber es geht heute nicht nur ums Essen«, sagte Richard zu Arthur. »Sieh dir das mal an.« Er legte den Bauplan für das Praxishaus auf den Tisch und rollte ihn aus. »Geplante Fertigstellung ist im September nächsten Jahres. Wir haben uns überlegt, dass du als Kardiologe vermutlich mit einer Praxis im Erdgeschoss am besten bedient wärst, falls deine Patienten Schwierigkeiten mit dem Treppensteigen haben. Die geplante Praxis hätte ein Sprechzimmer, ein Zimmer für die Funktionsdiagnostik und natürlich ein Wartezimmer. Zudem gibt es einen großen Bereich für den Empfangstresen deiner Sprechstundenhilfe. Dort könnte man sogar eine kleine Küchenzeile einrichten, für den Kaffee oder Tee zwischendurch.«

»Aber ... wie wollt ihr das finanzieren?«

»Meine Mutter hat mir zur Hochzeit fünftausend britische Pfund geschenkt«, bemerkte Fritz beiläufig.

»Fünftausend?«, rief Arthur ungläubig.

»Ja, die Baukosten sind also gedeckt. Du kannst dir überlegen, ob du dich bei uns einkaufen willst oder ob du die Praxis mieten möchtest. Falls du dich einkaufen möchtest, kann ich dir einen Termin mit meinem Bankberater organisieren.«

»Aber ich habe keine Sicherheiten«, meinte Arthur. »Bekäme ich überhaupt einen Kredit?«

»Ja«, sagte Fritz. »Den bekämst du auf jeden Fall, denn ich bin bereit, für dich zu bürgen. Für mich ist das kein allzu großes Risiko, weil mir das Gebäude, in das du dich mit dem Kredit einkaufen willst, ja ohnehin gehört. Allerdings wäre ich ziemlich sauer, wenn du mich mit den Raten hängen lässt, denn Anfang nächsten Jahres wird mein Mercedes endlich geliefert und irgendwie muss ich den ja auch bezahlen, nicht wahr?«

»Ein Mercedes? Was für ein Modell?«

»Ein 170 S.«

»Ich bin beeindruckt. Größer ging es wohl nicht, oder?«

»Ich bin Chefarzt, ich weiß, was ich meinem Ruf schuldig bin. Außerdem wollte ich endlich mal ein größeres Auto haben als Richard.«

»Dafür wird mein VW noch dieses Jahr ausgeliefert«, sagte Richard. »In Dunkelblau.«

Arthur atmete schwer. »Ihr legt die Messlatte ganz schön hoch.«

»Aber sie geben dir auch genügend Spielraum, sie ebenfalls zu überspringen«, sagte Lottchen. »Du solltest auf Fritz' Angebot eingehen und dich in den Bau einkaufen. Das ist auf Dauer rentabler, als die Praxis zu mieten. Vor allem könntest du die Praxis als Rentner später selbst weitervermieten.«

»Stimmt«, gab Arthur zu. »Ich müsste vorher natürlich die Formalitäten wegen meiner ärztlichen Niederlassung klären. Ich habe mich ja schon mal darum gekümmert, bin aber an der deutschen Bürokratie fast verzweifelt.«

»Dabei unterstützen wir dich«, bot Richard an. »Ich habe inzwischen einige Erfahrung im Umgang mit der Ärztekammer. Wichtig ist, dass du deine Approbation vorlegen kannst. Hast du die noch oder ist die bei den Bombenangriffen vernichtet worden?«

»Nein, die habe ich noch.«

»Gut, denn ohne Papiere bist du in Deutschland ein Nichts.«

»Und wann wollt ihr jetzt heiraten?«, fragte Fritz.

»Na ja, wir müssen erst mal eine Wohnung finden. Wohnraum ist knapp und für Neubauten muss man Baukostenzuschuss bezahlen«, sagte Lottchen. »Wir haben uns schon mal erkundigt. Die Vermieter verlangen im Schnitt zweitausend Mark und das Geld sieht man nie wieder. Daran scheitert es derzeit noch.«

»Und wenn ihr den verlorenen Baukostenzuschuss als Anzahlung für ein eigenes Haus nehmen würdet?«, fragte Richard. »Zwei Straßen weiter gibt es erschlossenes Bauland.«

»Ich verschulde mich doch schon für die Praxis. Wovon soll ich das jetzt noch bezahlen?«

»Nimm einfach einen höheren Kredit auf.« Fritz grinste.

Arthur seufzte. »Ich denk darüber nach.«

Am folgenden Dienstag kamen Richard und Paula wie üblich morgens in ihre Praxis in der Wohnung von Paulas Vater. Normalerweise begnügte man sich mit einem kurzen Guten Morgen, und dann machten die beiden sich an die Vorbereitungen für den Tag, doch heute hatte Paulas Vater bereits auf sie gewartet.

»Sie haben Krüger verhaftet«, erzählte er ihnen gleich bei ihrem Eintreten. »Gestern rief mich mein Bekannter von der Sitte an. Krüger wurde mit einem Minderjährigen erwischt. Diesmal wird sein Anwalt ihn nicht raushauen können, denn der junge Mann behauptet, er sei kein Stricher, sondern Krüger hätte ihn unsittlich belästigt. Und was das angeht, verstehen die Richter keinen Spaß.«

»Weißt du schon, wann die Verhandlung ist?«

»Nein, aber ich werde euch auf dem Laufenden halten. Und wenn es so weit ist, werde ich es mir gönnen, ebenfalls auf der Zuschauerbank zu sitzen.« Paulas Vater lächelte zufrieden. »Ich hoffe, jetzt wird er endlich verurteilt. Zeit wird es ja.«

»Ja, allerdings hat es einen bitteren Beigeschmack«, meinte Richard und musste dabei an Bruno denken.

Sein Schwiegervater machte eine wegwerfende Handbewegung. »Man kann nicht alles haben. Hauptsache, er kommt ins Gefängnis und darf nicht mehr als Arzt praktizieren. Für mich heiligt der Zweck die Mittel.«

56. Kapitel

Es war bemerkenswert und beunruhigend zugleich, wie schnell die Justiz arbeitete, wenn es um den Straftatbestand der Homosexualität ging. Bereits sechs Wochen nach seiner Festnahme wurde Krüger vor Gericht gestellt.

Als Richard, Paula, ihr Vater Doktor Engelhardt, Arthur und Fritz das Gerichtsgebäude betraten, fiel ihnen sofort die große Zahl von Journalisten auf, die bereits vor der noch verschlossenen Tür des Gerichtssaals wartete.

Einer davon war Hans Bremer, der sich aus der Menge löste, um Richard und seine Begleiter zu begrüßen.

»Sie wollten sich diesen Prozess anscheinend auch nicht entgehen lassen?«, fragte der Journalist.

»So ist es«, bestätigte Richard. »Ich bin neugierig, welche Verteidigungsstrategie Krügers Anwalt diesmal aufbietet. Aber ich wundere mich sehr, dass die Tötung von Kindern weniger Aufsehen erregte als ein Verstoß gegen den Paragrafen 175.«

»Sie wissen doch, wie das ist«, sagte Bremer achselzuckend. »Von dem, was unter Hitler war, wollen die meisten nichts mehr wissen. Aber ein praktizierender Arzt, der Jungs betatscht, macht Angst. Selbst wenn der sogenannte Junge schon neunzehn war und zumindest in meinen Augen kein hilfloses Opfer.«

»Kennen Sie nähere Einzelheiten?«, fragte Paulas Vater.

»Ich habe ein bisschen recherchiert«, gestand Bremer. »Krügers Anwalt hat zwar die Untersuchungshaft abwenden können, aber Krügers ärztliche Zulassung ruht bis zum Abschluss des Verfahrens.«

»Na, das kennt er ja schon«, bemerkte Fritz. »Vielleicht sollte er sich dauerhaft ein neues Tätigkeitsfeld suchen. Werden im Zuchthaus eigentlich immer noch Tüten geklebt?«

Paula und ihr Vater lachten, Arthur und Bremer schmunzelten, nur Richard blieb verdächtig ernst.

»Was ist?«, fragte Fritz.

»Nichts«, sagte Richard. »Ich finde es nur befremdlich, dass Homosexualität anscheinend eine schlimmere Straftat ist, als behinderte Kinder zu töten.«

»Na ja«, meinte sein Schwiegervater, »die Anklage lautet auf Missbrauch eines Minderjährigen und nicht auf einfache Homosexualität. Wenn das stimmt, ist es tatsächlich ein Verbrechen.«

»Wobei der junge Mann, der ihn angezeigt hat, auch kein unbeschriebenes Blatt ist«, sagte Hans Bremer. »Er verkehrt angeblich in Kreisen, die sich einen Spaß daraus machen, Homosexuellen aufzulauern, um sie der Polizei auszuliefern.«

»Das wird Melk auch wissen«, meinte Richard. »Und damit wird die Anklage am Schluss fallen gelassen und Krüger kommt wieder einmal als unbescholtener Bürger davon.«

»Da wäre ich mir nicht so sicher«, sagte Bremer. »Gerade seine Reputation als Arzt könnte sich als Nachteil erweisen, denn homosexueller Missbrauch von Minderjährigen durch einen Arzt ist unverzeihlich.«

Endlich wurde die Tür zum Gerichtssaal geöffnet. Krüger und sein Anwalt betraten erst kurz vor den Richtern den Saal.

Krüger hatte seit ihrer letzten Begegnung erkennbar an Gewicht zugelegt, ohne dabei dick zu sein, zudem trug er einen teuren Maßanzug und glänzende schwarze Lederschuhe.

Sein Gesicht war wie immer makellos rasiert, aber der selbstsichere Blick war verschwunden. Als Krüger Richard und seine Begleiter erkannte, flammte ein kurzer Anflug von Ärger, ja womöglich Hass, in seinem Gesicht auf. Richard unterdrückte ein schadenfrohes Lächeln.

Die Verhandlung begann mit der Verlesung der Anklageschrift. Darin wurde Doktor Krüger zur Last gelegt, sich dem neunzehnjährigen Maurergesellen Heinz Behrmann am Abend des 4. Juni 1949 am Dammtorbahnhof in eindeutiger Absicht genähert, ihn mehrfach unsittlich berührt und zu perversen Handlungen aufgefordert zu haben. Die Vorgänge wären von Freunden des Maurergesellen, die sich in der Nähe befunden hätten, beobachtet worden, sodass sie gemeinsam eingegriffen und Krüger zur nächstgelegenen Polizeiwache gebracht hätten, wo die Straftat zur Anzeige gebracht worden sei.

Zunächst wurde das Opfer vernommen. Heinz Behrmann trug einen dunklen Anzug und trat zurückhaltend und bescheiden auf. Als der Richter ihn aufforderte, noch einmal den Vorgang der Nötigung zu schildern, ließ er seinen Blick unsicher in den Zuschauerraum schweifen.

»Das ist mir 'n büschen unangenehm«, sagte er. »Hier sind ja auch Frauen bei den Zuschauern.«

»Es ist eine öffentliche Verhandlung«, erklärte der Richter. »Bitte schildern Sie den Sachverhalt trotzdem so genau wie möglich.«

Behrmann schluckte, dann nickte er. »Das war am Sonnabend, da arbeiten wir normalerweise nur halbtags, aber diesmal standen Überstunden an, die nehm ich immer gern mit, bringt ja gutes Geld, ne. Anschließend bin ich mit 'n paar Kumpels noch was trinken gewesen. Als wir zum Dammtorbahnhof gingen, war's schon dunkel. Ich hatte wohl 'n paar Bier zu viel getrunken, jedenfalls ...«, er räusperte sich,

»also ich musste mich noch mal erleichtern und bin dann da schnell in die Büsche hinterm Bahnhof. Als ich da mein Geschäft verrichtete, tauchte dieser Doktor Krüger plötzlich hinter mir auf. Der hat lauter perverses Zeugs geredet und dann ... hat er mich am Ding angefasst, obwohl ich doch grad beim Wasserlassen war, und gesagt, wenn ich's ihm mit dem Dödel von hinten mach, gibt er mir fünf Mark.«

»Das ist eine Lüge!«, empörte sich Krüger.

»Bitte unterbrechen Sie den Zeugen nicht, Sie haben später Gelegenheit, sich zu äußern«, rief der Richter ihn zur Ordnung.

»Ich habe ihn angeschrien, dass er mich mit seinen Perversitäten in Ruhe lassen soll, aber der war hartnäckig und richtig eklig. Weil ich da so rumgeschrien hab, sind meine Freunde aufmerksam geworden. Da wollt er dann abhauen, aber so einfach haben wir den Perversen nicht davonkommen lassen. Das geht ja nicht, Männer beim Geschäft am Ding anfassen und unanständige Angebote machen.«

Richter und Staatsanwalt hatten keine weiteren Fragen. Nun war Krügers Anwalt an der Reihe.

Richard atmete tief durch. Er wusste nicht so recht, was er von der Aussage des jungen Mannes zu halten hatte. Man mochte von Krüger denken, was man wollte, aber ein derart primitives Verhalten passte nicht zu ihm. Andererseits war einem Mann, der den hippokratischen Eid verriet und Kinder tötete, alles zuzutrauen.

»Herr Behrmann, Sie behaupten, mein Mandant hätte Sie unsittlich berührt, während Sie sich in den Büschen erleichtert haben?«

»Ja«, bestätigte der junge Mann.

»Beschreiben Sie doch einmal die Örtlichkeit, wo es zu diesem angeblichen Zwischenfall gekommen sein soll.«

»Das war kein angeblicher Zwischenfall, das ist genau so gewesen, wie ich's gesagt hab.«

»Das ist keine Antwort auf meine Frage. Ich möchte wissen, wo genau Sie in den Büschen waren.«

»Die Büsche, die links vonne Gleise sind, wenn man von Planten un Blomen aus kommt.«

»Warum sind Sie nicht auf die Bahnhofstoilette gegangen?«

»Die kost 'n Groschen, das war mir zu teuer.«

»Ich verstehe«, sagte Melk. »Und dann gingen Sie also in die Büsche und haben sich erleichtert. Was passierte dann?«

»Habe ich doch schon erzählt. Der Krüger hat mich von hinten angequatscht und angetatscht.«

»Hat er Sie erst angesprochen oder erst angefasst?«

»Das hab ich doch schon gesagt. Erst hat er mich pervers angequatscht und dann angefasst.«

»Am Geschlechtsteil?«

»Ja.«

»Während Sie noch beim Wasserlassen waren? Das müssen Sie mir mal erklären. Sie standen verborgen in den Büschen, haben sich erleichtert und dann kommt von hinten ein Mann und fasst gezielt Ihr Geschlechtsteil an, während Sie gerade Wasser lassen und es demzufolge selbst festhalten? Oder hatten Sie es noch etwas zum Trocknen rausgehängt?«

»Der hat mich angefasst!«, brauste Behrmann auf. »Und jetzt wollen Sie mich lächerlich machen?«

»Nein, ich versuche nur, mir ein Bild des Tathergangs zu machen. Allerdings fällt es mir schwer, mir vorzustellen, wie sich jemand heimlich im Dunkeln an Sie herangeschlichen haben soll und Sie dann am Geschlechtsteil berührte, während Sie Wasser ließen. Wo genau soll er denn da angefasst haben?«

»Unterstellen Sie mir, dass ich lüge?«

»Ich unterstelle Ihnen gar nichts, ich möchte wissen, wie genau sich die angebliche Berührung ereignet hat. Waren Sie mit dem Wasserlassen schon fertig oder tröpfelte es noch?«

»Muss ich jetzt hier auch noch so perverse Fragen beantworten?«, brauste Behrmann auf. »Genügt es nicht, dass ich nichts ahnend meinem Geschäft nachgegangen bin und dann von einem Abartigen betatscht wurde, der mir dabei auch noch Schweinkram ins Ohr flüsterte?«

»Dann erzählen Sie mir doch, wie es war. An welcher Stelle Ihres Geschlechtsteils hat er Sie berührt? Wenn Sie noch beim Wasserlassen waren, muss das ja sehr weit vorn gewesen sein.«

»Keine Ahnung, ob der sich nasse Finger geholt hat. Ich war so perplex, ich habe nur gemerkt, wie der mich da angefasst hat, und war schockiert. Wer rechnet denn mit so was?«

»Ist Ihnen bekannt, dass am Dammtor regelmäßig Stricher verkehren?«

»Hätte ich das gewusst, hätte ich den Groschen fürs Bahnhofsklo auf jeden Fall ausgegeben.«

»Sie wussten es also nicht?«

»Nein.«

»Das ist seltsam, denn Sie sind vor zwei Jahren schon einmal in einen ähnlichen Zwischenfall am Dammtor verwickelt gewesen.«

»Ich habe keine Ahnung, wovon Sie reden.«

»Nun, damals haben Sie sich gezielt unter die Stricher gemischt, um Homosexuelle anzulocken und sie hinterher bei der Polizei abzuliefern.«

»Meinen Sie die Geschichte von 1947? Damals hat so einer meinen kleinen Bruder belästigt, der war da zwölf. Ich habe dem Perversen deshalb Schläge angedroht und ein paar anständige Bürger haben uns geholfen, ihn zur Polizei bringen. Das ist doch furchtbar mit denen, wo die sich hier überall rumtreiben und sich an Kindern vergehen. Und selbst anständige Handwerksgesellen wie ich sind nicht mehr sicher. Der kann doch froh sein, dass wir ihn nur zur Polizei gebracht haben, ohne ihm 'ne Tracht Prügel zu verpassen. Ich versteh ja nicht, wieso Sie so einen verteidigen. Schämen Sie sich dafür eigentlich gar nicht? Sittenstrolche sind doch das Letzte!«

Für einen Augenblick fehlten Melk tatsächlich die Worte.

»Haben Sie noch weitere Fragen?«, fragte der Richter. Melk verneinte.

Im Anschluss wurden die Freunde des jungen Mannes als Zeugen aufgerufen, die einhellig Behrmanns Aussage bestätigten.

Dann kam noch ein letzter Zeuge, der von der Staatsanwaltschaft geladen worden war.

Beim Eintreten dieses Mannes zuckte Krüger zusammen und flüsterte seinem Anwalt hastig etwas ins Ohr. Die Miene des Anwalts verfinsterte sich.

»Sie sind Hinnerk Fränkel, geboren am 17. März 1903?«, fragte der Staatsanwalt.

»Jawohl.«

»Können Sie uns sagen, in welcher Beziehung Sie zu dem Angeklagten stehen?«

»Ich erhebe Einspruch gegen diesen Zeugen«, rief Krügers Anwalt. »Hinnerk Fränkel hat nichts mit dem vorliegenden Fall zu tun und kann keinerlei Angaben zum Tatbestand machen.«

»Dafür ist er auch nicht hier«, erklärte der Staatsanwalt betont gelassen. »Herr Fränkel soll dem Gericht dabei helfen, sich ein Bild von der Persönlichkeit des Angeklagten zu machen.«

»Es ist unglaublich, zu welchen Mitteln hier gegriffen wird, um den Ruf meines Mandanten zu schädigen. Mein Mandant ist ein angesehener Arzt, der sich niemals etwas zuschulden kommen ließ. Dafür gibt es zahlreiche Leumundszeugen.«

»Es stand Ihnen frei, derartige Zeugen im Vorfeld zu benennen«, erwiderte der Richter. »Aber Sie haben darauf verzichtet.« Dann forderte er den Staatsanwalt auf, den Zeugen Fränkel weiter zu befragen. Hinnerk Fränkel erzählte seine Geschichte ohne jegliche Emotionen. Er berichtete, wie er Krüger in den Zwanzigerjahren kennengelernt hatte, wie sie über Jahre heimlich ein Paar gewesen waren und wie Krüger ihn schließlich aus Angst um seine Approbation verraten und für Jahre ins KZ gebracht hatte, nachdem sie bei homosexuellen Handlungen ertappt worden waren.

Ein Raunen ging durch die Reihen der Zuschauer, so laut, dass der Richter um Ruhe bitten musste.

»Wir haben uns die Mühe gemacht, die Gerichtsakten über den Fall aus dem Jahr 1937 herauszusuchen«, sagte der Staatsanwalt. »Darin wird die Aussage von Herrn Fränkel bestätigt. Zwar konnte man dem Angeklagten damals keine Homosexualität nachweisen, zumal er sich selbst als Opfer bezeichnete, um auf Kosten seines damaligen Geliebten einer Bestrafung zu entgehen, aber angesichts der glaubwürdigen Aussagen von Heinz Behrmann und seinen Kollegen steht zweifelsfrei fest, dass hier ein Delikt gemäß Paragraf 175 vorliegt. Die Frage ist nun, ob es sich um eine besondere Schwere handelt, die vorliegt, wenn ein Mann unter einundzwanzig Jahren zur Unzucht verführt oder genötigt wird. Unter Berücksichtigung der Tatsache, dass der Angeklagte sich einem angetrunkenen Minderjährigen in einer hilflosen und unerwarteten Situation näherte, ist der unsittliche Übergriff zweifelsfrei bewiesen. Vor dem Hintergrund, dass der Angeklagte zudem als Arzt tätig ist, von dem man eine besondere Verantwortung und ein hohes Ethos zu erwarten hätte, kann nur von einem besonders schweren Fall ausgegangen werden, der mit der ganzen Härte des Gesetzes zu verfolgen ist. Das Strafmaß bewegt sich bei schweren Fällen zwischen drei Monaten Gefängnis und zehn Jahren Zuchthaus. Im vorliegenden Fall ist dem Angeklagten zugutezuhalten, dass er bislang auf keinen offiziellen Listen aufgetaucht ist und erstmals wegen eines homosexuellen Delikts vor Gericht steht. Andererseits darf die Schwere der Tat nicht verharmlost werden, zumal er sich an einem Minderjährigen vergriffen hat. Ich beantrage deshalb ein Strafmaß von zwei Jahren Gefängnis und ein Berufsverbot als Arzt!«

Krüger verzichtete auf eine Aussage, sondern überließ seinem Anwalt das Abschlussplädoyer.

»Die Aussagen des Herrn Behrmann bleiben in ihrer Art vage und sind nicht nachvollziehbar. Es bleibt offen, wie mein Mandant die ihm zur Last gelegte Straftat, die die besondere Schwere der Tat begründet, welche eine Verurteilung gemäß Paragraf 175a Absatz 3 rechtfertigen würde, begangen haben soll. Mein Mandant bestreitet die Tat und die angehörten Zeugen haben allesamt angegeben, dass sie erst hinzukamen, als der Vorfall sich bereits ereignet hatte und Herr Behrmann nur noch wild schrie, er sei angefasst worden. Zeugen für die eigentliche Tat gibt es nicht und die Vorgeschichte des Herrn Behrmann zeigt, dass sich eine besondere Vulnerabilität und Empfindlichkeit in seine Seele eingeschlichen hat, nachdem er 1947 miterleben musste, wie sein kleiner Bruder von einem Päderasten belästigt wurde. Dies hat jedoch nichts mit meinem Mandanten zu tun. Auch der von der Staatsanwaltschaft angeführte Zeuge Hinnerk Fränkel ist nicht dazu geeignet, ein schlechtes Licht auf meinen Mandanten zu werfen, da mein Mandant im Jahr 1937 selbst Opfer eines homosexuellen Übergriffs war, der unter Paragraf 175a, allerdings Absatz 1, fiel, und für den Fränkel rechtmäßig verurteilt wurde und eine Strafe von acht Jahren im KZ Neuengamme absaß. Es steht somit Aussage gegen Aussage und vor dem Hintergrund, dass mein Mandant unter Würdigung seiner Gesamtpersönlichkeit auch als Arzt all sein Handeln stets in den Dienst der Menschheit stellte und bislang niemals wegen eines Delikts nach Paragraf 175 des Strafgesetzbuchs vor Gericht gestellt oder gar verurteilt wurde, plädiere ich auf Freispruch aus Mangel an Beweisen.«

Nach den Plädoyers zog sich das Gericht zur Beratung zurück.

Richard spürte, wie Paula nach seiner Hand griff und sie fest drückte.

»Was meinst du?«, fragte Paula, während sie auf den Fortgang der Verhandlung warteten. »Wird Melk sich wieder durchsetzen?«

»Ich bin hin- und hergerissen«, erwiderte Richard. »Man kann über Melk und Krüger denken, was man will, aber Melks Zweifel, wie genau der Missbrauch abgelaufen sein soll, sind nachvollziehbar. Eigentlich müssten sie ihn freisprechen.«

»Ich hoffe, er wird verurteilt«, sagte Paulas Vater. »Der Bursche muss ins Gefängnis, und dafür ist mir jedes Mittel recht.« Ehe Richard etwas erwidern konnte, kehrten die Richter zurück.

»Im Namen des Volkes ergeht folgendes Urteil«, verkündete der Vorsitzende Richter. »Das Gericht ist nach Anhörung aller Zeugenaussagen und unter Würdigung der Gesamtpersönlichkeit des Angeklagten zu der Überzeugung gekommen, dass im vorliegenden Fall der homosexuelle Missbrauch eines Mannes unter einundzwanzig Jahren vorliegt. Somit ist der Straftatbestand des Paragrafen 175a Absatz 3 erfüllt. Das Urteil lautet auf achtzehn Monate Gefängnis ohne Bewährung. Da der Angeklagte bislang nicht vorbestraft ist und auch nicht als Homosexueller registriert wurde, hat sich das Gericht entschieden, diesen Umstand als mildernden Umstand zu werten und unter der Forderung der Staatsanwaltschaft zu bleiben. Des Weiteren wird der Fall zur Überprüfung an die Ärztekammer weitergeleitet, damit dort eine berufsständische Entscheidung darüber erfolgen kann, ob aufgrund der sittlichen und moralischen Verfehlungen des Angeklagten eine dauerhafte Unwürdigkeit zur Ausübung des Arztberufs vorliegt, die ein entsprechendes Berufsverbot zur Folge hätte.«

Als die Sitzung geschlossen wurde, saß Krüger noch immer wie ein Häufchen Elend auf seinem Platz und starrte fassungslos vor sich hin. Und während alle anderen das Urteil begrüßten, vermisste Richard das Gefühl der inneren Genugtuung. Es gab zu viele Ungereimtheiten in diesem Prozess. Allein der Stempel der Homosexualität hatte gereicht, die Aussagen der Zeugen glaubwürdig erscheinen zu lassen. Wäre das Opfer eine Frau gewesen, hätte Krüger mit Sicherheit einen Freispruch erwarten können, auf jeden Fall wäre er nicht zu anderthalb Jahren Gefängnis verurteilt worden.

»Was ist mit dir, Richard?«, fragte Arthur. »Bist du nicht froh, dass er nun endlich seine gerechte Strafe bekommt?«

»Er bekommt seine Strafe«, sagte Richard. »Aber ist sie wirklich gerecht?« Er atmete tief durch. »Ich habe jetzt drei Gerichtsverhandlungen gegen Krüger miterlebt. Und alle drei waren eine Schande für die deutsche Justiz.«

57. Kapitel

Krügers Verurteilung beschäftigte Richard noch eine ganze Weile, vor allem, als er erfuhr, dass der Beamte, der federführend an der Beweissicherung beteiligt gewesen war, im Anschluss an Krügers Verurteilung zum Leiter einer Sonderkommission befördert worden war, die sich auf die Verfolgung von Homosexuellen spezialisiert hatte. Von Bruno hörte er zudem, dass es sehr gefährlich geworden war, sich in einschlägigen Etablissements blicken zu lassen, da Polizeispitzel beobachteten, wer dort verkehrte, und Listen darüber führten.

»Ich bin froh, dass Eddy mich von Anfang an auf die Gefahren hingewiesen hat«, erklärte Bruno. »Ich meide diese Lokale seither, denn ich will nicht, dass der Ruf unserer Firma Schaden nimmt, gerade jetzt, wo Karl die Tischlerei weiter ausbaut.«

Richard nickte. Karl hatte in der Tat ein feines Händchen, was die Leitung der Tischlerei anging, denn er vereinte den Geschäftssinn seines Vaters mit dem handwerklichen Talent seines Großvaters. Er hatte zahlreiche lukrative Aufträge an Land gezogen und drei zusammenhängende Kellerräume unterhalb einer Ladenzeile als Werkstatträume angemietet. Sein Traum war ein großes, neues Werkstattgebäude, aber das würde noch etwas auf sich warten lassen, denn an erster Stelle standen die Abzahlungen für ein vom Krieg stark beschädigtes Einfamilienhaus, das Karl günstig für seine kleine Familie erworben hatte. Jetzt renovierte er es jeden Tag nach Feierabend zusammen mit seinen Brüdern, die zur Untermiete bei ihm eingezogen waren. Seine Eltern und Lottchen wohnten weiterhin im Schrebergarten, dessen hölzerne Wände allerdings nach und nach durch feste Ziegelmauern ersetzt worden waren, sodass man mittlerweile von einem stabilen Haus sprechen konnte.

Am 9. August 1949 wurden die Zwillinge Georg und Emilia siebzehn Jahre alt und damit war die Zeit, da Richard sich noch einreden konnte, die beiden wären Kinder, endgültig vorbei. Andererseits hatten sie seit der Währungsreform endlich wieder eine Zukunft und konnten genau wie er in ihrem Alter darauf hoffen, dass sich all ihre Träume in einem neuen Deutschland erfüllen würden, auch wenn die politische Lage nach wie vor schwierig war und alles darauf hindeutete, dass sich die Teilung des Landes in die Bundesrepublik und die sowjetisch besetzte Ostzone dauerhaft etablieren würde. Am 14. August 1949 fanden die ersten Wahlen in der neu gegründeten Bundesrepublik Deutschland statt und es war zu erwarten, dass die Ostzone darauf mit der Gründung eines zweiten deutschen Staates reagieren würde.

Am Mittwoch, dem 7. September 1949, feierten Paula und Richard ihren einundzwanzigsten Hochzeitstag und es war zugleich das Datum, an dem die erste Sitzung des Deutschen Bundestages der Bundesrepublik Deutschland unter Kanzler Konrad Adenauer stattfand. Doch obwohl es ein historisches Datum war, stand für Richard etwas anderes im Vordergrund, denn der 7. September 1949 war auch das Datum, an dem er zusammen mit Paula seinen so lang ersehnten funkelnagelneuen dunkelblauen VW im Autohaus abholen konnte.

»Manchmal bist du deinen Träumen einfach voraus«, sagte Paula lächelnd, als sie gemeinsam in den Wagen einstiegen. »Eigentlich war das Auto ja erst für 1953 geplant.«

»Wir müssen es vor der Reise nach Italien ja noch ordentlich einfahren.« Richard lachte. »Weißt du was? Wir fahren jetzt nicht gleich nach Hause, sondern machen noch einen Abstecher auf die Autobahn. Ich will doch sehen, wie gut er beschleunigt. Verglichen mit unserem alten Adler Standard 6 ist das der reinste Rennwagen!«

Paula sah ihn von der Seite an, wie er dort am Lenkrad saß, in den Augen das gleiche fröhliche Blitzen, das sie vor einundzwanzig Jahren in seinen Augen gesehen hatte, als sie den Adler zur Hochzeit bekommen hatten.

»Na, dann zeig mir mal, was unser neuer Rennwagen so kann!«, sagte sie und lehnte sich glücklich im Sitz zurück.

Weihnachten 1949 verlobten sich Arthur und Lottchen ganz offiziell und kündigten ihre Hochzeit für Freitag, den 4. August 1950 an, denn Arthurs Militärzeit endete am 31. Juli 1950. Arthur hatte sich zudem entschieden, einen Kredit aufzunehmen, um sich in das Ärztehaus einzukaufen. Allerdings wollte er keine weiteren Schulden machen, um ein Haus zu bauen, sondern schlug Fritz vor, die vierte Praxis im Haus als Wohnung mit einem richtigen Badezimmer und einer Küche zu gestalten, sodass er sie vorerst von Fritz mieten konnte.

»Auf die Idee hätten wir auch früher kommen können«, meinte Fritz. »Aber ich würde um nichts in der Welt mehr auf meine Doppelhaushälfte mit Garten verzichten wollen.«

»Wir haben drei Zimmer, das passt schon«, sagte Arthur. »Und an Kinder denken wir frühestens in zwei Jahren, wenn Charlotte ihr Studium abgeschlossen und erste Berufserfahrungen gesammelt hat. Du hast vor deiner Ausbombung doch auch in einer Dreizimmerwohnung gelebt.«

»Ja«, gestand Fritz. »Aber nach all den Jahren der Entbehrungen will ich nie wieder in beengten Wohnverhältnissen leben. Ich habe zu oft miterlebt, wie Menschen, die immer nur gespart haben, durch Hyperinflation, Weltwirtschaftskrise und Weltkriege alles verloren haben. Und da habe ich mir geschworen, dass ich nie wieder warten werde. Solange ich meine Kredite abzahlen kann, stören mich Schulden nicht. Sobald du einen Überblick über deine künftigen Einkünfte als niedergelassener Kardiologe hast, kannst du dir ja ausrechnen, wie groß dein Spielraum für einen weiteren Kredit ist. Und wenn Lottchen ihr Studium abgeschlossen hat und auch als Ärztin arbeitet, sollten Abzahlungen für ein Haus kein Problem mehr sein.«

»Bevor ich an ein eigenes Haus denke, möchte ich lieber ein Auto haben. Den Jeep kann ich nach meiner Entlassung nicht mehr nutzen, aber ich habe mich an die Mobilität gewöhnt. Wird schwierig sein, darauf zu verzichten.« Er seufzte.

Über diese Worte dachte Fritz lange nach, und als er später mit Richard und Paula darüber sprach, was sie Arthur und Lottchen wohl zur Hochzeit schenken könnten, meinte Richard: »Wir haben noch die einhundert Dollar, die sind inzwischen mehr als vierhundert Mark wert. Wie wäre es, wenn wir außerdem bei unseren Freunden und Verwandten sammeln und den beiden ein Sparbuch schenken, das für ein Auto gedacht ist? Ich fürchte nämlich, die fünftausend Mark für einen neuen VW kriegen wir nicht zusammen, ganz abgesehen von der langen Lieferzeit.«

»Am liebsten würdest du ihnen einen VW direkt vor die Tür stellen, nicht wahr?«, fragte Fritz. »So wie wir euch damals euren Adler?«

Richard nickte. »Aber das ist illusorisch.«

»Vielleicht«, erwiderte Fritz. »Aber ich muss gestehen, ich hätte keine Hemmungen, meine Mutter zu fragen, ob sie die fehlende Summe beisteuern würde. Immerhin hat Arthur sehr viel für mich getan. Er hat mich nicht nur aus dem Kriegsgefangenenlager geholt, sondern auch das Penicillin besorgt, als ich fast an Scharlach gestorben wäre. Er war immer für uns da. Da sollten wir ihm und Lottchen doch eine unvergessliche Hochzeit bereiten, oder?«

»Willst du es in die Hand nehmen?«, fragte Paula.

»Ja, das bin ich ihm schuldig. Und ich werde das möglich machen, koste es, was es wolle.«

Fritz hielt Wort. Seine Mutter schien sogar hocherfreut, dass er sie von sich aus um etwas bat, und versprach, nicht nur das fehlende Geld beizusteuern, sondern nutzte sogar ihre einflussreichen Kontakte, um einen VW, der ursprünglich als Reparationsleistung an die Briten geliefert worden war, aus den Militärbeständen zu kaufen und nach Deutschland überführen zu lassen, damit das Geschenk rechtzeitig da war. Allerdings hatte der für den britischen Bedarf gebaute Wagen das Lenkrad auf der falschen Seite. Zudem gefiel Fritz der Militäranstrich nicht.

»Das Lenkrad ist kein Problem«, meinte Richard, als sie den Wagen begutachteten. »Es ist doch lustig, wenn er ein britisches Modell bekommt. Aber die Farbe ist trostlos, da hast du recht.«

»Wir könnten ihn neu lackieren lassen«, schlug Paula vor. »In eine Farbe, die sonst niemand hat. Dann ist es ein Einzelstück.«

»Das ist eine gute Idee«, sagte Fritz. »Ich kümmere mich darum.«

Arthur und Lottchen planten eine rein standesamtliche Hochzeit, und diesmal war es Arthur, der über die Unmengen an Papieren schimpfte, die er im Vorfeld hatte beibringen müssen.

»Jammer nicht«, hatte Lottchen zu ihm gesagt. »Immerhin brauchtest du kein Gesundheitszeugnis vorzulegen.«

»Aber ich komme mir vor, als würde ich hier gerade bürokratisiert und eingedeutscht.«

»Nun übertreib mal nicht. Keiner nimmt dir deine Nationalität weg. Jedenfalls nicht, solange du noch diesen entzückenden britischen Akzent hast.« Sie hauchte ihm einen Kuss auf die Wange.

Am Freitag, dem 4. August 1950, sollte die große Hochzeitsfeier in einem eleganten Lokal in Harvestehude stattfinden. Fritz hatte noch eine Überraschung für Arthur, denn er hatte ihrem gemeinsamen Freund Maxwell Cooper nach London telegrafiert und ihm und seiner Frau das Gästezimmer in seinem Haus angeboten. Als Fritz Maxwell und seine Frau am Abend des 3. August vom Fähranleger an den Landungsbrücken abholte, war Maxwell ganz beeindruckt von Fritz' neuem Mercedes.

»So einen Wagen hätte ich auch gern«, sagte er, während sie die Koffer verstauten. »Es scheint euch ja richtig gut zu gehen. Ich habe gehört, bei euch sind inzwischen sämtliche Lebensmittelrationierungen aufgehoben worden?«

»Ja.« Fritz nickte. »Seit Juni gibt es keine Beschränkungen mehr.«

»Bei uns schon«, sagte Maxwell. »Und dabei haben wir doch den Krieg gewonnen. Wie macht ihr das bloß?«

»Ihr demontiert unsere alten Industrieanlagen, um sie als Reparationsleistungen in England wiederaufzubauen. Also bleibt uns nichts anderes übrig, als neue zu bauen. Die sind dann natürlich gleich etwas moderner als unsere alten, die nun bei euch rumstehen«, erwiderte Fritz mit einem Augenzwinkern. »Ihr habt zwar den Krieg gewonnen, aber wenn ihr euch auf diesen Lorbeeren dauerhaft ausruht, gewinnen wir die Nachkriegszeit, und in spätestens zehn Jahren haben wir euch wirtschaftlich abgehängt.«

»Jetzt hör aber mal auf«, sagte Maxwell lachend. »So schnell passiert das nicht.«

Als das Brautpaar am Vormittag zum Standesamt ging, ließ Fritz, der Arthurs Trauzeuge sein sollte, auf sich warten, was den Bräutigam sehr nervös machte. »Wieso ist er noch nicht da?«, fragte er. »Sonst ist er doch immer überpünktlich.« Sein Blick wanderte zu Fritz' Frau und den Kindern. »Wisst ihr, wo er ist?«

»Er hat noch zwei Minuten Zeit, und die braucht er auch«, sagte Julia mit einem verschwörerischen Augenzwinkern. »Unser Auto ist zwar groß, aber nicht so groß.«

»Ich verstehe kein Wort.«

Im nächsten Moment ging die Tür auf und Fritz betrat das Standesamt in Begleitung von Maxwell und seiner Frau.

»Ich musste mich noch als Chauffeur betätigen.« Fritz grinste. »Aber wir sind pünktlich auf die Minute.«

Arthur starrte verblüfft auf die Neuankömmlinge. »Maxwell? Das ist ja eine Überraschung. Ich dachte, du wärst in London unabkömmlich.«

»Fritz kann sehr überzeugend sein«, erwiderte Maxwell und schüttelte Arthur die Hand. »Er meinte, es sollten nicht nur Deutsche zu der Feier kommen, damit du dich auch wohlfühlst.«

Arthur wandte seinen Blick von Maxwell zu Fritz.

»Die Überraschung ist dir gelungen. Die ist unübertrefflich.«

»Abwarten«, sagte Fritz nur und tauschte mit Julia einen konspirativen Blick.

Im Anschluss an die standesamtliche Trauung fuhren sie alle gemeinsam nach Harvestehude.

Bevor die Tafel eröffnet wurde, hielt Holger als Brautvater die obligatorische Rede. »In dieser Familie gibt es bei Hochzeiten verschiedene Traditionen«, begann er. »Zum einen sind wir alle keine Freunde langer Reden, sondern schätzen das leckere Gebäck und die Köstlichkeiten, die uns hier gleich erwarten. Eine weitere Tradition haben wir 1928 eingeführt, als mein

Schwager Richard seine Paula geheiratet hat, und an die wollen wir heute anknüpfen. Allerdings gehört zu dieser Tradition, dass ihr euch mit einem einzigen Geschenk begnügen müsst, für das wir alle zusammengelegt haben. Dabei ist es vor allem Fritz' unermüdlichem Einsatz zu verdanken, dass wir es tatsächlich geschafft haben. Lieber Arthur, liebes Lottchen, wir wünschen euch eine lange, glückliche Ehe, in der alle eure Träume in Erfüllung gehen mögen. Aber einen Traum wollen wir euch jetzt gleich erfüllen.« Er nahm eine kleine Schachtel und reichte sie Arthur.

»Das ist unser Geschenk. Und ich zitiere jetzt meinen Schwiegervater, der vor zweiundzwanzig Jahren zu Paula und Richard sagte: ›Das Zubehör hat leider nicht durch die Tür gepasst.‹«

»Oh, mein Gott!«, flüsterte Arthur, als er die Schachtel gemeinsam mit Lottchen geöffnet hatte. »Das sind Autoschlüssel!«

»Na los, dann ab vor die Tür«, sagte Fritz.

Auf dem Parkplatz des Lokals stand ein weinroter VW, auf dessen Kofferraumhaube ein Herz aus weißen Rosen angebracht war.

»Der ist wundervoll«, sagte Lottchen und strich über den glänzenden Lack. »Was für eine schöne Farbe. Vielen, vielen Dank!«

Auch Arthur war zutiefst gerührt. »Du hattest recht«, sagte er zu Fritz. »Du hast es geschafft, dich noch zu übertreffen. Der muss doch ein Vermögen gekostet haben.« Dann öffnete er die Tür. »Warum hat er das Lenkrad rechts?«

»Na, weil er so ist wie du. Außen sieht er deutsch aus, aber wenn man genauer hinschaut, erkennt man den Briten.« Fritz verpasste ihm einen freundschaftlichen Klaps. »Außerdem hat das Auto den Vorteil, dass du dein Verdeck nicht mehr verlegen kannst. Eine Heizung hat er übrigens auch.«

58. Kapitel

1951 war nicht nur das Jahr, in dem Lottchen ihr Medizinstudium abschloss und Richard seinen fünfzigsten Geburtstag feierte, sondern es war auch das Jahr, in dem Emilia und Georg Abitur machten. Während Emilia sich anschließend erfolgreich um einen Medizinstudienplatz in Hamburg bewarb, erfüllte sich Georgs Wunsch, das Lehrerseminar zu besuchen, um selbst Lehrer an einer Schule für Taubstumme zu werden, nicht. Er hätte nie damit gerechnet, dass ihm ausgerechnet seine Gehörlosigkeit als Hindernis ausgelegt werden würde, denn man erwartete von den Teilnehmern des Lehrerseminars, dass sie die gehörlosen Kinder an die Lautsprache gewöhnten. Da Georg selbst taub war, war es ihm unmöglich, die Lautsprache seiner künftigen Schüler zu korrigieren, und ein alleiniger Unterricht in der Gebärdensprache war nicht erwünscht. Georg war darüber zutiefst verbittert, denn die Ablehnung traf ihn umso schlimmer, als sie von einer Stelle kam, von der er sich Verständnis erhofft hätte, und er begriff, dass die Zeiten, in denen Gehörlosigkeit als Makel galt, längst nicht vorbei waren. Zwar war er nicht mehr von der Zwangssterilisation bedroht, aber nach wie vor wurde er als minderwertig betrachtet. Im Dritten Reich war er noch ein Kind gewesen und seine Eltern hatten ihn wirkungsvoll geschützt und verhindert, dass er die gesamte Tragweite der

Gefahr realisierte, in der er schwebte. Es war besonders bitter, dass er sich damals nicht so benachteiligt gefühlt hatte wie jetzt in einem neuen deutschen Staat, der sich demokratisch nannte und angeblich allen die gleichen Möglichkeiten der Entfaltung bot. Seine Eltern versuchten, ihn aufzumuntern und ihm andere Berufsmöglichkeiten aufzuzeigen, aber das Problem erwies sich als viel weitreichender, denn viele Studiengänge und Berufe kamen für einen Gehörlosen von vornherein nicht infrage, da das Hörvermögen für die spätere Berufsausübung unabdingbar war. Zudem war es an den Universitäten nicht möglich, die Vorlesungen von den Lippen der Professoren abzulesen, da sie zu weit entfernt standen und keinen dauerhaften Blickkontakt hielten. Selbst in den Seminaren war der Blickkontakt nicht ständig gegeben. Aber allein aus Büchern zu lernen wurde den Voraussetzungen eines Studiums nicht gerecht. Alternativ überlegte Georg, an welchem Lehrberuf er Freude finden könnte, aber zum ersten Mal in seinem Leben fühlte er sich selbst behindert. Niemals zuvor hatte er unter seiner Gehörlosigkeit gelitten, nicht einmal in den Zeiten, da er sie geheim halten musste. Stets hatten seine Familie und seine Freunde ihm das Gefühl gegeben, ein vollwertiger Mensch zu sein. Aber nachdem er die Taubstummenschule verlassen hatte, wurde ihm klar, dass seine Berufsauswahl sehr eingeschränkt war. Warum war es nicht möglich, auf die Bedürfnisse von Gehörlosen einzugehen? Warum war noch niemand auf die Idee gekommen, eine Vorlesung simultan in die Gebärdensprache übersetzen zu lassen? Emilia hatte ihn auf diese Idee gebracht, als sie ihm vorschlug, sich auch um einen Medizinstudienplatz zu bewerben, weil sie ihm dann alles übersetzen könnte, was er nicht mitbekam. Aber das kam für Georg aus zwei Gründen nicht infrage. Zum einen wäre er auch als Arzt auf seine Ohren angewiesen, um einen Patienten vollständig zu untersuchen. Der zweite Grund war aber entscheidender. Er hatte kein Interesse an der Medizin. Er teilte nicht die Leidenschaft seiner Eltern und seiner Schwester für diesen Beruf. Er wollte all das, was er an eigenen Erfahrungen als Gehörloser gesammelt hatte, an andere Gehörlose weitergeben, darin sah er seine Berufung und seine Aufgabe. Als er das eines Abends seinem Vater erzählte, meinte der: »Vielleicht musst du einen Umweg gehen, um dein Ziel zu erreichen.«

»Einen Umweg?«, fragte Georg. »Was meinst du damit, Papa?«

»Als ich Medizin studieren wollte, hat mein Vater mich zwar unterstützt, aber er hat eine Bedingung gestellt. Ich musste erst eine Tischlerlehre machen, denn er meinte, man soll seine Wurzeln nie vergessen und zudem wäre Wissen das Einzige, das mir niemand nehmen könnte. Du willst mit gehörlosen Kindern arbeiten, sie unterrichten und ihnen helfen, einen angesehenen, festen Platz im Leben zu finden. Das ist ein lobenswertes Ziel, Georg, aber du bist erst neunzehn. Du hast viel erlebt und ich bin immer stolz auf dich gewesen, wie du all die schwierigen Zeiten durchgestanden hast. Dennoch fehlt dir noch etwas. Etwas, das allen, die an dir zweifeln, zeigt, dass ein Gehörloser alles erreichen kann. Alfred Schär sagte mir einmal, man muss sich entscheiden, ob man in der Welt der Taubstummen oder der Gesunden leben möchte. Wir wollten von Anfang an in beiden Welten leben und etwas vereinen, von dem viele Menschen – sowohl Hörende als auch Gehörlose – glauben, dass es unvereinbar sei. Du bist noch so jung, dir steht das ganze Leben offen, Georg. Was würdest du sagen, wenn ich dir jetzt den gleichen Rat gebe, den mein Vater mir gab? Wie wäre es, wenn du bei Karl als Tischler in die Lehre gehst? Du kannst dann im Berufsschulunterricht Erfahrungen sammeln, wie es als Gehörloser im Frontalunterricht mit Hörenden ist. In der Berufsschule wird man mehr Rücksicht auf dich nehmen können als in einem Studium, denn die ist ja nur einmal in der

Woche. Karl und seine Brüder gehen von jeher auf deine besonderen Bedürfnisse ein und achten immer darauf, dass du ihre Gesichter siehst, wenn sie mit dir reden. Wenn du eine ganz normale Lehre erfolgreich abschließt, beweist du allen, dass ein Gehörloser alles erreichen kann. Die Zeiten ändern sich, Georg, du weißt selbst, dass es Bestrebungen gibt, die Gebärdensprache als eine vollwertige Sprache anzuerkennen. Wir wissen nicht, welche Bedingungen in drei Jahren herrschen. Vielleicht wird man dich dann im Lehrerseminar aufnehmen, auch vor dem Hintergrund, dass du dich in der Welt der Hörenden bewiesen hast. Alles, was du jetzt lernst, kann dir niemand mehr nehmen. Es ist keine Schande, vor einem Studium ein Handwerk zu erlernen. Im Gegenteil, darauf kann man stolz sein. Du siehst, was Karl gerade leistet. Der verdient als Tischlermeister mit seinem eigenen Betrieb bald mehr Geld als wir, obwohl wir Ärzte sind. Weil er Ideen hat und kreativ ist. Und weil er gute Möbel und Produkte herstellt. Was hältst du davon, wenn du die alte Hellmer-Tradition fortführst, Georg? Du weißt doch, in dieser Familie sind alle Männer Tischler und alle Frauen, die nicht mit einem Tischler verheiratet sind, Ärztinnen.« Er zwinkerte seinem Sohn zu.

»Und du bist das Bindeglied«, sagte Georg. »Aber was werde ich sein?«

»Du bist mein Sohn, Georg. Ich bin mir sicher, dass du alles erreichen wirst, was du dir wünschst, doch du kannst vom Leben nicht erwarten, dass es leicht wird. Das war es für uns nie. Aber am Ende haben wir es immer geschafft, weil wir bereit waren, Kompromisse und Umwege in Kauf zu nehmen. Nur zu einem waren wir niemals bereit. Wir haben niemals aufgegeben. Und das wirst du auch nicht!«

Georg atmete tief durch. »Es ist auf jeden Fall besser, als mit dem Schicksal zu hadern«, sagte er. »Horst macht ja auch eine Lehre als Maler und er scheint damit ganz zufrieden zu sein.«

»Ja, und das solltest du auch. Außerdem solltest du den Führerschein machen. Ich habe mich erkundigt, du brauchst nur ein ärztliches Attest, dass du trotz deiner Taubheit in der Lage bist, ein Kraftfahrzeug zu führen, und dann steht dem nichts im Wege. So wie ich Karl kenne, wird der nämlich bald wieder eine ganze Lieferwagenflotte haben und da ist ein Lehrling mit Führerschein Gold wert.«

»Darf ich dein Auto dann auch fahren?«

»Natürlich. Aber sei bloß vorsichtig, das ist noch nicht abbezahlt.« Er gab seinem Sohn einen liebevollen Klaps auf die Schulter und freute sich, dass Georg wieder etwas zuversichtlicher in die Zukunft schaute. Allein dafür hatte es sich gelohnt, dass er selbst vor Beginn seines Studiums eine Tischlerlehre gemacht hatte.

59. Kapitel

Nachdem Georg für sich eine Entscheidung getroffen hatte, sah die Zukunft wieder etwas rosiger aus. Die Arbeit in der Tischlerei machte ihm mehr Spaß, als er gedacht hätte, und auch der Führerschein stellte ihn vor keine großen Herausforderungen. Zudem behielt sein Vater recht: Karl verdiente mit der Tischlerei so gut, dass sie im Jahr 1952 endlich wieder ein eigenes Werkstattgebäude hatten und sich einen VW Transporter als Lieferwagen leisten konnten, den Georg regelmäßig nutzte.

Zusammen mit seinem Cousin Bruno arbeitete er sogar an kleinen Klappmöbeln, die von den platzsparenden Möbeln im Schrebergarten inspiriert waren und die man in einen VW Transporter einbauen konnte, sodass man darin schlafen konnte. Karl war von der Idee begeistert und überlegte, wie man sie gewinnbringend vermarkten könnte. Er nahm Kontakt mit einem VW-Vertragshändler auf und bekam die Möglichkeit, ein Vorführmodell für das Autohaus als Wohnwagen auszustatten, das zugleich als Werbung für die Tischlerei diente. Die Federführung für das Projekt lag bei Bruno und Georg und es gab tatsächlich einige wohlhabende Kunden, die am Ausbau eines VW Transporters zum Wohnwagen interessiert waren. Karl war pfiffig genug, die entsprechenden Einbaumöbel als

Patente anzumelden und weitere Aufträge an Land zu ziehen. Richards Vater war stolz auf seine Enkel.

»Die Jungs machen die Tischlerei größer, als sie vor dem Krieg war«, sagte er eines Abends im Spätsommer 1952 zu Richard, als sie gemeinsam mit Fritz bei einem Bier auf der Terrasse saßen.

»Es ist schon erstaunlich«, bestätigte Richard. »Unser Land ist kleiner geworden und zweigeteilt, aber Hamburg prosperiert wieder. Der Begriff Wirtschaftswunder trifft es sehr gut.«

»Ja«, sagte Fritz. »Und endlich findet unser Land seine Stärke in dem, was es wirklich kann. Wisst ihr, was ich mir zu meinem fünfzigsten Geburtstag in drei Wochen selbst schenken werde?«

»Keine Ahnung. Eine Waschmaschine habt ihr schon, welches technische Gerät fehlt denn noch?«

»Ich helfe dir mal auf die Sprünge. Olympische Spiele 1936. Was hat mich damals am meisten beeindruckt?«

»Dass du Maxwell zufällig im Ägyptischen Museum vor der Büste der Nofretete getroffen hast?«

»Du willst mich bloß aufziehen. Du weißt ganz genau, was ich meine.«

»Ja«, bestätigte Richard. »Sag bloß, dass du dir wirklich einen Fernseher bestellt hast. Im Moment läuft doch nur das Testprogramm.«

»Ja, aber zu Weihnachten soll das offizielle Fernsehprogramm starten. Dann gibt es jeden Tag Programm und nicht nur zweimal in der Woche. Und ich will von Anfang an dabei sein. Das war mein Traum, seit ich diese Geräte zum ersten Mal gesehen habe!«

»Na, dann wissen wir ja schon, dass wir Weihnachten dieses Jahr alle bei euch feiern werden, um gemeinsam den Beginn des offiziellen deutschen Fernsehprogramms zu bewundern.«

»Willst du dir keinen Fernseher kaufen?«, fragte Fritz.

»Ich warte erst mal ab, ob mir das Programm zusagt. Und wenn was Gutes gezeigt wird, kann ich ja bei dir klingeln.« Er gab Fritz einen freundschaftlichen Klaps auf die Schulter.

Am 25. Dezember 1952 war Fritz' gute Stube tatsächlich gerammelt voll. Nachdem sie gemeinsam gegessen hatten, schaltete Fritz stolz seinen Fernseher ein – ein edles Gerät, das sich hinter verspiegelten Schranktüren verbarg – und sie hörten die Rede des Intendanten des Nordwestdeutschen Rundfunks, Werner Pleister: »Das Fernsehen schlägt Brücken von Mensch zu Mensch. Von Völkern zu Völkern. So ist es wohl das richtige Geschenk gerade zu Weihnachten. Denn es erfüllt seine Möglichkeiten erst ganz, wenn es die Menschen zueinanderführt und damit beiträgt zur ewigen Hoffnung der Menschheit: Friede auf Erden. In dieser Hoffnung beginnen auch wir nun unser Programm. Wir, meine verehrten Zuschauer, das ist die Fernsehabteilung des Nordwestdeutschen Rundfunks mit all ihren Mitarbeiterinnen und Mitarbeitern.«

Lottchen, die mit ihrem ersten Kind hochschwanger war, lehnte sich mit einem wohligen Seufzen an Arthur, der liebevoll seinen Arm um ihre Schultern legte. »So ein Gerät brauchen wir auch«, sagte sie, »denn mit einem Säugling kommen wir ja nicht mehr so oft ins Kino.«

»Jetzt sagt er bestimmt gleich wieder, dass ihr euch das nicht leisten könnt«, meinte Fritz mit einem schiefen Seitenblick.

»Ich bin aus London, nicht aus Schottland«, gab Arthur zurück. »Wenn Charlotte einen Fernseher haben will, dann soll sie auch einen bekommen.« Er gab ihr einen Kuss auf die Wange. »Ich kümmere mich gleich nach Neujahr darum«, versprach er dann.

Am 11. Januar 1953 wurde Arthur fünfundvierzig Jahre alt und es war zugleich der Tag, an dem er zum ersten Mal Vater wurde, denn Lottchen brachte einen gesunden Jungen zur Welt.

»Wir haben uns lange überlegt, wie wir einen Jungen wohl nennen sollen«, sagte Arthur zu Richard, während sie miteinander telefonierten. »Es sollte ein Name sein, der sowohl in Deutschland als auch in England geläufig ist. Und irgendwie sind wir dann auf Richard gekommen. Das passt aus verschiedenen Gründen, aber ich glaube, der wichtigste ist der, dass ich Charlotte niemals kennengelernt hätte, wenn es dich nicht gegeben hätte. Du warst 1942 derjenige, der mir geholfen hat, meinen Hass auf die Deutschen nach den Luftangriffen auf London endgültig zu überwinden. Ich hätte niemals gedacht, wie sehr unsere damalige Begegnung mein Leben verändern würde. Also ist das der beste Name, den er bekommen kann.«

Richard schluckte. »Jetzt machst du mich gerade sehr verlegen.«

»Oh, ich dachte, wir würden dir eine Freude machen.«

»Ja, das macht ihr. Es ist eine große Ehre für mich und ich hoffe, ich werde mich ihrer würdig erweisen.«

»Ich hoffe, unser Sohn wird sich als würdig erweisen«, erwiderte Arthur. »Wenn er in seinem Leben nur ein Viertel deines Muts beweist, wird er mich zum stolzesten Vater der Welt machen.«

60. Kapitel

Der 7. September 1953 war ein Montag, aber es war kein gewöhnlicher Montag, denn an diesem Tag sollte die silberne Hochzeit von Richard und Paula gebührend gefeiert werden. Doch die größte Freude lag für Paula darin, dass ihre Freundin Leonie zusammen mit ihrer Adoptivtochter Arlette bereits am Samstag mit dem Zug aus Bern eintraf.

»Ich kann es nicht glauben, dass es ganze siebzehn Jahre gedauert hat, bis du wieder nach Hamburg kommst«, sagte Paula, als sie ihre Freundin am Hauptbahnhof abholte.

»Du weißt ja, wie das ist«, erwiderte Leonie und drückte Paula fest an sich. »Es kommt immer etwas dazwischen. Und ehe man sichs versieht, ist ein weiteres Jahrzehnt vergangen. Aber eure silberne Hochzeit wollte ich mir auf keinen Fall entgehen lassen, das ist ein so wichtiges Datum, da gab es dann keine Ausflüchte mehr für mich. Und Arlette wollte Hamburg ohnehin schon lange besuchen, nicht wahr, meine Süße?«

Arlette lächelte und nickte schüchtern. Sie war ein hübsches Mädchen von dreizehn Jahren mit dunklem Haar und rehbraunen Augen.

»In den letzten Jahren wurde einiges wiederaufgebaut«, sagte Paula. »Die Kriegsschäden sind natürlich noch überall zu erkennen und es leben immer noch viele Menschen in

Notunterkünften, weil der Wohnraum nach wie vor knapp ist. Aber wenigstens muss keiner mehr hungern und in ein paar Jahren werden wohl auch die letzten Schäden beseitigt sein. Es grenzt wirklich an ein Wunder, was hier in den vergangenen Jahren geleistet wurde.«

»Ja, der Begriff des Wirtschaftswunders hat sich mittlerweile in der ganzen Welt verbreitet«, sagte Leonie und rief nach einem Gepäckträger. »Nehmen wir eine Taxe?«

»Nein, ich bin mit unserem Auto da.« Paula lächelte stolz. »Fritz hatte mir sogar seinen Mercedes angeboten, weil er meinte, du hättest bestimmt zwei Schrankkoffer mit, aber ich habe ihm gesagt, dass du nicht so eitel bist und alles in unseren VW passt.«

Sie wies den Gepäckträger an, Leonies Koffer zum Parkplatz zu bringen. Während sie dem Mann folgten, fragte Leonie: »Fritz hat einen Mercedes?«

»Oh ja, er ist jetzt ein standesbewusster Professor. Emilia ist von seinen Vorlesungen ganz begeistert, denn er lässt da ständig seinen Humor durchblitzen und gestaltet sie ausgesprochen unterhaltsam.«

»Ich hoffe, sie wird es als Ärztin leichter haben als wir beide damals.«

»Ich fürchte, da hat sich noch nicht so viel verändert. Frauen müssen noch immer mehr leisten als Männer, um ernst genommen zu werden. Ich habe das ja bei Lottchen gesehen. Aber immerhin können wir uns auf Fritz verlassen, er gehört zu den wenigen Professoren, die Frauen im Studium gezielt fördern.«

»Ich weiß noch, wie er uns bereits als Assistenzarzt Anfang der Dreißigerjahre unterstützte, als wir keinen Platz für unsere Pflichtzeit in der Chirurgie bekamen. Unsere Welt wäre um vieles besser, wenn alle Professoren so wären wie Fritz.«

Sie erreichten den Parkplatz. Paula öffnete den Kofferraum und Leonie bezahlte den Gepäckträger, nachdem er die Koffer verstaut hatte.

Paula fuhr nicht direkt nach Hause, sondern machte noch einen kleinen Abstecher in den Weidenstieg, um Leonie und Arlette das Praxisgebäude zu zeigen.

»Weißt du, was erstaunlich ist?«, meinte Leonie, nachdem sie die Praxisräume besichtigt hatte. »Ihr habt alles verloren, aber genau dadurch habt ihr jetzt viel mehr, als ihr vermutlich gehabt hättet, wenn es niemals Krieg gegeben hätte.«

Paula sah Leonie irritiert an. »Wie meinst du das?«

»Nun ja, was wäre wohl gewesen, wenn die Nazis 1933 nicht an die Macht gekommen wären, sondern das Leben so weitergelaufen wäre wie nach eurer Hochzeit 1928? Ich glaube nicht, dass Richard jemals eine Praxis aufgemacht hätte. Er wäre vermutlich noch immer Oberarzt in Langenhorn, vielleicht auch Chefarzt, wenn er die gleiche Karriere wie Fritz gemacht hätte. Aber er hätte niemals eine Praxis eröffnet. Und schon gar nicht hättet ihr zwei Praxen in einer vereint, eine hausärztliche und eine psychiatrische. Es ist sogar fraglich, ob du nach der Geburt der Kinder überhaupt wieder eine Stelle als Ärztin bekommen hättest, wenn es keinen Krieg gegeben hätte. So paradox es klingt, der Krieg hat die Frauen in gewisser Weise auch befreit, weil er uns den Raum ließ, männliche Positionen einzunehmen, damit das Staatsgefüge am Laufen blieb. Aber es ist wichtig, dass wir uns das jetzt nicht wieder wegnehmen lassen. Du und Richard, ihr seid ein großartiges Beispiel dafür, wie ein Ehepaar gleichberechtigt die Familie und den Beruf vereinen kann.«

»Wir sind zum Glück nicht die Einzigen«, sagte Paula. »Fritz und Julia arbeiten beide als Chirurgen und Lottchen will auch wieder als Frauenärztin arbeiten, sobald der kleine Richard aus dem Gröbsten raus ist. Möglicherweise wird sie hier sogar eines Tages eine Frauenarztpraxis eröffnen. Aber ich schätze, bis dahin ist es noch ein weiter Weg.«

»Ein weiter und steiniger Weg«, bestätigte Leonie. »Es hängt noch immer davon ab, dass eine Frau den richtigen Mann heiratet. Am besten sie bleibt gleich unverheiratet, denn sonst ist sie nur ein Mensch zweiter Klasse. Ist es nicht unmöglich, dass es einem Mann nach wie vor erlaubt ist, seiner Ehefrau den Beruf zu verbieten oder ohne ihr Einverständnis ihren Arbeitsvertrag zu kündigen? Und dass sie seine Erlaubnis braucht, um einen Führerschein zu machen?«

»Das ist es«, bestätigte Paula. »Aber für den Moment bin ich in Anbetracht der Umstände trotzdem ganz zufrieden mit dem, was wir bisher erreicht haben.«

»Das kannst du auch sein, liebste Paula. Du hast dir schließlich den richtigen Mann ausgesucht.« Leonie hakte sich bei ihr und Arlette unter und sie verließen die Praxisräume.

Den Sonntag vor der großen Feier verbrachten sie mit einem gemeinsamen Stadtbummel, auch wenn es Leonie traurig machte, all die Ruinen zu sehen und an all die Menschen zu denken, die sie verloren hatten. Andererseits hatte sie sich vorgenommen, Arlette nur die schönen Seiten Hamburgs zu zeigen, denn sie wollte das alte Leid hinter sich lassen und das Leben ihrer Adoptivtochter nicht dauerhaft von all dem überschatten lassen, was sie verloren hatte. Arlette, die anfangs noch sehr schüchtern gewesen war, taute zunehmend auf und lieh sich am Nachmittag von der gleichaltrigen Henrieke einen Badeanzug, um Henrieke und Harri zum nahe gelegenen Badesee zu begleiten.

Am Nachmittag des 7. September 1953 war der gemeinsame Garten der Familien Hellmer und Ellerweg mit bunten Girlanden und Luftballons geschmückt und auf der großen Tafel mit dem weißen Tischtuch stand eine riesige Hochzeitstorte, in deren Mitte die von silbernen Lorbeerkränzen umrankte Zahl 25 prangte. Das Wetter zeigte sich von seiner freundlichen Seite, nur wenige Wolken zogen über den blauen Himmel.

Richard freute sich, dass sein Vater es sich trotz seiner inzwischen einundachtzig Jahre nicht nehmen ließ, zusammen mit Paulas Vater wie damals zu ihrer Hochzeit eine kurze Rede zu halten.

»Heute vor fünfundzwanzig Jahren haben Wilhelm und ich gemeinsam die Reden zu Paulas und Richards Hochzeit gehalten«, sagte er. »Ich freue mich, dass nach all diesen Jahren und all den Schicksalsschlägen noch immer so viele von uns geblieben sind, um mit anzusehen, wie ihr euch auf den Weg in die nächsten fünfundzwanzig erfolgreichen Jahre macht. Vor allem freue ich mich aber darüber, dass ihr euch morgen euren großen Traum erfüllt und zur Wiederholung eurer Hochzeitsreise im eigenen Auto aufbrechen werdet. Wilhelm, dein Part.«

»Danke, Hans-Kurt«, sagte Paulas Vater. »Wie schon vor fünfundzwanzig Jahren schließe ich mich einfach Hans-Kurts Worten an, aber vor allem freue ich mich, dass ich diesmal derjenige bin, der darauf hinweist, dass wir nicht zu viel reden, sondern lieber die Torte anschneiden sollten.«

Die Anwesenden lachten und applaudierten, doch ehe die Torte tatsächlich angeschnitten wurde, bekamen Paula und Richard zahlreiche Geschenke überreicht. Überwiegend waren es praktische Utensilien für den Haushalt oder Selbstgebasteltes von den Kindern, aber für die größte Überraschung hatten Fritz, Julia, Arthur und Lottchen zusammengelegt.

»Wir wissen ja, dass Richard ein begeisterter Fotograf ist«, sagte Fritz, als er das große, mit einer roten Schleife versehene Paket auf den Tisch stellte. »Aber die Zeiten ändern sich und deshalb dachten wir, dass ihr den nächsten Schritt in der Evolution des Bildes gehen solltet.«

»Evolution des Bildes?«, fragte Richard verwirrt. »Wir haben doch seit zwei Monaten selbst einen Fernseher.«

»Das ist doch kein Fernseher«, sagte Arthur. »Dafür wäre das Paket ja viel zu klein, oder? Und nun packt endlich aus.«

Das Jubelpaar schaute sich an und Richard nickte Paula kurz zu, damit sie das Paket öffnete.

Es enthielt eine Schmalfilmkamera samt Filmprojektor.

»Eine Filmkamera und ein Projektor?«, rief Richard ungläubig. »Da habt ihr euch ja in heftige Unkosten gestürzt. Aber das ist großartig! Vielen Dank!«

»Es ist eure silberne Hochzeit«, erwiderte Arthur. »Da wollten wir nicht geizig sein.«

»Genau«, sagte Fritz. »Und deshalb haben wir eine Kamera ausgesucht, die sogar schon für Farbfilme geeignet ist. Aber selbstverständlich gehen auch Schwarz-Weiß-Filme.«

»Diese Kamera nehme ich«, sagte Paula. »Richard wird sich sowieso nicht von seinem geliebten Fotoapparat trennen. Und dann werde ich ihn in Italien dabei filmen, wie er stundenlang versucht, sein Objektiv richtig einzustellen, um die richtige Belichtung für die Sehenswürdigkeiten zu finden, während ich in der Zeit gleich einen ganzen Dokumentarfilm drehe. Vielen Dank, dass ihr mich aus der Rolle der hilflosen Zuschauerin befreit habt. Das ist ein großartiges Geschenk!«

»Wie eine echte Frau gesprochen«, sagte Leonie, die neben ihr stand und applaudierte. »Ich bin stolz auf dich, Paula.«

»Ich auch«, sagte Julia und stimmte in den Applaus ein. Lottchen, die den kleinen Richard auf dem Arm hielt, übergab ihn an Arthur. »Halt mal das Kind, ich muss ihr auch applaudieren«, sagte sie dabei mit einem verschmitzten Lächeln.

»Oha, ich ahne Schlimmes«, raunte Fritz Richard und Arthur zu. »Leonie Hirschthal, die ehemals spitzeste Zunge der Fakultät und ein unverbesserlicher Blaustrumpf, hetzt unsere Frauen gegen uns auf. Da kommen harte Zeiten auf uns zu.«

»Das habe ich gehört!«, sagte Leonie.

»Das habe ich gehofft«, erwiderte Fritz.

Paula, Julia und Lottchen lachten, während Leonie Fritz spaßhaft mit dem Finger drohte.

»Wir haben doch sowieso nichts zu melden, wenn unsere Frauen sich was in den Kopf setzen«, sagte Richard schmunzelnd. »Außerdem habe ich nichts dagegen, wenn Paula die Kamera übernimmt. Das ist wirklich ein grandioses Geschenk. Vielen, vielen Dank. Ihr seid die besten Freunde, die man haben kann.«

»Reiner Eigennutz«, erwiderte Arthur, während er seinen Sohn liebevoll im Arm wiegte. »Wenn wir schon nicht alle nach Italien reisen können, wollen wir wenigstens alles sehen, was ihr gesehen habt.«

»Richtig«, bestätigte Fritz. »Und nun lasst uns endlich diese wunderbare Torte anschneiden!«

Sie lachten und Paula fühlte sich genauso glücklich und unbeschwert wie bei ihrer Hochzeit vor fünfundzwanzig Jahren.

Als sie am nächsten Vormittag nach Italien aufbrachen, nahmen sie Leonie und Arlette im Auto mit – auch wenn es mit all dem Gepäck recht eng wurde –, denn sie hatten sich vorgenommen, einen Abstecher nach Bern zu machen, um Leonies neue Heimat kennenzulernen und das Beisammensein mit der so lang vermissten Freundin noch ein wenig länger genießen zu können.

Sie blieben eine Nacht in der Schweiz und versprachen, auf ihrem Rückweg noch einmal vorbeizukommen, dann ging es weiter nach Rom.

Die Septembersonne gab noch einmal alles, und während Paula so mit heruntergekurbelten Scheiben neben Richard im Auto saß, da spürte sie zugleich mit dem Fahrtwind im Gesicht wieder dieses Gefühl der unbändigen Freiheit und des

Glücks – das Gefühl, dass alles möglich war und die Zukunft rosarot vor ihnen lag, auch wenn sie bereits in der Mitte ihres Lebens standen.

»Wir haben viel erreicht, nicht wahr?«, sagte sie.

»Ja«, erwiderte Richard. »Alles, was wir uns vorgenommen hatten.«

»Dann ist es an der Zeit, neue Pläne zu machen, findest du nicht?« Sie blickte ihn liebevoll an. »Denn wenn man keine Pläne mehr hat, ist das Leben doch sinnlos, oder?«

»Und welche Pläne hast du, meine geliebte Paula?«

»Einige. Als Erstes wirst du dein Versprechen einlösen und mich vor dem Kolosseum auf der Haube unseres Autos fotografieren.«

»Das können wir vermutlich schon in einer halben Stunde erledigen, denn es sind nur noch wenige Kilometer«, erwiderte Richard, während er einem Verkehrsschild mit der Aufschrift »Roma« folgte.

»Als Nächstes werden wir Georg mit allem, was wir aufbieten können, dabei unterstützen, dass er nach Abschluss seiner Tischlerlehre doch noch zum Lehrerseminar zugelassen wird.«

»Das werden wir. Wobei ich mir im Moment gar nicht mehr so sicher bin, ob er das dann überhaupt noch will, denn er hat mir gestern Abend noch erzählt, dass er mit Bruno eine Reise nach London plant, um dort den zum Wohnmobil ausgebauten VW Transporter vorzustellen. Brunos Freund Eddy arbeitet inzwischen als Reporter für die BBC und hat ihnen eine Reportage darüber versprochen. Karl erhofft sich dadurch geschäftliche Kontakte über die deutschen Grenzen hinaus.«

»Karl war die beste Wahl, die dein Vater als Nachfolger treffen konnte. Neulich erzählte mir Julie, dass sie auch versuchen, Geschäftskontakte nach Frankreich zu knüpfen.« Paula lehnte sich mit einem wohligen Seufzer im Beifahrersitz zurück und sah aus dem Fenster, während sie den Stadtrand von

Rom erreichten. Richard folgte den Wegweisern in Richtung Kolosseum. Kurz darauf parkte er rückwärts ein, sodass sie das Kolosseum im Rücken hatten.

Paula stieg aus und schwang sich auf die Kofferraumhaube. Diesmal musste Richard ihr nicht sagen, wann und wie sie lächeln sollte, denn ihr ganzes Gesicht strahlte vor Glück. Als Richard den Auslöser drückte, erinnerte sie sich daran, wie sie ihm acht Jahre zuvor gesagt hatte, was für ein Glück es sei, dass man nicht in die Zukunft sehen könne, denn das Wissen um alles, was noch passieren würde, hätte ihnen sonst die Jugend vergiftet. Jetzt ertappte sie sich bei dem Gedanken, dass es immer nur auf den Ausschnitt der Zukunft ankam. Hätte sie in die Zukunft sehen können, hätte sie einfach nur weit genug nach vorn blicken müssen, denn das Leben gehörte ihnen. Hindernisse waren dazu da, aus dem Weg geräumt oder umgangen zu werden. So war es, und so würde es immer sein. Was die Zukunft auch bringen mochte.

Nachwort

Die vorliegende Geschichte ist fiktiv, aber sie lehnt sich eng an echte historische Gegebenheiten an.

Die Nachkriegszeit war in Deutschland von Hunger, Leid und Not geprägt. Ich bin mit diesen Geschichten aufgewachsen, obwohl ich erst 1969 geboren wurde. Mein Vater – den ich wie bereits im ersten Band »Im Lautlosen« als Georgs gleichaltrigen Freund Horst auftreten lasse – erzählte mir als kleines Kind oft Geschichten aus der »schlechten Zeit«, wie die Nachkriegszeit in Hamburg genannt wurde. Allerdings erzählte er mir vor allem vom Einfallsreichtum der Menschen, die versuchten, aus all dem Elend das Beste zu machen. Die Abenteuer, die Georg und Emilia im Roman an der Seite von Horst erleben, wurden tatsächlich so von meinem Vater als Kind erlebt. Es kam beim Kohleklauen durchaus mal vor, dass jemand ein Auge zudrückte und den Kindern erlaubte, sich direkt im Kohlelager zu bedienen. Das Eintauschen von Kohlen gegen Zigaretten bei alten Frauen war ebenso üblich wie das Eintauschen dieser Zigaretten auf dem Schwarzmarkt gegen Schokolade. Besonders fasziniert haben mich als Kind immer die Erzählungen, was man alles an verlassenem Militärgut in den Wäldern des Hamburger Umlands finden konnte. Das Floß aus alten Kanistern, mit denen Hamsterfahrer übergesetzt wurden, ist ebenso real wie die Zeltplanen, die die Kinder organisierten. In meinem Fundus an alten Familienfotos habe ich sogar noch ein Bild, das meinen Vater als jungen Mann in den Fünfzigerjahren dabei zeigt, wie er eine dieser Zeltplanen als Regenumhang nutzt. Gern erzählte er mir auch die Geschichte, wie er als Junge einen Sommer lang die Schule schwänzte und sich selbst eine Entschuldigung mit der Schreibmaschine seines Vaters schrieb, dass er keine Schuhe hätte. Er bekam daraufhin tatsächlich wie Horst im Roman einen Bezugsschein für Schuhe. Mein Vater wollte die Schuhe dann im Tauschladen gegen eine Dampfmaschine eintauschen – aber leider passten die Schuhe dem Besitzer der Dampfmaschine nicht und der Tausch kam nie zustande. Auch die Erlebnisse, die Horst im Roman in Bayern mit den Amerikanern schildert, entsprechen den Tatsachen. Mein Vater versuchte immer, aus allem das Beste zu machen. Er haderte nicht mit seiner Kindheit, sondern betonte stets die positiven Seiten, ohne die negativen zu verschweigen. Insofern steht er Pate für alle meine Romanfiguren, die sich nicht unterkriegen lassen, sondern das Leben anpacken und niemals ihren Humor und ihre Zuversicht verlieren.

Da meine Protagonisten überwiegend Ärzte sind, geht es im vorliegenden Roman auch um die Medizingeschichte der Nachkriegszeit.

Bis 1947 standen viele wichtige Medikamente der deutschen Bevölkerung nicht zur Verfügung und die Ärzte waren gezwungen, an allen Ecken und Enden zu improvisieren und manchmal auch auf illegale Machenschaften zurückzugreifen. So lässt sich selbst ein biederer Brite wie Arthur Grifford im Roman dazu hinreißen, Penicillin aus Militärbeständen mitgehen zu lassen, um das Leben der kleinen Leni zu retten. Ob so etwas tatsächlich in der Realität vorgekommen ist, bleibt offen, aber zu meinem fiktiven Arthur Grifford passt es. Außerdem ist Arthur Grifford ein Schlitzohr – während er doch eigentlich hier bei mir als Romanfigur arbeiten sollte, machte er auch einen kurzen Ausflug zu meiner lieben Autorenkollegin Mina Baites in ihren neuen Roman »Träume aus Silber«, um bei einer Familienzusammenführung behilflich zu sein. Wer beide Bücher liest, wird schnell merken, an welchen Stellen Arthur fremdgeht. Dank unseres kleinen Cross-overs haben wir beide noch eine Menge mehr über unsere Romanfiguren erfahren …

Im Roman vermittelt Fritz für den ebenfalls fiktiven Großschieber Oskar Strehlau später Kontakte zu einer Aachener Firma, um dieser einen Penicillinstamm zu verkaufen. Tatsächlich kam die Aachener Firma Grünenthal auf bis heute ungeklärte Weise in den Besitz eines Penicillinstamms und stellte das wichtige Antibiotikum später im großen Stil für die deutsche Zivilbevölkerung her.

Wahr ist auch die Geschichte von der Polioepidemie 1947, in deren Rahmen der Hamburger Arzt Axel Dönhardt im Allgemeinen Krankenhaus Altona eine Eiserne Lunge aus einem alten Torpedorohr baute.

Besonders viel Mühe habe ich auf die Prozesse gegen den fiktiven Doktor Krüger verwendet, der von realen Ärzten inspiriert wurde, deren Taten historisch belegt sind. Die Argumentation, mit der er im zweiten Prozess wegen der Kindermorde freigesprochen wird, orientiert sich eng am Prozess gegen den ehemaligen Chefarzt des Kinderkrankenhauses Rothenburgsort, Doktor Bayer, und greift sinngemäß die Argumente von dessen Verteidigung auf, ebenso wie die Urteilsbegründung der Richter beim Freispruch. In der Realität zogen sich diese Prozesse bis 1949 hin, für den Roman habe ich sie zusammengefasst und entsprechend angepasst.

Wer sich für die echten Prozesse interessiert, dem lege ich Marc Burlons Dissertation »Die ›Euthanasie‹ an Kindern während des Nationalsozialismus in den zwei Hamburger Kinderfachabteilungen« aus dem Jahr 2009, vorgelegt an der Medizinischen Fakultät der Universität Hamburg, ans Herz.

Andererseits wollte ich Krüger im Roman nicht ungeschoren davonkommen lassen, und so kam mir der Gedanke, Krügers Strafe mit der Bigotterie der jungen Bundesrepublik zu verbinden. Heutzutage ist Homosexualität völlig normal und die Ehe für alle erlaubt. Darüber wird jedoch schnell vergessen, dass der von den Nazis verschärfte Paragraf 175 StGB bis 1969 unverändert gültig war. Ein Mann konnte – wenn er mit einem Mann unter einundzwanzig Jahren Sexualverkehr hatte – für bis zu zehn Jahre ins Zuchthaus kommen. In Hamburg gab es sogar eine Sonderkommission namens »Homo« und es ist tatsächlich belegt, dass sich junge Männer am Dammtorbahnhof unter die Stricher mischten, um Homosexuellen aufzulauern, sie zu verprügeln und anschließend zur Polizei zu bringen. Wer in einschlägige Etablissements ging, um Gleichgesinnte kennenzulernen, musste immer damit rechnen, auf entsprechende Listen zu kommen und von der Polizei als Homosexueller registriert zu werden. Viele Berufe waren verurteilten Homosexuellen verboten, vor allem dann, wenn sie mit Minderjährigen zu tun hatten. Und als minderjährig galten damals noch alle Menschen unter einundzwanzig Jahren.

Im Roman wird Krüger nun ausgerechnet selbst zum Opfer jener Unrechtsjustiz, von der er zuvor stets profitierte. Derartige Verhandlungen und Urteile entsprechen der damaligen Realität. Unser archaisches Gerechtigkeitsempfinden wird befriedigt, da Krüger nun am eigenen Leib erfährt, wie es ist, wenn die Justiz sich schon vor dem Prozess ein Urteil bildet und nach Vorwänden sucht, jemanden zu verurteilen, weil er nicht ins Menschenbild der Gesellschaft passt. Aber es ändert nichts daran, dass Krüger letztlich für ein Verbrechen verurteilt wird, das er nicht begangen hat, während seine wahren Straftaten ungesühnt bleiben. Und so sind – wie Richard im Roman folgerichtig feststellt – alle drei Prozesse gegen Krüger eine Schande für die deutsche Justiz, so wie es auch in der Realität bis Ende der Sechzigerjahre immer wieder der Fall war – bis die letzten ehemaligen NS-Richter endlich pensioniert wurden.